Das Buch
Eine unheimliche Mordserie sucht Berlin heim. Die ermittelnden Beamten sind ratlos, denn der Mörder hinterläßt keinerlei Spuren am Tatort. Was zuerst nach einem Bandenkrieg im Drogenmilieu aussieht, entpuppt sich bald als Rachefeldzug gegen die Hersteller von Designerdrogen.

Als die Polizei Hinweise auf die Verbindung zu Jahre zurückliegenden ähnlichen Morden findet, konzentrieren sich die Ermittlungen auf einen ehemaligen Polizeibeamten. Aber dieser Mann liegt seit fünf Jahren im Koma. Er kann nicht der Täter sein, auch wenn Zeugen ihn an den Tatorten gesehen haben wollen.

Wer ist der junge Priester, der sich um den Bewußtlosen kümmert? Er warnt vergeblich vor einem Todesengel, denn niemand will begreifen, daß der Stadt eine Gefahr droht, die mit herkömmlichen Polizeimitteln nicht zu bekämpfen ist. Bis der Todesengel seine Schwingen ausbreitet und seinen Namen verkündet, der schon einmal Panik verbreitet hat: AZRAEL.

Der Autor
Wolfgang Hohlbein, 1953 in Weimar geboren, ist einer der erfolgreichsten deutschsprachigen Autoren. Seit er 1982 gemeinsam mit seiner Frau den Roman *Märchenmond* veröffentlichte, arbeitet er hauptberuflich als Schriftsteller. Mit seinen zahlreichen fantastischen Romanen hat er sich seither eine große Fangemeinde erobert.
Im Wilhelm Heyne Verlag liegen bereits vor: *Das Druidentor* (01/9536), *Azrael* (01/9882), *Das Netz* (01/6874), *Hagen von Tronje* (01/10037), *Das Siegel* (01/10262).

WOLFGANG HOHLBEIN

AZRAEL: DIE WIEDERKEHR

Roman

Originalausgabe

WILHELM HEYNE VERLAG
MÜNCHEN

HEYNE ALLGEMEINE REIHE
Nr. 01/10558

Besuchen Sie uns im Internet:
http://www.heyne.de

Umwelthinweis:
Das Buch wurde auf
chlor- und säurefreiem Papier gedruckt.

Redaktion: Dieter Winkler
Copyright © 1998 by Wolfgang Hohlbein
Wilhelm Heyne Verlag GmbH & Co. KG, München
Printed in Germany 1998
Umschlagillustration: Norbert Gerstenberger/Xing-Art
Umschlaggestaltung: Atelier Ingrid Schütz, München
Satz: Pinkuin Satz und Datentechnik, Berlin
Druck und Bindung: Elsnerdruck, Berlin

ISBN 3-453-13144-4

1

Der erste Hieb war ins Leere gegangen, aber der nächste hatte seine linke Schulter getroffen und bis auf den Knochen hinab zerfleischt.

Wenigstens nahm er das an.

Er hatte bisher nicht den Mut aufgebracht, einen Blick auf seine Schulter zu werfen, um sich von der Schwere seiner Verletzung zu überzeugen, aber sein linker Arm hing so nutzlos wie ein Stück totes Holz an seiner Seite, und seine Jacke war naß und schwer von Blut. Obwohl der Regen immer heftiger strömte und er längst bis auf die Haut durchnäßt war, spürte er, wie ein zähflüssiges, warmes Rinnsal an seinem Arm hinablief und sich über der Handwurzel teilte, um an den Fingern entlang zu Boden zu tropfen. Hätte es nicht geregnet, hätte er eine gewundene Spur aus unterschiedlich großen Tropfen und Pfützen hinterlassen, die die Stationen seiner Flucht markierten. Er wußte nicht einmal mehr genau, wie viele. Sein unheimlicher Verfolger hatte ihn drei- oder auch viermal gestellt, aber es war ihm jedesmal gelungen, ihn noch einmal abzuschütteln.

Die Frage war nur: Wie oft noch? Trotz der Schmerzen, der atemabschnürenden Furcht und der immer stärker werdenden Erschöpfung war er noch nicht so sehr in Panik, daß sein logisches Denken vollends ausgeschaltet gewesen wäre. Der Angreifer hatte ihn mindestens einmal ganz bewußt entkommen lassen; wahrscheinlich sogar *jedes* Mal. Er spielte mit ihm.

Und Rosen hatte nicht vor, dieses Spiel zu verlieren.

Seine Chancen standen nicht einmal schlecht. Sicher, er war verletzt, er wußte nicht, mit wem er es zu tun hatte, und er befand sich in einer Gegend der Stadt, in der er sich überhaupt nicht auskannte. Aber er war zäh. Die Verletzung war zwar schmerzhaft, aber wahrscheinlich nicht tödlich, und er hatte noch nicht einmal angefangen, sich ernsthaft zur Wehr zu setzen.

Der Regen ließ für einen Moment nach; nicht vollkommen, und bestimmt auch nicht auf Dauer. Es war nur ein kurzes Atemholen, dem ein vermutlich noch intensiverer Guß folgen würde – aber für Rosen stellte diese Ruhepause eine neue, noch größere Gefahr dar. So quälend der Eisregen sein mochte, war er bisher doch sein einziger Verbündeter gewesen. Das seidige, leise Rauschen hatte das Geräusch seiner Schritte ebenso zuverlässig verschluckt wie die silbernen Schleier seine Gestalt. Nichts, was weiter als sechs oder sieben Meter entfernt war, war in den niederstürzenden Wassermassen noch zu erkennen. So wenig, wie er seinen Verfolger sehen konnte, konnte dieser ihn im Auge behalten. Und die wenigen Straßenlaternen, die in unregelmäßigen Abständen brannten, machten es eher schlimmer: Statt die Dunkelheit zu vertreiben, verwandelten sie den Regen vollends in einen dicht gewobenen Vorhang aus Quecksilberfäden. Wenn der Regen jetzt nachließ – oder gar ganz aufhörte –, dann war er seinem Verfolger wie auf dem Präsentierteller ausgeliefert.

Rosen nahm all seine Kraft zusammen, um abermals seine Schritte zu beschleunigen. Er wußte, daß es jetzt auf jede Sekunde ankam. Und auch darauf, seine Taktik zu ändern: Er rannte jetzt nicht mehr nur stur geradeaus, sondern in einem geschwungenen Zickzack, mit dem er den Straßenlaternen und ihrem verräterischen Licht auswich, das plötzlich zu einer Gefahr zu werden drohte. Sich auf sein Glück zu verlassen, bedeutete nicht, seinen Verstand auszuschalten oder die grundlegendsten Vorsichtsmaßnahmen zu vergessen.

Seine Schritte erzeugten jetzt, da das Geräusch des Regens nicht mehr jeden anderen Laut übertönte, ein hörbares Platschen in den flachen Pfützen, die die Straße wie Millionen asymmetrischer Spiegelscherben bedeckten. Das Wasser war eisig und drang bei jedem Schritt schmerzhaft in seine Schuhe ein. Für zwei, drei Augenblicke versuchte er, diesen Pfützen auszuweichen, gab es aber praktisch sofort wieder auf; es war lächerlich, sich wie ein Kind zu bewegen, das Hinkelkästchen spielte – und außerdem nicht schnell genug. Der Regen ließ weiter nach. Es war jetzt nicht mehr annähernd so dunkel wie noch vor Augenblicken. Wenn sein Verfolger ihn überhaupt jemals aus den Augen verloren hatte, dann würde er ihn in spätestens fünf bis zehn Sekunden wieder sehen, wenn er auf dieser Straße blieb.

Wenn er wenigstens gewußt hätte, wo er war!

Die Situation kam Rosen mit einem Male vollkommen grotesk vor, wenn auch kein bißchen komisch: Er befand sich in einer der größten Städte des Landes, einer Metropole mit mehreren Millionen Einwohnern, aber die Straßen, über die er sich bewegte, waren nicht nur menschenleer, sondern schienen niemals Leben beherbergt zu haben. Abgesehen von den wenigen noch funktionierenden Straßenlaternen, die aussahen, als stammten sie noch aus dem vergangenen Jahrhundert, brannte nirgendwo Licht. Vor ihm erstreckte sich eine scheinbar endlose, aber auch real sicher noch zwei Kilometer lange Straße, die von heruntergekommenen braunen und grauen Backsteingebäuden flankiert wurde. Es gab sehr viele Mauern ohne Fenster, und sehr wenige Fenster, in denen noch Glas war. Offensichtlich befand er sich in einem aufgegebenen Industriegebiet; einem jener Viertel der Stadt, in denen das Versprechen auf eine neue Freiheit und den damit verbundenen Wohlstand nicht eingelöst worden war.

Hinter ihm polterte etwas. Rosen drehte im Laufen den Kopf und stieß einen leisen, abgehackten Schrei aus, als die plötzliche Bewegung einen rasenden Schmerz durch seine Schulter jagte. Für einen Moment glaubte er eine Bewegung zu erkennen: Ein mächtiges, gleitendes Fließen und Wogen inmitten der Dunkelheit, als verberge sich etwas darin, das noch dunkler war als die vollkommene Schwärze, die die Straße hinter ihm erfüllte.

Im ersten Moment schrieb er diesen Eindruck dem Zustand zu, in dem er sich befand: Er war vollkommen erschöpft, halb verrückt vor Angst und fror wie noch nie zuvor im Leben. Und er hatte eine Menge Blut verloren. Vielleicht begann man zu halluzinieren, wenn man genug Blut verloren hatte.

Dann begriff er, daß es keine Halluzination war. Hinter ihm herrschte tatsächlich vollkommene Dunkelheit.

Und das war unmöglich. Er war noch vor Sekunden dem Licht der Laternen ausgewichen.

Noch während er diesen Gedanken dachte, erlosch eine weitere Laterne hinter ihm. Die Dunkelheit folgte ihm. Vielleicht war *sie* sein eigentlicher Feind. Nicht das, was sich darin verbarg.

Mit nach hinten gedrehtem Kopf zu rennen, ist nicht besonders vorteilhaft. Rosen kam aus dem Tritt, versuchte mit einer ungeschickt hastigen Bewegung sein Gleichgewicht wiederzufinden und machte es dadurch nur noch schlimmer. Er fiel der Länge nach hin und beging einen zweiten, größeren Fehler, indem er beide Arme nach vorne riß, um dem erwarteten Aufprall die schlimmste Wucht zu nehmen. Seine verletzte Schulter protestierte mit einem wütenden Schmerz gegen die plötzliche Bewegung.

Im nächsten Sekundenbruchteil verlor er fast das Bewußtsein. Der Schmerz war unvorstellbar: Er explodierte zuerst in seinen Handgelenken, raste in schnellen, sich oszillierend aufbauenden Wellen durch seine Arme, riß seine Ellbogengelenke in Stücke und verwandelte seine linke Schulter in einen durchgehenden Nuklearreaktor. Es war so schlimm, daß er nicht einmal mehr schreien konnte.

Mehr durch ein Wunder als durch die Kraft seines Willens gelang es ihm, bei Bewußtsein zu bleiben. Er konnte immer noch nicht schreien, aber erst jetzt registrierte er, daß er auch nicht mehr atmen konnte. Er lag mit dem Gesicht nach unten in einer Pfütze, und sein Mund und seine Nase hatten sich mit brackigem, nach Benzin schmeckendem Wasser gefüllt.

Seine Kraft reichte nicht, sich sofort wieder zu erheben. Würgend stemmte er sich auf die Knie hoch – diesmal war er klug genug, seinen linken Arm nicht zu belasten – spuckte Wasser und Schleim aus und rang verzweifelt nach Luft.

Der Schmerz in seiner Schulter verebbte nur ganz allmählich, und er konnte spüren, daß die Wunde nun sehr viel heftiger blutete. Stöhnend schloß er die Augen, wartete darauf, daß die Dunkelheit hinter seinen Lidern aufhörte, sich wie wild im Kreis zu drehen, und versuchte sich gleichzeitig weiter aufzurichten. Sein Verfolger war noch immer hinter ihm. Wenn er ihn hier erwischte, mitten auf der Straße und in seinem momentanen Zustand, dann war es vorbei. Er hatte nicht einmal mehr die Kraft, sich zu wehren.

Rosen öffnete die Augen, und sein Herz setzte für eine Sekunde aus.

Sein Gesicht spiegelte sich verzerrt und in tausend Streifen zerbrochen in der Pfütze, in der er vor Augenblicken noch fast ertrunken wäre. Darüber hätte der Himmel sichtbar sein müssen.

Aber das war er nicht.

Der Verfolger hatte ihn eingeholt. Er stand unmittelbar hinter ihm. Seine Gestalt ragte als riesiger, grotesk verzerrter Schatten über ihm empor, viel zu groß für den eines Menschen und auf unheimliche Weise verdreht und mißgestaltet, wie etwas, das vielleicht ein Mensch hatte werden wollen, es aber nicht geschafft hatte, sondern in einer früheren, unfertigen Entwicklungsphase steckengeblieben war.

Rosen fuhr mit einem Schrei herum, sprang auf die Füße und stolperte zurück, riß die unverletzte Hand vor das Gesicht und erstarrte zum zweiten Mal innerhalb weniger Sekunden.

Er war allein.

Hinter ihm war niemand.

Die Dunkelheit war ihm weiter gefolgt. Auch die beiden Lampen, an denen er gerade vorbeigelaufen war, waren jetzt erloschen, und er war nun sicherer denn je, daß sich etwas in dieser Finsternis bewegte, etwas Riesiges, Groteskes, das da in der Schwärze stand und ihn anstarrte. Es hätte ihn erledigen können. Er hatte mit Sicherheit zehn oder mehr Sekunden hilflos dagelegen, mehr als genug Zeit für dieses unfaßbare Wesen, ihn einzuholen und zu Ende zu bringen, was es begonnen hatte, aber es stand einfach nur da und starrte ihn an, wie ein schwarzer Dämon, der sich von seiner Furcht nährte.

Rosen begriff plötzlich die neue, vielleicht noch viel größere Gefahr, die er diesmal selbst heraufbeschwor: Indem er den schwarzen Umriß in der Dunkelheit *Es* nannte, verlieh er ihm eine Macht, die ihm nicht zustand. Es war kein *Es*, sondern ein *Er*. Irgendein Mistkerl, der gekommen war, um eine alte Rechnung zu begleichen – oder weil ihn jemand dafür bezahlte. Vielleicht nicht einmal das. Vielleicht war es einfach nur ein Verrückter, und er hatte das Pech gehabt, ihm im falschen Moment über den Weg zu laufen.

Der Schatten bewegte sich. Er machte nicht wirklich einen Schritt, sondern schien auf ihn ... zuzugleiten, wie ein körperloser Schemen, der ein winziges Stück über dem Boden schwebte, statt ihn zu berühren, und im gleichen Moment begann auch die Laterne unmittelbar neben Rosen zu erlöschen. Sie ging nicht einfach aus. Ihr Licht wurde blasser. Rosen konnte sehen, wie sich der warme gelbe Schein lautlos zurückzog, als fliehe er vor der Dunkelheit, die im Gefolge der unheimlichen Gestalt kam.

Eingebildet oder nicht, der Anblick war so entsetzlich, daß Rosen mit einem Schrei herumfuhr und davonstürzte.

Seine Schulter reagierte mit einer neuen, wütenden Schmerzattacke auf die plötzliche Bewegung, aber er achtete gar nicht darauf. Hinter ihm kam die Dunkelheit näher, schnell und lautlos, und die Pfützen, an denen er vorbeirannte, waren voller verzerrter schwarzer Schatten.

Trotz der Gefahr, ein zweites Mal zu stürzen, sah er sich noch einmal nach dem unheimlichen Verfolger um. Die Schwärze raste heran, nicht ganz, aber doch *fast* so schnell wie er, und inmitten dieser Düsternis bewegte sich etwas Riesiges, Formloses, etwas, das eher zu flattern als zu laufen schien, und dessen bloße Anwesenheit Licht und Geräusche in eine Dimension der Dunkelheit verbannte, so als verlören die Gesetze der Welt ihre Gültigkeit dort, wo der Unheimliche entlangglitt.

Rosen begriff, daß er in Gefahr war, erneut zu stolpern, und wandte sich hastig wieder nach vorne. Das Ende der

Straße war immer noch unendlich weit entfernt, und auch dahinter lag nichts als weitere Dunkelheit. Das hell erleuchtete, pulsierende Herz der Stadt schien unendlich weit entfernt; Lichtjahre, wie es ihm vorkam. Er hatte keine Chance, es zu erreichen. Und selbst wenn – was, wenn das unheimliche *Ding* ihm auch dorthin folgte, einfach alles Licht und jedes Leben auslöschte, bis er in einem Universum aus Schwärze und Leblosigkeit gefangen war?

Rosen rief sich in Gedanken ein zweites Mal zur Ordnung, und obwohl er selbst kaum damit gerechnet hatte, gelang es ihm tatsächlich, die Panik noch einmal niederzukämpfen. Seine Lage war auch so schon schlimm genug, ohne daß er seinem Verfolger übernatürliche Kräfte zusprach. Der Schmerz in seiner Schulter war zu einem hämmernden Pochen im Rhythmus seiner Schritte geworden, und der Blutverlust begann nun spürbar an seinen Kräften zu zehren. Selbst wenn er vor Entkräftung nicht einfach zusammenbrach, würde er das Tempo nicht mehr lange durchhalten. Er brauchte ein Versteck. Wenn der Kerl ihn einholte, war er tot. Er war nicht in der Verfassung, sich gegen einen auch nur halbwegs ernst gemeinten Angriff zu verteidigen.

Sein Blick irrte über die Häuser vor ihm. Auf der linken Seite erhoben sich nur gleichförmige, rotbraune Ziegelsteinmauern. Die wenigen Fenster, die er sah, waren vernagelt oder auf andere Weise verschlossen. Der Anblick auf der rechten Seite unterschied sich kaum von dem auf der linken, aber in dreißig oder auch vierzig Meter Entfernung entdeckte er ein rostiges Tor aus Wellblech, das einen Spalt offenstand. Er wußte nicht, was dahinter lag, aber alles war besser als diese unendliche, deckungslose Straße, auf der ihn die Dunkelheit verfolgte.

Rosen mobilisierte noch einmal alle Kraft seines geschundenen Körpers, steuerte eines der Gebäude auf der linken Straßenseite an und änderte seinen Kurs dann abrupt um fast neunzig Grad nach rechts. In einem letzten, verzweifelten Spurt raste er auf das Tor zu. Er wagte es nicht, hinter sich zu blicken – wie er sich selbst einredete aus Angst, möglicherweise gerade dadurch den einen entscheidenden Sekundenbruchteil zu verlieren, der zwischen Tod und Rettung lag, in Wahrheit aber wohl eher, weil er den Anblick der flatternden Dunkelheit nicht mehr ertrug, denn sie weckte eine uralte Furcht in ihm, die alle Barrieren aus Logik und Willenskraft einfach mit sich fortriß.

Er hatte sich getäuscht. Das Tor stand zwar eine Handbreit offen, war aber mit einer massiven Kette und einem Vorhängeschloß von der Größe einer Untertasse gesichert. Er rannte trotzdem weiter, so schnell er konnte, spielte eine halbe Sekunde lang mit dem Gedanken, über das Tor hinwegzuklettern und entschied sich dann dagegen. Mit seiner verletzten Schulter hatte er keine Chance, dieses Kunststück zu schaffen, ganz abgesehen davon, daß ihm vermutlich nicht einmal genug Zeit dafür blieb. Die Dunkelheit war hinter ihm. Nah. So entsetzlich *nah*.

Rosen setzte alles auf eine Karte, drehte sich im letzten Moment zur Seite und rammte die unverletzte Schulter mit der ganzen Kraft seines Anlaufs gegen das Tor.

Die linke Hälfte seines Körpers explodierte einfach. Der Schmerz war nicht einmal so furchtbar, wie er erwartet hatte, aber er spürte, wie nunmehr auch noch der letzte Rest von Kraft aus seiner Schulter und dem Arm wich. Das Tor dröhnte wie ein riesiger, falsch gestimmter Gong. Rosen wurde zurückgeschleudert und fand nur durch Glück sein Gleichgewicht wieder, und ein winziger, verbliebener Rest seines Selbsterhaltungstriebes ließ ihn noch einmal nach vorne und auf das Tor zutaumeln.

Sowohl die Kette als auch das Schloß hatten dem Anprall standgehalten, aber die schiere Wucht des Stoßes hatte das morsche Tor halb aus den Angeln gerissen. Der Spalt zwischen den beiden Hälften war deutlich breiter geworden. Vielleicht breit genug, um sich hindurchzuquetschen.

Das Ergebnis entsprach ganz seinen Erwartungen. Seine Schulter verwandelte sich in reinen Schmerz. Das rostige Metall zerriß seine Kleidung und fügte ihm eine Anzahl neuer, tiefer Schnitt- und Schürfwunden zu, und sein Arm und die linke Hüfte weigerten sich jetzt einfach, seinen Befehlen weiter zu gehorchen. Verzweifelt griff er mit der rechten Hand zu, stemmte den Fuß gegen den Boden und schob und zerrte zugleich mit aller Kraft. Rostiges Eisen biß wie mit glühenden Zähnen in seine Schulter. Er brüllte vor Schmerz. Er konnte kaum noch sehen. Alles war rot und schwarz, und der Geschmack in seinem Mund war eine Mischung aus Erbrochenem und Blut. Trotzdem kämpfte er mit der absoluten Kraft schierer Todesangst weiter.

Mit einem Ruck kam er frei. Fetzen seiner Kleidung blieben an den beiden Torhälften zurück, und diesmal versuchte er erst gar nicht, seinen Sturz aufzufangen, drehte sich aber instinktiv auf die rechte Seite, so daß er zwar erneut gequält aufschrie, wenigstens aber nicht wieder an den Rand einer Bewußtlosigkeit schlitterte. Wimmernd stemmte er sich auf eine Hand und beide Knie hoch, schrie abermals, als sich eine Glasscherbe tief in seine Handfläche bohrte und kroch ein paar Schritte vom Tor fort.

Keine Sekunde zu früh.

Das Licht auf der anderen Seite des Tores erlosch. Etwas traf die beiden Flügel aus verrostetem Wellblech und schleuderte sie davon wie zerfetztes Papier, und etwas Riesiges, Schwarzes raste durch die gewaltsam geschaffene Öffnung herein, streifte Rosen beinahe flüchtig und schmetterte ihn erneut zu Boden. Er hatte einen blitzartigen Eindruck von gigantischen Schwingen aus geronnener Dunkelheit und Klauen aus rasiermesserscharfem Stahl. Dann knallte er mit dem Hinterkopf so wuchtig gegen den Boden, daß er nun tatsächlich das Bewußtsein verlor.

Wenn auch wahrscheinlich nur für eine oder zwei Sekunden.

Als er die Augen wieder öffnete, stand der Gigant über ihm.

Es war kein Mensch.

Es war zu groß. Seine Schultern waren zu breit. Sie hörten nicht dort auf, wo sie es sollten. Sie wuchsen weiter zu einem Paar gigantischer, schwarzer Flügel aus gehämmertem Stahl. Seine Hände waren grauenerregende gebogene

Klauen mit zu vielen Fingern. Und wo das Gesicht sein sollte, war nur wogende Schwärze. Es war das Ding, das er in der Pfütze gesehen hatte.

Kein *Er*.

Es.

Rosen wimmerte vor Angst und kroch rücklings von der furchtbaren Erscheinung weg.

Zu langsam.

Der schwarze Koloß folgte ihm, lautlos, ein Stück der Nacht, das zu gräßlichem Leben erwacht war. Eine der furchtbaren Krallen hob sich.

Zu leicht, wisperte eine lautlose Stimme hinter seiner Stirn. *Nicht genug*.

Die Klaue senkte sich wieder. Der schwarze Engel zog sich auf die gleiche, lautlose Weise wieder zurück, auf die er herangekommen war.

Er schlug erst zu, als sich Rosen in die Höhe stemmte und davonlaufen wollte.

Seine Kralle traf Rosens Rücken und riß ihn von den Schulterblättern bis zur Hüfte hinab auf.

Rosen kreischte in schierer Agonie, torkelte hilflos zwei Schritte nach vorne und prallte gegen etwas Hartes, etwas mit Spitzen und scharfen, reißenden Kanten. Er fiel, sprang wieder hoch und taumelte weiter. Sein Rücken war eine einzige, blutende Wunde. Er konnte die Quellen der einzelnen Schmerzen nicht mehr lokalisieren. Er hatte auch nicht mehr die Kraft zu schreien, sondern brachte nur noch eine Mischung aus Wimmern und Schluchzen zustande, während er haltlos weitertaumelte. Der schwarze Engel war hinter ihm, riesig, kalt, tödlich. Er konnte regelrecht spüren, wie sich die mörderischen Klauen zu einem weiteren, vielleicht dem letzten Hieb hoben.

Nicht genug.

Der Hieb hätte seinen Schädel zertrümmern können, aber er streifte seinen Hinterkopf nur. Trotzdem riß er Rosens Skalp bis auf den Knochen auf, zerfetzte seinen Nacken und ritzte die Halsarterie an der rechten Seite. Nicht tief genug, um ihn auf der Stelle zu töten, *zu leicht*, aber weit genug, um einen neuen Ausgang zu erschaffen, aus dem das Leben warm und klebrig aus ihm herausströmte.

Er fiel nicht, sondern taumelte blind weiter. Trotz allem registrierte er, daß er sich auf einer Art Schrottplatz zu befinden schien, vielleicht auch nur auf einem mit Unrat und Schrott übersäten Fabrikhof. Auf dem Boden schimmerten Glasscherben und scharfkantiges Metall. Links von ihm war etwas Großes, Glänzendes, vielleicht eine Wand aus Glas, vielleicht auch ein Block aus massivem Metall. Der Todesengel war noch immer hinter ihm. Gigantische Schwingen wie geschliffener Stahl durchschnitten die Luft *zu leicht* und berührten fast sanft seine Oberschenkel *zu leicht* und öffneten sein Fleisch zu einem weiteren Paar blutiger Lippen.

Rosen schrie. In seinen Beinen war jetzt keine Kraft mehr. Nirgends in seinem Körper war noch Platz für irgendein anderes Gefühl als Pein oder Angst.

Er fiel, prallte gegen etwas Hartes und zugleich Nachgiebiges und krallte sich instinktiv fest. Dünne, rote Linien aus Schmerz schnitten in seine Hände *zu leicht*, und nur ein kleiner Teil von ihm war noch klar genug und zu logischem Denken fähig. Dieser winzige Teil jedoch empfand nichts anderes als Erstaunen. Er hätte nicht mehr am Leben sein dürfen. Jede einzelne der grauenhaften Verletzungen, die ihm der schwarze Titan zugefügt hatte, hätte ihn töten müssen. Und wenn schon nicht das, so doch der Blutverlust. Der Schrottplatz schwamm in einem Meer aus dampfendem Rot. Trotzdem lebte er noch, vielleicht nur, weil er in diesem Moment dem Tod so nahe war wie niemals zuvor, und weil er plötzlich mit unerschütterlicher Sicherheit *wußte*, was auf der anderen Seite auf ihn wartete. Der Tod war keine Erlösung. Er war nur das Tor in eine andere, unvorstellbare Welt, ein Universum voller endloser Qual und immerwährender Furcht.

Zu leicht.

Der nächste Hieb traf ihn nicht mit der reißenden Kante, sondern mit der ganzen Breite der eisernen Schwinge. Rosen wurde mit furchtbarer Gewalt in die Höhe und nach vorne geschleudert, spürte, wie mindestens sechs oder sieben Rückenwirbel splitterten und seine Hüfte brach und fühlte zugleich ein geometrisches Muster aus neuem, blendendweißem Schmerz auf Gesicht und Händen. Er schrie, schluckte sein eigenes Blut und erstickte beinahe daran. Trotzdem begriff er, daß er gegen einen Maschendrahtzaun geschleudert worden war, einen Zaun aus glühendem, rasiermesserscharfem Draht, der sein Gesicht und seine Hände zerfetzte und dem Wort *unerträglich* eine neue, nie gekannte Dimension verlieh.

Seine Muskeln versagten ihm endgültig den Dienst. Hilflos sackte er am Zaun entlang zu Boden, klammerte sich mit blutigen, verheerten Fingern in den reißenden Stahl und war nicht mehr in der Lage, seinen Griff wieder zu lösen. Sein Körper wurde mit einem so brutalen Ruck herumgerissen, daß er sich die Schulter auskugelte, aber er hatte nicht mehr die Kraft für mehr als ein gequältes Wimmern. Es spielte *zu leicht* keine Rolle mehr.

Der Dunkle Engel stand über ihm. Seine eisernen Klauen glitzerten.

Zu leicht.

Diesmal zielte er auf Rosens Augen.

2

Es war noch immer das Haus der Pein. Der Mann, der diesen Namen ersonnen hatte, lebte schon lange nicht mehr, genau wie die meisten anderen, die in diesen Mauern gearbeitet und gelitten hatten, und obwohl er diese Bezeichnung nur für sich allein gewählt und mit keinem anderen Menschen darüber geredet hatte, war dieser Name irgendwie geblieben; als hätte er in den uralten Mauern Substanz gewonnen, die sich hinter weißer Tünche und modernem Kunststoff verbargen. Vielleicht war es aber auch genau anders herum: Vielleicht war dieses ganze Gebäude nur entstanden, um seinem Namen einen Körper zu verleihen.

Für Bremer jedenfalls war es so.

Er verknüpfte mit diesem Gebäude – vor allem mit dem, was darin *geschehen* war – nichts anderes als unangenehme Erinnerungen. Er hatte sich, lange nachdem alles vorbei war, über dieses Haus erkundigt und herausgefunden, daß seine Geschichte über Jahrhunderte hinweg tatsächlich eine Geschichte des Leides und der Pein gewesen war. Die Mauern des ehemaligen Klosters hatten mehr Schreie der Verzweiflung gehört und Tränen des Kummers gesehen als jedes andere von Menschenhand geschaffene Gebäude dieser Stadt, und in seinen Katakomben und Gewölben war mehr Blut vergossen worden als auf so manchem Schlachtfeld. Nichts von alledem war in böser Absicht geschehen. Die Menschen, die in diesem Gebäude gelebt und gewirkt hatten, hatten stets in bestem Willen gehandelt, und doch schien es, als ob dieser Ort alles verdrehte, Licht zu Dunkelheit und Gutes zu Schlechtem werden ließ. Es war ein *böser* Ort.

Und Bremer war hier geboren.

Zum zweiten Mal, um genau zu sein. Der Tag seiner ersten Geburt lag mittlerweile gute fünfzig Jahre zurück, aber sein zweites, neues Leben hatte hier begonnen, nicht nur in diesem Gebäude, sondern tatsächlich in dem *Zimmer*, in dem er sich jetzt befand, möglicherweise sogar auf der lederbezogenen Liege, auf der er lag. Er hatte nie danach gefragt. Als sie ihn hereingebracht hatten, war er tot gewesen. Als er die Klinik drei Monate später wieder verließ, da ...

»Sie können sich jetzt wieder anziehen, Herr Bremer.«

Dr. Mecklenburgs Stimme riß Bremer in die beruhigende Wirklichkeit des Untersuchungszimmers zurück. Er brauchte eine halbe Sekunde, um zu begreifen, daß die Worte ihm galten, und die zweite Hälfte, um ihren Sinn zu erfassen und darauf zu reagieren. Dann hob er – entschieden zu hastig – die Hände, fummelte die vier oberen Knöpfe seines Hemdes zu und stopfte den Rest unordentlich in die Hose, während er bereits den Gürtel schloß und von der Kante des Ledercouch glitt; alles in einer einzigen, kompliziert ineinander übergehenden Bewegung.

Mecklenburg schüttelte den Kopf. »Zirkusreif«, sagte er spöttisch. »Irre ich mich, oder haben Sie es ziemlich eilig, von hier zu verschwinden?«

Und ob, dachte Bremer. *Ich hätte gar nicht erst kommen sollen.* Laut sagte er: »Nein. Ich hasse es nur, Zeit zu verschwenden.«

»Ein Besuch bei einem Arzt ist niemals Zeitverschwendung«, belehrte ihn Mecklenburg – allerdings nur, um praktisch in der gleichen Sekunde schon den Kopf zu schütteln und seine eigene Behauptung zu relativieren: »Obwohl ich gestehen muß, daß das in Ihrem Fall vielleicht nicht ganz zutrifft. Für einen Mann Ihres Alters sind Sie in einer geradezu unverschämt guten Verfassung. Hat man Ihnen das eigentlich schon einmal gesagt?«

»Mehrmals.« Bremer griff nach seiner Jacke. »Es gibt da einen gewissen Arzt, der es mir alle drei Monate wieder versichert.« Er seufzte. »Im Ernst: Wie lange wollen wir dieses Theater noch treiben? Wir verschwenden nicht nur meine Zeit, sondern auch Ihre. Haben Sie nichts Besseres zu tun, als einen vollkommen gesunden Mann zu untersuchen?«

»Kein Arzt auf der Welt hat etwas Besseres zu tun, als einen Urenkel von Lazarus zu untersuchen und sein Geheimnis zu ergründen«, antwortete Mecklenburg. »Ich bekomme den Nobelpreis, wenn ich erklären kann, wieso Sie noch leben. Glauben Sie etwa, diese Chance lasse ich mir entgehen?« Er grinste, lehnte sich nachlässig gegen die Schreibtischkante und sah mit beinahe wissenschaftlichem Interesse zu, wie Bremer seinen üblichen Kampf mit dem Krawattenknoten aufnahm und wie gewohnt verlor.

»Was machen die Alpträume?« fragte er nach einer Weile.

Bremer zog eine Grimasse und riß den Schlips mit einem Ruck herunter, um ihn in die Jackentasche zu stopfen, verlor endgültig die Geduld und warf ihn auf die Liege hinter sich. »Danke der Nachfrage«, sagte er. »Sie entwickeln sich prächtig.«

Mecklenburg grinste weiter, aber das spöttische Funkeln in seinen Augen war nicht mehr da. »Sie sollten vielleicht doch mit meinem Kollegen reden«, sagte er. »Ich kann ihn anrufen. Es macht keine Mühe. Ich vereinbare gerne einen Termin für Sie.«

»Wenn ich einen Gehirnklempner brauche, sage ich Ihnen Bescheid«, antwortete Bremer. Die Worte klangen sogar in seinen eigenen Ohren schärfer, als sie es sollten. Einen Sekundenbruchteil lang überlegte er, sie mit einer entsprechenden Bemerkung ein wenig zu mildern, tat es aber dann doch nicht. Sie hatten dieses Gespräch schon so oft geführt, daß selbst Mecklenburg mit seiner berufsmäßigen Sturheit eigentlich begriffen haben sollte, daß er nicht mit einem Psychologen reden *wollte*. Er hatte Alpträume – und? Nach dem, was er durchgemacht hatte, hatte er jedes verdammte Recht dazu!

Mecklenburg sah ihn eine Sekunde lang enttäuscht an, dann zuckte er mit den Schultern und schwang sich mit einer übertrieben heftigen Bewegung von der Schreibtischkante. »Ganz wie Sie meinen«, sagte er. »Sollten Sie es sich anders überlegen, meine Nummer haben Sie ja. Wir sehen uns dann in drei Monaten.«

Soviel zu der Frage, wie lange diese Zeitverschwendung noch andauern sollte. Bremer sparte sich die Energie, noch einmal darauf einzugehen, sondern verabschiedete sich mit einem knappen Nicken von Mecklenburg und verließ den Untersuchungsraum. Nach zwei Schritten blieb er wieder stehen, versenkte die rechte Hand in die Tasche und machte ein ärgerliches Gesicht, noch bevor er sie leer wieder herauszog. Er hatte seine Krawatte auf der Liege vergessen. Nicht, daß ihm viel daran lag. Bremer *haßte* Krawatten. Aber sie gehörte nun einmal dazu, und das Ding hatte fast hundert Mark gekostet; für das Gehalt eines kleinen Polizeibeamten entschieden zu viel, um mit reinem Achselzukken darauf zu verzichten. Resignierend drehte er sich um und ging noch einmal zurück.

Er trat ein, ohne anzuklopfen. Mecklenburg hatte seinen Platz auf der Tischkante aufgegeben und saß hinter seinem Schreibtisch und telefonierte. Als Bremer eintrat, ließ er den Hörer erschrocken sinken und deckte die Muschel automatisch mit der linken Hand ab. Der Ausdruck auf seinem Gesicht war fast entsetzt.

Bremer zuckte die Achseln, kniff die Lippen zur Karikatur eines entschuldigenden Lächelns zusammen und deutete auf den zusammengeknüllten Schlips, der auf der Couch lag. In der ersten Sekunde begriff Mecklenburg sichtlich gar nicht, was er meinte, dann nickte er auffordernd, und Bremer durchquerte mit schnellen Schritten das Zimmer, raffte die Krawatte an sich und stopfte sie unordentlich in die Tasche. Ohne ein weiteres Wort wandte er sich wieder um und ging. Im Vorbeigehen streifte sein Blick die Akte, die vor dem Arzt auf dem Tisch lag. Sie war zugeklappt, aber Bremer konnte seinen eigenen Namen deutlich auf dem Deckblatt lesen. Nein, Mecklenburg hatte ganz eindeutig *nicht* vor, ihn in absehbarer Zeit aus seiner Patientenkartei zu streichen.

Wie üblich, durchquerte er den kurzen Gang und die dahinter liegende große Halle mit so schnellen Schritten, daß er gerannt wäre, hätte er sein Tempo auch nur noch um eine Winzigkeit gesteigert. Die kühle Sachlichkeit des Behandlungszimmers hatte ihm für einen kurzen Moment Schutz geboten, einen Halt, an den er sich klammern konnte, um nicht wieder in den bodenlosen Abgrund zu stürzen, der sich hinter der Fassade aus scheinbarer Normalität und dezentem Luxus verbarg, mit dem die Privatklinik ihre Besucher empfing. Aber dieser Schutz würde nicht ewig halten. Nicht einmal besonders lange. Obwohl er wahrscheinlich besser als jeder andere wußte, daß von diesem Gebäude keine Gefahr mehr ausging, waren die Gespenster der Vergangenheit hier noch höchst lebendig.

Und das vielleicht im wahrsten Sinne des Wortes.

Hinter dem an einen Hoteltresen erinnernden Empfang hielten sich im Moment drei junge Frauen auf. Wie der größte Teil des Personals hier trugen sie keine Kittel oder irgendeine andere Art von Krankenhausuniform, sondern schmucke Kostüme, die entweder eine Menge über ihre Gehälter verrieten, oder vermuten ließen, daß die Klinik ihrem Personal ein großzügiges Kleidergeld zahlte, und selbstverständlich waren alle drei jung und äußerst attraktiv; Bremer war sicher, daß das Personal hier mindestens ebenso nach seinem Aussehen wie nach seinen fachlichen Qualifikationen ausgesucht wurde.

Eine der drei jungen Frauen kannte er.

Sie hatte sich das Haar gefärbt und zu einem modischen Kurzhaarschnitt frisieren lassen, und sie war ein wenig älter geworden – nein, nicht älter: *erwachsener*. Bremer erkannte sie trotzdem sofort und ohne den leisesten Zweifel wieder. Es war nicht nur eine zufällige Ähnlichkeit. Die junge Frau ...

... hob in diesem Moment den Kopf und sah so direkt in seine Richtung, als hätte sie seinen Blick gespürt oder seine Gedanken gelesen, und für den zeitlosen Augenblick eines Gedankens sah sie ihm direkt in die Augen. Aus Ähnlichkeit wurde Identität, begleitet von einem Gefühl ungläubigen Entsetzens, denn das, was er sah, war vollkommen unmöglich. Dann blinzelte er, und die Vision zerplatzte; er blickte in ein immer noch attraktives, aber vollkommen fremdes Gesicht.

Jemand rempelte ihn an. Bremer machte einen hastigen Schritt zur Seite, holte Luft zu einer ärgerlichen Bemerkung und machte sich gerade noch im letzten Moment klar, daß es seine Schuld gewesen war. Schließlich hatte er mitten in seinem Sturmschritt angehalten. Statt also eine seiner gefürchteten sarkastischen Bemerkungen anzubringen, murmelte er ganz im Gegenteil eine Entschuldigung und ging weiter, ohne sich auch nur umzudrehen. Einen Augenblick später verließ er die Klinik und rannte beinahe die Treppe hinunter.

Es regnete immer noch leicht, so daß er einen Vorwand hatte, die hundert Meter zum Parkplatz nun endgültig im Laufschritt zurückzulegen. Der Regen war nicht sehr heftig, aber eiskalt; *zu* kalt für die Jahreszeit. Seine Finger waren klamm und zitterten, als er den Schlüssel aus der Tasche zog; er brauchte Sekunden, um ihn ins Schloß zu fummeln, und noch einmal endlos, um die Tür aufzubekommen und sich hinter das Lenkrad fallen zu lassen.

Wenigstens redete er sich ein, daß es die Kälte war, die seine Hände zittern ließ.

Er hatte sich dieses *Déjà-vu* nicht nur eingebildet. Was andererseits natürlich nicht stimmte. Die junge Frau, deren Gesicht er zu sehen geglaubt hatte, war vor fünf Jahren gestorben, und im Gegensatz zu ihm war sie *nicht* von den Toten wieder auferstanden. Es war eine Halluzination gewesen, ein böser Streich, den ihm sein Unterbewußtsein gespielt hatte, mehr nicht. *Mehr nicht.* Aber sie war so unglaublich realistisch gewesen.

So, wie Halluzinationen nun einmal waren?

Bremer schenkte seinem eigenen Konterfei im Innenspiegel ein schiefes Grinsen. Sein Gesicht war naß und sehr bleich. *Natürlich* war es eine Halluzination, ausgelöst durch die Klinik und die größtenteils unangenehmen Erinnerungen, die er mit diesem Ort verband. Was ihn erschreckte, das war auch gar nicht der Zwischenfall selbst. Vielmehr die Intensität, mit der er darauf reagiert hatte.

Er schüttelte den Kopf, zog mit der linken Hand die Tür zu und schob mit der anderen den Zündschlüssel ins Schloß. Der Motor sprang wie üblich erst beim dritten oder vierten Versuch an, aber diesmal gestattete Bremer es sich ganz bewußt, sich darüber zu ärgern. Der Wagen war kein Jahr alt, aber sobald der Wetterbericht auch nur Regen *ankündigte*, hatte er Startschwierigkeiten. Er war mit dieser verdammten Karre schon ein halbes Dutzend Mal in der Werkstatt gewesen, ohne daß sie den Fehler gefunden hatten. Nicht zum ersten Mal fragte er sich, warum er sich diese Unverschämtheit eigentlich gefallen ließ.

Der Trick mit der Ablenkung funktionierte. Als der Motor schließlich ansprang und stotternd auf Touren kam, ärgerte er sich zwar immer noch, aber die irrationale Furcht, die sich für einen Moment in seinen Gedanken ausgebreitet hatte, war wie fortgeblasen. Es lag einzig und allein an diesem verdammten Monstrum von Haus, in dem es zwar so wenig spukte wie in irgendeinem anderen Gebäude auf der Welt, mit dem er aber zu viele unangenehme Erinnerungen verband. So simpel war die Erklärung.

Bremer balancierte vorsichtig mit Kupplung und Gaspedal, damit der Motor nicht sofort wieder ausging – er wußte aus leidvoller Erfahrung, daß er danach für mindestens zwanzig Minuten gar nicht mehr anspringen würde – und nahm sich zum ungefähr zwanzigsten Mal vor, bei der nächsten Gelegenheit in die Werkstatt zu fahren und diesmal Tacheles mit den Burschen zu reden. »Die tun was«, knurrte er. »Freunde, ihr werdet euch wundern, was *ich* tue, wenn ihr diesen Schrotthaufen nicht bald hinkriegt!«

Der Motor stotterte zur Antwort und lief ein wenig ruhiger, wenn auch noch immer nicht so rund, daß Bremer es wagte, schon loszufahren. Mit einem ärgerlichen Kopfschütteln ließ er sich im Fahrersitz zurücksinken. Auf ein paar Augenblicke mehr oder weniger kam es jetzt auch nicht mehr an. Ganz im Gegenteil – vielleicht sollte er die wasserscheue Elektronik als seine Verbündete betrachten, statt sich über sie zu ärgern. Im Büro wartete nur ein Schreibtisch voller langweiliger Arbeit auf ihn. Manchmal fragte er sich, warum er sich um alles in der Welt das eigentlich noch antat. *Nötig* hatte er es weiß Gott nicht.

Sein Blick fiel auf das Display des Handys, das sich automatisch eingeschaltet hatte, als er den Schlüssel herumdrehte. Das Gerät zeigte die Kleinigkeit von zehn Anrufen in Abwesenheit auf – vermutlich mehr; so viel Bremer wußte, war zehn die maximale Anzahl von Nummern, die der Apparat speichern konnte. Bremer zerbrach sich ein paar Sekunden lang vergeblich den Kopf, welche Tasten er nun in welcher Reihenfolge drücken mußte, um die Nummern der Anrufer auf dem Display erscheinen zu lassen, und gab es dann auf. Der Verkäufer, der ihm das Ding aufgeschwatzt hatte, hatte ihm versichert, daß die Bedienung kinderleicht wäre. Er hatte beim Einbau nur vergessen, das passende Kind mitzuliefern.

Die Anzeige im Display erlosch und machte dem Wort *Anruf* Platz, eine halbe Sekunde, bevor das Ding klingelte. Bremer drückte die Sprechtaste und sagte: »Ja?«

»Bremer?« Nördlingers Stimme war verzerrt und so

laut, daß Bremer hastig nach dem Lautstärkeregler griff und ihn herunterdrehte.

»Ja«, antwortete er. »Oder wer sonst sollte sich unter meiner Nummer melden?« Aus irgendeinem Grund hatte er stets Hemmungen, sich am Autotelefon mit seinem Namen zu melden; eine kleine Marotte, die Nördlinger eigentlich akzeptieren sollte.

Er tat es nicht. »Dann melden Sie sich gefälligst mit Ihrem Namen«, knurrte er. »Ich versuche seit einer Stunde, Sie zu erreichen. Wo zum Teufel waren Sie?«

»Beim Arzt«, antwortete Bremer. Er schluckte alles, was ihm sonst noch auf der Zunge lag, herunter. Es war eine Menge. Nördlinger konnte ihn weder leiden, noch machte er einen Hehl daraus, und er würde den Teufel tun und dem Kerl auch noch Munition liefern. »Die übliche Routineuntersuchung.«

»Mit dem üblichen Ergebnis, nehme ich an«, sagte Nördlinger. »Dann fühlen Sie sich doch jetzt bestimmt in der Lage, Ihre Arbeit wiederaufzunehmen. Fahren Sie zur Baldowstraße. Sie sehen dann schon, wo. Und wenn Sie das nächstemal zum Arzt oder sonstwohin gehen, dann nehmen Sie Ihr Handy gefälligst mit. Deswegen heißen die Dinger Handys. Weil man sie in die Hand nehmen kann. Nicht, damit man sie im Wagen liegen läßt.«

»In der Klinik sind sie verboten, soviel ich weiß«, antwortete Bremer. »Baldowstraße, sagten Sie?« Er versuchte sich zu erinnern, wo die Baldowstraße lag. Er war nicht ganz sicher, glaubte aber, daß es irgendwo im Ostteil war. Ganz eindeutig nicht ihr Revier.

»Soll ich Ihnen einen Stadtplan faxen?« fauchte Nördlinger. »Es geht um einen alten Freund von Ihnen. Sie werden schon sehen. Und jetzt beeilen Sie ich bitte. Die Kollegen warten schon.«

Bremer schaltete ab, ohne sich mit irgendeiner Höflichkeitsfloskel aufzuhalten, schnitt dem Handy eine Grimasse und schaltete gleichzeitig Licht und Scheibenwischer ein. Der Motor lief jetzt sauber und rund. Er konnte es wagen, loszufahren.

Als er den Mondeo vom Parkplatz lenkte, glitt ein Schatten wie von etwas Riesigem, Geflügeltem über den regennassen Asphalt.

Bremer weigerte sich, hinzusehen.

Er fädelte den Wagen in den fließenden Verkehr ein, fuhr mit zu schnellen achtzig Stundenkilometern stadteinwärts und lenkte sich mit der Frage ab, welchen Sonderauftrag Nördlinger heute wieder für ihn haben mochte. *Kriminalrat* Nördlinger war äußerst einfallsreich darin, unangenehme Beschäftigungen für diejenigen seiner Mitarbeiter zu finden, die er nicht leiden konnte; eine illustre Auswahl, auf deren Liste der Name Bremer zweifellos ganz oben stand. Seit Nördlinger seinen Dienst angetreten hatte (großer Gott, war das wirklich erst ein Jahr her? Bremer kam es vor wie zehn) hatte er keinen Zweifel daran aufkommen lassen, daß er erst zufrieden sein würde, wenn Bremer die großzügige Vorruhestandsvereinbarung annahm, die man ihm angeboten hatte – oder einen Fehler beging, der es ihm ermöglichte, ihn zu feuern. Beides war nicht sehr wahrscheinlich. Bremer fühlte sich mit noch nicht einmal fünfzig Jahren entschieden zu jung, um in Rente zu gehen und den Rest seiner Tage mit Zeitunglesen und der Pflege seiner Kakteenzucht zu fristen, und er war in seinem Job einfach zu gut, als daß ihm ein Fehler unterlaufen würde, der schwerwiegend genug war, ihm das Genick zu brechen.

Außerdem war es ein unfairer Kampf. Nördlinger war trotz allem ein sehr fähiger Mann – wäre er das nicht, dann säße er schon lange nicht mehr auf dem Stuhl, auf dem er saß –, aber er war auch ein Mann mit einem unerschütterlichen Glauben an Autorität und Regeln. Bremer hingegen war bis zu einer gewissen – sehr hoch angesetzten – Grenze *Persona non grata*, und als solcher *mußte* er einem Mann wie Nördlinger ein Dorn im Auge sein. Es war nicht etwa so, daß Bremer die Tatsache, praktisch unangreifbar zu sein, jemals ausgenutzt hätte. Aber die bloße Möglichkeit, daß er es konnte, war wohl schon mehr, als Nördlinger ertrug.

Er brauchte sehr viel länger als die veranschlagte halbe Stunde, um sein Fahrtziel zu erreichen. Trotz der noch frühen Stunde erstickte die Innenstadt schon fast im Verkehr. Das Gebiet rings um das neue Regierungsviertel war eine einzige Baustelle, und das würde sie Bremers Meinung nach auch noch mindestens fünf oder sechs Jahre lang bleiben, allen vollmundigen Versprechungen der Politiker zum Trotz. Erst, als er in den Ostteil (den *alten Ostteil*, verbesserte er sich in Gedanken. Daran würde er sich wohl nie gewöhnen) kam, wurde es ein wenig besser. Um das Maß vollzumachen, verfuhr er sich auf dem letzten Stück auch noch, so daß er nach dem Weg fragen mußte und es beinahe elf war, ehe er den Wagen – nachdem er den dritten Passanten nach dem Weg gefragt hatte – endlich um die letzte Biegung lenkte und sah, was Nördlinger gemeint hatte. Das Handy hatte in dieser Zeit dreimal geklingelt und hätte es wohl noch öfter getan, hätte er es nicht irgendwann kurzerhand ausgeschaltet. Ein Hoch auf die Technik.

Die Straße war heruntergekommen und mußte früher, noch zu DDR-Zeiten, so etwas wie ein bescheidenes Industriegebiet gewesen sein. Jetzt standen die meisten Gebäude leer und waren dem Verfall anheim gegeben. An einem normalen Tag traf man hier zusammengenommen vermutlich nicht einmal ein Dutzend Menschen.

Jetzt sah Bremer auf Anhieb gut die doppelte Anzahl von Autos; die – obligate – Menge von Neugierigen versuchte er erst gar nicht zu schätzen. Er hatte es schon vor Jahren aufgegeben, sich über Gaffer zu ärgern, die prinzipiell aus dem Nichts aufzutauchen pflegten und immer neue und erstaunlichere Ideen entwickelten, um Polizei, Feuerwehr und Notärzte an ihrer Arbeit zu hindern.

Er lenkte den Ford in scharfem Tempo auf die Menschenansammlung am Ende der Straße zu, brachte ihn im buchstäblich letzten Moment mit quietschenden Bremsen zum Stehen und quittierte die zornigen Blicke, die ihn trafen, mit einem schadenfrohen Grinsen. Ein weiterer Minuspunkt in seiner Personalakte, falls sich jemand seine Nummer merkte und ihn meldete. Es war ihm gleich. Mit etwas mehr als der notwendigen sanften Gewalt bahnte er sich einen Weg durch den Auflauf. Er kassierte und verteilte eine

Anzahl derber Rippenstöße, Tritte gegen die Waden und auf die Zehen, aber der Saldo fiel eindeutig zu seinen Gunsten aus.

Der Grund des Menschenauflaufs befand sich nahezu am Ende der Straße und bestand aus zwei quer gestellten Streifenwagen und einem RTW der Berufsfeuerwehr. Dahinter erhob sich ein rostzerfressenes Wellblechtor, das ganz so aussah, als würde es nur noch von guten Wünschen und verkrustetem Staub vor dem Umfallen bewahrt. Ein leicht genervt wirkender Streifenpolizist hielt davor Wache, ließ ihn aber problemlos passieren, noch bevor er seinen Dienstausweis zücken mußte. Entweder kannte der Mann ihn, oder Nördlinger hatte sein Kommen ausführlich genug angekündigt. Bremer quetschte sich durch den schmalen Spalt zwischen den beiden Torflügeln. Beiläufig registrierte er das eingetrocknete Blut, das an dem Metall klebte.

Dahinter lag etwas, das Bremer auf den ersten Blick an eine Mischung aus einem Schrottplatz und einem aufgegebenen Fabrikhof erinnerte: Zerlegte Maschinen, Kisten, Metallschrott, halb ausgeschlachtete Autowracks, zerbrochenes Mobiliar und ganz ordinärer Müll bildeten ein einziges, ausuferndes Chaos. Ein halbes Dutzend Beamter stand tatenlos herum, und ein weiteres halbes Dutzend war mit Dingen beschäftigt, deren Sinn sich nur dem Eingeweihten offenbarte. Bremer wußte sofort, daß er sich am Schauplatz eines Verbrechens befand. Die Kollegen von der Spurensicherung waren damit beschäftigt, jeden rostigen Nagel zu katalogisieren und jeden Stein umzudrehen. Der Hof wurde an drei Seiten von schäbigen Gebäuden mit vernagelten Fenstern und Türen flankiert, nur direkt gegenüber des Tores gab es einen engen, mit einem Maschendraht verschlossenen Durchgang. Unmittelbar davor lag ein schmaler, mit einer schwarzen Plastikplane zugedeckter Körper. Ein Toter. Nördlinger hätte ihn nicht herbestellt, wenn es kein Toter wäre.

Bremer stockte zum ersten Mal, seit er aus dem Wagen gestiegen war, für einen kurzen Moment im Schritt, als er

Nördlinger sah. *Das* war wirklich ungewöhnlich. Kriminalrat Nördlinger besuchte *niemals* einen Tatort, es sei denn in Begleitung eines Staatsanwalts oder eines Fernsehteams. Von beidem war weit und breit nichts zu sehen.

»Das hat lange gedauert«, sagte Nördlinger, ohne sich mit einer Begrüßung aufzuhalten. »Hatten Sie Mühe, die Adresse zu finden?«

Bremer verzog die Lippen zu etwas, das Nördlinger für ein Grinsen halten konnte, wenn ihm danach war, und zündete sich eine Zigarette an. Er hatte gar keine Lust auf eine Zigarette, aber Nördlinger war der militanteste Nichtraucher, der ihm jemals begegnet war, und das allein war Grund genug. »Was ist passiert?«

Nördlinger maß die Zigarette zwischen seinen Lippen mit einem angeekelten Blick, dann deutete er ein Achselzucken an und ließ die Bewegung in ein auf den zugedeckten Leichnam deutendes Nicken übergehen. Bremer trat an ihm vorbei, ging in die Hocke und streckte die Hand nach der Plastikfolie aus, und Nördlinger sagte: »Ich hoffe doch, Sie haben nicht zu ausgiebig gefrühstückt.«

Es war albern. Bremer verfluchte sich im stillen dafür, aber er zögerte tatsächlich einen Moment, die Plane zurückzuziehen. Als er es dann doch tat, geschah es zu schnell und mit viel zuviel Kraft.

Der Anblick war nicht so schlimm, wie er nach Nördlingers Worten erwartet hatte, aber schlimm genug. Bremer erstarrte für eine oder zwei Sekunden.

»Rosen«, sagte Nördlinger. »Ich hatte auch ein paar Schwierigkeiten, ihn wiederzuerkennen, aber er ist es.« Er atmete hörbar ein, zu tief und zu lange, als brauche er zusätzlichen Sauerstoff, um eine Übelkeit zu unterdrücken, und ließ sich dann neben Bremer in die Hocke sinken. Seine Kniegelenke knackten wie dünne, zerbrechende Äste. »Sehen Sie sich seine Hände an.«

Bremer zog die Plane noch ein Stück weiter zurück. Er sah sofort, was Nördlinger meinte. Rosens Gesicht bot einen erschreckenden Anblick, aber seine Hände sahen noch viel schlimmer aus. Fast alle seine Fingernägel waren abgebrochen und blutig gesplittert. Mindestens zwei Finger mußten gebrochen sein, wahrscheinlich mehr, und seine Handflächen wiesen ein geometrisches Muster sich kreuzender Schnitte auf, die bis auf die Knochen hinab reichten.

Das Muster in Rosens Händen paßte zu dem Maschendrahtzaun, vor dem man ihn gefunden hatte. Bremer brauchte nur eine Sekunde, um die dazugehörigen Blutspuren auf dem Draht zu finden.

»Was ist ... mit seinen Augen passiert?« fragte Bremer mühsam. Unter seiner Zunge begann sich bittere Galle zu sammeln. Er schluckte sie hinunter, warf die Zigarette neben sich auf den Boden und trat sie mit dem Absatz aus, ohne noch einmal daran gezogen zu haben.

»So, wie es aussieht, hat er sie sich ausgekratzt«, sagte Nördlinger. Bremer starrte ihn an, und Nördlinger nickte zwei- oder dreimal hintereinander, um seine Behauptung zu unterstreichen. »Wir müssen natürlich das endgültige Ergebnis der gerichtsmedizinischen Untersuchung abwarten, aber bisher deutet nichts auf Fremdeinwirkung hin.«

»Sie meinen, er hat sich das alles ... *selbst angetan*?«

»Er – oder jemand, der keinerlei Spuren hinterlassen hat.« Nördlinger erhob sich ebenfalls, wobei seine Gelenke erneut und noch lauter knackten, beugte sich dann aber noch einmal vor und schlug die Plane wieder über Rosens Gesicht. Es nutzte nicht viel. Bremers Magen revoltierte noch immer. »Jedenfalls keine, die wir gefunden haben.«

Oder wenigstens keine, die noch da wären, fügte Bremer in Gedanken hinzu. Er sprach es nicht laut aus. Es wäre nicht fair, und es wäre vor allem nicht wahr. Nördlingers Anruf lag fast eine Stunde zurück, und wahrscheinlich hatte die Spurensicherung den Hof schon abgesucht, lange bevor Nördlinger überhaupt eingetroffen war. Es gehörte zwar nicht viel dazu, dachte er spöttisch, aber selbst die Berliner Polizei war besser als ihr Ruf. Wenn Nördlinger sagte, daß keine Spuren da waren, dann waren keine Spuren da.

»Vielleicht hat man ihn woanders umgebracht und die Leiche dann hierhergeschafft.«

»Ja. Vielleicht. Und dann ist der Tote aufgestanden und

hat mit solcher Kraft am Draht gerüttelt, daß er sich die Hände daran aufgeschnitten hat.« Nördlinger schüttelte den Kopf. »Bevor oder nachdem er sich die Augen aus dem Kopf gerissen hat, was meinen Sie? Er ist hier gestorben. Die Frage ist nur, wie. Und warum.«

»Vielleicht, weil es doch so etwas wie eine höhere Gerechtigkeit gibt«, murmelte Bremer. Er hatte nicht vorgehabt, so laut zu sprechen, daß Nördlinger es hörte, aber Nördlinger *hatte* es gehört, und als Reaktion verfinsterte sich sein Gesichtsausdruck noch mehr.

»Sparen Sie sich solche Sprüche bitte, Herr Bremer«, sagte er steif. »Vor allem, wenn jemand in der Nähe ist, der sie falsch verstehen könnte.«

»Ist denn jemand in der Nähe?« Die Frage war überflüssig. Die örtlichen Gegebenheiten waren ausnahmsweise einmal auf ihrer Seite. Die Mauern und das Wellblechtor hielten nicht nur zuverlässig die Gaffer fern, sondern ihnen – bisher jedenfalls – auch die Presse vom Hals. Sehr lange würde das wahrscheinlich nicht mehr so bleiben. Nördlinger würdigte ihn nicht einmal einer Antwort.

Bremer kratzte all seinen Mut zusammen, ließ sich noch einmal in die Hocke sinken und zog mit spitzen Fingern die Plane vom Gesicht des Toten. Diesmal war er auf den Anblick vorbereitet. Sein Magen rebellierte zwar noch immer, versuchte aber wenigstens nicht mehr, aus seinem Hals herauszuspringen. Er hatte schon Tote gesehen, die schlimmer zugerichtet waren.

»Keine schöne Art, zu sterben«, sagte Nördlinger leise.

Bremer zuckte die Schultern. »Ein paar von seinen Opfern sahen schlimmer aus.«

Nördlinger schenkte ihm einen verwirrten Blick, beließ es aber bei einem Achselzucken. Vermutlich verstand er nicht einmal, was Bremer meinte. Auf den ersten Blick bot Rosens Gesicht einen Anblick, das an Grauen kaum noch zu übertreffen war. Es waren nicht einmal die fehlenden Augen. Jemand hatte seine Lider geschlossen, aber das machte es beinahe noch schlimmer. Die Augäpfel dahinter waren nicht mehr da. Wo sich die Haut über sanfte Rundungen spannen sollte, waren eingesunkene Löcher. Rosens Wangen und Kinn waren von tiefen Kratzern und Rissen zerfurcht, die zum Teil bis auf den Knochen hinabreichten. Er mußte unvorstellbar gelitten haben, bevor sein Herz endlich ausgesetzt hatte. Keines seiner Opfer war so zugerichtet gewesen. Bremer hatte sie alle gesehen.

Trotzdem war ihr Anblick schlimmer gewesen. Es war der *Ausdruck* auf den Gesichtern der Kinder. Keines seiner Opfer hatte auch nur annähernd solche Qualen erlitten, wie sie Rosen ausgestanden haben mußte. Verglichen damit hatte er seinen Opfern ein gnädiges, schnelles Ende bereitet. Wovon Bremer gesprochen hatte, war jedoch nicht der Ausdruck körperlicher Qual. Es war das Entsetzen. Die vollkommene, hilflose Fassungslosigkeit, das unbeschreibliche Gefühl, ausgeliefert zu sein, und diese eine, niemals beantwortete Frage, die er in ihrer aller Augen gelesen hatte: *Warum ich?*

Er schüttelte den Gedanken ab. »Wann ist es passiert?«

»Irgendwann zwischen Mitternacht und drei«, antwortete Nördlinger. »Soweit man das bisher sagen kann. Der Nachtwächter hat ihn heute morgen gegen sechs gefunden.«

Bremer sah auf die Uhr. Es war fast Mittag. Er fragte sich, warum man den Toten noch nicht weggebracht hatte, stellte die Frage aber nicht laut. Nördlinger würde seine Gründe haben. Und wenn nicht, dann ging es ihn nichts an. »Und was habe *ich* damit zu tun?«

»Sie machen mir Spaß«, sagte Nördlinger. »Wenn ich richtig gezählt habe, ist das Nummer vier auf Ihrer Liste.«

Bremer sah auf. »Vier?«

»Halbach, Belozky, Lachmann – und jetzt Rosen.« Nördlinger hielt die gleiche Anzahl Finger in die Höhe und schüttelte den Kopf. »Keine schlechte Bilanz, in vier Monaten.«

»Was soll das heißen?« Bremers Stimme war jetzt eine Spur schärfer, aber Nördlinger zeigte sich vollkommen unbeeindruckt. Nach einer oder zwei Sekunden gönnte er Bremer sogar eines seiner seltenen Lächeln.

»Gar nichts«, sagte er. »Ich zähle nur zwei und zwei zusammen – bevor es jemand anderes tut. Glauben Sie denn wirklich, ich wäre der einzige, der da gewisse Zusammenhänge erkennt?«

»Das einzige, was ich erkenne, ist ein toter Kindermörder.« Bremer stand auf. »Vielleicht hat er in einem klaren Moment ja begriffen, was er für ein Ungeheuer ist, und sich aus lauter Entsetzen darüber selbst umgebracht.«

Nördlinger wiederholte sein Kopfschütteln, trat an Bremers Seite und versuchte mit der Schuhspitze die Plane wieder über Rosens Gesicht zu schieben. Ohne Erfolg. »Verstehen Sie mich doch nicht falsch, Bremer«, sagte er. »Mein Mitleid mit diesem Kerl hält sich genauso wie Ihres in Grenzen. Und das gilt für die drei anderen genauso. Aber ich habe heute morgen schon eine Menge unangenehmer Fragen beantworten müssen, und ich fürchte, ich werde noch sehr viel mehr davon hören, bis ich heute abend nach Hause gehe. Ich hatte gehofft, daß Sie ein paar Antworten für mich haben.«

Die Ungeheuerlichkeit, die sich hinter diesen Worten verbarg, kam Bremer erst nach ein paar Sekunden *wirklich* zu Bewußtsein. Zu seiner eigenen Überraschung wurde er aber nicht einmal wütend. Nicht wirklich. Was Nördlinger gerade angedeutet hatte, war so bizarr, daß er für einen Moment ... gar nichts empfand.

»Ich habe für die Zeit zwischen Mitternacht und drei kein Alibi, wenn Sie das meinen«, sagte er spröde. »Möchten Sie meinen Dienstausweis und meine Waffe?«

»Seien Sie nicht albern«, antwortete Nördlinger. »Niemand verdächtigt Sie, oder wirft Ihnen irgend etwas vor. Als Halbach starb, waren Sie nicht einmal in der Stadt, nicht wahr? Ich sage das nur, weil es da gewisse ... Parallelen gibt.«

»Sie sind alle drei tot, das stimmt«, sagte Bremer feindselig. »Und?«

Nördlinger zuckte ungerührt mit den Schultern. »Wenn sie mir aufgefallen sind, könnten sie auch anderen auffallen.«

»Ich ...«

»Ich erwarte Sie in zwei Stunden in meinem Büro«, fuhr Nördlinger fort, noch immer ruhig, jetzt aber in verändertem, dienstlicherem Tonfall, der einen Befehl aus ihnen machte und die Diskussion gleichzeitig beendete.

»Soll ich eine Zahnbürste mitbringen?«

Nördlinger verdrehte die Augen. »Bremer – tun Sie mir und vor allem sich selbst einen Gefallen und strapazieren Sie meine Geduld nicht noch mehr. Ich erwarte ein paar konstruktive Vorschläge von Ihnen, keine dummen Sprüche. In zwei Stunden.«

Er ging. Bremer starrte ihm wütend nach. Nördlinger hatte es wieder einmal geschafft, ihn aus der Ruhe zu bringen. Das gelang ihm beinahe jedesmal. Sie gingen sich aus dem Weg, so gut es ging, aber immer war das nun einmal nicht möglich, und wenn es überhaupt etwas gab, das Kriminalrat Nördlingers Pedanterie noch übertraf, dann war es seine Fähigkeit, seinen Gesprächspartner mit ein paar gezielten Bemerkungen auf die Palme zu bringen.

Vor allem, wenn dieser Gesprächspartner Bremer hieß.

Vielleicht, überlegte er, war er ja nur deshalb so wütend, weil er immer wieder darauf hereinfiel. Dabei wäre es gar nicht nötig gewesen. Er war ziemlich sicher, daß er Nördlinger gewachsen war, wenn es ihm nur einmal gelang, Ruhe zu bewahren. In zwei Stunden, wenn sie sich wiedersahen, würde er sich einfach zusammenreißen. Und sei es nur, um Nördlinger nicht zwei Triumphe an einem Tag zu gönnen. Einer war genug. Mehr als genug, wenn man es genau nahm.

Bremer verspürte ein unangenehmes Kratzen im Hals. Er unterdrückte ein Husten und kramte in seinem Mantel nach einem Taschentuch, als sich ein Kribbeln in der Nase hinzugesellte. Er fand keines, hob im letzten Moment den Handrücken unter die Nase und nieste so kräftig, daß seine Trommelfelle knackten.

»Hier … bitte.«

Jemand hielt ihm ein offenes Päckchen Tempo hin. Bremer putzte sich ausgiebig die Nase, nickte dankbar und räusperte sich mehrmals hintereinander und übertrieben, damit das Kratzen in seinem Hals aufhörte. Es half allerdings nicht viel. Offensichtlich hatte er sich irgendwo eine Erkältung eingefangen.

Erst dann drehte er sich zu dem Mann herum, der ihm das Taschentuch gegeben hatte. Er erwartete, einen seiner Kollegen zu sehen, vielleicht jemanden von der Spurensicherung, oder auch einen uniformierten Beamten. Statt dessen blickte er in das Gesicht eines vielleicht dreißigjährigen, dunkelhaarigen Mannes, der einen für die Witterung viel zu dünnen schwarzen Sommeranzug trug, dazu ein ebenfalls schwarzes Hemd – und einen weißen Priesterkragen.

»Danke«, sagte er überrascht. »Was ... was tun Sie hier?«

»Nehmen Sie ruhig das ganze Päckchen«, sagte der andere lächelnd. »Sie hören sich an, als könnten Sie es gebrauchen.«

Bremer griff fast automatisch zu und steckte die Taschentücher ein. Gleichzeitig sah er sich verwirrt um. Er hatte sich zwar in den letzten Minuten intensiv mit Nördlinger beschäftigt, aber er war auch vollkommen sicher, ganz bestimmt *keinen* Geistlichen gesehen zu haben, als er vorhin gekommen war.

»Was tun Sie hier?« wiederholte er. »Wer sind Sie?«

»Mein Name ist Thomas«, antwortete der andere. »Vater Thomas – aber vergessen Sie den Vater ruhig. Niemand nennt mich so. Ist er das? Sie gestatten doch.«

Er deutete auf Rosens Leichnam und ließ sich daneben auf ein Knie herabsinken, ohne Bremers Antwort abzuwarten. Während er mit der rechten Hand ein winziges Silberkreuz an einer Kette unter dem Hemd hervorzog, entfernte er mit der anderen die schwarze Plane von Rosens Gesicht. Auf seinen Zügen zeigte sich nicht die geringste Reaktion, als sein Blick in Rosens zerstörtes Gesicht fiel. Er tat alles so schnell und mit einer solchen Selbstverständlichkeit, daß Bremer nicht einmal auf die Idee kam, ihn davon abzuhalten, sondern die kniende Gestalt vor sich nur mit einer Mischung aus Überraschung und Staunen anstarrte. Es dauerte Sekunden, bis er seine Fassung wiederfand.

»Bitte ... entschuldigen Sie«, sagte er. Keine Reaktion. »Thomas?«

Er sprach den *Vater* tatsächlich nicht aus, wenn auch weniger, weil Thomas es ihm angeboten hatte. Er wäre sich albern dabei vorgekommen, einen Mann Vater zu nennen, der jung genug war, um sein Sohn zu sein. Und den er vielleicht in der nächsten Minute verhaften mußte.

Es vergingen noch einmal Sekunden, bevor Thomas reagierte. Er hatte die Augen geschlossen und Zeige- und Mittelfinger der linken Hand auf die Stirn des Toten gelegt. Seine Lippen bewegten sich lautlos. Nachdem er sein stummes Gebet zu Ende gesprochen hatte, hob er das kleine Kreuz an die Lippen, küßte es flüchtig und verbarg es dann wieder unter seinem Hemd. Erst dann stand er auf und wandte sich wieder zu Bremer um.

»Bitte verzeihen Sie«, sagte er, »aber ...«

Bremer unterbrach ihn. »Was suchen Sie hier?« fragte er, in ganz bewußt nicht mehr allzu freundlichem Ton. »Wer hat Sie hier hereingelassen?«

»Ihr Kollege am Tor war so freundlich, mich einzulassen«, antwortete Thomas. Bremer wandte den Kopf und warf dem Mann einen ärgerlichen Blick zu, aber Thomas schüttelte rasch den Kopf und zog seine Aufmerksamkeit mit einer entsprechenden Geste wieder auf sich.

»Nehmen Sie es ihm nicht übel«, sagte er lächelnd. »Ich weiß, daß er es wahrscheinlich nicht gedurft hätte. Aber nicht jeder kann sich der Autorität eines Priesterkragens widersetzen.«

»Da haben Sie verdammt recht«, sagte Bremer. »Er hätte Sie nicht hereinlassen dürfen. Wir sind hier am Tatort eines Verbrechens. Kannten Sie den Toten?«

Thomas verneinte. »Ich bin nur zufällig vorbeigekommen. Als ich hörte, was geschehen war, habe ich Ihren Kollegen gebeten, mich einzulassen. Bitte, bereiten Sie ihm deswegen keine Schwierigkeiten. Es wäre mir unangenehm.«

»Wieso?« fragte Bremer. »Warum wollten Sie hier herein?«

»Um dem Toten die Sakramente zu geben«, antwortete Thomas.

»Die Sakramente?« Bremer legte den Kopf schräg. »Um ehrlich zu sein, habe ich mit der Kirche nicht viel am Hut. Aber trotzdem ... erteilt man die Sterbesakramente nicht eigentlich, *bevor* jemand stirbt?«

»Wenn die Zeit dafür reicht, ja«, sagte Thomas. »Leider kommen wir nicht immer rechtzeitig.«

»Das stimmt«, antwortete Bremer. »In diesem Fall kommen Sie ungefähr vierzig Jahre zu spät.«

Thomas' Blick nach zu schließen, verstand er nicht, was Bremer damit meinte – und wie auch? Bremer machte jedenfalls keinen Versuch, seine Worte irgendwie zu erklären, sondern fuhr mit einer unwilligen Geste zum Tor hin fort: »Ich muß Sie bitten, jetzt wieder zu gehen. Die Spurensicherung ist noch nicht fertig. Sie behindern uns bei unserer Arbeit.«

»Gleich.« Thomas drehte sich wieder zu dem Toten herum. »Ich möchte nur noch ...«

Bremer ergriff ihn am Arm. »Nein, *Vater*«, sagte er betont. »Jetzt. Es sei denn, Sie könnten mir vielleicht irgend etwas über den Toten erzählen, was ich noch nicht weiß.«

»Ich möchte Sie wirklich nicht behindern«, sagte Thomas. Er lächelte noch immer, und aus irgendeinem Grund *wußte* Bremer einfach, daß es ein echtes Lächeln war, kein berufsmäßig aufgesetztes. »Es ist auch nicht meine Aufgabe. Ich bin nur für das Seelenheil dieses Mannes verantwortlich.«

»Machen Sie sich darum keine Sorgen«, sagte Bremer. »Es sei denn, Sie glauben wirklich an ein Leben nach dem Tod.«

»Ich wäre nicht hier, wenn ich das nicht täte, Herr Bremer«, antwortete Thomas ernst. »Sie tun es doch auch.«

Und ob, dachte Bremer. *Ich könnte dir eine Menge darüber erzählen, mein Freund. Ich bin nur nicht sicher, ob es dir gefallen würde.* Er sagte das nicht laut. Es gehörte nicht hierher. Und dazu kam noch etwas: Er konnte es nicht begründen, aber dieser junge Geistliche ... verunsicherte ihn. Wäre er sich bei dem Gedanken nicht so albern vorgekommen, dann hätte er gesagt: Er war ihm unheimlich. Statt dessen sagte er: »Manchmal wünschte ich es mir. Wenn es so wäre, dann könnte ich wenigstens sicher sein, daß dieser Kerl für alle Zeiten in der Hölle brennt.«

Thomas sah ihn fast bestürzt an. Sein Lächeln erlosch. Nein: Es erlosch nicht. Es wurde traurig. »Haß ist keine gute Kraft, Herr Bremer«, sagte er. »So wenig wie Rache.«

»Das mag sein.« Bremer ließ endlich Thomas' Arm los und zog eine Grimasse. »Aber manchmal hilft es.«

»Niemandem ist damit geholfen«, widersprach Thomas. »Rache macht die Opfer dieses Mannes nicht wieder lebendig.«

»Woher wissen Sie, daß er Opfer hatte?« fragte Bremer blitzschnell. Sein latentes Mißtrauen wurde schlagartig zu der Gewißheit, daß *Vater Thomas* ihm bisher nicht die ganze Wahrheit gesagt hatte.

»Ich habe gehört, wie sich die Leute draußen über ihn unterhalten haben«, antwortete Thomas. »Das ist Rosen, nicht wahr? Stefan Rosen.«

»Sie kennen ihn?«

»Ich lese Zeitung«, erwiderte Thomas. »Und ich habe einen Fernseher.«

»Dann werden Sie um so besser verstehen, daß ich nicht unbedingt vor Mitgefühl zerfließe«, sagte Bremer. Er schüttelte fast zornig den Kopf. »Also meinetwegen. Geben Sie ihm die letzte Ölung, oder was immer Sie auch tun müssen. Und dann gehen Sie. Aber vorher haben Sie noch die Güte, meinem Kollegen vorne am Tor, der Sie so großzügig eingelassen hat, Ihre Personalien zu geben.«

»Darf ich fragen, warum?« Thomas wirkte jetzt doch ein wenig verunsichert. Offenbar, dachte Bremer schadenfroh, war ein weißer Priesterkragen nicht das einzige, was eine gewisse Autorität ausstrahlte.

»Reine Routine, Vater. Reine Routine.«

Erst eine gute Viertelstunde später, als er schon wieder im Wagen saß und sich auf dem Weg nach Hause befand, fiel ihm etwas auf, was er die ganze Zeit über unbewußt gespürt hatte, ohne es präzisieren zu können. Thomas hatte ihn zweimal mit seinem Namen angesprochen.

Aber er hatte seinen Namen gar nicht genannt.

3

Bremer fuhr nicht direkt ins Präsidium, obwohl er alles hatte – nur keine Zeit. Auf seinem Schreibtisch stapelte sich die Arbeit, und er war ziemlich sicher, daß der Leichenfund von heute morgen den Berg noch weiter anwachsen lassen würde; Nördlinger hatte ihn bestimmt nicht zu sich bestellt, um ein wenig zu plaudern.

Trotzdem fuhr er zuerst nach Hause.

Er hatte Mühe, den Weg zu finden und noch mehr Mühe, ihn unfallfrei zurückzulegen. Bremer war innerlich nicht halb so ruhig, wie er sich äußerlich gegeben hatte, als er den verkommenen Hinterhof verließ. Ganz im Gegenteil. Die Ruhe, die er empfand, war mehr ein Schock als alles andere; eine Art von Lähmung, die weniger seinen Körper oder den logischen Teil seines Denkens befallen hatte, wohl aber seine Emotionen. Sein Bewußtsein hatte eine Mauer um einen bestimmten Teil seiner Erinnerungen errichtet, durch die kaum noch etwas hindurchkam, aber er *wußte*, was dahinter lag, und dieses Wissen allein war schon fast mehr, als er ertragen konnte. Bremer fühlte sich, als hätte jemand sein Gehirn in Watte gepackt: Alles war düster, dumpf, als fehle eine ganze Facette der Realität. Trotzdem: Auch wenn er normalerweise nichts davon hielt, die Augen vor der Wirklichkeit zu verschließen: In diesem Moment war er froh, daß diese Mauer da war.

Rosen.

Wenn es in Bremers beruflichem Leben einen Alptraum gab, dann hieß er Stefan Rosen. Bremer hatte ihn das letztemal vor gut drei Jahren gesehen, und er hatte darum gebetet, ihn niemals wiedersehen zu müssen – es sei denn als Leichnam –, aber es hatte in diesen drei Jahren nicht einen

Tag gegeben, an dem er nicht mindestens einmal an Rosen *gedacht* hätte.

Er parkte den Ford verkehrswidrig auf einem der beiden Behindertenparkplätze vor dem Haus, in dem er wohnte, fuhr mit dem Aufzug in die fünfte Etage hinauf und warf in einer einzigen, tausendfach geübten Bewegung die Tür hinter sich zu, seinen Mantel in Richtung Garderobe und die Autoschlüssel auf die Couch. Das Display des Anrufbeantworters blinkte. Bremer löschte die eingegangenen Anrufe, ohne sie abgehört zu haben, schaltete das Gerät aus und zog nach kurzem Überlegen den Stecker aus der Dose. Er fühlte sich noch immer wie in Trance, gefangen in einem bösen Traum, in dem ein geistesgestörter Serienkiller nicht nur die Haupt-, sondern auch die einzige Rolle spielte und in dem die Wirklichkeit zu einer bloßen Kulisse verkommen war; Staffage, die nur dem einzigen Zweck diente, dem Monster eine angemessene Bühne für seinen großen Showdown zu bieten. Er hätte es nicht ertragen, jetzt eine menschliche Stimme zu hören. Nicht einmal vom Tonband.

Es war seltsam. Seit drei Jahren, seit dem Tag, an dem er den Gerichtssaal verlassen und Rosens triumphierendem Grinsen begegnet war, hatte er von diesem Moment geträumt: von dem Augenblick, in dem er neben Rosens Leichnam stehen und sich endlich sagen würde, daß die Gerechtigkeit am Ende doch gesiegt hatte. In manchen dieser Tagträume hatte er einfach Rosens Leichnam gefunden, so wie es vor einer Stunde tatsächlich passiert war, in manchen hatte er ihn selbst getötet, in den meisten hatte er einfach tatenlos zugesehen, wie er in tödlichem Morast versank, von einem tollwütigen Hund zerrissen oder von seinen eigenen Opfern hingerichtet wurde, die aus ihren Gräbern wieder auferstanden waren – infantile Rachefantasien, die ihm manchmal selbst peinlich gewesen waren, von denen die Psychologen aber immerhin behaupteten, daß sie nützlich seien, um Spannungen abzubauen und Schmerz zu verarbeiten. Bremer bezweifelte das. Aber nützlich oder nicht: *Wenn* es einen Menschen gab, dessen Tod er sich ehrlich gewünscht hatte, dann war es dieses Monster gewesen.

Wieso war er dann nicht erleichtert?

Wieso, verdammt, empfand er nichts von alledem, was er sich vorgestellt hatte? Weder Erleichterung noch Triumph oder Befriedigung. Rosen war tot. Ganz eindeutig. Die gute Sache hatte am Ende doch gesiegt, und Bremer hatte wieder einmal einen Beweis für seine tiefempfundene Überzeugung erhalten, daß es eine höhere Gerechtigkeit im Leben *gab*.

Und er fühlte sich so niedergeschlagen und mies wie schon seit langer Zeit nicht mehr. Es hieß, daß jeder Sieg auch einen schalen Beigeschmack hinterließ. Wenn das stimmte, dachte er, dann mußte er an diesem Morgen einen *gewaltigen* Sieg errungen haben. Als er in die Küche ging, um sich einen Kaffee aufzubrühen, zitterten seine Hände so heftig, daß er mehr Wasser neben als in die Maschine schüttete und beide Hände brauchte, um den Kaffee in den Filter zu bekommen.

Bremer streckte die Hand nach dem Schalter aus, schloß dann die Augen und blieb fast zehn Sekunden reglos und mit angehaltenem Atem stehen, ehe er die Bewegung zu Ende führte. Als er die Lider wieder hob, ging es ein wenig besser. Seine Hand zitterte immer noch, jetzt aber wenigstens nicht mehr so stark, daß er Gefahr lief, die ganze Maschine von der Anrichte zu werfen, und auch sein Atem hatte sich ein wenig beruhigt. Ein wenig. Nur ein wenig.

Bremer fuhr sich nervös mit dem Handrücken über das Gesicht und spürte kalten, klebrigen Schweiß. Sein Puls jagte. Statt sich zu beruhigen, begann sein Nervenkostüm immer heftiger zu flattern. Er kam sich vor wie eine Maschine, die außer Kontrolle geraten war und nun immer schneller und schneller lief, ohne daß irgend jemand in der Lage war, sie anzuhalten. Vielleicht sollte er einfach heiß duschen, um sich zu beruhigen.

Er verließ die Küche, durchquerte mit schnellen Schritten (und starr vom Telefon abgewandtem Blick) das Wohnzimmer und verteilte den Großteil seiner Kleider schon auf dem Weg ins Bad auf dem Fußboden. Das war einer der wenigen wirklichen Vorteile, die es mit sich brachte, als

Single zu leben, dachte er spöttisch. Man konnte nach Herzenslust Unordnung und Chaos verbreiten, ohne daß es jemanden störte.

Bremer drehte die Dusche auf, hielt die linke Hand in den Wasserstrahl, um die Temperatur zu prüfen und überlegte es sich dann anders. Er zitterte noch immer leicht am ganzen Leib, und auch wenn er sich jetzt wieder besser in der Gewalt zu haben glaubte, spürte er doch gleichzeitig die brodelnde Unruhe tief in sich. Jenseits der Mauer war etwas erwacht. Etwas, das herauswollte. Kratzte. Mit langen, eisenharten Krallen den Mörtel zwischen den Steinen herauszuscharren begonnen hatte und ...

Schluß.
Er hatte sich lange genug von den Gespenstern aus seiner Vergangenheit quälen lassen. Und schließlich hatte er gewußt, daß er extrem reagieren würde, wenn er Rosen wiedersah. Er hatte gar kein Recht, *so* darauf zu reagieren. Vielleicht war er einfach nur überrascht, daß die Reaktion so schnell kam. Und so *anders* war.

Statt unter die Dusche zu treten, drehte er den Heißwasserhahn der Badewanne auf, schleuderte Socken und Boxershorts davon und stieg in die Wanne. Bremer sog vor Schmerz die Luft ein, so heiß war das Wasser, aber er drehte den Kaltwasserhahn trotzdem nicht auf, sondern ließ sich mit zusammengebissenen Zähnen vollends in die Wanne sinken und schloß die Augen.

Es wirkte. Das Wasser stieg allmählich höher, so heiß, daß es wirklich *weh* tat, aber indem er sich auf den Schmerz konzentrierte und ihn mit zusammengebissenen Zähnen und geballten Fäusten unter Kontrolle zu halten versuchte, hörte auch das Kratzen und Scharren in seinem Inneren auf. Vielleicht auch nicht. Vielleicht hörte er es auch nur nicht mehr so deutlich. Aber das spielte keine Rolle. Das Ergebnis zählte: Das heiße Wasser wirkte entspannend. Seine Hände hörten auf zu zittern, und sein Atem ging zwar immer noch schnell, jetzt aber wohl mehr als Reaktion auf die Roßkur, die er seinem Kreislauf zumutete. Sein Puls raste, und er begann da, wo er noch nicht im Wasser lag, zu frieren. Nach einer Weile gestand er sich widerwillig ein, daß er auf die fünfzig zuging und seinem Körper vielleicht nicht mehr die gleichen Dinge antun sollte wie vor dreißig Jahren: Er hob den Fuß aus dem Wasser, drehte mit den Zehen die Kaltwasserzufuhr auf und genoß das Gefühl, als seine Haut, von den Füßen aufwärts beginnend, nicht mehr vor Hitze spannte und weh tat. Als das Wasser endlich eine wieder halbwegs erträgliche Temperatur erreicht hatte, griff er nach Seife und Waschlappen und begann sich gründlich abzuschrubben, obwohl er erst am Morgen geduscht hatte. Das tat er oft; manchmal zwei-, wenn nicht dreimal am Tag. Während seiner Rekonvaleszenz waren Hygiene und schon fast übertriebene Körperpflege lebensnotwendig gewesen, und er hatte diese Angewohnheit beibehalten. Bremer liebte es, manchmal eine Stunde unter dem dampfenden Strahl der Dusche zu verbringen, oder auch zwei oder drei in einer heißen Badewanne, wo er sich entspannen und ebenso gründlich abschalten und neue Kraft schöpfen konnte wie andere vielleicht bei einem ausgiebigen Spaziergang im Wald oder einem faulen Abend vor dem Fernseher.

Heute hatte er einen anderen Grund.

Er fühlte sich schmutzig. Besudelt. Er *war* schmutzig. Aber es war ein Schmutz, der sich mit Wasser und Seife nicht so einfach abwaschen ließ. Er fühlte sich leer und unrein. Er hatte Rosen nicht einmal *berührt*, aber seine bloße Nähe schien schon ausgereicht zu haben, einen Teil seiner Seele zu besudeln; als hätte er in übelriechenden Teer gegriffen, der nun an seinen Fingern klebte, und den er einfach nicht abwischen konnte, ganz egal, wie angestrengt er es auch versuchte.

Bremer versuchte den Gedanken ebenso abzuschütteln wie alles andere zuvor, aber es gelang ihm nicht. Ganz im Gegenteil – er fühlte sich plötzlich in die Rolle des Zauberlehrlings versetzt, der die Geister, die er gerufen hat, nicht mehr los wird, sondern hilflos mit ansehen muß, wie sie zu immer beunruhigenderem Eigenleben erwachten. Das Wasser schien plötzlich wieder wärmer geworden zu sein und nun tatsächlich die Konsistenz von Teer zu haben. Ja, er glaubte es sogar zu *riechen*: jenen typischen, nicht einmal wirklich unangenehmen Geruch, der an einem besonders heißen Tag von der Straße aufsteigt, oder manchmal flüchtig durch ein Fenster hereinweht, wenn man an einer Autobahnbaustelle vorbeifährt.

Was möglicherweise daran lag, daß in der Badewanne kein Wasser mehr war.

Im ersten Moment fühlte er den Unterschied nur, nicht psychisch, sondern ganz banal körperlich. Das Wasser wurde wärmer, fühlte sich auf seltsame Weise ... *schwerer* an und veränderte seine Konsistenz.

Dann wurde es schwarz.

Bremer starrte ungläubig auf die zähflüssige, schwarzbraune Brühe, in der er von einem Sekundenbruchteil auf den anderen saß.

Nein.

Nicht *saß*.

Zu sitzen *glaubte*.

Was er sah, war nicht real. Es *konnte* nicht real sein. Dinge verändern sich nicht von einer Sekunde auf die andere. Nicht so. Es war eine Halluzination. Die zweite an diesem Tag, und diesmal eine von einem ganz anderen, reichlich unangenehmen Kaliber. Es mußte so sein. Bremers Gedanken rasten, kreisten immer schneller und schneller und versuchten, mit dem hämmernden Rhythmus seines eigenen Pulsschlages Schritt zu halten. Er konnte kaum noch atmen. Auch die Luft im Bad hatte sich verändert. Sie roch jetzt schwer und süß, das brackige Aroma eines Modersumpfes, in dem Dinge starben und verwesten.

Bremer versuchte noch immer mit verzweifelter Kraft, die Bilder, Gerüche und Gefühle zu verleugnen, die auf ihn einstürmten. Es gelang ihm nicht. Die Logik, sein einziger Verbündeter in diesem aussichtslosen Kampf, kapitulierte kurzerhand. Es spielte keine Rolle, ob die groteske Veränderung seines Universums nun eingebildet war oder real, wenn die Einbildung so realistisch war, daß die Wirkung auf ihn gleich blieb. Seine letzte Verteidigungslinie fiel, und

Bremer bäumte sich schreiend auf und versuchte, sich aus dem übelriechenden braunen Morast herauszuziehen, in dem er gefangen war.

Nicht einmal das gelang ihm.

Der schwarze Morast hielt ihn fest, umschlang seine Glieder wie zäher, schon halb erstarrter Teer und verbrühte gleichzeitig seine Haut. Bremer strampelte verzweifelt mit den Beinen, suchte nach Widerstand, irgendeinem Halt, an dem er sich abstoßen konnte, aber da war nichts, und schlimmer noch: Er spürte, wie sich unter ihm, tief, unendlich *tief* unter ihm, etwas bewegte.

Hysterie überschwemmte seine Gedanken. Bremer riß, mit der absoluten Kraft, die nur schiere Todesangst hervorbringen konnte, den rechten Arm aus dem Morast und versuchte sich am Rand der Badewanne festzuklammern. Seine Finger, glitschig vom Morast, glitten von dem glatten Emaille ab. Zwei, vielleicht drei seiner Fingernägel brachen ab, was entsetzlich weh tat, aber der Schmerz verschmolz in diesem Moment einfach mit der roten Lohe, die seine Gedanken überschwemmte. Seine Hand klatschte in den Morast zurück. Trotz der pochenden Schmerzen versuchte er sofort, sie wieder zu heben, aber diesmal gelang es ihm gar nicht mehr: Ein Gespinst schwarzer, gummiartiger Fäden umschlang seine Hand und die Finger, dünn wie Nervenfäden, aber so unzerreißbar wie Stahl. Seine Kraft reichte nicht, sie zu bewegen.

Der schwarze Morast über seinen Füßen begann zu brodeln. Kleine, kreisförmige Wellen bildeten sich, liefen nach außen und wurden ersetzt, bevor sie ganz verebben konnten, dann stiegen zähe Blasen an die Oberfläche des Morasts, zerplatzten, erschienen erneut und

und etwas tauchte an die Oberfläche empor.

Bremer wußte, was es war, noch bevor es wirklich Gestalt annehmen konnte. Aus einem perfiden Grund war ihm sogar klar, daß das *Ding* aus keinem anderen Grund erschien als dem, weil *er* es wollte. Etwas *in ihm* gebar dieses Monster, aber nicht einmal dieses Wissen half ihm jetzt noch. Die Grenze zwischen Realität und Wahnsinn war endgültig niedergerissen, und die Natur der Lawine zu erkennen, schützte ihn nicht davor, von ihr überrollt zu werden.

Der Titan tauchte aus einer brodelnden schwarzen Flut empor, ein gigantischer, schwarzer Koloß mit Klauen aus rasiermesserscharfem Stahl und gewaltigen Schwingen aus schwarzem Eisen. Bremer schrie, bäumte sich auf und warf sich verzweifelt zurück, aber er war zu langsam, gefesselt von dem gleichen, klebrigen Morast, aus dem das Ungeheuer entstanden war.

Der Koloß beugte sich vor. Seine gewaltigen Schwingen entfalteten sich, bis sie den Raum fast zur Gänze ausfüllten, und seine tödlichen Krallen näherten sich Bremers Gesicht, langsam, auf eine fast schon laszive Art, als genieße er jeden Sekundenbruchteil dieses Augenblickes; getrieben von einer unaufhaltsamen, unbarmherzigen und in letzter Konsequenz mörderischen Energie.

Ihre Berührung war beinahe sanft.

Bremer spürte nicht den mindesten Schmerz, als der Stahl in seine Haut eindrang und sie ritzte. Trotzdem schrie er in purer Agonie auf, warf sich noch einmal und mit noch verzweifelterer Kraft zurück und geriet mit dem Gesicht unter Wasser.

Zäher, faulig schmeckender Morast füllte seinen Mund. Er versuchte zu atmen und konnte es nicht. Die stählerne Klaue bedeckte sein Gesicht fast vollkommen und drückte ihn tiefer immer tiefer unter Wasser. Seine Lungen schrien nach Luft. Er schluckte den Morast herunter, der in seinem Mund war, versuchte verzweifelt, irgendwo in seinem Rachen noch ein paar Sauerstoffmoleküle zu finden und begriff dann schlagartig und mit entsetzlicher Klarheit, daß er sterben würde. Jetzt. Nicht irgendwann. Nicht in jenem schwammigen wann-auch-immer Augenblick, in den der Gedanke an den Tod immer eingebettet war, sondern *jetzt*. In einer oder zwei Sekunden.

Er hatte nicht einmal Angst. Alles, was er empfand, war eine immer stärker werdende Empörung, ein wütender Zorn dem Schicksal gegenüber, das ihn all diese schrecklichen Dinge hatte überstehen lassen, nur damit man ihn am nächsten Morgen ertrunken in seiner Badewanne fand.

Die tödliche Klaue zog sich zurück. Statt dessen spürte er plötzlich die Berührung schmaler, aber erstaunlich kräftiger Finger, die sich kurzerhand in sein Haar gruben und ihn mit einem Ruck aus dem Wasser zogen.

Bremer rang qualvoll nach Luft, stemmte sich instinktiv und aus eigener Kraft noch ein Stück weiter in die Höhe und stürzte halb über den Badewannenrand. Das Luftholen war immer noch eine Qual. Er hatte versucht, Wasser zu atmen, und sein Körper präsentierte ihm die Rechnung. Sein Kehlkopf hatte sich zu einem Klumpen aus reinem Schmerz und verkrampften Muskeln zusammengezogen, der sich einfach weigerte, seinen Befehlen zu gehorchen. Zwei, drei Sekunden lang war er fest davon überzeugt, trotz allem immer noch ersticken zu müssen, dann gelang ihm ein erster, qualvoller Atemzug. Er hustete, spuckte Wasser und bittern Schleim und füllte seine Lungen mit tiefen, gierigen Atemzügen. Alles drehte sich um ihn. Sein eigenes Herz pochte so laut in seinen Ohren, daß jedes andere Geräusch verschluckt wurde. Er begann am ganzem Leib zu zittern.

»Ist alles in Ordnung mit Ihnen? Soll ich einen Arzt rufen?«

Die Stimme hatte etwas so Unwirkliches, daß er sie im ersten Augenblick nicht einmal zur Kenntnis nahm. Sie war nur Teil eines anderen Alptraums. Seine Fantasie begann zu allem Überfluß auch noch schlampig zu werden.

»Herr Bremer! Verstehen Sie mich?«

Offenbar war es eine ziemlich hartnäckige Vision. Außerdem bekam sie Gesellschaft: Er erinnerte sich plötzlich wieder an die Hand, die ihn unsanft an den Haaren gepackt und aus dem Wasser gerissen hatte. Bremer hob mühsam den Kopf, hustete, versuchte die grauen Schleier vor seinen Augen wegzublinzeln und fuhr schließlich mit der Hand darüber. Hinterher konnte er kaum besser sehen, aber dafür meldeten sich seine abgebrochenen Fingernägel schmerzhaft zurück.

Immerhin konnte er jetzt ein Gesicht vor sich erkennen; nicht ganz klar, denn sein Blick war immer noch verschwommen, aber eindeutig ein Gesicht, das ihm nicht bekannt war.

Und so ganz nebenbei nicht hierhergehörte. Nicht, wenn er wirklich erwacht und aus dem Alptraum in die Realität zurückgekehrt war.

»Ich glaube, ich hole doch lieber einen Arzt. Sie sind verletzt.«

Bremer kniff die Augen zusammen. Es kostete ihn fast seine ganze Willenskraft, aber als er die Lider nach ein paar Sekunden wieder hob, war sein Blick wieder klar. Er blickte in das Gesicht einer dunkelhaarigen, höchstens fünfundzwanzigjährigen Frau, die ihn besorgt, alarmiert, vor allem aber durch und durch *hilflos* ansah.

»Keine Angst«, brachte er mühsam hervor. »Das ist ... nur ein ... Kratzer.« Sein Atem ging noch immer so schnell, daß er kaum sprechen konnte, und er zitterte nach wie vor am ganzen Leib. Außerdem war ihm erbärmlich kalt. Das Wasser, in dem er lag, war eisig.

Bremer stützte sich mit beiden Handflächen auf dem Badewannenrand ab, um sich vollends in die Höhe zu stemmen, aber dann wurde er sich der Situation bewußt, in der er sich befand. »Sie können sich aussuchen, was Sie zuerst wollen«, sagte er. »Mir meinen Bademantel geben, oder mir sagen, wer Sie sind und wie Sie in mein Badezimmer kommen.«

Die junge Frau sah ihn noch eine geschlagene Sekunde auf die gleiche, irritiert-hilflose Weise an, dann stand sie mit einer fließenden Bewegung auf und nahm den schlichten weißen Frotteemantel von seinem Haken neben der Tür. Bremer beobachtete sie sehr aufmerksam, während sie die wenigen Schritte tat. Sie war nicht besonders groß, aber sehr schlank, fast schon dünn. Trotzdem wirkten ihre Bewegungen auf eine schwer zu beschreibende Art *weiblich*.

Aber vielleicht lag das schon an dem ganz profanen Grund, daß sie kaum weniger naß war als er selbst. Die weiße Bluse klebte an ihrer Haut und hatte sich so verhalten, wie es weiße Seidenblusen immer zu tun pflegten, wenn sie naß wurden: Sie strengte sich mit Erfolg an, durchsichtig zu werden. Gottlob, dachte Bremer spöttisch, saß er ja in einer Badewanne mit *eiskaltem* Wasser.

Er wartete, bis sie zurückkam und den Mantel mit ausgebreiteten Armen vor sich hielt, dann stand er mit einiger Mühe auf, stieg aus dem Wasser und schlüpfte hinein. Er ballte die rechte Hand zur Faust, während er den Arm durch den Ärmel schob. Trotzdem zuckte ein neuer, scharfer Schmerz durch seine Hand, und ein einzelner roter Blutstropfen quoll zwischen seinen Fingern heraus und fiel zu Boden. Als Bremers Blick dem Tropfen folgte, stellte er fest, daß das gesamte Bad fast fingertief unter Wasser stand. Was zum Teufel …?

»Danke«, sagte er, schloß – nur mit der linken Hand, um den Bademantel nicht zu allem Überfluß auch noch mit Blut zu versauen – den Gürtel und drehte sich herum. »Und jetzt Frage Nummer zwei: Wer sind Sie?«

Die junge Frau trat einen halben Schritt zurück – er war sicher, sie wäre ihm noch weiter ausgewichen, wäre das Bad dazu nicht einfach zu klein gewesen –, griff in die Gesäßtasche ihrer Jeans und zog einen in Plastik eingeschweißten Dienstausweis hervor. »Kriminalobermeister Angela West«, sagte sie. »Ich bin Ihre neue Partnerin.«

Sie streckte den Ausweis fast wie eine Waffe in seine Richtung. Ihre Hand zitterte ein ganz kleines bißchen. Von ihrer – ohnehin nur geschauspielerten – Selbstsicherheit war nichts mehr geblieben. Den Namen auf ihrem Ausweis konnte er übrigens nicht entziffern, denn er stand auf dem Kopf. Wortlos nahm er ihr das Plastikkärtchen aus den Fingern, drehte es herum und sagte: »Ich arbeite nie mit einem Partner, und das Foto wird Ihnen nicht gerecht.«

West nahm ihren Dienstausweis wieder entgegen und warf einen verstörten Blick auf das Foto. »Es ist … keine drei Wochen alt«, sagte sie.

»Genau wie der ganze Ausweis, nehme ich an«, sagte Bremer. »Trotzdem – in einer nassen Bluse sehen Sie entschieden besser aus.«

West starrte ihn eine halbe Sekunde lang an, dann blickte sie an sich herab und fuhr sichtbar zusammen.

»Keine Angst«, fuhr Bremer fort. »Das Wasser war kalt genug. Die zweite Tür links ist das Schlafzimmer. Ganz oben im Schrank finden Sie ein paar Sachen, die eigentlich passen müßten. Und beeilen Sie sich. Mir ist kalt.«

Sie setzte zu einer Antwort an, drehte sich aber dann sehr hastig um und rannte beinahe aus dem Bad. Bremer sah ihr kopfschüttelnd nach, aber sein Lächeln erlosch, kaum daß sie den Raum verlassen hatte. Es war ihm nicht nach Lächeln zumute. Ganz und gar nicht. Er fühlte sich miserabel. Er fror noch immer erbärmlich. Seine rechte Hand klopfte immer heftiger, und dieser verrückte Alptraum oder diese Fieberfantasie oder was immer es auch gewesen sein mochte, hatte ein heilloses Chaos in seinen Empfindungen hinterlassen. Er konnte nicht klar denken, so als wäre er gar nicht wirklich wach, sondern nur von einem Alptraum in den nächsten geglitten.

Zögernd – und mit mehr Unbehagen, als er sich eingestehen wollte – drehte er sich herum und blinzelte in die Badewanne hinab. Das Wasser darin war Wasser, nicht mehr und nicht weniger, und wenn man genau hinsah, konnte man einen ganz leichten rosafarbenen Schimmer erkennen. Blut. Er mußte wirklich heftig geblutet haben – oder wirklich *lange*. Trotzdem – es war nicht mehr als Wasser. Kein Morast. Keine schleimigen Fäden, die ihn festhielten und in die Tiefe zu zerren versuchten. Und schon gar kein schwarzer Engel.

Aus keinem anderen Grund als dem, die unheimlichen Bilder endgültig aus seinem Kopf zu verjagen, beugte er sich vor und tauchte die unverletzte Hand ins Wasser. Es war tatsächlich so kalt, wie er geglaubt hatte. Eisig. Dabei hatte er es so heiß einlaufen lassen, wie er es gerade noch ertrug. Er mußte eine Stunde in dieser Wanne gelegen haben, bevor West ihn fand, wenn nicht länger. So unwahrscheinlich ihm selbst diese Erklärung auch vorkam, er mußte wohl in der Wanne eingeschlafen sein. Wie es aussah, hatte die Kleine ihm das Leben gerettet. Das beantwortete zwar noch immer nicht die Frage, wo sie herkam, stimmte ihn aber ein wenig versöhnlicher. Vielleicht sollte er ihr – und vor allem sich selbst – einfach noch ein bißchen Zeit lassen, um sich zu sammeln.

Er wartete, bis er sie draußen wieder aus dem Schlafzimmer kommen hörte, dann ging er selbst hin, schloß sorgsam die Tür hinter sich ab (wobei er sich ein ganz kleines bißchen albern vorkam ...) und zog sich an.

Bremer ließ sich eine Menge Zeit damit. Seine abgebrochenen Fingernägel erleichterten ihm die Aufgabe nicht unbedingt, auch wenn sie jetzt wenigstens aufgehört hatten zu bluten, und die Zeit, die er im eisigen Wasser gelegen hatte, hatte ausgereicht, ihn wirklich bis auf die Knochen auskühlen zu lassen. Seine Bewegungen waren weniger zielgerichtet als üblich, und nicht annähernd so präzise.

Als er das Schlafzimmer verließ, war das erste, was ihm entgegenschlug, der Geruch von frisch aufgebrühtem Kaffee. Er folgte ihm, ging in die Küche und fand West am Herd stehend, wo sie heißes Wasser aus dem Kessel in einen Filter goß.

Er hatte geglaubt, sich lautlos bewegt zu haben, aber West sagte, ohne sich herumzudrehen: »Entschuldigen Sie, daß ich mich in Ihrer Küche breitgemacht habe, aber ich dachte, Sie könnten einen heißen Kaffee jetzt gut gebrauchen.«

»Das stimmt. Aber ich habe eine Kaffeemaschine. Warum benutzen Sie nicht die?« Er wollte noch hinzufügen: *Das ist einfacher*, aber dann fiel sein Blick auf die Kaffeemaschine, und er ersparte sich den Rest. Die Maschine war noch eingeschaltet, aber jemand – West, wer denn sonst? – hatte den Stecker herausgezogen. Die Glaskanne war leer, doch auf ihrem Boden hatte sich ein Ring aus schwarzer Schmiere festgesetzt. Der Geruch nach verbranntem Kaffee war selbst jetzt noch deutlich zu spüren, obwohl West keine zwei Meter daneben frischen aufbrühte.

»Also zum dritten Mal«, sagte er. »Wer sind Sie, und was tun Sie hier?«

West goß das restliche Wasser in den Filter, stellte den Kessel auf den Herd zurück und schaltete sorgsam die Platte ab, bevor sie sich zu ihm herumdrehte und antwortete: »Mein Name ist ...«

»... Angela West, ich weiß.« *Angela?* Wenn das ein Witz sein sollte, war es kein besonders guter. »Aber was *tun* Sie hier, verdammt? Und bevor Sie sich die Mühe machen: Ich will keine Antworten in der Preisklasse: Ich habe Ihnen das Leben gerettet, oder ich koche Kaffee.«

»Aber das *habe* ich«, antwortete sie mit einem treuen Augenaufschlag. Bremer starrte sie nur an, und West wurde sofort wieder ernst und fuhr fort: »Kriminalrat Nördlinger hat mich geschickt. Ich habe geklingelt, aber niemand hat aufgemacht.«

»Brechen Sie immer in fremde Wohnungen ein, wenn Sie klingeln und niemand aufmacht?« fragte Bremer.

»Ich bin nicht *eingebrochen*«, antwortete sie betont. »Die Tür war nicht abgeschlossen. Ich habe verdächtige Geräusche gehört, also bin ich reingekommen.«

»Verdächtige Geräusche?«

Die junge Frau machte ein ärgerliches Gesicht. »Zum Teufel, was soll das? Ich will ja nicht darauf herumreiten, aber wenn ich mich nicht sehr irre, dann habe ich Ihnen gerade *wirklich* das Leben gerettet. Bedanken Sie sich immer dafür, indem Sie ihren Lebensretter einem hochnotpeinlichen Verhör unterziehen?«

»Nein«, antwortete Bremer. Ihr aufmüpfiger Ton sollte ihn wütend machen, aber das genaue Gegenteil war der Fall. Sie stimmte ihn nicht nur milder, sondern weckte auch sein schlechtes Gewissen. Sie hatte nämlich recht.

»Entschuldigen Sie«, sagte er. »Ich bin wohl ... ein bißchen durcheinander.«

»Das kann ich mir vorstellen.« West fuhr sich mit gespreizten Fingern durch das Haar, und plötzlich wurde ihm bewußt, wie nahe er ihr war. Näher noch als gerade im Bad, obwohl hier viel mehr Platz war. Er wich einen halben Schritt zurück, dann noch einen ganzen.

»Was war denn überhaupt los?« fragte sie.

»Ich ... weiß es nicht«, gestand Bremer. »Ich muß wohl eingeschlafen sein.«

»Und im Schlaf haben Sie mit Ihrer Badewanne geboxt?« West machte eine Kopfbewegung in Richtung seines Gesichts. »Und wie es aussieht, hat sie sich ganz schön gewehrt.«

Bremers Finger folgten ihrer Geste, und er spürte vier dünne, aber sehr lange, parallel verlaufende Kratzer, die über seine rechte Wange verliefen. Sie taten nicht weh, deshalb hatte er sie bisher gar nicht bemerkt.

»Sie haben ... Geräusche gehört?« fragte er. Er hatte keine Lust, auf eine Frage zu antworten, deren *wirkliche* Antwort er gar nicht hören wollte. »Was für Geräusche?« *Woher um alles in der Welt hatte er diese Kratzer? Er konnte sich erklären, wie und wo er sich die Fingernägel abgebrochen hatte. Aber die Kratzer?*

»Geräusche eben«, sagte sie achselzuckend. »Ein Platschen ... glaube ich.«

»*Glauben* Sie?«

»Als ob jemand in der Badewanne ausgerutscht wäre. So etwas in der Art. Ehrlich gesagt, ich habe gar nicht lange nachgedacht, sondern bin einfach losgelaufen.«

Der letzte Satz war wahrscheinlich der einzig ehrliche, den sie bisher gesprochen hatte. Der Rest klang zu sehr nach einer Ausrede, um irgend etwas anderes zu sein. »Gott sei Dank sind Sie das«, sagte Bremer. »Nördlinger hat Sie hergeschickt, sagen Sie? Warum?«

»Ich habe Ihnen doch gesagt: Ich bin Ihre neue Partnerin. Er war ziemlich verstimmt – um es vorsichtig auszudrücken. Möchten Sie hören, was genau er gesagt hat?«

»Nein.« Bremer grinste. Die Vorstellung, daß er Nördlingers Blutdruck in die Höhe getrieben hatte, versöhnte ihn schon wieder halbwegs. »Ich trinke meinen Kaffee übrigens mit viel Zucker und noch mehr Milch.«

Er ging zum Tisch, setzte sich und nahm zum ersten Mal all seinen Mut zusammen, um seine verletzte Hand zu betrachten. Sie schmerzte noch immer heftig, sah aber nicht annähernd so schlimm aus, wie er erwartet hatte. Drei Nägel waren abgebrochen, und wie es aussah, hatte er sich den kleinen Finger verstaucht. Nichts, worüber er sich Sorgen machen mußte. In den nächsten Tagen würde er ein paar Schwierigkeiten haben, seine Berichte zu tippen, das war alles.

»Das sieht häßlich aus.« West setzte sich, schob seinen Kaffee über den Tisch und beugte sich neugierig vor.

»Ein Kratzer.«

»Ein *häßlicher* Kratzer«, beharrte sie. »Ich würde Ihnen ja vorschlagen, Ihre Hand zu verbinden, aber ich kann kein Blut sehen. Wahrscheinlich müßten *Sie mich* hinterher versorgen. Wie ist das passiert?«

»Für jemanden, der gerade frisch von der Polizeischule kommt, sind Sie ziemlich neugierig«, sagte Bremer. »Warum finden Sie es nicht heraus? Sie sind doch Polizistin.«

»Nicht *so* eine Polizistin«, antwortete West. »Mein Hauptfach war Öffentlichkeitsarbeit.«

Bremers Gesicht verdüsterte sich schlagartig. »Ich glaube, jetzt verstehe ich«, sagte er. »Was genau sollen Sie sein – meine Partnerin? Oder mein Wachhund?«

»Wau, wau«, machte West.

»Lassen Sie das«, sagte Bremer ruhig. »Und wenn Sie sich selbst und mir einen Gefallen tun wollen, dann trinken Sie jetzt Ihren Kaffee aus, fahren zu Nördlinger zurück und sagen ihm, daß ich niemanden brauche, der darauf achtet, was ich der Presse sage und was nicht. Ich rede prinzipiell nicht mit Journalisten.«

»Das sollten Sie aber«, antwortete West. »Es ist immer noch besser, sie verdrehen Ihnen die Worte ein bißchen, als daß sie sie sich ausdenken. Und was Ihren Vorschlag angeht: keine Chance. Kriminalrat Nördlinger war sehr deutlich. Ich soll Sie zu ihm bringen.«

»Tot oder lebendig?«

»Davon hat er nichts gesagt«, antwortete sie. »Aber ich glaube, ob verletzt oder unverletzt, wäre ihm egal.«

Bremer hob die rechte Hand. »Sie haben ein Alibi. Ich werde ihm morgen früh einfach sagen, das waren Sie.«

West leerte wortlos ihren Kaffee, stand auf und deutete

mit einer Kopfbewegung zur Tür. »Wäre es hilfreich, wenn ich an Ihr Mitgefühl appelliere? Heute ist mein erster Tag. Ich würde ihn wirklich nicht gerne damit beenden, gleich meinen ersten Auftrag in den Sand zu setzen.«
Wie schön, daß sie wenigstens nicht von einem Schlag ins Wasser gesprochen hatte, dachte Bremer sarkastisch. Er sagte nichts, sondern trank nur einen großen Schluck Kaffee, stand auf und wandte sich zur Tür. Wests Appell an sein Mitgefühl berührte ihn nicht im mindesten, aber in einem Punkt hatte sie recht, auch wenn sie es gar nicht so rigoros ausgedrückt hatte: Er würde nichts besser machen, wenn er noch länger herumtrödelte. Nördlinger war nicht für seine übermäßige Geduld bekannt. Es machte zwar prinzipiell Spaß, ihn zu reizen, aber Bremer wußte natürlich auch, daß er den Bogen nicht überspannen durfte. Nördlinger mochte es hinnehmen, sich in ein Nagelbrett zu setzen, das Bremer ihm untergeschoben hatte – aber ganz bestimmt nicht, wenn er das Gesicht dabei verlor.

Als sie das Wohnzimmer durchquerten, fiel sein Blick auf die Uhr. Er erschrak. Das eiskalte Wasser und der festgebrannte Satz auf dem Boden der Kaffeekanne hatten ihn vorgewarnt – aber die Zeiger der Uhr standen auf *sechs*. Was zum Teufel war mit ihm passiert? Ihm fehlten ganze vier Stunden!

»Ich muß zu Mecklenburg«, seufzte er.

»Ich habe zwar keine Ahnung, wer das ist, aber im Moment müssen Sie vor allem zu Kriminalrat Nördlinger«, sagte West. Sie hob den Arm – Bremer war felsenfest davon überzeugt, in keiner anderen Absicht, als ihn an der Schulter zu packen und einfach vor sich herzuschieben –, besann sich dann aber eines Besseren und beließ es bei einer verunglückten und dadurch irgendwie ungelenk wirkenden Geste zur Tür. Bremer schluckte alles herunter, was ihm auf der Zunge lag. Ihm war klar, daß ihre naßforsche Art nichts anderes als überspielte Unsicherheit war; und das nicht einmal besonders gut. Aber es lohnte sich nicht, ihr den Kopf zu waschen. Was immer Nördlinger ihr auch gesagt hatte, dieses Kind würde ganz bestimmt *nicht* seine Partnerin werden.

Während West unaufgefordert – eben ganz der beflissene Schutzengel, der zu sein sie sich offenbar einbildete – zu seinem Schreibtisch ging und zuerst das Telefon und dann den Anrufbeantworter wieder einschaltete, ging Bremer zur Garderobe und nahm seine Jacke vom Haken. Er konnte sich nicht erinnern, sie aufgehängt zu haben. Nein – er war sogar *sicher*, sie *nicht* aufgehängt zu haben. Wahrscheinlich hatte West das getan. Wofür hielt sie sich eigentlich, verdammt?

Aber wahrscheinlich war diese Frage falsch formuliert, dachte er. Korrekt müßte sie lauten: *Was hatte Nördlinger ihr erzählt?*

»Können wir?«

West trat an ihm vorbei, öffnete die Tür und wartete mit der Hand auf der Klinke, bis Bremer die Wohnung verlassen hatte. Allmählich begann sich Bremer über sich selbst zu wundern. Normalerweise hätte er ein solches Benehmen niemals geduldet, sondern wäre nach spätestens drei Minuten explodiert, erster Arbeitstag hin oder her. Offensichtlich hatte er doch noch nicht wieder ganz zu sich selbst zurückgefunden.

Aber was nicht ist, konnte ja noch werden. Und vielleicht war es ja ganz interessant, zu beobachten, wie weit sie noch gehen würde, um sich bei ihm einzuschmeicheln.

Bremer wollte sich zum Aufzug herumdrehen, aber West schüttelte energisch den Kopf und deutete in Richtung Treppenhaus. »Mein Wagen steht auf der anderen Seite«, sagte sie. »Es ist vielleicht besser, wenn wir den Hinterausgang nehmen.«

»Und was spricht dagegen, den Aufzug zu benutzen?«

»Nichts«, sagte West. »Ich dachte nur, Sie reden nicht gerne mit Journalisten. Ich kann mich ja irren, aber ich bin fast sicher, dort unten mindestens drei Burschen gesehen zu haben, die ihre Seele für die Titelseite der morgigen Zeitung verkaufen würden.«

»Reporter? Hier?«

»Was haben Sie gedacht?« fragte West. »Sie sind ein Star, Herr Bremer. Die halbe Stadt kennt mittlerweile Ihr Gesicht. Obwohl Ihnen das Foto nicht gerecht wird. Sie sehen heute besser aus als vor fünf Jahren.«

»Was soll der Unsinn?« Trotz seines gereizten Tones setzte sich Bremer gehorsam in Richtung Treppenhaus in Bewegung, ertappte sich aber dabei, vorher noch einen schnellen, nervösen Blick zum Aufzug zu werfen.

»Ich habe nur den Auftrag, Sie ins Präsidium zu bringen. Und dafür zu sorgen, daß Sie der Presse nicht in die Hände fallen. Mehr weiß ich auch nicht.« West zog die Tür zum Treppenhaus auf, warf einen raschen Blick durch den Spalt und nickte zufrieden, als der Raum dahinter offensichtlich leer war. »Ich habe mich nicht darum gerissen, wenn es Sie beruhigt. Und es wäre auch nicht nötig gewesen, wenn Sie Ihr Telefon nicht ausgeschaltet hätten.«

Bremer spürte, daß das Gespräch erneut in eine Richtung abzudriften begann, die ihm nicht gefiel, und verbiß sich die Antwort, die ihm auf der Zunge lag. Statt dessen sagte er: »Tun Sie mir einen Gefallen, Frau West. Hören Sie auf, so zu reden, als wären wir hier in einem schlechten Fernsehkrimi. Das ist weder besonders originell, noch sammeln Sie damit Pluspunkte bei mir.«

Nicht, daß das nötig wäre. Er würde gute Miene zum bösen Spiel machen und sich von seinem selbsternannten Cherubim zum Präsidium fahren lassen, und das war es dann auch schon. Ihre Partnerschaft würde ein ziemlich abruptes Ende finden.

»Ganz wie Sie wünschen, Herr Bremer«, antwortete sie kühl, aber eigentlich ohne irgendeinen verletzten oder gar beleidigten Unterton in der Stimme. Er hätte mit Leichtigkeit noch einmal nachlegen können, aber wozu?

Schweigend gingen sie nebeneinander die Treppe hinunter und verließen das Haus durch den Hinterausgang. Bremer sah nicht einmal den Schatten einer Kamera, geschweige denn eines Reporters, aber er zweifelte Wests Worte trotzdem nicht an. Er hatte genug Erfahrungen mit der Presse, um diesen Kanalratten buchstäblich *alles* zuzutrauen. Er verstand nur nicht, warum sie es jetzt schon wieder auf ihn abgesehen hatten. Aber er stellte auch keine entsprechende Frage; wenigstens nicht an West.

Nördlinger würde es ihm schon sagen. Früher oder später.

4

Es mußte zehn Jahre her sein, daß er das letztemal in einer Kirche gewesen war. Fast auf den Tag genau, wenn er es recht bedachte. Sein jüngster Sohn war vor drei Wochen zehn geworden, und sie hatten ihn damals – auf Wunsch seiner Frau, ganz bestimmt nicht auf sein eigenes Betreiben hin! – kirchlich taufen lassen, und Marc hatte vor einer Woche seinen zehnten Geburtstag gefeiert. Seither hatte er keine Kirche mehr von innen gesehen. Und wäre es nach ihm gegangen, dann würde es auch die nächsten zehn Jahre lang so bleiben. Und die nächsten. Und auch die darauf folgenden nächsten.

Leider ging es nicht nach ihm.

Strelowsky versuchte das Straßenschild an der nächsten Ecke zu erkennen, aber es huschte zu schnell vorbei. Der strömende Regen verwandelte die Windschutzscheibe in ein Kaleidoskop aus blitzenden Farben und ineinanderfließenden Schlieren. Automatisch stellte er den Scheibenwischer schneller, kniff die Augen zusammen und drehte das Lenkrad eine Winzigkeit nach links, um einem Wagen auszuweichen, der am Straßenrand geparkt war; selbstverständlich unter der einzigen Laterne, die *nicht* funktionierte. Strelowsky schüttelte den Kopf, gönnte sich aber trotzdem den Luxus eines flüchtigen Lächelns. Der Besitzer des Wagens war vielleicht ein Idiot, aber trotzdem ein potentieller Mandant. Solange die Welt voller Idioten war, war seine Zukunft gesichert.

Er konzentrierte sich wieder auf die Straße. Die Gegend war ihm vollkommen unbekannt, aber trotz allem wußte er natürlich wenigstens ungefähr, wo er war. Berlin war zwar groß, aber nicht *so* groß, daß er sich hoffnungslos verirrt hätte. Die zweite oder dritte Straße rechts, und er war da. Und dann?

Strelowsky fragte sich, was er hier überhaupt tat. Es war nicht seine Art, auf anonyme Anrufe zu reagieren. Und schon gar nicht auf *solche*. Aber irgend etwas war an diesem Anruf anders gewesen als an den anderen – von denen er mehr als genug bekam. Berufsrisiko. Es gehörte zu seinem täglich Brot, angefeindet, beschimpft, bedroht, diffamiert oder auch (was tatsächlich schon vorgekommen war) mit Flüchen belegt zu werden. Er nahm so etwas normalerweise nicht ernst. Hunde, die bellten, pflegten im allgemeinen tatsächlich nicht zu beißen.

Diesmal jedoch ...

Er sah den Fußgänger im buchstäblich allerletzten Moment, trat mit aller Kraft auf die Bremse und riß gleichzeitig das Lenkrad nach links. Eine dieser beiden Reaktionen mußte wohl falsch sein, denn der Wagen brach aus und schlitterte, ABS hin oder her, auf blockierenden Rädern so knapp an dem Passanten vorbei, daß Strelowsky seine Augenfarbe hätte erkennen können, wäre er nicht voll und ganz damit beschäftigt gewesen, mit dem bockenden Lenkrad zu kämpfen, um die Kontrolle über den Mercedes irgendwie zurückzuerlangen. Der Wagen schlitterte weiter, vollendete seine begonnene Drehung und kam mit einem Ruck zum Stehen, als die beiden Räder auf der linken Seite mit der Bordsteinkante kollidierten.

Der Anprall war so hart, daß er eine Sekunde lang ernsthaft fürchtete, die Airbags würden auslösen, was ihn nicht nur in eine peinliche Situation bringen, sondern auch eine hübsche Stange Geld kosten würde. Statt dessen ging nur der Motor aus. Auf dem Armaturenbrett leuchtete eine Anzahl grüner und roter Lichter auf, und der Bordcomputer quäkte ihm mit seiner synthetischen Stimme irgendeine Warnung zu, die er zwar nicht verstand, nichtsdestotrotz aber am liebsten mit einem Fußtritt beantwortet hätte.

Eine Hupe schrillte. Rasch hintereinander tasteten drei,

vier Scheinwerferpaare über den Wagen und tauchten sein Inneres in fast schon grelles Licht, und Strelowsky wurde sich des Umstandes bewußt, daß aus seiner kleinen Unachtsamkeit vielleicht doch noch ein ausgewachsener Unfall werden konnte, wenn er nicht bald etwas tat; der Wagen stand auf der falschen Straßenseite, und *seine* Scheinwerfer konnten den Fahrer eines entgegenkommenden Fahrzeuges schließlich ebenso blenden, wie es ihm gerade umgekehrt erging. Ein selbstverschuldeter Autounfall, möglicherweise mit Verletzten, Sachschaden und einer fetten Strafanzeige: genau das, was er jetzt noch brauchte.

Mit Fingern, die weitaus heftiger zitterten, als ihm selbst bewußt war, drehte Strelowsky den Zündschlüssel und wurde mit einem gehorsamen Aufheulen des Motors belohnt. Durch die regennasse Frontscheibe konnte er den Passanten sehen, den er um ein Haar überfahren hätte. Der Mann hatte bis jetzt wie zur Salzsäule erstarrt dagestanden und ihn mit offenem Mund angestarrt; jetzt setzte er sich zögernd, aber schneller werdend in Bewegung. Strelowsky konnte sein Gesicht nicht erkennen, aber er hatte eine ziemlich klare Vorstellung davon, was sich in diesem Moment darauf abspielte: Nachdem der Schrecken überwunden und die Erleichterung darüber, noch am Leben zu sein, verdaut war, machten sich Empörung und gerechter Zorn auf seinen Zügen breit. Er kannte diese Verwandlung von jedem dritten Mandanten, der ihm gegenübersaß. Menschen, die sich im Recht wähnten, waren schlimm; solche, die sich im Recht *und* dazu ungerecht behandelt fühlten, waren eine Pest.

Er hämmerte den Gang hinein, wartete eine Lücke im entgegenkommenden Verkehr ab und fuhr mit viel zuviel Gas los. Unter den Hinterrädern des Benz spritzen zwei glitzernde Wasserfontänen hoch und vereinigten sich präzise vor dem Gesicht des unglückseligen Fußgängers zu einer einzigen. Diesmal versuchte Strelowsky erst gar nicht, ein schadenfrohes Grinsen zu unterdrücken, vor allem nicht, als der Wagen auf der Stelle herumschleuderte und er im Rückspiegel den drohend in seiner Richtung emporgereckten Mittelfinger des Burschens sah. Tausend Mark, dachte er. Zwei, wenn er den richtigen Richter fand. Die Zeiten, in denen der Stinkefinger ein billiges Vergnügen war, waren schon lange vorbei.

Aber der Typ hatte Glück. Er war heute nicht hier, weil er auf der Jagd nach einem Mandanten war, oder jemanden suchte, der ihm Grund zu einer Abmahnung gab.

Strelowsky nahm ein wenig Gas zurück, schaltete in den nächsthöheren Gang und verlagerte seine Aufmerksamkeit wieder von der durchnäßten Gestalt im Rückspiegel auf die Straße vor sich. Wenn er bei seinem kleinen Dreher nicht vollends die Orientierung verloren hatte, dann konnte es jetzt nicht mehr sehr weit sein. Die nächste oder übernächste Straße. *St. Peter. Sie erkennen es dann schon.* Woran zum Geier erkannte man eine Kirche? Etwa am Glockenturm?

Es war nicht die übernächste Straße, sondern die danach. Obwohl Strelowsky weit mehr auf die Straßenschilder als auf den Verkehr achtete, hätte er die Einmündung um ein Haar doch noch verpaßt. Er mußte hart bremsen, rutschte trotzdem noch ein gutes Stück weiter und mußte fünf oder sechs Meter zurücksetzen, um überhaupt abbiegen zu können. Seine Laune sank noch weiter. Der zweite Fehler, den er auf dem Weg hierher beging – und wenn er ehrlich war, wahrscheinlich eher der zweiundzwanzigste. Er fuhr unkonzentriert wie schon seit langem nicht mehr. Dieser ominöse Anruf beschäftigte sein Unterbewußtsein offensichtlich weit mehr, als er zugeben wollte.

So weit das Wetter diese Beurteilung zuließ, befand er sich in einer ziemlich heruntergekommenen Gegend. Etliche Häuser schienen leer zu stehen – entweder das, oder ihre Bewohner hatten gleich etagenweise versäumt, die Stromrechnungen zu bezahlen. Am Straßenrand waren nur sehr wenige Wagen geparkt, darunter ein paar Prachtstücke notdürftig nachlackierter Trabbis, ein mindestens fünfzehn Jahre alter Golf und ein leibhaftiger Wartburg, der wahrscheinlich schon wieder einen gewissen Liebhaberwert hatte ... Wann war er das letztemal in einer Gegend wie dieser gewesen? Er wußte es nicht, aber es war länger her als sein letzter Besuch in einer Kirche, und es war ungefähr genau so freiwillig geschehen. Strelowsky fuhr langsamer, schaltete die Scheibenwischer auf die höchste Geschwindigkeitsstufe und reduzierte sein Tempo noch einmal. Der Mercedes, der wahrscheinlich mehr gekostet hatte als die meisten Häuser, an denen er vorbeifuhr, bewegte sich jetzt kaum noch schneller als ein Fußgänger.

Trotzdem wäre er um ein Haar an seinem Ziel vorbeigefahren. *Sie sehen es dann schon.* Quatsch! Er hätte ihm lieber sagen sollen, daß er eben *nichts* sehen würde.

Das Grundstück lag ein gutes Stück von der Straße zurück versetzt und war nicht beleuchtet. Trotzdem konnte er seine enorme Größe erkennen. Die Kirche selbst nahm nur einen kleinen Teil des vorhandenen Platzes ein; den Rest beanspruchte eine seltsame Mischung aus Friedhof und Park. Das Gelände mußte selbst in diesem Teil der Stadt noch Millionen wert sein. Strelowsky wunderte sich flüchtig, daß dieser Schatz noch keine Grundstücksspekulanten angezogen hatte.

Er hielt an, stieg im strömenden Regen aus und schlug den Jackenkragen hoch, ehe er die Tür zuschlug und sorgsam abschloß. Die Gegend war ihm nicht geheuer. Der Umstand allein, daß er vor einer Kirche parkte, würde einen potentiellen Autodieb vermutlich nicht davon abhalten, den Wagen zu stehlen. Die Welt war voller potentieller Diebe. Potentieller Mandanten, sozusagen, die dafür sorgten, daß er nicht arbeitslos wurde. Diesmal amüsierte ihn der Gedanke nicht annähernd so sehr wie noch vor ein paar Minuten.

Strelowsky drehte das Gesicht aus dem Regen und lief mit weit ausgreifenden Schritten und schräg nach vorne gebeugt auf das offenstehende Tor in dem geschmiedeten Zaun zu. Es wurde immer kälter. Obwohl er vor nicht einmal einer Minute aus dem beheizten Wagen ausgestiegen war, zitterte er schon vor Kälte. Der Regen fiel jetzt fast waagerecht, und die Tropfen stachen wie winzige, spitze Nadeln in sein Gesicht. Seine Schuhe – Timberland, Wildleder, der Gegenwert einer mittleren Scheidung oder drei, wenn nicht vier Verfahren wegen Trunkenheit am Steuer – platschten in knöcheltiefem Wasser. Mit ein bißchen Pech konnte er sie als Totalverlust abschreiben. Allmählich begann dieses Unternehmen ziemlich teuer zu werden, dachte Strelowsky mißmutig. Und dabei hatte es noch nicht einmal richtig angefangen.

Als er sich der eigentlichen Kirche näherte, begriff er zumindest, was die Stimme am Telefon gemeint hatte, als sie sagte, er würde es dann schon sehen. Bei Dunkelheit und strömendem Regen war St. Peter nichts mehr als ein buckeliger Schatten, der wohl bedrohlich gewirkt hätte, wäre er in der Stimmung gewesen, auf Stimmungen zu achten. Tagsüber und bei entsprechender Beleuchtung mußte sie einen beeindruckenden Anblick bieten. Die Kirche war nicht sehr groß, schien aber bei der herrschenden Beleuchtung (oder sollte er lieber sagen: *Nicht*-Beleuchtung?) nur aus gotischen Spitzbögen, Säulen und Pilastern zu bestehen, auf denen pausbäckige Gargoylen mit Flügeln und Krallen hockten. Über den drei ineinandergeschachtelten Bögen des großen Portals schwebte ein steinerner Engel. Der strömende Regen versilberte seine Flügel und erweckte das halb zerfallene Gesicht auf unheimliche Weise zum Leben.

Strelowsky verscheuchte den Gedanken und beschleunigte seine Schritte noch mehr. Das waren alberne Gedanken, kindisch und vor allem eines Mannes in seiner Position einfach nicht würdig. Er war jetzt seit einer Minute in diesem Regen, und offensichtlich fantasierte er bereits schon; vielleicht im Vorgriff auf das Fieber, das er sich mit diesem Schwachsinnsunternehmen garantiert einhandeln würde.

Trotzdem ertappte er sich dabei, noch einmal einen raschen Blick zu dem steinernen Cherubim über dem Eingang zu werfen, als er die Treppe hinaufstürmte. Genau in dem Sekundenbruchteil, in dem er es tat, zuckte ein Blitz über den schwarzen Himmel. Der Wolkenbruch mauserte sich zu einem Gewitter. Das grelle Licht löschte für einen

Sekundenbruchteil alle Schatten aus und ersetzte sie durch bodenlose, schwarze Abgründe, die in der Wirklichkeit klafften.

Ein zweiter Blitz loderte über den Himmel. Er löschte die unheimlichen Schatten aus und ließ die Konturen der Grabsteine und Statuen auf dem Friedhof als schwarze Umrisse aus der Nacht auftauchen und ebenso schnell wieder damit verschmelzen. Aber vielleicht gerade, weil die Schatten nur für einen Sekundenbruchteil aufblitzten, erweckte einer davon Strelowskys besondere Aufmerksamkeit: Es war ein steinerner Engel, lebensgroß und uralt, vielleicht sogar das Gegenstück dessen, der über dem Portal schwebte. Etwas daran ... beunruhigte Strelowsky. Natürlich war er sich auf der einen Seite vollkommen, zweifelsfrei und überhaupt *hun-dert-pro-zen-tig* darüber im klaren, daß es vollkommener Unsinn war, unmöglich und ganz und gar ausgeschlossen, aber leider gab es da noch eine andere Seite, eine neue, unbekannte, aber leider auch äußerst hartnäckige Stimme in ihm, und *diese* Seite seines visuellen Wahrnehmungsvermögens behauptete steif und fest, daß sich der steinerne Engel gerade vor seinen Augen *bewegt* hatte; auf eine unheimliche und gleichsam bedrohliche Art. Vielleicht nicht einmal wirklich bewegt. Vielmehr war es ihm, als ob er ... *die Absicht einer Bewegung gespürt* hatte. Verrückt. Nicht nur unlogisch, sondern vollkommen widersinnig. Der Gedanke ergab nicht einmal den Hauch eines Sinns. Was war mit ihm los?

»Herr Strelowsky?«

Strelowsky fuhr erschrocken zusammen und drehte sich so schnell herum, daß er auf den nassen Steinstufen beinahe das Gleichgewicht verloren hätte. In dem geschnitzten Portal vor ihm hatte sich eine schmale Tür geöffnet, in der sich eine schattenhafte Gestalt abzeichnete, ein schwarzer Scherenschnitt, wahrscheinlich nicht einmal so groß wie er, und doch erschien er ihm für einen einzelnen, gräßlichen Moment wie ein bedrohlicher, steinerner Riese, ein Gigant mit Flügeln und toten Augen aus Marmor, die ihn gnadenlos anstarrten und ...

»Möchten Sie dort draußen stehenbleiben und sich eine Erkältung holen, oder ziehen Sie es vor, zu mir hereinzukommen. Ich weiß, daß Sie kein großer Kirchgänger sind, aber hier drinnen ist es wärmer.« Der Mann machte einen Schritt zurück und gab damit nicht nur den Eingang frei, sondern wurde von einer Alptraumgestalt auch wieder zu einem ganz normalen Menschen.

Einem nicht einmal besonders beeindruckenden Menschen, um genau zu sein. Selbst Strelowsky, der alles andere als ein Riese war, mußte ihn noch um einige Zentimeter überragen, und die schwarze Soutane verlieh ihm keine Autorität, sondern ließ ihn eher noch verwundbarer erscheinen. Strelowsky konnte sein Gesicht nicht richtig erkennen; seine Brille war naß, und als er endlich aus seiner Erstarrung erwachte und mit einem umständlichen Schritt durch die schmale Tür trat, beschlugen die Gläser praktisch sofort.

»Sie ... sind doch Herr Strelowsky, oder?«

»Werfen Sie mich wieder raus, wenn ich nein sage?« fragte Strelowsky, schüttelte aber gleichzeitig den Kopf. »Ich bin es. Und Sie sind ...?«

»Thomas«, antwortete der andere. »Vater Thomas. Aber auf den *Vater* können wir gerne verzichten.«

Warum sagst du es dann erst? dachte Strelowsky. Er antwortete nicht, sondern nahm seine Brille ab, fuhr sich mit der anderen Hand über das nasse Gesicht und tat dann so, als suche er in seiner Jacke nach einem Taschentuch. In Wirklichkeit tastete er nach dem kleinen Kassettenrecorder, den er eingesteckt hatte, bevor er das Haus verließ. Seine Finger waren klamm und hatten ein wenig Mühe, den winzigen Aufnahmeschalter zu drücken.

»Sie haben mich angerufen?« fragte er.

»Wir haben telefoniert«, bestätigte Thomas. »Ich freue mich, daß Sie kommen konnten.«

Das Gerät begann ganz sanft in seiner Hand zu vibrieren. Es lief. Das dazugehörige Mikrofon hing als Krawattennadel getarnt an Strelowskys Schlips. Er hoffte, daß die empfindliche Elektronik die kalte Dusche unbeschadet überstanden hatte, war sich aber im Grunde dessen ziemlich sicher. Schließlich war das verfluchte Ding teuer genug gewesen.

Er zog die Hand – zusammen mit einem Tempo – aus der Tasche und begann seine Brillengläser trockenzureiben. Seine Hände zitterten noch immer, aber er war jetzt sicher, daß es nur noch die Kälte war. Eine Minute klang wenig, war aber verflucht viel, wenn man sie im strömenden Regen verbrachte und noch dazu bis zu den Knöcheln in eiskaltem Wasser stand. Kein Wunder, daß seine Fantasie Amok lief und er anfing, Gespenster zu sehen. Hier drinnen fühlte er sich schon sicherer.

Vielleicht war es auch nur der Recorder in seiner Tasche. Das sachte Vibrieren des Gerätes erfüllte ihn mit einem Gefühl der Stärke, das für einen Moment fast so intensiv war wie die – ebenso unbegründete – Furcht, die ihn draußen gequält hatte.

Umständlich setzte er seine Brille wieder auf, knüllte das Taschentuch zu einem Ball zusammen und wollte es achtlos hinter sich werfen, steckte es dann aber statt dessen ein; ganz bewußt *nicht* in die Tasche, in der er den Recorder trug.

»Also, *Vater* Thomas«, begann er. »Wie Sie selbst gerade festgestellt haben – ich konnte kommen. Ich hoffe, es ist wichtig. Ich bin ein vielbeschäftigter Mann, müssen Sie wissen. Ich habe nicht sehr viel Zeit.«

»Es *ist* wichtig«, versicherte ihm Thomas. »Vielleicht das wichtigste Gespräch, das Sie jemals in Ihrem Leben geführt haben. Ist Ihnen jemand gefolgt?«

Ohne seine Antwort abzuwarten, trat Thomas an ihm vorbei und schloß die Tür. Aber nicht sofort. Bevor er es tat, zögerte er – für Strelowskys Geschmack gerade einen Sekundenbruchteil zu lange – und sah in den strömenden Regen hinaus.

»Gefolgt?« Strelowsky blinzelte. »Ich fürchte, ich ... verstehe nicht ganz, was Sie meinen, Vater.«

»Ein Wagen.« Thomas drehte sich zu ihm herum und machte eine wedelnde Geste mit beiden Händen. »Jemand, den Sie nicht kennen. Ich ... weiß nicht. Ich habe nicht viel Erfahrung in solchen Dingen, wissen Sie? Ich habe keine Ahnung, worauf man in einer solchen Situation achten muß.«

»In was für einer *Situation*?« fragte Strelowsky betont. »Worum geht es überhaupt? Wieso bin ich hier?«

»Das ist nicht so einfach zu erklären«, antwortete Thomas ausweichend. »Ich schlage vor, wir ... gehen vielleicht in mein Büro hinauf. Dort ist es wärmer. Und es redet sich auch leichter.«

»Nein«, entschied Strelowsky. Es hatte schon immer zu seinen eisernen Regeln gehört, daß *er* das Schlachtfeld bestimmte. Manchmal reichte das schon, um den Kampf zu gewinnen.

»Wie Sie wollen.« Thomas zuckte mit den Schultern, aber er sah nicht besonders glücklich dabei aus. *Gut.*

»Was ich *will*, Vater«, sagte Strelowsky ungeduldig, »ist wissen, warum ich hier bin.«

»Es geht um Rosen«, sagte Thomas.

Strelowsky starrte ihn eine geschlagene Sekunde lang fassungslos an. Dann packte ihn Zorn. »Wie bitte?«

»Stefan Rosen«, wiederholte Thomas. »Sie erinnern sich doch?«

Aus Zorn wurde Wut. Strelowsky mußte sich wirklich beherrschen, um den Geistlichen nicht entweder anzuschreien oder sich auf dem Absatz herumzudrehen und wieder aus der Kirche zu stürmen. Hatte ihn dieser Verrückte tatsächlich *deshalb* hierhin bestellt?

Thomas hob hastig die Hände. Offenbar war es nicht besonders schwer, in seinem Gesicht zu lesen. Strelowsky gab sich auch keine große Mühe, seine wahren Gefühle zu verhehlen. »Es ist nicht, was Sie jetzt denken«, sagte Thomas rasch. »Bitte hören Sie mir einfach zu. Es ist wichtig. Sie haben Rosen damals verteidigt, nicht wahr?«

»Ich bin Rechtsanwalt«, antwortete Strelowsky. »Es ist meine Aufgabe, Menschen zu verteidigen, die vor Gericht stehen.« Er fragte sich, warum er eigentlich noch so ruhig blieb. »Nicht, über sie zu urteilen.«

»Auch wenn sie schuldig sind?« fragte Thomas.
»Mein Mandant ...«
»Wurde freigesprochen, ich weiß«, unterbrach ihn Thomas. »Deshalb sind Sie hier.«

Strelowsky schloß die Augen, zählte in Gedanken sehr langsam bis drei und sagte so ruhig, wie er konnte: »Vater Thomas, ich stehe kurz davor, die Beherrschung zu verlieren. Und glauben Sie mir, das passiert mir äußerst selten. Was soll das hier? Es ist jetzt fast sieben Uhr. Ich habe meine Kanzlei eine Stunde früher geschlossen, um hierher zu kommen, und meine Frau und die Kinder warten jetzt wahrscheinlich schon mit dem Abendessen auf mich. Ich habe zwei Klienten weggeschickt, die wirklich dringend Hilfe brauchen, und seit heute mittag habe ich mich mit ungefähr einer halben Million Irrer unterhalten, die von mir wissen wollten, was ich zu Rosens Tod zu sagen habe. Ich hoffe doch, daß Sie nicht in die gleiche Kategorie gehören.«

Sogar ihm selbst fiel auf, daß er ziemlich zusammenhangloses Zeugs redete. Diesen Teil der Aufnahme würde er bearbeiten müssen, falls er das Band irgend jemandem vorspielte. Aber wahrscheinlich würde er das sowieso nicht. Dieser Thomas war nur ein weiterer Verrückter, der glaubte, das Recht auf Moralpredigten gepachtet zu haben, nur weil er eine schwarze Kutte trug.

»Sie mißverstehen mich, Herr Strelowsky«, sagte Thomas leise. In seiner Stimme war eine Eindringlichkeit, die Strelowsky gerne ignoriert hätte. »Ich habe Sie nicht zu mir gebeten, um über Sie zu richten.«

»Ja, das wird ein anderer tun, ich weiß«, sagte Strelowsky spöttisch. »Was wollen Sie von mir?« Er sah demonstrativ auf die Uhr. »Sie haben noch eine Minute.«

»Ich will Sie warnen, Herr Strelowsky«, sagte Thomas ernst.

»Ach?« machte Strelowsky spöttisch. »Wie originell. Ziehen Sie sich eine Nummer.«

»Ich meine es ernst«, beharrte Thomas. Was war das nur in seinem Blick, in der *Art*, auf die er redete, daß seine Worte ein solches Gewicht bekamen? War es wirklich nur seine Kleidung und diese Umgebung? Vielleicht hätte er doch seiner Einladung folgen und mit ins Pfarrhaus gehen sollen. »Sie wußten, daß Rosen schuldig war, nicht wahr?«

»Es ist nicht meine Aufgabe, jemanden zu ...«, begann Strelowsky.

»Sie haben gewußt, daß er diese fünf Kinder umgebracht hat«, fuhr Thomas fort, noch immer auf die gleiche, irritierende Art, aus der nicht die mindeste Spur irgendeines Vorwurfes herauszuhören war, und die Strelowsky vielleicht gerade deshalb so sehr erschreckte. »Ich meine, Sie haben es schon vorher gewußt. Als Sie ihn das erste Mal im Gefängnis besucht haben. Haben Sie ihm das falsche Alibi besorgt?«

»Was fällt Ihnen ein?« fragte Strelowsky. Sein Herz jagte. Er kochte innerlich immer noch vor Wut, aber es war ein sehr seltsamer Zorn; ein Gefühl, das irgendwie nicht richtig an die Oberfläche drang, so daß er es zwar fast wie einen körperlichen Schmerz in den Eingeweiden spürte, sein Herz pochte und seine Hände wieder zu zittern begannen. Aber die Kraft, die er normalerweise aus diesem Gefühl schöpfte, wollte sich nicht einstellen. Sogar in seinen eigenen Ohren klang seine Antwort jämmerlich.

»Sie mißverstehen mich immer noch«, seufzte Thomas. »Das tut mir leid. Wirklich. Ich ... verurteile Sie nicht. Wie könnte ich das? Bitte glauben Sie mir, daß mir nichts ferner liegt. Aber es ist wichtig, daß Sie mir diese Frage beantworten. Und wenn nicht mir, dann wenigstens sich selbst. Ihr Leben könnte davon abhängen.«

Und plötzlich wurde Strelowsky ganz ruhig. Der Zorn erlosch, als hätte jemand irgendwo in seinen Gedanken einen Schalter umgelegt. Buchstäblich von einem Sekundenbruchteil auf den nächsten war er wieder er selbst; der immer beherrschte, überlegende Anwalt, der gelernt hatte, Emotionen von Fakten zu trennen und Lüge von Wahrheit zu unterscheiden.

»Erklären Sie mir das«, sagte er.

Thomas schüttelte den Kopf. »Ich fürchte, das ist nicht so

einfach«, sagte er. »Nicht, bevor Sie meine Frage beantwortet haben. Es ist ... nicht so einfach zu erklären.«

»Versuchen Sie es«, sagte Strelowsky. »Ich habe Zeit.« Als Thomas ihn fragend ansah, fügte er mit einem dünnen Anwaltslächeln hinzu: »Sie haben es selbst gesagt: Mein Leben könnte davon abhängen. Also sollte ich mir die Zeit nehmen.« Seine Gedanken arbeiteten jetzt wieder ganz mit der gewohnten, fast mathematischen Präzision. Er wußte immer noch nicht genau, was hier gespielt wurde, aber er hätte schon blind und taub sein müssen, um nicht zu wissen, was Rosen zugestoßen war. Die Zeitungen waren voll davon. Bei achtzig Prozent der Gespräche, die er heute geführt hatte, war es um Rosen gegangen. Und achtzig Prozent der Besucher, die heute in seine Kanzlei gekommen waren, waren Journalisten gewesen, die versucht hatten, sich ein Interview zu erschleichen; oder wenigstens etwas, das sie ein bißchen verdrehen und am nächsten Tag ohne sein Einverständnis als Statement verkaufen konnten.

»Etwas hat Rosen getötet«, sagte Thomas ernst. »Und nicht nur ihn. Und ich fürchte, wenn Sie wissen, daß er schuldig war, dann sind auch Sie in Gefahr. Deshalb ist es wichtig, daß Sie sich diese Frage ehrlich beantworten.«

»Es spielt keine Rolle, was ich ...«, begann Strelowsky. Erst, als er den Satz schon halb zu Ende gesprochen hatte, stockte er, trat einen halben Schritt zurück und fragte: »Verzeihung ... sagten Sie: *Etwas?*«

»Sie wußten es, nicht wahr?« beharrte Thomas. Er sah jetzt beinahe traurig aus. »Aber es war Ihnen gleich. Warum? Ging es Ihnen um das Geld? Oder um den Ruhm?«

Geld? Fast hätte Strelowsky gelacht. Rosen hatte in seinem ganzen Leben nicht einmal genug auf einmal besessen, um den Anzug zu bezahlen, den er im Augenblick trug. Auf die Hälfte der Rechnung wartete er heute noch.

»Das ist mir zu dumm«, sagte er kalt. »Ich gehe jetzt.«

»Beantworten Sie meine Frage«, sagte Thomas stur. »Wie standen Sie zu Rosen?«

»Das geht Sie nicht das geringste an, glaube ich«, antwortete Strelowsky. Er griff in die Tasche und schaltete das

Aufnahmegerät ab, und gleichzeitig hörte er sich fast zu seiner eigenen Überraschung fortfahren: »Aber wenn Sie es wirklich wissen wollen, *Vater:* Meiner Meinung nach hat dieses kranke Schwein genau das bekommen, was es verdient. Von mir aus kann er in der Hölle braten. Wahrscheinlich werden Sie das nicht verstehen, aber so funktioniert unser Rechtssystem nun einmal: Jeder hat das Recht auf einen Verteidiger, ganz egal, ob er nun ein Heiliger oder ein Monster ist. Und wenn dieser Verteidiger besser ist als der Ankläger ...« Er zuckte mit den Schultern. »Rosen war nicht der erste Verbrecher, den ich verteidigt habe. Und er wird auch nicht der letzte bleiben. Wenn Ihnen das System nicht gefällt, wählen Sie eine andere Partei. Aber Sie werden kein besseres finden.«

»Darum geht es nicht«, sagte Thomas.

Natürlich ging es nicht darum. Strelowsky wußte genau, was Thomas meinte. Natürlich hatte er gewußt, daß Rosen log. Er hatte es vermutet, als er seine Akten las, und er hatte es *gewußt*, als er ihm das erste Mal gegenübersaß. Strelowsky erkannte einen Verbrecher, wenn er ihm in die Augen blickte. Jeder wirklich gute Anwalt verfügte über diese Fähigkeit; ebenso wie über die, dieses Wissen zu ignorieren. Ohne die eine konnte man in diesem Beruf nicht gut sein, und ohne die andere konnte man ihn nicht lange genug ertragen, um Erfolg zu haben. Er hatte in jeder einzelnen Sekunde gewußt, daß Rosen ein geistesgestörter Irrer war, der sich nur als normaler Verbrecher tarnte. Als er ihm nach der Urteilsverkündung die Hand schüttelte und ihm zu seinem Freispruch gratulierte, da hatte er selbst nicht genau gewußt, welches Bedürfnis stärker gewesen war: das, diesem kranken Mistkerl einfach den Schädel einzuschlagen, oder sich mitten in sein überhebliches Grinsen zu übergeben. *Natürlich hatte er es gewußt!* Aber wie konnte er *diese* Frage beantworten? Und was verdammt noch mal ging es Thomas an?

Das einzig Vernünftige, was er in diesem Moment tun konnte: sich auf der Stelle herumzudrehen und nach Haus zu fahren, seiner Frau von einem weiteren Verrückten zu erzählen, der ihm eine unwiederbringliche Stunde seines Lebens gestohlen hatte. Und nicht einmal das. Er sollte nach Hause gehen und diesen Idioten einfach vergessen.

Statt dessen zog er Zigaretten und Feuerzeug aus der Tasche, zündete sich eine Camel an und gönnte sich eine Sekunde lang den infantilen Spaß, sich an Thomas' vorwurfsvollem Blick zu ergötzen. Die Zigarette war naß geworden und schmeckte nicht. Trotzdem nahm er einen so tiefen Zug, daß ihm fast schwindelig wurde, ehe er weitersprach.

»Also gut«, sagte er. »Ich bin nun einmal hier. Auf zwei Minuten mehr oder weniger kommt es wahrscheinlich auch nicht mehr an. Also werde ich die gute Tat der Woche tun und Ihnen erklären, warum es Anwälte gibt. Unser Beruf hat nichts mit Schuld oder Unschuld zu tun. Es spielt keine Rolle, wen wir verteidigen, Vater. Es spielt nicht einmal eine Rolle, ob sie schuldig sind oder nicht.«

»Für Sie schon«, sagte Thomas.

»Für mein Seelenheil, ja.« Strelowsky nahm einen zweiten, noch tieferen Zug aus seiner Zigarette, aber diesmal stellte sich das ersehnte Schwindelgefühl nicht ein. Er seufzte. »Aber für mehr auch nicht, fürchte ich. Sie wollen wissen, ob ich ihn für unschuldig gehalten habe?« Er schüttelte den Kopf. »Keine Sekunde lang.«

»Und trotzdem haben Sie ihn verteidigt ... Weil es Ihr Beruf ist? Oder weil es Ihnen egal war?«

»Wo ist der Unterschied?« wollte Strelowsky wissen. »Wollen Sie wissen, wem ich mein Gewissen geopfert habe – meiner Berufsehre oder meiner Gier?«

Es hatte spöttisch klingen sollen, aber das tat es nicht. Nicht im geringsten. Thomas sah ihn lange und wieder auf diese unangenehme, Strelowsky immer nervöser werden lassende Art an, dann schüttelte er traurig den Kopf, drehte sich herum und faltete die Hände vor der Brust. Aber nicht, um zu beten, wie Strelowsky im ersten Moment annahm. Er sah eher aus wie ein Mann, der mit sich rang. Worum?

»Sie müssen gehen«, sagte er schließlich. »Gehen Sie fort. Schnell. So weit Sie können. Ich weiß nicht, ob es etwas nutzt. Vielleicht gibt es keinen Ort auf der Welt, an dem Sie vor ihm sicher sind, aber vielleicht hilft es. Setzen Sie sich in Ihren Wagen und verlassen Sie die Stadt. Sie sind verdammt. Ich kann Sie nicht beschützen.«

»Vor wem?« fragte Strelowsky spöttisch. Er lachte. »Oh, ja, das hätte ich ja fast vergessen: Vor diesem *Etwas*, das herumläuft und Charles Bronson Konkurrenz macht, nicht wahr? Wie heißt dieses Stück? Ein Geist sieht rot?«

Thomas atmete hörbar ein, nahm die Hände herunter und hob gleichzeitig den Kopf. Aber er sah nicht Strelowsky an, sondern das einfache Holzkreuz, das an der Wand hinter dem Altar hing. »Gehen Sie«, sagte er. »Bitte! Es ... es war ein Fehler, Sie herzurufen. Es tut mir leid.«

Strelowsky nahm einen weiteren Zug aus seiner Zigarette, stellte fest, daß sie noch immer genauso widerwärtig schmeckte wie am Anfang und warf sie zu Boden, um sie mit dem Absatz auszutreten. »Wissen Sie, Thomas«, sagte er, »ich bin Ihnen nicht einmal böse. Ich sollte es wahrscheinlich sein, aber ich bin es nicht. Sie glauben das alles, nicht wahr? Ich meine, Sie glauben wirklich, daß es eine Art höherer Gerechtigkeit in der Welt gibt, nicht? Und wissen Sie was? Ich glaube das auch.«

Thomas drehte sich überrascht zu ihm herum, und Strelowsky fuhr mit einem bekräftigenden Nicken fort: »Aber sie hat nichts mit Geistern zu tun, oder irgendwelchen mythischen Dämonen, die durch die Nacht schleichen und die Bösen bestrafen. Jemand hat Rosen erledigt, und *das* ist es, was ich ausgleichende Gerechtigkeit nenne. Zufall. Statistische Wahrscheinlichkeit ... nennen Sie es, wie Sie wollen. Meinetwegen auch Gott. Aber wenn er dahintersteckt, dann kann ich mir beim besten Willen nicht vorstellen, daß er herumläuft und alle Verbrecher erledigt, die ihrer gerechten Strafe entgangen sind – samt ihrer Anwälte. Ich fürchte, er hätte ziemlich viel zu tun.«

Er wartete auf eine Antwort, bekam keine und drehte sich schließlich achselzuckend herum, um zu gehen. Als er die Hand nach dem Türgriff ausstreckte, kam Thomas ihm nach und hielt ihn am Arm zurück.

»Bitte!« sagte er. »Hören Sie auf mich! Verlassen Sie die Stadt! Gehen Sie weg, so weit Sie nur können. Vielleicht hört es auf. Vielleicht ... kann ihn jemand stoppen. Wenn Sie hierbleiben, werden Sie sterben!«

Es hätte eine Menge gegeben, was Strelowsky darauf hätte antworten können – aber wozu? Er seufzte nur abermals, griff nach der Hand des Geistlichen und löste sie mit sanfter Gewalt von seinem Arm. Ohne ein weiteres Wort öffnete er die Tür und verließ die Kirche.

Der Regen hatte noch zugenommen, und aus den vereinzelten Blitzen war ein wahres Feuerwerk gezackter, blauweißer Risse geworden, die so rasch hintereinander aufzuckten, als versuche jemand, den Himmel über dem westlichen Teil der Stadt in Stücke zu spalten. Strelowsky lief mit gesenkten Schultern und weit ausgreifenden Schritten auf das Tor zu, während er bereits mit der linken Hand in der Jackentasche nach dem Autoschlüssel grub. Seine Finger waren noch immer so klamm, daß er ihn um ein Haar fallengelassen hätte. Ungeschickt fummelte er ihn ins Schloß, riß die Tür auf und warf sich hinters Steuer. Kaum zwei Sekunden später startete er den Motor und schaltete hintereinander die Scheibenwischer und – vor allem! – die Heizung ein, fuhr aber noch nicht los.

Seine Hände zitterten immer noch, aber er war jetzt gar nicht mehr so sicher, ob es einzig an der Kälte lag. Dieser Thomas hatte ihn verunsichert, obwohl er sich nicht erklären konnte, warum. Sein Geschwafel von einer höheren Macht und diesem Etwas, das seiner Meinung nach wohl eine Art himmlischer Vendetta ausgerufen zu haben schien, gehörte bestenfalls in die Preisklasse des Voodoo-Zaubers, mit dem ihn einer seiner Mandanten vor Jahren einmal belegt hatte. Unsinn. Hanebüchener Unsinn. Ganz bestimmt nicht mehr.

Er nahm die Brille ab, zog das zusammengeknüllte Papiertaschentuch hervor, mit dem er sie schon einmal gesäubert hatte, und rieb die Gläser sorgfältig zwischen Daumen und Zeigefinger trocken. Als er sie wieder aufsetzte, fiel sein Blick auf einen Wagen, der schräg gegenüber auf der anderen Straßenseite parkte. Motor und Scheibenwischer liefen. Die Scheinwerfer waren auf Standlicht heruntergeschaltet, und er glaubte zwei schemenhafte Gestalten hinter der beschlagenen Windschutzscheibe zu erkennen. Thomas' Warnung fiel ihm ein, und er erschrak. Aber nicht einmal für eine Sekunde, dann schüttelte er über seinen eigenen Gedanken den Kopf. Biblische Racheengel pflegten bestimmt nicht in 7er-BMWs herumzufahren, während sie ihre Opfer suchten.

Strelowsky schaltete seinerseits die Scheinwerfer ein und streckte die Hand nach dem Ganghebel aus. Hinter ihm raschelte etwas. Ein Geräusch wie Stein, der über eine weiche Unterlage rieb. Oder Leder, das sich entfaltete. Strelowsky hob den Kopf, sah in den Innenspiegel und begriff den entsetzlichen Fehler, den er begangen hatte.

Aber da war es bereits zu spät.

5

Auch wenn er Nördlinger nicht so gut gekannt hätte, wäre Bremer klar gewesen, daß die Szenerie sorgsam einstudiert war. Trotz aller unbestrittener Intelligenz war Nördlinger ein Mensch, der leicht zu durchschauen war; und ein Mensch mit einem starken Hang zur Theatralik.

Was er im Moment tat, war regelrecht albern.

Nördlinger saß hinter seinem riesigen, vollkommen leeren Schreibtisch, hatte beide Hände auf die Armlehnen seines ledernen Drehsessels gelegt und schien vor kurzem einen Besenstiel verschluckt zu haben. Beides – Stuhl und Tisch – waren eine Spur zu groß für ihren Besitzer, und beides sah aus, als wäre es vor ungefähr einer Stunde angeliefert und frisch ausgepackt worden. Dabei wußte Bremer, daß die Möbel gut und gerne fünfzehn Jahre auf dem Buckel hatten. Nördlingers Blick – Bremer war ziemlich sicher, daß er nicht ein einziges Mal geblinzelt hatte, seit West und er hereingekommen waren – wanderte mit der Regelmäßigkeit eines Metronoms zwischen ihm und dem Zifferblatt der Standuhr in der gegenüberliegenden Ecke des Zimmers hin und her, und er hatte bisher nicht nur nicht mit der Wimper gezuckt, sondern auch kein einziges Wort gesprochen. Sie waren seit ungefähr einer Minute hier. Vielleicht länger.

Wahrscheinlich, dachte Bremer, baute er darauf, daß sein beharrliches Schweigen die Autorität des leeren Schreibtisches und die unbehagliche Stille unterstrich, um Bremer auf diese Weise noch mehr einzuschüchtern, aber das passierte nicht. Möglicherweise dachte er ja auch, daß er in irgendeiner Form beeindruckend oder gar ehrfurchtgebietend wirkte, wie er so stocksteif auf seinem Thron hockte und ihn anstarrte. Bremer fand sein Benehmen einfach nur kindisch.

Schließlich beendete er die groteske Performance, indem er sich seinerseits im Sessel herumdrehte und auf die Uhr sah.

»Es ist viertel nach sieben«, sagte Nördlinger, noch bevor er sich wieder herumgedreht hatte.

»Eben«, bestätigte Bremer. »Ich versäume das Glücksrad im Fernsehen. Das ist meine Lieblingssendung.« Es gelang ihm ebensowenig, Nördlinger mit dieser dummen Bemerkung aus der Fassung zu bringen, wie Nördlinger umgekehrt ihn mit seinem Benehmen beeindruckte. Und sie war auch nicht sonderlich intelligenter. »Sie wollten mich sprechen?«

»Schön, daß Sie sich wenigstens *daran* erinnern«, sagte Nördlinger. »Ich wollte Sie tatsächlich sprechen. Wenn ich mich richtig erinnere, so gegen vierzehn Uhr. Das war vor fünf Stunden.«

»Ich ... wurde aufgehalten«, antwortete Bremer. Er konnte gerade noch den Impuls unterdrücken, einen Blick in Wests Richtung zu werfen; das hörbare Stocken in seinen Worten nicht. Bremer verfluchte sich dafür innerlich. Das alberne Machtspielchen, das Nördlinger und er seit Jahren spielten, verlief nach komplizierten Regeln, die zwar niemals explizit aufgestellt worden waren, von ihnen beiden aber sorgsam eingehalten wurden. Mit diesem kurzen Zögern in seiner Anwort hatte er diese Runde eindeutig verloren. Nördlinger spürte das. Er verbiß sich ein triumphierendes Lächeln, aber Bremer konnte es regelrecht spüren.

»Ich sage es Ihnen jetzt zum wirklich allerletzten Mal«, fuhr er fort. »Sie sind Polizist, Herr Bremer, kein Postbote. Auch wenn Sie nicht im Dienst sind, sind Sie im Dienst. Ich verlange, daß Sie erreichbar sind. Haben Sie das jetzt verstanden?« Fast zu seiner eigenen Überraschung antwortete Bremer nur mit einem einfachen ›Ja‹ auf diese Frage, und beinahe noch überraschender war, daß Nördlinger ausnahmsweise einmal nicht auf seinem kleinen Etappensieg herumritt, sondern es bei einem knappen Kopfnicken beließ. Einen Teil des Besenstiels, den er heruntergeschluckt hatte, schien er wohl mittlerweile verdaut zu haben, denn er gab seine steife Haltung auf, beugte sich vor, stützte die Ellbogen auf der Tischplatte auf und verschränkte die Hände unter dem Kinn.

»Also gut«, begann er, »dann können wir uns ja jetzt vielleicht wichtigeren Dingen zuwenden. Ich habe zwar Wichtigeres zu tun, als dieses … Glücksrad im Fernsehen zu sehen, aber selbst jemand in meiner Position kennt die Bedeutung des Wortes Feierabend, ob Sie es glauben oder nicht.« Er deutete auf West. »Ihre neue Kollegin haben Sie ja bereits kennengelernt, wie ich sehe.«

»Ja«, antwortete Bremer. »Deshalb bin ich hier. Sie wissen, daß ich nicht mit einem Partner zusammenarbeite.«

»Haben Sie etwas gegen die Kollegin West?«

»Darum geht es nicht«, erwiderte Bremer kopfschüttelnd. Nein, er würde sich *nicht* von Nördlinger provozieren lassen. »Ich arbeite am besten allein. Ich kann nicht ständig auf jemanden Rücksicht nehmen.«

»Sehen Sie – genau so geht es mir auch«, sagte Nördlinger. Offensichtlich hatte er sich gut auf dieses Gespräch vorbereitet. »Und ich habe auf Sie und Ihre sonderbare Arbeitsauffassung bisher mehr Rücksicht genommen als auf irgendeinen anderen Ihrer Kollegen, Herr Bremer. Und ich glaube, das wissen Sie auch sehr gut. Ich weiß, daß Sie hier eine Art Sonderstatus genießen, und Sie wissen, wie sehr mich das ärgert. Aber in diesem Fall lasse ich nicht mit mir reden, ganz gleich, was Sie auch tun und wen immer Sie auch anrufen werden, sobald Sie dieses Büro verlassen haben. Warum sparen wir uns also nicht ein weiteres, überflüssiges Gespräch und reden gleich über den Fall?«

Zu sagen, daß Bremer sprachlos war, wäre übertrieben gewesen. Aber doch ein wenig überrascht. Nördlinger hatte mit jedem Wort recht. Aber Bremer hatte bisher geglaubt, daß sie sich auf eine Art Status quo geeinigt hätten, an dem keiner von ihnen ohne wirklich zwingenden Grund rüttelte. *Hatte* Nördlinger einen zwingenden Grund?

»Außerdem war es nicht meine Idee, Ihnen einen Maulkorb zu verpassen«, fuhr Nördlinger fort. »Die Weisung kommt direkt aus dem Rathaus. Offensichtlich ist Ihr Name dort noch in guter Erinnerung, *Herr* Bremer. Um es ganz deutlich zu sagen: Es ist Ihnen nicht gestattet, Interviews zu geben oder auch nur ein einziges Wort mit der Presse zu reden. Mit niemandem, zumindest nicht, ohne es mit mir oder Kollegin West vorher abzustimmen. Haben Sie das verstanden?«

Verstanden schon, aber: »Warum?«

Nördlinger seufzte. »Wo waren Sie den ganzen Tag, Bremer? Auf dem Mond? Die ganze Stadt spricht über nichts anderes als über Rosen – und die anderen. Würden wilde Spekulationen bezahlt, wäre Berlin mittlerweile die Stadt mit dem höchsten Pro-Kopf-Einkommen des Landes. Die Leute reden über nichts anderes mehr als über den Racheengel, der herumläuft und Bremers Liste abhakt.«

»*Bremers Liste?*«

»Der Ausdruck stammt nicht von mir.« Nördlinger nickte grimmig, zog eine Schublade in seinem Schreibtisch auf und nahm eine zusammengefaltete Zeitung heraus. Schwungvoll ließ er sie über die Tischplatte schlittern und fuhr fort, noch bevor Bremer sie auffangen konnte: »Die Abendpost von heute. Ein Vorabexemplar, mit freundlichen Grüßen und ohne Wissen der Redaktion. Wenn Sie dieses Gebäude wieder verlassen, hat jeder Dummkopf in der Stadt ein Exemplar davon in der Hand.«

Bremer faltete die Zeitung auseinander und erblickte genau das, was Nördlinger vorhergesagt hatte. Die Schlagzeile, die sich quer über die komplette Titelseite zog und tatsächlich größer war als der Artikel darunter, lautete schlicht BREMERS LISTE. Darunter prangte ein mindestens zehn Jahre altes Foto von ihm und ein noch älteres Bild von Rosen. Der Artikel selbst war keiner. Bremer benötigte ungefähr eine Sekunde, bis er begriff, daß der Buchstabensalat unter den Fotos ein Blindtext war.

»Der Text war bei diesem Andruck noch nicht fertig«, sagte Nördlinger. »Aber ich glaube, wir beide wissen ziemlich genau, was da stehen wird.«

»Und was?« wollte West wissen.

Nördlinger sah unwillig auf. Bremer war fest davon überzeugt, daß er sie anraunzen oder ihre Frage einfach übergehen würde. Aber dann antwortete er doch. »Die Details kann Ihnen Kollege Bremer nachher in Ruhe erzählen, Frau West. Die Kurzfassung lautet, daß er vor vier Jahren ein etwas ... verunglücktes Interview gegeben hat, in dem ...«

»Es *war* kein Interview«, unterbrach ihn Bremer gereizt. »Ich wußte nicht einmal, daß ich mit einem Journalisten rede, verdammt noch mal! Und ich habe das, was da stand, *so* nie gesagt.«

»Das glaube ich Ihnen sogar«, antwortete Nördlinger. »Leider ändert es nichts an dem, was am nächsten Tag in der Zeitung stand. Ihr Kollege hat die Namen einiger Verdächtiger aufgezählt, in deren Fall die Justiz seiner Meinung nach versagt hat. Die Liste war ziemlich lang. Und unter anderem waren darauf die Namen Halbach, Lachmann und Rosen zu finden.«

»O«, sagte West. »Das wußte ich nicht.«

»Ich habe damit nichts zu tun!« verteidigte sich Bremer. »Als Halbach umgebracht wurde, war ich nicht einmal in der Stadt!«

»Wen interessiert das?« seufzte Nördlinger. »Irgend jemand hat dieses verdammte Interview von damals ausgegraben, und was *dort* steht, ist alles, was interessiert.«

»Vielleicht ist es ja gar nicht einmal so weit hergeholt«, sagte West nachdenklich. Sie hob die Hand, als sich Bremer zu ihr herumdrehte und etwas sagen wollte. »Verstehen Sie mich nicht falsch. Ich weiß, daß Sie nichts damit zu tun haben. Aber vielleicht hat sich irgendein Verrückter tatsächlich Ihre ... *Liste* genommen und arbeitet sie der Reihe nach ab.«

»Blödsinn!« protestierte Bremer. »Wir sind hier in Berlin, nicht in Hollywood!«

»Ja, und die Kriminalitätsrate Berlins ist mittlerweile höher als die von Los Angeles«, fügte Nördlinger düster hinzu. Gleichzeitig aber schüttelte er den Kopf und wandte sich dann mit einem Blick direkt an West. »Außerdem wurde keiner der drei tatsächlich *umgebracht*. Ich dachte, Sie hätten die Akten gelesen, die ich Ihnen geschickt habe?«

West sagte nichts, sondern lächelte nur verlegen, und Bremer sagte: »Es war eindeutig Selbstmord. In allen drei Fällen. Wenn auch ziemlich bizarre Selbstmorde.« Er hob die Schultern. »Ich könnte auch nicht unbedingt sagen, daß mir einer der drei Kerle besonders leid tut.«

»So etwas will ich nicht hören«, sagte Nördlinger scharf.

»Warum?« erwiderte Bremer. »Bedauern Sie, was Halbach zugestoßen ist? Oder hat Ihnen der Anblick von Rosens Leichnam das Herz gebrochen?«

»Was ich denke oder fühle, steht hier nicht zur Debatte«, erwiderte Nördlinger. »Ebensowenig wie Ihre Gefühle, Herr Bremer. Bemerkungen wie diese sind genau der Grund, aus dem wir jetzt mehr Ärger am Hals haben, als wir wahrscheinlich schon selbst wissen. Was ist, wenn Kollegin West recht hat, und dort draußen wirklich irgendein Verrückter herumläuft, der glaubt, unsere Arbeit tun zu müssen, und Leute umbringt? Möchten Sie die Verantwortung für sein Handeln übernehmen?«

»Habe ich die nicht schon?« murmelte Bremer.

Die Worte waren gar nicht für Nördlinger bestimmt gewesen, aber er hatte sie trotzdem gehört und antwortete:

»Nein. Jedenfalls nicht, so weit es mich angeht. Ich weiß, wie gerne Sie den Märtyrer spielen und jedem erzählen, wie ungerecht ich Sie doch behandele. Aber Tatsache ist, daß ich Sie bisher nach Kräften beschützt habe – und sei es nur aus Eigennutz. *Ich* werde nämlich durchaus für *Ihre* Handlungen verantwortlich gemacht, wissen Sie? Außerdem stehe ich prinzipiell hinter meinen Leuten – auch, wenn ich sie nicht mag.«

Dieser letzte Nebensatz war überflüssig, dachte Bremer. Aber er hütete sich, das laut auszusprechen, oder sich seine wahren Gefühle auch nur anmerken zu lassen. Nördlinger hatte ihm immer noch nicht verraten, warum er eigentlich hier war. Und er hatte das sichere Gefühl, daß im Laufe dieses Gespräches vielleicht noch die eine oder andere unangenehme Neuigkeit auf ihn wartete.

»Ich habe eine Sonderkommission gebildet, die sich um den Fall kümmert«, fuhr Nördlinger fort. »*Sie* haben damit nichts zu tun. Um das Ganze klarzumachen, Herr Bremer: Ich gebe Ihnen nicht nur einen anderen Fall, ich untersage Ihnen ausdrücklich, sich in irgendeiner Form um diese Geschichte zu kümmern. Weder dienstlich noch privat.«

Das war die normale Verfahrensweise, die Bremer nicht überraschte. Trotzdem fragte er mit einer Kopfbewegung zu West: »Und wozu dann mein Schutzengel?«

»Weil ich leider nicht die Macht habe, die Presse zum Schweigen zu bringen«, antwortete Nördlinger offen. »Und auch nicht, die Leute auf der Straße am Spekulieren zu hindern. Ginge es nach mir, würde ich Sie für die nächsten zwei Wochen vom Dienst suspendieren, oder Sie auf eine Dienstreise zum Nordpol schicken. Leider geht es nicht nach mir.«

»Sondern?«

Nördlinger ignorierte die Frage. »Ich möchte auf jeden Fall, daß Sie sich da raushalten, Bremer. Im Klartext: Ich will weder irgendwelche Interviews mit Ihrem Namen darunter lesen, noch Statements oder auch nur eine Äußerung aus einer Bierlaune heraus in irgendeinem Revolverblatt zitiert finden.« Seine Augen verengten sich zu schmalen

Schlitzen. »Wenn Sie zu Rosen oder einem der anderen befragt werden, dann werden Sie auf der Stelle vergessen, daß Sie jemals Sprechen gelernt haben. Habe ich mich deutlich genug ausgedrückt?«

»Ich glaube schon«, sagte Bremer. Er fühlte sich immer noch wie betäubt, ausgelaugt von dem Erlebnis in dem Badezimmer und unwohl angesichts der schwachen Position, in die ihn Nördlinger bugsiert hatte.

»Das glaube ich nicht«, antwortete Nördlinger. »Sie klingen nicht so, als hätten Sie mich verstanden, Herr Bremer. Vielleicht glaube ich Ihnen auch nur einfach nicht, weil ich Sie kenne. Ich möchte es deshalb ganz klar und vollkommen unmißverständlich ausdrücken: Ich will nicht sehen, erleben, lesen oder auch nur *hören*, daß Sie mit einem Journalisten auch nur reden. Wenn mir zu Ohren kommt, daß Sie auch nur auf der gleichen Straßenseite mit einem Reporter gesehen worden sind, kontrollieren Sie am nächsten Morgen wieder Parkuhren. War das deutlich genug?«

»Was soll das?« fragte Bremer. Er warf einen flüchtigen Blick in Wests Richtung und wandte sich dann wieder an Nördlinger. »Halten Sie mich für dumm?«

»Bestimmt nicht«, antwortete Nördlinger. Schon die Schnelligkeit, mit der diese Antwort kam, machte Bremer klar, daß er auch mit dieser Reaktion gerechnet hatte. Wie vermutlich mit *jeder* Reaktion. Er nahm sich vor, nicht mehr allzu viel zu sagen. Diese Runde ging an Nördlinger. Er konnte nichts gewinnen, wenn er sich auf diesen unfairen Kampf einließ.

Nördlinger wartete sichtbar darauf, daß Bremer weiter sprach und ihm Gelegenheit gab, eine seiner vermutlich hundert sorgsam zurechtgelegten Anworten loszuwerden. Als dies nicht geschah, faltete er die Hände unter dem Kinn auseinander und ließ sich im Sessel zurücksinken, um zwei oder drei weitere Sekunden verstreichen zu lassen.

»Ich halte Sie ganz im Gegenteil für einen verdammt guten Polizisten, Herr Bremer«, sagte er schließlich. »Das ist der einzige Grund, aus dem Sie jetzt noch hier sitzen. Wäre es anders, hätte ich mich schon vor fünf Jahren von Ihnen getrennt, ganz egal, über was für mächtige Freunde Sie auch verfügen, glauben Sie mir. Aber es geht nicht darum. Es geht um nichts von alledem.«

»Worum dann?« fragte Bremer.

»Verstehen Sie das wirklich nicht?« fragte Nördlinger. »Vielleicht ist das alles nur Hysterie. Vielleicht ist es tatsächlich nur eine Verkettung von nahezu unglaublichen Zufällen, und diese drei *Verdächtigen* haben tatsächlich Selbstmord begangen. Aber das glaube ich nicht. Und Sie glauben es auch nicht. Ich glaube, daß wir es hier mit dem Schlimmsten zu tun haben, was wir uns überhaupt denken können. Mit Selbstjustiz. Irgendwo in dieser Stadt läuft jemand herum, der sich für den Terminator hält, oder einen Batman für Arme.«

West lachte leise, und in Nördlingers Augen blitzte es zornig auf. »Das ist nicht komisch, Frau West!« sagte er. Seine Stimme klang plötzlich so spröde und kalt wie Glas. Wests Lachen verstummte, und nur den Bruchteil einer Sekunde darauf verschwand auch der dazugehörige Ausdruck von ihrem Gesicht und machte dem einer tiefen Verunsicherung Platz.

»Sie kommen frisch von der Polizeischule«, fuhr Nördlinger fort. »Vielleicht sollte ich deshalb ein wenig rücksichtsvoller sein. Vielleicht sollte ich auch besonders kleinlich sein. Hat man Ihnen nicht beigebracht, was Selbstjustiz bedeutet? Den Anfang vom Ende, Frau West. Es gibt eine Institution, die für die Aufrechterhaltung von Recht und Ordnung zuständig ist, sie allein und sonst niemand. Und diese Institution sind *wir*. Wir können nicht zulassen, daß die Leute anfangen, das Recht in die eigenen Hände zu nehmen – und wenn wir hundertmal im stillen der Meinung sind, daß sie recht haben. Es spielt keine Rolle.«

»Ich weiß«, sagte West, doch Nördlinger hatte sich zu sehr in Rage geredet, um jetzt einfach wieder das Thema zu wechseln. Das Telefon klingelte, aber Nördlinger sah nicht einmal in seine Richtung.

»Ganz offensichtlich wissen Sie es nicht«, sagte er. Seine Finger begannen einen hektischen Takt auf der Schreibtischplatte zu trommeln, der sich dem Takt des immer noch klingelnden Telefons anpaßte. »Ich weiß, daß es in letzter Zeit chic geworden ist, so zu denken. Diese ganze ... Video-Gesellschaft dort draußen ist offensichtlich der Meinung, daß die einzige Gerechtigkeit die des alten Testaments ist. Auge um Auge, Zahn um Zahn. Und daß man lieber einen oder zwei Unschuldige opfern als einen Schuldigen entkommen lassen sollte. Wissen Sie, was passiert, wenn wir so etwas einreißen lassen? Was das Ergebnis wäre? Anarchie! Glauben Sie denn, all diese Schlagzeilen und Fernsehberichte heute wären ein Zufall? Das sind sie nicht. Die Leute warten auf jemanden, der sich als Racheengel aufspielt. Sie wollen jemanden, der auf ganz altmodische brachiale Art für Recht und Ordnung sorgt – oder das, was sie dafür halten.«

»Vielleicht wäre das nicht so, wenn wir etwas effektiver arbeiten würden«, antwortete Bremer.

Nördlinger starrte ihn an. »Wie bitte?«

»Wir fangen diese Kerle doch mittlerweile nur noch ein, damit irgendein überliberaler Richter sie gleich wieder auf freien Fuß setzen kann!« sagte Bremer. Seine innere Stimme warnte ihn, nicht weiterzureden. Das, was er auf Nördlingers Gesicht las, riet ihm, es nicht zu tun, und seine eigene Logik sagte ihm, daß das Klügste, was er jetzt noch sagen konnte, gar nichts war. Er hatte schon viel zuviel gesagt. Und trotzdem wedelte er mit der Hand, die die Zeitung hielt, und fuhr fort: »Wundern Sie solche Schlagzeilen wirklich? Mittlerweile werden die Verbrecher in diesem Land doch besser behandelt als die Opfer! Wem sollen die Leute dort draußen noch vertrauen, wenn sie wissen, daß die Mörder ihrer Kinder vielleicht schon wieder frei sind, bevor die Opfer unter der Erde sind?«

Nördlinger sagte nichts. Er starrte ihn nur mit steinernem Gesicht an, dann hob er ganz langsam die linke Hand und legte sie auf das Telefon, aber nicht, um den Hörer abzuheben. Dann sagte er, sehr leise und sehr ruhig: »Das war's dann, Herr Bremer. Ich suspendiere Sie mit sofortiger Wirkung vom Dienst.«

»Warum?« fragte Bremer. Nördlinger nahm den Telefonhörer nun doch ab und legte die rechte Hand über die Sprechmuschel, bevor er antwortete.

»Das weiß ich noch nicht. Rufen Sie mich morgen früh an. Bis dahin habe ich Zeit genug, mir einen Grund einfallen zu lassen. *Ja?!*« Das letzte Wort hatte er beinahe ins Telefon geschrien. Bremer konnte sich die Überraschung des Teilnehmers am anderen Ende der Leitung lebhaft vorstellen. Solange er sich erinnerte, hatte er Nördlinger noch niemals schreien hören. Vermutlich hatte das niemand. Bremer hatte bis zu diesem Moment noch nicht einmal gewußt, daß Kriminalrat Nördlinger überhaupt schreien *konnte.*

Er schrie auch nicht weiter. Einige Sekunden lang sagte er gar nichts, aber dafür war der Ausdruck auf seinem Gesicht um so beredter. Für einen Moment erstarrten seine Züge einfach. Dann schien jede Kraft aus seinen Gesichtsmuskeln zu weichen. Der so seltene Zorn verrauchte buchstäblich von einem Augenblick auf den anderen, und Bremer war sicher, daß das, was sich nun auf Nördlingers Gesicht spiegelte, ein Gefühl war, das ziemlich nahe an Entsetzen grenzte.

»Nummer vier?« fragte er, nachdem Nördlinger ohne ein weiteres Wort eingehängt hatte.

»Strelowsky«, antwortete Nördlinger. »Sie haben ihn gerade in seinem Wagen gefunden. Tot.«

»Wo?« fragte Bremer.

»Strelowsky?« wollte West wissen. »Wer ist das?«

»Einer der schlimmsten Rechtsverdreher der Stadt«, sagte Bremer. Nördlingers Blick wurde noch härter, und Bremer schluckte den zweiten Teil seiner Antwort herunter. *Ist nicht besonders schade um ihn.* Statt dessen sagte er: »Und rein zufällig Stefan Rosens Rechtsanwalt. Er hat ihn damals rausgeholt.«

»Und jetzt ist er tot.« West schürzte die Lippen. »Was für ein Zufall.«

»Was ist passiert?« wollte Bremer wissen. »Wieder ein bizarrer Selbstmord?«

»Er ist tot«, antwortete Nördlinger, »mehr weiß ich auch

nicht. Und mehr müssen *Sie* auch nicht wissen.« Er gab sich einen sichtbaren Ruck, streifte das Telefon noch einmal mit einem sonderbaren Blick, fast, als mache er den Apparat für die schlechten Nachrichten verantwortlich, und fuhr dann in verändertem Ton und wieder direkt an Bremer gewandt fort: »Ich habe Sie vor zwei Minuten vom Dienst suspendiert, haben Sie das bereits vergessen?«

»Aber das … das war doch wohl nicht ernst gemeint, oder?« murmelte Bremer. »Ich meine …«

»Hatten Sie jemals den Eindruck, daß ich mit solchen Dingen scherze?« fragte Nördlinger. »Sie sind raus, Bremer. Raus aus diesem Fall und zumindest für den Rest der Woche raus aus dem Polizeidienst.« Er stand auf. »Bis nicht wenigstens *etwas* Gras über diese leidige Angelegenheit gewachsen ist, möchte ich Sie nicht mehr sehen. Nicht in diesem Gebäude, und erst recht nicht in der Nähe irgendeines der an diesem Fall Beteiligten.«

»Ist das schon alles?« fragte Bremer.

»Beinahe«, antwortete Nördlinger. »Ob ich Sie mit oder ohne Ihre Bezüge suspendiere, das hängt von den nächsten Sätzen ab, die ich von Ihnen zu hören bekomme.«

»Dann wäre es vielleicht das Klügste, wenn ich jetzt überhaupt nichts mehr sage«, murmelte Bremer verstört.

»Das scheint mir auch so«, sagte Nördlinger. »Ich wünsche Ihnen ein schönes Wochenende, Herr Bremer. Ich melde mich nächste Woche bei Ihnen – falls Ihr Telefon eingeschaltet ist, heißt das.«

Bremer suchte eine oder zwei Sekunden lang nach einer passenden – oder wenigstens *originellen* – Antwort, aber schließlich sah er ein, daß die einzig vernünftige Antwort in diesem Fall keine Antwort war. Er stand auf, drehte sich ohne ein weiteres Wort herum und ging.

Erst, als er das Büro und auch Nördlingers Vorzimmer durchquert hatte, blieb er wieder stehen. Seine Hände begannen zu zittern, und sein Puls beschleunigte sich schlagartig. Zu sagen, daß diese Runde an Nördlinger gegangen war, wäre die Untertreibung des Jahres gewesen. Es war ein klarer, technischer K.o. – und er wußte nicht einmal, warum. Bremer kam erst jetzt zu Bewußtsein, daß Nördlinger ihm den eigentlichen Grund ihres Gespräches nicht einmal genannt hatte. Er hatte ihn bestimmt nicht um diese Zeit hierherbestellt, nur um ihn rauszuschmeißen.

Seine Hände begannen fast ohne sein Zutun in den Jakkentaschen zu graben. Er hatte das Rauchen vor drei Jahren aufgegeben und seit mehr als einem Jahr keinen Appetit mehr auf Nikotin verspürt; jetzt hätte er für eine Zigarette einen Mord begangen. Alles, was er fand, waren seine Autoschlüssel und eine halb aufgeweichte Tankquittung. Und ein Stück rostiger Draht, etwas kürzer als sein kleiner Finger und mit einer dunkelbraunen Verfärbung an einem Ende. Es dauerte eine Sekunde, bis er sich wieder erinnerte, woher dieses Stück Altmetall kam. Er hatte es am Morgen auf dem Hinterhof aufgehoben, auf dem sie Rosens Leiche gefunden hatten. Warum er ihn eingesteckt hatte, konnte er beim besten Willen nicht sagen. Vielleicht, weil es sich bei der häßlichen Verfärbung an seinem Ende um Rosens Blut handelte? Seltsam. Ganz abgesehen davon, daß er damit ein Beweisstück vom Tatort entfernt hatte (Nördlinger hätte seine helle Freude daran gehabt, dachte er sarkastisch) war es eigentlich nicht seine Art, Trophäen zu sammeln. Schon gar nicht *solche*.

Blut.

An dem winzigen, verbogenen Draht klebte Blut. Vielleicht auch nicht. Vielleicht war es auch nur eine zufällig Verfärbung, die er nur dafür hielt. Es spielte keine Rolle. Etwas daran war wichtig. Und gefährlich. Es war die Lösung, der geheime Plan, auf dem die genaue Position jedes einzelnen Teiles dieses bisher scheinbar so sinnlos anmutenden Puzzles verzeichnet war, eingeschlossen all derer, die sie bisher noch gar nicht zu Gesicht bekommen hatten. Er schüttelte den Gedanken beinahe wütend ab, warf das kleine Drahtstück in den nächsten Papierkorb und ging mit schnellen Schritten zum Aufzug. Etwas stimmte nicht mit ihm, und man mußte weder Doktor der Tiefenpsychologie noch der legitime Nachfolger Sherlock Holmes' sein, um zu wissen, was. Es hatte am Morgen angefangen, als er Rosens

Leichnam gesehen hatte, und der Zwischenfall in seinem Bad und seine selbstzerstörerische Reaktion auf Nördlingers Gardinenpredigt waren nur die konsequente Fortsetzung. Er konnte nicht einmal sagen, von *was*. Nur, daß er diesen Weg zu Ende gehen mußte.

Der Aufzug ließ auf sich warten. Bremer drückte den Rufknopf mit wachsender Ungeduld drei-, viermal, obwohl er wußte, wie sinnlos es war. Irgend jemand blockierte weiter unten die Türen. Er konnte den verdammten Knopf drücken, bis ihm der Fingernagel abfiel, ohne die Sache damit irgendwie zu beschleunigen. Aber er wollte auch nicht einfach stehenbleiben und warten, bis der Lift irgendwann einmal kam. Früher oder später würden Nördlinger oder West aus der Tür hinter ihm treten, und das wirklich letzte, was er jetzt gebrauchen konnte, war einem von ihnen zu begegnen. Also ging er bis zum Ende des menschenleeren Korridors und öffnete die Glastür zum Treppenhaus. Seine Begeisterung, die acht Etagen zu Fuß nach unten zu gehen, hielt sich in Grenzen, aber er konnte auch nicht einfach hierbleiben und warten. Eine seltsame Unruhe hatte ihn ergriffen. Es war nicht allein der unbehagliche Gedanke, Nördlinger oder West wiederzusehen. Etwas würde passieren. Er konnte es beinahe körperlich fühlen; so wie die veränderte Elektrizität in der Luft, die man manchmal vor einem besonders schweren Gewitter spürt.

Die Tür fiel mit einem lauten Knall hinter ihm ins Schloß, und das Licht flackerte. Als es wieder richtig brannte, war das Treppenhaus nicht mehr das Treppenhaus.

Vor ihm lag ein schmaler, schwindelerregend steil in die Tiefe führender Schacht mit nackten Betonwänden. Ausgetretene Zementstufen hatten die Stelle des billigen Marmor-Imitats eingenommen, und unter der Decke brannten keine kalten Neonleuchten mehr, sondern mattgelbe Glühbirnen in kleinen Drahtkörbchen. Rauch trieb in faserigen grauen Schwaden durch die Luft, und er hörte das Prasseln von Flammen, begleitet von einer fast regelmäßigen Abfolge dumpfer, polternder Laute, die nicht zusammenhingen, trotzdem aber irgendwie zusammenzugehören schienen.

Die Vision – diesmal war er *sicher*, daß es sich um eine solche handelte – war noch nicht ganz perfekt. Hier und da schimmerte die Wirklichkeit noch hindurch, als hätte man einen Film genau im Augenblick der Überblendung angehalten. Und es nutzte nichts, zu wissen, daß er einer Halluzination erlag. Ganz im Gegenteil schien dieses Wissen den Sturz hinüber in die Unwirklichkeit noch zu beschleunigen; so wie das Wissen um die vermeintliche Gefahr einen Nichtschwimmer in hüfthohem Wasser ertrinken lassen konnte. Bremer war sich jenseits allen Zweifels darüber im klaren, daß das, was er zu erleben meinte, nicht wahr war, sondern nur *(Erinnerung?)* eine Ausgeburt seiner Fantasie. Und doch war er unfähig, dieses Wissen zu seinem Vorteil einzusetzen, oder auch nur zu seinem Schutz. Er versuchte, sich an den verblassenden Resten der Wirklichkeit festzuklammern, aber auch dieser Versuch scheiterte kläglich. Nach ein paar Sekunden fand er sich endgültig und hoffnungslos gefangen in der surrealen Alptraumwelt einer weiteren, noch schlimmeren Vision wieder.

Der Treppenschacht hatte Substanz gewonnen, dabei aber nichts von seiner erschreckenden Unwirklichkeit verloren. Flackernder roter Feuerschein drang aus seiner Tiefe zu Bremer hoch, gefiltert von immer dichter werdendem, braunem und grauem Rauch, durch den zuckende Bewegung und flackernde Lichtblitze drangen, Schreie, hektische Bewegung und Schüsse, das Wogen eines riesigen, geflügelten Schattens.

Der zeitliche Ablauf der Vision stimmte nicht. Es war auch keine Vision.

Es war Erinnerung. Pure, brutale Erinnerung, und sie kam schlagartig und parallel, so daß er gleichzeitig erlebte, was geschehen war, was geschah und was geschehen würde.

Bremer versuchte einen Schritt zurückzuweichen, aber es ging nicht. Seine Umgebung war real geworden, gehorchte aber immer noch den Gesetzmäßigkeiten eines

Alptraumes. Es gab nur eine einzige Richtung, in die er sich bewegen konnte. Das Prasseln der Flammen wurde stärker, war nun das Geräusch von brennendem Fleisch, die Schreie wurden zu den Schreien brennender Menschen.

Dann spürte er, wie der Schatten hinter ihm entstand. Gefangen in seiner Vision, war er immer noch nicht in der Lage, auch nur einen Muskel zu rühren, geschweige denn, sich herumzudrehen, aber wie zum Ausgleich dafür schien sich sein Wahrnehmungsvermögen auf fast magische Weise erweitert zu haben. Der Schwarze Engel entstand unmittelbar hinter ihm, als wäre er nicht mehr als sein eigener Schatten, der auf gespenstische Weise Gestalt und Substanz angenommen hatte, entfaltete seine gewaltigen schwarzen Schwingen und glitt dann einfach durch ihn hindurch.

Seine Berührung war das kalte Feuer der Hölle. Bremer schrie wie unter Schmerzen – oder *hätte* geschrien, wäre er dazu in der Lage gewesen –, aber was er in Wahrheit empfand, das war etwas ungleich Schlimmeres als körperlicher Schmerz. Die rauchigen Schwingen des Todesengels berührten etwas tief in ihm. Nichts Körperliches. Nicht einmal etwas wirklich *Psychisches*, sondern etwas weit jenseits davon, vielleicht sein Menschsein selbst. Und diese Berührung was das Grauenhafteste, was Bremer jemals erlebt hatte. Hätte er die Wahl gehabt, zu sterben oder die Berührung der schwarzen Flügel auch nur noch eine einzige Sekunde länger zu ertragen, er hätte den Tod gewählt.

Der Schwarze Engel tobte weiter und raste die Treppe hinab. Seine gespreizten Flügel schlugen Funken aus den Wänden des schmalen Schachtes, und seine bloße Berührung reichte aus, um die Männer, die unter ihm standen und verzweifelt ihre Waffen auf ihn abfeuerten, zu zerschmettern und brennend die Treppe hinunterstürzen zu lassen. Einige von ihnen lebten noch. Sie schrien verzweifelt um Hilfe, bettelten um Gnade, aber welche Hilfe gab es gegen die Mächte der Hölle? Und *Gnade* gehörte nicht zum Wortschatz des Kolosses, der gekommen war, um das zu Ende zu bringen, was hinter der brandgeschwärzten Metalltür am unteren Ende der Treppe vor so langer Zeit seinen Anfang genommen hatte. Es spielte keine Rolle, daß sie unschuldig daran waren. Auch das Wort *Schuld* gehörte nicht zum Vokabular des geflügelten Giganten.

Er tobte weiter die Treppe hinab. Die eisernen Krallen an den Enden seiner Flügel rissen fingertiefe Furchen in den Beton, und unter seinen Schritten bebte die Erde. Die Schreie wurden lauter, verzweifelter, hoffnungsloser und brachen dann ab, und das Schweigen, das ihnen folgte, war auf unheimliche Weise vielleicht noch schlimmer.

Bremer spürte, wie die Spannung in ihm weiter und weiter wuchs, die Grenzen des Erträglichen erreichte, schließlich die Grenzen des überhaupt Vorstellbaren, und noch immer weiter und weiter anstieg. Etwas in ihm würde zerbrechen, wenn er dieser fürchterlichen Vision nicht entging, nicht irgendwann, nicht bald, sondern *jetzt*. Aber er konnte ihr nicht entkommen. So wenig, wie er diese Vision heraufbeschworen oder sich ihr freiwillig hingegeben hatte, stand es in seiner Macht, sie zu beenden. Er mußte sie ertragen oder daran zerbrechen.

Weder das eine noch das andere geschah. Plötzlich war der Schwarze Engel wieder da, und etwas hatte sich verändert. Bremer war vom Zuschauer zum Akteur geworden; vielleicht auch zum Opfer. Aus Erinnerung wurde Hier und Jetzt.

Der Gigant stand wie aus dem Boden gewachsen vor ihm. Die schwarze Fläche, die dort war, wo sein Gesicht sein sollte, starrte auf Bremer herab, und etwas dahinter erwachte zu grausigem Leben. Bremer spürte, wie ihm *Etwas* seine Aufmerksamkeit zuwandte, wie das gigantische, träge Auge eines Gottes, dessen flüchtiges Blinzeln schon ausreichen mußte, ihn zu Asche zu verbrennen. Bremer schrie. Er *wollte* schreien, aber auch sein Kehlkopf war gelähmt. Er taumelte zurück, als der Gigant die Hand nach ihm ausstreckte, aber seine Bewegung war zu langsam, kraftlos. Bremer prallte gegen die Wand, sank hilflos wimmernd in die Knie und hatte nur noch die Kraft, die Arme über den Kopf zu heben, wie ein Kind, das sich hilflos unter dem Angriff eines Erwachsenen krümmt. Er konnte sich nicht wehren. Er *wollte* sich nicht wehren. Es war sinnlos. Azrael war zurückgekommen, um es endlich zu Ende zu bringen, und auf eine resignierende Art war er froh darüber. Die Hand des Giganten näherte sich seinem Gesicht, aber dann ergriff sie nur seine Schulter und rüttelte daran. Einmal, zweimal, dann ein drittes Mal, und so heftig, daß sein Kopf unsanft nach hinten geworfen wurde und gegen die Wand prallte.

Dieser ganze profane, körperliche Schmerz brach den Bann. Nicht nur ohne, sondern schon beinahe *gegen* seinen Willen griff er nach dem Handgelenk des Riesen, versuchte es zu packen und spürte, wie er statt dessen selbst gepackt und grob in die Höhe gerissen wurde. Der Schmerz in seiner Schulter war so schlimm, daß er stöhnte und für eine Sekunde nur noch bunte Lichtblitze und Farben sah.

Als sich sein Blick wieder klärte, war aus dem schwarzen Todesengel ein dunkelhaariges, schlankes Mädchen geworden, das schräg und mit gespreizten Beinen vor ihm stand. Ihre linke Hand hatte sein rechtes Handgelenk gepackt und hielt es mit eiserner Kraft fest, und ihr Daumen drückte seine Hand direkt zwischen den Ballen so fest zurück, daß es weh tat. Die andere hatte sie in einer Haltung vor die Brust gehoben, über die er lieber nicht nachdachte.

»Alles wieder in Ordnung?« fragte West.

Bremer antwortete nicht – er konnte es gar nicht, denn seine Hand tat wirklich *weh* –, aber etwas in seinem Blick schien ihm diese Mühe abzunehmen, denn West blieb nur noch eine knappe halbe Sekunde so stehen, dann ließ sie abrupt seinen Arm los, trat einen weiteren halben Schritt zurück und entspannte sich. Zumindest körperlich. Ihr Blick blieb weiter und sehr aufmerksam auf Bremers Gesicht geheftet.

»Was ist passiert?« fragte sie.

Bremer nahm vorsichtig die rechte Hand herunter und begann das Gelenk mit der anderen zu massieren. Seine Hand prickelte. Wests Daumen mußte einen Nerv erwischt haben. »Sie haben mir fast die Hand gebrochen, das ist passiert«, sagte er. »Bezahlt Nördlinger Sie eigentlich dafür, mich zu quälen?«

»Sie haben geschrien«, sagte West. Sie warf einen raschen Blick die Treppe hinauf, dann in die entgegengesetzte Richtung. »Ich wundere mich eigentlich, daß nicht das ganze Haus zusammengelaufen ist. Was war los?«

»Nichts«, antwortete Bremer. »Ich war ... einen Moment weggetreten.«

Er hörte auf, seine Hand zu massieren, und ließ den Arm sinken. Die Finger seiner rechten Hand prickelten bis in die Fingerkuppen hinein. »Ich hoffe, das wird nicht zu einer schlechten Angewohnheit.«

»Daß Sie für einen Moment wegtreten?«

»Daß Sie mir ständig das Leben retten.«

West blieb ernst. »Meinen Sie nicht, daß Sie mir eine Erklärung schuldig sind?« fragte sie.

»Nein«, antwortete Bremer. »Das meine ich nicht. Danke.«

»Danke? Das ist alles?«

»Das ist alles«, antwortete Bremer. »Was erwarten Sie noch? Daß ich Ihnen sämtliche finsteren Geheimnisse meines Lebens beichte?«

»So, wie ich Sie einschätze, haben Sie keine«, antwortete West. »Für den Anfang würde es mir schon reichen, wenn Sie mir einen Kaffee spendieren. Oder ist das auch zu viel verlangt?«

6

Es war gerade acht; eigentlich noch nicht allzu spät, vor allem für einen Mittwoch. Trotzdem wirkte die Cafeteria wie ausgestorben. Der hintere, weitaus größere Teil des Raumes lag im Dunkeln, und die Panoramafront, die auf den Parkplatz im Innenhof hinausführte, hatte sich in einen kupferfarbenen Spiegel verwandelt.

Bremer saß an einem der billigen Plastiktische direkt an der Grenze zwischen dem beleuchteten und dem im Dunkeln daliegenden Teil des Raumes und starrte sein eigenes

Spiegelbild an. Es kam ihm fremd vor; und ein bißchen erschreckend. Sein Gesicht war bleich wie die sprichwörtliche Wand, und wenn er seine Hände nicht damit beschäftigt hätte, seit mindestens zehn Minuten in einem Kaffee zu rühren, in dem sich nicht einmal die Spur von Zucker befand, dann hätte man ihr Zittern sehen können. Bremer schrieb die unnatürliche Blässe seines Gesichts wenigstens zum Teil der farbenveränderten Wirkung des Spiegelglases zu. Bei seinen zitternden Fingern verfing diese Ausrede nicht mehr -- und schon gar nicht bei dem Ausdruck in seinen Augen. Er war seinem eigenen Blick nur für Sekundenbruchteile begegnet und hatte den Kopf dann hastig wieder gesenkt. Aber dieser winzige Moment hatte gereicht. Irgend etwas war in seinen Augen, das ihn entsetzte. Sie hatten etwas gesehen, was kein Mensch jemals sehen sollte.

Ein leises Klimpern riß ihn aus seinen Gedanken. Bremer sah auf und erblickte West, die mit einer Tasse Kaffee in der einen und einem Teller mit einem Stück Käsekuchen in der anderen Hand heranbalanciert kam. Bremer versuchte sich zu erinnern, ob es das zweite oder dritte Stück Kuchen war, das sie sich geholt hatte, war sich aber nicht sicher.

»Das dritte«, sagte West, als hätte sie seine Gedanken gelesen. Sie lud ihre Last scheppernd auf den Tisch ab, zog sich mit der Fußspitze einen Stuhl heran und setzte sich.

»Wie bitte?«

»Es ist das dritte Stück Käsekuchen«, sagte sie. »Man konnte die Frage deutlich auf Ihrem Gesicht lesen. Außerdem fragt sich das jeder, früher oder später. Käsekuchen ist mein großes Laster. Ich bin süchtig danach. Verstoße ich damit gegen irgendein Gesetz?«

»Solange man es Ihnen nicht ansieht, nicht«, antwortete Bremer lahm. Er hörte endlich auf, in seinem Kaffee zu rühren, nahm den Löffel heraus und legte ihn mit einer bedächtigen Bewegung auf die Untertasse. Dabei brachte er sogar das Kunststück fertig, daß seine Hände nicht zitterten.

»Im Moment jedenfalls noch nicht.« West schaufelte sich eine gewaltige Ladung Käsekuchen in den Mund und fuhr kauend und an der Grenze des Unverständlichen fort: »Wahrscheinlich werde ich in zehn Jahren jeden einzelnen Bissen bereuen. Aber das ist mir ehrlich gesagt egal.«

»Interessiert Sie Ihre Zukunft nicht?«

»Weiß ich, ob ich in zehn Jahren noch lebe?« West grinste und sah dadurch noch jünger aus, als sie war. »Außerdem bin ich in zehn Jahren vermutlich verheiratet und habe die statistischen anderthalb Kinder, einen Hund und ein Reihenhaus, an dem ich bis kurz vor meiner Pensionierung abbezahle. Wenn ich dann dick und fett bin, ist das eher das Problem meines Mannes.«

»Gibt es einen solchen?« fragte Bremer.

»Nicht einmal in spe«, antwortete West und rammte ihre Gabel zum drittenmal vehement in den Kuchen. Ihre Eßmanieren ließen zu wünschen übrig, dachte Bremer. Was jetzt noch auf ihrem Teller lag, sah eher nach etwas aus, was nach einem Flächenbombardement übriggeblieben war als nach etwas Eßbarem. »Aber rein statistisch wartet er natürlich schon auf mich ... irgendwo dort draußen.«

Bremer lächelte flüchtig und nippte an seinem Kaffee. Er hatte so lange darin gerührt, daß er mittlerweile kalt war, stellte sie mit den gleichen behutsamen Bewegungen, mit denen er schon den Löffel gehandhabt hatte, auf die Untertasse zurück und sah West an. Die junge Frau schien voll und ganz auf ihren Kuchen konzentriert zu sein, und sein Blick irrte für einen Moment ab und traf die Fensterscheibe hinter ihr. Seine eigene und Wests Gestalt spiegelten sich als verzerrte Schatten mit unscharfen Rändern darauf, und für einen ganz kurzen Moment, vielleicht nur den Bruchteil einer Sekunde, glaubte er noch einen dritten, gewaltigen Umriß dahinter zu erkennen, der riesig und geflügelt über ihnen emporragte. Er wußte, daß er nicht wirklich da war. Es war nicht einmal eine Halluzination, sondern nur ein böser Streich, den ihm seine Nerven spielten. Trotzdem kostete es ihn beinahe seine gesamt Kraft, sich nicht herumzudrehen und sich davon zu überzeugen, daß er auch tatsächlich allein war.

»Geht es Ihnen wieder besser?« fragte West unvermittelt. »Als ich Sie vorhin da oben ... aufgelesen habe, sahen Sie ganz schön fertig aus.«

Bremer runzelte die Stirn. Er wußte nicht genau, was er von diesen Worten halten sollte; so wenig, wie er eigentlich wußte, was er von West halten sollte. Vielleicht war sie einfach nur nervös und plapperte drauflos, weil die Situation ihr mindestens genauso unangenehm war wie ihm. Vielleicht aber auch nicht.

»Es geht mir wieder gut«, sagte er und verfluchte sich praktisch im gleichen Moment selbst für diese Antwort. Wieder bedeutete, daß es ihm gerade nicht gut gegangen war. Aber das abzustreiten, wäre sowieso ziemlich albern. »Und um eines klarzustellen«, fuhr er fort. »Sie haben mich nicht *aufgelesen*. Ich hatte einen kleinen Schwächeanfall. So etwas kommt vor. Sie haben mich vor einer peinlichen Situation bewahrt, und dafür bin ich Ihnen dankbar. Das ist aber auch schon alles. Ich bin Ihnen nichts schuldig. Und ich werde gewiß nicht mein ganzes Leben vor Ihnen ausbreiten.«

»Vor allem nicht, weil wir uns erst seit ein paar Stunden kennen«, pflichtete ihm West bei. »Ich an Ihrer Stelle würde wahrscheinlich auch nicht anders reagieren. Aber das meiste davon weiß ich sowieso schon.« Sie stand auf. »Ich hole mir noch ein Stück Kuchen. Darf ich Sie auch zu einem einladen?«

Bremer schüttelte den Kopf, und West schnappte sich mit einem wortlosen Achselzucken ihren Kuchenteller und marschierte zur Theke hinüber. Bremer blickte ihr mit gemischten Gefühlen nach. Er sollte wütend sein, aber er war einfach nur ... verwirrt. Vielleicht lag es schlicht daran, daß West ihm gefiel, auf eine schwer in Worte zu fassende, direkte Art. Ihre Art, sich zu bewegen, war äußerst anmutig, selbst bei einer so banalen Tätigkeit wie dem Hochheben eines Tellers. Und ihm gefiel auch ihre Art, wie sie sich gab. Vielleicht, weil er spürte, wie verunsichert und verletzbar sie hinter der aufgesetzten Extrovertiertheit war, hinter der sie sich versteckte. Außerdem hatte er das Gefühl, daß sie eine sehr kluge Person war.

Und daß sie – wenn er noch zwei Minuten so weiter machte – zumindest in seiner Vorstellung zu einer Mischung aus Brigitte Nielson, Claudia Schiffer und einem weiblichen Albert Einstein mutieren würde. Was war mit ihm los? Er war doch wohl nicht etwa dabei, sich in dieses halbe Kind zu verlieben? Großer Gott, sie war jung genug, um seine Tochter sein zu können!

Die Tür ging auf, und eine kleine Gruppe Männer kam herein: zwei, drei Streifenpolizisten in schwarzen Lederjacken, begleitet von Meller und Vürgels. Bremer kannte beide und verstand sich mit beiden nicht besonders, aber das traf auf die meisten seiner Kollegen zu. Er hatte keine wirklichen *Feinde* hier im Präsidium, aber auch nur sehr wenige wirklich *Freunde*. Zur letzteren Kategorie gehörten Meller und sein schwuler Partner ganz gewiß nicht.

Trotzdem wartete er gerade lange genug ab, bis sich die beiden gesetzt hatten, dann stand er auf und steuerte ihren Tisch an.

»Hallo, Bremer«, begrüßte ihn Meller. »Was machst du denn noch hier? Ich dachte, Nördlinger hätte dich gefeuert.«

Bremer blieb mitten in der Bewegung stehen. »Suspendiert«, sagte er. »Schlechte Nachrichten sprechen sich offenbar ziemlich schnell herum.«

»Gute noch viel besser«, sagte Vürgels und zündete sich eine Zigarette an.

»Nördlinger hat uns angerufen«, sagte Meller hastig. Er warf seinem Partner einen strafenden Blick zu und fuhr an Bremer gewandt und mit einer einladenden Geste auf einen der beiden freien Stühle an ihrem Tisch fort: »Keine Angst. Die Neuigkeit steht noch nicht am Schwarzen Brett, und wir werden es auch nicht herumerzählen.«

»Aber ihr wißt natürlich mal wieder alles.« Bremer blieb stehen, ohne seiner Einladung zu folgen.

»Nördlinger hat uns telefonisch genau informiert«, antwortete Meller. »Vor zehn Minuten. Wir waren nämlich gerade vor dieser Kirche und haben Strelowskys Überreste aus seinem Wagen gekratzt. Nördlinger scheint dir nicht zu vertrauen, weißt du? Er hat uns in allen Einzelheiten erklärt, wohin sich unsere berufliche Laufbahn entwickeln könnte, wenn wir dir auch nur ein Sterbenswörtchen verraten. Ich wußte gar nicht, daß Kriminalrat Nördlinger ein so fantasievoller Mensch ist.«

»Kirche?« fragte Bremer. Irgend etwas klingelte bei diesem Wort in ihm, aber er wußte nicht, was. »Was für eine Kirche?«

»Keine Chance«, antwortete Meller. »Nördlinger meint es wirklich ernst. Und er hat recht, weiß du? Laß die Finger von dem Fall.« Er lachte, leise, nervös und unecht. »Setz dich, ich spendiere dir ein Bier. Du bist ja jetzt nicht mehr im Dienst.«

Die letzte Bemerkung, fand Bremer, hätte er sich auch verkneifen können. Er glaubte aber nicht, daß Meller ihn damit wirklich verletzen wollte. Wie leider Gottes viel zu viele gehörte auch Meller zu den Menschen, die nur zu oft erst redeten und dann ihr Gehirn einschalteten. Keine besonders gute Eigenschaft für einen Polizisten. Er schüttelte nur den Kopf, drehte sich mit einem Achselzucken herum und ging zu seinem Tisch zurück.

West saß bereits wieder an ihrem Platz und war mit großem Enthusiasmus damit beschäftigt, ihr viertes Stück Käsekuchen zu massakrieren. Ohne auch nur zu ihm aufzublicken, fragte sie: »Abgeblitzt?«

»Was ... meinen Sie damit?« fragte Bremer.

Noch immer ohne aufzublicken, machte West eine Kopfbewegung in Richtung des Tisches, an dem Meller und Vürgels saßen. »Die beiden da. Sie haben Ihnen nichts gesagt, stimmt's?«

»Sie haben mir nichts gesagt.« Bremer setzte sich.

»Und bevor Sie jetzt anfangen, sich ernsthaft zu fragen, ob ich Gedanken lesen kann«, sagte West, »verrate ich Ihnen mein Geheimnis. Ich war dabei, als Nördlinger Kommissar Meller angerufen hat. Er schien ziemlich sicher zu sein, daß Sie sich *nicht* an seine Anweisung halten würden, Ihre Finger von dem Fall zu lassen.«

Bremer sah sie einen Moment lang nachdenklich an. Dann befeuchtete er die Kuppe des Mittelfingers mit der

Zunge, langte über den Tisch und angelte einen Krümel ihres Kuchens von ihrem Teller. Sie hatte recht: Er schmeckte ausgezeichnet. Nicht süchtig machend, wie sie behauptet hatte, aber viel besser, als er erwartet hatte.

»Was haben Sie eigentlich gemeint, als Sie vorhin gesagt haben, daß Sie das meiste über mich sowieso schon wissen?« fragte er.

»Das wäre nicht fair«, sagte West.

»Was?«

»Wenn ich diese Frage beantworte, habe ich Ihnen schon zwei Antworten gegeben, und Sie mir noch gar keine«, sagte sie. »Das ist gegen die Spielregeln.«

»Ich kann mich gar nicht daran erinnern, daß wir welche aufgestellt hätten«, sagte Bremer. Er legte ganz bewußt einen schärferen Ton in seine Stimme, als nötig gewesen wäre. Der Gedanke, daß er sich in dieses Kind verliebt haben könnte, hatte sich mittlerweile als so lächerlich entlarvt, wie er auch war, aber Angela West war ihm sympathisch. Vielleicht reagierte er deshalb aggressiver, als ihm selbst angemessen schien. Er seufzte.

»So, und jetzt Schluß mit dem Unsinn, Frau West.«

»Angela«, sagte West. »Oder Angie, wenn Ihnen das lieber ist.«

»Sie haben mich nicht zufällig gerade im Treppenhaus gefunden«, fuhr er fort. »Und Sie haben Nördlingers Gespräch mit Meller auch nicht zufällig mit angehört. Sie haben mich gesucht.«

»Wäre es Ihnen lieber, *er* hätte Sie gefunden?« Angela deutete in Mellers Richtung, aber Bremer ignorierte auch diese Frage.

»Nördlinger hat Sie auf mich angesetzt, stimmt's? Es reicht ihm nicht, mich kaltzustellen. Er will ganz sicher gehen. Was hat er von Ihnen verlangt? Daß Sie sich in mein Vertrauen schleichen und aufpassen, daß ich auch wirklich ein lieber Junge bin?«

Angela ließ ihre Gabel sinken. Sie lächelte weiter, aber der fröhliche Glanz in ihren Augen wurde matter. »Das war jetzt nicht fair«, sagte sie.

»Was Sie tun, auch nicht«, antwortete Bremer grob.

»Sind Sie sicher? Ich meine: Haben Sie schon einmal die Möglichkeit in Betracht gezogen, daß Nördlinger es wirklich gut mit Ihnen meint?«

»Keine Sekunde lang«, antwortete Bremer ehrlich.

»Ich glaube das aber«, sagte Angela. »Ich hatte ein ziemlich langes Gespräch mit ihm. Heute nachmittag, bevor ich zu Ihnen gekommen bin. Er macht sich Sorgen um Sie, und das meine ich ernst.«

»Nördlinger? Um mich? Er kann mich nicht leiden.«

»Das stimmt«, gestand Angela unumwunden. »Aber es ändert nichts. Sie gehören zu seinen Leuten, und Kriminalrat Nördlinger ist ein ziemlich altmodischer Mensch. Er steht zu seinen Leuten, ob er sie nun persönlich mag oder nicht. Wollen Sie wissen, was er von Ihnen hält?«

»Nein«, sagte Bremer.

»Ein guter Polizist«, fuhr sie fort. »Aber leider auch ein Eigenbrötler. Ein wortkarger Einzelgänger mit einem starken Hang zum Selbstmitleid.«

»Danke«, knurrte Bremer. »Genau das habe ich jetzt gebraucht.«

»Das sind nicht meine Worte«, erwiderte West gelassen. »Aber ich schätze, daß er der Wahrheit damit ziemlich nahe kommt. Er hatte gar keine andere Wahl, als Sie von diesem Fall abzuziehen. Sie haben heute ja offenbar weder Zeitung gelesen noch das Radio eingeschaltet, aber glauben Sie wirklich, daß ich Sie aus Langeweile wie Mata Hari aus Ihrem eigenen Haus geschmuggelt habe? Bestimmt nicht. Wenn Sie auch nur die Nase ins Freie stecken, dann wird sich die gesamte Presse dieser Stadt auf Sie stürzen und Sie in kleine Stücke reißen. Deshalb bin ich hier. Um zu verhindern, daß ganz genau das geschieht.«

»Wie rührend«, sagte Bremer spöttisch.

»Keineswegs«, antwortete Angela. »Wie gesagt: Er versucht nur, seine Leute zu schützen.«

»Und Sie helfen ihm dabei.«

»Ich mache meine Arbeit«, sagte Angela. »Ich bin Ihre Partnerin. In guten wie in schlechten Zeiten.«

»Sie verwechseln da etwas«, sagte Bremer. »Und ich arbeite nicht mit einem Partner.«

Angela zuckte mit den Schultern. Ihr Spiegelbild auf der Fensterscheibe vollzog die Bewegung getreulich mit, und irgend etwas jenseits dieses Spiegelbildes schien mit einem trägen, sehr machtvollen Wogen darauf zu reagieren, wie ein zum eigenen Leben erweckter Schatten, der sich aus der gemeinsamen Bewegung löst, um fortan ein gespenstisches Eigenleben zu führen.

Bremer schloß mit einem Ruck die Augen. Vielleicht sollte er aufhören, sich Gedanken über Nördlinger oder irgendwelche Journalisten zu machen. Möglicherweise war der einzige Feind, über den er sich ernsthafte Sorgen machen sollte, seine eigene Fantasie.

»Ist das Verhör jetzt vorbei?« fragte Angela nach einer Weile. Sie lächelte noch immer, aber ihre Stimme klang ein bißchen spröde. »Wenn ja, dann hätte ich nämlich auch eine Frage.«

»Eine«, sagte Bremer. »Mehr nicht. Ohne Garantie, daß ich sie beantworte.«

»Azrael«, sagte Angela. »Was bedeutet das?«

Bremer starrte sie an. Fünf Sekunden. Zehn. Dreißig. Er wartete darauf, daß seine Hände zu zittern begannen oder sein Herz raste, aber das genaue Gegenteil war der Fall. Er fühlte sich wie betäubt. Selbst das Sprechen bereitete ihm plötzlich Mühe. »Woher ... kennen Sie diesen Namen?« fragte er stockend.

»Von Ihnen«, antwortete Angela. »Sie haben ihn gemurmelt. Vorhin, als ich Sie oben auf ...« Sie verbesserte sich. »Als ich Sie im Treppenhaus getroffen habe. Azrael ... Es klingt seltsam. Was bedeutet es?«

»Nichts«, antwortete Bremer. Plötzlich schien alles gleichzeitig auf ihn einzustürmen. Die Erinnerungen waren da, schlagartig und ohne Wenn und Aber, als hätte sie die magische Macht dieses Namens, hier in der Wirklichkeit ausgesprochen, heraufbeschworen. Er stand auf.

»Nichts«, sagte er noch einmal. »Es bedeutet nichts. Und es geht Sie auch nichts an.«

7

Nördlingers Hand zitterte noch immer, obwohl es mehr als eine Minute her sein mußte, daß er den Telefonhörer aufgelegt hatte. Seine Finger prickelten, und er hatte den Hörer so fest umklammert gehalten, daß das Blut unter seinen Fingernägeln gewichen war und sie jetzt so weiß wie die eines Toten aussahen.

Er konnte sich nicht erinnern, jemals zuvor so ... *empört* gewesen zu sein. Sein Puls hämmerte, und auf seiner Zunge war ein bitterer Kupfergeschmack, der sich einfach nicht herunterschlucken ließ; vielleicht der Geschmack der Niederlage.

»Nun?« Der Mann auf der anderen Seite des Schreibtischs gab sich weder Mühe, das hämische Glitzern aus seinen Augen zu verbannen, noch den süffisanten Ton aus seiner Stimme. Er deutete mit einer Kopfbewegung auf das Telefon, und der Ausdruck höhnischer Befriedigung verließ seine Augen und breitete sich auf seinem ganzen Gesicht aus. »Nachdem wir die Präliminarien hinter uns gebracht haben, darf ich dann jetzt auf Ihre volle Unterstützung zählen, Herr Kriminalrat?«

»Wenn Sie aufhören, wie ein Idiot zu reden, ja«, antwortete Nördlinger. Noch vor zehn Minuten hätte er es nicht einmal für möglich gehalten, sich selbst einmal so reden zu hören. Nicht mit diesen Worten, und schon gar nicht in diesem *Ton*. Jetzt hätte er am liebsten noch ganz andere Sachen gesagt (gesagt? *Getan*!), aber die Person, mit der er vor einer Minute telefoniert hatte, war ziemlich eindeutig gewesen.

»Na, das ist doch schon einmal eine Basis.« Der Mann grinste noch breiter, griff über den Tisch nach dem ehrfurchtgebietenden Dienstausweis, mit dem er sich Nördlinger vorgestellt hatte – der (zweifellos falsche) Name darauf lautete Braun – und steckte ihn ein.

»Ich weiß nicht, was Sie überhaupt noch von mir wollen«, sagte Nördlinger unwirsch. »Ich habe alles getan, was in meiner Macht steht. Ich habe Bremer nicht nur von diesem Fall abgezogen, ich habe ihn sogar für eine Woche vom Dienst suspendiert. Was soll ich noch tun? Ihn einsperren?«

Braun ließ sich in seinem Sessel zurückfallen und schlug die Beine übereinander. Die Bewegung sollte vermutlich Gelassenheit demonstrieren, wirkte aber einfach nur affektiert. Nichts an Braun, überlegte Nördlinger, wirkte irgendwie echt. »Das ist zumindest eine Möglichkeit, die wir in Betracht ziehen müssen«, sagte er. »Aber im Moment wäre das wahrscheinlich übertrieben. Was ist mit der Kleinen, die ihn begleitet? Ist sie eingeweiht?«

»Frau West?« Nördlinger schüttelte den Kopf und zuckte praktisch in der gleichen Bewegung mit den Achseln. »Woher soll *ich* das wissen? Ich dachte, Sie hätten sie geschickt.«

»Seit wann lassen wir Kinder für uns arbeiten?«

Vielleicht, seit euch die Idioten ausgegangen sind, dachte Nördlinger wütend. »Sie kommt frisch von der Polizeischule«, sagte er. »Ich dachte, ihr hättet sie geschickt, um ein Auge auf Bremer zu werfen. Ich kann sie natürlich ...«

»Lassen Sie sie, wo sie ist«, unterbrach ihn Braun. »Vielleicht ist es sogar ganz gut so. Möglicherweise kann sie uns sogar von Nutzen sein.«

»Sie meinen, falls Sie jemanden brauchen, dem Sie die Schuld in die Schuhe schieben können, falls dieser ganze Irrsinn schiefgeht?«

»Nein«, antwortete Braun ruhig. »Dafür haben wir Sie.«

Nördlinger biß sich auf die Unterlippe. Braun wollte ihn provozieren, das war klar, und er stand kurz davor, sein Ziel zu erreichen. Er schwieg.

»Überprüfen Sie sie noch einmal«, fuhr Braun fort, als er ihm nicht den Gefallen tat, zu explodieren oder auch nur überhaupt zu antworten. »Aber lassen Sie sie, wo sie ist. Und was Bremer angeht, verlassen wir uns darauf, daß Sie ihn im Auge behalten. Die Operation tritt sozusagen in die kritische Phase. Wir können uns keine Fehler erlauben.«

Nördlinger starrte ihn finster an und schwieg beharrlich weiter. Sein Blick tastete über das knappe Dutzend roter Schnellhefter, das vor ihm auf dem Tisch lag. Auf jedem einzelnen prangte der leuchtendrote Stempelabdruck VERTRAULICH – das beste Mittel, neugierige Blicke auf etwas Bestimmtes zu ziehen, dachte er spöttisch. Dazu dann noch gleich der überdeutliche Hinweis, was sich in den Schnellheftern verbarg: Über postkartengroßen Porträtfotos standen die dazugehörigen, in schwarzen Druckbuchstaben geschriebenen Namen: Sendig, Sillmann, Hansen, Bremer ... die meisten dieser Namen hatte er bis vor zehn Minuten noch nicht einmal gehört. Und wenn das, was Braun und die körperlose Stimme am Telefon ihm erzählt hatten, der Wahrheit entsprach – woran er keine Sekunde lang zweifelte –, dann war Bremers Personalakte die einzige hier auf dem Tisch, die zu einem *lebenden* Menschen gehörte. Mehr noch: Nördlinger war ziemlich sicher, daß er eine gewaltige Überraschung erleben würde, sollte er etwa versuchen, seine nicht unbeträchtlichen Möglichkeiten dazu einzusetzen, um etwas über eine dieser Personen herauszufinden. Sie existierten praktisch nicht mehr. Jemand hatte sich große Mühe gegeben, alle Spuren zu tilgen, die ihre Leben hinterlassen hatten; in elektronischen Datenbanken, in Karteikästen und Melderegistern, in den Patientenkarteien von Krankenhäusern und den Akten des Finanzamts, ja, selbst im Gedächtnis der Menschen, die sie gekannt oder mit ihnen gearbeitet hatten. Es *war* möglich, einen Menschen auf diese Weise praktisch auszulöschen. Es war sehr aufwendig, sehr zeitraubend und sehr mühsam, aber es ging. Es war nicht das erstemal, daß Nördlinger so etwas erlebte. Er fragte sich, ob vielleicht irgendwann einmal eine Akte mit *seinem* Foto auf dem Deckel auf dem Schreibtisch irgendeines hochgestellten Staatsdieners landen würde, um auf diese Weise gelöscht zu werden.

Sehr leise sagte er: »Das ist doch vollkommener Wahnsinn! Hätte ich vorher gewußt, worauf ich mich da einlasse ...«

»... dann *hätten* Sie sich nicht darauf eingelassen, ich weiß«, unterbrach ihn Braun. »Sehen Sie, und das ist genau der Grund, aus dem Sie es nicht gewußt haben. Glauben Sie mir: Unwissenheit ist manchmal der beste Schutz, den man haben kann.«

»Gilt das auch für Sie?« fragte Nördlinger. Braun blickte fragend, und Nördlinger fuhr fort: »Ich meine Sie und die Leute, für die Sie arbeiten – wissen Sie wirklich, worauf Sie sich einlassen? Reicht Ihnen die Katastrophe nicht, die damals beinahe geschehen wäre?« Er machte eine zornige Geste auf die Akten, die vor ihm auf dem Tisch ausgebreitet waren. »Von all diesen Leuten ist nicht *einer* am Leben! Und Sie wollen das alles noch einmal wiederholen?«

»Das sind noch nicht einmal alle«, sagte Braun ruhig. »Ich kann Ihre Bedenken verstehen. Es hat wirklich eine Menge Opfer gegeben, damals. Opfer, die nicht nötig gewesen waren. Diesmal wird die Sache anders ablaufen.«

»Ach?« sagte Nördlinger spöttisch.

»Wir sind keine Dummköpfe«, antwortete Braun scharf. »Und auch keine Selbstmörder. Es werden Fehler gemacht, aber wir haben daraus gelernt.«

»Darf ich das zitieren?« fragte Nördlinger. »Ich meine: Falls ich eine passende Inschrift für ein paar Grabsteine brauche?«

Braun zündete sich eine Zigarette an. Normalerweise wäre das für Nördlinger Grund genug gewesen, ihn aus seinem Büro zu werfen, aber jetzt freute ihn der Anblick fast. Brauns aufgesetzte Selbstsicherheit begann zu bröckeln. Ganz offensichtlich war es Nördlinger nun umgekehrt gelungen, *ihn* aus der Ruhe zu bringen.

»Die Situation war damals ganz anders«, sagte Braun, nachdem er einen ersten, verräterisch tiefen Zug aus seiner Zigarette genommen hatte. »Wir wußten nicht, womit wir es zu tun hatten. Sillmann und seine sogenannten Helfer waren Stümper, die mit Dingen herumgespielt haben, die sie nicht einmal begriffen.«

»Aber Sie begreifen sie?« fragte Nördlinger spöttisch.

»Ich?« Braun schüttelte heftig den Kopf. »Gott bewahre! Ich *will* von diesem ganzen esoterischen Firlefanz auch nichts verstehen. Ich muß ja schließlich auch nicht wissen, wie ein Atomkraftwerk funktioniert, um den Stecker meiner Kaffeemaschine in die Steckdose zu schieben. Wir haben Spezialisten für so etwas. Glauben Sie mir, die wissen, was sie tun.«

»Und wenn nicht, sind wir die ersten, die es merken.«

Braun machte ein verärgertes Gesicht. »Jetzt hören Sie doch endlich auf ...«

»Nein«, unterbrach ihn Nördlinger. »Jetzt hören *Sie* endlich auf, so zu tun, als wäre alles in Ordnung! Ich habe bereits vier Tote!«

»Vier?«

»Haben Sie Strelowsky vergessen?« fragte Nördlinger. »Oder arbeiten Ihre Informanten vielleicht doch nicht so gut?«

»Der hat damit gar nichts zu tun«, behauptete Braun. Er klang nicht sehr überzeugt. Wenn überhaupt, dann nur trotzig.

»Wollen Sie behaupten, es wäre ein Zufall?«

»Wer sich in Gefahr begibt, kommt nun einmal darin um«, antwortete Braun achselzuckend. »Dieser Kerl hat sich mit so vielen zwielichtigen Elementen abgegeben, daß es ihn irgendwann einmal erwischen mußte. Wahrscheinlich hat einer seiner unzufriedenen Mandanten ein bißchen zu fest hingelangt. Und erzählen Sie mir nicht, daß es schade um diesen Kerl ist.«

»Es reicht, Braun«, sagte Nördlinger spröde. »Sie haben gesagt, weshalb Sie hergekommen sind, und jetzt sollten Sie besser wieder gehen. Ich habe auch noch eine Menge zu tun.«

Braun wirkte regelrecht verdutzt. Sein Gesichtsausdruck erinnerte Nördlinger an den eines Boxers, der einen Kampf über zehn Runden hinweg souverän geführt hatte und in der elften plötzlich ein paar Hiebe einstecken mußte, die vielleicht nicht wirklich gefährlich waren, aber *weh* taten. Dann lachte er; ziemlich nervös, wie Nördlinger fand.

»Irgendwie werde ich das Gefühl nicht los, daß Sie mich nicht leiden können.«

»Ich mag die Art nicht, in der Sie über Menschenleben

reden«, sagte Nördlinger. »Und ich mag die Art nicht, in der Sie glauben, mich herumkommandieren zu können.«

»Ich *glaube* es nicht«, sagte Braun betont, und Nördlinger unterbrach ihn erneut und führte den Satz zu Ende:

»Ja, ja, Sie *können* es, ich weiß. Und jetzt gehen Sie bitte.«

Für einen Moment sah es so aus, als hätte er den Bogen überspannt. Braun nahm die Zigarette aus dem Mund und starrte ihn aus Augen an, in denen nicht einmal mehr die Spur eines Lächelns zu erkennen war, aber auch nichts mehr von dem überheblichen Funkeln, das er noch vorhin darin gelesen hatte. Dann aber stand er nur mit einem Achselzucken auf und deutete auf die Akten, die vor Nördlinger auf dem Tisch lagen. »Lesen Sie das bis morgen durch. Und geben Sie acht, daß sie nicht in falsche Hände geraten. Sie wissen, was diese Unterlagen anrichten können.«

Er ging ohne ein weiteres Wort. Nördlinger starrte die geschlossene Tür hinter ihm noch zwei oder drei Sekunden lang an, dann griff er mit einer wütenden Bewegung nach dem erstbesten Hefter, der vor ihm auf der Tischplatte lag, und schlug ihn auf. Die Blätter, die darin abgeheftet waren, waren karmesinrot, und die Schrift darauf nicht schwarz, sondern ebenfalls rot, wenn auch von einem sehr viel dunkleren Farbton. Das würde es schwierig machen, sie zu lesen, machte es zugleich aber auch fast unmöglich, sie zu kopieren; zumindest auf einem herkömmlichen Fotokopierer.

Nördlinger war jedoch nicht in der Verfassung, auch nur eine der Akten zu lesen. Seine Hände hatten wieder zu zittern begonnen. Er hatte erwartet, daß er sich beruhigen würde, sobald Braun gegangen war, aber das genaue Gegenteil war der Fall. Jetzt, als er allein war, schien sich seine Erregung erst richtig bemerkbar zu machen. Er starrte abwechselnd die Tür an, durch die Braun verschwunden war, und das Telefon auf seinem Schreibtisch, und es fiel ihm jedesmal schwerer, den Apparat nicht einfach zu nehmen und gegen die Tür zu werfen. Vielleicht sollte er es tun, überlegte er. Es würde zwar überhaupt nichts ändern, geschweige denn irgend etwas besser machen, aber vielleicht würde es ihn erleichtern.

Statt dessen griff er nach einer Weile wieder nach der Akte, die er gerade schon aufgeschlagen hatte, und begann zu lesen.

8

Die Vorhänge waren zugezogen, und sämtliche Lampen im Raum ausgeschaltet. Das einzige Licht war ein matter Schein, der von dem kleinen Computermonitor auf dem Schreibtisch kam. Der unsichere Schein reichte gerade aus, die Tastatur und einen kleinen Teil der Schreibtischplatte davor zu erhellen, und nicht einmal das richtig. Die meisten Buchstaben waren mehr zu erahnen als zu erkennen.

Bremers Finger huschten trotzdem mit traumwandlerischer Sicherheit über die Tasten, und der kleine Cursorblock auf dem Bildschirm verwandelte seine Befehle im gleichen Tempo in eine Abfolge von Zahlen und Buchstaben. Kriminalrat Nördlinger wäre vermutlich höchst erstaunt gewesen, hätte er Bremer in diesem Moment sehen können. Aber daß er der modernen Kommunikationstechnik nicht gestattete, absolute Macht über sein Leben zu erlangen, bedeutete nicht, daß er nicht damit umgehen konnte.

Er schaltete das 56k-Modem ein, wartete, bis die winzige Leuchtdiode auf seiner Vorderseite von Rot auf Grün umsprang und drückte die ENTER-Taste des Computers. Eine Folge leiser, unmelodischer Töne erklang. Nur wenige Augenblicke später stand die Leitung zum Zentralrechner im Keller des Polizeipräsidiums, und auf dem Bildschirm vor Bremer erschien das Startmenü, ziemlich bunt und ziemlich einfallslos. Bremer tippte sein Paßwort ein, betätigte erneut die ENTER-Taste und wartete, daß ihm der elektronische Wachhund an der Pforte zum Allerheiligsten Einlaß gewährte. Nichts geschah. Zwei Sekunden verstrichen, dann fünf, dann wurde der Bildschirm dunkel, und eine grüne Leuchtschrift erklärte ihm:

PASSWORT FALSCH: BITTE RICHTIGES PASSWORT EINGEBEN:

Bremer runzelte die Stirn. Er war ziemlich sicher, das richtige Paßwort eingegeben zu haben. Selbst die Berliner Polizei hinkte nicht so weit hinter der technischen Entwicklung hinterher, daß die Computer nicht schon vor Jahren Einzug in ihre Arbeit gehalten hätten. Bremer hatte seinen Zugangscode in den letzten drei Jahren so oft eingegeben, daß er sich schon gefragt hatte, wann er wohl das erstemal versehentlich damit unterschrieb. Es war praktisch unmöglich, daß er sich vertippt hatte.

Er gab den Code ein zweites Mal ein. Diesmal sah er hin und tippte sehr langsam. Erneut vergingen vier oder fünf Sekunden, dann erklärte ihm der Computer:

PASSWORT FALSCH: BITTE RICHTIGES PASSWORT EINGEBEN:

Nur ein Sekunde lang war Bremer verwirrt, dann übernahm Zorn die Stelle dieses Gefühls. An der Situation war ganz und gar nichts Rätselhaftes. Er war hundertprozentig sicher, seinen Zugangscode richtig eingegeben zu haben. Trotzdem funktionierte er nicht. Also hatte ihn jemand außer Kraft gesetzt. So einfach war das. Nördlinger hatte wirklich schnell reagiert. Bremer hatte zwar damit gerechnet, daß das geschehen würde, aber nicht, daß es *so schnell* passierte. Nördlinger hatte ihn gegen sieben vom Dienst suspendiert, und soviel er wußte, gingen die Operator im Rechenzentrum um fünf nach Hause. Nördlinger mußte entweder Himmel und Hölle in Bewegung gesetzt haben, um sein Paßwort sperren zu lassen – oder es war schon vorher geschehen. *Bevor* Bremer so freundlich gewesen war, ihm einen Vorwand zu liefern, um ihn kaltzustellen.

Bremer tippte sein Paßwort noch einmal ein, hielt aber nach dem vorletzten Buchstaben inne, löschte die Eingabe und unterbrach nach kurzem Zögern die Verbindung. Der Computer würde die Leitung nach der dritten falschen Paßworteingabe sowieso von sich aus kappen, aber Bremer war nicht sicher, ob dieser unberechtigte Zugriffsversuch nicht irgendwo registriert wurde, vermutlich samt seiner

Telefonnummer. Er mußte Nördlinger ja nicht auch noch freiwillig *noch mehr* Munition liefern.

Er schaltete den Rechner ab, vergrub für einen Moment das Gesicht in den Händen und versuchte, in dem Durcheinander hinter seiner Stirn irgendwie wieder Ordnung zu schaffen. Er dachte nicht daran, so einfach aufzugeben. Vielleicht sollte er damit aufhören, sich über Nördlinger zu ärgern, und seine Energie lieber darauf verwenden, seine Probleme zu lösen. Genug davon hatte er schließlich.

Bremer schaltete den Computer wieder ein, wartete voller Ungeduld, bis das Gerät gebootet hatte, und wählte ein zweites Mal die Nummer des Polizeirechners. Bremer war weit davon entfernt, ein Hacker zu sein, oder auch nur wirklich zu wissen, was solche Leute eigentlich taten, aber man mußte ja auch nicht alles unnötig verkomplizieren. Er kannte die Paßwörter einiger seiner Kollegen; darunter auch das Mellers. Er hatte es irgendwann durch Zufall aufgeschnappt und notiert, eigentlich ohne besonderen Grund. Man konnte schließlich nie wissen.

Bremer zog eine Schublade in seinem Schreibtisch auf, nahm sein Notizbuch heraus und suchte nach der Seite, auf der er Mellers Paßwort notiert hatte. Er fand sie nicht auf Anhieb. Das schwache Licht vom Computerbildschirm reichte nicht aus, um seine winzige Handschrift zu entziffern.

Er stand auf, schaltete das Licht ein und ging zum Schreibtisch zurück. Als er die Seite mit Mellers Paßwort gefunden hatte, klingelte es an der Tür.

Bremer hielt überrascht mitten in der Bewegung inne. Es war fast Mitternacht. Und er kannte in dieser ganzen Stadt niemanden, der ihn um diese Zeit besuchen würde. Zumindest nicht, ohne vorher anzurufen. Wer zum Teufel …?

Es klingelte wieder. Diesmal hielt der nächtliche Störenfried den Finger gute dreißig Sekunden lang auf dem Klingelknopf, um seiner Bitte um Einlaß den gehörigen Nachdruck zu verleihen. Bremer schüttelte verwirrt den Kopf, trat vom Schreibtisch zurück und machte sich auf den Weg zur Tür. Er hatte kein gutes Gefühl, aber er mußte wohl oder übel aufmachen, bevor dieser Irrsinnige dort draußen das ganze Haus wachklingelte. Vermutlich handelte es sich um einen Journalisten. Er hatte zwar auf dem Weg hierher nicht einen einzigen Vertreter der gewaltigen Reporter-Heerschar gesehen, die West mit so eindringlichen Worten heraufbeschworen hatte, zweifelte aber trotzdem keine Sekunde daran, daß sie da war. Sollte dort draußen wirklich irgendwo ein hoffnungsvoller junger Nachwuchsreporter stehen, der glaubte, ihn überrumpeln zu können, um sich auf diese Weise ein Exklusivinterview zu erschwindeln, dann würde er sein blaues Wunder erleben.

Mit einer wütenden Bewegung riß er die Tür auf, und West sagte: »Wissen Sie, daß Sie beschattet werden?«

Bremer war im ersten Moment so perplex, daß er nichts anderes tun konnte, als dazustehen und sie mit offenem Mund anzustarren. Angela hatte weit weniger Hemmungen. Sie hob die Hand, schob die Tür hinter ihm vollends auf und ging ohne zu zögern an ihm vorbei in die Wohnung. Erst als sie die Diele schon fast durchquert hatte, überwand Bremer seine Überraschung und drehte sich herum.

»He!« rief er. »Moment mal! Was ... was soll denn das?«

Angela reagierte genau so auf seine Worte, wie er erwartet hatte – nämlich gar nicht –, sondern beschleunigte ihre Schritte nur noch mehr und verschwand im Wohnzimmer. Bremer warf mit einem gemurmelten Fluch die Tür zu – laut genug, um nun auch noch den letzten Bewohner auf dieser Etage aufzuwecken – und folgte ihr.

»Frau West! Ich habe Sie etwas gefragt! Was soll das? Haben Sie den Verstand verloren?« Er war wirklich wütend. Es interessierte ihn nicht, warum West gekommen war. Es gab ein gewisses Maß an Unverschämtheit, das er akzeptierte, ja, mittlerweile fast schon von ihr erwartete, aber jetzt war sie eindeutig zu weit gegangen.

»Angela«, antwortete Angela. »Das Frau West haben wir doch wohl hinter uns, oder?« Sie stand am Fenster und blickte auf die Straße hinab. Bremer registrierte beiläufig, daß sie so dastand, daß sie von der Straße aus vermutlich nicht zu sehen war. »Sie sind da unten, sehen Sie? Der dunkle Wagen auf der anderen Straßenseite.«

Bremer kochte immer noch innerlich vor Zorn, aber das hinderte ihn nicht daran, mit zwei schnellen Schritten hinter sie zu treten und in die Richtung zu blicken, in die ihr ausgestreckter Arm wies. Er sah sofort, was Angela meinte.

Der Wagen stand nicht direkt auf der gegenüberliegenden Straßenseite, sondern gute fünfzig Meter versetzt, so daß er ihn nicht sofort entdeckt hätte, wenn er zufällig aus dem Fenster sah. Trotzdem konnte man aus dem Wagen heraus sowohl seine Wohnung als auch die Haustür genau im Auge behalten. Die Männer dort unten im Wagen waren gut.

Aber so gut vielleicht nun auch wieder nicht. Hinter der getönten Frontscheibe glomm ein winziger roter Lichtpunkt auf und erlosch wieder. Einer der Männer rauchte. Bremer hätte seinen Partner massakriert, hätte er sich während einer Observierung eine Zigarette angezündet. Ganz davon abgesehen, daß man in einem geparkten Wagen spätestens nach der zweiten Zigarette zu ersticken begann, machte sich kaum jemand eine Vorstellung davon, wie weit die Glut einer Zigarette nachts zu sehen war.

»Kollegen von Ihnen?« fragte Angela.

»In so einem Wagen?« Bremer schüttelte den Kopf. »Wir sind ja schon froh, daß wir nicht wieder mit Fahrrädern auf Streife gehen müssen. Der Staat hat kein Geld.« Aber West hatte etwas angesprochen, was ihr selbst wahrscheinlich gar nicht bewußt war. Irgend etwas war an diesem Wagen. Etwas ... Wichtiges. Bremer hatte das Gefühl, daß er die Antwort praktisch auf der Zunge hatte. Es war ein sehr großer, sehr *teurer* Wagen, ein schwarzer oder vielleicht auch dunkelblauer oder -grüner BMW, und irgend etwas daran ...

»Nein«, murmelte Bremer. »So dumm können sie nicht sein.«

Er bekam keine Antwort – wie auch? Angela trat zur Seite und machte einen Schritt zurück, wodurch er einen etwas besseren Ausblick auf die Straße hatte. Jetzt, da das

Licht brannte, mußte sich seine Silhouette deutlich hinter dem Fenster abzeichnen. Es war ihm egal. Er beobachtete den Wagen noch einige Sekunden lang weiter, dann ließ er seinen Blick aufmerksam in beiden Richtungen die Straße entlangwandern. Soweit er das beurteilen konnte, gab es kein zweites Team, das ihn observierte. Wozu auch? Es gab ja nicht einmal für dieses eine Team einen Grund, hier zu sein.

»Wie haben Sie es gemerkt?« fragte er.

»Daß sie da sind?« Angela lachte leise. »Weibliche Intuition.«

Ihre Stimme war weiter entfernt, als sie sollte. Bremer sah über die Schulter zurück und stellte fest, daß sie nicht mehr hinter ihm stand, sondern an seinen Schreibtisch getreten war und mit der größten Selbstverständlichkeit der Welt in seinem Notizbuch blätterte. Er mußte für eine Sekunde die Augen schließen und in Gedanken bis drei zählen, um nicht einfach loszubrüllen.

Statt dessen ließ er mit übertrieben schnellen Bewegungen die Jalousien herunter, trat dann mit einem einzigen Schritt neben sie und klappte das Notizbuch zu. »Würden Sie mir verraten, was Sie da tun?« fragte er.

Angela deutete auf den Computer. »Das ist keine gute Idee«, sagte sie.

»Was?«

»Das Paßwort eines Ihrer Kollegen zu benutzen, um in das System zu kommen«, antwortete sie. »Es würde wahrscheinlich funktionieren, aber genauso gut können Sie Nördlinger auch gleich anrufen und ihm sagen, was Sie vorhaben. Das System protokolliert nicht nur alle Zugriffe, sondern registriert auch die Telefonnummern, von denen aus sie erfolgen. Wenn sie nicht mit der des legitimen Besitzers des Paßwortes übereinstimmen, dann schreien all die kleinen Bits und Bytes da drinnen ganz laut Alarm.«

Das hatte Bremer nicht gewußt. Er wußte auch nicht, ob es stimmte, aber die Worte erfüllten eindeutig ihren Zweck: Seine Wut verrauchte und machte einer Mischung aus Verwirrung und Bestürzung Platz. Er schwieg.

»Ich schätze, ich komme in das System rein, wenn Sie mir sagen, wonach Sie suchen«, fuhr Angela fort. »Soll ich?«

Nun war Bremer vollends verwirrt. Er war noch immer nicht ganz sicher, ob Wests ganzes aufdringliches Benehmen nicht in Wirklichkeit nur diesem einen Zweck diente, nämlich ihn zu verunsichern und ihm so jede Möglichkeit zu nehmen, sich gegen sie zu Wehr zu setzen. Wenn ja, hatte sie Erfolg.

Statt zu antworten, beugte er sich vor und schaltete den Computer aus.

»Das sollten Sie nicht tun«, sagte Angela tadelnd. »Ihr ganzes System kann zusammenbrechen, wenn Sie es nicht ordnungsgemäß herunterfahren.«

»Es reicht«, sagte Bremer. Seine Stimme zitterte ganz leicht, war aber auch sehr leise. Er konnte nur flüstern – oder sie anschreien, und so weit war er noch nicht – wobei die Betonung auf dem *noch* lag. »Ich schlage vor, Sie erklären mir jetzt, wie Sie hierherkommen und was Sie von mir wollen, oder Sie gehen. Am besten beides.«

»In welcher Reihenfolge?« fragte Angela.

Bremer zog scharf die Luft ein, und Angela hob hastig die Hände und fuhr fort: »Entschuldigung. Das war albern. Ich bin eigentlich nur gekommen, um Ihnen etwas zu erzählen, von dem ich dachte, daß es Sie interessiert.«

»Was soll das sein?« fragte Bremer. »Daß Sie mit Computern umgehen können? Oder daß Sie eine etwas abenteuerliche Dienstauffassung haben? Stellen Sie sich vor, beides ist mir bereits aufgefallen.«

Angela seufzte. »Sie machen es mir wirklich nicht leicht, wissen Sie das? Ich stehe auf Ihrer Seite. Sie haben Nördlinger doch gehört – wir beide sind ein Team, ob es uns nun gefällt oder nicht. Also sollten wir auch zusammenhalten, oder?«

Bremer wußte wirklich nicht mehr, ob er lachen oder einfach losbrüllen sollte. Er konnte auch beim besten Willen nicht mehr sagen, ob West all diesen Unsinn nun wirklich ernst meinte, oder ob das nur ihre ganz spezielle Art war, ihn auf den Arm zu nehmen.

»Sie haben zu viele amerikanische Krimiserien gesehen, Kindchen«, sagte er. »So funktioniert die Wirklichkeit nicht. Und Sie sind mir auch nichts schuldig, nur weil wir beide zufällig den gleichen Beruf haben. Also hören Sie mit dem Quatsch auf.«

»Wollen Sie überhaupt nicht wissen, was ich herausgefunden habe?« fragte Angela.

»Ich will ... « Bremer brach ab, ballte die Hände zu Fäusten und seufzte tief. »Was?«

»Es geht um diesen Anwalt«, sagte Angela. »Streblowski, oder wie er heißt.«

»Strelowsky«, korrigierte sie Bremer. »Was ist mit ihm?«

»Interessiert es Sie, zu erfahren, *wie* er gestorben ist?« Angela stieß sich mit einer schwungvollen Bewegung von der Schreibtischkante ab und ging in Richtung Küche. Bremer fragte erst gar nicht, was sie nun schon wieder vorhatte, sondern fügte sich mit einem lautlosen Seufzen in sein Schicksal und folgte ihr. Angela schaltete das Licht ein, ging zum Herd und füllte Wasser in den Kessel. Der Gedanke erschien Bremer fast absurd, aber sie hatte ganz offensichtlich vor, Kaffee zu kochen!

»Der genaue Obduktionsbefund wird natürlich erst morgen im Laufe des Tages vorliegen«, fuhr sie fort, »aber so, wie es bis jetzt aussieht, ist er wohl ertrunken.«

»Ertrunken?« Bremer versuchte sich an das zu erinnern, was er von Meller gehört hatte. »Ich dachte, man hätte ihn in seinem Auto gefunden?«

»Das hat man auch.« Angela schaltete die Herdplatte ein und drehte sich zu ihm herum. »Er saß hinter dem Steuer. In einem tadellos gebügelten, trockenen Anzug, perfekter Frisur und einer brennenden Zigarette in der rechten Hand. Und mit den Lungen voller Wasser. Also wenn das kein bizarrer Selbstmord ist, dann weiß ich nicht.«

Bremer fragte sich, warum er eigentlich nicht überrascht war. Vielleicht, weil er sich mittlerweile in einem Gemütszustand befand, in dem ihn im Grunde *nichts* mehr überraschen konnte. »Woher wissen Sie das?« fragte er. »Auch wieder weibliche Intuition?«

»Weibliche Überredungskunst«, sagte sie. »Ich habe mich ein bißchen mit Ihrem Kollegen unterhalten. Ich hoffe, Sie nehmen es mir nicht allzu übel, aber ich mußte ein paar häßliche Worte über Sie verlieren, bis er gesprächig wurde. Sie trinken Ihren Kaffee mit Zucker und Milch?«

Sie drehte sich wieder um und wollte die Schranktüren öffnen, aber Bremer war mit einem Schritt bei ihr, drückte die Türen mit der linken Hand wieder zu und schaltete mit der anderen den Herd aus.

»Nein«, sagte er. »Und ich will jetzt auch keinen Kaffee trinken. Ich will jetzt endlich wissen, was dieses ganze Theater soll!« Er stand Angela jetzt ganz dicht gegenüber, vielleicht weniger als zehn Zentimeter, und vielleicht als Reaktion auf diese unmittelbare Nähe, vielleicht auch aus Schrecken über irgend etwas, was sie vielleicht auf seinem Gesicht las, hob sie in einer abwehrenden Bewegung die Arme, und Bremer griff ebenso instinktiv zu und hielt ihre Handgelenke fest.

Er hätte es besser nicht getan.

Ihre Berührung war wie ein elektrischer Schlag, der kribbelnd durch seinen gesamten Körper fuhr. Plötzlich, von einem Sekundenbruchteil auf den anderen, war er sich ihrer Nähe mit fast schmerzhafter Intensität bewußt, der Tatsache, wie weich ihre Haut war, und wie schmal und zerbrechlich sich ihre Handgelenke in seinen Fäusten anfühlten.

Und wie sehr sie ihn faszinierte.

Es hatte keinen Zweck, sich etwas vorzumachen. Angela war mehr für ihn als eine x-beliebige Fremde, und schon gar nicht die freche Göre, als die er sie gerne gesehen hätte. Er fühlte sich zu ihr hingezogen, auch und vielleicht sogar vor allem körperlich. Dabei war sie nicht einmal sein Typ.

Die fast magische Sekunde verging, und plötzlich wurde sich Bremer der fast peinlichen Situation bewußt, in der sie dastanden. Hastig ließ er ihre Handgelenke los und trat rasch einen Schritt zurück.

»Entschuldigung«, murmelte er. »Ich ... Es tut mir leid. Ich habe die Beherrschung verloren.«

»Das wundert mich nicht«, antwortete Angela. »Schon eher, daß es nicht schon viel früher passiert ist. Sie wollen wirklich keinen Kaffee?«

»Nein!« sagte Bremer gereizt.

»Gut. Dann ... sehe ich einmal nach, ob unsere Freunde noch da sind.« Sie drehte sich herum und ging mit schnellen Schritten aus dem Zimmer. Bremer vermied es ganz bewußt, ihr nachzublicken. Er hatte den Schock, den ihre Berührung bei ihm ausgelöst hatte, noch lange nicht überwunden; im Gegenteil. Seine in Aufruhr geratenen Emotionen nahmen nur eine andere Qualität an. Nicht, daß es dadurch irgendwie besser wurde ...

Mit klopfendem Herzen wartete er darauf, daß sie zurückkam, aber die Sekunden verstrichen, ohne daß er mehr als gedämpfte Laute aus dem Wohnzimmer hörte. Für einen kurzen Moment war er sogar nahe daran, ihr nachzugehen. Zugleich aber wagte er es nicht.

Statt dessen tat er etwas ziemlich Widersinniges: Er schaltete die Herdplatte wieder ein und kochte Kaffee. Er hatte immer noch keinen Appetit darauf, aber er mußte einfach irgend etwas tun, um seine Hände zu beschäftigen. Er war verunsichert und verstört wie nie zuvor, und das lag längst nicht nur an Angela. Irgend etwas war an diesem Tag geschehen, was ihn gründlich aus der Bahn geworfen hatte. Und das Schlimmste daran war, daß er im Grunde ganz genau wußte, was es war. Er gestattete sich nur noch nicht, den Gedanken konsequent bis zum Ende zu denken.

Angela kam erst zurück, als er den Kaffee fertig und zwei Tassen eingegossen hatte. Sie maß die beiden Tassen mit einem mißbilligenden Blick, ersparte sich aber jeden Kommentar, sondern setzte sich einfach und trank einen großen Schluck, ehe sie sagte: »Sie sind noch da.«

»Haben Sie etwas anderes erwartet?« Bremer rührte in seinem Kaffee. Er brachte es nicht fertig, sie anzusehen, und natürlich war ihm klar, daß sie seine Unsicherheit bemerken mußte.

Statt seine Frage zu beantworten, sagte sie: »Ich bin übrigens im Computersystem – keine Angst, es wird keine Spuren geben, die zu Ihrem Computer zurückführen. Wir sollten die Leitung aber vielleicht nicht allzu lange blockieren. Es ist zwar unwahrscheinlich, aber es *könnte* ja immerhin sein, daß der legitime Besitzer des Paßworts versucht, sich in den Computer einzuloggen. Er wäre erstaunt, festzustellen, daß er schon drin ist.«

»Meller?« fragte Bremer. Immerhin wußte er jetzt, was sie die ganze Zeit im Wohnzimmer gemacht hatte.

Angela schüttelte den Kopf. »Kriminalrat Nördlinger«, antwortete sie. »Es ist ziemlich witzlos, eine Tür aufzubrechen, wenn man den Generalschlüssel hat, finde ich.«

»Sie haben Nördlingers Paßwort?« ächzte Bremer.

»Nein«, antwortete Angela. »Aber der Computer glaubt, daß ich es habe. Versuchen Sie erst gar nicht, es zu verstehen. Es ist sehr kompliziert.« Sie stand auf. »Jubeln wir Ihre Telefonrechnung noch ein bißchen in die Höhe, oder betreiben wir ein wenig Datenklau?«

»Sie wissen, daß ich Sie jetzt eigentlich verhaften müßte«, sagte Bremer ernst.

»Sparen Sie sich die Mühe«, antwortete Angela. »Ich könnte jederzeit beweisen, daß ich in diesem Moment an einem Bankautomaten am anderen Ende der Stadt Geld abgehoben habe. Oder am Frankfurter Kreuz durch eine Radarfalle gerast bin – samt Beweisfoto.«

Zumindest *das* hielt Bremer für übertrieben. Aber er sah auch keinen Sinn darin, die Diskussion weiter fortzusetzen, also folgte er ihr. Was sie taten – was *er* tat! – war äußerst unvernünftig, mehr noch: Es war kriminell, im wortwörtlichen Sinne. Angela mochte ja tatsächlich von dem überzeugt sein, was sie sagte, aber das allein reichte nicht. Bremer selbst hatte schon eine Menge Leute verhaftet, die felsenfest davon überzeugt gewesen waren, daß man ihnen nicht auf die Schliche kommen konnte. Die Jungs und Mädels im Rechenzentrum des Präsidiums waren keine Dummköpfe.

Trotzdem begleitete er sie widerspruchslos. Er war mittlerweile in einer Verfassung, in der ihm im Grunde alles egal war.

Angela hatte sich tatsächlich bereits in die Datenbank des Präsidiums eingeklinkt und nahm mit einer schwungvollen Bewegung vor dem Monitor Platz. »Also?« fragte sie. »Was wollen wir wissen?«

»Ich«, korrigierte sie Bremer. »Sie sind gar nicht hier. Sie heben gerade Geld an einer Radarfalle in Frankfurt ab, schon vergessen?« Er machte eine Handbewegung auf den Monitor. »Strelowsky. Drucken Sie mir alles aus, was der Computer über seinen Tod weiß. Tatort, Uhrzeit, Zeugen ...«

Angelas Finger flogen über die Tastatur, und nur ein paar Sekunden später begann der Drucker zu summen. Parallel dazu erschienen die gleichen Daten auf dem Monitor. Bremer war ein bißchen enttäuscht. Zumindest bis jetzt wußte der Computer weniger über Strelowskys Tod, als er von Angela erfahren hatte.

Mit einer Ausnahme.

»Stop!« sagte er. »Das da! Was ist das?«

Angelas Zeige- und Mittelfinger, die über der ENTER-Taste schwebten, um ein weiteres Datenpaket Informationen an den Drucker zu senden, erstarrten mitten in der Bewegung, aber Bremers eigene Erinnerung beantwortete seine Frage, bevor sie es tun konnte. Die Zeile, auf die er gedeutet hatte, beinhaltete die Straße, in der man Strelowskys Wagen gefunden hatte. Bremer machte sich nicht einmal die Mühe, sie sich zu merken; er wußte, daß Angela es tun würde, ganz davon abgesehen, daß sie jeden Buchstaben ausdruckte, den sie der Datenbank entlocken konnte. Aber da war noch etwas in dieser Adresse, eine unterschwellige Botschaft, auf die er im ersten Moment nicht einmal bewußt reagiert hatte; unbewußt aber dafür um so heftiger.

»Pfarrei St. Peter«, las Angela stirnrunzelnd vor. Dann nickte sie. »Stimmt. Meller hat erwähnt, daß der Wagen in der Nähe einer Kirche gefunden wurde. Aber das muß nichts bedeuten. Es gibt wahrscheinlich tausend Kirchen in Berlin. Mindestens.«

Bremer beugte sich über ihre Schulter und betätigte die ENTER-Taste, in dem er ihre Finger darauf drückte. Der

Drucker begann zu summen. »Rosen«, sagte er. »Ich brauche das Protokoll von heute vormittag. Schnell«.

Angela sah ihn fragend an, hämmerte aber auch zugleich schon gehorsam auf die Tastatur ein, und auf dem Bildschirm begann sie das Tatortprotokoll des heutigen Morgens abzuspulen. Die Kollegen, die Rosens Tod protokolliert hatten, waren offenbar sehr viel gründlicher gewesen als Meller und Vürgels. Der Computer hörte gar nicht mehr auf, Informationen auszuspucken, als hätte er die lückenlose Lebensgeschichte jeder einzelnen Schraube gespeichert, die auf dem improvisierten Schrottplatz gelegen hatte. Wie um alles in der Welt sollte er in diesem Wust von Informationen das eine Puzzleteil finden, nach dem er suchte? Sie würden Stunden brauchen, selbst wenn Angela eine Hardcopy machte und sie sich die Arbeit teilten. Er dachte ein paar Augenblicke angestrengt nach, dann sagte er:

»Thomas. Lassen Sie das Ding nach dem Begriff Thomas suchen. *Vater* Thomas.«

Angela tippte den Begriff gehorsam ein. Als sie die ENTER-Taste drückte, flackerte der Bildschirm, kaum sichtbar und vielleicht nur für eine Zehntelsekunde. Bremer hielt es allenfalls für eine Auswirkung des Suchbefehls, den sie eingegeben hatte, aber Angela runzelte die Stirn, warf einen raschen, fragend-verwirrten Blick in Richtung der heruntergelassenen Jalousien und stand dann auf.

Bremer beachtete sie kaum. Der Computer hatte mittlerweile den gesuchten Begriff gefunden, und er war viel zu aufgeregt, um in diesem Moment auch nur einen Gedanken an irgend etwas anderes zu verschwenden.

»Volltreffer«, murmelte er. »Vater Thomas. Bürgerlicher Name Thomas Wellinghaus, Pfarrei St. Peter! Wenn das ein Zufall ist, arbeite ich ab sofort freiwillig wieder bei der Verkehrspolizei!«

»Falls Sie noch Gelegenheit dazu haben«, sagte Angela. Etwas in ihrer Stimme alarmierte Bremer. Er hob den Kopf und sah, daß sie wieder ans Fenster getreten war und mit der linken Hand die Lamellen der Kunststoffjalousie ein paar Zentimeter weit auseinandergebogen hatte.

»Sie haben uns erwischt, verdammt!«

»Erwischt? Was soll das heißen?« Bremer sah verwirrt auf den Schirm, fast als erwarte er, plötzlich Nördlingers Gesicht anstelle der sauber geordneten Datenkolonnen zu erblicken. Dann stand er auf und ging mit schnellen Schritten zu Angela hinüber. Kurz bevor er sie erreichte, machte sie eine warnende Geste, und er ging langsamer. Schließlich blieb er in einiger Entfernung vom Fenster stehen und sah, was sie gemeint hatte.

Die Zigarettenglut hinter der Windschutzscheibe des BMW war erloschen. Der rote Lichtpunkt bewegte sich jetzt in der Hand des Mannes, der den Wagen verlassen hatte und zusammen mit seinem Begleiter auf das Haus zukam. Es war zu dunkel, als daß Bremer die beiden deutlicher denn als Schatten erkennen konnte, aber er hatte eine ziemlich genaue Vorstellung davon, was er sehen würde, wenn die beiden näher kamen: Sie würden zwischen dreißig und vierzig Jahre alt sein, sportlich und durchtrainiert und elegant, aber nicht zu auffällig gekleidet. Außerdem würden die beiden Männer bewaffnet sein und ziemlich wenig Skrupel haben, diese Waffen im Notfall auch einzusetzen.

»Der Computer«, murmelte Angela. »Sie haben gemerkt, was wir tun. Aber ich verstehe das nicht!«

Bremer schon. Er verstand höchstens Angelas Überraschung nicht. Bildete sie sich wirklich ein, sie wäre die erste, die versucht hatte, mit einem gestohlenen Paßwort ins Computersystem der Polizei einzudringen?

»Wir müssen weg«, sagte er. »Steht Ihr Wagen unten?«

»Um die Ecke«, antwortete Angela. »Was sind das für Kerle? Die sind doch nicht von unserer Truppe!«

Bremer empfand ein absurdes Gefühl von Erleichterung, daß Angela offenbar doch nicht *alles* wußte. »Wenn wir nicht selber die Polizei wären, dann wäre das jetzt der richtige Moment, sie zu rufen«, knurrte Bremer. »Obwohl es wahrscheinlich nichts nutzen würde. Los, weg hier.«

Er drehte sich herum und streckte die Hand nach dem Computer aus, um ihn abzuschalten, aber Angela hielt ihn mit einer raschen Bewegung zurück. »Dreißig Sekunden«, sagte sie. »Soviel Zeit muß sein.«

Bremer war in diesem Punkt entschieden anderer Meinung. Aber er kannte Angela mittlerweile gut genug, um zu wissen, daß er die dreißig Sekunden so oder so verlieren würde, entweder in dem er sie gewähren ließ, oder in dem er genau diese Zeit sinnlos mit ihr diskutierte, um ihr dann doch ihren Willen zu lassen. Also ließ er sie in Ruhe und nutzte die Zeit, um seine Jacke zu holen. Dann eilte er zum Schreibtisch zurück, kramte seinen Schlüsselbund aus der Tasche und öffnete die linke untere Schublade; die, in der seine Dienstwaffe lag. Zwei Sekunden später schloß er sie wieder, ohne das Schulterhalfter mit der 9-mm-Pistole auch nur angerührt zu haben.

»Fertig.« Angela schaltete den Computer ab. »Wenn sie jetzt versuchen, herauszubekommen, welche Dateien wir uns angesehen haben, erleben sie eine bittere Überraschung.«

»Es sei denn, sie sehen im Drucker nach«, sagte Bremer.

Angela machte ein betroffenes Gesicht, griff aber sehr hastig nach dem Papierstapel im Ausgabeschacht des Druckers und stopfte ihn in ihre Handtasche, während Bremer noch einmal zum Fenster eilte und hinaussah. Die beiden Männer hatten die Straße überquert und verschwanden gerade im toten Winkel unter dem Fenster. Sie hatten nicht mehr sehr viel Zeit.

»Ich wiederhole meine Frage«, sagte Angela, als sie das Zimmer verließen und auf die Tür zusteuerten. »Wer sind diese Kerle?«

»Wenn ich das wüßte, wären wir ein gutes Stück weiter«, antwortete Bremer. »Ich habe es nie herausgefunden. Ich weiß nur, daß mit ihnen nicht zu spaßen ist.«

Er schaltete das Flurlicht aus, bevor er den letzten Schritt zur Tür zurücklegte. Eine vernünftige Vorsichtsmaßnahme, angesichts der Situation, in der sie sich befanden, aber trotzdem ein Fehler, denn in der Dunkelheit lauerte die Erinnerung.

Sein Herz begann augenblicklich zu rasen. Sein Puls erreichte eine Frequenz, die kaum noch zu messen war, und er konnte *riechen*, wie ihm kalter Angstschweiß ausbrach. Seine tastenden Finger stießen gegen das Holz seiner eigenen Wohnungstür. Dahinter, im Hausflur, schien kein Licht zu brennen; es war jedenfalls kein verdächtiger Lichtschein unter der Tür zu entdecken. Seine Hand glitt lautlos an der Tür hinab und legte sich auf die Klinke.

Es gelang ihm nicht, sie herunterzudrücken.

Sie war weder abgeschlossen, noch klemmte sie, und doch war es ihm nicht möglich, sie auch nur einen Millimeter zu bewegen. Weder durch das Schlüsselloch noch unter der Tür hindurch drang Licht. Auf der anderen Seite wartete die Dunkelheit auf sie, und die Dunkelheit war *seine* Heimat, seine ureigenste Welt, das Element, aus dem er erschaffen war. Er konnte diese Tür nicht öffnen, selbst wenn es um sein Leben ging.

Angela nahm ihm die Entscheidung ab, in dem sie ihre Hand auf seine legte und die Türklinke auf diese Weise herunterdrückte. Die Tür schwang nahezu lautlos auf, und die Dunkelheit dahinter explodierte für einen Moment zu reiner Panik.

Azrael war nicht da. Der Hausflur hinter der Tür war nichts als ein dunkler Hausflur, in dem Angela ihn mit schon deutlich mehr als sanfter Gewalt hineinschob.

Zum Glück war der Hausflur nicht stockdunkel. Durch das Milchglasfenster am anderen Ende des langen, schlauchförmigen Raumes drang ein mattgrauer Schimmer, der Umrisse, aber keine Farben in der Dunkelheit erweckte, und zumindest hinter einer Wohnungstür brannte noch Licht. Unter dem dumpfen Hämmern seines eigenen Herzens konnte er das Murmeln eines Fernsehers hören. Und als hätte seine Fantasie im Moment nichts Besonderes zu tun, identifizierte er sogar die Stimme des Nachrichtensprechers und sah das passende Gesicht vor seinem inneren Auge.

Er ging mit schnellen Schritten zum Fahrstuhl, überlegte es sich dann aber anders. Der Aufzug konnte sie zwar auf dem schnellsten Weg in die Freiheit bringen, sie andererseits aber auch geradewegs in die Arme ihrer Verfolger ausspucken. Wenn sie ihn mieden, waren sie flexibler. »Wir bleiben besser im Treppenhaus«, flüsterte er. »Das ist sicherer.«

Angela schien ihn sofort zu verstehen. »Nach oben?« fragte sie.

»Vorerst«, antwortete Bremer. Er versuchte abzuschätzen, wieviel Zeit verstrichen war, seit sie die Wohnung verlassen hatten. Nicht mehr als ein paar Sekunden, aber vielleicht trotzdem genug, um die beiden das Haus erreichen zu lassen. Aber das Risiko mußten sie eingehen. Ohne zu zögern, machte er sich auf den Weg nach oben.

Unten im Treppenhaus wurde eine Tür geöffnet, und dieses Geräusch, zusammen mit Angelas scharfem Einatmen, riß ihn für einen Moment noch einmal in die Wirklichkeit zurück. Wahrscheinlich nicht auf Dauer. Vielleicht nicht einmal für lange. Der Schwarze Engel faltete seine Schwingen wieder zusammen und trat lautlos in die Schatten zurück, aus denen er gekommen war, aber die Tür in sein finsteres Schattenreich blieb geöffnet.

Die Tür, die sie gehört hatten, fiel nicht wieder ins Schloß, und sie hörten auch keine Schritte, und es wurde auch kein Licht gemacht. Trotzdem war Bremer sicher, daß unter ihnen jemand war. *Er* wäre so vorgegangen, wäre er an der Stelle der beiden gewesen, und er zweifelte nicht daran, daß die beiden ihren Job verstanden.

Angela war so dicht hinter ihm, daß er ihre Nähe körperlich spüren konnte, und er hörte nun deutlich das Geräusch des Aufzugs, der sich aus dem Parterre in Bewegung setzte. Ein kalter Schauer lief ihm bei dem Gedanken über den Rücken, was passiert wäre, wären sie ohne nachzudenken in die Kabine getreten und nach unten gefahren: Sie hätten nach dem Aufgleiten der Aufzugstür wahrscheinlich in die Mündungen zweier Pistolen geblickt.

Aber da war noch eine andere Frage, auf die er sich konzentrieren mußte, und die ihm dennoch immer aus dem Zipfel seines Bewußtseins zu rutschen drohte: War vielleicht einer auf dem Weg über die Treppe auf dem Weg nach oben, während nur der andere den Aufzug benutzte? Er zumindest hätte es so gemacht. Aber obwohl es wichtig war, bekam er den Gedanken nicht richtig zu fassen. Dafür hatte die Vergangenheit die Klauen wieder nach ihm ausgestreckt. Seine Beine, die sich Schritt für Schritt nach unten tasteten, kamen ihm meilenweit entfernt und wie aus Watte vor. Sein Denken und Fühlen glitt aus der Realität in die Vergangenheit. Er war gleichzeitig wieder in einem anderen, vor Jahren für ihn zum Alptraum gewordenen Treppenhaus, in dem er vor einem riesigen, geflügelten Schatten geflohen war, einem Schatten, der zwar nur in seiner Fantasie und sonst nirgendwo existiert hatte, und der ihm trotzdem bedrohlicher als jede andere nur vorstellbare Gefahr erschienen war.

Sie hatten das nächste Stockwerk fast erreicht. Noch vier, vielleicht fünf Stufen, schätzte Bremer. Es war zu dunkel, um es zu erkennen, aber sehr viel mehr konnten es nicht sein. Er griff vorsichtig nach hinten, tastete nach Angelas Hand und versuchte gleichzeitig, den rechten Fuß so lautlos wie möglich auf die nächste Stufe zu setzen. Seine Jacke raschelte. Das Geräusch war unter Garantie nicht weiter als zwei oder drei Meter zu hören, aber in Bremers Ohren klang es, als schlügen Fäuste auf Tafeln aus dünnem Blech.

Die nächste Stufe. Sein Herz hämmerte mittlerweile so laut, daß man es auf der anderen Straßenseite hören mußte, und die Luft, die er atmete, schmeckte scharf, nach Angst. Sie waren nicht mehr allein. Der schwarze Engel hatte sein Versteck in den Schatten wieder verlassen. Und war eins mit der Dunkelheit geworden, die sie umgab. Er war da, so, wie er immer dagewesen war, seit jenem schrecklichen Tag in einem Keller am Ende eines anderen Treppenschachtes, an dem er ihm das erste Mal ins Antlitz geblickt hatte.

Unter ihnen war ein Geräusch. Bremer konnte nicht sagen, ob es das Flattern gewaltiger krallenbewehrter Schwingen oder das unvorsichtige Scharren eines Fußes war, aber es mußte sich wohl um ein Geräusch aus der normalen, faßbaren Welt der Realität handeln, denn Angela zuckte ein ganz kleines bißchen zusammen. Sie blieben beide für zwei oder drei Sekunden stehen und lauschten mit angehaltenem Atem, aber das Geräusch wiederholte sich nicht. Nach einem Augenblick gingen sie weiter und erreichten den nächsten Treppenabsatz.

Obwohl er nicht den mindesten Laut von sich gegeben hatte, legte Angela plötzlich die Hand auf seine Schulter und zischte: »Still!«

Sekunden vergingen. Bremer lauschte auf zahllose eingebildete Geräusche, aber dann hörte er tatsächlich, wie der Aufzug im Stockwerk unter ihnen anhielt und jemand aus der Kabine trat. Er ging aber nur zwei oder drei Schritte weit und blieb dann stehen. Es verging beinahe eine Minute, bis er auch das Geräusch der Treppenhaustür hörte und dann die Schritte eines zweiten Mannes. Ihm war nie zuvor aufgefallen, wie hellhörig das Haus war, in dem er immerhin seit über zehn Jahren lebte. Aber seine Sinne arbeiteten im Moment wahrscheinlich auch mit fünfhundert Prozent Leistung. Gut genug jedenfalls, um ihn erkennen zu lassen, daß sich die beiden Männer nun seiner Wohnung näherten und sich vermutlich an der Tür zu schaffen machten. Dann war ein leises schabendes Geräusch zu hören und ein kaum hörbares, doch nicht zu verkennendes Klicken: Das mußte seine Wohnungstür sein, die vorsichtig ins Schloß gezogen wurde.

»Los jetzt«, sagte Angela. »Bis sie merken, daß wir weg sind, sind wir über alle Berge.« Sie zog ihn fast gewaltsam mit sich und begann die Treppe hinunterzustürmen. Bremer folgte ihr beinahe willenlos. Seine Gedanken waren noch immer in hellem Aufruhr. Er hatte Mühe, sich darauf zu konzentrieren, in der Dunkelheit keinen Fehltritt zu tun. Angela legte ein Tempo vor, als hätte sie Katzenaugen, und gab sich jetzt auch keine Mühe mehr, leise zu sein. Erst als sie das Erdgeschoß erreicht hatten, blieb sie wieder stehen und machte eine Geste zu Bremer, wieder voraus zu gehen. Jedenfalls nahm er es an. Es war so dunkel, daß er sie nur als Schemen sah.

Vorsichtig öffnete er die Tür und sah genau das, was er

insgeheim erwartet hatte: eine verschwommene Silhouette, die sich auf der anderen Seite der verglasten Haustür abzeichnete. Den Hinterausgang konnte er von seiner Position aus nicht sehen, aber er war sehr sicher, daß er dort dasselbe gesehen hätte.

»Mit wem zum Teufel haben Sie sich angelegt?« flüsterte Angela. »Mit der Russen-Mafia?«

Bremer drückte die Tür lautlos wieder ins Schloß. Seine Gedanken rasten, aber diese neuerliche, ganz greifbare Gefahr bewirkte etwas vollkommen Unerwartetes: Die Panik verging, und er beruhigte sich zusehends. Ihre Lage war kritisch, aber die Gegner, mit denen sie es jetzt zu tun hatten, waren wenigstens greifbar.

»Der Keller. Wir verstecken uns dort unten. Ich kann mir nicht vorstellen, daß sie das ganze Haus durchsuchen.« Er beschloß, das Risiko einzugehen und schaltete die Treppenhausbeleuchtung ein. Angela blinzelte. Im grellen Neonlicht sah ihr Gesicht blasser aus, als er erwartet hatte. Und er sah sehr deutliche Spuren von Furcht darin. Er war nicht sehr überrascht. Angela West war nicht die erste seiner Kolleginnen, die am eigenen Leib erfuhr, wie groß der Unterschied zwischen Theorie und Praxis manchmal war.

»Kommen Sie«, sagte er aufmunternd. »Spielen wir ein bißchen Verstecken.«

9

Der Raum war objektiv gesehen groß, aber so hoffnungslos vollgestopft, daß er winzig wirkte, und Mecklenburg sich manchmal fragte, wie er und seine Kollegen eigentlich das Kunststück fertigbrachten, sich darin zu bewegen und zu arbeiten, ohne sich ununterbrochen gegenseitig auf die Füße zu treten oder sich die Ellbogen in Rippen oder Gesichter zu stoßen. Manchmal wurde das Gefühl von Enge so schlimm, daß er sich fast einbildete, nicht mehr richtig atmen zu können – was natürlich Unsinn war. Die Klimaanlage sorgte nicht nur für gleichmäßige einundzwanzig Grad Celsius, sondern auch für einen beständigen Zustrom frischer, sauerstoffreicher Luft. Diese Fürsorge galt zwar sehr viel mehr den sündhaft teuren elektronischen Geräten, mit denen das Labor ausgestattet war als seinem lebenden Inventar, wurde aber vielleicht gerade deshalb peinlich genau eingehalten.

Was nichts daran änderte, daß es Mecklenburg manchmal schwerfiel, seine Klaustrophobie weit genug im Zaum zu halten, um sich auf seine Arbeit zu konzentrieren. Es gab Tage, an denen glaubte er, das Gewicht der ungezählten Tonnen Erdreich und Stein direkt körperlich zu fühlen, die auf der Gewölbedecke lasteten, und unabhängig von allem, was er sah und wußte, spürte er ganz deutlich, daß die Luft mit jedem Atemzug wärmer und sauerstoffärmer wurde.

Heute war einer dieser Tage. Seine Hände zitterten ganz leicht, während er die Feinjustierung eines der zahlreichen Kontrollgeräte überprüfte, die seinen Arbeitsplatz einrahmten und ihm manchmal das Gefühl gaben, sich in der Kulisse eines aufwendigen Science-fiction-Films zu befinden, nicht in einem geheimen Forschungslabor dreißig Meter unter den Straßen Berlins! Seine Augen brannten, und er hatte Mühe, frei zu atmen, Klimaanlage und computerüberwachter Sauerstoffgehalt hin oder her. Einer der Gründe dafür war zweifellos, daß Professor Dr. Hermann Mecklenburg tatsächlich unter einer milden Form von Klaustrophobie litt, der andere war höchst profan: Er war vollkommen übermüdet und am Ende seiner körperlichen und geistigen Kräfte. Es war sechsunddreißig Stunden her, daß er das letztemal geschlafen hatte, und er wagte nicht einmal darüber nachzudenken, wie lange es noch dauern würde.

»Es geht wieder los.«

Mecklenburg benötigte eine geschlagene Sekunde, um zu begreifen, daß die Worte seines Assistenten ihm galten, und eine zweite, um darauf zu reagieren. Es gab allerdings nicht allzu viel, was er tun konnte, abgesehen vielleicht von einem fast resignierenden Blick über die vielfältige Anordnung von Monitoren und Überwachungsinstrumenten vor sich. Er seufzte. Computer waren ja eine wunderschöne Sache, eine Erfindung, die sein und die Leben all seiner Kollegen um so vieles leichter gemacht hatte. Aber selbst diese Wundermaschinen hatten ihre Grenzen. Und die hatten sie offensichtlich erreicht.

Er ließ seinen Blick zum zweitenmal über die Computermonitore und Skalen schweifen, kam zu dem gleichen Ergebnis wie beim erstenmal, nämlich, daß nichts von dem, was er sah, auch nur die Spur von Sinn zu ergeben schien, und stand auf. Sein Rücken tat weh. Obwohl sich die Gewölbedecke gute zwei Meter über seinem Kopf befand, hatte er das Gefühl, sich nicht ganz aufrichten zu können, und die Luft, die er einatmete, *war* wärmer geworden, ganz egal, was das Thermometer behauptete. Außerdem hatte er leichte Kopfschmerzen.

Mecklenburg reckte sich ausgiebig, massierte einige Sekunden lang mit Fingerspitzen und Daumen seine verspannten Nackenmuskeln und schlängelte sich dann aus dem Kommandopult heraus. Der schmale Gang, auf den er trat, bot kaum mehr Bewegungsfreiheit. Er warf seinem Assistenten – einem von vieren, die momentan zusammen mit ihm hier unten arbeiteten – einen fragenden Blick zu, erntete ein ebenso wort- wie hilfloses Achselzucken und drehte sich dann in die entgegengesetzte Richtung. Die Wand, auf die er nun blickte, bestand als einzige hier unten nicht aus einem überladenen Durcheinander aus Monitoren, Aufzeichnungs- und Überwachungsgeräten, Schalttafeln und Skalen, sondern einer fast deckenhohen Glasscheibe.

Der Raum dahinter war das genaue Gegenteil des vollgestopften Labors, in dem Mecklenburg und seine vier Assistenten arbeiteten. Die Beleuchtung war auf ein Minimum reduziert, so daß sich die Scheibe aus drei Zentimeter dickem Panzerglas in einen schwarzen, halb durchsichtigen Spiegel verwandelt hatte, aus dem Mecklenburg sein eigenes Konterfei entgegenblickte. Er sah so aus, wie er sich fühlte: bleich und hohlwangig, mit dunklen Ringen unter den Augen und strähnigem Haar. Mecklenburg kannte den Raum hinter der Scheibe jedoch so gut, daß er kein Licht brauchte, um jedes noch so winzige Detail zu sehen. Der Raum war fast so groß wie das Labor, aber nahezu leer. Die Wände bestanden aus einem glatten weißen Kunststoffmaterial, das um etliches widerstandsfähiger als Stahl war, und die einzige Tür, die in die Isolationskammer hineinführte, hätte dem Beschuß eines Schiffgeschützes standgehalten. Der Raum konnte auf Knopfdruck wahlweise mit Giftgas geflutet, binnen zehn Sekunden auf achthundert Grad Celsius erhitzt oder luftleer gepumpt werden, und Mecklenburg war ziemlich sicher, daß dasselbe auch für das Labor galt, in dem er und seine Mitarbeiter sich aufhielten – auch wenn die Leute, für die sie arbeiteten, das nicht zugaben. Niemand konnte ihnen vorwerfen, daß sie nicht alle erdenklichen Vorsichtsmaßnahmen getroffen hätten.

Und trotzdem fragte er sich immer öfter, ob sie auch wirklich ausreichen.

Er blieb so dicht vor der Scheibe stehen, daß er den kühlen Hauch auf dem Gesicht spüren konnte, der von dem molekularverstärkten Glas ausging, zögerte einen Moment und berührte dann einen Schalter an der Wand neben der Scheibe. Sein Spiegelbild erlosch, als die Leuchtelemente den Raum auf der anderen Seite des Glases in schattenloses, gelbes Licht badeten. Die Lampen sollten angeblich perfekt das Sonnenlicht imitieren, aber Mecklenburg fand, daß sich ihr Schein in letzter Zeit verändert hatte. Die Farbe erinnerte ihn mehr an brennenden Schwefel.

Natürlich war das Unsinn. Mecklenburg rief sich in Gedanken zur Ordnung. Das Licht dort drüben sah so aus, wie es immer ausgesehen hatte. Das einzige, was sich hier verändert hatte, war *er*.

Er hörte Schritte und erkannte an ihrem Rhythmus, daß es Grinner war, ohne den Blick von dem schwarzen Sarkophag auf der anderen Seite der Scheibe nehmen zu müssen.

»Irgend etwas Neues?«

»Unverändert«, antwortete Grinner. »Wenn ich es nicht besser wüßte, würde ich sagen, daß er sich in einer sehr tiefen REM-Phase befindet. Aber die Werte stimmen einfach nicht. Ich versteh' das nicht!«

»Da befinden Sie sich in guter Gesellschaft, Matthias«, antwortete Mecklenburg. »Ich verstehe es ebenso wenig. Niemand versteht es. Aber aus diesem Grund sind wir ja hier, nicht wahr? Um das Rätsel zu lösen.«

Grinner schnaubte zur Antwort, versenkte die rechte Hand in die Kitteltasche und zog sie dann leer wieder heraus. Mecklenburg lächelte, nahm seine eigenen Zigaretten aus der Tasche und wartete, bis sein Assistent sich bedient hatte, ehe auch er sich eine Zigarette anzündete und den Rauch ganz bewußt in Richtung des Schildes RAUCHEN VERBOTEN blies, neben dem er stand. Manchmal hatte es eben doch seine Vorteile, Chef zu sein.

»Seine Hämostaphin-Werte sind schon wieder gestiegen«, sagte Grinner nach einer Weile. »Wenn die Steigerungsrate so bleibt, bekommen wir bald ernsthafte Probleme. Ich kann den Ascarin-Anteil nicht beliebig weiter rauffahren. Früher oder später bringt ihn das um.«

Vielleicht wäre das das Beste, was uns passieren kann, dachte Mecklenburg. Natürlich hütete er sich, den Gedanken laut auszusprechen – auch wenn er fast sicher war, daß Grinners Gefühle in eine ähnliche Richtung gingen. Das ... *Ding* da drüben machte ihm angst. Und nicht nur ihm. Und er war nicht einmal mehr sicher, ob sie Haymar wirklich töten konnten. Er war ja nicht einmal mehr sicher, ob das, was in dem zweieinhalb Meter langen, schwarz verchromten Sarkophag auf der anderen Seite der Glasscheibe lag, wirklich noch ein Mensch war.

Mecklenburg begriff die Gefahr, die in diesem Gedanken lag, und bemühte sich mit aller Kraft, ihn zu durchbrechen. Allerdings mit wenig Erfolg. Ganz im Gegenteil begannen seine Gedanken auf immer sonderbareren Wegen zu wandeln, und auch das nicht zum erstenmal.

Noch vor einem Jahr hätte er über das, was ihm jetzt immer öfter durch den Kopf ging, laut gelacht, oder aber verständnislos den Kopf geschüttelt. Aber vor einem Jahr war er auch noch ein anderer Mensch gewesen. Damals hatte er noch geglaubt, Dinge zu wissen. Jetzt ...

Professor Mecklenburg war eine Koryphäe auf seinem Gebiet. Er war nicht einfach nur gut; er war der Beste, und er war sich dieser Tatsache auch stets bewußt gewesen, ohne irgendeine Spur von Arroganz oder Überheblichkeit. Aus keinem anderen Grund hatte man ihm diese Arbeit angeboten. Es war eine Aufgabe, die schlichtweg den Besten erforderte, und eine Herausforderung, der er sich damals nicht hatte entziehen können.

Aber statt zu lernen, hatte er zu zweifeln begonnen. Es war, als ginge er den Weg des Wissenschaftlers in genau umgekehrter Richtung. Mit jedem Tag, den er hier unten verbrachte, schien sein Wissen ein winziges bißchen *abzunehmen*, statt zu wachsen, und gleichzeitig wurde sein Verständnis für Zusammenhänge und Kausalität geringer. Die Männer, die ihn hierhergebracht hatten (und die ihn für seine Arbeit unglaublich gut bezahlten, nebenbei bemerkt), erwarteten keine Wunder von ihm, aber Antworten. Doch alles, was er ihnen sagen konnte war, daß mit Haymar irgend etwas geschah. Und daß sie vielleicht gut daran täten, Angst davor zu haben.

Er konnte sich nicht vorstellen, daß Braun oder Treblo – oder wie auch immer er wirklich hieß – sich auf Dauer mit dieser Art von Antwort zufriedengeben würde.

Wahrscheinlich nicht einmal mehr sehr lange.

Mecklenburg brach den Gedanken mit einer neuerlichen, noch bewußteren Anstrengung ab, nahm einen letzten Zug aus seiner Zigarette und trat den Stummel mit der Schuhspitze aus. Er unterdrückte ein Gähnen, während er auf die Armbanduhr sah.

»Es ist nach eins, Professor«, sagte Grinner überflüssigerweise. »Warum legen Sie sich nicht wenigstens eine oder zwei Stunden hin? Niemandem ist damit gedient, wenn Sie zusammenklappen. Ich rufe Sie sofort, wenn sich hier irgend etwas Außergewöhnliches tut. Selbst wenn er nur hustet.«

Das wäre in der Tat etwas Außergewöhnliches, dachte Mecklenburg spöttisch. Der Mann in dem stählernen Sarkophag hatte vor einem halben Jahr das letztemal *geatmet*.

»Sie haben recht, Matthias«, sagte er – fast gegen seinen Willen. Aber Grinners Worte hatten seine Müdigkeit erst richtig geweckt, und in einem Punkt hatte er vollkommen recht: Niemandem war damit gedient, wenn er im entscheidenden Moment vor Erschöpfung aus den Latschen kippte. »Ich gehe nach nebenan und lege mich hin. Aber Sie rufen mich, sobald irgendeines dieser Geräte hier auch nur piep macht.«

»Versprochen«, sagte Grinner. Im gleichen Moment, in dem sich Mecklenburg auf dem Absatz umwandte, um zur Tür zu gehen, drehten sämtliche Computer im Labor zugleich durch.

10

»Ich finde das entwürdigend«, sagte Angela. Sie saß auf einem Stapel säuberlich zusammengeschnürter Zeitschriften, die wahrscheinlich älter waren als sie selbst, baumelte mit den Beinen und sah immer wieder nervös zu der rostigen Feuerschutztür, durch die sie hereingekommen waren.

»Was?« fragte Bremer.

»Daß wir uns hier im Keller verkriechen«, antwortete sie. Ihre Absätze stießen gegen den Papierstapel und wirbelten eine trockene Staubwolke auf. Die Streifen aus schräg hereinfallendem Mondlicht, die durch das winzige Fenster unter der Decke drangen, ließen die Staubpartikel wie Silber glänzen, aber die Luft roch auch bereits so durchdringend nach altem Papier, daß Bremer allmählich das Atmen schwer wurde. Er hätte sich gewünscht, daß sie damit aufhören würde.

»Wir sind die Polizei«, fuhr Angela in fast quengeligem Ton fort, als er nichts sagte, sondern sie nur weiter fragend ansah. »Die Exekutive! Die Ordnungsmacht in diesem

Staat! *Sie* sollten sich verstecken, während *wir* nach ihnen suchen!«

Bremer seufzte und sog dadurch noch mehr trockene, zum Husten reizende Luft in seine Lungen. »Man merkt, daß Sie frisch von der Polizeischule kommen«, sagte er.

»Weil ich so viele Fremdworte kenne?«

»Weil Sie noch Illusionen haben«, antwortete Bremer. »Wir sind nicht die Polizei. Ich bin ein Bulle, der bereits die Monate bis zu seiner Pensionierung zählt, und Sie sind ein Grünschnabel, der keine Ahnung vom wirklichen Leben hat.«

»Oh, danke«, sagte Angela. Er konnte ihr Gesicht im Dunkeln nicht erkennen, aber sie klang eindeutig beleidigt. »Ich würde Sie ja fragen, wo Sie Ihre Dienstwaffe haben, aber zufällig weiß ich es. Sie liegt oben in Ihrem Schreibtisch.«

»Seit zehn Jahren«, bestätigte Bremer. »Ich finde, sie liegt dort gut.«

»Ja, selbstverständlich«, sagte Angela spöttisch. »Ich meine: Was sollen wir auch mit einer Waffe. Da draußen schleichen drei, wenn nicht vier Kerle herum, die Ihnen offensichtlich eine Heidenangst einjagen, aber wir brauchen keine Pistole!«

»Um was zu tun?« fragte Bremer. »Einer oder zwei von ihnen zu erschießen, oder am besten gleich alle vier?«

»Sagen Sie mir wenigstens, wer sie sind«, verlangte Angela, ohne auf seine Frage einzugehen. »Ich finde, das sind Sie mir schuldig.«

Bremer ging zur Tür, preßte das Ohr gegen das kalte Metall und lauschte ein paar Sekunden angestrengt, ehe er antwortete. Auf der anderen Seite war alles still. Sie befanden sich jetzt seit guten zwanzig Minuten in diesem Keller. Mehr als genug Zeit für die beiden Kerle, herunterzukommen und an allen Türen zu rütteln, falls sie das wirklich vorhatten. Vermutlich waren sie längst weg.

»Ich bin Ihnen gar nichts schuldig, Angela«, sagte er, so ruhig, aber auch so nachdrücklich, wie er konnte. »Ich habe Sie nicht gebeten, hierherzukommen. Ganz im Gegenteil.

Wenn ich mich richtig erinnere, habe ich Ihnen nahegelegt, sich um Ihre eigenen Angelegenheiten zu kümmern. Und ich habe Sie schon gar nicht gebeten, gegen die eindeutige Anweisung Ihres Vorgesetzten zu verstoßen.«

»Na prima«, sagte Angela giftig. »Gleich werden Sie mir erklären, daß diese Kerle überhaupt nur meinetwegen hinter Ihnen her sind.«

»Strenggenommen stimmt das sogar«, antwortete Bremer. »Bevor Sie gekommen sind, haben Sie mich nur beobachtet. Sie sind erst aktiv geworden, nachdem Sie sich in Nördlingers Computer gehackt haben.«

Angela sagte nichts mehr, aber er konnte regelrecht spüren, daß sie ihn mit offenem Mund anstarrte. Seine Worte klangen selbst in seinen eigenen Ohren grotesk, und seine Vorwürfe verliehen dem Wort *unfair* eine vollkommen neue Qualität. Ganz genau das war seine Absicht gewesen. Er *wollte* sie vor den Kopf stoßen. Sobald sie hier heraus waren, würden sie sich voneinander trennen, und er mußte irgendwie dafür sorgen, daß sie nicht einmal auf die Idee kam, noch einmal freiwillig in seine Nähe zu kommen. Wenigstens nicht, bis das alles hier vorbei war. Bremer wußte selbst noch nicht wirklich, was eigentlich geschah und wohin die Dinge sich entwickeln würden, aber eines war ihm vollkommen klar: Die Situation war längst eskaliert, und sie würde weiter eskalieren, solange er nicht bereit war, sich brav in eine Ecke zu setzen und sich mucksmäuschenstill zu verhalten. Selbst wenn er es gewollt hätte (er wollte es nicht): Er hätte es gar nicht mehr gekonnt. Nicht nach dem, was heute mittag in seiner Badewanne und vorhin im Treppenhaus passiert war. Und wenn die Männer tatsächlich die waren, für die er sie hielt, dann konnte eine Begegnung mit ihnen durchaus tödlich enden. Diesem Risiko konnte und wollte er Angela nicht aussetzen; dafür bedeutete sie ihm zuviel.

»Ich glaube, wir können es jetzt riskieren«, sagte er. »Sie sind wahrscheinlich nicht mehr da.«

Angela hüllte sich weiter in beleidigtes Schweigen, glitt jedoch mit einer fließenden Bewegung von ihrem Zeitungsstapel herunter und trat neben ihn, als er die Tür öffnete.

Der Raum dahinter war noch dunkler als der Keller, in dem sie die letzten zwanzig Minuten verbracht hatten, ein schmaler, an beiden Seiten von Lattenverschlägen begrenzter Gang, der an einer weiteren Eisentür endete. Bremer hatte ein Holzstück so vor die Tür gelehnt, daß es umfallen mußte, falls jemand die Tür von außen öffnete, als sie gekommen waren. Er lag noch in der gleichen Position da. Niemand war hier unten gewesen, um nach ihnen zu suchen. Das hatte Bremer auch nicht erwartet. Hätten die Männer diese Tür geöffnet, um nachzusehen, dann wären sie auch in den nächsten Keller gekommen.

Trotzdem öffnete er die Tür äußerst behutsam und blieb fast eine Minute reglos stehen, um zu lauschen, ehe er es wagte, die Tür ganz zu öffnen und hinaus zu treten. Der Hausflur lag vollkommen still über ihnen.

Sie gingen die Treppe hinauf. Bremer wies Angela mit Gesten an, zurückzubleiben, schlich allein zur Haustür und öffnete sie einen Fingerbreit.

Der BMW war noch da. Er parkte unverändert an der gleichen Stelle, an der er ihn von seinem Fenster aus gesehen hatte. Bremer konnte nicht erkennen, ob jemand darin saß, aber die Männer würden ihren Wagen kaum stehengelassen haben, um zu Fuß nach Hause zu gehen. Es sah so aus, als ob er Angelas Hilfe doch noch einmal in Anspruch nehmen mußte. Aber zum unwiderruflich letztenmal.

Er drückte die Tür wieder ins Schloß, schlich zu ihr zurück und machte eine Kopfbewegung auf den Hinterausgang. »Sie sind noch da«, sagte er.

»Und was geht mich das an?« fragte sie schnippisch.

Bremer ignorierte die Frage ebenso wie den Tonfall, in dem sie gestellt worden war. »Wo steht Ihr Wagen?«

»An der gleichen Stelle wie heute nachmittag.«

»Dann lassen Sie uns gehen. Und seien Sie vorsichtig. Es würde mich nicht wundern, wenn auf der Rückseite auch einer von diesen Kerlen herumlungert.« Er war sogar fast sicher, daß es so war. Aber er zweifelte auch nicht daran, daß es ihm gelingen würde, einen Verfolger abzuschütteln, wenn ihm nicht gerade ein Hubschrauber oder eine Hundestaffel zur Verfügung standen. Er wohnte seit fünfzehn Jahren in der Gegend und kannte buchstäblich jedes Haus. Wenn es ihm gelang, Angela in Sicherheit zu bringen, hatte er so gut wie gewonnen.

Als sie das Haus verließen, sagte er: »Wenn ich Ihnen ein Zeichen gebe, rennen Sie einfach los. Und sollte ich die Richtung ändern, ohne etwas zu sagen, gehen Sie einfach ganz ruhig weiter, steigen in Ihren Wagen und fahren los.«

Sein Blick tastete mißtrauisch über den still daliegenden Hinterhof. Hier kannte er buchstäblich jeden Quadratmeter – oder sollte ihn jedenfalls kennen. Aber die Nacht – und vermutlich auch seine eigene Aufregung – veränderte die Dinge. Sie ließ die Schatten tiefer erscheinen, als sie waren, vergrößerte Umrisse und erschuf Bewegung, wo keine war. Der Hof war nicht leer, sondern wurde von den Bewohnern der umliegenden Häuser auf die verschiedenste Weise genutzt. Und eben leider nicht nur zum Lustwandeln und als Kinderspielplatz, wie es seine Erbauer irgendwann einmal vielleicht vorgesehen hatten, sondern auch als Parkplatz, kostenloser Lagerraum und vor allem als Abstellplatz für allen möglichen Krempel; vornehmlich solchen, den keiner mehr haben wollte. Es sah nicht so chaotisch aus wie der, auf dem sie Rosen gefunden hatten, war aber auch weit davon entfernt, ordentlich oder gar übersichtlich zu sein. Zwischen all den Schatten und ineinanderfließenden Umrissen konnte sich eine ganze Armee verstecken. Bremer wußte im gleichen Moment, in dem sie das Haus verließen, daß es ein Fehler gewesen war, nicht den Vorderausgang genommen zu haben. Er konnte die Falle regelrecht riechen. Aber jetzt war es zu spät.

Er deutete auf das aus groben Steinen gemauerte Torgewölbe auf der anderen Seite, und sie gingen los. Ohne daß er es ihr extra sagen mußte, wich Angela dem unübersichtlichsten Gerümpel aus und schlug auch einen Bogen um die beiden mannshohen Stapel mit Sperrmüll, die allmählich über den Hof wucherten. Vielleicht eine normale Vorsichtsmaßnahme, vielleicht spürte sie aber auch genau wie er, daß hier etwas nicht stimmte. Sie wurden beobachtet. Man konnte es fühlen.

Sie hatte etwas mehr als die Hälfte der Strecke bewältigt, als Bremer ein Geräusch hinter sich hörte. Er wandte im Gehen den Blick und sah eine hochgewachsene Gestalt aus dem Haus treten. Selbst ihrem Schatten war anzusehen, daß sie einen eleganten Anzug trug.

In der rechten Hand des Mannes glomm eine brennende Zigarette. Als er sie zum Mund hob, glühte sie für eine Sekunde auf wie ein vergehender Stern und sank dann wieder zu einem düsterroten Glimmen herab. Der Kerl gab sich nicht einmal mehr Mühe, unauffällig zu bleiben. Ganz im Gegenteil: Er wollte, daß sie ihn sahen. Wahrscheinlich hatten die Agenten die ganze Zeit über gewußt, wo sie waren, dachte Bremer düster, und in ihrem gemütlichen Wagen gesessen und sich einen Ast gelacht, während sie unten im Keller hockten und fast erstickten.

Ein zweiter Mann erschien in der Haustür. Der andere schnippte seine Zigarette davon und wartete noch, bis sie funkensprühend auf dem Hof explodiert war. Dann setzten sich beide in Bewegung. Als sie auf den Hof hinaustraten, schienen sie gleichermaßen mit der Dunkelheit zu verschmelzen, aber an ihrem Ziel bestand kein Zweifel. Und auch nicht daran, daß sie es nicht besonders eilig zu haben schienen. Die Konsequenz, die sich aus dieser Erkenntnis ergab, war nicht besonders beruhigend.

»Was meinen Sie, wie viele am Tor auf uns warten?« flüsterte Angela.

»Vermutlich die beiden anderen«, murmelte Bremer. *Ich hätte meine Pistole vielleicht doch mitbringen sollen*, fügte er in Gedanken hinzu. *Und sei es nur, um nicht damit zu schießen.* Natürlich wußte er, wie naiv dieser Gedanke war. Er hatte mehr als genug arme Schweine verhaftet, die eine Waffe mit dem festen Vorsatz eingesteckt hatten, sie *nicht* zu benutzen. Der gefährliche Moment war nicht der, in dem man eine Waffe zog. Es war der, in dem man sie einsteckte.

»Was tun wir?« fragte Angela. Bremer lauschte vergeblich auf einen Unterton von Angst in ihrer Stimme. Alles, was er hörte, war eine deutliche Anspannung. »Werden Sie mit einem von ihnen fertig?«

»Wenn Sie die drei anderen übernehmen«, sagte Bremer spöttisch. Die ehrliche Antwort auf ihre Frage wäre ein klares Nein gewesen. Bremer war weder ein Schwächling noch in schlechter körperlicher Verfassung. Aber diese Männer waren Profis, und außerdem um etliches jünger als er. Außerdem machte es ihnen vermutlich Spaß, Leute zu verprügeln.

Er mußte eine Entscheidung treffen. Sie waren noch zehn Schritte vom Tor entfernt. Alles, was hinter dem gemauerten Bogen lag, war in vollkommener Dunkelheit verborgen. Selbst das jenseitige Ende der Durchfahrt war nichts als ein dunkelgrauer Fleck in unbestimmbarer Entfernung. Aber er fühlte die Bewegung, die dazwischen war.

»Wir könnten schreien«, sagte er.

»Schreien?«

Bremer nickte. Alles, was ihre Verfolger verwirrte, half ihnen. »Auf der rechten Seite ist eine Tür«, flüsterte er. »Ungefähr auf halber Strecke. Sie ist fast immer offen. Sobald wir im Schatten sind, rennen wir los.«

Sie waren noch fünf oder sechs Schritte von der Toreinfahrt entfernt, und Bremer mußte all seine Kraft aufbieten, um sich nicht nach ihren Verfolgern umzudrehen. Vermutlich waren sie näher gekommen, aber noch nicht allzu sehr. Er hätte gehört, wenn sie gerannt wären.

Mit jedem Schritt, den sie sich dem Tor näherten, schien die Dunkelheit darin massiver zu werden. Etwas lauerte darin. Nicht jemand. Etwas. Noch zwei oder drei Schritte, aber er mußte bereits jetzt all seine Kraft aufbieten, um überhaupt weiterzugehen. So absurd ihm der Gedanke auf der einen Seite auch selbst vorkam: Er hatte plötzlich Angst vor der Dunkelheit.

Angela verschwand hinter der imaginären Grenze zwischen Dämmerung und absoluter Finsternis und begann augenblicklich zu rennen, und im gleichen Moment stürmte auch Bremer los. Der gemauerte Tunnel fing das Geräusch ihrer trappelnden Schritte auf und warf es gebrochen und zigfach verstärkt zurück; ihre Verfolger hätten schon taub sein müssen, um es nicht zu hören und augenblicklich zu begreifen, was es bedeutete. Die Sekunde, die er jetzt gewann, konnte vielleicht die entscheidende sein.

Seine Angst explodierte zu schierem Grauen, als er in die körperliche Finsternis hineinstürmte. Es war nicht einfach nur Dunkelheit. Die Schwärze hatte Substanz. Er konnte ihre Berührung wie kaltes Glas auf der Haut fühlen, und er spürte auch, wie sich etwas darin bewegte.

Panik überschwemmte seine Gedanken. Er stolperte mehr, als er lief, kam aus dem Tritt und fing den begonnenen Sturz im letzten Moment mit weit vorgestreckten Armen auf. Er schrammte sich beide Handflächen an der rauhen Ziegelsteinmauer auf, und sein ohnehin verletzter Fingernagel protestierte mit pochenden Schmerzen. Trotzdem stieß sich Bremer mit aller Kraft ab und taumelte weiter. Ein hoher, unheimlich widerhallender Laut marterte sein Gehör, und er kam abermals aus dem Tritt, schrammte mit der rechten Schulter an der Wand entlang und scheuerte sich auch noch das Gesicht blutig. Die Dunkelheit zog sich immer dichter um ihn zusammen, schnürte ihm den Atem ab und gerann zu etwas Riesigem, Grauenerregendem. Schwarzes Licht schimmerte auf mörderischen Krallen. Tödliche Fänge blitzten. Er spürte den heißen, trockenen Atem der Bestie auf dem Gesicht, und in seinen Ohren war noch immer dieses schrille, an- und abschwellende Geräusch, das er jetzt als nichts anderes als seine eigenen Schreie identifizierte. Er konnte kaum noch atmen. Sein Herz trommelte so schnell, daß es weh tat.

Die Tür! Wo war die Tür?

Angela rannte dicht vor ihm, ein weißer Schatten, der immer wieder in der Dunkelheit zersplitterte, und es kam ihm so vor, als ob sie schon seit Stunden durch einen Tunnel aus Schwärze rasten. Seine Kehle schmerzte von seinen eigenen, gellenden Schreien, und hinter ihnen war plötzlich das Geräusch rhythmisch hämmernder, schneller Schritte.

Jemand schrie seinen Namen, und dann hörte er einen einzelnen, peitschenden Knall; einen Schuß. Ganz sicher einen Schuß, denn nur den Bruchteil einer Zehntelsekunde später stoben weiße und orangefarbene Funken aus der Decke fünf Meter über seinem Kopf. In dem unendlich kurzen, grellen Aufblitzen glaubte er einen gigantischen, grotesk verzerrten Schatten zu sehen, etwas Riesiges, mit Klauen, Flügeln und grausamen schwarzen Augen. Dann erlosch der Lichtblitz, und praktisch im gleichen Sekundenbruchteil verschwand auch Angela. Die Dunkelheit hatte sie verschlungen. Azrael hatte sein erstes Opfer geholt, und nun war er an der Reihe.

Alles ging unglaublich schnell, aber zugleich schien die Zeit auch beinahe stillzustehen, weil sich Bremers Gedanken plötzlich mit hundertfacher Geschwindigkeit zu bewegen schienen. Mit einemmal sah er mit furchtbarer Klarheit voraus, was geschehen würde. Azrael war wieder auferstanden. Das Ungeheuer, das all die Jahre über unbemerkt und geduldig in ihm gelauert hatte, war endlich aus seinem Versteck gebrochen. Er hatte Angela geholt, und nun würde es ihn holen. Er wollte sich herumwerfen, verzweifelt von diesem Ding davonstürzen, das ein Grauen brachte, das hundertmal schlimmer war als der Tod, aber er konnte es nicht. Seine Gedanken waren zu schnell für seinen Körper. Er rannte dem Ungeheuer direkt entgegen.

Eine Hand griff aus der Dunkelhit nach ihm, krallte sich in seinen Arm und riß ihn mitten im Lauf herum. Er wurde zur Seite geschleudert, verlor endgültig die Balance und torkelte in einer ungeschickten Dreiviertel-Pirouette durch die Tür, in die Angela ihn hineinzerrte. Aber in dieser einen Sekunde, die diese Bewegung beanspruchte und in der er sich fast einmal um seine eigene Achse drehte, offenbarte sich ihm ein Bild unvorstellbaren Terrors.

Die beiden Männer waren ihm gefolgt. Trotz der fast vollkommenen Dunkelheit, die in der Tordurchfahrt herrschte, konnte er deutlich sehen, daß sie ihre Waffen gezogen hatten und damit in seine Richtung zielten.

Und der Todesengel kam über sie.

Es war, als faltete sich die Dunkelheit auseinander, um die Schwärze der Hölle zu gebären. Seine gewaltigen Schwingen füllten den Gang auf ganzer Breite aus, schlugen in einer schweren, ungeheuer *kraftvollen* Bewegung aufeinander zu und verschlangen einen der beiden Männer. Als der erste Schuß fiel, riß Angela ihn endgültig ins Haus und schmetterte die Tür hinter ihm ins Schloß.

Bremer taumelte ungeschickt noch einen Schritt weiter, fiel auf ein Knie herab und versuchte sich irgendwie aufzufangen, machte es damit aber nur schlimmer. Er stürzte der Länge nach zu Boden, schlitterte gute zwei Meter weit über rauhen Stein und schlug sich schmerzhaft den Schädel an, als ein unsichtbares Hindernis seiner Rutschpartie ein unsanftes Ende setzte. Er hörte einen dumpfen Knall, als Angela sich mit der Schulter gegen die Tür warf und gleichzeitig den Riegel vorlegte. Auf der anderen Seite der Tür fiel ein weiterer Schuß, dann noch einer, und noch einer und noch ein weiterer. Er hörte Schreie, unmenschliche, spitze Schreie, ein furchtbares Bersten und Krachen, Schläge, wieder ein Schuß und eine Reihe gräßlicher, reißender Laute ... Etwas traf die Wand hinter Angela so hart, daß Staub aus den Fugen wirbelte.

Sein erster Versuch, sich wieder aufzurichten, scheiterte kläglich. Er hatte sich die Stirn angeschlagen. Warmes Blut lief über sein Gesicht. Er spürte überhaupt keinen Schmerz, aber seine Handgelenke hatten auch nicht mehr die Kraft, das Gewicht seines Körpers in die Höhe zu stemmen. Mühsam wälzte er sich auf die Seite, setzte sich schwankend hoch und wischte sich mit dem Handrücken das Blut aus den Augen.

Der Lärm draußen hatte abgenommen, war jedoch noch nicht ganz verstummt. Er hörte jetzt keine Schüsse mehr, aber immer noch dieses furchtbare Reißen und Krachen, und darunter groteske, unglaublich laute Freßgeräusche. Dann hörte es auf. Der Boden, auf dem er lag, begann zu zittern.

»*Paß auf!*« brüllte Bremer.

Angela konnte unmöglich verstehen, was er meinte.

Aber sie reagierte augenblicklich. Wahrscheinlich rettete es ihr das Leben.

Sie warf sich ansatzlos und mit einer schier unvorstellbar schnellen Bewegung zur Seite und herum, landete mit einer eleganten Judorolle auf dem Boden und katapultierte sich noch aus der gleichen Bewegung heraus wieder in die Höhe.

Noch bevor sie den Boden berührte, erbebte die Tür unter einem berstenden Schlag, und ein gebogener, rostfarbener Dorn von der Länge eines Fingers bohrte sich durch das morsche Holz. Ein schriller, kreischender Laut erklang, das Geräusch einer Kreissäge auf Stein, und die Kralle wurde zurückgerissen und fetzte Splitter und kleine Holzstückchen aus der Tür.

Bremer wartete nicht ab, ob sie zu einem zweiten Hieb ausholte. Das absolute Grauen, das ihn gepackt hatte, verlieh ihm neue Kraft. Er sprang in die Höhe, wirbelte herum und riß Angela mit sich, ehe sie auch nur richtig begriff, wie ihr geschah. Sie rasten los. Angela schrie irgend etwas, was er nicht verstand, dann erscholl hinter ihnen ein schrilles, ungeheuer *zorniges* Brüllen, und er konnte hören, wie die Tür unter einem gewaltigen Hieb zersplitterte.

Angela schrie erneut. Bremer sah aus den Augenwinkeln, daß sie den Kopf gedreht hatte und zu dem *Ding* zurücksah, das sich stets mit der gleichen Geschwindigkeit bewegte wie er, und in dem er sicher war, solange er sich nur nicht zu dem Ding herumdrehte, nur daß es kein Traum war, sondern alptraumhafte Realität, und daß er *wußte*, daß die Chimäre ihn vernichten würde, wenn er sich ihr zuwandte, nicht weil sie ihn einholte, sondern weil ihr bloßer *Anblick* ausreichen würde, ihn zu töten. Er rannte noch schneller, zerrte Angela so rücksichtslos hinter sich her, daß sie kaum noch mit ihm Schritt halten konnte und stürzte blindlings durch die nächste Tür. Er machte sich nicht die Mühe , sie zu öffnen, sondern sprengte sie einfach in vollem Lauf mit der Schulter aus dem Rahmen; ein Kraftakt, den er unter normalen Umständen niemals bewerkstelligt hätte. Jetzt spürte er ihn kaum. Er stürmte einfach weiter. Ein harter Ruck ging durch seinen linken Arm, an dem er Angela hinter sich herzerrte. Sie schrie, als sie gegen den Türrahmen, vielleicht auch die Wand prallte, aber der Laut ging in einem weiteren, noch lauteren Splittern und Brechen unter, als sich der Koloß mit rücksichtsloser Gewalt hinter ihnen hindurchzwängte. Seine Präsenz füllte den Raum aus wie ein erstickender, klebriger Geruch, schien Bremer zu ersticken, drang wie ein tödliches Gift durch jede Pore seines Körpers. Er konnte regelrecht fühlen, wie nicht etwas aus, sondern die Dunkelheit selbst materialisierte, um zu etwas Neuem und zugleich Uraltem, durch und durch Bösem zu werden.

Blind vor Angst stolperte er weiter. Vor ihnen lag jetzt ein heruntergekommener, schmaler Hausflur, der nur von einer einzelnen nackten Glühbirne erhellte wurde. Ein halbes Dutzend schäbiger Wohnungstüren nahm die rechte Seite ein; Bremer ertappte sich bei der geradezu absurden Überlegung, daß die Appartements dahinter kaum größer als Schuhkartons sein konnten, so dicht, wie die Türen beieinanderlagen – als ob das in einem Moment wie diesem irgendeine Rolle spielte!

Trotzdem beeinflußte dieser Gedanke seine weiteren Handlungen. Statt weiter durch den Flur und auf die Treppe an seinem gegenüberliegenden Ende zuzustürmen, was sein allererster, instinktiver Impuls gewesen wäre, machte er abrupt auf der Stelle kehrt, wodurch Angela endgültig das Gleichgewicht verlor und so wuchtig auf ein Knie herabfiel, daß ein lautstarkes Knirschen erklang und ihr erschrockenes Keuchen in einen Schmerzenslaut überging. Bremer stürmte weiter, riß sie mit nun eindeutig brutaler Kraft wieder in die Höhe und zerrte sie einfach hinter sich her. Er wußte nicht, ob sie lief, stolperte oder er sie vielleicht einfach hinter sich herschleifte. Er mußte aus diesem Haus heraus, das war der einzige Gedanke, der zählte, fort von diesem Ort des Grauens, weg von diesem Ungeheuer, das gekommen war, um seinen einzigen Daseinszweck zu erfüllen: zu töten.

Als hätte sie seine Gedanken gelesen (Natürlich hatte sie

es. Sie war *ein Teil* seiner Gedanken!), stieß die Bestie hinter ihm ein wütendes, markerschütterndes Gebrüll aus. Das Haus erbebte unter ihren Schritten. Holz und Stein zerbarsten unter Krallenhieben und dem Schlagen gewaltiger, stachelbewehrter Schwingen. Bremer sah sich nicht um. Er stolperte weiter, zerrte Angela rücksichtslos hinter sich her, ohne auf ihre Schreie und ihre mittlerweile fast verzweifelte Gegenwehr zu achten. Wie in einem Rausch gefangen, taumelte er auf die Haustür zu, sprengte sie wie die andere mit der Schulter auf und registrierte einen dumpfen, betäubenden Schmerz irgendwo am Rande seines Bewußtsein, während er haltlos ins Freie torkelte. Er fiel, ließ endlich Angelas Hand los und rollte zwei-, dreimal über das nasse Straßenpflaster. Die Dunkelheit stürzte sich auf ihn wie ein Raubtier, das auf ihn gelauert hatte, und der Schmerz in seiner Schulter kroch endlich aus seinem Versteck heraus und breitete sich qualvoll und betäubend in seiner ganzen rechten Körperhälfte aus.

Und plötzlich war es Angela, die ihn in die Höhe riß und einfach vor sich herstieß. In seinen Ohren pochte das Blut. Er hörte Schreie, sinnlose, durcheinanderhallende Laute, aber er konnte nicht sagen, ob es seine eigenen Schreie waren oder die Angelas, das Brüllen des Ungeheuers oder nur pure Einbildung. Haltlos taumelte er vor Angela her, drohte immer wieder zu stürzen und schaffte es irgendwie, auf den Beinen und in Bewegung zu bleiben. Vielleicht war Bewegung ihre einzige Chance, denn Bewegung war Leben, während die Dunkelheit und Stille den Tod brachten.

Er humpelte weiter und brachte jetzt zum erstenmal den Mut auf, einen Blick über die Schulter zurückzuwerfen. Sie waren gute zwanzig, vielleicht schon dreißig Meter von der Tür entfernt. Von ihrem unheimlichen Verfolger war noch nichts zu sehen, und mit Ausnahme der Treppenhausbeleuchtung blieb das Haus weiter vollkommen dunkel; dabei hatten sie im wahrsten Sinne des Wortes genug Lärm gemacht, um Tote aufzuwecken. Hier und da in den Häusern ringsum gingen Lichter an, und er konnte hören, wie ein oder vielleicht auch zwei Fenster geöffnet wurden. Alles, was sich in dem Hausflur bewegte, waren Schatten; als hätte die bloße Anwesenheit des *Dings* schon ausgereicht, um alles Leben in dem Gebäude zum Erlöschen zu bringen.

Angela versetzte ihm einen weiteren Stoß, als er langsamer zu werden drohte. Bremer stolperte weiter, prallte (natürlich mit seiner ohnehin geprellten Schulter) gegen einen Wagen, der am Straßenrand geparkt war, und begriff erst durch ihr heftiges Gestikulieren, daß es sich um Angelas grünen Fiat handelte. Sie ließ endlich seine Schulter los, hetzte mit kleinen, aber rasend schnellen Schritten um den Wagen herum und zerrte rasch im Laufen den Schlüsselbund aus der Tasche.

Bremer starrte mit klopfendem Herzen zum Haus zurück. Der Schwarze Engel (*Engel?!*) war immer noch nicht zu sehen, aber der infernalische Tanz der Schatten hatte zugenommen. Hinter der geöffneten Haustür zuckten schwarze Blitze hin und her, als beobachte er den Veitstanz eines höllischen Schattenspielers.

Der Fiat zitterte, als Angela sich hinter das Lenkrad fallen ließ, den Schlüssel ins Zündschloß rammte und sich praktisch gleichzeitig über den Beifahrersitz warf, um die Tür auf Bremers Seite aufzustoßen. Bremer verlor eine weitere, kostbare Sekunde, weil er den Türgriff bereits aufzog und das Schloß auf diese Weise blockierte.

»Laß los!« schrie Angela. Bremer riß die Hand fast erschrocken zurück, und die Tür flog mit einem Ruck auf. Hastig warf sich Bremer auf den Beifahrersitz, und Angela rammte den Gang hinein und trat das Gaspedal rücksichtslos bis zum Boden durch. Der Uno schoß mit durchgedrehten Reifen und protestierend aufheulendem Motor los, noch ehe Bremer Gelegenheit fand, die Tür zu schließen. Der Ruck, mit dem der Wagen lospreschte, ließ sie mit einem Knall zufallen, und Bremer fand gerade noch Gelegenheit, seine Hand zurückzuziehen, ehe ihm die Finger abgequetscht wurden.

Während Angela hektisch schaltete und den Motor erbarmungslos bis über seine Grenzen hinaus belastete, drehte sich Bremer im Sitz herum. Das Haus und die offene Tür, hinter der sich Licht und Schatten noch einen erbitterten Zweikampf lieferten, fielen rasch hinter ihnen zurück. Niemand verfolgte sie. Trotzdem ließ Angela den Uno in einem fast perfekten Powerslide um die nächste Biegung schlittern, schaltete auf eine Art herunter, die das Getriebe ihres Wagens mindestens ein Jahr Lebenszeit kostete, und ließ den Motor noch schriller aufheulen. Bremer wurde zur Seite und mit dem Kopf gegen das Fenster geschleudert, klammerte sich instinktiv irgendwo fest und konnte gerade noch verhindern, daß er zur anderen Seite kippte, wodurch er unweigerlich auf Angela gestürzt wäre und sie möglicherweise die Gewalt über den Wagen verloren hätte.

»Schnall dich an!« sagte Angela hektisch. Sie fuhrwerkte wie wild mit dem Ganghebel herum, kurbelte mit der anderen Hand am Lenkrad und ließ den Wagen in die entgegengesetzte Richtung schleudern. Bremer wurde zum zweitenmal gegen die Tür geworfen, aber diesmal war er darauf vorbereitet und konnte sich rechtzeitig festhalten. Wortlos griff er nach dem Sicherheitsgurt und ließ den Verschluß einrasten. Seine Hände zitterten so heftig, daß er drei Versuche brauchte.

»Verdammt noch mal, was war das?« fragte Angela. »Was zum Teufel *war das*?« Sie nahm ein wenig Gas weg, was allerdings nur dazu führte, daß sich der Motor des Wagens jetzt nicht mehr anhörte wie eine überdrehte Küchenmaschine; nicht, daß der Fiat deutlich langsamer wurde. Immerhin schaltete sie das Licht ein, nahm die rechte Hand vom Lenkrad und angelte ungeschickt nach ihrem eigenen Sicherheitsgurt. Als er immer noch nicht antwortete, warf sie ihm einen bösen Blick zu und sagte: »Meinst du nicht, daß du mir allmählich eine *gottverdammte Antwort schuldig bist*?!«

Die letzten vier Worte hatte sie fast geschrien. Bremer nahm sie trotzdem kaum wahr.

»Es ist kein Engel«, flüsterte er. »Großer Gott. Es ist kein Engel. Es ist ein ... ein Dämon!«

Angela sah ihn verstört an. Ihr Blick flackerte. »Wovon sprichst du?« fragte sie.

»Es ist kein Engel mehr«, murmelte Bremer. Die unmittelbare Gefahr war vorbei, und trotzdem schlug die Angst jetzt erst richtig zu. Nach einem Moment zitterten nicht nur seine Hände. Er zitterte am ganzen Leib. »Es ist kein Engel.«

»Azrael.« Angela schaltete herunter und trat behutsam auf die Bremse. Sie fuhren noch immer schnell genug, um jeden Wagen zu überholen, der vor ihnen auftauchte, verloren aber weiter an Geschwindigkeit. »Ich glaube, wir müssen uns unterhalten«, sagte sie grimmig.

11

»Was zum Teufel war jetzt schon wieder los?« Brauns Stimme war nur noch einen Deut davon entfernt, in ein lächerlich-hysterisches Quietschen umzuschlagen und ihre Lautstärke höchstens noch ein halbes Dezibel davor, wirklich zu schreien. Er stürmte mit gesenkten Schultern und kampflustig vorgerecktem Kinn herein und versuchte, die Tür hinter sich zuzuwerfen, vermutlich um seinem Auftritt auf diese Weise noch mehr Nachdruck zu verleihen. Da die Tür aus zwölf Zentimeter dickem Panzerstahl bestand und annähernd eine Tonne wog, mißlang der Versuch kläglich – Braun wurde von seiner eigenen Kraft zurückgerissen und stürzte mehr ins Labor hinein, als er ging, bevor es ihm gelang, sein Gleichgewicht mit einem raschen Schritt zurückzuerlangen. Wäre die letzte halbe Stunde nicht gewesen, hätte es absolut lächerlich ausgesehen.

Weder Mecklenburg noch seinen beiden Assistenten war im Moment allerdings zum Lachen zumute.

»Verdammt noch mal!« polterte Braun weiter. »Muß ich hier wirklich alles selbst machen? Kann man euch nicht einmal einen einzigen Abend allein lassen, ohne daß sofort eine Katastrophe losbricht?!«

Er redete Unsinn. Mecklenburg wußte es, und Braun wußte natürlich auch, daß Mecklenburg es wußte. Braun war so nervös (und erschrocken) wie sie alle. Sein Wutausbruch war eben nur seine ganz persönliche Art, mit dem Schrecken fertig zu werden. Was es allerdings kein bißchen leichter machte, ihn zu ertragen. Mecklenburgs Assistenten zogen erschrocken die Köpfe ein und taten ihr Möglichstes, um auf der Stelle unsichtbar zu werden, und selbst Mecklenburg fiel es schwer, Brauns Blick standzuhalten. Offensichtlich bekam er an diesem Abend nicht nur eine Lektion über die Grenzen seiner Fähigkeiten als Wissenschaftler, sondern auch als Mensch. Noch vor einer Stunde hatte er geglaubt, Braun trotzen zu können. Schließlich war er sein Auftraggeber, nicht weniger, aber auch nicht mehr. Das war die Theorie. In der Praxis war es ein ziemlich beunruhigendes Gefühl, einem Mann gegenüberzustehen, der nicht nur buchstäblich Macht über Leben und Tod hatte, sondern von dem er auch wußte, daß ihm ein Menschenleben nicht besonders viel galt. Der lebende Beweis (*lebend?*) dafür befand sich in dem schwarz verchromten Sarkophag auf der anderen Seite der Glasscheibe.

Braun gab es endlich auf, eine Tür zuknallen zu wollen, die sich nicht zuknallen ließ, fuhr mit einer wütenden Bewegung auf dem Absatz herum und sah sich kampflustig um.

»Also?!«

»Es ist ... alles wieder in Ordnung.«

Es war schon fast grotesk: Mecklenburg brauchte fast eine Sekunde, um zu begreifen, daß es nicht seine Stimme war, die geantwortet hatte, sondern die Grinners. Braun schien es wohl ähnlich zu ergehen, denn er würdigte ihn nicht einmal eines Blickes, sondern fuhr direkt an ihn gewandt und in kaum weniger scharfem Ton fort: »Ich habe nicht gefragt, was jetzt los ist. Ich habe gefragt, was *war*.«

»Das wissen wir nicht.« Mecklenburg kam zu dem Schluß, daß er nur eine einzige Wahl hatte, nämlich die, in die Offensive zu gehen. Er stand auf, konnte gerade noch dem Wunsch widerstehen, sich zu räuspern, um seiner Stimme mehr Sicherheit zu verleihen, und schlug mit der flachen Hand wahllos auf einen der Computerbildschirme vor sich. »Wir werten noch die Daten aus. Eine *Menge* Daten. Es wird eine Weile dauern.«

Braun war nicht in der Stimmung für Wortklauberei. Er mußte es nicht sagen. Sein Blick sprach Bände.

»Es hat vor zwanzig Minuten angefangen.« Grinner verbesserte sich. »Fünfundzwanzig. Seine zerebralen Aktivitäten sind plötzlich angestiegen.«

Das war die Untertreibung des Jahres, dachte Mecklenburg. Ebensogut hätte man sagen können, daß es auf der Sonne warm wäre. Er kam nicht dazu, Grinner zu korrigieren (Er würde den *Teufel* tun, verdammt noch mal!), aber Brauns Aufmerksamkeit verlagerte sich endlich von ihm zu seinem unglückseligen Assistenten – der ganz offensichtlich keine Ahnung hatte, worauf er sich einließ. Es gab Menschen, deren Aufmerksamkeit man besser nicht weckte, und Braun gehörte dazu. Er führte diese Spezies *an*.

»Was genau soll das heißen: *Plötzlich angestiegen*?« Braun sah sich kampflustig um, konzentrierte seine Aufmerksamkeit aber praktisch sofort wieder auf Grinner. »Nur damit wir uns richtig verstehen: Der Mann da drinnen hat vor anderthalb Jahren den letzten Atemzug aus eigener Kraft getan. Medizinisch gesehen ist er *tot*.« Er ging mit schnellen Schritten auf die Trennscheibe zu, blieb in einem guten Meter Abstand davor stehen und ließ zwei oder drei weitere Sekunden verstreichen, ehe er fortfuhr: »Jedenfalls haben *Sie* mir das gesagt, Doktor Mecklenburg.«

»Ich habe nichts dergleichen gesagt«, murmelte Mecklenburg. Jedenfalls *wollte* er es murmeln. Offensichtlich hatte er aber doch laut genug gesprochen, um verstanden zu werden, denn Braun antwortete:

»Ich darf zitieren, Doktor? Ein lebender Leichnam, Herr Braun – wobei ich das *lebend* nicht unbedingt unterschreiben würde. Strenggenommen sind es zweihundert Pfund biologischer Abfall, die nur von unserer Technik vor dem Verfall bewahrt werden.«

Mecklenburg war verblüfft. Das war nicht nur sinngemäß, sondern wortwörtlich das, was er zu Braun gesagt hatte; und das vor etlichen Monaten. Braun mußte entweder über ein fotografisches Gedächtnis verfügen, oder seine Worte hatten ihn mehr beeindruckt, als Mecklenburg seinerzeit klar gewesen war. Er hatte sie eigentlich nur so daher gesagt, ohne sich viel dabei zu denken. Sie waren nicht einmal hundertprozentig korrekt gewesen.

»Nun, Doktor?« fuhr Braun fort, als Mecklenburg auch nach einigen Sekunden noch nicht antwortete.

»Das ist nicht so einfach zu erklären«, sagte Mecklenburg. »Ich weiß nicht, was passiert ist. Noch nicht. Vielleicht hat es gar nichts zu bedeuten.«

»Gar nichts?« Braun fuhr mit einer so abrupten Bewegung herum, daß Mecklenburg erschrocken zusammenzuckte und nur noch mit Mühe den Impuls unterdrücken konnte, einen Schritt vor ihm zurückzuweichen. Braun sagte nichts weiter. Er erklärte seinen plötzlichen Ausbruch nicht, und er hatte sich in der nächsten Sekunde auch schon wieder in der Gewalt. Aber die Art, auf die er auf Mecklenburgs einfach so dahingeworfene Bemerkung reagiert hatte, machte diesem zweifelsfrei eines klar: Irgend etwas war passiert. Braun war nicht nur so wütend gewesen, weil sie ihn mitten in der Nacht aus dem Bett geholt hatten. Ja, er war plötzlich sicher, daß sein nächtlicher Anruf nicht einmal der *Grund* für Brauns Gereiztheit war. Irgend etwas war passiert. Etwas, von dem Mecklenburg keine Ahnung hatte – und das Braun bis ins Mark erschüttert haben mußte und ihn fast wahnsinnig vor Angst werden ließ. Braun sprach nichts davon aus. Er gab sich sogar mit Erfolg Mühe, sich nichts von seinen Gefühlen anmerken zu lassen. Aber Mecklenburg begriff das alles in der einzigen Sekunde, in der sich ihre Blicke begegneten. Dann hatte sich Braun auch mit den Dingen, die er *nicht* aussprach, wieder vollkommen unter Kontrolle, und der verräterische Ausdruck in seinen Augen erlosch. Was in Mecklenburg zurückblieb, war tiefe Verunsicherung. Ein sehr unangenehmes Gefühl. Er war nicht wirklich erschrocken, aber er ahnte, daß er jeden Grund gehabt hätte, erschrocken zu sein, wenn er nur die ganze Wahrheit gewußt hätte.

Die Stille begann unangenehm zu werden. Mecklenburg

räusperte sich und setzte dazu an, etwas zu sagen, und der übereifrige Grinner ergriff die Gelegenheit beim Schopf, sich wieder in den Vordergrund zu spielen – diesmal sogar in ganz körperlichem Sinne: Er trat mit einem schnellen Schritt zwischen Braun und Mecklenburg, so daß er den Blickkontakt zwischen ihnen unterbrach, und sagte: »Was Professor Mecklenburg sagen will, ist, daß wir noch nicht genau wissen, was dieser Zwischenfall zu bedeuten hat. Vielleicht nichts, vielleicht eine Menge. Vergleichen Sie ihn mit einem Menschen, der sehr tief schläft. Die meiste Zeit liegt er vollkommen ruhig da. Man muß schon sehr genau hinsehen, um festzustellen, daß er überhaupt noch am Leben ist. Aber manchmal regt er sich eben. Wahrscheinlich hat er nur einen Alptraum gehabt. Die ersten Male war es nicht so schlimm wie heute, aber …«

»Die ersten Male?« Braun zog die linke Augenbraue hoch. »Soll das heißen, das ist schon einmal passiert?«

Grinner tauschte einen verwirrten Blick mit Mecklenburg, erntete aber nur einen stoischen Gesichtsausdruck. Mecklenburg würde den Teufel tun und sich einmischen. Er hatte in seinem Leben genug Erfahrungen mit hoffnungsvollen jungen Wissenschaftlern gemacht, deren Ehrgeiz in keinem guten Verhältnis mit ihren Fähigkeiten stand, um zu wissen, was jetzt in Grinner vorging. Er nahm es ihm nicht übel. Er war ein wenig enttäuscht, aber nicht wütend. Grinner hatte ja keine Ahnung, worauf er sich da einließ.

»Also?« fragte Braun ungeduldig.

»Es ist … zwei- oder dreimal passiert«, sagte Grinner, und Braun unterbrach ihn sofort und in hörbar schärferem Ton:

»Was denn nun? Zweimal oder dreimal?«

»Dreimal«, antwortete Grinner. »Glaube ich.«

»So, glauben Sie«, sagte Braun. »Ich bezahle Sie nicht dafür, Dinge zu glauben, Herr …?«

»Ich habe nicht immer Dienst!« verteidigte sich Grinner, wobei er Brauns unausgesprochene Frage nach seinem Namen vorsichtshalber überging. Mecklenburg konnte zusehen, wie seine Nervosität wuchs, was ihn eigentlich mit einer gewissen Schadenfreude hätte erfüllen müssen, es aber nicht tat. Grinner machte in diesem Moment eine wichtige Erfahrung, und Mecklenburg hoffte nur, daß er auch wirklich etwas daraus lernte. »Während ich hier war, ist es dreimal passiert. Aber es war noch nie so schlimm wie heute.«

»*Es?*«

Grinner sah weg, und Braun wandte sich wieder an Mecklenburg: »Wieso weiß ich nichts davon?«

»Keine Ahnung«, antwortete Mecklenburg kühl. »Es waren vier solcher Zwischenfälle, um genau zu sein. Vielleicht sogar fünf. Bei einer Gelegenheit ... waren wir nicht ganz sicher. Und es steht alles in den Berichten, die ich Ihnen täglich per E-Mail zukommen lasse. Sie sollten Ihren Computer ab und zu auch einmal einschalten.«

Es hätte Brauns ärgerlichen Stirnrunzelns nicht bedurft, um ihm klarzumachen, daß er mit der letzten Bemerkung einen Schritt zu weit gegangen war. Sie war vor allem *nicht nötig* gewesen. Irgend etwas ging hier vor. Etwas, das nicht gut war. Sie taten besser daran, ihre Kräfte aufzusparen, statt sie in sinnlosen Grabenkämpfen untereinander zu vergeuden.

Braun kam wohl zu demselben Schluß, denn er ging nicht auf seinen herausfordernden Ton ein, sondern starrte ihn nur an und drehte sich nach einer oder zwei Sekunden wieder zu der Glasscheibe um. Der stählerne Sarkophag auf der anderen Seite war nur als unsicherer Schemen zu erkennen, und vermutlich nicht einmal das; Mecklenburg sah ihn wahrscheinlich nur, weil er *wußte*, daß er da war. Das Licht in dem Raum auf der anderen Seite war ausgeschaltet, und die Scheibe hatte sich in einen Spiegel verwandelt.

Die Wirkung war jedoch genau anders herum als sonst. Normalerweise war Mecklenburg um jede Sekunde froh, die er den Stahlsarg *nicht* ansehen mußte. Sein Anblick beunruhigte ihn, denn er erfüllte ihn nicht nur mit unerfreulichen Assoziationen und düsteren Vorahnungen, sondern erinnerte ihn auch daran, was sie *getan hatten*. Jetzt war es genau anders herum. Es war die Dunkelheit auf der anderen Seite der Barriere, die ihn erschreckte. Sie hatte eine neue, beunruhigende Qualität, war zu einem Versteck für etwas geworden, etwas, das bisher in dem stählernen Sarkophag gefangen gewesen war und nun hinaus wollte. Alles, was er sah, waren sein eigenes und Brauns Spiegelbild, aber durch diese vertrauten Gesichter hindurch schien sie noch etwas anzugrinsen; uralt, höhnisch, böse und durch und durch gnadenlos. Das Gefühl war so intensiv, daß er nicht anders konnte, als mit zwei schnellen Schritten an Braun vorbeizugehen und den Schalter an der Wand zu berühren, der das Licht aktivierte. Aus dem farbenfressenden Spiegel wurde wieder eine Glasscheibe, die den Blick in den dahinter liegenden Raum freigab. Zwei oder drei Sekunden lang sog Mecklenburg jedes Detail der Kammer fast gierig in sich auf, erst dann gestattete er sich ein Gefühl – vorsichtiger – Erleichterung. Der stählerne Sarg war nicht mehr als eben ein stählerner Sarg, ein technisches Wunderwerk, der tatsächlich ein wenig an die goldenen Sarkophage erinnerte, wie man sie in ägyptischen Pharaonengräbern gefunden hatte. Aber auch nicht mehr. Der Raum enthielt nichts, wovor er sich hätte fürchten müssen. Nicht mehr. Das Licht hatte die Schatten vertrieben, und mit ihnen auch alles, was sich darin verborgen gehalten hatte.

Aber es würde wiederkommen, sobald das Licht gegangen war. Mecklenburg wußte es, und als er den Kopf drehte und in Brauns Gesicht sah, da begriff er, daß Braun es genauso wußte.

12

»Hier. Trink!«

Bremer hatte noch nie viel davon gehalten, Alkohol zu trinken, um sich zu beruhigen, oder überhaupt mit irgendeinem Problem fertig zu werden. Er wußte, daß es nicht funktionierte. Aber er hatte einfach nicht die Energie, Angela zu widersprechen, oder gar eine end- und sinnlose Diskussion über den Nutzen oder Schaden von Alkohol zu beginnen. Außerdem brauchte er irgend etwas, um seine Hände zu beschäftigen. So griff er nach dem Glas, das sie ihm über den Tisch hinweg zugeschoben hatte, setzte es an und leerte es mit einem einzigen Zug. Er wußte selbst hinterher nicht, was er getrunken hatte. Es schmeckte wie etwas mit einer Konzentration jenseits von Salzsäure, das brennend seinen Hals hinablief. Als es seinen Magen erreichte, verwandelte sich das Brennen in intensive Wärme, die sich rasch in seinem Leib ausbreitete. Das Zittern seiner Hände beruhigte es nicht.

»Noch einen?« fragte Angela. Sie setzte schon dazu an, aufzustehen und zur Theke zu gehen, um ein zweites Glas Was-auch-immer zu holen, aber Bremer schüttelte den Kopf, und sie ließ sich wieder zurücksinken. »Ist vielleicht auch besser so«, sagte sie. »Wir beide müssen uns unterhalten. So etwas geht besser mit einem klaren Kopf.«

»Unterhalten?« Bremer hob mit einiger Mühe den Kopf und versuchte, Angela mit Blicken zu fixieren. Es mißlang. Sein Inneres war so sehr in Aufruhr, daß es ihm nicht möglich schien, seine Gedanken länger als eine Sekunde auf einen bestimmten Punkt zu konzentrieren. Geschweige denn seinen Blick. Mit noch mehr Mühe schüttelte er den Kopf und fügte schleppend hinzu: »Ich wüßte nicht, worüber.«

Angelas Blick machte sehr deutlich, was sie von dieser Antwort hielt. Hätten sie sich an irgendeinem anderen Ort aufgehalten, wäre ihre Reaktion vermutlich auch etwas lautstärker ausgefallen. Zu Bremers Glück waren sie das aber nicht. Angela hatte irgendwann – vielleicht nach zehn Minuten, vielleicht nach einer Stunde, er hatte nicht die geringste Ahnung – angehalten und ihn fast gewaltsam aus dem Wagen gezerrt. Jetzt befanden sie sich in einer ziemlich kleinen, ziemlich heruntergekommenen und vor allem beinahe *leeren* Kneipe. Es gab nur ein halbes Dutzend Tische, die allesamt leer waren. Außer Angela und ihm selbst befanden sich nur noch der Wirt und zwei weitere Gäste hier, die an der Bar saßen und sich mit gesenkten Stimmen unterhielten. Bremer war klar, daß sie für ein gewisses Aufsehen sorgten. Er hatte keine Ahnung, wo sie waren, und Angela wahrscheinlich auch nicht. Er war ziemlich sicher, daß sie diese Kneipe nur deshalb ausgewählt hatte, weil sie trotz der vorgerückten Stunde noch auf war. Aber es war weder eine Gegend noch die Art von Gastwirtschaft, in der er normalerweise verkehrte. Und Angela schon gar nicht.

Als sie antwortete, tat sie es jedenfalls leise, mit einem Achselzucken und in einem Ton, der zumindest beiläufig klingen *sollte*, ohne es wirklich zu tun. »Oh, zum Beispiel über die Frage, warum ich plötzlich von Typen gejagt werde, die ich bis gestern nur aus amerikanischen Agentenfilmen kannte. Oder warum ich vorhin geglaubt habe, etwas zu sehen, von dem ich ganz sicher bin, daß ich es gar nicht gesehen haben kann ... Und was es mit Azrael auf sich hat.«

Wäre die winzige Pause zwischen den beiden Sätzen nicht gewesen, dann hätte ihre Frage vielleicht wirklich so beiläufig geklungen, wie sie sollte. So machte sie Bremer endgültig klar, daß sie sehr viel mehr über die ganze Sache wußte, als sie eigentlich konnte.

Bremer schwieg. Angela starrte ihn herausfordernd an, aber Bremer schwieg beharrlich weiter. Es blieb dabei: Er wollte sie nicht mit in die Sache hineinziehen – für seinen Geschmack steckte sie schon viel zu tief drin –, aber der hauptsächliche Grund für seine momentane Schweigsamkeit war ein durch und durch alberner: Er wußte nicht, wie er sie ansprechen sollte. Bremer hatte sich stets schwer damit getan, Menschen zu duzen, und andere ihn duzen zu lassen; nicht aus Überheblichkeit oder gar Arroganz – beides traf in keinster Weise auf ihn zu –, sondern weil das förmliche Sie ihm immer noch eine gewisse Distanz zu seinem Gegenüber verschaffte, die für ihn sehr wichtig war. Bremer war alles andere als kontaktscheu. Er mochte Menschen, und er liebte es, in Gesellschaft ganze Nächte durchzureden oder auch einfach nur herumzualbern. Trotzdem hatte er eine genau definierte Fluchtdistanz festgelegt, die niemand unterschreiten durfte, weder körperlich noch mit Worten, ohne daß er in Panik geriet. Angela mit ihrer schon fast aufdringlich-kumpelhaften Art hatte diese Fluchtdistanz eindeutig unterschritten, aber er wußte nicht, wie er es ihr beibringen sollte, ohne sich lächerlich zu machen. Nicht nach dem, was sie gerade gemeinsam erlebt hatten. Also zog er es vor, gar nichts zu sagen.

»Also gut«, sagte sie, als das Schweigen weiter anhielt und ihr klar wurde, daß er es von sich aus auch nicht brechen würde; wenn auch bestimmt nicht, warum. »Dann fange ich eben an. Irgendeiner muß den ersten Schritt machen. Ich weiß, daß ...«

»Nein«, unterbrach sie Bremer.

Angela blinzelte. »Nein? Aber du weißt doch noch gar nicht, was ich sagen wollte.«

»Das ist auch überhaupt nicht nötig«, sagte Bremer. »Diese ganze Geschichte geht nur mich etwas an, und im Grunde nicht einmal das. Nur, daß mich leider niemand gefragt hat.«

»Genauso wenig wie mich«, antwortete Angela. Sie klang ein bißchen verärgert, aber Bremer war nicht sicher, ob dieser Eindruck echt oder beabsichtigt war, um Punkte zu sammeln. »Mich nicht mit hineinziehen zu wollen, ist ja vielleicht eine noble Idee, aber sie kommt ein bißchen zu spät. Ich stecke nämlich schon drin. Ich hätte nur gerne gewußt, worin eigentlich. Ich dachte, Sendig und seine ganze Bagage wären damals endgültig aus dem Verkehr gezogen worden.«

Jetzt war Bremer an der Reihe, ehrlich überrascht zu sein. »Wie?«

»Ich sagte doch, daß *ich* damit anfange, mit offenen Karten zu spielen.« Angela gab sich keine besondere Mühe, ihren Triumph zu verhehlen. »Ich weiß nicht alles, aber doch so *ziemlich* alles über die Geschichte von damals. Und bevor du fragst: Es ist kein Zufall, daß Nördlinger mich dir zugeteilt hat. Ich habe dafür gesorgt.«

»Wieso?«

»Weil du mich fasziniert hast.« Angela lächelte. »Nicht

du. Deine Geschichte. Das, was damals passiert ist. Ich weiß fast alles darüber.«

»Diese Informationen sind streng geheim«, sagte Bremer. Das war untertrieben. Selbst Nördlinger wußte nicht, was damals wirklich geschehen war. Es ging ihn auch nichts an.

Angelas Lächeln wurde zu einem breiten Grinsen. »Ein Hoch auf die moderne Technik«, sagte sie. »Gottlob gehen selbst die Behörden manchmal mit der Zeit. Alles, was über die Geschichte damals bekannt ist, ist in der einen oder anderen Datenbank gespeichert. Und es gibt fast keinen Computer, der mir widerstehen kann. Ich gebe zu, ich habe ein bißchen Datenklau betrieben.«

»Das ist strafbar«, sagte Bremer.

»Leute gegen ihren Willen als Versuchskaninchen zu benutzen auch«, sagte Angela achselzuckend. »Und sie umzubringen erst recht. Du kannst mich ja anzeigen, wenn du willst.«

Bremer schwieg ein paar Sekunden. Dann sagte er, sehr leise und sehr ernst: »Vielleicht sollte ich das tun. Eine Gefängniszelle ist im Moment wahrscheinlich ein sehr viel sichererer Ort als meine Nähe.«

Angela wollte antworten, aber in diesem Moment trat der Wirt an ihren Tisch und sagte: »Feierabend, Leute, Sperrstunde.«

Angela seufzte, griff in die Tasche, zog ihren Dienstausweis hervor und reichte ihn dem Wirt. »Nicht für uns.«

Der Mann nahm den Ausweis entgegen, begutachtete ihn ausgiebig und unterzog seine Besitzerin anschließend einer noch ausgiebigeren Inspektion, bevor er ihn zurückgab. »Das ist wirklich beeindruckend«, sagte er, »aber es bleibt dabei. Ich mache Schluß.«

Angela wollte auffahren, doch diesmal war Bremer schneller. »Schon gut«, sagte er. »Sie ist neu und kennt die Spielregeln noch nicht. Bringen Sie uns noch zwei Kaffee, und wir räumen friedlich das Feld, einverstanden?«

Der Mann sah ganz und gar nicht einverstanden aus, aber die Art, auf die Bremer das Wort *friedlich* ausgesprochen hatte, schien ihn wohl überzeugt zu haben, daß es besser war, *nicht* herauszufinden, was im anderen Fall geschehen würde. »Also gut«, brummelte er. »Ich muß noch Kasse machen. Das dauert zehn Minuten. Aber danach verschwindet ihr.«

Er ging. Angela blickte ihm zornig nach und wandte sich dann mit nicht weniger verärgertem Gesicht an Bremer. »Vielen Dank für die Anfängerin.«

»Das hat er sowieso gemerkt«, sagte Bremer. »Niemand benimmt sich so, außer vielleicht im Fernsehen. Bringt man euch auf der Polizeischule heutzutage nicht mehr bei, daß man seinen Dienstausweis nicht benutzt, um Leute einzuschüchtern?«

»Mein Hauptfach war Informatik«, sagte Angela ärgerlich.

»Ich dachte, Öffentlichkeitsarbeit?«

»Das eine funktioniert nicht ohne das andere«, antwortete Angela. »Lenk nicht ab. Wir waren bei der Azrael-Geschichte. Ich dachte, nach Sillmanns Tod hätte der Spuk ein Ende gehabt. Jedenfalls steht es so im Computer.«

»Das dachte ich auch, bis vor ein paar Stunden«, sagte Bremer. »Verdammt, ich weiß nicht, was los ist! Mark Sillmann war das letzte, in dessen Blut dieses Scheißzeug war. Nach seinem Tod hätte es aufhören müssen.«

»Azrael«, erklärte Angela, »ist die Abkürzung von Amphetamin Z 7 Reciprocal Ascarin Ethylmescalin Lophophinderivat.«

Bremer war ein wenig überrascht, wie leicht ihr dieses komplizierte Wortungeheuer von den Lippen ging, und Angela grinste erneut. »Ich habe meine Hausaufgaben gemacht«, sagte sie. »Die Datenbanken des BKA sind wirklich sehr ergiebig.«

»Aber offenbar nicht unbedingt auf dem letzten Stand«, fügte Bremer hinzu. »Jedenfalls nicht, wenn die Kerle von vorhin wirklich die sind, für die ich sie halte.«

»Wofür hältst du sie denn?« wollte Angela wissen.

Statt zu antworten, reagierte Bremer mit einer Gegenfrage: »Was sagt der Computer, wer sie sind?«

»Aber Herr Bremer!« Angela drohte ihm spöttisch mit dem Finger. »Ich muß mich doch sehr wundern! Diese Informationen sind streng geheim. Allein diese Frage zu stellen, ist schon illegal. Sie wollen mich doch nicht etwa zu einer Straftat anstiften?«

Bremer schwieg, und nach ein paar Augenblicken erlosch Angelas Grinsen. Sie zuckte mit den Schultern. »In diese Dateien konnte ich nicht eindringen.«

»Ach? Und ich dachte, es gäbe keinen Computer, der der Königin der Hacker standhält.«

»Ich hätte ihn knacken können«, antwortete Angela beleidigt. »Aber ich war nicht ganz sicher, daß ich keine Spuren hinterlassen würde. Das Risiko wollte ich nicht eingehen.«

Der Wirt kam und brachte den bestellten Kaffee. Sie schwiegen, bis er wieder außer Hörweite war, dann fuhr Angela fort: »Eins habe ich nicht verstanden ... Wieso ein Engel?«

»Es war nicht irgendein Engel«, antwortete Bremer. »Azrael war der Todesengel des alten Testaments. Der himmlische Sendbote, der geschickt wurde, um Dinge zu Ende zu bringen. Marc hat ein Bild dieses Engels in einer alten Bibel gesehen, als er ein Kind war. Später, unter dem Einfluß der Droge, hat sein Unterbewußtsein dann genau dieses Bild heraufbeschworen. So einfach war das.«

»Einfach?« Angela nippte an ihrem Kaffee und schüttelte sich. »Es klingt eher fantastisch. Im Sinne von *wenig glaubwürdig*.«

»Ich würde es auch nicht glauben«, bestätigte Bremer. »Aber ich habe es selbst gesehen. Ich bin kein Wissenschaftler. Ich verstehe nicht einmal etwas von Drogen. Soweit ich die Sache damals verstanden habe, bewirkte die Azrael-Droge eine Art kollektiver Halluzination.«

»Das heißt, eine ganze Gruppe nimmt gemeinsam die Droge ...«

»... und erlebt den gleichen Trip, ja«, bestätigte Bremer. »Das war jedenfalls die Grundidee. Was Sillmann und Löbach nicht ahnten, das war, daß ihr kleiner Drogencocktail noch viel weiter ging. Offensichtlich verursachte er nicht nur eine Kollektivhalluzination, sondern sorgte auch für eine Art telepathischer Verbindung zwischen allen Teilnehmern des Trips, wobei die stärkste Persönlichkeit sozusagen die Führung übernahm.«

»Sillmanns Sohn.«

»Marc, ja.« Bremer trank ebenfalls einen Schluck Kaffee und kam zu dem Schluß, daß Angelas Schütteln gerade nicht auf seine Worte zurückzuführen war, sondern auf das Gebräu, das der Wirt ihnen gebracht hatte. Der Kaffee war nur noch lauwarm und schmeckte, als hätte er mindestens zwei oder drei Stunden auf der Warmhalteplatte gestanden. Er stellte ihn zurück, ohne mehr als ein paar Tropfen getrunken zu haben. »Er konnte nicht wissen, daß der Junge ein ausgewachsener Psychopath war.«

»Marc Sillmann? Der Computer sagt etwas anderes.«

»Der Computer war nicht dabei«, antwortete Bremer heftig. Er spürte die Gefahr, in die er sich selbst hineinmanövrierte. Seine Worte beschworen Bilder und Erinnerungen herauf, die besser da bleiben sollten, wo sie waren. Er hatte sich nicht umsonst jahrelang große Mühe gegeben, jene schrecklichen Stunden zu vergessen. Aber er spürte auch zugleich, daß er jetzt gar nicht mehr aufhören konnte. Einmal geweckt, begann seine Erinnerung rasch ein Eigenleben zu entwickeln, gegen das er machtlos war. »Der arme Junge konnte wahrscheinlich gar nichts dafür. Sein Vater hat zuerst seine Mutter ins Irrenhaus gebracht und dann seinen eigenen Sohn als Versuchskaninchen mißbraucht. Die Sache konnte nicht gutgehen. Marcs ... *Halluzination* hat erst alle anderen umgebracht und am Schluß ihn selbst.«

»Und wenn es mehr war als nur eine Halluzination?«

Bremer sah sie einen Moment lang verständnislos an. Es *war* mehr gewesen als eine Halluzination. Er hatte das Ding *gesehen*, das die Droge ins Marcs Blut hatte entstehen lassen. Trotzdem schüttelte er nach einigen Augenblicken den Kopf und griff wieder nach seiner Kaffeetasse. Allerdings nicht, um zu trinken, sondern nur, um etwas zu haben, womit er seine Hände beschäftigen konnte.

»Es ist vorbei«, sagte er. »Sillmann hat die Formel für die

Herstellung der Droge vernichtet, und sein Sohn war der letzte, der sie in sich trug.«

»Ich hatte nicht den Eindruck, daß es *vorbei* ist«, sagte Angela. »Jedenfalls nicht vor einer halben Stunde.«

Bremer schüttelte beharrlich den Kopf. »Das war kein Engel«, sagte er. »Es war ein …«

Ein Dämon? Der Gedanke kam ihm so grotesk vor, daß er es nicht wagte, das Wort auch nur laut auszusprechen. Er war auch nicht sicher, ob er das … *Ding*, das er gesehen hatte, richtig beschrieben hatte. Er hatte es ja auch nur für den Bruchteil einer Sekunde wirklich gesehen: Ein riesiges, groteskes Geschöpf mit Krallen und Zähnen und gewaltigen zerfetzten Schwingen wie die ledrigen Flügel einer riesigen Fledermaus. Er wußte nicht, was er gesehen hatte. Im Grunde wußte er nicht einmal, ob er überhaupt etwas gesehen hatte.

»So oder so, es *kann* kein Zufall sein«, sagte Angela kopfschüttelnd. »Dafür sind sich die Ereignisse zu ähnlich.«

»*Ähnlich?*« krächzte Bremer.

Angela nickte heftig. »Damals begann es mit diesem Astner, nicht wahr? Ein Arzt, der ein sexuelles Verhältnis zu einer seiner Patientinnen unterhielt. Ein Journalist, der Informationen gefälscht und Leute erpreßt hat. Der Arzt, der Sillmann geholfen hat, seine Frau in die Klapsmühle zu bringen …« Sie schüttelte ein paarmal den Kopf. »Das klingt nach biblischer Gerechtigkeit. Vielleicht auf eine ziemlich naive Art, aber trotzdem … Jemand hat den Racheengel geschickt. Und jetzt Belozky, Lachmann, Halbach und Rosen. Er ist wieder unterwegs.«

Ihre Worte waren von einer so simplen und zugleich zwingenden Logik, daß er sich selbst lächerlich dabei vorkam, zu widersprechen. Trotzdem tat er es. »Es ist unmöglich. Marc Sillmann ist tot. Ich war dabei, als er starb. Und die Azrael-Formel wurde vernichtet.«

»Was einmal entwickelt worden ist, kann auch ein zweites Mal entwickelt werden«, beharrte Angela. »Und was den Tod angeht …« Sie legte den Kopf schräg. »Warst du das nicht auch? Klinisch tot, meine ich?«

»Und?« Bremer machte eine wegwerfende Geste. »So etwas kommt alle Naselang vor. Die Ärzte holen andauernd Leute zurück ins Leben, die klinisch tot sind.« Das war die Übertreibung des Tages. Menschen, die nicht nur im Koma lagen, sondern tatsächlich klinisch tot waren, holte man nicht nach drei Tagen so einfach zurück. Nach allem, was er wußte, lag der Weltrekord bei etwas über einer Stunde, und alle außer ihm, die länger als zwanzig Minuten lang weg gewesen waren, waren als sabbernde Wracks wieder aufgewacht, atmende, essende und verdauende Fleischklumpen mit dem Intelligenzquotienten einer Bratkartoffel. Die man besser da gelassen hätte, wo sie waren. Trotzdem würde man seinen Fall vergebens im Guinness-Buch der Rekorde suchen.

»Du hast drei Kugeln aus einer Maschinenpistole abbekommen«, fuhr Angela fort. »Die Ärzte müssen mehr als ein Wunder vollbracht haben.«

»Der BKA-Computer ist wirklich nicht auf dem neuesten Stand«, antwortete Bremer. »Es waren fünf. Und ich habe persönlich schon Leute gesehen, die schlimmer zugerichtet waren und durchgekommen sind. Der menschliche Körper ist eine seltsame Maschine. Manchmal reicht eine Kleinigkeit, um sie anzuhalten, aber manchmal ist sie auch unglaublich zäh.«

»Wie ist das?« fragte Angela geradeheraus. »Tot zu sein?«

»Was ist denn das für eine Frage?«

»Wahrscheinlich die einzige, die sich jeder Mensch auf der Welt schon einmal gestellt hat«, antwortete Angela. In ihre Augen trat ein Ausdruck, der Bremer nicht gefiel. »Und jetzt sag nicht, du hättest es nicht auch getan. Vorher, meine ich.«

Das Gespräch begann sich immer mehr in eine Richtung zu verschieben, die ihm nicht behagte. Trotzdem antwortete er. »Natürlich habe ich das. Aber ich kann leider nicht mit einer Antwort auf die Frage nach der himmlischen Glückseligkeit dienen. Ich erinnere mich an nichts. Ich wurde angeschossen, verlor das Bewußtsein und wurde im

Krankenhaus wieder wach, und das war alles.« Womit die Abteilung Lügen- und Fantasiegeschichten endgültig eröffnet war. Er hätte eine Menge darüber erzählen können, was *danach* kam, aber er wollte es nicht. Mit manchen Erinnerungen wurde man vielleicht fertig, wenn man sich ihnen stellte, aber manche ließ man besser, wo sie waren.

»Das ist ... schade«, sagte Angela. Sie klang ehrlich enttäuscht. »Ich dachte, ich könnte auf diese Weise vielleicht mehr darüber erfahren. Aus erster Hand, sozusagen.«

»Das kommt schon noch früh genug«, murmelte Bremer. »Ich für meinen Teil weiß noch viel zu wenig über das Leben, um mich für den Tod zu interessieren.«

»Wie philosophisch«, parierte Angela spöttisch. »Von wem ist dieser Satz?«

»Von mir«, antwortete Bremer. »Und jetzt schlage ich vor, daß wir das Thema wechseln.« Er wies mit einer Kopfbewegung zur Theke. »Und vor allem das Lokal. Der Wirt hat mir zu große Ohren.«

»Gute Idee«, sagte Angela. »Gehen wir zu dir oder zu mir?«

»Bitte nicht«, seufzte Bremer. »Ich bin wirklich nicht in der Stimmung für solche Scherze.«

»Wer sagt, daß ich scherze?« fragte Angela. »Wir haben wirklich ein Problem. Wir können nicht in deine Wohnung. Selbst wenn es dort noch nicht von unseren Freunden wimmelt, beobachten sie garantiert den ganzen Block. Und dasselbe gilt wahrscheinlich für meine Wohnung. Vorausgesetzt, sie haben mich erkannt – aber wir gehen besser davon aus, daß sie es haben. Hast du irgendwelche Freunde, zu denen wir könnten?«

Bremer schüttelte den Kopf. Er hatte eine Anzahl Bekannter, aber niemanden, den er wirklich als Freund bezeichnet hätte. Und hätte es einen solchen gegeben, hätte er den Teufel getan, und ihn in diese Geschichte hineingezogen.

»Kollegen?«

Darauf antwortete er gar nicht.

Angela seufzte. »Dann bleibt uns nur ein Hotel. Ich bin

erst seit ein paar Tagen in der Stadt. Ich kenne hier noch niemanden.« Sie lachte. »Ist das nicht komisch? Noch vor ein paar Stunden wolltest du mich auf der Stelle zum Teufel jagen. Und jetzt verbringen wir schon unsere erste Nacht zusammen im Hotel.«

»Nein«, antwortete Bremer betont, »das ist *nicht* komisch. Und wir werden es auch nicht tun. *Ich* verbringe die Nacht in einem Hotel (Er hatte nicht vor, *das* zu tun, aber je weniger sie wußte, desto sicherer war sie vermutlich), und du fährst nach Hause. Oder sonstwohin. Das hier geht nur mich etwas an.«

»Beeindruckend«, sagte Angela. »Dabei gibt es nur ein Problem: Ich habe die Autoschlüssel. Und ich verleihe meinen Wagen prinzipiell nicht.«

»Es gibt fünftausend Taxen in Berlin«, antwortete Bremer und stand auf. »Mit ein bißchen Glück werde ich vielleicht eine davon ergattern.«

»Aber ...«

»Nichts aber.« Bremer hatte die Stimme weit genug erhoben, daß sowohl der Wirt als auch die beiden Gäste an der Theke, die trotz der angeblichen Sperrstunde noch dasaßen, und ihr Bier tranken, die Köpfe hoben und zu ihnen herübersahen. »Ich danke Ihnen für Ihre Hilfe, Frau West. Aber alles, was jetzt noch kommt, erledige ich besser allein.«

»Frau West?« Angela klang verletzt, und genau das sollte sie auch, gerade *weil* sie ihm nicht gleichgültig war. Ihre Worte hatten eine viel nachhaltigere Wirkung auf ihn ausgeübt, als ihr selbst klar sein mochte. So unterschiedlich die Voraussetzungen auch waren, die Ereignisse von damals und die von heute ähnelten sich in einem ganz bestimmten Punkt zu sehr, um es als bloßen Zufall abzutun. Es hatte wieder angefangen. Vor fünf Jahren hatte es mit dem Tod beinahe aller Beteiligten geendet, und allein das war mehr als Grund genug für ihn, sich von ihr zu trennen.

»Das ist ... ein bißchen billig«, murmelte Angela, als er nicht antwortete.

Bremer zuckte mit den Schultern. »So bin ich nun einmal«, sagte er grob.

Bevor sie die Gelegenheit fand, etwas zu erwidern, drehte er sich um und ging.

13

Cremer wäre um ein Haar eingeschlafen, und das war nicht gut. Aus zwei Gründen: Der eine war, daß Braun es nicht besonders schätzte, wenn seine Leute während eines Einsatzes schliefen – selbst wenn dieser Einsatz nur darin bestand, eine menschenleere Straße zu bewachen, einen Friedhof und eine Kirche, die so aussahen, als wäre selbst Gott vor ungefähr fünfhundert Jahren daraus ausgezogen. Der andere – irrational, aber im Moment mindestens ebenso gewichtig – war, daß Cremer im Verlauf des Abends schon mehrmals kurz eingenickt *war* und während dieser stets nur Sekunden dauernden Schlafphasen Fetzen eines Alptraumes erlebt hatte, die übel genug waren, ihm keinen Appetit auf eine Fortsetzung zu machen.

Er sah auf die Uhr. Noch gute vier Stunden, bis sie abgelöst wurden. Eine Ewigkeit, aber auch wieder nicht so lange, daß sie nicht durchzustehen waren.

Cremer griff in die Tasche, tastete nach seinen Zigaretten und zog die Hand dann wieder zurück. Er hatte schon entschieden zuviel geraucht. Die Luft im Wagen war zum Schneiden dick, und selbst ihm als Kettenraucher fiel der üble Geruch auf, der sich in den Polstern eingenistet hatte. Außerdem hatte er ein unangenehmes Kratzen im Hals und leichte Kopfschmerzen. Wahrscheinlich war der übermäßige Nikotinmißbrauch auch der Grund für seine Alpträume.

Er ließ das Seitenfenster des BMW weiter herunterfahren und atmete die kalte Nachtluft in tiefen, schon fast gierigen Zügen ein. Es half nicht viel. Der dumpfe Druck zwischen seinen Schläfen blieb, und er begann zusätzlich noch zu frieren. Cremer zog eine Grimasse, schloß das Fenster wieder und griff nun doch nach seinen Zigaretten. Als er das Feuerzeug aus der Tasche zog, wurde die Beifahrertür aufgerissen, und Reinhold kam zurück. Er hatte eine Pinkelpause gemacht, die neunte oder zehnte in dieser Nacht. Entweder, dachte Cremer spöttisch, hatte er noch einen Nebenjob, von dem niemand wußte, oder er sollte dringend einen Urologen aufsuchen.

»Muß das sein?« nörgelte Reinhold, als er die Zigarettenpackung in Cremers Hand sah. »Hier drin stinkt's sowieso schon wie in einer Bahnhofskneipe.«

Unter normalen Umständen wäre allein diese Bemerkung für Cremer Anlaß genug gewesen, sich jetzt erst recht eine Zigarette anzuzünden; zumal er Reinhold sowieso nicht leiden konnte. Irgendwie waren die Umstände in dieser Nacht aber nicht normal. Er war in außergewöhnlich versöhnlicher Stimmung, und das leise, aber permanente Hämmern zwischen seinen Schläfen gab Reinhold zusätzlich recht. Er sah ihn nur eine Sekunde stirnrunzelnd an, dann zuckte er mit den Schultern und steckte Zigaretten und Feuerzeug wieder ein.

Als er es getan hatte, tauchte das Scheinwerferpaar eines Wagens im Rückspiegel auf. In einer gottverlassenen Gegend wie dieser war das allein schon etwas Besonderes. Seit Reinhold und er ihre Wache angetreten hatten, hatten sie kaum mehr als ein Dutzend Fahrzeuge gesehen. Sie waren allesamt vorbeigefahren.

Dieser nicht. Der Wagen wurde langsamer, näherte sich dem rechten Straßenrand und verlor noch weiter an Geschwindigkeit, so daß Cremer schon glaubte, er würde unmittelbar hinter ihnen anhalten. Seine Gedanken begannen plötzlich zu rasen. Er wäre kein bißchen überrascht, wenn es Braun selbst wäre, der zu einer unangemeldeten Stippvisite vorbeikam. Braun war dafür bekannt, seine Leute manchmal in den unmöglichsten Augenblicken zu kontrollieren. Rasch ließ er seinen Blick über das Armaturenbrett vor sich streifen. Alles war in Ordnung. Das Funkgerät war auf Empfang geschaltet, Fernglas und Kamera lagen griffbereit da. Er hatte sich nichts vorzuwerfen.

Als er den Blick wieder hob, hatte sich das Scheinwerferpaar bis auf zehn Meter genähert. Im buchstäblich letzten Moment machte der Wagen einen Schlenker nach links und fuhr so dicht an ihnen vorbei, daß Cremer nicht überrascht gewesen wäre, hätten sich ihre Spiegel berührt. Neben ihm sog Reinhold erschrocken die Luft durch die Zähne und ließ sich im Sitz nach unten sinken, und Cremer reagierte blitzschnell (und wahrscheinlich trotzdem zu spät) und tat dasselbe. Seine Knie stießen schmerzhaft gegen das Lenkrad, und noch während er nach unten glitt, konnte er sehen, daß es sich bei dem anderen Wagen um ein Taxi handelte. Die Innenbeleuchtung war eingeschaltet, und der einzige Fahrgast saß vorne neben dem Fahrer und hatte das Gesicht in ihre Richtung gedreht.

»Scheiße!« fluchte Reinhold. »Wenn das unser Freund war, dann hat er uns erkannt.«

Cremer hätte ihm gerne widersprochen, aber er konnte es nicht. Zum einen hatte Reinhold vollkommen recht, und zum anderen hing er in einer so unbequemen Lage im Sitz, daß er kaum noch Luft bekam.

Mit einiger Mühe arbeitete er sich wieder hoch, warf Reinhold einen zwar grundlosen, aber nichtsdestoweniger wütenden Blick zu und konzentrierte sich dann wieder auf den anderen Wagen. Das Taxi war mittlerweile mit permanent aufleuchtenden Bremslichtern weitergerollt und hatte sich bereits gute zwanzig Meter entfernt. Reinhold hatte recht, dachte er. Wenn Bremer in dem Taxi saß, dann *mußte* er sie einfach erkannt haben. Der BMW hatte getönte Scheiben, durch die man selbst bei Tageslicht nur schwer hindurchsehen konnte, aber allein der Wagen selbst fiel in einer Gegend wie dieser auf wie der sprichwörtliche bunte Hund. Braun würde toben.

Das Taxi rollte immer langsamer werdend weiter, machte einen plötzlichen Schlenker nach rechts, der sein Vorderrad garantiert unsanfte Bekanntschaft mit der Bordsteinkante schließen ließ, und wendete dann. Augenblicke später hielt der Wagen vor dem schmiedeeisernen Tor auf der anderen Straßenseite an. Die Beifahrertür ging auf.

Wieder reagierte Reinhold schneller als er. Er griff nach dem Feldstecher, schaltete den Rotlichtverstärker ein und setzte das Glas an, noch während Cremer sich mit dem sinnlosen Versuch abmühte, den Mann, der aus dem Taxi stieg, mit bloßem Auge identifizieren zu wollen. Zwei oder drei Sekunden verstrichen, dann sagte Reinhol: »Volltreffer. Mach Meldung.«

Der Kerl sammelte allmählich gewaltig Minuspunkte, dachte Cremer. Wütend griff er nach dem Funkgerät, löste das Mikrofon aus seiner Halterung und drückte die Sprechtaste.

Das Schicksal meinte es an diesem Abend nicht gut mit ihm. Braun selbst war am anderen Ende der Leitung, und er meldete sich so schnell, als hätte er mit der Hand auf dem Sprechknopf auf seinen Anruf gewartet. Cremer blieb nicht einmal Zeit, sich ein paar wohlklingende Worte zu überlegen, um Braun sanftmütig zu stimmen. Verdammt, schlief dieser Kerl eigentlich nie?

»Ja?«

»Einheit vier«, sagte Cremer unbehaglich. »Das Zielobjekt ist gerade eingetroffen.« Er kam sich albern dabei vor. Seine Meldung entsprach den Vorschriften, war aber trotzdem ziemlich idiotisch. Die Frequenz, auf der sie redeten, war praktisch abhörsicher. Wer immer sich die Mühe machte, Technik im Wert von einer halben Million und genug Know-how aufzubieten, um der NASA Konkurrenz zu machen, nur um sie abzuhören, der würde auch wissen, worüber sie sprachen.

»Sind Sie sicher?« fragte Braun.

Cremer nickte; keine besonders effiziente Antwort, wenn man ein Mikrofon in der Hand hielt. Nach einer Sekunde fügte er ein hastiges ›Ja‹ hinzu.

»Erstaunlich«, sagte Braun. »Ich hätte nicht zu hoffen gewagt, daß er es uns so leicht macht. Was tut er?«

»Er hat gerade das Taxi bezahlt und geht jetzt auf die

Kirche zu«, antwortete Cremer. »Sehr langsam. Anscheinend ist er sich nicht sicher. Das Taxi fährt ab.«

»Können Sie die Nummer erkennen?«

Reinhold richtete sein Nachtsichtgerät auf das Taxi, folgte ihm für zwei oder drei Sekunden und sagte: »Siebenundfünfzig, neunzehn.«

Cremer wiederholte die Nummer. Für eine oder zwei Sekunden herrschte Schweigen im Funkgerät, eine so vollkommene, totale Stille, daß sich Cremer nicht zum erstenmal die altmodischen analogen Geräte zurückwünschte, bei denen man wenigstens noch ein statisches Knistern hörte, nicht diese unheimliche, digitale Stille. Natürlich wußte er, was Braun in diesen zwei Sekunden tat. Er sorgte dafür, daß es morgen früh ein Taxi weniger in Berlin geben würde.

»Er geht hinein«, sagte Reinhold. »Ich kann nicht erkennen, ob ihm jemand aufgemacht hat. Er ist drinnen.«

Cremer gab die Meldung an Braun weiter. Nach einer Sekunde des Zögerns (für die er sich selbst verfluchte) fügte er hinzu: »... noch etwas. Ich fürchte, er hat uns entdeckt.«

Womit immer er gerechnet hatte, es geschah nicht. Braun schwieg nur eine oder zwei quälende Sekunden, dann sagte er: »Das spielt jetzt auch keine Rolle mehr. Bleiben Sie, wo sie sind. Ich bin auf dem Weg zu Ihnen. Wenn er die Kirche verläßt, bevor ich eintreffe, setzen Sie ihn fest.«

14

Von den fünftausend Taxen, die es Bremers Behauptung nach in Berlin gab (er hatte die Zahl in genau dem Moment erfunden, in dem er sie ausgesprochen hatte), hatte sich kein einziges in die Gegend verirrt, in der die Kneipe lag, und die einsame Telefonzelle, die er am Ende der Straße entdeckte, war ein Opfer von Vandalen geworden: Jemand war dem Apparat mit einer Brechstange zu Leibe gerückt, um an den Münzspeicher zu kommen, und der Hörer war abgerissen. Bremer blieb keine andere Wahl, als auf gut Glück loszumarschieren und darauf zu hoffen, daß irgendwann ein Taxi vorbeikommen oder er in eine etwas belebtere Gegend gelangen würde.

Er mußte gute zehn Minuten in strengem Tempo marschieren, ehe der Verkehr auf den Straßen allmählich wieder zunahm, und noch einmal fünf, bis er das erste Taxi sah. Das gelbe Schild auf seinem Dach war eingeschaltet, und er war auch ziemlich sicher, daß der Fahrer sein hektisches Winken bemerkte. Trotzdem hielt er nicht an, sondern beschleunigte ganz im Gegenteil, als Bremer auf die Straße treten wollte, um ihn auf diese Weise zum Anhalten zu zwingen. Bremer schickte einen wütenden Blick und einen gedanklichen Fluch hinterher, sagte sich aber gleichzeitig auch, daß er den Fahrer fast verstand. Die Gegend war in den letzten zehn Minuten ein wenig besser geworden, aber wirklich nur ein wenig. Und auch er selbst bot keinen sehr vertrauenerweckenden Anblick. Angela und er hatten seine Wohnung ziemlich überhastet verlassen, so daß er trotz der Kälte nur ein dünnes Jackett trug, und es hatte wieder leicht zu nieseln begonnen. Seine Kleider klebten ihm naß am Körper, und das Haar hing ihm in langen, nassen Strähnen ins Gesicht. Vermutlich hätte er sich selbst auch nicht mitgenommen.

Das zweite Taxi fuhr ebenso vorbei wie das erste; beim dritten Mal versuchte Bremer erst gar nicht, den Wagen auf normale Weise anzuhalten, sondern trat mit einem plötzlichen Schritt auf die Straße hinaus und hob erst dann den Arm. Bremsen quietschten. Der Wagen kam zwischen zwei hoch aufschießenden Wasserfontänen unmittelbar vor ihm zum Stehen, und Bremer eilte so schnell um die Kühlerhaube herum und riß die Beifahrertür auf, daß dem Fahrer nicht einmal Zeit blieb, seinen Schrecken zu überwinden. Seiner Gesichtsfarbe und den entsetzt aufgerissenen Augen nach zu schließen, mußte er gewaltig gewesen sein.

Bremer ließ sich auf den Beifahrersitz fallen, knallte die

Tür hinter sich zu und zog in der gleichen Bewegung den Zettel aus der Tasche, auf dem Angela ihm Vater Thomas' Adresse ausgedruckt hatte.
»Wissen Sie, wo das ist?« fragte er.
Der Taxifahrer würdigte das Papier nicht einmal eines Blickes, sondern starrte Bremer weiter aus entsetzt aufgerissenen Augen an. »Sind ... Sie wahnsinnig?« stammelte er. »Um ... um ein Haar hätte ich Sie überfahren!«
»Haben Sie aber nicht, oder?« Bremer wedelte ungeduldig mit dem Blatt Papier. »Fahren Sie los, bitte.« Als der Mann immer noch zögerte, ließ er den Ausdruck sinken und zog statt dessen seinen Dienstausweis aus der Jackentasche. »Hören Sie, mein Freund. Ich weiß, daß ich wahrscheinlich einen komischen Eindruck auf Sie mache, aber die Angelegenheit ist wirklich wichtig. Ich kann es Ihnen jetzt nicht erklären, aber ich bin nicht das, wofür Sie mich halten.«
Der Taxifahrer wirkte kein bißchen weniger verstört als zuvor, nachdem er Bremers Ausweis in Augenschein genommen hatte, aber er legte immerhin den Gang ein und fuhr los. Bremer mußte an das denken, was er Angela vor einer Viertelstunde über den Umgang mit ihrem Dienstausweis erzählt hatte, und unterdrückte ein Lächeln. Manchmal änderten sich die Dinge schneller, als man ahnte.
»Wie lange werden wir ungefähr brauchen?« fragte er nach einer Weile.
Der Fahrer zuckte unmerklich zusammen und schaltete sein Taxameter ein, ehe er antwortete. »Nicht lange«, sagte er. »Zehn Minuten. Vielleicht fünfzehn. Um diese Zeit ist nicht viel Verkehr.«
Bremer versuchte sich den Stadtplan in Erinnerung zu rufen. Wenn er nicht völlig danebenlag, dann waren es von hier bis zur Baldowstraße, wo sie Rosen gefunden hatten, eine gute halbe Stunde Fahrt, selbst um diese Uhrzeit. Vater Thomas' Kirche lag eindeutig nicht in der Nähe des heruntergekommenen Fabrikhofs.
»Darf ich Ihnen einen Frage stellen?« fragte er.
»Ich dachte, das wäre Ihr Job«, sagte der Taxifahrer. Er

sah Bremer nicht an. Sein Blick blieb starr auf die Straße gerichtet.

»Vorhin, als Sie mich gesehen haben«, fuhr Bremer fort, »Sie wollten nicht anhalten, habe ich recht? Ich meine: Ihr gelbes Licht war an, und ich nehme nicht an, daß Sie aus purer Langeweile nachts durch Berlin fahren, sondern wohl eher, weil Sie auf der Suche nach Fahrgästen sind. Trotzdem wären Sie weitergefahren, wenn ich Ihnen nicht quasi vor den Kühler gesprungen wäre. Warum?«

»Was soll das?« fragte der Fahrer. Er sah Bremer immer noch nicht an, sondern blickte weiter starr geradeaus, aber seine Nervosität nahm spürbar zu. »Ich habe Sie ...«

»Ganz deutlich gesehen«, fiel ihm Bremer ins Wort. »Verstehen Sie mich nicht falsch. Ich will Ihnen keinen Ärger machen. Ich habe einen ganz bestimmten Grund für diese Frage. Ihre beiden Kollegen, die ich vorher anhalten wollte, hätten mich um ein Haar über den Haufen gefahren, und Sie hätten es am liebsten auch getan. Ich möchte nur wissen, warum. Antworten Sie ehrlich – auch wenn es noch so verrückt klingt.«

Der Mann schaltete die Scheibenwischer ein und fummelte ein paar Augenblicke an seinem Funkgerät herum, um Zeit zu gewinnen. Er versuchte, Bremer anzusehen, drehte dann aber hastig wieder den Kopf weg, als sich ihre Blicke begegneten. »Ich ... hatte so ein Gefühl«, sagte er ausweichend.

»Ein Gefühl?«

Der Taxifahrer zuckte mit den Schultern. Seine Hände schlossen sich so fest um das Lenkrad, daß der Lederbezug knirschte. »Daß es besser wäre, nicht anzuhalten«, sagte er. »Ich weiß, es klingt komisch. Aber ich ... *wollte* nicht anhalten.« Er zuckte erneut mit den Schultern. »Sie haben gefragt.«

Und er wollte auch nicht mit ihm reden. Wenn Bremer eines deutlich spürte, dann, wieviel Unbehagen es dem Mann bereitete, seine Fragen zu beantworten; vielleicht sogar schon, seine bloße Gegenwart zu ertragen. Nun, es war, wie der Mann gesagt hatte: Er hatte gefragt und eine Antwort bekommen. Er hatte kaum das Recht, sich darüber zu beschweren.

Der Rest der Fahrt verlief in unangenehmem, fast schon ängstlichem Schweigen. Bremer tat es dem Fahrer gleich und blickte starr auf die Straße hinaus, aber ihm entging natürlich nicht, daß der Mann ihn manchmal verstohlen aus den Augenwinkeln musterte, und er konnte die Anspannung, unter der er stand, fast körperlich greifen. Sie brauchten tatsächlich nur gute zehn Minuten, um die Pfarrei St. Peter zu erreichen, aber Bremer war sicher, daß es dem Mann vorkam wie zehnmal so lange.

Als sie in die Straße einbogen, in der die Kirche lag, erlebte er die nächste, unangenehme Überraschung: Zwanzig oder dreißig Meter entfernt und auf der anderen Straßenseite parkte ein dunkelblauer oder schwarzer BMW der Luxusklasse. Die getönten Scheiben waren von innen beschlagen, und gerade, als sie in die Straße einbogen, löste sich eine schattenhafte Gestalt aus einer Toreinfahrt in der Nähe und stieg auf der Beifahrerseite in den Wagen. Daß er auf dieser Seite einstieg bedeutete, das noch ein anderer, der BMW-Fahrer, im Auto saß.

Er fragte sich, wieso er eigentlich überrascht war. Er hatte kein Recht dazu. Offensichtlich hatte er eine der Grundregeln der Polizeiarbeit vergessen: prinzipiell davon auszugehen, daß die andere Seite mindestens genau so gut informiert war wie man selbst, und im Zweifelsfall nicht dümmer, sondern schlauer agierte.

Der Taxifahrer hatte bereits Tempo weggenommen und einen Gang heruntergeschaltet, aber ihm mußte Bremers Reaktion wohl aufgefallen sein, denn er fragte: »Kollegen von Ihnen?« Ohne seine Antwort abzuwarten, bremste er weiter ab und machte Anstalten, unmittelbar hinter dem BMW anzuhalten.

»Nein«, antwortete Bremer. »Nicht unbedingt. Halten Sie auf der anderen Seite. Direkt vor dem Tor.«

Das Taxi beschleunigte wieder und passierte den anderen Wagen so dicht, daß wahrscheinlich nicht einmal mehr der berühmte Bierdeckel dazwischen gepaßt hätte. Als sie auf gleicher Höhe waren, drehte Bremer den Kopf zur Seite und versuchte, einen Blick in das andere Fahrzeug zu erhaschen; allerdings ohne Erfolg. Die getönten Scheiben machten es unmöglich, irgend etwas dahinter zu erkennen.

Sie fuhren ein kleines Stück weiter, wendeten und hielten vor einem überdimensionalen geschmiedeten Metalltor an. Das Gebäude dahinter war nur als Schemen zu erkennen, wirkte aber vielleicht gerade deshalb unheimlich, auf eine schwer in Worte zu fassende Weise fast lebendig. Die Kirche war nicht beleuchtet – was erwartete er, um zwei Uhr nachts? – und eine Sekunde lang fragte er sich, was, zum Teufel, er hier eigentlich tat. Er wußte noch nicht einmal, ob dieser sonderbare Geistliche tatsächlich hier wohnte. Das Pfarrhaus konnte ebenso gut einen Block entfernt sein, oder auch zehn.

»Soll ich auf Sie warten?« fragte der Taxifahrer.

Bremer zog seine Brieftasche hervor und zählte den Fahrpreis ab, den das Taxameter angab, einschließlich eines wirklich großzügig bemessenen Trinkgeldes. Seine impulsive Antwort auf die Frage des Mannes wäre ein klares Ja gewesen – es war gut möglich, daß er an eine verschlossene Tür klopfte, und in dieser Gegend ein neues Taxi zu bekommen, war so gut wie ausgeschlossen. Aber dann sah er hoch und blickte wieder den Wagen auf der anderen Straßenseite an, und das erleichterte ihm die Entscheidung.

»Nein«, sagte er. »Fahren Sie ruhig. Und ... noch etwas. Sind Sie verheiratet?«

»Wie?«

»Wenn Sie es sind, dann nehmen Sie Ihre Familie und fahren ein paar Tage weg.« Bremer griff erneut in die Brieftasche, nahm einen Hunderter und nach kurzem Zögern noch einen zweiten heraus und gab sie dem Fahrer. Damit war er so gut wie pleite, aber das machte nichts. Geld war vermutlich das letzte, was er in den nächsten Tagen brauchte.

»Sie ziehen mich doch da nicht in eine krumme Geschichte hinein?«

»Machen Sie sich einfach ein paar schöne Tage«, sagte

Bremer. Angesichts der Summe, die er dem Mann gegeben hatte, ein lächerlicher Vorschlag, aber mehr hatte er nicht. »Falls jemand kommt und sich nach mir erkundigt, sagen Sie die Wahrheit.«

»Was für eine Wahrheit?« fragte der Fahrer. »Ich weiß doch gar nichts.«

»Eben.« Bremer stieg aus, warf die Tür sehr viel heftiger ins Schloß, als nötig gewesen wäre, und wartete, bis der Wagen abgefahren war. Dabei hielt er den BMW auf der anderen Straßenseite aufmerksam im Auge. Nichts rührte sich. Zumindest fuhren sie nicht gleich hinterher, um den armen Kerl aus dem Verkehr zu ziehen.

Wahrscheinlich sah er zu schwarz, versuchte er sich zu beruhigen. Seine Verfolger hatten anderes zu tun, als einen harmlosen Taxifahrer zu jagen. Sie würden ihm maximal ein paar Fragen stellen und es damit gut sein lassen. Sie wären dämlich, mehr zu tun. Einen Menschen einfach verschwinden zu lassen, wirbelte viel zuviel Staub auf. Trotzdem blieb er reglos stehen und wartete, bis der Wagen hinter der nächsten Biegung verschwunden war. Erst dann drehte er sich herum, öffnete das Tor und trat hindurch.

Augenblicklich vergaß er den Taxifahrer, die Männer im blauen BMW und auch alles andere. Die Szenerie, die sich vor ihm ausbreitete, war durch und durch gespenstisch. Sie hätte aus einem Hammer-Film aus den Fünfzigern stammen können, abgesehen davon vielleicht, daß ihr die rührende Naivität jener Szenarien fehlte. Trotzdem wirkte sie genau so unwirklich – und auf eine ganz und gar nicht schwer in Worte zu fassende Weise furchteinflößend.

Die Kirche war überraschend groß und wirkte dadurch, daß sie vollkommen allein auf dem weitläufigen Grundstück stand, noch größer; ein gotischer Prachtbau, der zu DDR-Zeiten bewußt dem Verfall anheim gegeben worden war und sich diesem mit der Beharrlichkeit wirklich *alter* Gebäude widersetzt hatte. Auf der linken Seite des Grundstückes erstreckte sich das, was einmal ein Friedhof gewesen war: Einige zum Teil vollständig umgestürzte Grabsteine, und zwei oder drei lebensgroße Statuen, die vielleicht

Engel darstellen mochten. Bremer hütete sich, genau hinzusehen. Es gab Dinge, die man schon durch Blicke wecken konnte – vor allem solche, die in einem selbst waren.

Sehr viel hätte er ohnehin nicht erkennen können. Trotz des noch immer anhaltenden leichten Nieselregens war Nebel aufgekommen, der nicht sehr dicht war, trotzdem aber alles ineinanderfließen ließ, was weiter als zwanzig oder dreißig Schritte entfernt lag. Außerdem hatte er die unangenehme Eigenschaft, den Eindruck von Bewegung zu erwecken, wo keine war. Und in dem Zustand, in dem sich Bremer befand, tat er vielleicht gut daran, seiner Fantasie nicht noch mehr Nahrung zu geben.

Er beschleunigte seine Schritte, eilte die breite Treppe zum Kirchenportal hoch und vermied es dabei ganz bewußt, das Gebäude zu genau zu betrachten. Rechts und links, aber auch über dem Portal, starrten ihn dämonenköpfige Wasserspeier und verschnörkelte Gargoylen an; noch mehr Futter für seine Fantasie, das er in Moment nun wirklich nicht gebrauchen konnte.

Trotzdem blieb er noch einmal stehen und sah sich um, ehe er die Hand nach dem Türgriff ausstreckte. Wenn es so etwas wie ein Pfarrhaus gab, dann lag es entweder genau auf der anderen Seite oder war hinter den immer dichter werdenden Nebelschwaden verborgen. Höchstwahrscheinlich gab es keines.

Bremer gestand sich ein, daß er alles andere als professionell vorging. Von dem Moment an, in dem er Angela in seine Wohnung gelassen hatte, hatte er so ziemlich alles falschgemacht, was man nur falsch machen konnte.

Aber schließlich hatte ihn auch niemand auf eine *solche* Situation vorbereitet.

Er verscheuchte den Gedanken, streckte die Hand aus und drückte die schwere Klinke nach unten. Wenn er Vater Thomas nicht antraf, dann hatte er wenigstens ein trockenes Plätzchen, an dem er den Rest der Nacht zubringen konnte. Vielleicht fand er sogar ein paar Stunden Schlaf. Er war sehr müde. Die Zeiten, in denen er ganze Nächte durchmachen und am nächsten Morgen unbeeindruckt weitermachen konnte, als wäre nichts geschehen, waren schon lange vorbei.

Die Tür war sehr schwer, aber nicht verschlossen, und als Bremer sich mit immer noch höllisch schmerzender Schulter dagegen stemmte und sie aufschob, sah er, daß dahinter noch Licht brannte, auch wenn es sich nur um einen blassen, rötlich gelben Schimmer handelte. Er trat nicht gerade durch die Tür, sondern schraubte sich mit einer Dreihundertsechzig-Grad-Drehung hindurch, um noch einen letzten Blick auf den Wagen auf der anderen Straßenseite zu werfen. Hinter den getönten Scheiben rührte sich immer noch nichts, aber für einen kurzen Moment, vielleicht nur den hundertsten Teil einer Sekunde, glaubte er einen hektischen Tanz der Schatten zu beobachten, als hätten sich tausende rauchiger Nebelfalter aus ihrem Versteck jenseits der Wirklichkeit gelöst und umkreisten das Fahrzeug.

Bremer blinzelte, und die Vision verschwand. Offenbar begann er allmählich *wirklich* zu halluzinieren. Es wurde Zeit, daß er ein wenig Schlaf bekam.

Er schloß die Tür, machte einen Schritt in die Kirche hinein und blieb wieder stehen, um sich umzusehen. Im ersten Moment war er verwirrt. Vor ihm erstreckte sich nur ein gutes Dutzend wuchtiger Bankreihen, vor denen sich ein unerwartet schlichter Altar unter einem gewaltigen Holzkreuz erhob. Offenbar hatten die Architekten des Gebäudes zu einem optischen Trick gegriffen, der es von außen sehr viel größer erscheinen ließ, als es war. Das einzige Licht kam von zwei ungleich heruntergebrannten Kerzen auf dem Altar, die viel mehr Schatten als Helligkeit entstehen ließen. Und auch mit der Akustik hier drinnen stimmte etwas nicht. Als Bremer weiterging, erzeugten seine Schritte lang nachhallende, hohle Echos, als befände er sich tatsächlich in einer Kathedrale, nicht in einer Kirche, die eher das Attribut *klein* verdiente.

Während er langsam zwischen den Bankreihen hindurchging, ließ er seinen Blick nach rechts und links schweifen. Es war allerdings müßig. Das Licht der beiden

Kerzen reichte nicht aus, die Abgründe zwischen den schweren Eichenbänken zu erhellen. Die Vorstellung, was sich alles in diesen schwarzen Schluchten verbergen mochte, hätte ihn mit Unbehagen erfüllt, hätte er sich solche Gedanken gestattet.

Er tat es nicht, aber ein anderer, ebenso unheimlicher Gedanke überkam ihn, während er sich dem Altar näherte. Bremer bezeichnete sich selbst als religiös – in seinem ganz privaten Sinne –, hatte aber nie viel mit der Kirche am Hut gehabt. Er verabscheute jede Art von Zwang, und Reglementierungen im vielleicht privatesten aller Bereiche, der Frage nach Gott oder einem gleich wie gearteten höheren Wesen, erst recht. Trotzdem hatte er Kirchen stets als einen Ort der Zuflucht empfunden, einen Platz, der Vertrauen und Geborgenheit ausstrahlte, und der offen für die war, die keinen anderen Ort mehr hatten, an den sie gehen sollten.

Diese Kirche war das genaue Gegenteil. Alles hier verströmte Furcht, schlimmer noch: *Ablehnung*. Er sollte hier nicht sein. Niemand sollte hier sein. Die Schatten, jeder Quadratzentimeter des Bodens, jeder Stein, jedes Molekül der Luft schrien ihm zu, daß er gehen sollte, diesen Ort fliehen, der ein Hort der Schatten und der Angst war, kein Platz für Menschen. Bremer versuchte, auch diesen Gedanken zu verscheuchen, aber es gelang ihm nicht. Vielleicht, weil es sich dabei nicht *nur* um Einbildung handelte.

Hinter ihm raschelte etwas.

Das Geräusch war sehr leise, in der vollkommenen Stille hier drinnen aber ganz deutlich zu vernehmen. Bremer fuhr erschrocken herum, riß die Augen auf und versuchte die Schwärze hinter sich mit Blicken zu durchdringen. Sein Herz pochte. Ohne es zu wollen, wich er einen Schritt zurück und prallte schmerzhaft mit den Nieren gegen die steinerne Kante des Altars.

Der plötzliche, heftige Schmerz stach wie ein Leuchtfeuer durch die Unwirklichkeit, die ihn umgab. Weil er so unerwartet kam, empfand Bremer den Schmerz als doppelt schlimm. Für einen Moment wurde ihm schwindelig. Er stöhnte, preßte die linke Hand in die Nierengegend und blinzelte ein paarmal, um klarer sehen zu können.

Das Rascheln wiederholte sich. Es war lauter, und diesmal konnte Bremer die Richtung orten, aus der es kam: rechts von ihm, und hinter der dritten oder vierten Bankreihe. Bremer starrte so konzentriert in diese Richtung, daß seine Augen weh taten. Er sah nichts. Die Dunkelheit schien nur noch tiefer zu werden, füllte sich mit etwas, das vielleicht keinen Körper, sehr wohl aber Substanz hatte.

Das Rascheln und Schleifen erklang zum drittenmal, und diesmal hörte es nicht wieder auf, sondern hielt an und wurde zugleich lauter, und dann richtete sich ein Schatten zwischen den Bankreihen auf, riesig, verzerrt und schwarz, wuchs weiter und weiter und weiter und ...

... wurde zu einem Menschen.

Bremer konnte nicht sagen, wer überraschter war – Thomas oder er. Der Geistliche blinzelte ihn aus Augen an, die noch trüb und verquollen vom Schlaf waren. Sein Gesicht war unnatürlich blaß, und der Umstand, daß er mit Ausnahme seines weißen Priesterkragens vollkommen schwarz gekleidet war, ließ es scheinbar schwerelos im Nichts schweben. Bremer erkannte ihn sofort und ohne den geringsten Zweifel, obwohl er ihn nur ein einziges Mal gesehen hatte, und auch das nur für wenige Minuten. Trotzdem beruhigte sich sein hämmernder Puls nicht, sondern raste nur noch schneller, und sein Atem ging so schnell, daß er kurz davor stand, zu hyperventilieren.

»Herr ... Bremer?« Thomas blinzelte ein paarmal und hob eine ebenfalls geisterhaft im Nichts schwebende Hand, um sich schlaftrunken damit über die Augen zu fahren. Ganz offensichtlich hatte er lang ausgestreckt auf der Bank gelegen und geschlafen.

»Vater Thomas.« Bremer hustete, um sein Keuchen zu überspielen. »Es tut mir leid, wenn ich ...«

»Sie haben mich nicht gestört. Im Gegenteil.« Thomas stand auf. Die Muskeln an seinem Hals traten sichtbar hervor, als er ein Gähnen unterdrückte, und seine ganze Haltung wirkte entspannt. Wäre er allein gewesen, dann hätte er sich jetzt herzhaft gereckt. Während er sich mit kleinen, ungelenk wirkenden Schritten zwischen den Bankreihen ins Freie schob, fuhr er fort: »Ich muß mich entschuldigen. Ich wollte nicht einschlafen. Aber ich war müde, die Zeit verging ...« Er zuckte mit den Schultern und lächelte verlegen. »Manchmal ist das Fleisch eben doch stärker als der Geist.«

Er kam langsam auf Bremer zu und gähnte nun doch, ungeniert und mit weit offenem Mund. Zumindest hatte er jetzt wieder einen Körper. Die Schwärze hinter ihm war dunkelgrau geworden, so daß sich seine Gestalt deutlich davor abhob. Bremer ertappte sich dabei, Thomas' Schultern einer ganz besonders eingehenden Musterung zu unterziehen. Wonach suchte er eigentlich? Nach Flügeln? Lächerlich!

Thomas schob umständlich den Ärmel hoch und sah auf die Uhr. »Sie kommen spät.«

»Sagen Sie nicht, Sie hätten mich erwartet«, sagte Bremer. »Vor einer Stunde wußte ich selbst noch nicht, daß ich herkommen würde.« Wenn er ganz ehrlich war, dann wußte er auch jetzt noch nicht genau, warum er eigentlich hier war. Vielleicht nur aus einem Gefühl heraus. Und vielleicht dem Umstand, daß Vater Thomas die einzige, jämmerliche Spur war, die er in dieser Geschichte hatte.

»Sollte ich Sie lieber fragen, warum Sie hier sind – mitten in der Nacht?« fragte Thomas lächelnd. Er schüttelte den Kopf. Es war fast unheimlich: Bremer konnte regelrecht sehen, wie die Müdigkeit aus seinem Gesicht verschwand. Für eine Sekunde überkam ihn ein vollkommen absurder Neid auf Thomas' Jugend und die Energie, die noch in seinem Körper steckte. »Wir beide wissen, warum Sie hier sind. Ich habe Sie erwartet – oder vielleicht sollte ich besser sagen: Ich habe befürchtet, daß Sie kommen.«

Seine Worte hatten eine seltsame Wirkung auf Bremer: Einerseits jagten sie ihm schon wieder einen eisigen Schauer über den Rücken, aber andererseits begann er sich auch ganz ernsthaft zu fragen, ob wirklich so viel dahinter steckte, wie es schien, oder ob es sich nicht vielmehr um pure Effekthascherei handelte. Thomas redete, ohne wirklich etwas zu sagen. Möglicherweise mit Absicht.

Sein Atem hatte sich wieder soweit beruhigt, daß er zumindest seine Stimme unter Kontrolle hatte, als er antwortete. »Ich bin hier, um Ihnen ein paar Fragen zu stellen.«

»Um diese Zeit?«

Bremer hob die Schultern. »Der eine arbeitet nachts um halb drei, der andere schläft in seiner Kirche. Wie es scheint sind wir beide in der glücklichen Lage, uns unsere Arbeitszeit frei einteilen zu können.«

Thomas lächelte weiter, aber es wirkte jetzt nicht mehr ganz echt, und in seinen Augen erschien ein fragender, ganz leicht beunruhigter Ausdruck. Bremer kannte diesen Blick gut genug, um zu wissen, daß er auf dem richtigen Weg war.

»Was haben Sie gestern morgen in der Baldowstraße gemacht?« fragte Bremer. »Und jetzt sagen Sie mir nicht, daß Sie zufällig vorbeigekommen sind. Ich glaube nicht an Zufälle. Und ganz davon abgesehen ist die Gegend eine halbe Stunde von hier entfernt.«

»Ich habe einem Menschen die Sterbesakramente gegeben«, antwortete Thomas, immer noch lächelnd, aber in verändertem Ton. Er war verunsichert und bereits in der Defensive, was Bremer ein wenig erstaunte. Er hatte nicht damit gerechnet, so leichtes Spiel mit dem Geistlichen zu haben. Bekamen Sie nicht Unterricht in Rhetorik und Diskussionstechniken? »Ist dagegen etwas zu sagen?«

»Das kommt vielleicht immer auf den Menschen an«, antwortete Bremer. »Aber es beantwortet nicht meine Frage: Was haben Sie dort gesucht? Es war kein Zufall.«

»Und wenn doch?« Thomas klang jetzt trotzig. Seine Verteidigung brach sozusagen mit Lichtgeschwindigkeit zusammen. Gut. Statt sich weiter langsam an ihn heranzupirschen und seine Verteidigung zu unterminieren, beschloß Bremer, zum Frontalangriff überzugehen.

»Dann war es auch Zufall, daß Strelowsky keine zwölf Stunden später praktisch vor Ihrer Haustür tot aufgefunden wurde?«

»Rosens Rechtsanwalt?« Thomas nickte. »Der war hier. Gestern abend.«

»Hier? Bei Ihnen? Meine Kollegen haben gesagt, Sie hätten nichts gehört und nichts gesehen.«

»Ihre Kollegen hätten das nicht verstanden«, antwortete Thomas. »Ich hielt es für besser, nichts zu sagen. Dies ist keine Polizeiangelegenheit, Herr Bremer.«

»Sie wissen, daß Sie sich damit strafbar gemacht haben«, sagte Bremer ernst. »Ich könnte Sie auf der Stelle verhaften … eigentlich müßte ich es sogar.«

»Wollen Sie das Schicksal verhaften?« fragte Thomas spöttisch.

Nein, er würde sich nicht auf dieses pseudoesoterische Gerede einlassen. »Sie sind nicht das Schicksal, Thomas«, sagte Bremer ernst. »So, wie ich das sehe, sind Sie nur jemand, der sich ganz toll dabei vorkommt, die graue Eminenz im Hintergrund zu mimen. Sind Sie es? Oder sind Sie nur ein Wichtigtuer?«

»In beiden Fällen müßten Sie mich verhaften, nicht wahr?«

»Vielleicht sind Sie ja einfach nur jemand, der Informationen zurückhält, die zur Aufklärung eines Verbrechens nötig sind«, antwortete Bremer kühl. »In diesem Fall *werde* ich Sie verhaften, darauf gebe ich Ihnen mein Wort.«

»Verhaften? Haben Sie denn gar keine Angst vor der Macht, der ich diene?«

Bremer lachte. »Nehmen Sie es mir nicht übel, Hochwürden – aber Sie haben anscheinend die letzten zwanzig Jahre verschlafen, nicht nur ein paar Stunden. Niemand hat mehr Angst vor der Kirche. Im Gegenteil. Heutzutage gilt es als chic, sich mit ihr anzulegen.«

»Ich habe nicht von der Kirche gesprochen«, sagte Thomas ernst. Er seufzte. »Warum lassen wir das nicht? Sie sind nicht hierhergekommen, und ich habe nicht auf Sie gewartet, nur damit wir uns gegenseitig bedrohen können. Ich kann Ihnen sagen, was Sie wissen wollen, aber es wird Ihnen nicht gefallen. Und ich glaube, im Grunde wissen Sie es auch bereits.«

»Sie wissen, wer Rosen getötet hat.«

»Und alle anderen, ja. Und wer weiter töten wird.«

»Wer?« fragte Bremer. Die Schatten hinter Thomas begannen sich zu bewegen, ballten sich zusammen und trieben wieder auseinander, einen unendlich kurzen Moment, bevor sie wirklich Gestalt annehmen konnten. Diesmal.

»Sie werden keinen Erfolg haben, wenn Sie nach einem Mörder aus Fleisch und Blut suchen, Herr Bremer«, antwortete Thomas. »Rosens Obduktion hat ergeben, daß er Selbstmord begangen hat, so wie alle anderen auch, habe ich recht?«

Bremer wußte es – zumindest in Rosens Fall – nicht einmal genau, aber er nickte trotzdem. »Wollen Sie mir erzählen, daß es ein ... Geist war?« fragte er. Die beiden letzten Worte hatten spöttisch klingen sollen, aber er hörte selbst, daß seine Stimme einfach nur schrill wurde. Hysterisch.

»Geist ... Das ist ein so großes Wort.« Thomas schüttelte den Kopf, kam auf ihn zu und schmiegte beide Hände um die Kante des Altars. Als er weitersprach, war sein Blick starr auf das schmucklose Holzkreuz darüber gerichtet, aber Bremer war nicht sicher, daß der Geistliche wirklich dasselbe sah wie er.

»Wie definieren Sie es? Als reine Energie, die einen Klumpen Fleisch und Flüssigkeiten zum Leben erweckt? Als göttlichen Funken? Oder vielleicht als eine Art Wesen aus einer anderen Dimension?«

»Woher soll ich das wissen?« fragte Bremer grob. »Für solche Fragen sind Sie doch wohl eher zuständig.«

Thomas lachte; sehr leise und ohne Humor. »Es gab eine Zeit, da war ich derselben Meinung, Herr Bremer. Sie ist lange vorbei.«

»Und was glauben Sie heute?« fragte Bremer. Er versuchte sich dagegen zu wehren, aber erfolglos: Thomas' Worte erfüllten ihn mit einem eiskalten Frösteln. Vielleicht, weil sie eine Wahrheit enthielten, die er tief in seinem Inneren schon lange erkannt hatte.

Endlose Sekunden verstrichen, reihten sich zu einer Minute und vielleicht noch einer, ehe Thomas antwortete, und als er es tat, da war seine Stimme sehr leise und ging mit keinem Wort auf Bremers Frage ein. »In gewissem Sinne haben sie sich selbst getötet, Herr Bremer. Das Wesen, über das wir reden, hat nur Macht über die Schuldigen. Ihnen gegenüber aber ist es gnadenlos.«

»Das ... Wesen?« Bremer nahm keine Rücksicht mehr darauf, was er wem und wann versprochen hatte. Es spielte keine Rolle. Jetzt nicht mehr. Thomas' Worte hatten einen Schrecken heraufbeschworen, den er noch gar nicht ganz erfassen konnte, der aber ungeheuerlich war. »Das ist unmöglich, Thomas. Azrael existiert nicht mehr. Er ist zusammen mit Marc gestorben!«

»Wie kann etwas sterben, was nie gelebt hat?« Thomas riß seinen Blick endlich von dem hölzernen Kruzifix los und sah Bremer an. Seine Augen brannten. »Sie sollten doch am besten wissen, daß der Unterschied zwischen Leben und Tod nicht so endgültig ist, wie die meisten Menschen glauben.«

»Was soll das heißen?« fragte Bremer.

»Das Wesen, über das wir reden, ist nicht aus dieser Welt«, antwortete Thomas. »Oh, es ist aus Fleisch und Blut, wenn Sie das meinen. Es hat einen Körper, und es kann töten, und ich bete zumindest darum, daß es auch getötet werden kann. Es lebt in den Schatten, aber es wittert die Sünde wie ein Raubfisch das Blut im Wasser, und wenn es ans Licht tritt, dann ist es erbarmungslos.«

»Woher ... wissen Sie das alles?« fragte Bremer stokkend. Die Angst war wieder da. Eine immer stärker werdende, irrationale Furcht, mit der ihn Thomas' Worte erfüllten, so unglaublich sie auch klingen mochten. Sie taten es nicht einmal. Sie *sollten* es, aber sie weigerten sich einfach, es zu tun. Großer Gott, er war ein moderner, rational denkender Mensch, der in wenigen Monaten den Schritt ins einundzwanzigste Jahrhundert tun würde, der als Jugendlicher die erste Mondlandung im Fernsehen beobachtet hatte und der tagtäglich und mit der größten Selbstverständlichkeit mit einer Technik umging, die es noch vor zwanzig Jahren nur in Science-fiction-Romanen gegeben hatte. Und er stand hier und redete über Geister und Dämonen, über Geschichten, mit denen man allenfalls kleine Kinder erschrecken konnte, und wahrscheinlich nicht einmal mehr das. Und trotzdem krümmte sich in ihm etwas vor Angst. Etwas, das jenseits aller Zweifel einfach *wußte*, daß all diese Geschichten wahr waren. Sie und noch andere, schlimmere.

»Ich weiß es nicht«, antwortete Thomas. »Vielleicht hatte ich eine Vision. Vielleicht hat …«, er sah das Kreuz über sich an, »… Gott mit mir gesprochen. Vielleicht war es auch etwas anderes. Ich weiß nur, daß wir es aufhalten müssen, denn es wird nicht von selbst aufhören. Es wird weiter töten und weiter töten.«

»Solange es Schuldige findet?«

Thomas wurde zornig. »Und wer von uns ist ohne Schuld?« bellte er. »Wer von uns hat noch nie etwas getan, das er bereut hätte? Wer hat noch nie etwas getan, dessen er sich geschämt hätte, noch nie einem anderen Leid zugefügt, ihm Unrecht getan? Wo ist die Grenze? Wer hat den Tod verdient? Rosen, der unschuldige Kinder getötet hat, weil er krank war und nicht anders konnte? Der Anwalt, der die Gesetze so weit gebeugt hat, bis er freigelassen werden mußte? Die falschen Zeugen, die ihm ein Alibi verschafft haben? Der Richter, der seine Freilassung unterschrieben hat, obwohl er ganz genau wußte, daß er schuldig war? Sie, weil Sie nicht genug Beweise zusammengetragen haben, um ihn endgültig dingfest zu machen? Sagen Sie mir, wann es genug ist! Wer leben darf, und wer nicht!«

Bremer war regelrecht sprachlos. Thomas hatte sich so in Rage geredet, daß er die letzten Sätze beinahe geschrien hatte und seine Worte als vielfach gebrochenes Echo von den gotischen Spitzbogen über ihren Köpfen widerhallten, verzerrt und mit geflüsterten, unheimlichen Kommentaren versehen, als wisperten die Schatten ihre Zustimmung.

»Finden Sie das komisch?« fragte Thomas.

Bremer wurde erst jetzt klar, daß sich seine Lippen zu einem schmalen Lächeln verzogen hatten, und er schüttelte hastig den Kopf. »Nein«, sagte er. »Ganz und gar nicht. Ich mußte nur an Nördlinger denken. Meinen Chef. Es ist erst ein paar Stunden her, da hat er mir einen Vortrag über Selbstjustiz gehalten. Ich meine ... Sie und er haben verschiedene Worte benutzt, aber im Grunde haben Sie dasselbe gesagt. Obwohl der eine über göttliche und der andere über irdische Gerechtigkeit gesprochen hat.«

»Vielleicht ist der Unterschied gar nicht so groß, wie Sie glauben«, meinte Thomas.

»Und wenn doch?« Bremer deutete auf das Kreuz, aber Thomas wußte so gut wie er, was er wirklich meinte. »Wenn das, was wir erleben, gerade göttliche Gerechtigkeit ist?«

»Dann diene ich dem falschen Gott«, sagte Thomas hart.

»Das könnte man als Gotteslästerung auslegen«, sagte Bremer.

»Kaum.« Thomas machte eine wegwerfende Geste. »Ich weiß, daß es nicht so ist. Gott ist nicht so grausam. Wäre er es, dann hätte er die Menschheit schon vor langer Zeit ausgelöscht.«

»Vielleicht die andere Seite?«

»Satan?« Thomas schüttelte energisch den Kopf. Dann lachte er. »Glauben Sie an Gott, Herr Bremer? Ich meine an einen alten Mann mit weißem Haar und einem langen Bart, der auf dem Himmelsthron sitzt und den Engeln beim Harfespielen zusieht?«

»Natürlich nicht.«

»Wieso stellen Sie sich Satan dann als blutrünstiges Ungeheuer mit Hörnern auf dem Kopf vor, das seine dämonischen Diener ausschickt, um Menschen zu töten?« wollte Thomas wissen. »Ich weiß, daß es das Böse in der Welt gibt, aber es ist nicht so leicht zu erkennen. Es wäre schön, wäre es so.«

»Ich habe das Ding gesehen, Thomas«, flüsterte Bremer. Er war fast selbst überrascht, sich diese Worte reden zu hören. Bisher hatte er nicht einmal sich selbst gegenüber zugegeben, die ... *Kreatur* wirklich gesehen zu haben, und jetzt vertraute er sich einem quasi vollkommen Fremden an.

»Was?«

»Ich weiß es nicht«, gestand Bremer. »Ich habe so etwas noch nie zuvor gesehen. Ich weiß nicht, was es war. Aber es war grauenhaft. Ein Ungeheuer. Zu nichts anderem gut, als zu töten.«

»Dieses Geschöpf hat nichts mit Gott oder dem Teufel zu tun«, behauptete Thomas. »Es wurde von Menschen erschaffen, glauben Sie mir. Und was Menschen erschaffen haben, das können Menschen auch wieder zerstören.«

Ja, dachte Bremer. *Wenn es vorher nicht sie zerstört.*

Das Gespräch hatte sich in eine vollkommen andere Richtung entwickelt, als er erwartet hatte – obwohl er im Grunde gar nichts erwartet hatte –, und er fühlte sich nun auf eine vollkommen andere Art unbehaglich als noch vor wenigen Minuten. Die Kirche hatte alles Gespenstische verloren. Statt eines Hortes unheimlicher Schatten und unausgesprochener Bedrohungen sah Bremer sie nun nur noch als das, was sie auch war: ein Haufen alte Steine und morsches Holz, in den sich Feuchtigkeit und Kälte eingenistet hatten; und vermutlich ganze Heerscharen von Ungeziefer. Obwohl sie in den letzten zehn Minuten mehr und intensiver über Geister, Gott, Dämonen, den Teufel und allen anderen metaphysischen Humbug geredet hatten, als Bremer es jemals zuvor im Leben getan hatte, und obwohl er nach diesem Gespräch einfach nicht mehr umhin kam, die Existenz solcherlei Dinge zumindest in Betracht zu ziehen, schien ihr Gespräch die Bedrohung, der er sich ausgesetzt sah, trotzdem greifbarer gemacht zu haben. Sie sprachen über etwas, das er in Ermangelung eines besseren Wortes als Dämon bezeichnete. Gut. Wenn er noch immer nicht daran glauben wollte, daß es sich tatsächlich um einen solchen handelte, dann war es seine Aufgabe, eine andere Erklärung zu finden. Dinge zu erkennen, die nicht das waren, was sie zu sein vorgaben, war schließlich sein Job. Und er war ziemlich gut darin.

»Was werden Sie jetzt tun?« fragte Thomas nach einer Weile.

»Einer von uns sollte vielleicht beten«, antwortete Bremer mit einem schiefen Grinsen.

»Eine gute Idee«, sagte Thomas. »Und was tun *Sie*?«

Bremer lachte kurz. »Ich muß herausfinden, was damals wirklich passiert ist«, sagte er. »Bisher war ich der Meinung, daß nach Sillmanns Tod alles zu Ende gewesen wäre. Ich weiß im Moment nur noch nicht, wie.« Das entsprach nicht ganz der Wahrheit. Er hatte zumindest zwei Punkte, an denen er ansetzen konnte. Der eine befand sich am anderen Ende der Stadt und schlief im Moment wahrscheinlich tief, aber der andere war nur ein paar Meter entfernt auf der anderen Straßenseite. Bei dem bloßen Gedanken sträubten sich ihm zwar die Haare, aber andererseits rechneten die Agenten wahrscheinlich mit allem – nur nicht damit, daß er zum Angriff überging.

»Sie haben nicht zufällig eine Waffe, die Sie mir leihen könnten?« fragte er.

Thomas starrte ihn nur an, und Bremer hob seufzend die Schultern. »Es war ja nur eine Frage. Aber Sie können mir doch wenigstens zeigen, wie ich ungesehen hier herauskomme, oder?«

15

Look war so betrunken, daß er den Schlüssel erst beim dritten oder vierten Versuch ins Schloß bekam und dann eine geschlagene Minute damit verschwendete, herauszubekommen, in welche Richtung er ihn drehen mußte, um die Tür aufzubekommen. Als er es endlich geschafft hatte, fiel er der Länge nach in den Hausflur und schlug sich die Nase blutig.

Das Glück des Betrunkenen war trotzdem auf seiner Seite: Einen Schritt weiter nach links, und er wäre genau in den Kinderwagen gestürzt, den die blöde Kuh aus dem dritten Stock wieder einmal dort abgestellt hatte, und dabei hätte er sich *wirklich* übel verletzen können. Der Buggy stand nicht nur entgegen der Hausordnung und ungeachtet aller Proteste der anderen Hausbewohner da, sondern bestand aus ehemals plastikgeschützten, mittlerweile aber unverkleideten Metallspitzen und -kanten, die geradezu zum Augenausstechen und Schlagaderaufschlitzen einluden. Wieso *Madam-ich-habe-ein-Baby-und-schere-mich-deshalb-einen-Dreck-um-alle-anderen* ihr ununterbrochen plärrendes Balg nicht schon vor Monaten daran aufgespießt hatte, war Look ein Rätsel. Vielleicht würde er das ja nachholen, wenn er ihr das nächstemal begegnete.

Er arbeitete sich mit einiger Mühe in die Höhe, fuhr sich mit dem Handrücken über das Gesicht und betrachtete sekundenlang verständnislos das Blut, das daran klebte. Es war nicht viel, nur ein paar Tropfen, und erst jetzt spürte er auch den brennenden Schmerz in seiner Oberlippe. Look fuhr sich vorsichtig mit der Zungenspitze über die Zähne, stellte erleichtert fest, daß sie noch alle da waren und keiner wackelte, und wischte sich die Hand an der Hose sauber. Der brennende Schmerz sorgte dafür, daß sein Geist für einen Moment aus dem Alkoholnebel auftauchte, den er im Laufe des Abends mühsam darüber gelegt hatte, und er wieder fast klar denken konnte. Nicht, daß ihm das gefiel. Er hatte sich mit voller Absicht betrunken, aus keinem anderen Grund als dem, am Ende dieses Tages so abgefüllt zu sein, daß er sich nicht einmal mehr an seinen Namen erinnern konnte, geschweige denn an irgend etwas anderes. Aber es hatte sowieso nicht funktioniert. Der Scheiß-Alkohol hatte zwar dafür gesorgt, daß er zu voll war, um die Tür aufzuschließen und dabei auf die Fresse fiel, aber die Erinnerung hatte er nicht betäubt. Irgendwie tat er das nie. Dafür würde er sich morgen früh gotterbärmlich fühlen.

Look rappelte sich endgültig hoch, versetzte dem Kinderwagen einen Tritt, der ihn zwei Meter auf die Kellertreppe zuhoppeln ließ (leider nicht weit genug, daß er die Stufen hinunterfiel und dabei in Stücke brach, wie er es sich gewünscht hätte) und wankte zum Lichtschalter, erwischte ihn jedoch nicht gleich, so daß er einen Moment ziellos im Dunkeln herumtasten mußte, um den klobigen Schalter zu finden. Das blöde Ding befand sich nicht dort, wo es eigentlich sein sollte, nämlich in Griffweite neben der Haustür, sondern an der gegenüberliegenden Wand, und zwar anscheinend jedesmal an einer anderen Stelle. Aber in diesem verdammten Haus war ja nichts so, wie es sein sollte. In diese Bruchbude zu ziehen, war die zweitdümmste Idee seines Lebens gewesen.

Anstelle des Lichtschalters ertasteten seine zitternden Finger etwas Kleines, Hartes mit zu vielen Beinen, das blitzschnell davonhuschte, als er es berührte. Look zog angeekelt die Hand zurück, wartete, bis sich sein trommelnder Herzschlag wieder einigermaßen beruhigt hatte und versuchte es dann erneut. Diesmal setzte er die Hand mit gespreizten Fingern auf dem rissigen Putz auf und ließ sie wie eine fünfbeinige Spinne auf den Lichtschalter zuwandern, um jedem anderen Bewohner der Wand Gelegenheit zu geben, sich in Sicherheit zu bringen. Diese verdammte Bruchbude hatte mehr Kakerlaken und Spinnen als er Haare auf dem Kopf.

Schließlich ertasteten seine Finger das spröde gewordene Bakelit und legten den Schalter mit einem schweren *Klack* um. Augenblicklich erfüllte trübes Zwielicht den Hausflur, und der Drei-Minuten-Automat begann mit seinem hektischen Klickern. Diese drei Minuten waren übrigens gelogen. Wahrscheinlich hatte der Hausmeister ihn aus purem Geiz auf dreißig Sekunden eingestellt – aus dem gleichen Geiz heraus, aus dem er immer nur eine zwanziger Birne in die Treppenhauslampe schraubte. Es war Look jedenfalls noch nie gelungen, seine Wohnung im vierten Stock zu erreichen, bevor das Scheißding abgelaufen war. Nicht einmal nüchtern – was allerdings selten vorkam.

Look bedachte den Aufzug mit einem schrägen Blick und wandte sich dann mühsam in die entgegengesetzte Richtung. Als er eingezogen war – vor sechs Jahren! – hatte ein Schild an den Aufzugtüren gehangen: AUSSER BETRIEB. Das Schild war irgendwann einmal entfernt worden, aber der Aufzug nie repariert. Er hatte einmal gelesen, daß es eine Bauvorschrift in dieser Stadt gab, nach der jedes Gebäude über vier Stockwerke über einen Aufzug verfügen mußte. Anscheinend stand in dieser Vorschrift nichts davon, daß dieser Aufzug auch funktionieren mußte.

Er beeilte sich, um wenigstens die erste Etage zu erreichen, bevor das Licht ausging, und um ein Haar hätte er es sogar geschafft. Leider entfaltete der Alkohol seine Wirkung jetzt schneller, als seine Beine ihren Dienst versahen: Auf der vorletzten Stufe stolperte er, stürzte nach vorne und prellte sich schmerzhaft beide Handgelenke, als er versuchte, seinen Sturz abzufangen. Diesmal tat es einfach nur weh, aber sein Kopf wurde kein bißchen klar. Dann ging das Licht aus.

Und Look spürte, daß er nicht mehr allein war.

Das Gefühl war so intensiv, daß er im ersten Moment tatsächlich glaubte, jemand hätte ihn berührt. Er stieß einen kleinen, keuchenden Schrei aus, wirbelte herum und verlor dadurch endgültig den Halt: Er fiel auf die Seite, rutschte zwei, drei Stufen weit wieder hinab und schrammte an jeder einzelnen schmerzhaft mit dem Hüftknochen entlang, ehe er zur Ruhe kam.

Diesmal machte ihn der Schmerz wach. Schlagartig und für einige Sekunden war er vollkommen klar. Aber das Gefühl, daß noch jemand *(Etwas)* mit ihm hier drinnen war, blieb.

Look sah sich aus weit aufgerissenen Augen um. Er war von vollkommener Dunkelheit umgeben. Das Licht, das durch die Haustür hereinfiel, reichte nicht bis hierher, und er sah nicht einmal die sprichwörtliche Hand vor Augen. Aber er *spürte*, daß er nicht allein war. Irgend etwas war da, ganz in seiner Nähe. Etwas Großes. Etwas Gefährliches. Etwas, das ihn belauerte.

»Ist da jemand?« fragte Look.

Er bekam keine Antwort, aber nun glaubte er, etwas wie ein Atmen zu hören. Vielleicht auch nicht wirklich ein Atmen. Eher das Geräusch, das entstehen mochte, wenn ein gigantisches Insekt Luft durch seine Tracheen pumpte.

»Ist da jemand?« fragte Look noch einmal. Er schrie fast. Sein Herzschlag begann zu rasen, und er spürte, wie eiskalte Panik in ihm emporkroch. Er bekam noch immer keine

Antwort, aber die unheimlichen Atemgeräusche schienen lauter zu werden. Näher zu kommen?

Look wollte aufspringen und davonstürzen, aber die Furcht nagelte ihn fest. Er begann am ganzen Leib zu zittern, und vor seinem inneren Auge nahmen alle nur vorstellbaren Schrecken (und ein paar unvorstellbare) in der Dunkelheit vor ihm Gestalt an, und diese grauenhaften Tracheengeräusche waren nun eindeutig näher gekommen. Look wehrte sich verzweifelt und vergebens gegen die Vorstellung eines gigantischen, rasiermesserscharfen Mandibelpaares, das dicht vor seinem Gesicht auseinanderklappte und auf seine Kehle zuschrammte ...

Über ihm wurde eine Tür aufgerissen, und einen Augenblick später flammte die Treppenhausbeleuchtung mit ihren ganzen gewaltigen zwanzig Watt auf. Die Treppe vor ihm war leer. Keine Riesenkakerlake. Kein Schatten. Kein Atmen. Look war allein.

»Was zum Teufel ist denn hier los?!« keifte eine Stimme über ihm. Look drehte mit einiger Mühe den Kopf und blickte in ein pausbäckiges Gesicht, aus dem ihn ein Paar winziger boshafter Augen voller Zorn anfunkelten. Neben der militanten Babymutter aus dem Dritten war Frau *Ichbin-ja-so-wichtig* die Person, die Look im Haus am allerwenigsten leiden konnte. Im Moment allerdings vermochte er sich kaum einen schöneren Anblick vorzustellen als ihr Gesicht. Er stemmte sich halb in die Höhe und setzte dazu an, etwas zu tun, was ihr vermutlich vor lauter Unglauben einen Schlaganfall beschert hätte – nämlich sich bei ihr zu entschuldigen –, aber sie kam ihm zuvor.

»Ach ja, das hätte ich mir ja denken können!« keifte sie. »Dieses versoffene Stück natürlich. Reicht es Ihnen noch nicht, jeden Abend zu randalieren? Müssen Sie jetzt auch noch mitten in der Nacht Lärm genug machen, um das ganze Haus zu wecken? Sie haben damit ja nicht viel zu schaffen, aber es gibt Leute, die ihren Schlaf brauchen, weil sie tagsüber arbeiten müssen!«

In diesem Haus jedenfalls würde morgen niemand ausgeschlafen sein, dachte Look. Frau Blockwart keifte laut genug, um auch den letzten aus dem Schlaf zu reißen. Er vergaß alle Nettigkeiten, zu denen er sich gerade hatte aufraffen wollen, zog sich am Treppengeländer vollends in die Höhe und rülpste lautstark. Das Gesicht unter dem altmodischen Haarnetz, durch das die Stacheln billiger Plastiklockenwickler lugten, verlor alle Farbe, aber seine Besitzerin wich auch vorsichtshalber wieder einen Schritt weit in die Sicherheit ihrer Wohnung zurück.

»Glauben Sie bloß nicht, daß ich mir das gefallen lasse«, keifte sie. »Ich werde gleich morgen einen Brief an den Hausbesitzer schreiben. So geht das nicht!« Und damit knallte sie die Tür zu.

Sollte sie, dachte Look. Die alte Vettel mußte ohnehin schon ein Vermögen an Briefmarken ausgegeben haben, so oft, wie sie sich über alles Mögliche beschwerte.

Er wollte weitergehen, als sein Fuß gegen ein Hindernis stieß, das raschelnd davonschlitterte. Look sah nach unten und erkannte, daß es sich um die Zeitung handelte, die ihm aus der Jackentasche gefallen war. Er sollte das Scheißding liegen lassen. Schließlich war es schuld daran, daß er sich so miserabel fühlte. Andererseits hatte er gutes Geld dafür bezahlt. Und die Zeitung wegzuwerfen, änderte nichts an ihrem Inhalt.

Look bückte sich danach, verlor das Gleichgewicht und plumpste unsanft auf den Hintern. So war das mit dem Alkohol. Dieser Teufel tat zwar nie das, was er sollte, aber man konnte sich mit ziemlicher Sicherheit darauf verlassen, daß er sich stets im unpassendsten Moment zurückmeldete.

Betrunken mit dem Oberkörper hin und her wankend, faltete er die Zeitung auseinander und las zum zwanzigsten Male an diesem Abend den Artikel, der ihn so in Aufruhr versetzt hatte. Er las ihn nicht wirklich. Dazu war er nicht mehr in der Lage. Die Buchstaben bildeten ein einziges, schwarzes Gewusel vor seinen Augen; wenn er zu lange hinsah, dann würde ihm höchstens schlecht werden.

Aber es war auch nicht nötig, den Artikel zu lesen, denn er kannte ihn auswendig. Es ging um seinen alten Freund

Kifi (Diesen Spitznamen hatten sie ihm schon während der Berufsschule verpaßt. Uneingeweihten nötigte er nur ein verständnisloses Stirnrunzeln ab, bis sie erfuhren, wofür Kifi stand = Kinderficker), Rosen und seinen Rechtsverdreher Strelowsky. Look kannte Kifis Anwalt nicht annähernd so gut wie Kifi selbst, aber er hatte ihn trotzdem in lebhafter Erinnerung behalten. Genauer gesagt, den Briefumschlag voller Geld, den er nach ihrem letzten Zusammentreffen mit nach Hause genommen hatte. Er hatte gehofft, niemals wieder von einem der beiden zu hören.

Wenn er der Zeitung glauben durfte, würde das auch nicht passieren. Jemand hatte die beiden ausgeknipst. Die Zeitungsfuzzys schrieben zwar etwas vom Selbstmord, aber Look glaubte nicht an diese Version. Strelowsky hatte nicht den leisesten Grund, sich selbst umzubringen, und Kifi Rosen fehlte die grundlegende Voraussetzung, um auch nur an so etwas wie Selbstmord zu denken: ein Gewissen. Viel wahrscheinlicher war, daß die beiden ein krummes Ding zuviel gemeinsam gedreht hatten und dabei dem Falschen auf die Zehen gestiegen waren.

Look verstand nicht, warum ihn der Artikel so beunruhigte. Das genaue Gegenteil sollte der Fall sein. Meineid war kein Kavaliersdelikt, und solange Kifi und Strelowsky am Leben gewesen waren, hatte stets die Gefahr bestanden, daß eines Tages jemand an seine Tür klopfte und ihn fragte, woher er eigentlich damals die fünfzigtausend Mark bekommen hatte.

Diese Gefahr war vorbei. Er sollte *froh* über diesen Artikel sein. Statt dessen flößte er ihm regelrechte Todesangst ein.

Und er wußte nicht einmal, warum.

Die drei Minuten waren vorbei. Das Licht ging aus. Look ließ die Zeitung sinken, hob mit einem Ruck den Kopf und sah sich um.

Nichts. Kein Tracheenatmen. Keine Schatten. Er war allein.

Er ließ die Zeitung fallen (noch etwas für deine Beschwerdeliste, alte Kuh), zog sich schwankend am Treppengeländer in die Höhe und torkelte los. Der Alkohol entfaltete mittlerweile eine sonderbare Wirkung: Er fühlte sich halbwegs nüchtern, aber sein Körper war es nicht. Er war nicht mehr in der Lage, geradeaus zu gehen, sondern schoß in einem willkürlichen Zickzack auf die Wohnungstür zu und schlug mit der flachen Hand dagegen, ehe er beim dritten Versuch den Lichtschalter erwischte. Hinter dem Spion in der Tür bewegte sich ein Schatten. Wahrscheinlich stand *Igelkopf Ohne-mich-geht-nichts* hinter dem Spion und führte pedantisch Buch über jeden Rülpser, den er tat. Sollte sie.

Look taumelte weiter, schleppte sich die nächsten fünf oder sechs Stufen hinauf und merkte plötzlich, daß er es nicht mehr schaffen würde, seine Blase lang genug unter Kontrolle zu halten. Trotzdem zweifelte er daran, den Weg bis zu seiner Wohnung im fünften Stock noch zu schaffen. Außerdem hatte er gar keine Lust, sich den Schwanz zwischen die Beine zu klemmen und mit seiner Blase um die Wette zu laufen.

Look blieb stehen, grinste und drehte sich schwankend herum. Wenn Frau *Ich-weiß-was* schon einen Beschwerdebrief schrieb, konnte er ihr auch gleich einen vernünftigen Grund liefern. Schließlich wäre es doch schade um die schöne Briefmarke.

Er wankte die Treppe wieder hinab, blieb vor ihrer Tür stehen und grinste den Schatten hinter dem Spion an, während er seinen Hosenschlitz öffnete. Hinter der Tür erklang ein schrilles Kläffen. Look grinste noch breiter, als er an den Hund der Dicken dachte, ein undefinierbares Etwas von der Größe einer Ratte. Vorhin hatte er ihn nicht gesehen. Wahrscheinlich hatte sie das Mistvieh extra geweckt, um Beistand gegen den großen bösen Mann vor der Tür zu haben. Gut. Falls sie den Fehler beging, die Tür aufzumachen, hatte er wenigstens ein Ziel.

Der Druck auf seiner Blase war mittlerweile fast unerträglich geworden, und Look gab ihm endlich nach. Er hörte, wie der Strahl gegen die Tür plätscherte und sich am Boden ausbreitete, und noch bevor er den Blick senken und nachsehen konnte, ob seine Schuhe in Gefahr waren, wurde die Tür aufgerissen, und Igelkopf starrte ihn an.

»Was erdreisten Sie sich jetzt ...«

Ihre Stimme versagte, als sie den Blick senkte und sah, was er tat. Alle Farbe wich aus ihrem Gesicht. Sie stieß ein leises, fast komisch klingendes Quieken aus. Zwischen ihren Füßen erschien eine haarige Rattenschnauze und kläffte sich die Seele aus dem Leib.

Look kicherte, trat einen halben Schritt zurück und drehte sich leicht zur Seite. Er hatte perfekt gezielt. Aus dem Kläffen wurde ein überraschtes Winseln, als der Strahl den Hund zielsicher auf die Nase traf, und dann flitzte der Köter wie ein geölter Blitz davon.

Seine Besitzerin wurde kreidebleich. Ihre Augen quollen so weit aus den Höhlen, daß Look fast damit rechnete, daß sie herausfielen. »Was ...?« stammelte sie ununterbrochen. »Was ...?«

»Erinnerschlich noch daran, wie?« lallte Look mit schwerer Zunge. »Aber du ... kriegsch esch nisch. Auch weenus gene ... hättesch.«

Frau Blockwart kreischte – schrill, aber so leise, daß es kaum zu hören war, und Look konnte der Versuchung nicht widerstehen, ihr auch noch auf die Pantoffeln zu pinkeln, ehe sie endlich zurückprallte und die Tür zuwarf. Schade. Er hätte gerne auch noch ihr Nachthemd verziert.

»Pißnelke!« kicherte Look. Er konnte sich lebhaft vorstellen, wie sie jetzt in ihrer Wohnung Amok lief. Vielleicht würde sie sogar die Polizei anrufen. Sollte sie. Sie konnte von Glück sagen, daß er nur pinkeln mußte, und keinen anderen Drang verspürte!

Look erleichterte sich zu Ende, schüttelte dreimal (mehr war Selbstbefriedigung, wie Kifi immer gesagt hatte) und zog den Reißverschluß wieder hoch. Dann drehte er sich mühsam um und wankte zum zweitenmal die Treppe hinauf. Diesmal kam er fast bis zur Mitte, ehe das Licht ausging.

Und das Atmen begann.

Look erstarrte mitten in der Bewegung. Das Geräusch

war zu deutlich, um es zu ignorieren, oder als bloße Sinnestäuschung abzutun. Es entstand in der Dunkelheit hinter ihm; nicht *unmittelbar* hinter ihm, aber doch nahe genug, um ihm einen eisigen Schauer über den Rücken zu jagen. Er hatte jetzt zwei Möglichkeiten: Er konnte davonrennen und in seine Wohnung stürmen und sich unter seiner Bettdecke verkriechen, ein probates Mittel gegen eingebildete Ungeheuer und zu lebhafte Alpträume, wie ihm nicht nur Millionen von Kindern in aller Welt, sondern auch mindestens ebenso viele Erwachsene hätten bestätigen können, oder er konnte sich herumdrehen und sich der Bedrohung stellen, die wahrscheinlich sowieso nur eingebildet war. Look überlegte blitzschnell – und entschied sich für eine Lösung, die für ihn im Grunde vollkommen atypisch war: Er drehte sich herum und stellte sich dem Ding, das die Dunkelheit ausgespien hatte. Diese Entscheidung kostete ihn das Leben, aber im Grunde spielte das keine Rolle mehr. Die andere Alternative hätte es ihm nicht gerettet, sondern höchstens um ein paar Augenblicke verlängert. Und vielleicht nicht einmal das.

Auf Anhieb sah er nicht mehr als auch beim erstenmal. Tief – im Grunde *viel zu* tief – unter ihm schimmerte ein asymmetrischer Fleck blaßgrauer Helligkeit, wo das Licht der Straßenlaterne durch die Haustür fiel, und aus dem Spion in der Wohnungstür drang ein gelbliches Funkeln. Aber seine Augen schienen sich bereits an die veränderten Lichtverhältnisse gewöhnt zu haben, denn er sah das Treppenhaus dazwischen nicht mehr als einheitliche Fläche aus tiefstem Schwarz, sondern als regelmäßiges Muster aus Grau- und verschiedenen Anthrazittönen. Irgendwo auf halber Höhe schimmerte ein verwaschener heller Fleck; die Zeitung, die er fallen gelassen hatte.

Das Geräusch schien von dort zu kommen. Vielleicht bewegte einfach Luftzug das Papier, und das war schon die ganze Erklärung.

Look war gerade soweit, diese simple Erklärung nicht nur glauben zu *wollen*, sondern es auch tatsächlich zu *tun*, als sich die Zeitung zu bewegen begann.

Sie faltete sich auseinander, ordnete sich neu, und zugleich begannen auch die acht Zentimeter großen Lettern der Schlagzeile wild durcheinanderzuwirbeln und sich dann zu einem neuen Sinn zu gruppieren. Trotz der Entfernung und des praktisch nicht vorhandenen Lichts konnte Look die Worte deutlich lesen. Er hätte es wahrscheinlich auch gekonnt, wenn sie nicht dagestanden hätten.

Als er die Zeitung fallen gelassen hatte, hatte die Schlagzeile gelautet:

BIZARRER SELBSTMORD

Jetzt lautete sie:

DREI WEITERE OPFER.

Look war jetzt schlagartig und vollkommen nüchtern. Er stöhnte. Seine Kiefer preßten sich so fest zusammen, daß sein Zahnfleisch zu bluten begann, ohne daß er es auch nur bemerkte. Natürlich wußte er, daß diese drei Worte dort nicht standen. Sie konnten nicht dort stehen, denn es gab nur zwei Menschen auf der Welt, die wußten, was sie bedeutet hätten, und einer davon war seit heute morgen tot. Aber sie hätten dort stehen *sollen*, denn es war die Wahrheit, sein ganz persönliches, finsteres Geheimnis, das ihn zum Trinken gebracht und sein Leben zerstört hatte: Kifi Rosen war seinem Spitznamen noch dreimal auf fürchterliche Weise gerecht geworden, nachdem er mit Hilfe seines Rechtsanwaltes und Looks gekaufter Falschaussage der Klapse und anschließender lebenslanger Sicherheitsverwahrung entgangen war. Er war sehr viel geschickter vorgegangen als vor seiner Verhaftung, hatte Jahre verstreichen lassen, in denen er ein mustergültiges Leben geführt hatte, und war selbst dann vorsichtig geblieben, als seine kranken Triebe wieder die Oberhand über sein Handeln gewonnen hatten. Diesmal hatte er kein falsches Alibi gebraucht, denn er hatte einfach keine Spuren hinterlassen. Nicht einmal Leichen.

Aber er hatte es Look *gesagt*.

Und was willst du tun, Arschloch? Mich bei den Bullen anzeigen? Nur zu. Vielleicht kriegen wir ja eine gemeinsame Zelle. Dann wird *es nicht so langweilig, weißt du*?

Das Insektenatmen wurde lauter. Die Zeitung hörte auf, sich zu bewegen und zu rascheln, und dann gerann die Schwärze auf der Treppe zu einem riesigen, mehr als zwei Meter großem Umriß, kein Körper, sondern einfach ein scharf umrissener Fleck des tiefsten Schwarz, das Look jemals gesehen hatte. Die Gestalt hätte ein Mensch sein können, ein Vampir aus einem alten Horrorfilm mit Boris Karloff, der sich in seinen Mantel gehüllt hatte, aber auch ein aufrecht stehender, übermannsgroßer Käfer. Unsichtbare Augen starrten Look voller absoluter Gnadenlosigkeit an. Look konnte sie sowenig sehen wie das Gesicht, zu dem sie gehörten, aber ihr Blick war wie Säure.

Eine sonderbare Art von Ruhe überkam Look. Er hatte Angst, unendlich große Angst, aber es war keine Angst vor dem ... *Ding* da unter ihm, von dem er nur wußte, daß es nichts anderes als eine Ausgeburt seiner Fantasie war. Er wußte sogar ziemlich genau, was mit ihm passierte. Delirium tremens, so nannte man es wohl. Er hatte geahnt, daß es eines Tages geschehen würde. Schließlich hatte er lange genug darauf hingearbeitet. Er hatte nur nicht gedacht, daß es *so* sein würde.

Die groteske Kreatur regte sich, faltete raschelnd das auseinander, was er für einen Mantel gehalten hatte, und darunter kam tatsächlich etwas zum Vorschein, was wie eine Kreuzung aus einem Insekt und ... *irgend etwas* aussah: schlank, riesig, schimmernd wie braunrotes Chitin und mit einem gewaltigen, dreieckigen Schädel, der ganz von einem Paar grausamer Augen beherrscht wurde. Zitternde Fühler tasteten in seine Richtung, als das *Ding* Witterung aufnahm.

Look sah mit fast wissenschaftlichem Interesse zu, wie die Kreatur eines ihrer grotesk dürren Beine ausklappte und einen einzelnen, staksenden Schritt in seine Richtung tat. Er war ziemlich überrascht, wozu seine eigene Fantasie imstande war. Mit Willenskraft hätte er sich eine so bizarre Kreatur niemals vorstellen können. Sie wirkte so unglaublich *echt*.

Was dann geschah, das hätte ihn unter allen anderen denkbaren Umständen vor Lachen einfach losbrüllen lassen. Und selbst jetzt beinahe. Aber eben nur beinahe. Und auch das nur im ersten Moment.

Die Wohnungstür flog auf, und Frau Blockwart *Hier-regiere-ich-und-sonst-keiner* stürmte heraus, gefolgt von einem kläffenden, nassen Fellbündels von der Größe eines Hausschuhs. Der Anblick war trotz allem einfach absurd, denn die Hüterin des Hauses hatte sich tatsächlich mit einem *Teppichklopfer* bewaffnet, um wieder Ruhe und Ordnung in ihr Reich zu bringen! Ihr Gesicht war dunkelrot vor heiligem Zorn, und ihre vollgepinkelten Hausschuhe erzeugten quatschende Geräusche, während sie schnaubend auf ihn losstürmte. Obwohl das Licht, das aus ihrer Wohnung drang, direkt auf das Ungeheuer fiel, nahm sie es nicht einmal zur Kenntnis, sondern stürmte schnaubend an ihm vorbei, gefolgt von ihrem kläffenden Köter. Look beobachtete die absurde Szene mit einer Mischung aus Unglauben, hysterischer Heiterkeit und der allmählich aufdämmernden Erkenntnis, das er gleich mit einem Teppichklopfer verprügelt werden würde.

Und es kam noch schlimmer. Die Dicke wälzte sich schnaubend die Treppe hinauf, wobei sie ihr Körpergewicht immer mit einer Hand auf dem Knie abstützte, während sie das andere Bein in die Höhe stemmte. Ihr Köter versuchte ihr zu folgen, aber das Vieh war so dämlich, daß es nicht auf, sondern mit voller Wucht *vor* die erste Treppenstufe sprang, und mit einem Quieken zurückfiel.

Als er sich wieder aufrichten wollte, streckte das Ungeheuer einen seiner dürren Arme aus und riß ihm den Kopf ab.

Looks Herz setzte für einen Schlag aus. Dann noch einen. Und noch einen. Als es weiterhämmerte, geschah es mit zehnfacher Schnelligkeit und so hart, daß er schlagartig am ganzen Leib zu zittern begann. Er wartete darauf, daß die Angst zuschlug, aber das geschah nicht. Sein Körper reagierte schneller auf den Schock als sein Geist. Er empfand ... nichts.

Die Dicke war mitten im Schritt stehengeblieben und hatte sich herumgedreht, als sie das erschrockenen Fiepen ihres kleinen Lieblings hörte. Für eine oder zwei Sekunden stand sie wie zur Salzsäure erstarrt da und starrte auf das blutende, kopflose Fellbündel herab, das am Fuße der Treppe lag. Dann hob sie unendlich langsam den Kopf.

Das Ungeheuer war näher gekommen und stand jetzt unmittelbar vor der Treppe, drei Stufen unter ihr. Trotzdem befanden sich ihre Gesichter nahezu auf gleicher Höhe. Look konnte nicht erkennen, was sich auf dem der Dicken abspielte, und die braunrote Chitinmaske des Ungeheuers war zu keiner Regung fähig. Die Dicke sagte kein Wort. Sie gab nicht einmal mehr dieses komische Quietschen von sich, das Look vorhin gehört hatte. Aber nach ein paar Sekunden streckte das Ungeheuer die Klaue aus, die den abgerissenen Hundeschädel hielt, und drückte ihn der Dicken in die Hand. Sie ergriff ihn, blickte darauf hinab und fiel in Ohnmacht.

Der dumpfe Laut, mit dem sie rücklings auf der Treppe aufschlug, riß Look endlich aus seiner Erstarrung. Er schrie gellend auf, wirbelte auf der Stelle herum und raste los. Hinter ihm stieß das Ungeheuer ein rasselndes Tracheenatmen aus und setzte mit staksigen, aber ungeheuer *schnellen* Bewegungen zur Verfolgung an.

Look rannte so schnell wie noch nie zuvor in seinem Leben. Er wußte, daß er keine Chance hatte, dem *Ding* zu entkommen, denn es war keine Halluzination, keine Ausgeburt seiner alkoholkranken Fantasie, sondern grauenhafte Wirklichkeit, und es war *schnell*, aber dieses Wissen spornte ihn nur zu noch größerer Schnelligkeit an. Er raste, immer zwei, manchmal drei Stufen auf einmal nehmend, die Treppe hinauf, erreichte das nächste Stockwerk und jagte den Flur entlang, um die nächste Treppe zu erreichen. Hinter sich hörte er das trockene Ledergeräusch riesiger Flügel, die sich entfaltet hätten, hätte der Platz dazu gereicht, das

Scharren chitingepanzerter Gelenke und das Klacken stahlharter Klauen auf dem Boden. Er rannte noch schneller, schrie, kreischte, erreichte die nächste Treppe und katapultierte sich selbst am Geländer in die Höhe. Eine rasiermesserscharfe Klaue riß ein Stück von der Größe einer Hand aus dem Treppengeländer, genau dort, wo vor einem Sekundenbruchteil noch seine Finger gewesen waren, dann traf irgend etwas seinen Rücken, riß die Jacke, das Hemd und auch das Fleisch darunter auf und schleuderte ihn nach vorne. Wie durch ein Wunder stürzte er nicht, sondern wurde durch die schiere Wucht des Hiebes im Gegenteil noch einmal beschleunigt und gelangte so wieder aus der Reichweite der Bestie. Er hatte keine Schmerzen. Warmes Blut lief seinen Rücken hinunter und tränkte seine Hose. Er sollte Schmerzen haben. Doch alles, was er fühlte, war Angst; eine Furcht, die vielleicht einfach zu gewaltig war, als daß sie noch irgendein anderes, selbst körperliches Gefühl zugelassen hätte.

Er erreichte die nächste Etage, fand irgendwo in seinem Körper noch einmal ein bißchen Kraft und stürmte die nächste Treppe hinauf. Über und unter ihm begann das Haus allmählich zu erwachen, geweckt von seinen Schreien und dem Lärm der gnadenlosen Jagd. Zornige Stimmen wurden laut, Türen aufgerissen und hastig wieder zugeschlagen, aber Look nahm nichts davon noch wirklich zur Kenntnis. Seine Kräfte begannen zu erlahmen. Er war jetzt in der vierten Etage, und irgendwie brachte er es fertig, seine Beine immer noch einmal zu einem weiteren Schritt zu zwingen, aber er spürte auch, wie seine Kraftreserven mehr und mehr dahinschmolzen. Die beiden letzten Hiebe des Ungeheuers hatten ihn verfehlt, aber der nächste würde ihn treffen. Spätestens der übernächste.

Es *war* der übernächste. Look hatte die fünfte Etage erreicht, die rettende Tür zu seiner Wohnung lag vor ihm. Er war nicht in der Verfassung, sich Gedanken darüber zu machen, daß das dünne Holz nicht einmal einem ernstgemeinten Fußtritt Stand halten würde, geschweige denn dem Ding hinter ihm. Im Laufen versuchte er, den Schlüssel aus der Tasche zu ziehen, fühlte einen Luftzug hinter sich und in der nächsten Sekunde einen grausamen, knochenbrechenden Schlag, der sein linkes Schulterblatt zertrümmerte und ihn quer durch den Flur und gegen seine eigene Wohnungstür schleuderte. Look wimmerte vor Pein, arbeitete sich in eine halb kniende Position hoch und versuchte, den Schlüssel ins Schloß zu schieben.

Eine gigantische Klaue zischte an seinem Kopf vorbei und stanzte drei fingerlange, dreieckige Löcher in das Holz der Tür unmittelbar neben seinem Gesicht. Look ließ den Schlüssel fallen, drehte sich wimmernd heran und riß die rechte Hand in dem vollkommen sinnlosen Versuch hoch, sein Gesicht zu schützen. Den linken Arm konnte er nicht mehr bewegen. Seine Schulter bestand nur noch aus tobendem Schmerz, Blut und weißen Knochensplittern, die durch den blutgetränkten Stoff seiner Jacke stachen.

Der tödliche Hieb kam nicht. Noch nicht. Das *Ding* spielte nur mit ihm, als hätte es ihm noch nicht genug Angst eingejagt, noch nicht genug Schmerz zugefügt. Statt sein Gesicht zu zerschmettern, was es ohne Probleme gekonnt hätte, packte es mit seiner fürchterlichen Klaue nur seine Hand (wobei es ihm völlig unabsichtlich drei Finger brach), riß ihn in die Höhe und schmetterte ihn mit solcher Wucht gegen das Treppengeländer, daß das morsche Holz krachte; von dem, was in seinem Rücken geschah, gar nicht zu reden. Für einen schrecklichen Moment drohte er das Gleichgewicht zu verlieren und hintenüber in die Tiefe zu stürzen. Er kämpfte instinktiv um seine Balance und gewann, aber eigentlich ohne zu wissen, warum. Ein Sturz in die Tiefe wäre wahrscheinlich gnädig gegen das, was ihn hier erwartete.

Die Kreatur stand reglos vor ihm, zwei Meter entfernt, womit er sich noch in Reichweite ihrer gräßlichen Klauen befand, machte aber keine Anstalten, ihn anzugreifen. Sie hätte ihm spielend den Schädel einschlagen können, ihm das Rückgrat brechen oder ihm wahrscheinlich auch den Kopf abreißen, wie sie es mit dem Hund der dicken Frau getan hatte. Look hatte die fürchterliche Kraft, die in diesen nur scheinbar so dünnen Gliedern wohnte, schließlich am eigenen Leib gespürt. Aber sie rührte sich nicht. Ihre Arme bewegten sich ruckartig und ziellos, wie die Vorderläufe einer Gottesanbeterin, aber sie stand einfach nur da und starrte ihn an – als wartete sie auf etwas. Worauf? Daß er sich wehrte, zu fliehen versuchte vielleicht, damit sie ihr grausames Spiel fortsetzen konnte?

»Was ... was willst du?« stammelte Look. »Was willst du von mir? Wer hat dich geschickt?«

Die Kreatur antwortete nicht. Sie konnte es nicht. Sie hatte keine Sprechwerkzeuge. Und hätte sie sie besessen, hätte sie trotzdem nicht geantwortet. Es war kein Geschöpf, das zum *Reden* geschaffen war. Aber Look las die Antwort auf seine Frage überdeutlich in seinen schwarzen seelenlosen Augen.

»Es ... es war nicht meine Schuld«, stammelte er. »Was hätte ich denn tun sollen? Ich konnte nichts machen! Ich ... ich wäre doch selbst gekascht worden!«

Das Geschöpf hob langsam den Arm. Seine rasiermesserscharfen Klauen glitten über Looks Brust und schlitzten seine Kleider auf, ohne die Haut darunter auch nur zu berühren, setzten ihren Weg fort, berührten sein Kinn, seinen Mund und seine Wangen so sanft wie Schmetterlingsflügel und tupften seine Augenlider, um sich dann wieder zurückzuziehen. Aber dieses Geschöpf war nicht gekommen, um Gnade walten zu lassen. Diesen Begriff kannte es nicht einmal. Es zeigte ihm, was kommen würde.

»Aber es war doch nicht meine Schuld!« wimmerte Look. »Was sollte ich denn tun? Ich ... ich wollte doch nicht in den Bau! *Bitte*!

Er wimmerte, flehte, bettelte um sein Leben, aber er wußte auch, daß es vergebens sein würde. Die Kreatur hob erneut ihre fürchterliche Klaue, und diesmal teilte sich sein Fleisch, und warmes, rotes Blut lief über seinen Bauch und seine Lenden. Look kreischte vor Schmerz, warf sich nach hinten und kippte mit weit ausgebreiteten Armen über das Treppengeländer.

Er stürzte fünf Etagen weit in die Tiefe und landete genau auf dem Kinderwagen, den er vorhin selbst an die richtige Stelle befördert hatte, und dessen Kanten und Spitzen nun endlich etwas zum Aufspießen gefunden hatten.

Der Krankenwagen, den ein aufgeregter Hausbewohner gerufen hatte, kam acht Minuten später, und die entsetzten Rettungssanitäter mußten feststellen, daß der Mann in dem zertrümmerten Kinderwagen nicht nur noch am Leben, sondern bei vollem Bewußtsein war.

Der Transport ins nächste Krankenhaus nahm weitere elf Minuten in Anspruch, und es vergingen noch einmal vier Minuten, ehe zwei leichenblasse Krankenpfleger das wimmernde Bündel auf einen OP-Tisch legten, wo es endlich seinen letzten Atemzug tat.

Die alttestamentarische Gerechtigkeit, die der Seele Azraels eingehaucht war, hatte Genugtuung erfahren.

16

Der Regen hatte aufgehört, als er die Kirche verließ, aber dafür war der Nebel dichter geworden. Thomas hatte ihn durch die Krypta ins Freie geleitet, so daß die Männer in dem Wagen auf der anderen Straßenseite nichts bemerkten, und ihm erklärt, wie er das Grundstück verlassen und den Block ungesehen umgehen konnte – was theoretisch ganz einfach war, sich in der Praxis jedoch durch den immer dichter werdenden Nebel als mittlere Odyssee erwies.

Der Friedhof – Thomas behauptete, nicht zu wissen, wann er aufgegeben worden war, auf jeden Fall aber lange vor seiner Zeit – hatte weder Wege noch so etwas wie einen Trampelpfad, sondern erwies sich als eine einzige, von knöchelhohem Unkraut überwucherte Wildnis, über der Nebel lag wie eine vom Himmel herabgesunkene Wolke. Hier und da ragten Grabsteine oder zerborstene Skulpturen wie bizarre Artefakte einer vor Jahrtausenden untergegangenen Kultur aus der grauen Masse, das meiste aber war hinter faserigen Nebelschleiern verborgen, die im Grunde nicht einmal besonders dicht waren, es aber trotzdem unmöglich machten, weiter als ein oder zwei Dutzend Schritte zu sehen. Nach dem flüchtigen Eindruck, den er von seiner Ankunft her hatte, konnte das umfriedete Kirchengrundstück kaum größer sein als sechzig oder siebzig Meter, aber was er *sah*, schien das genaue Gegenteil zu beweisen. Bremer tastete sich fast blind durch den Nebel. Der Zaun konnte zehn Meter entfernt sein; genauso gut aber auch am anderen Ende der Welt liegen. Wäre er noch in jener sonderbaren, verwundbaren Stimmung gewesen, in der er die Kirche betreten hatte, hätte ihn diese Umgebung vielleicht in den Wahnsinn getrieben, denn sie *war* eindeutig unheimlich.

Aber die beruhigende Wirkung ihres Gesprächs hielt noch immer an. Thomas' Worte hatten seiner Situation nicht ihren Schrecken genommen, aber sie hatten die Bedrohung von ihrer mythischen Ebene geholt. Vielleicht war es nicht mehr als eine fromme Lüge, an die er nur deshalb glaubte, weil er es wollte, aber im Moment war er der festen Überzeugung, es mit einem Feind aus Fleisch und Blut zu tun zu haben. Einem furchtbaren, gnadenlosen Feind vielleicht, aber trotzdem einem, der besiegt werden konnte.

Der Weg über den verfallenen Friedhof erwies sich auch so als schwierig genug.

Bremer hörte nach einer Weile auf, mitzuzählen, wie oft er sich Zehen und Schienbeine an Hindernissen anstieß, die unter dem Nebel verborgen waren. Zwei- oder dreimal tat es ziemlich weh, und einmal durchfuhr ihn ein eisiger Schrecken, als er sich herumdrehte und sich unversehens einem mannsgroßen steinernen Engel gegenübersah, der ein wenig schräg auf seinem Sockel stand, einen Flügel abgebrochen und mit erhobenen Armen, durch die Beschädigung und die ungewöhnliche Körperhaltung einer Harpyie ähnlicher als einem himmlischen Sendboten. Für einen Moment begann sein Herz wieder zu jagen, und sein Puls beschleunigte sich zu einem rasenden, harten Hämmern, das sich bis in seine Fingerspitzen hinein fortsetzte. Aber schon in der nächsten Sekunde beruhigte er sich wieder. Nach allem, was passiert war, war es nur logisch, daß er allergisch auf alles reagierte, was mit Engeln zu tun hatte. Aber das lähmende Entsetzen, auf das er wartete, kam nicht. Er hatte sich einfach nur erschrocken, das war alles. Azraels böser Zauber war gebrochen. Vielleicht für immer.

Bremer schenkte dem flügellahmen Engel ein nervöses Lächeln, drehte sich wieder herum und stakste vorsichtig weiter durch den Nebel. Drei angeschlagene Zehen und ein aufgeschürftes Schienbein später erreichte er den mannshohen Zaun und wandte sich nach rechts, ziemlich wahllos. Er hatte so gründlich die Orientierung verloren, daß es gleich war, in welche Richtung er sich wandte.

In einem Punkt hatte Thomas die Wahrheit gesagt: Er mußte sich nicht damit abmühen, umständlich über den Zaun zu klettern. Schon nach wenigen Schritten erreichte er eine Stelle, an der es eine Lücke gab, durch die er sich mit einiger Mühe hindurchzwängen konnte. Vor ihm lag die Straße, und Bremer stellte mit einem Gefühl intensiver Erleichterung fest, daß er durch pures Glück in die richtige Richtung gegangen war. Er befand sich am westlichen Ende des Friedhofs. Die Kirche lag links von ihm, fast am anderen Ende der Straße, und der BMW parkte ungefähr auf halber Strecke auf der anderen Seite. Seine Insassen würden mit Sicherheit die Kirche beobachten, aber kaum die Straße hinter sich.

Trotzdem blieb er vorsichtig. Von den Straßenlaternen brannten weniger als die Hälfte, so daß es überall große, vollkommen finstere Bereiche gab, die ein perfektes Versteck boten. Bremer visierte eines dieser schwarzen Löcher an, huschte hin und lehnte sich schwer atmend gegen die erloschene Laterne. Sein Herz jagte noch immer, und die Luft, die er in gierigen flachen Zügen in die Lungen sog, schmeckte scharf, nach Metall. Der Weg über den Friedhof hatte ihn mehr Kraft gekostet, als ihm bisher bewußt gewesen war, und die Anstrengungen des vergangenen Tages und der Schlafmangel machten sich zusätzlich bemerkbar. Er blieb ein paar Minuten einfach so stehen, um wieder zu Atem zu kommen, und nutzte die Zeit, um die gegenüberliegende Straßenseite und den Weg bis zu dem blauen BMW genauer in Augenschein zu nehmen.

Es sah nicht schlecht aus. Bremer beging nicht den Fehler, die Männer zu unterschätzen, mit denen er es zu tun hatte, aber er mußte zugeben, daß ihr Standpunkt nicht besonders klug gewählt war. Aus dem Wagen heraus konnte man die Kirche und einen Großteil des Grundstücks gut überblicken, aber die Fassaden der Häuser daneben lagen fast vollkommen im Dunkeln. Es gab nur zwei Stellen, an denen das blasse Licht der Straßenlaternen bis an die Häuser heranreichte, beide nicht sehr groß, und beide in einem für die Insassen des Wagens ungünstigen Winkel. Er brauchte nur ein wenig Glück, um sie zu überwinden.

Sein eigentliches Problem begann erst, wenn es ihm gelang, den Wagen ungesehen zu erreichen. Bremer war früher einmal ein ganz passabler Boxer gewesen, aber es war Jahre her, daß er das letztemal im Ring gestanden hatte. Und selbst wenn es anders gewesen wäre, hätte er vermutlich keine Chance, mit mehreren Gegnern gleichzeitig fertig zu werden. Außerdem war er nicht hier, um sich in James-Bond-Manier mit den Kerlen herumzuprügeln. Bremer bedauerte es jetzt, seine Waffe nicht mitgenommen zu haben. Er würde bluffen müssen. Aber im Improvisieren war er schließlich schon immer gut gewesen.

Er suchte nach einer Stelle, an der er die Straße überqueren konnte, tat es und preßte sich für einige Sekunden in den schwarzen Schlagschatten der Hauswand. In dem BMW blieb alles still. Wie es aussah, hatte er wirklich Glück.

Bremer ging vorsichtig und stets darauf bedacht, im Schatten zu bleiben, weiter. Während er sich dem BMW näherte, grub er mit den Händen in den Jackentaschen. Alles, was er fand, waren ein Schlüsselbund, sein Dienstausweis (er war vermutlich nicht mehr das Papier wert, auf dem er gedruckt war), seine Geldbörse und ein Labello-Stift, den er vor gut einem Jahr gekauft und niemals benutzt hatte. Keine besonders reiche Ausbeute, aber er mußte nun einmal nehmen, was er hatte. Während er sich der ersten der beiden Lichtinseln näherte, die zwischen ihm und dem BMW lagen, verbarg er den Fettstift in der rechten Hand und legte Zeigefinger und Mittelfinger darüber. Wenn der Mann, den er damit zu bedrohen gedachte, zu genau hinsah, dachte er spöttisch, konnte er ja immer noch *Peng, Peng* machen.

Vor ihm lag jetzt ein ungefähr zehn Meter großer Bereich, der vom Licht einer der wenigen verbliebenen Straßenlaternen in silbernes Zwielicht getaucht wurde. Ein einziger Blick in den Rückspiegel, und er war so deutlich sichtbar wie auf dem Präsentierteller. Trotzdem widerstand er der Versuchung, zu rennen, sondern ging ganz im Gegenteil langsamer weiter. Er wußte, daß nichts so leicht Aufmerksamkeit erregte wie eine schnelle Bewegung. Einen Mann, der rannte, übersah niemand. Jemand, der sich langsam bewegte, konnte man selbst dann übersehen, wenn man ihn direkt ansah. Vor allem wenn man eine lange, langweilige Nachtwache hinter sich hatte.

Er erreichte wieder den schützenden Schatten, blieb stehen und ging nach ein paar Sekunden weiter, als sich nichts rührte. Der BMW blieb so still, als wären die Männer darin eingeschlafen. Vielleicht waren sie es ja.

Bremer erreichte den zweiten hellen Bereich, verfuhr auf die gleiche Weise wie beim ersten und durchquerte auch ihn unbehelligt. Er war jetzt noch ungefähr zehn Meter von dem BMW entfernt und konnte sein Glück kaum fassen – der Mann hinter dem Lenkrad ließ in diesem Moment die Scheibe herunterfahren und zündete sich eine Zigarette an. Zu Bremers Bedauern benutzte er dazu den Zigarettenanzünder, kein Feuerzeug, das das Wageninnere zusätzlich erhellt hätte. Trotzdem: Jetzt oder nie.

Bremer überwand die restliche Entfernung mit wenigen, schnellen Schritten, beugte sich vor und drückte dem Mann das stumpfe Ende des Fettstiftes hinters Ohr. »Wenn ich Sie wäre, würde ich mich jetzt nicht mehr rühren, Freundchen«, zischte er.

Der Mann erstarrte tatsächlich; allerdings nur für eine knappe Sekunde. Dann drehte er den Kopf – so weit es der

Druck hinter seinem linken Ohr zuließ – sah Bremer ärgerlich an und hob ganz langsam die rechte Hand ans Gesicht, um einen Zug aus seiner Zigarette zu nehmen. »Donnerwetter«, sagte er. »So viel Mumm hätte ich dir gar nicht zugetraut.«

»Nicht bewegen, habe ich gesagt!« schnappte Bremer. Irgend etwas stimmte nicht. Der Mann war einfach zu cool. Niemand blieb so gelassen, wenn man ihm eine Waffe an den Kopf hielt.

Dann wurde es ihm klar: Der Sitz neben dem Fahrer war leer. Aber es waren *zwei* gewesen! *Wo war der andere?*

»Du kostet mich eine Flasche Jim Beam, Bremer«, sagte der Mann übellaunig. »Wir haben gewettet, ob du den Mumm hast, herzukommen, und ich habe gegen dich gesetzt. Ich sollte eigentlich sauer auf dich sein.«

»Nicht bewegen, habe ich gesagt!« drohte Bremer. Seine Gedanken rasten. Wo war der zweite Mann?!

»Oder was?« fragte der BMW-Fahrer.

»Oder er schmiert dich mit Fett ein«, sagte eine Stimme hinter Bremer. Womit die Frage beantwortet war, wo sich der zweite Mann aufhielt.

Der Mann im Wagen lachte, griff hinter sich und nahm Bremer den Labello-Stift aus der Hand. Nachdenklich drehte er ihn in den Fingern. »Auch noch so ein billiges Ding«, sagte er kopfschüttelnd. »Ein Neunundneunzig-Pfennig-Sonderangebot, wie? Also allmählich überlege ich mir, ob ich ein bißchen beleidigt sein soll. Ich dachte, ich könnte wenigstens ein Mindestmaß an Respekt erwarten.« Er öffnete die Tür, wartete, bis Bremer einen Schritt zurückgetreten war und schnippte seine Zigarette davon, während er ausstieg.

»Es ist ein Kreuz mit euch Bullen«, seufzte er. »Ihr seid so berechenbar.«

Bremer tat einen weiteren Schritt zurück und musterte den Mann aufmerksam. Er war einen guten Kopf größer als er, teuer, aber nicht besonders geschmackvoll gekleidet und von durchtrainierter, sportlich-schlanker Statur. Sein hellblondes Haar war streichholzkurz geschnitten, was seinen Kopf im Verhältnis zu den breiten Schultern unterproportional klein erscheinen ließ, und mit Ausnahme der Daumen trug er an jedem Finger einen Ring.

Vorsichtig drehte er sich herum und musterte den zweiten Mann, der hinter ihm aufgetaucht war. Er war von ähnlicher Statur, aber noch größer, und hatte längeres dunkles Haar. »Jetzt sei nicht so unfreundlich zu unserem Gast, Cremer«, sagte er. »Immerhin hat er mir zu einer guten Flasche Scotch verholfen. Aber Sie hätten sich ruhig ein bißchen beeilen können, Bremer. Es ist arschkalt, wenn man hier draußen rumsteht und wartet.«

»Woher ... wußten Sie ...?« fragte Bremer zögernd. Seine Gedanken überschlugen sich. Er versuchte unauffällig nach einem Fluchtweg Ausschau zu halten, aber es gab keinen. Cremer stand keinen Meter hinter ihm, und der Langhaarige vor ihm, und die beiden sahen ganz so aus, als ob sie die hundert Meter in weniger als zehn Sekunden laufen könnten: und das so oft hintereinander, wie sie wollten.

Der Langhaarige grinste und schwenkte ein Instrument, das wie eine Mischung aus einem Feldstecher und einer Polaroidkamera aussah. »Es lebe die Technik«, sagte er fröhlich. »Mit diesem Spielzeug hier kann man zwar leider keine Musikvideos empfangen, aber dafür prachtvoll sehen. Selbst bei vollkommener Dunkelheit. Sie hatten Glück, wissen Sie das? Sie wären in dem Nebel da drüben fast in ein Loch gestürzt. Cremer und ich haben schon geknobelt, wer Sie rausholen muß.«

Bremer war ziemlich wütend auf sich. Daß die Männer, mit denen er es zu tun hatte, stets mit der allerneuesten Technik ausgerüstet waren, hatte er schließlich gewußt. Wieso zum Teufel war er denn nicht einmal auf den *Gedanken* gekommen, daß sie auch über etwas so Simples wie ein Nachtsichtgerät verfügten?

»Also?« fragte er. »Was wollt ihr von mir?«

»Wir?« Der Langhaarige legte übertrieben die Stirn in Falten. »Aber ich dachte, *Sie* wären zu *uns* gekommen.« Sein Lächeln erlosch übergangslos. Er warf das Nachtsichtgerät schwungvoll an Bremer vorbei in den Wagen und deutete zugleich mit der anderen Hand in dieselbe Richtung.

»Jemand möchte Sie sprechen, Herr Bremer. Steigen Sie ein.«

»Und wenn ich nicht will?«

»Steigen Sie trotzdem ein«, antwortete der Langhaarige ernst. »Nur wird es dann etwas unangenehmer für Sie.«

»Dann habe ich wohl keine andere Wahl«, seufzte Bremer. Und trat mit voller Wucht nach hinten aus.

Er wurde mit einem schmerzerfüllten Grunzen belohnt, verlagerte sein Gleichgewicht auf das andere Bein und schoß gleichzeitig eine blitzschnelle rechte Gerade auf das Kinn des Langhaarigen ab. Er war ein wenig erstaunt, wie leicht es ihm fiel; als hätte er nicht vor Jahren, sondern erst gestern seine letzte Trainingsstunde gehabt. Es gibt eben Dinge, die man nie verlernte.

Der Langhaarige machte einen fast behäbigen Schritt zur Seite, hob die linke Hand und fing Bremers Faust damit auf. Seine Finger schlossen sich mit unwiderstehlicher Kraft um Bremers Hand und drückten zu. Bremer keuchte zwar vor Schmerz, schickte aber gleichzeitig einen Schlag mit der Linken hinterher, und der Langhaarige machte eine Bewegung, die noch beiläufiger aussah, und fing auch seine andere Hand auf. Bremer versuchte ihm das Knie zwischen die Beine zu rammen, und der andere vollführte eine blitzschnelle Drehung in den Hüften, so daß Bremers Stoß ins Leere ging, sein eigenes Knie aber Bremers Oberschenkel traf und das Bein nahezu lähmte.

»Ich hatte gehofft, daß Sie das tun«, grinste der Langhaarige. Seine Hände preßten Bremers Fäuste immer stärker zusammen. Bremer keuchte vor Schmerz, sank langsam auf die Knie und krümmte sich, aber der furchtbare Druck auf seine Finger nahm nicht ab, sondern ganz im Gegenteil immer noch weiter zu. Er glaubte, seine eigenen Knochen knirschen zu hören. Der Schmerz war schlimm, aber noch schlimmer waren die Erniedrigung und das Gefühl der Machtlosigkeit.

»Hör auf, Reinhold!« sagte Cremer. »Willst du ihm die Hände brechen? Braun will ihn in einem Stück!«

»Davon hat er nichts gesagt«, antwortete Reinhold. Trotzdem ließ er Bremers Hände endlich los, packte jedoch praktisch im gleichen Sekundenbruchteil seine Handgelenke und riß ihn grob in die Höhe. Als er schwankend wieder auf eigenen Füßen stand, boxte ihm Cremer hart in beide Nieren.

Eine Welle von mit Übelkeit gemischtem Schmerz breitete sich explosionsartig in Bremers Körper aus, seltsamerweise von seinem Magen ausgehend, nicht von seinen mißhandelten Nieren. Er spürte, wie alle Kraft aus seinen Beinen wich, brach hilflos in Reinholds Armen zusammen und kämpfte verzweifelt gegen schwarze Schleier der Bewußtlosigkeit, die seinen Geist vernebeln wollten. Es war sinnlos, sich zu wehren, aber gleichzeitig hatte er auch panische Angst davor, in Ohnmacht zu fallen, weil er nicht wußte, was sie ihm antun würden, wenn er hilflos war.

»Das reicht jetzt wirklich«, sagte Reinhold. »Schaff ihn in den Wagen.«

»Der Dreckskerl hat mir einen Zeh gebrochen«, wimmerte Cremer. »Wenn Braun mit ihm fertig ist, will ich ihn wiederhaben!«

Bremer fühlte sich gepackt und herumgerissen. Er öffnete die Augen, sah den Wagen auf sich zufliegen und konnte gerade noch schützend die Hände vors Gesicht reißen, ehe er mit der Dachkante kollidierte.

Ein Wagen näherte sich. Für eine oder zwei Sekunden wurde der BMW in blendendes weißes Licht getaucht, dann quietschten Bremsen, und er konnte hören, wie eine Autotür aufgerissen wurde.

»Was ist denn hier los?« erklang eine Stimme. Sie klang jung, energisch. Die einer Frau.

»Mist!« fluchte Cremer. »Schaff Sie uns vom Hals. Ich kümmere mich um Bremer.« Seine Stimme wurde leiser, schärfer. »Wenn du auch nur ein Wort sagst, breche ich dir den Arm, verstanden?«

Bremer nickte. Ihm war noch immer so übel, daß er gar

nicht antworten konnte – aber er glaubte Cremer aufs Wort. Dem Kerl würde es Spaß machen, ihm wirklich weh zu tun.

Das Geräusch der Wagentür erklang erneut, und schnelle, energische Schritte näherten sich. »Was ist hier los?« erklang die weibliche Stimme von gerade. »Was tun Sie mit dem Mann da?«

Bremer hätte um ein Haar aufgeschrien, als er die Stimme erkannte. Er hob mit einem Ruck den Kopf, und seine schlimmsten Befürchtungen wurden wahr. Angelas zitronengelber Fiat Uno stand mit laufendem Motor und eingeschalteten Scheinwerfern fünf Meter entfernt auf der Straße, und sie selbst kam mit kleinen, schnellen Schritten näher. Auf ihrem Gesicht lag ein Ausdruck gerechter Empörung, und sie schwenkte kampflustig eine alberne kleine Handtasche.

Reinhold ging ihr lächelnd entgegen und machte mit beiden Händen eine beruhigende Geste. »Es ist alles in Ordnung«, sagte er. »Wirklich. Unserem Freund ist nur ein bißchen schlecht geworden, das ist alles.«

Cremer versuchte die hintere Tür des BMW aufzureißen, hatte aber Probleme damit, weil Bremer sie mit seinem Körper blockierte.

»Schlecht?« fragte Angela. »Lassen Sie mich nach ihm sehen. Ich bin Medizinstudentin im letzten Semester.«

Sie kam weiter auf den Wagen zu. Reinhold versuchte ihr den Weg zu vertreten, aber sie glitt mit einer so graziösen Bewegung an ihm vorbei, als wäre sie nur ein Trugbild aus Licht und Schatten. Der Langhaarige brummte ärgerlich, machte einen schnellen, energischen Schritt und ergriff sie am Arm.

»Es ist wirklich alles in Ordnung«, sagte er. Seine Stimme klang gar nicht mehr freundlich. »Wir brauchen keine Hilfe. Unser Freund hat zuviel getrunken, das ist alles!«

»Das sieht mir aber gar nicht danach aus«, antwortete Angela. »Hier stimmt doch etwas nicht! Wenn Sie mir nicht sofort sagen, was hier los ist, rufe ich die Polizei!«

Es war Cremer mittlerweile gelungen, die Wagentür aufzubekommen, aber nicht, Bremer hineinzubugsieren. Bremer hatte noch immer Mühe, sich auf den Beinen zu halten. Er wagte es nicht, sich Cremer wirklich zu widersetzen, rührte allerdings keinen Finger, um ihm zu helfen.

»Verdammt noch mal!« brüllte Cremer. »Schaff endlich die Kleine weg, und dann hilf mir!«

Reinhold drehte für einen Moment den Kopf in ihre Richtung, und das war ein Fehler. Bremer konnte nicht sehen, was Angela tat, aber der Langhaarige war plötzlich ... einfach verschwunden. Bremer hörte ein überraschtes Keuchen, das in einen schweren Aufprall überging, und noch bevor das Geräusch verklang, raste Angela los und stürmte auf Cremer zu.

Cremer ließ seinen Arm los, drehte sich verwirrt herum und zögerte. Nicht lange, vielleicht nur eine halbe Sekunde, aber lange genug. Angela stürmte weiter heran, senkte die Schultern, als wolle sie ihm einfach wie ein Kind beim Torero-Spiel den Kopf in den Leib rammen, und warf sich im letzten Moment zur Seite. Ihr Knie kam hoch und traf mit solcher Wucht in Cremers Magen, daß es sich anhörte wie ein Hammerschlag. Cremer japste, krümmte sich und schlug die Hände vor den Leib, und Angela war mit einer unglaublich schnellen, kraftvollen Bewegung wieder in der Höhe und hinter ihm, riß ihn herum und schmetterte ihn mit solcher Kraft gegen die Beifahrertür, daß das Glas zersplitterte. Cremer verdrehte mit einem wimmernden Laut die Augen und brach zusammen wie eine Marionette, deren Fäden man durchgeschnitten hatte. Die ganze Aktion hatte weniger als zwei Sekunden gedauert.

Trotzdem vielleicht zu lange. Der zweite Mann hatte sich mittlerweile wieder hochgerappelt und kam heran, und der Vorteil der Überraschung, den Angela bisher gehabt hatte, zählte nun nicht mehr. Reinhold hatte gesehen, was Angela mit seinem Kameraden gemacht hatte, und würde sich von ihrem harmlosen Äußeren nicht mehr täuschen lassen.

Sie versuchte, nach ihm zu treten, aber Reinhold wich der Attacke aus und schlug ihr Bein so hart zur Seite, daß Angela taumelte und um ein Haar gestürzt wäre. Sofort setzte der Langhaarige ihr nach. Angela wich, noch immer um ihr Gleichgewicht kämpfend, zurück, duckte sich unter einem Schwinger hindurch, der so schnell kam, daß Bremer ihn nicht einmal wirklich *sah*, und bekam dafür Reinholds Knie ins Gesicht. Sie stürzte nach hinten, fing den Sturz mit dem ausgestreckten rechten Arm ab und stieß das linke Bein schräg nach oben in Reinholds Leib. Der Langhaarige grunzte, taumelte breitbeinig drei oder vier Schritte zurück und krümmte sich leicht, fiel aber nicht.

Bremer kam endlich auf die Idee, daß er ihr helfen könnte. Mühsam und mit zusammengebissenen Zähnen stemmte er sich aus dem Wagen, machte einen taumelnden Schritt und blieb wieder stehen, als er ein Stöhnen hörte.

Cremer kam wimmernd zu sich. Er blutete aus einer üblen Schnittwunde auf der Stirn, und sein Gesicht war bereits jetzt angeschwollen und schillerte in allen Farben. Spätestens in ein paar Stunden, dachte Bremer, würde sein Gesicht endgültig zu seinem Charakter passen. Der Agent blinzelte benommen zu ihm hoch. Bremer packte seinen Kopf und knallte ihn so hart mit der Stirn auf den Boden, daß er wieder still lag. Er hatte nicht die Spur von Skrupeln dabei.

Mittlerweile hatte sich Angela wieder aufgerichtet. Reinhold und sie umkreisten sich, Reinhold grätschbeinig und starr, ganz geballte Kraft und höchste Konzentration. Angela schnell, fließend, mit fast grazilen, huschenden Bewegungen. Angelas Unterlippe war geschwollen und blutete, während der Langhaarige noch immer Schwierigkeiten beim Atmen zu haben schien. So unglaublich es Bremer auch vorkam, hatte er doch das Gefühl, zwei absolut gleichwertige Gegner zu beobachten.

Diesmal war es Reinhold, der angriff. Er sprang vor, täuschte einen Fußtritt gegen Angelas Knie an und schoß im letzten Moment eine rechte Gerade auf ihr Gesicht ab. Angela wich dem Hieb aus, packte sein Handgelenk und schleuderte den Langhaarigen in einem perfekten Judowurf über die Schulter. Reinhold krachte schwer zu Boden, trat aber noch im Fallen aus und erwischte Angelas Wade. Sie torkelte zurück, stürzte ebenfalls und kam im gleichen Moment wieder auf die Füße wie ihr Gegner. Aber irgend etwas stimmte mit ihrem linken Bein nicht. Sie knickte ein, wäre um ein Haar wieder gestürzt und fand nur mit einem raschen Schritt nach hinten ihr Gleichgewicht wieder. Ihre Mundwinkel zuckten vor Schmerz.

Reinhold näherte sich ihr langsam. Seine Bewegungen waren noch immer so kraftvoll und ehrfurchtgebietend wie zuvor, und doch glaubte Bremer ihnen anzumerken, daß er jetzt eine gehörige Portion Respekt vor seiner Gegnerin verspürte.

Als er das nächstemal angriff, versuchte er keine Täuschungsmanöver mehr, sondern setzte ganz auf seine Kraft und seine körperliche Überlegenheit. Er stürmte einfach los, nahm einen brutalen Kniestoß in die Genitalien hin und umschlang Angela mit den Armen. Sie schrie. Reinhold riß sie in die Höhe, wirbelte sie herum und drückte noch fester zu, und Angelas Schrei ging in ein atemloses Keuchen über und verstummte dann ganz. Reinhold verstärkte den Druck seiner Arme noch mehr. Die Muskeln und Sehnen an seinen Hals traten vor Anstrengung hervor, und Bremer glaubte Angelas Rippen und Rückgrat krachen zu hören. Reinhold würde sie töten, wenn sie nicht aufgab, das begriff er plötzlich. Dies war kein fairer Kampf mehr, bei dem es um Sieg oder Niederlage ging. Es ging um Leben und Tod. Er wußte, daß es vollkommen sinnlos war – ohne irgendeine Waffe gab es absolut nichts, was er gegen Reinhold unternehmen konnte. Trotzdem humpelte er los, so schnell es ging. Seine verletzten Nieren kreischten bei jedem Schritt vor Schmerz, und ihm wurde so übel, daß er nach drei Schritten stehenbleiben mußte.

In diesem Moment tat der langhaarige Riese etwas, was ihn *wirklich* überraschte: Er lockerte seinen Griff gerade weit genug, daß Angela einen einzelnen, qualvollen Atemzug tun konnte, und sagte: »Gib auf, oder ich breche dich in zwei Teile!«

Angela gurgelte irgendeine Antwort, die vollkommen

unverständlich blieb, riß ihren rechten Arm aus Reinholds Umklammerung und schmetterte ihm die gestreckte Handfläche schräg von unten gegen die Nase.

Reinhold brüllte wie ein verwundeter Stier, taumelte zurück und lockerte seinen Griff noch weiter, und Angela nutzte ihre Chance, sich zwischen seinen Armen hinabgleiten zu lassen. Sie hatte nicht mehr die Kraft, sich abzurollen, und fiel schwer zu Boden, versuchte aber trotzdem noch im Fallen, nach ihrem Gegner zu treten. Sie verfehlte ihn allerdings, denn Reinhold taumelte weiter zurück, verlor endgültig das Gleichgewicht und landete unsanft auf dem Hintern. Heulend schlug er die Hände vors Gesicht. Zwischen seinen Fingern sprudelte hellrotes Blut hervor. Angela hatte sich auf Hände und Knie erhoben, wollte ganz aufstehen, schaffte es nicht und kroch mit hastigen, ungelenkten Bewegungen vor Reinhold davon.

Mit einemmal war Bremer klar, daß sie sich gegenseitig umbringen würden. Er mußte etwas unternehmen. Er brauchte eine Waffe! Und er wußte auch, wo er sie finden würde.

Noch immer halb blind vor Schmerz drehte er sich wieder herum, schleppte sich zu Cremer zurück und drehte ihn auf den Rücken. Cremers Waffe steckte in einem Schulterhalfter, wie erwartet, aber seine Hände waren noch immer so taub, daß er endlose Sekunden brauchte, um sie herauszuziehen. Zitternd richtete er sich auf, hielt die Waffe in beiden Händen und versuchte, seinen Daumen dazu zu zwingen, den Sicherungshebel umzulegen. Es gelang ihm erst beim dritten Anlauf.

Und es war sinnlos. Als er sich herumdrehte, hatten sich Angela und Reinhold wieder aufgerichtet. Reinhold stand sieben oder acht Meter vor ihm und Angela in gerader Linie dahinter. Wenn er daneben schoß, lief er Gefahr, sie zu treffen. Bremer fluchte lauthals. Er brauchte ein besseres Schußfeld. Mit zusammengebissenen Zähnen humpelte er los. Er versuchte, einen Blick auf Angela zu werfen und wünschte sich fast, es nicht getan zu haben.

Ihr Gesicht war schneeweiß. Ihre Lippe blutete noch heftiger, was ihr etwas von einem asymmetrisch geschminkten furchteinflößenden Clown gab, und in ihren Augen stand ein Ausdruck von großem Schmerz.

Ihr Gegner sah allerdings kaum besser aus. Auch sein Gesicht war blutüberströmt, und er schien ein bißchen Mühe zu haben, sich auf den Beinen zu halten. Der Ausdruck in seinen Augen war jedoch nicht der von Schmerz, wie Bremer bestürzt feststellte, sondern eine Mischung aus Unglauben und immer größer werdender Wut. Wenn überhaupt, dann hatte Angela vor allem seinen Stolz verletzt.

»Das war nicht nett von dir, Kleines«, sagte er, während er sich mit dem Handrücken über den Mund fuhr und anschließend stirnrunzelnd das Blut betrachtete, das auf seiner Hand glänzte.

Angela preßte die linke Hand gegen die Rippen und verzog das Gesicht. »Gib auf«, sagte sie.

Reinhold blinzelte. »Wie?!«

»Du bist zu stark für mich, als daß ich dich schonen könnte«, antwortete Angela. »Gib auf.«

Reinhold lachte. Aber nur kurz; der Laut klang eher wie ein Bellen. Dann machte sich ein Ausdruck von tödlichem Ernst auf seinem Gesicht breit. Er trat einen halben Schritt zurück, spreizte die Beine und breitete die Arme halb aus. Seine Schultern waren leicht nach vorne gebeugt, die Hände zu Fäusten geballt. »Dann zeig mal, was du kannst, Schätzchen«, sagte er.

Angela nickte sehr ernst; fast schon mit einem Ausdruck von Bedauern. Sie erblickte Bremer, schüttelte andeutungsweise den Kopf und wandte sich dann wieder ihrem Gegner zu.

Bremer ließ seine Waffe sinken. Er wunderte sich fast ein bißchen selbst über seine Entscheidung, aber er konnte gar nicht anders, als Angelas Wahl zu akzeptieren – auch wenn er wußte, daß die nächste Runde möglicherweise mit ihrem Tod enden würde. Er würde Reinhold erschießen, falls das geschah.

Angela breitete die Arme aus und hob die Hände, bis sie

sich in Kopfhöhe befanden. Ihr Oberkörper begann sich langsam, aber schneller werdend, hin und her zu bewegen, gleichzeitig verlagerte sie ihr Körpergewicht im gleichen Takt von einem Bein auf das andere und wieder zurück. Ihre Bewegungen hatten jetzt wieder jene unheimliche, insektenhafte Geschmeidigkeit. Was sie tat, glich viel mehr einem Tanz als der Vorbereitung für einen Angriff. Bremer hatte eine solche Art, sich zu bewegen, noch nie zuvor gesehen.

Dann begriff er, was sie tat.

Sie schaukelte sich auf. Ihr Körper bewegte sich immer schneller nach rechts und links, vor und zurück, baute Muskelspannung auf eine Art auf, die Bremer bis zu diesem Moment nicht einmal für *möglich* gehalten hatte und bewegte sich dabei immer schneller und schneller.

Und auch Reinhold schien zumindest zu ahnen, was kam. Auf seinem blutüberströmten Gesicht erschien zuerst ein Ausdruck von Überraschung, dann von verächtlichem Triumph. Er gab seine grätschbeinige Haltung auf und streckte das linke Bein nach hinten, hob gleichzeitig die Fäuste vor die Brust, und Angela sprang.

Es war das Unglaublichste, was Bremer jemals gesehen hatte. So unglaublich, daß Bremer es nicht einmal glaubte, als er es *sah*.

Angela katapultierte ihren Körper nahezu senkrecht in die Höhe, drehte sich dann um zwei Achsen zugleich und lag plötzlich waagerecht in der Luft, vollführte eine unmögliche, immer schneller werdende, fünf-, sechs-, siebenfache Pirouette, während der sie sich rasend schnell auf ihren Gegner zuschraubte. Im allerletzten Moment drehte sie sich noch einmal, so daß ihre Beine nach Reinholds Gesicht stießen. Ihr rechter Fuß schmetterte seine abwehrend hochgerissenen Hände zur Seite. Der linke traf einen Sekundenbruchteil später sein Gesicht. Bremer konnte *hören*, wie Reinholds Kiefer brach.

Der langhaarige Agent brüllte auf, spuckte Blut und zerbrochene Zähne und wurde von den Füßen gerissen. Er flog gute zwei Meter durch die Luft, schlug mit grausamer

Wucht auf dem Boden auf und blieb stöhnend liegen. Langsam hob er die Hände und bedeckte sein blutüberströmtes Gesicht. Seine Beine zuckten unkontrolliert.

Bremer humpelte auf Angela zu, die ebenfalls gestürzt war, änderte dann aber seine Richtung, als er sah, daß sie sich schon wieder auf Hände und Knie hochstemmte. So schnell er konnte, eilte er auf Reinhold zu und ließ sich neben ihm auf die Knie herabsinken. Noch vor ein paar Minuten hätte der Agent ihm ohne zu zögern den Schädel eingeschlagen, und Bremer umgekehrt ihm auch. Jetzt wollte er nichts anderes, als ihm irgendwie helfen. Seine Verwundung hatte ihn verändert; von einem Feind war er zu einem Menschen geworden, der litt, und irgendein uralter, sinnvoller Mechanismus in Bremers Seele sorgte dafür, daß der Wunsch, dieses Leiden zu beenden, zumindest für den Moment stärker war als sein Haß.

Aber es gab nicht viel, was er für ihn tun konnte. Eigentlich gar nichts.

Bremer verstand nicht allzu viel von Erste Hilfe. Die Kunden, mit denen er es normalerweise zu tun hatte, benötigten sie im allgemeinen nicht mehr. Aber man mußte auch kein ausgebildeter Rettungssanitäter sein, um zu erkennen, daß es Reinhold wirklich übel erwischt hatte. Sein Unterkiefer und möglicherweise auch ein Teil des Oberkiefers waren zertrümmert. Sein ganzes Gesicht wirkte deformiert, sein offenstehender Mund war schwarz vor Blut. Bremer konnte nicht sagen, ob er noch bei Bewußtsein war oder nicht. Er stöhnte leise, und seine Atemzüge wurden von einem schrecklichen Blubbern und Gurgeln begleitet. Bremer begriff, daß er in Gefahr war, an seinem eigenen Blut zu ersticken.

Hastig legte er die Pistole zu Boden und drehte Reinhold in eine stabile Seitenlage; alles, was er im Moment für ihn tun konnte. Reinhold wimmerte, spuckte Blut und Schleim und ballte die Hände vor dem Gesicht zu Fäusten. Wenn er bei Bewußtsein war, dann in einem Zustand, der dem Koma näher kam als irgend etwas anderes.

Er hörte Schritte, sah aber erst auf, als Angela sich neben

ihm in die Hocke sinken ließ und ihr Schatten über Reinholds Gesicht fiel.

»Warum hast du das getan?« fragte er.

Angela sah ihn stirnrunzelnd an. Sie hatte die Hand nach Reinholds Gesicht ausgestreckt, zog sie nun aber wieder zurück und fragte: »Was glaubst du, was er mit mir gemacht hätte, hätte ich ihn gelassen?«

Bremer hatte *gesehen*, was der Agent Angela um ein Haar angetan hätte. Sein logisches Denken sagte ihm mit einer Klarheit, die keinen Widerspruch duldete, daß Angela gar keine andere Wahl gehabt hatte. Reinhold hätte sie umgebracht, hätte sie ihm die Gelegenheit dazu geboten.

Aber das war nur die eine Seite. Daneben gab es noch eine andere, die zumindest im Moment stärker war als jede Logik, die auf die zertrümmerte Maske herabsah, die einmal ein menschliches Gesicht gewesen war, und die sich vor Entsetzen zusammenzog, wenn sie an die gnadenlose Brutalität zurückdachte, mit der Angela gekämpft hatte. Sie hatte nicht gekämpft, wie ein Mensch kämpfen sollte. Sie hatte sich nicht einmal *bewegt*, wie sich ein Mensch bewegen sollte.

Angela schien zu spüren, daß das nicht die Antwort war, die er hatte hören wollen, denn ihr Blick wurde härter. Zwei, drei Sekunden lang sah sie ihn kalt an, dann ließ sie ihren Blick für die gleiche Zeit auf der Waffe ruhen, die er zwischen seinen Knien abgelegt hatte, und sagte ruhig: »Ich schätze, ich habe ihm das Leben gerettet.«

Bremer fand diese Antwort einfach nicht fair. Richtig, zwingend, aber einfach nicht fair.

Angela blickte ihn noch zwei oder drei Sekunden weiter auf diese schreckliche, kalte Art an, dann hob sie die Augenbrauen, als hätte sie sich selbst in Gedanken eine Frage gestellt und zugleich auch beantwortet, und wandte sich wieder dem verletzten Agenten zu. Ihre Fingerspitzen fuhren ganz sacht über Reinholds Gesicht, berührten sein Kinn, den zerbrochenen Kiefer und das Wangenbein und zogen sich wieder zurück, und etwas beinahe Unheimliches geschah: Reinhold hörte auf zu wimmern. Sein pfeifender Atem beruhigte sich, und Bremer konnte regelrecht sehen, wie die Spannung aus seinem Körper wich.

»Wie ... hast du das gemacht?« fragte er fassungslos.

»Ich habe heilende Hände«, antwortete Angela. Sie seufzte. »Mehr kann ich nicht tun. Wir rufen ihm einen Krankenwagen, sobald wir unterwegs sind. Komm jetzt.«

Während sie sprach, hatte sich ihre Stimme verändert. Etwas von der alten Leichtigkeit war jetzt wieder darin, auch wenn sie Bremer im Moment ziemlich unpassend erschien. Sie stand auf, und auch Bremer erhob sich und steckte in der gleichen Bewegung die Waffe ein, die er Cremer abgenommen hatte. Automatisch wollte er sich nach links wenden, wo Angelas Fiat stand, aber sie schüttelte den Kopf und deutete auf den BMW.

»Wir nehmen den«, sagte sie. »So eine Angeberkarre wollte ich immer schon mal fahren.« Sie lief um den Wagen herum, warf sich hinter das Steuer und startete den Motor, noch bevor Bremer die Beifahrertür öffnen und ebenfalls Platz nehmen konnte. Ihr Fuß spielte nervös mit dem Gas. Die ungezählten PS des BMW brüllten laut genug auf, um auch noch den letzten Schläfer im Umkreis von hundert Metern zu wecken, und Bremer beobachtete etwas, was ihm angesichts ihrer Situation einfach nur absurd vorkam: Angela hatte offensichtlich die Wahrheit gesagt, was ihre Begeisterung für diesen Wagen anging. Ihre Augen leuchteten, und ihre Hände öffneten und schlossen sich im gleichen Takt um das lederbezogene Lenkrad, in dem ihr Fuß mit dem Gas spielte. Es erschien ihm fast unglaublich, daß das die gleiche junge Frau sein sollte, die noch vor drei Minuten vor seinen Augen einen hochtrainierten Nahkampfspezialisten auseinandergenommen hatte. Was er im Moment vor sich sah, das war ein Kind, das ein neues Spielzeug bekommen hatte, und darauf brannte, es auszuprobieren. Und es tat.

Er zog die Tür hinter sich zu, und Angela trat das Gaspedal des BMW warnungslos bis zum Boden durch und ließ zugleich die Kupplung springen. Der Wagen machte einen Satz, der ihn nicht nur bis zur Mitte der Straße katapultierte, sondern Bremer auch so tief in die Sitzpolster preßte, daß ihm die Luft wegblieb, und stellte sich mit durchdrehenden Hinterrädern quer. Unter seinem Heck quoll hellgrauer Qualm hervor.

»Ups!« sagte Angela lachend. »Das war vielleicht ein bißchen heftig. Großer Gott, hat die Kiste eine Power!«

Bremer arbeitete sich mühsam wieder in die Höhe und starrte sie böse an. »Willst du zu Ende bringen, was diese beiden Idioten angefangen haben?« fragte er.

»Schnall dich an«, grinste Angela – und gab Gas.

Bremer griff hastig nach dem Sicherheitsgurt, stemmte die Füße gegen das Bodenblech und hielt den Atem an, bis der Verschluß eingerastet war. Die Kirche war längst hinter ihnen zurückgefallen, und einen Kilometer vor ihnen konnte Bremer ein Stopschild im Licht des Scheinwerfers erkennen. Angela gab erbarmungslos weiter Gas. Der Motor kreischte, und die Häuser rechts und links der Straße bemühten sich, zu ineinanderfließenden Schemen zu werden. Selbst Bremer, der nichts von Autos verstand, begann sich zu fragen, was für eine Maschine unter der Haube des BMW arbeitete. Das Ding beschleunigte wie ein Flugzeug!

»Angela!« sagte er vorsichtig.

»Nimm das Handy.« Sie deutete auf den Apparat, der am Armaturenbrett befestigt war. »Ruf einen Krankenwagen für die beiden.«

Bremer löste das Handy aus seiner Halterung, tippte die 110 ein und zögerte noch einmal. Das Stopschild huschte an ihnen vorbei, ohne daß Angela auch nur den Fuß vom Gas nahm. »Soll ich gleich noch einen zweiten Krankenwagen für uns bestellen?« fragte er. »Das da gerade war ein Stopschild!«

»Die gelten ab drei Uhr nachts nicht mehr«, antwortete Angela grinsend. »Ruf an. Der arme Kerl braucht dringend einen Arzt.«

Bremer drückte die Ruftaste. Als sich der Diensthabende meldete, bestellte er einen Krankenwagen an die Adresse der Straße, auf der sie gerade abgehoben hatten, ignorierte die Frage nach seinem Namen und hängte ein.

»Bitte fahr langsamer«, bat er. »Mir wird schlecht.« Das entsprach sogar der Wahrheit, hatte aber wohl weniger mit Angelas Fahrstil zu tun: Seine Nieren taten so erbärmlich weh, daß er am liebsten laut losgeheult hätte.

»Feigling!« lachte Angela. Vermutlich nur, um ihn zu ärgern, gab sie noch mehr Gas, katapultierte den Wagen mit kreischenden Reifen über eine rote Ampel und trat anschließend so hart auf die Bremse, daß Bremer in den Sicherheitsgurt geworfen wurde. Aber als er sich wieder hochrappelte, rasten sie wenigstens nicht mehr mit hundertdreißig Stundenkilometern durch das nächtliche Berlin, sondern nur noch mit siebzig, vielleicht achtzig.

»Entschuldige«, sagte Angela, »aber das habe ich jetzt gebraucht. Davon habe ich schon lange geträumt, weißt du? Diese Dinger sind unvernünftig, gefährlich und dumm – aber sie machen einfach *Spaß*!«

»Ach?« sagte Bremer säuerlich.

Angela warf ihm einen raschen Blick zu. Sie sagte nichts, nahm den Fuß aber weiter vom Gas, bis sie nur noch mit knapp fünfzig Stundenkilometern dahinrollten. Bremer dankte ihr in Gedanken, drehte sich im Sitz herum und sah in die Richtung zurück, aus der sie gekommen waren.

»Was ist mit deinem Wagen?« fragte er.

»Jemand wird ihn schon finden und abschleppen lassen«, antwortete Angela achselzuckend. »Und wenn nicht, melde ich ihn eben als gestohlen ... Ich kenne da einen Polizisten, der mir bestimmt bei den Formalitäten helfen wird.«

»Expolizisten«, verbesserte sie Bremer. »Jedenfalls bald.«

Angela ging vorsichtshalber nicht darauf ein. »Wie geht es deinen Nieren?« fragte sie. Bremer fragte sich, woher sie von seinem Problem wußte. Sie war erst aufgetaucht, nachdem Cremer ihn zusammengeschlagen hatte. »Danke«, sagte er. »Sie tun ziemlich weh. Vor allem, wenn mich jemand daran erinnert.«

Angela lächelte. »Ich sehe sie mir nachher an«, sagte sie. »Du weißt ja, ich habe heilende Hände.« Sie verzog das Gesicht, betastete mit spitzen Fingern ihre geschwollene Unterlippe und drehte den Rückspiegel so, daß sie sich selbst darin betrachten konnte. Wenn sie jetzt noch einen Lippenstift aus der Handtasche zieht, dachte Bremer, dann wäre das typische Klischee von der Frau am Steuer perfekt.

Statt dessen stieß Angela einen wenig damenhaften Fluch aus und knetete weiter ihre Unterlippe. »Verdammt, noch mal!« schimpfte sie. »Jetzt schau dir an, was der Kerl mit mir gemacht hat! Spätestens morgen früh werde ich aussehen wie der Glöckner von Notre-Dame! Ich hätte diesem Mistkerl noch ein paar Zähne mehr ausschlagen sollen!«

»Ich bin nicht ganz sicher, ob er noch welche übrig hatte«, antwortete Bremer. »Deine Hände können offensichtlich nicht nur heilen.«

»Ich habe ihn gewarnt«, sagte Angela. »Er hätte auf mich hören sollen. Einen schwachen Gegner zu schonen ist leicht. Er war nicht schwach.«

Ihre Worte jagten Bremer einen eisigen Schauer über den Rücken, und für einen Moment sah er Angela wieder als das, was sie auch war: Ein ... *Ding*, das so schnell und gnadenlos töten konnte wie eine Spinne, die lautlos in ihrem Netz lauerte. Er verscheuchte das Bild. Es gefiel ihm nicht.

»Das, was du vorhin angewendet hast«, begann er vorsichtig. »Diese Kampftechnik. Was war das?«

»So etwas lernt man im ersten Semester auf der Schule für Schutzengel«, antwortete Angela spöttisch. »Nur für den Fall, daß man starrsinnigen alten Männern den Hals retten muß, die glauben, sich ganz allein mit dem Rest der Welt anlegen zu können. So etwas soll vorkommen, weißt du?«

»Ich meine es ernst«, sagte Bremer.

Angela sah ihn stirnrunzelnd an. »Warum interessiert dich das?«

»Ich habe früher einmal geboxt«, antwortete Bremer. »Und in meiner Jugend war ich ein großer Bruce-Lee-Fan. Ich kenne alle seine Filme auswendig, und die mit Chuck Norris auch. Aber so etwas habe ich noch nie gesehen.«

»Und es hat dich beeindruckt«, vermutete Angela.

»Es hat mich *erschreckt*«, korrigierte sie Bremer.
»Weil es so effektiv war?«
»Weil es so grausam war.«
Angela seufzte. Sie konzentrierte sich weiter auf die Straße, aber Bremer sah, daß der Ausdruck von Spott auf ihrem Gesicht erlosch. »Du verwechselst Grausamkeit mit Kompromißlosigkeit«, sagte sie. »Wie die meisten. Was du gesehen hast, war nicht grausam. Es war konsequent.«
»Es war ...«
»Du hast noch niemals wirklich gekämpft, habe ich recht?« unterbrach ihn Angela.
»Ich dachte, ich hätte dir gerade erzählt ...«
»Daß du früher einmal geboxt hast, ja.« Daß sie ihn zum zweitenmal innerhalb weniger Sekunden unterbrach, sagte mehr über ihre Verfassung aus, als ihr vermutlich bewußt war. Von ihrem Lächeln oder gar dem Spott in ihrer Stimme war nichts mehr geblieben. »Das habe ich nicht gemeint. Das ist ein Spiel. Manchmal tut ihr euch dabei weh. Manchmal wird sogar jemand verletzt, aber es bleibt ein Spiel. Du hast niemals wirklich gekämpft, habe ich recht?«
Bremer schwieg, und Angela sagte nach einer Sekunde noch einmal und in verändertem, bitterem Tonfall: »Du hast niemals wirklich gekämpft. Du weißt nicht einmal, was das ist. Ich schon. Ich habe es gelernt. Du greifst an, der andere verteidigt sich, du greifst härter an. So einfach ist das. Es ist nicht wie in deinen Boxkämpfen. Und auch nicht wie in deinen Filmen, weißt du? Es geht nicht um Fairneß oder Anstand, sondern nur um Leben oder Tod.«
Es hätte eine Menge gegeben, was er darauf hätte sagen können, aber er schwieg. Angelas Worte hatten ihn auf eine seltsame Weise berührt. Wäre sie nur ein paar Jahre jünger gewesen, hätte er sie einfach als lächerlich empfunden; genau die Art von pseudointellektuellem Geschwafel, mit dem man pickelgesichtige Fünfzehnjährige beeindrucken konnte. Wäre sie mehr als nur ein paar Jahre älter gewesen, dann hätten ihn diese Worte vielleicht beeindruckt. So ... verunsicherten sie ihn. Obwohl er noch das Gefühl hatte,

einen Dialog aus einem billig heruntergedrehten und noch schlampiger synchronisierten Eastern zu lauschen, enthielten sie trotzdem ein Quentchen Wahrheit, das ihm unangenehm war.

Aus keinem anderen Grund als dem, das Thema zu wechseln, räusperte er sich ein paarmal und fragte dann: »Woher wußtest du überhaupt, wo ich bin?«

»Ich wußte es nicht«, antwortete Angela offen heraus. »Ich habe dich beschattet.«

»Die ganze Zeit?« Er hatte nichts davon bemerkt, was bedeutete, daß sie sich zumindest nicht allzu ungeschickt angestellt hatte.

»Beinahe die ganze Zeit. Nachdem du in der Kirche verschwunden warst, habe ich die beiden Kerle in dem BMW beschattet. Was hattest du eigentlich vor?«

»Vor?«

»Wenn es dir gelungen wäre, sie zu überrumpeln.«

Bremer hob die Schultern. »Ehrlich gesagt, weiß ich es nicht. So weit habe ich nicht geplant.«

»Ich verstehe«, grummelte Angela. »Du legst dich immer mit hochtrainierten Profischlägern an, ohne einen Plan zu haben.«

»Kein Plan ist oft der beste«, antwortete Bremer verärgert. Angelas Überheblichkeit ärgerte ihn – vor allem, weil sie berechtigt war. »Eigentlich solltest du das wissen, wo du doch so auf fernöstliche Kampfkunst stehst. Keine Strategie übersteht den ersten Kontakt mit dem Feind.«

»Also ist es nur konsequent, erst gar keine zu haben.« Angela schüttelte seufzend den Kopf. »Wie alt bist du eigentlich?«

»Auf jedem Fall alt genug, um dein Vater sein zu können«, sagte Bremer zornig. »Was soll das?«

»Oh, nichts«, antwortete Angela achselzuckend. »Ich frage mich nur, wie du mit dieser Einstellung so alt geworden bist. Die beiden hätten dich fertiggemacht, selbst wenn du eine richtige Waffe gehabt hättest.«

»Woher weißt du das?« fragte Bremer rasch.

»Was?«

»Daß ich keine richtige Waffe hatte. Du warst nicht einmal in der Nähe!«

»Deine Pistole liegt immer noch in deinem Schreibtisch«, antwortete Angela. »Und ich glaube nicht, daß dir Vater Thomas mit einer Schußwaffe aushelfen konnte. Also mußtest du bluffen. Was hast du benutzt? Einen Stock?«

»Einen Labello-Stift«, gestand Bremer. Er glaubte ihr kein Wort. Ihre Erklärung klang einleuchtend und logisch, und trotzdem überzeugte sie ihn nicht.

Das Telefon schrillte. Bremer hob ganz automatisch die Hand, um danach zu greifen, aber Angela schüttelte rasch den Kopf und schaltete das Gerät aus.

»Warum hast du das getan?« fragte Bremer.

»Man kann die Dinger anpeilen«, antwortete Angela. »Ich hätte gleich daran denken sollen. Meine Schuld ... oder erwartest du zufällig einen dringenden Anruf?«

Bremer runzelte ärgerlich die Stirn. Angelas Stimme hatte wieder den flapsigen Ton angenommen, den er von ihr gewohnt war. Aber jetzt, wissend, wozu sie in der Lage war, funktionierte er einfach nicht mehr. Wahrscheinlich würde er sie nie wieder so sehen können, wie er es bisher getan hatte. »Also gut«, sagte er. »Jetzt, nachdem wir dafür gesorgt haben, daß uns niemand aufspüren kann: Wohin fahren wir?«

»Keine Ahnung«, antwortete Angela. »Ich bin nur das mobile Einsatzkommando. *Du* bist der Pfadfinder.«

Und damit war er wieder so schlau wie vor einer Stunde.

17

Das Heulen der Krankenwagensirene war in den letzten Minuten beständig lauter geworden, ohne wirklich näher gekommen zu sein. Hinter zahlreichen Fenstern auf beiden Seiten der Straße war Licht angegangen, und ein- oder zweimal hatte sich sogar eine Tür geöffnet, ohne daß allerdings irgend jemand herausgekommen wäre. Selbst die

Schatten hinter den Fenstern waren nur manchmal zu sehen, fast als spürten die Menschen, daß unten auf der Straße noch mehr war als die beiden reglosen Gestalten, die ausgestreckt im Scheinwerferlicht des mit laufendem Motor dastehenden Fiat dalagen; etwas Gefährliches, womöglich Tödliches, dessen Nähe sie besser mieden.

Das Geschöpf hatte begonnen, aus den Schatten zu materialisieren, kaum daß der BMW abgefahren war. Es stand einfach da, reglos, schweigend, und starrte die beiden bewußtlosen Gestalten an. Manchmal bewegten sich seine grausamen Hände, und manchmal, noch seltener, raschelte eine seiner riesigen ledrigen Schwingen, scharrte eine Klaue über Asphalt. Es wartete.

Das Geräusch des Krankenwagens kam nun endgültig näher. Am westlichen Ende der Straße erschien ein Scheinwerfer unter einem zuckenden Blaulicht, und gleichzeitig begann sich aus der entgegengesetzten Richtung eine andere, hellere Sirene zu nähern.

Die Kreatur drehte den Kopf und starrte das näherkommende Blaulicht an. Die hektisch zuckenden Reflexe spiegelten sich auf seinen Augen und erfüllten sie für einen Moment mit der Illusion von Leben, das niemals darin gewesen war.

Dann zog sie sich lautlos und schnell wieder in die Dimension zurück, aus der sie gekommen war, als wäre sie wirklich nicht mehr als ein Schatten gewesen.

18

Braun schaltete das Handy aus, betrachtete den Apparat einen Moment lang nachdenklich und ließ ihn dann mit einem angedeuteten Achselzucken in der Jackentasche verschwinden. Cremer antwortete nicht; das war ärgerlich, aber nicht einmal besonders außergewöhnlich. Cremer gehörte nicht unbedingt zu seinen zuverlässigsten Mitarbeitern. Es kam oft vor, daß er sich nicht sofort meldete, weil er nicht an seinem Platz war oder auch einfach keine Lust hatte. Cremer gehörte zu jenen Männern, die insgeheim nach Autorität suchten, sich aber trotzdem schwer damit taten, sie anzuerkennen, und deshalb immer wieder im kleinen den Aufstand probten. Solange er es dabei bewenden ließ, dann und wann auf einen Anruf verspätet zu reagieren oder einen Befehl ein wenig großzügig zu interpretieren, ließ ihm Braun diese kleinen revolutionären Anwandlungen. Heute war er allerdings zu weit gegangen. Er hatte sein Handy nach dem ersten Klingeln ausgeschaltet, und das würde Braun ihm nicht mehr durchgehen lassen.

Aber heute nacht ging ja sowieso alles schief.

Braun fuhr sich mit beiden Händen durch das Gesicht, unterdrückte ein Gähnen und ließ seinen Blick über die Schreibtischplatte vor sich schweifen. Theoretisch. Praktisch konnte er keinen Quadratzentimeter davon sehen, denn der Tisch quoll über von Ordnern, Computerausdrucken und Plastikschnellheftern, auf denen in feuerroten Buchstaben das Wort VERTRAULICH prangte. Der Anblick störte ihn in zweierlei Hinsicht. Zum einen haßte Braun Unordnung. Er war kein wirklicher Pedant, aber doch nicht allzu weit davon entfernt, und wenn die Theorie stimmte, daß der Arbeitsplatz eines Menschen seinen seelischen Zustand widerspiegelte, dann war bei ihm wirklich *einiges* nicht mehr im Lot.

Zum anderen – und das war weitaus schlimmer – bewies das Chaos auf seinem Schreibtisch etwas, was er schon seit einer geraumen Weile befürchtete: Die Sache lief aus dem Ruder. Und das gründlich.

Braun nahm einen der schmalen Ordner zur Hand, schlug ihn auf und blätterte ziellos darin herum, ohne allerdings wirklich zu lesen. Er kannte ihn ohnehin auswendig; so, wie er *jedes* der Schriftstücke auf seinem Schreibtisch auswendig kannte. Es waren eine Menge bedruckter Seiten, trotzdem auch wieder erstaunlich wenige, wenn man die Größe der Aufgabe bedachte, die sie sich gestellt hatten.

Fünf Jahre, dachte er. Fünf Jahre lang hatte alles geklappt wie am Schnürchen. Sie waren langsam voran gekommen, aber damit hatten sie gerechnet, trotzdem aber stetig, und sie hatten Fortschritte gemacht, mehr und größere als irgendeiner der Beteiligten – ihn selbst ausgenommen – auch nur ahnte. Seit ein paar Wochen aber lief alles schief. Und er wußte nicht einmal, warum.

Auch das war etwas, was Braun außerordentlich ärgerte. Er hätte es wissen müssen. Er war sozusagen die Schaltzentrale in dieser Geschichte, der Knotenpunkt, an dem alle Informationen zusammenliefen und sich zu einem Ganzen zusammenfügten. Er. Sein Gehirn, nicht das Sammelsurium bedruckten Papiers vor ihm, und erst recht keine Datenbank, denen er nicht traute. Braun setzte die modernste Technik ein, wo es nur ging, aber Computerdateien mißtraute er zutiefst. Schon weil er wie kaum ein anderer wußte, wie lächerlich das Wort *Datensicherheit* im Grunde war.

Das Telefon klingelte. Braun setzte dazu an, in die Tasche zu greifen, realisierte erst dann, daß es der Apparat auf seinem Schreibtisch war, nicht das Handy, und fegte unwillig einen Hefter zur Seite, um an das Gerät zu gelangen. Der Apparat hatte die Größe eines Notebooks und sah auch ungefähr so aus. Als Braun ihn aufklappte, schaltete sich der briefbogengroße LCD-Bildschirm darin automatisch ein, und er blickte in ein müdes Gesicht mit dunklen Tränensäcken unter den Augen und wirrem Haar. Die Uhrzeit, die automatisch am unteren linken Bildschirmrand eingeblendet wurde, paßte zu der Müdigkeit in diesem Gesicht. Drei Uhr zwölf. Braun fragte sich, warum er eigentlich nicht müde war. Er hatte vor fast sechsunddreißig Stunden das letztemal geschlafen.

»Ja!« sagte er knapp.

»Guten Morgen, Herr Braun«, sagte Mecklenburgs Assistent. Braun konnte sich im Moment nicht an seinen Namen erinnern. Seine Müdigkeit machte sich wohl doch stärker bemerkbar, als er angenommen hatte. »Es tut mir leid, daß ich Sie so spät noch einmal störe, aber hier geht etwas vor, was Sie wissen sollten.«

»Das macht nichts«, antwortete Braun. »Ich habe nicht geschlafen. Was gibt's?«

Mecklenburgs Assistent druckste einen Moment herum und wußte augenscheinlich nicht mehr, wohin mit seinem Blick. Es war deutlich, daß er Angst vor seiner eigenen Courage hatte. Einen Entschluß zu fassen war eben manchmal doch leichter, als ihn in die Tat umzusetzen. »Wir haben wieder ... Aktivitäten«, sagte er schließlich.

»Aktivitäten?« Braun wußte genau, was er meinte. Er erinnerte sich jetzt auch an seinen Namen. »Haymar«, antwortete Grinner nervös. »Seine ... zerebralen Werte sind mittlerweile so hoch, daß wir sie nicht mehr messen können.«

Warum war Braun eigentlich nicht überrascht? »Was sagt Doktor Mecklenburg dazu?«

»Nichts«, antwortete Grinner. »Ich meine: Er weiß es nicht. Er ... hat sich vor einer halben Stunde hingelegt, um ein bißchen zu schlafen.«

Und du hast es natürlich nicht für nötig gehalten, ihn zu wecken, dachte Braun. Der erste Eindruck, den er von Grinner gehabt hatte, schien richtig gewesen zu sein. Der Mann war ein Intrigant, hatte aber nicht die Charakterstärke, um diese Rolle mit Erfolg auszufüllen. Er würde mit Mecklenburg reden. Nein. Braun korrigierte sich in Gedanken. Er würde höchstpersönlich dafür sorgen, daß Grinner in eine hübsche kleine Wetterbeobachtungsstation am Polarkreis versetzt wurde, sobald diese Krise hier vorbei war.

»In Ordnung«, sagte er. »Ich komme nach unten. Wecken Sie den Professor.«

Er klappte das Gerät zu, stand auf und verließ mit schnellen Schritten das Zimmer. Ein menschenleerer, nur schwach erhellter Korridor nahm ihn auf. In der Luft hing ein ganz sachter Kieferduft, der die Stelle des Aerosol-Geruchs früherer Zeiten eingenommen hatte, und der teure Teppichboden dämpfte das Geräusch seiner Schritte fast bis zur Unhörbarkeit. Die Wände des langen Korridors waren mit pastellfarbenem Kunststoff verkleidet, und es gab eine Anzahl hochwertiger Kunstdrucke in teuren Rahmen. Die Architekten, die dieses Gebäude vor fünf Jahren renoviert hatten, hatten sich jede nur erdenkliche Mühe gegeben, seine Besucher vergessen zu lassen, daß sie sich in einem Krankenhaus befanden. Braun vergaß es keine Sekunde. Er hatte eine tiefsitzende Abneigung gegen Krankenhäuser. Die St.-Elizabeth-Klinik mochte mit zu den teuersten und vornehmsten Privatkliniken des Landes gehören, aber eine Klapse blieb eine Klapse, auch wenn man sie vergoldete. Braun wußte natürlich, daß der Gedanke vollkommen irrational war, und er hätte es niemals zugegeben – aber tief in sich war er der Überzeugung, daß ein Gebäude sich stets den Menschen anpaßte, die darin lebten. All die Bekloppten, die hinter den mahagoniverkleideten Stahltüren saßen und sich für Napoleon hielten oder versuchten, Eier zu legen, konnten nicht ohne Wirkung auf dieses Haus geblieben sein.

Braun betrat den Aufzug am anderen Ende des Ganges, drückte den Knopf für die unterste Etage und wartete, bis sich die Türen geschlossen hatten. Dann drückte er noch dreimal hintereinander auf den Knopf und blickte eine Sekunde lang starr in den kleinen Spiegel, der in der Rückwand der Kabine angebracht war. Die winzige Kamera dahinter tastete seine Netzhaut ab und verglich die Aufnahme mit den gespeicherten Daten. Scheinbar änderte sich dadurch nichts, aber als das Licht für die Kelleretage über der Tür aufleuchtete, fuhr der Lift noch ein gutes Stück weiter, bevor er endlich anhielt und die Türen aufglitten.

Ein weiterer, sehr viel schmuckloserer Gang nahm ihn auf. Es gab nur wenige Türen, und die Wände bestanden aus nacktem Beton, ihr einziger Schmuck waren symmetrisch verlegte Kabelbündel und Rohrleitungen. Das gedämpfte Wummern eines schweren Generators ließ die Luft erzittern. Es roch nach heißem Öl, Feuchtigkeit und Moder.

Braun ging mit schnellen Schritten bis zu der massiven Stahltür am Ende dieses Ganges, öffnete sie mit Hilfe des Netzhautscanners an der Wand daneben und vertrieb sich die Wartezeit, die die Mechanik brauchte, um die halbtonnenschwere Tür zu öffnen, mit der Frage, was eigentlich geschehen würde, wenn es hier unten einmal zu einem totalen Systemzusammenbruch kam. Es war unwahrscheinlich, aber langjährige bittere Erfahrung hatte Braun gelehrt, daß jeder Mist, der passieren konnte, auch irgendwann passierte. Die Antwort auf seine Frage war nicht besonders ermutigend. Abgesehen von ihm selbst, Mecklenburgs Team und einer handverlesenen Anzahl Männer gab es niemanden in dieser Stadt, der auch nur wußte, daß dieses unterirdische Labor *existierte*. Die Anlage war eine regelrechte Festung, und sie war vor allem darauf ausgelegt, ihre Insassen *drinnen zu halten*. Wenn der Strom und mit ihm sämtliche Computer ausfielen, dann saßen sie hier unten wie die Ratten in der Falle.

Die Tür sprang mit einem metallischen Geräusch auf, und Braun betrat das Labor. Der Raum war taghell erleuchtet und kam ihm noch kleiner vor als sonst, obwohl sich weniger Menschen darin aufhielten. Konkret waren es nur Grinner und Mecklenburg; seine beiden anderen Assistenten hatte er vorhin auf Brauns Weisungen fortgeschickt. Grinner wirkte noch nervöser als vorhin am Telefon, während Mecklenburg nicht den Eindruck machte, als wäre er schon ganz wach.

»Also?« fragte er knapp.

Mecklenburg gähnte und sah weg, und Braun hätte auch ohne das verräterische Funkeln in seinen Augen gewußt, daß er nur den Ahnungslosen spielte. Er wußte ganz genau, was vorging. Aber es war ihm entweder egal, oder er wartete in aller Ruhe ab, um seinen Assistenten im passenden Moment auflaufen zu lassen.

Braun war nicht in der Stimmung für Spielchen. Ganz gewiß nicht. »Das wissen Sie doch«, sagte er. »Oder hat Ihnen Kollege Grinner noch nicht alles erzählt?«

Braun sah aus den Augenwinkeln, wie der junge Forschungsassistent zusammenfuhr und noch nervöser wurde. Normalerweise hätte er die Situation genossen. Er liebte es, Leute fertigzumachen. In diesem Punkt ähnelte er seinem ungeliebten Mitarbeiter Cremer (der in diesem Moment in der Notaufnahme einer Unfallklinik auf den OP gehoben wurde und wenige Augenblicke später ins Koma fallen sollte), nur, daß er dazu nicht die Fäuste einsetzte, sondern weitaus subtilere Methoden vorzog. Aber er war *wirklich* nicht in der Stimmung für Spielchen.

Mecklenburg schien das zu spüren, denn er fuhr von sich aus und in kein bißchen verschlafenem Ton fort: »Anscheinend lieben Sie es, mich immer wieder dasselbe sagen zu hören. Also gut: Ich weiß es nicht. Irgend etwas geht in seinem Gehirn vor, das ist alles, was ich Ihnen sagen kann. Das ist vielleicht keine sehr wissenschaftliche Antwort, aber leider die einzige, die Sie von mir hören werden. Oder sind Sie anderer Meinung, Kollege Grinner?«

Grinner antwortete nicht, sondern zog nervös die Unterlippe zwischen die Zähne und drehte sich weg. Nach einer Weile fuhr Mecklenburg fort: »Wenn der Mann da drinnen schlafen würde, dann würde ich sagen, daß er den schlimmsten Alptraum aller Zeiten hat. Aber er schläft ja nicht.«

»Und wenn doch?« fragte Braun. Nachdenklich näherte er sich der Panzerglasscheibe und betrachtete wieder einmal den zweieinhalb Meter langen, schwarz verchromten Sarkophag, der ganz allein in dem Raum dahinter stand.

»Wie meinen Sie das?«

»Wie ich es sage«, antwortete Braun. »Wir glauben, daß er tot ist. Aber was ist, wenn er noch lebt ... irgendwie?«

Mecklenburg gab ein komisches Schnauben von sich. »Falsch, Herr Braun«, sagte er. »*Sie* glauben, daß er tot ist. Ich *weiß*, daß er es ist. Der Mann ist vor über einem Jahr gestorben.«

»Und wieso funktioniert sein Gehirn dann noch?«

»Das tut es nicht«, behauptete Mecklenburg. »Die elektrischen Aktivitäten, die wir messen, sind nur da, weil *wir* sein Gehirn damit stimulieren, um es vor dem Verfall zu bewahren. Wenn wir den Stecker herausziehen würden, wäre es vorbei.«

»Und trotzdem wissen Sie nicht ...«

Mecklenburg unterbrach ihn gereizt. »Sie sagen es. Ich weiß *nichts*. Niemand weiß, was hier vorgeht! Weil niemand vorher versucht hat, das Gehirn eines Menschen so lange künstlich am ...« Er stockte. Braun vermutete, daß er nach Worten suchte, weil er den Begriff *Leben* nicht verwenden wollte. Es dauerte gute drei Sekunden, bis er weiter sprach. »... am Funktionieren zu halten! Wir betreten vollkommenes Neuland. Genausogut könnten wir mit einem Raumschiff losfliegen und auf dem erstbesten Planeten landen, ohne vorher auch nur aus dem Fenster zu sehen! Vielleicht ist das, was im Moment in seinem Gehirn vorgeht, ganz normal. Vielleicht auch nicht. Woher zum Teufel soll ich das wissen?«

Braun hatte den Professor selten so aufgebracht erlebt. Anscheinend war er nicht der einzige, an dessen Nerven die Situation zerrte. »Ich wollte Ihnen nicht zu nahe treten, Professor«, sagte er versöhnlich. »Ich wollte nur ...«

»Sie wollten vor allem *nicht* meine Meinung hören«, unterbrach ihn Mecklenburg. »Aber auch, wenn sie Sie nicht interessiert: Was wir hier tun, ist Wahnsinn! Es ist sinnlos, es ist unethisch und vielleicht sogar gefährlich. Wir sollten es beenden.«

»Über dieses Thema haben wir bereits gesprochen«, sagte Braun.

»Das haben wir nicht!« schnaubte Mecklenburg. Er war ganz offensichtlich dabei, sich in Rage zu reden. »*Sie* haben gesprochen, und ich habe zugehört. Was ist los mit Ihnen, Herr Braun? Haben Sie plötzlich Gewissensbisse?«

»Warum sollte ich?« fragte Braun. »Wenn Sie recht haben, gibt es dafür keinen Grund. Sagten Sie gerade nicht selbst, daß das da drinnen schon lange kein lebender Mensch mehr ist?«

»Und wenn ich mich täusche?«

Das war absurd. Mecklenburg attackierte ihn mit der gleichen Frage, die er noch vor ein paar Sekunden so vehement verneint hatte. Trotzdem fuhr er fort: »Was ist, wenn ich mich irre? Wenn wir uns alle täuschen, und das da drinnen doch mehr sind als hundertfünfzig Pfund Fleisch, die Sie nach Belieben melken können? Denken Sie einmal *darüber* nach. Und während Sie es tun, wünsche ich Ihnen unangenehme Träume!« Er fuhr wütend herum und stampfte zur Tür.

»Wo wollen Sie hin?« fragte Braun.

»Nach Hause«, antwortete Mecklenburg, ohne stehenzubleiben oder auch nur zu ihm zurückzusehen. »Ich gehe schlafen. Falls Sie Probleme haben, wenden Sie sich vertrauensvoll an Kollege Grinner. Er weiß von alledem genauso viel wie ich!«

Braun hätte ihm befehlen können zu bleiben, aber er verzichtete darauf. Mecklenburg war müde und nervös, weil er nicht verstand, was hier vorging. Er hatte dieses reinigende Gewitter gebraucht. Morgen würde er angekrochen kommen und ihn um Verzeihung bitten – beziehungsweise so tun, als wäre gar nichts geschehen, was seine Art von *angekrochen kommen* war. Braun nahm ihm diesen Ausbruch nicht übel. Er beneidete Mecklenburg sogar ein bißchen um die Fähigkeit, seinen Gefühlen wenigstens manchmal freien Lauf lassen zu können. Er wünschte sich, ebenfalls dazu in der Lage zu sein.

Er drehte sich wieder herum und blickte den Stahlsarg an. Dann ging er zur anderen Seite der großen Scheibe, hob die Hand an die Tastatur daneben und tippte eine sechsstellige Codenummer ein. Ein helles Summen erklang, und in der Wand neben der Glasscheibe öffnete sich eine mit spiegelndem Metall verkleidete Tür. Braun trat hindurch, wartete, bis sich die Tür hinter ihm geschlossen hatte und öffnete dann die innere Tür der sterilen Schleuse. Das Thema *steril* hatte sich erledigt, als er seinen Override-Code benutzt hatte, um den Raum in seiner normalen Straßenkleidung zu betreten, aber das spielte wahrscheinlich keine Rolle mehr. Außerdem war es sowieso nur eine überflüssige Vorsichtsmaßnahme, um irgendeinem ebenso überflüssigen Sicherheitsprotokoll Genüge zu tun. Der Sarkophag selbst war nicht nur luftdicht, sondern bestand darüber hinaus aus einem Material, das so gut wie allen bekannten Strahlungen standhielt und sich vom Vakuum des Weltalls ebenso wenig beeindrucken ließ wie von einem Druck in viertausend Metern Wassertiefe. Das bißchen Straßenstaub, das er mit hereinbrachte, war lächerlich.

Draußen im Labor begannen ein halbes Dutzend Com-

puter zu lamentieren, die diesen Verstoß gegen die Sicherheitsvorschriften als nicht ganz so lächerlich erachteten, und Braun sah durch die Scheibe, daß Grinner plötzlich alle Hände voll zu tun hatte, von einem Pult zum anderen zu hasten und sie zum Schweigen zu bringen. Er blieb einen Moment stehen, wo er war, dann trat er langsam an das Kopfende des Sarkophags heran. Das schwarz verchromte Metall strahlte eine fühlbare Kälte aus, und Brauns Gesicht spiegelte sich als verzerrt bleiche Totenmaske darauf. Vielleicht war es auch gar nicht sein Gesicht. Vielleicht sah er nicht das, was wirklich da war, sondern das Gesicht, das unter den acht Schichten aus Metall und Keramik verborgen war, das Gesicht des Mannes, den sie vor fünf Jahren lebendig in diesem Sarkophag begraben hatten, lange, bevor er wirklich gestorben war.
Haymar.
Er hatte den Mann gekannt. Sie waren einmal Kollegen gewesen. Keine Freunde – Haymar hatte keine Freunde gehabt. Wer suchte schon die Freundschaft eines Psychopathen, der fast genau so verrückt war wie die Irren, die er jagte? Braun verspürte keine Gewissensbisse. Wenn es einen Menschen auf der Welt gab, der es verdient hätte, auf diese Weise zu enden, dann war es Haymar. Und sie hatten schließlich gar keine andere Wahl gehabt. Er erinnerte sich noch zu gut an die Frage, die Bremer Sillmann gestellt hatte, kurz bevor die Wirklichkeit in Stücke brach und der Irrsinn zu reagieren begann: *Können Sie sich vorstellen, was passiert, wenn dieses Zeug in die Hände eines echten Psychopathen fällt?*

Er *konnte* es sich vorstellen. Er hatte es erlebt. Haymar hatte das halbe Krankenhaus und zwei Drittel des Einsatzkommandos ausgelöscht, bevor sie endlich begriffen hatten, was wirklich geschehen war. Hätten sie ihn damals nicht im letzten Moment ausgeschaltet ...

Nein. Braun *wollte* den Gedanken nicht zu Ende denken. Haymar war tot, und er hatte sich jede Sekunde des Leids, das er vorher durchstanden hatte, hundertfach verdient.

Und wenn nicht? wisperte eine Stimme in seinen Gedanken. Was, wenn er nicht tot ist? Wenn er noch lebt? Irgendwie?

Dann hatte er es genau so verdient, antwortete Braun trotzig. Und sei es nur für den unwahrscheinlichen Fall, daß es *keine* Hölle gab.

Sein Handy piepste. Braun riß den Apparat regelrecht aus der Tasche, klappte ihn auf und drückte die Sprechtaste, ohne auch nur vorher auf das Display zu schauen und die Nummer des Anrufers zu identifizieren. Er wußte, daß es Cremer war, und er würde ihm gehörig den Marsch blasen. »Habt ihr ihn endlich?« schnappte er.

Es war nicht Cremer. Die Stimme war so dünn, daß Braun im ersten Moment Mühe hatte, sie zu identifizieren. Sein Handy war ein Hochleistungsgerät, aber er befand sich unter unzähligen Tonnen Beton, Erdreich und Metall, und selbst die modernste Technik blieb noch ungefähr drei Lichtjahre hinter Brauns Wünschen zurück.

»Malchow hier«, flüsterte eine verzerrte Stimme an sein Ohr. »Ich bin im St.-Elizabeth-Krankenhaus. Reinhold und Cremer sind gerade eingeliefert worden.«

Braun vergaß schlagartig alles, was er sich zu Cremers Begrüßung zurechtgelegt hatte. Sein Gehirn schaltete von einem Sekundenbruchteil zum anderen um und arbeitete jetzt wieder so präzise und kalt wie ein Computer. »Was ist passiert?«

»Das weiß ich nicht«, antwortete Malchow. Braun rekapitulierte blitzschnell, was er über den Agenten wußte. Ein ruhiger, präzise arbeitender Mann, vielleicht mit einem leichten Hang zur Selbstüberschätzung. Sehr zuverlässig. Wenn er sagte, daß er nichts wußte, konnte er sich jede Nachfrage sparen. »Die beiden sind gerade eingeliefert worden. Die diensthabende Krankenschwester hat die Notfallnummer auf Cremers Ausweis angerufen. Cremer liegt im Koma. Eine schwere Gehirnerschütterung, vielleicht ein Schädelbruch. Er wird durchkommen, aber es kann Tage dauern, bis er vernehmungsfähig ist.

»Und Reinhold?«

»Der wird vielleicht nie wieder reden können«, antwortete Malchow. »Er sieht aus, als hätte jemand versucht, ihn mit einem Vorschlaghammer zu rasieren. Die beiden sind übel zusammengeschlagen worden.«

Für einen Mann wie Malchow war das eine ungewöhnliche Meldung, dachte Braun, die deutlicher als alles andere zeigte, wie sehr ihn das, was er gerade gesehen hatte, beeindruckt haben mußte. »Bremer?« fragte er.

»Keine Spur von ihm«, antwortete Malchow. »Aber wir haben den Wagen der Kleinen gefunden. Er stand mit laufendem Motor auf der Straße. Dafür ist Cremers Wagen verschwunden.«

Braun runzelte die Stirn. Was bedeutete das? Bremer hätte gegen einen Mann wie Reinhold nicht einmal dann eine Chance, wenn dieser mit auf dem Rücken zusammengebundenen Händen gegen ihn angetreten wäre. Innerlich aber triumphierte er. Wenn die beiden wirklich so dumm gewesen waren, Cremers BMW zu nehmen, dann hatten sie sie.

»Okay«, sagte er knapp. »Peilen Sie den Wagen an. Ich will drei komplette Teams vor Ort haben. Aber laßt euch nicht sehen und greift nicht ein, bis ich selbst da bin. Ich bin unterwegs.«

Er steckte das Handy ein und drehte sich gleichzeitig herum, um den Raum zu verlassen. Diesmal schien es Ewigkeiten zu dauern, bis sich die Sicherheitstür öffnete; und noch länger, bis er endlich durch die Schleuse hindurch war. Im Sturmschritt durchquerte er das Labor, blieb aber vor dem Ausgang noch einmal stehen und drehte sich herum. Seine Gedanken arbeiteten schnell und präzise wie schon lange nicht mehr. Es war zehn, vielleicht fünfzehn Minuten her, daß jemand, von dem er nun wußte, daß es Bremer gewesen war, Cremers Handy ausgeschaltet hatte. Und ungefähr zur gleichen Zeit ...

»Grinner?«

Es dauerte eine oder zwei Sekunden, bis das bleiche Gesicht des Forschungsassistenten hinter einem Computerpult auftauchte. »Herr Braun?«

»Diese ... zerebralen Aktivitäten, oder wie Sie es nennen wollen – Sie haben doch Aufzeichnungen davon gemacht?«

»Selbstverständlich.«

»Gut«, antwortete Braun. »Dann machen Sie mir einen Ausdruck. Ich will genau wissen, wie heftig sie waren. Und vor allem *wann*.«

19

Sie waren eine gute Viertelstunde ziellos durch die Stadt gefahren, ehe Bremer sich endlich entschieden hatte. Angela hatte ihre Begeisterung für schnelle Wagen in dieser Zeit zumindest weit genug im Zaum gehalten, daß sie keiner Verkehrsstreife auffielen und womöglich auf der Stelle verhaftet wurden, und sie hatten auch noch in anderer Hinsicht Glück: Bremer ließ Angela vor einer Telefonzelle anhalten und blätterte das Telefonbuch durch, das er darin fand, und die Adresse, die er ihr danach nannte, war nur wenige Blocks entfernt. Trotzdem war es fast vier, als sie vor dem vierstöckigen Appartementhaus anhielten und ausstiegen.

Angela legte den Kopf in den Nacken und blinzelte an der mit kupferfarbenem Spiegelglas verkleideten Fassade empor. »Erstaunlich«, sagte sie.

»Was?«

»Ich hätte mir vorgestellt, daß ein Mann wie dieser Professor Mecklenburg in einer Villa im Grünen wohnt«, sagte sie. »Nicht in so einem Haus.«

»Wahrscheinlich gehört es ihm«, antwortete Bremer achselzuckend. Er hatte ihr nicht erzählt, daß Mecklenburg Professor war. Er sagte nichts, notierte sich den Punkt aber auf einer länger werdenden Liste von Fragen, die er ihr stellen würde, wenn sich die Gelegenheit dazu ergab. Im Moment hatten sie andere Probleme.

Bremer sah sich aufmerksam in beide Richtungen um, ehe sie auf die Straße hinaustraten. Die Gegend war so ziemlich das genaue Gegenteil von der, in der sie auf Cremer und Reinhold getroffen waren. Die Häuser waren modern und gepflegt, und sämtliche Straßenlaternen brannten. Mit Ausnahme des BMW stand kein einziger Wagen auf der Straße. Wenn sie beobachtet wurden, hatten sich ihre Verfolger gut getarnt.

Bremer schüttelte die Vorstellung ab. Sie wurden nicht beobachtet. Es war ihrer Sache nicht dienlich, wenn er seiner Paranoia freien Lauf ließ.

Sie überquerten die Straße. Die Hausbeleuchtung ging automatisch an, als sie sich dem Eingang näherten. Bremer musterte die Namensschildchen neben den beleuchteten Klingelknöpfen und stellte ohne Überraschung fest, daß Mecklenburg im obersten Stockwerk wohnte. Seine Klingel war die einzige, die allein in einer Reihe stand. Vermutlich eine Penthouse-Wohnung. Vielleicht hatte er mit seiner Vermutung, daß Mecklenburg dieses Haus gehörte, gar nicht falschgelegen.

Er wollte die Hand nach dem Klingelknopf ausstrecken, aber Angela schüttelte den Kopf und lehnte sich mit der Schulter gegen die Haustür. Sie sprang mit einem kaum hörbaren Klicken auf.

»Jemand ist spät nach Hause gekommen und war wohl zu müde, um abzuschließen«, sagte sie.

»Woher wußtest du das?« fragte Braun mißtrauisch.

Angela schob die Tür weiter auf und deutete zugleich mit einer Kopfbewegung auf eine Spur feuchter Schuhabdrücke, die auf dem weißen Marmor des Hausflures glänzten. »Einer meiner Vorfahren hieß Sherlock Holmes«, sagte sie spöttisch. Sie grinste.

Bremer lächelte nicht. Angela hatte auf scheinbar alles eine logische Erklärung, aber das änderte nichts daran, daß sie ihm allmählich fast unheimlich wurde. Vielleicht war es auch nur seine gekränkte Männlichkeit. Wer ertrug es schon auf Dauer, mit jemandem zusammenzusein, der nur halb so alt war, das Aussehen einer Schönheitskönigin hatte, stärker und schneller als er selbst war und noch dazu alles besser konnte?

Außerdem fühlte er sich immer noch zu ihr hingezogen. Jetzt vielleicht stärker denn je.

Ohne ein weiteres Wort trat er an ihr vorbei und wartete, bis sie die Tür hinter sich wieder zugeschoben hatte. Das Treppenhaus war größer als seine Wohnung und ganz mit weißem Marmor und funkelnden Messing-Accessoires ausgekleidet, und der Aufzug befand sich an seinem jenseitigen Ende. Sie traten in die Kabine, und Bremer drückte den obersten Knopf. Nichts rührte sich. Während Bremer die Schalttafel noch feindselig musterte, streckte Angela die Hand aus und drückte den Knopf für die vierte Etage, und der Lift setzte sich gehorsam in Bewegung.

Bremer ersparte sich jeden Kommentar. Wahrscheinlich handelte es sich um einen jener Aufzüge, die direkt in die Penthouse-Wohnung hineinführen, und natürlich brauchte man einen Schlüssel, damit er sich in Bewegung setzte. Darauf hätte er auch von selbst kommen können. Schweigend fuhren sie in die vierte Etage hinauf und verließen die Kabine. Der Flur, in den sie hinaustraten, war mit dem gleichen weißen Marmor ausgekleidet wie der Eingangsbereich unten. Es gab auf jeder Seite nur zwei Türen, was einen gewissen Rückschluß auf die Wohnungen dahinter zuließ, und eine fünfte, schmalere, an seinem anderen Ende. Angela eilte voraus, um sie zu öffnen, und Bremer folgte ihr in einem gewissen Abstand, und langsamer.

Erneut fiel ihm auf, wie unglaublich elegant und geschmeidig sie sich bewegte. Es war ihm jetzt fast unmöglich, sie mit der gleichen Frau zu identifizieren, die vor weniger als einer Stunde mit der Kompromißlosigkeit eines Killerinsekts über den Agenten hergefallen war und ihn fast umgebracht hätte. Außerdem kam sie ihm sehr viel schöner vor als noch am Nachmittag, als sie sich kennengelernt hatten – war das tatsächlich erst wenige Stunden her? Ihm kam es vor wie Jahre! Sie hatte sich verändert, und schien deutlich fraulicher und reifer geworden zu sein, ohne dadurch allerdings etwas von ihrer jugendhaften Unbefangenheit und Fröhlichkeit verloren zu haben.

Natürlich war ihm gleichzeitig klar, daß nichts davon

wirklich der Fall war. Der einzige, der sich verändert hatte, war er. Er sah Angela anders. Vielleicht jetzt noch viel weniger als das, was sie wirklich war, wie am Nachmittag.

Angela öffnete die Tür. Sie gelangten in ein schmales, im gleichen schlichten Luxus gehaltenes Treppenhaus, das in einen dafür um so weitläufigeren Empfangsraum hinaufführte, der nur zwei weitere Türen aufwies. Die eine bestand aus Glas und führte auf einen kleinen, matt erleuchteten Dachgarten hinaus, die andere zu Mecklenburgs Wohnung.

Diesmal war Bremer als erster an der Tür und klingelte. Er hörte nichts, aber nach kaum dreißig Sekunden drehte sich der Türknauf und Mecklenburg öffnete die Tür. Er wirkte blaß und übernächtigt, aber keineswegs so, als hätte ihr Klingeln ihn aus dem Schlaf gerissen. Bremer hatte plötzlich eine ungefähre Ahnung, wer die feuchten Spuren unten im Treppenhaus zurückgelassen hatte.

Und er sah kein bißchen überrascht aus, Bremer mitten in der Nacht vor sich zu sehen.

Er wirkte schlichtweg *entsetzt*.

»Was ... was machen Sie denn ...?« begann er.

Bremer schob ihn unsanft ein Stück zurück, drückte mit der anderen Hand die Tür weiter auf und trat ein. Angela huschte wortlos an ihm vorbei und verschwand in der Wohnung. Mecklenburg schien sie nicht einmal zu bemerken. Er starrte Bremer weiter an.

»Ich weiß, es ist ein bißchen spät für einen Hausbesuch«, sagte Bremer. »Aber es handelt sich sozusagen um einen Notfall. Sie gestatten doch?« Im Vorbeigehen packte er Mecklenburg an der Schulter und zerrte ihn grob hinter sich her. Der Arzt war ein Stück größer als er, dafür aber wesentlich schlanker und mindestens zehn Jahre älter. Er schien überhaupt kein Gewicht zu besitzen. Bremer zog ihn halb, halb schubste er ihn in das großzügige Wohnzimmer hinein, das sich an die Diele anschloß, und sah sich rasch um. Der Raum war riesig. Zwei der vier Wände bestanden ganz aus Glas und führten auf den gepflegten Dachgarten hinaus, den er schon von der Eingangshalle aus gesehen hatte. Tagsüber oder in einer klaren Nacht mußte die Aussicht auf die Stadt fantastisch sein.

Abgesehen von einer zierlichen Sitzgarnitur, einem überdimensionalen Fernseher und einer kleinen Bar war der Raum praktisch leer, was den größten Luxus darstellte, der Bremer bisher in diesem Haus begegnet war. Er stieß Mecklenburg auf das kleinere der beiden Sitzmöbel herab und baute sich drohend vor ihm auf. »So«, sagte er. »Und jetzt will ich ein paar Antworten.«

Sein brachiales Verhalten war kein Zufall, und er hatte auch keineswegs die Nerven verloren. Ganz im Gegenteil war sein völlig untypisches Verhalten genau kalkuliert. Bremer hatte in langen Jahren der Polizeierfahrung genug Menschenkenntnis gesammelt, um ziemlich genau zu wissen, zu welcher Art von Mensch der Professor gehörte. Er war sicher niemand, der leicht zu beeindrucken war oder sich gar einschüchtern ließ. Dafür verfügte er selbst über zuviel Macht und zuviel Erfahrung. Um so verheerender wirkte auf solche Menschen oft genug die Erfahrung primitiver, körperlicher Gewalt.

Die Rechnung ging auf. Mecklenburgs Augen quollen vor Entsetzen ein Stück weit aus den Höhlen. Er zitterte so heftig, daß die kleine Chaiselongue, auf der er saß, deutlich zu wackeln begann. »Bitte, Herr Bremer«, stammelte er. »Ich ...«

»Sie werden mir jetzt zuhören!« unterbrach ihn Bremer. »Ich werde Ihnen jetzt ein paar Fragen stellen, und *dann* werden Sie reden!« Gleichzeitig gemahnte er sich in Gedanken aber auch selbst zur Mäßigung. Es hatte keinen Zweck, Mecklenburg so sehr zuzusetzen, daß er am Ende zusammenklappte. Er wollte, daß er ihm antwortete, nicht, daß er einen Herzanfall bekam. Außerdem tat ihm der alte Mann mittlerweile ehrlich leid. Aber er hatte einfach keine Zeit, nett zu sein.

Angela kam zurück. »Die Wohnung ist sauber«, sagte sie. »Niemand da.«

»Ich lebe allein«, sagte Mecklenburg. »Das hätte ich Ihnen auch sagen können. Wer sind Sie?«

»Sie gehört zu mir«, sagte Bremer und zog Mecklenburgs Aufmerksamkeit damit wieder auf sich. »Wer sie ist, spielt jetzt keine Rolle.«

»Bitte, Herr Bremer!« Mecklenburg fuhr sich nervös mit der Zungenspitze über die Lippen. Er zitterte noch immer, fand seine Fassung aber allmählich wieder. »Es gibt keinen Grund, grob zu werden. Ich ... bin froh, daß Sie hier sind, glauben Sie mir.«

»Nein«, sagte Bremer. »Tue ich nicht.«

»Das kann ich Ihnen nicht einmal verdenken«, antwortete Mecklenburg. »Aber ich meine es ernst, glauben Sie mir. Es tut mir aufrichtig leid. Ich wollte, ich hätte nie etwas mit dieser Sache zu tun gehabt.«

»Ich auch«, sagte Bremer. Er setzte sich – genauer gesagt: Er *wollte* sich setzen. Aber als er eine entsprechende Bewegung machte, schoß ein so greller Schmerz durch seine Nieren, daß er stöhnend die Zähne zusammenbiß und für einen Moment zitternd und nach vorne gebeugt dastand.

»Was haben Sie?« fragte Mecklenburg alarmiert.

»Nichts«, antwortete Bremer gepreßt. »Es geht gleich vorbei.«

»Jemand hat ihm in die Nieren geschlagen«, sagte Angela. »Ziemlich heftig.«

»Das ist nicht gut.« Mecklenburg stand auf. »Ich sehe mir das besser einmal an.«

Bremer hob abwehrend die Hand. Mit einiger Mühe gelang es ihm, sich wieder aufzurichten, auch wenn er dabei das Gefühl hatte, in der Mitte durchzubrechen und ihm der Schmerz die Tränen in die Augen trieb. »Das ist nicht nötig«, sagte er. »Wenn ich Ihre Toilette benutzen darf, reicht das schon.«

»Mit so etwas ist nicht zu spaßen«, sagte Mecklenburg ernst, zuckte aber mit den Schultern und deutete nach links. »Die zweite Tür.«

»Danke.« Bremer biß die Zähne zusammen, damit ihm nicht ganz aus Versehen doch noch ein Schmerzenslaut entschlüpfte, und ging mit steifbeinigen, kleinen Schritten in die Richtung, die Mecklenburg ihm gewiesen hatte. Das

Licht in der Toilette ging automatisch an, als er sie betrat. Bremer schloß die Tür hinter sich, ließ sich schwer dagegen fallen und blieb länger als eine Minute zitternd und mit geschlossenen Augen stehen, ehe er auch nur die Kraft fand, die zwei Schritte zur Kloschüssel zu gehen. Der Schmerz in seinen Nieren wurde immer schlimmer und breitete sich allmählich in seinen ganzen Eingeweiden aus. Er war jetzt überzeugt davon, daß Cremer ihn wirklich schwer verletzt hatte. Das Urinieren war eine Qual, und als Bremer hinterher ins Becken blickte, stellte er fest, daß er eine Menge Blut von sich gegeben hatte.

Ein zweiter Schwächeanfall zwang ihn dazu, sich noch einmal gegen die Wand zu lehnen und diesmal gleich mehrere Minuten stehenzubleiben, bis der Schmerz in seinen Nieren allmählich abklang. Seine Knie zitterten, als er das Bad verließ und zu Angela und Mecklenburg zurückging.

Er erlebte eine Überraschung. Die beiden saßen beieinander auf der Couch und tranken Kaffee, als hätten sie Mecklenburg nicht mitten in der Nacht in seiner Wohnung überfallen, sondern wären zu einem lang ersehnten Familienbesuch vorbeigekommen. Als er näher schlurfte, hob Mecklenburg den Kopf und fragte: »Mit oder ohne?«

»Blut.«

Bremer verzog das Gesicht, ließ sich in einen der noch freien Sessel fallen und betrachtete stirnrunzelnd die Kanne mit frisch aufgebrühtem Kaffee, die auf dem Tisch stand. »Wie lange war ich da drinnen?« fragte er.

»Der Kaffee war schon fertig«, antwortete Mecklenburg. »Ich hatte ihn gerade aufgebrüht, als Sie so freundlich um Einlaß gebeten haben. Ich bin erst vor einer Viertelstunde gekommen.«

»Und Sie trinken immer schwarzen Kaffee, wenn Sie morgens um vier von der Arbeit kommen«, vermutete Bremer. »Um besser einschlafen zu können, nehme ich an.«

»Ich hatte nicht vor, zu schlafen«, antwortete Mecklenburg.

Bremer beugte sich umständlich vor, um sich eine Tasse

Kaffee einzuschenken, und Angela nahm ihm die Mühe ab. Mecklenburg sagte: »Das würde ich nicht tun. Wenigstens nicht, bevor sich ein Arzt Ihre Nieren angesehen hat.«

»Kennen Sie einen guten, den Sie mir empfehlen könnten?« fragte Bremer böse. Er häufte drei Löffel Zucker in seinen Kaffee, rührte um und nahm einen weiteren Löffel, nachdem er gekostet hatte. Mecklenburg schien tatsächlich nicht vorgehabt zu haben, schlafen zu gehen. Nach diesem Kaffee würde er ein Jahr lang nicht mehr schlafen können.

»Wahrscheinlich haben Sie recht, Doktor«, sagte er. »Aber ich fürchte, meine Nieren sind im Moment mein kleinstes Problem.«

Mecklenburg widersprach ihm nicht, was Bremer ziemlich beunruhigend fand. »Ich habe mich ein wenig mit Ihrer Assistentin unterhalten, während Sie auf der Toilette waren«, sagte er. »Ich kann Ihren Zorn jetzt verstehen. Es ist schlimmer, als ich dachte.«

»So?« fragte Bremer. »Was?«

»Man hat Ihnen niemals die ganze Geschichte erzählt, nicht wahr?« fragte Mecklenburg.

»*Niemand* hat mir *irgendeine* Geschichte erzählt«, antwortete Bremer betont. »Der einzige, der mir etwas erzählt hat, war mein behandelnder Arzt. Nur weiß ich nicht, ob ich ihm noch glauben kann oder nicht. Ich fürchte, das Vertrauensverhältnis zwischen Patient und Arzt ist in letzter Zeit ein bißchen erschüttert worden.«

»Ich verstehe, daß Sie so denken«, sagte Mecklenburg traurig. »Aber ich habe Ihnen so viel gesagt, wie ich konnte. Eigentlich schon mehr, als ich durfte.«

»Sie arbeiten für sie«, sagte Bremer.

»*Sie?*«

»Ich habe keine Ahnung, wie sich der Verein nennt«, fauchte Bremer. »Wahrscheinlich hat er keinen Namen. Aber Sie wissen verdammt genau, wen ich meine! Der freundliche Herr, der mir die Nieren massiert hat, gehört dazu.«

»Ich wußte nicht, daß sie so weit gehen würden«, sagte

Mecklenburg leise. »Aber wahrscheinlich war ich ziemlich naiv.«

Bremer tat ihm nicht den Gefallen, zu widersprechen. Er versuchte vergebens, irgendeine Spur von Haß oder auch nur Zorn auf Mecklenburg in sich zu entdecken. Wenn ihm eines klar war, dann, daß Mecklenburg auch nicht mehr als ein Werkzeug in dieser Geschichte war. Aber er war auch nicht hierhergekommen, um ihm die Absolution zu erteilen.

»Sie können es wieder gutmachen«, sagte er. »Erzählen Sie mir, was wirklich passiert ist.«

»Sie haben die Formel verloren«, sagte Mecklenburg.

»Wie?«

»Die Azrael-Formel.« Mecklenburg trank einen Schluck Kaffee. »Sillmann hat gründliche Arbeit geleistet. Sie haben jedes verdammte Stückchen Papier unter ein Elektromikroskop gelegt, das sie in seinem Haus und in der Fabrik gefunden haben, aber ohne Erfolg. Die Formel ist weg. Ein für allemal.«

»Und es ist niemandem gelungen, sie zu rekonstruieren?« fragte Angela zweifelnd. »Mit all den Möglichkeiten, die Sie haben? Zahllosen Wissenschaftlern, unbegrenztes Geld, der modernsten Technik?«

»Selbstverständlich«, antwortete Mecklenburg. »Wir haben die Formel im letzten Molekül rekonstruiert. Aber sie wirkt nicht.«

»Ich habe etwas anderes erlebt«, sagte Bremer. »*Ich erlebe es noch.*«

»Ich weiß«, sagte Mecklenburg. »Wir haben die Formel ein dutzendmal überprüft. Es *ist* die gleiche Zusammensetzung. Aber sie wirkt nicht. Es war nicht nur die Droge, verstehen Sie? Es war …«

»Etwas in Marc Sillmanns Blut«, sagte Angela leise.

Mecklenburg nickte. »Ja. Irgendein unbekannter Faktor. Etwas, was durch die Azrael-Droge erst geweckt wurde. Weder sein Vater noch Löbach konnten es wissen, aber sie haben eine Droge zusammengemixt, die nur bei ihm gewirkt hat.«

»Weil sie Marcs Blut als Ausgangsstoff genommen haben«, vermutete Bremer.

»Ja. Azrael *und* irgendein unbekannter Faktor in Marcs Blut erschufen dieses ... *Etwas.*«

»Und nach Marcs Tod gibt es keine Möglichkeit mehr, eine zweite Azrael-Droge herzustellen«, sagte Angela.

»Ich fürchte, so einfach ist das nicht«, seufzte Mecklenburg. »Es ist ansteckend.«

»Ansteckend?« wiederholte Angela ungläubig. »Wie ... eine Krankheit?«

»Es überträgt sich durch Blutkontakt«, sagte Mecklenburg. »Gelangt es einmal in den Kreislauf eines Menschen, dann fängt dieser nach einer gewissen Zeit ebenfalls an, den Azrael-Wirkstoff in seinem Körper zu produzieren. Der Prozeß ist nicht umkehrbar. Das macht diese Droge so gefährlich. Die Männer, die damals hinter Marc und Herrn Bremer her waren, wußten das.«

»Und es war ihnen gleich?« Angela riß die Augen auf.

»Wo denken Sie hin!« antwortete Mecklenburg. »Sie sind vielleicht gewissenlos, aber nicht dumm. Dieses Zeug ist gefährlicher als eine Wasserstoffbombe! Die gesamte zivilisierte Welt versucht seit zwanzig Jahren vergeblich, AIDS unter Kontrolle zu bekommen. Können Sie sich vorstellen, was *dieses* Zeug anrichtet, wenn es unkontrolliert in Umlauf gelangt?«

»Das Jüngste Gericht«, murmelte Angela. Sie war sehr blaß geworden.

»So ungefähr«, bestätigte Mecklenburg. »Das Aufräumkommando war sehr gründlich, das kann ich Ihnen versichern. Der Keller, in dem Marc Sillmann und sein Vater starben, wurde sterilisiert, sämtliche Leichen an Ort und Stelle verbrannt und der einzige Überlebende unter allen nur vorstellbaren Sicherheitsvorkehrungen weggeschlossen.«

Angela sah Bremer an, sagte aber nichts dazu, sondern fragte: »Lassen Sie mich raten. Zu diesem Zeitpunkt wußten Sie noch nicht, daß Sie die Droge nicht rekonstruieren konnten.«

»Nein«, bestätigte Mecklenburg.

»Schade, daß ich ihre Gesichter nicht gesehen habe, als sie es begriffen haben«, sagte Angela.

»Anscheinend haben Sie mir nicht zugehört«, sagte Mecklenburg ernst. »Es ist gar nicht nötig, die Droge zu synthetisieren. Azrael ist noch da. Es gab einen Überlebenden. Er war infiziert.«

Angela starrte Bremer an, und Mecklenburg schüttelte den Kopf. »Ich rede nicht von Herrn Bremer. Er war nicht der Überlebende.«

»Aber ...«

»Ich war klinisch tot«, sagte Bremer. »Beinahe vier Tage lang.« Er wandte sich an Mecklenburg. »Dieser andere Überlebende ...?«

»Sein Name war Haymar«, sagte Mecklenburg. »Einer von Sendigs Männern. Kannten Sie ihn?«

Bremer verneinte, und Mecklenburg fuhr fort: »Er wurde sehr schwer verletzt. Wir haben die letzten fünf Jahre damit zugebracht, ihn irgendwie am Leben zu erhalten.«

»Wir?«

»Ich«, gestand Mecklenburg. »Ich sagte bereits, daß ich es bedaure, mich je mit ihnen eingelassen zu haben.«

»Und warum haben Sie es getan?« Bremer sah sich demonstrativ um. »Geld?«

»Nein. Ich stamme aus einer ziemlich vermögenden Familie. Geld hat mich nie interessiert. Ich glaube, es war die Herausforderung. Die Chance, vielleicht das Geheimnis des Lebens selbst zu lüften.«

»Ist es Ihnen gelungen?« fragte Bremer.

»Moment mal«, sagte Angela. »Was soll das heißen: Du warst vier Tage klinisch tot? Niemand ist vier Tage klinisch tot und spaziert anschließend wieder herum!«

Sowohl Mecklenburg als auch Bremer ignorierten sie. »Sagen Sie mir, daß das, was ich gerade gehört habe, nicht das bedeutet, was ich glaube«, murmelte Bremer.

»Es hat fast fünf Jahre gedauert«, sagte Mecklenburg leise. »Aber wir standen kurz davor, den Azrael-Wirkstoff in seinem Blut zu isolieren. Nicht dieses Teufelszeug, das die

Leute wahnsinnig macht, sondern das, wonach Löbach und Sillmann damals gesucht haben.«

»Das ist monströs«, sagte Angela. »Wie konnten Sie sich nur darauf einlassen?«

»Sie sind ziemlich naiv, mein Kind«, sagte Mecklenburg. »Haben Sie denn immer noch nicht begriffen, worüber wir hier reden? Wer immer diese Droge besitzt, hat die absolute Macht! Sie können Menschen beherrschen. Jeden beliebigen Menschen. Nicht durch Erpressung oder Bestechung. Wenn Sie ihn mit Azrael infizieren, dann wird er alles tun, was Sie von ihm verlangen. Und er wird nicht einmal merken, daß er manipuliert wird.«

»Und wenn er es merkt, wäre es ihm gleich«, fügte Bremer hinzu.

»Ja«, sagte Mecklenburg, noch immer an Angela gewandt. »Es geht hier um *Macht*, meine Liebe. Nicht um Geld. Um Macht. Das einzige, was zählt.«

»War es das, was Sie auch gereizt hat?« fragte Angela ernst. »Macht über Leben und Tod?«

Mecklenburg antwortete nicht gleich, aber Bremer las auf seinem Gesicht, daß sie mit ihrer Frage der Wahrheit ziemlich nahe gekommen sein mußte. »Vielleicht«, sagte er schließlich. Nicht vielleicht, dachte Bremer. Die Antwort lautete eindeutig ja. Aber vermutlich war das das äußerste Zugeständnis, zu dem er im Moment in der Lage war.

»Dann tun Sie mir leid«, sagte Angela. »Es gibt Dinge, an die man besser nicht rühren sollte.«

»Als ob ich das nicht wüßte!« Mecklenburg griff nach seiner Tasse, stellte fest, daß sie leer war und schenkte sich nach, ließ sich dann aber wieder zurücksinken, ohne getrunken zu haben.

»Was ist schiefgegangen?« fragte Bremer.

»Schiefgegangen? Wie kommen Sie darauf, daß etwas schiefgegangen ist?«

»Wir wären jetzt nicht hier, wenn alles nach Plan verlaufen wäre, oder?« sagte Bremer.

Angela hob plötzlich mit einem Ruck den Kopf und lauschte. Bremer sah alarmiert zu ihr auf. »Was hast du?«

»Nichts«, antwortete Angela. »Es war … nichts.« Diese zweifache Beteuerung hielt sie allerdings nicht davon ab, mit einer fließenden Bewegung aufzustehen und eine weitere Sekunde konzentriert und mit geschlossenen Augen stehenzubleiben. Sie drehte sich einmal um ihre Achse, ging dann zum Fenster und öffnete die Terrassentür. Ein Schwall feuchtkalter Luft wehte zu ihnen herein und ließ Bremer schaudern, als sie auf die Dachterrasse hinaustrat. Er versuchte ihr mit Blicken zu folgen, aber es gelang ihm nicht, denn irgendwie schien ihre Gestalt schon nach wenigen Schritten mit der Dunkelheit draußen zu verschmelzen. Bremer fragte sich, ob Angela vielleicht irgendeine Art von Ninja-Ausbildung genossen hatte. Wenn ja, schien sie zu funktionieren. Bremer hatte sich bisher immer geweigert, an solcherlei Humbug zu glauben – aber schließlich hatte er in den letzten vierundzwanzig Stunden eine Menge erlebt, was er noch tags zuvor für unmöglich gehalten hätte.

Er schob den Gedanken von sich und wandte sich wieder an Mecklenburg. »Also?«

»Ich weiß es nicht«, sagte Mecklenburg. Für Bremers Geschmack benutzte er diese vier Worte im Verlauf ihres Gespräches entschieden zu oft. Bisher war er eher der Meinung gewesen, daß dieses Eingeständnis aus dem Munde eines Wissenschaftlers einer der sieben Todsünden gleichkam. Aber er beherrschte sich. Er spürte, daß Mecklenburg jenen Punkt erreicht hatte, an dem er ganz von selbst weiterreden würde und Fragen eher schädlich waren.

»Vielleicht sind wir einen Schritt zu weit gegangen«, fuhr Mecklenburg fort. »Irgend etwas passiert. Aber ich weiß nicht was. Ich weiß nur, daß es mir angst macht. Ich glaube, wir haben etwas … geweckt.«

Bremer lachte, leise und ohne die Spur von Überzeugung. »Sie wollen mir doch nicht erklären, daß Sie plötzlich anfangen, an Geister zu glauben, Professor. Sie? Ein Mann der Wissenschaft?«

»Vielleicht gerade ich«, antwortete Mecklenburg. »Ich weiß genug, um zu wissen, daß ich sehr viel mehr Dinge nicht erklären kann, als ich weiß. Was passiert mit unserem Bewußtsein, wenn wir sterben, Herr Bremer? Erlischt es einfach, wie eine durchgebrannte Glühbirne? Ist es wirklich nur ein elektrisches Feld, das einfach aufhört zu existieren? Oder ist da noch mehr? Sagen Sie es mir. Sie haben es erlebt!«

Es war praktisch die gleiche Frage, die Angela ihm auch schon gestellt hatte, und er antwortete mit der gleichen Lüge: »Ich muß Sie enttäuschen, Professor. Ich erinnere mich an nichts. Ich wurde angeschossen, und das Licht ging aus. Danach bin ich in Ihrer Klinik wieder aufgewacht. Das ist alles.«

Mecklenburgs Blick machte klar, daß er ihm nicht glaubte. Er hatte recht damit. Da *war* mehr gewesen. Sehr viel mehr sogar. Er erinnerte sich nicht an Details, aber im Grunde nur, weil er sich mit aller Willenskraft *verbot*, sich zu erinnern. Sein Unterbewußtsein war voll von Bildern, Erinnerungen, Gefühlen. Da war etwas gewesen; etwas Großes, unbeschreiblich Machtvolles. Er hatte es nur flüchtig berührt, und wäre trotzdem an diesem Hauch beinahe verbrannt. Er konnte nicht einmal sagen, ob die Macht, die er gefühlt hatte, guter oder schlechter Natur war, oder vielleicht nichts von beiden, und er hütete sich auch, zu genau in seinen Erinnerungen zu forschen. Er hatte einen guten Grund, all diese Dinge tief in sich begraben zu haben. Wie hätte er weiterleben können, mit dem Wissen, daß ihn die Hölle erwartete? Und warum hätte er weiterleben *sollen*, wenn es das Gegenteil war?

»Schade«, sagte Mecklenburg, als er begriff, daß Bremer nicht antworten würde, ganz egal, wie lange er darauf wartete. »Ich hatte gehofft, daß Sie mir diese Frage beantworten könnten.«

»Leider«, sagte Bremer. »Ich könnte Ihnen jetzt etwas von einem langen Tunnel erzählen und einem strahlenden Licht an seinem Ende. Aber es wäre nicht wahr.«

»Es wäre auch nicht das, was ich hören wollte«, antwortete Mecklenburg. »Das Rätsel des Tunnelerlebnisses ist längst gelöst, glauben Sie mir. Die Antwort ist ziemlich ernüchternd. Vielleicht wollen die Leute sie deshalb nicht hören und klammern sich deshalb weiter an die Version von der Reise ins Licht.«

»Sehen Sie?« sagte Bremer. »Sie wissen doch mehr als ich.«

Angela kam zurück und schloß die Terrassentür hinter sich.

»Was war los?« fragte Bremer.

»Nichts«, sagte Angela. »Ich dachte, ich hätte etwas gehört. Aber draußen ist alles ruhig. Ich bin wohl nur nervös.«

Dieses Eingeständnis trug nicht unbedingt zu Bremers Beruhigung bei. Er wartete, bis Angela sich gesetzt hatte, dann wandte er sich wieder an Mecklenburg. »Sie haben meine Frage nicht beantwortet«, sagte er. »Was ist schiefgegangen?«

»Doch, das habe ich. Ich weiß es nicht. Irgend etwas geht vor, das ist alles, was ich Ihnen sagen kann. Wir sollten dieses Experiment beenden. Aber das wird Braun nie zulassen.«

»Beenden? Sie meinen damit, Haymar zu töten?«

Mecklenburg gab einen seltsamen Laut von sich. »Er ist längst nicht mehr am Leben.«

In dieser Behauptung verbarg sich eine Frage, die Bremer fast so deutlich hörte, als hätte er sie tatsächlich ausgesprochen. Er ignorierte sie, und bevor das Schweigen wirklich unangenehm werden konnte, stand Angela abermals auf und ging zur Tür. Kein Zweifel: Sie *war* nervös.

»Es tut mir leid, daß ich Ihnen nicht weiterhelfen kann«, sagte Mecklenburg. »Aber ich habe Ihnen jetzt alles gesagt, was ich weiß. Wenn ich Ihnen noch einen *Rat* geben darf ...«

»Nur zu.«

Draußen in der Diele polterte etwas. Sehr leise, aber hörbar.

»Verlassen Sie die Stadt«, sagte Mecklenburg. »Braun ist der Überzeugung, daß Sie irgend etwas mit der Sache zu tun haben, und Sie haben ja schon erlebt, wozu er fähig ist. Nehmen Sie Ihre kleine Freundin, und verschwinden

Sie, bevor Sie ihm in die Hände fallen. Ich kann Ihnen etwas Bargeld geben. Nicht viel, aber genug, um in die nächste Maschine zu steigen und auf irgendeine Karibikinsel zu fliegen. Ich weiß nicht, ob Sie dort vor ihm sicher sind, aber ...«

Das Poltern wiederholte sich. Im nächsten Sekundenbruchteil erklang ein abgehackter Schrei, und Angela kam im hohen Bogen durch die Tür geflogen, landete auf dem Parkettfußboden und schlitterte ein paar Meter davon, ehe sie zur Ruhe kam. Noch bevor sie sich wieder aufrappeln konnte, traten zwei Männer in dunklen Anzügen durch die Tür. Jeder von ihnen hielt eine großkalibrige Waffe in der Hand, mit der er auf Angela zielte.

»Nein, Professor, das wäre er nicht. Es gibt keinen Ort, an dem man sich vor mir verstecken kann. Wenigstens nicht auf diesem Planeten. Ich dachte, Sie wissen das.« Ein dritter Mann trat ins Zimmer. Er war nicht ganz so groß wie die beiden Bewaffneten und ein wenig älter, aber ebenso elegant gekleidet. Offenbar hatte die ganze Truppe nicht nur den gleichen Autolieferanten, sondern auch denselben Schneider.

Bremer erkannte ihn auf der Stelle wieder. Es war fünf Jahre her, daß er ihn das letztemal gesehen hatte. Damals war er jünger gewesen, und noch nicht der Chef, sondern ein unscheinbares Mitglied von Sendigs Schlägertrupp, aber es gab keinen Zweifel.

»Guten Morgen, Herr Bremer«, sagte Treblo. »Ich freue mich wirklich, daß wir uns wieder einmal begegnen.«

»Treblo!« murmelte Bremer.

»Braun«, antwortete Treblo. »Sie können das nicht wissen, aber im Moment ziehe ich den Namen Braun vor. Das macht Ihnen doch nichts aus, oder?«

Bremer wollte aufstehen, und in Brauns Hand erschien wie hingezaubert eine Pistole. »Bitte!« sagte er kopfschüttelnd. Die Waffe war gespannt. Bremer sah, daß er den Abzug bereits halb durchgezogen hatte. Braun war tatsächlich bereit, zu schießen. Er lächelte weiter, und sein Gesicht wirkte entspannt. Aber er hatte sich nur zu neunundneunzig Prozent in der Gewalt, nicht zu hundert. Eine Spur von Unsicherheit blieb. Auch wenn Bremer es sich nicht ganz erklären konnte, wurde ihm doch schlagartig klar, daß Braun ... *Angst* vor ihm hatte.

Angela erhob sich vorsichtig. Die Waffen der beiden Männer an der Tür folgten ihrer Bewegung akribisch, und Braun sagte: »Langsam, wenn ich Sie bitten darf. Ich weiß, was ihr zwei mit Reinhold und Cremer gemacht habt. Ich kann mir zwar beim besten Willen nicht erklären, wie, aber ich bin ehrlich gesagt auch gar nicht sehr scharf darauf, es herauszufinden.«

Angela führte ihre Bewegung sehr viel langsamer zu Ende und hob die Hände, und Bremer ließ sich vorsichtig wieder in seinen Sessel zurücksinken. Brauns Waffe blieb weiter starr auf sein Gesicht gerichtet.

»Ich bin für klare Verhältnisse«, sagte Braun. »Sehen Sie auf Ihre Brust.«

Bremer gehorchte. Unmittelbar über seinem Herzen zitterten zwei winzige, rote Lichtflecke.

»Damit das ganz klar ist«, sagte Braun. »Zwei meiner Männer zielen vom Dach des gegenüberliegenden Gebäudes mit Präzisionsgewehren auf Sie. Wenn hier drinnen irgend etwas passiert, was ihnen nicht ganz koscher vorkommt, drücken sie ab. Nicht einmal ich kann sie daran hindern. Tun Sie also lieber nichts Unüberlegtes. Haben Sie mich verstanden?«

Bremer nickte. Die Spannung wich ein wenig aus Brauns Gesicht, aber seine Waffe blieb weiter auf Bremer gerichtet, als er sich herumdrehte und an Mecklenburg wandte.

»Sie enttäuschen mich, Professor«, sagte er. »Ich hätte wirklich nicht geglaubt, daß Sie mir so in den Rücken fallen.« Er schüttelte den Kopf, schwenkte seine Waffe herum und schoß Mecklenburg zwischen die Augen. Mecklenburg wurde mitsamt der kleinen Couch, auf der er saß, nach hinten gerissen und schlug mit verdrehten Gliedern auf dem Parkettfußboden auf, und Braun richtete die Waffe wieder auf Bremer.

Angela hatte einen ungläubigen kleinen Schrei ausgestoßen und war in eine geduckte, sprungbereite Haltung gesunken, dann aber wieder erstarrt, als die beiden Männer an der Tür drohend ihre Waffen hoben, und Bremer sah aus den Augenwinkeln, daß selbst sie Braun ungläubig und entsetzt ansahen. Bremer war ziemlich sicher, daß jeder von ihnen schon einen oder auch mehrere Menschen getötet hatte, oder zumindest dazu bereit war, doch was Braun gerade getan hatte, war etwas anderes. Und es war vor allem so *sinnlos*.

Fassungslos starrte er den leblosen Körper des Professors an. »Aber ... warum?«

»Wie bereits gesagt«, antwortete Braun. »Ich bin für klare Verhältnisse. Jetzt werden Sie mir glauben, daß ich es ernst meine.«

»Das hätte ich vorher auch«, sagte Bremer leise. »Es war nicht nötig, diesen hilflosen alten Mann umzubringen.«

»Seltsam«, antwortete Braun. »Aber ausgerechnet aus Ihrem Mund etwas über den Wert eines Menschenlebens zu hören, finde ich eher komisch.« Er griff mit der linken Hand in die Tasche, zog ein paar Handschellen heraus und warf sie Angela zu. »Wären Sie bitte so freundlich, sie anzulegen, meine Liebe?« fragte er.

Bremer hielt Angela aufmerksam im Auge. Sie sah einen Moment lang nachdenklich auf die Handschellen herab, und Bremer konnte regelrecht sehen, wie es hinter ihrer Stirn arbeitete. Er betete, daß sie keine Dummheiten machte. Er traute ihr durchaus zu, mit den beiden Agenten fertig zu werden, die auf sie angelegt hatten, vollkommen ungeachtet ihrer Waffen. Aber dann würden entweder Braun oder die beiden Männer auf dem gegenüberliegenden Dach ihn erschießen.

Angela schien wohl zu dem gleichen Schluß zu kommen, denn nach einer Sekunde zuckte sie mit den Achseln und ließ die Handschelle um ihr linkes Handgelenk schnappen. Als sie auch die andere einrasten lassen wollte, sagte Braun: »*Hinter* dem Rücken.«

Angela warf ihm einen zornigen Blick zu, gehorchte aber. Braun machte eine entsprechende Geste, und einer seiner Männer ging rasch hin, überprüfte die Handschellen und drückte die verchromten Ringe dann enger zusammen, so daß Angela vor Schmerz die Luft einsog.

»Macht es Ihnen Spaß, Menschen zu quälen?« fragte Bremer.

»Es macht mir Spaß, am Leben zu bleiben«, antwortete Braun.

Bremer schnaubte verächtlich, bewegte sich unruhig in seinem Stuhl und sah zufällig an sich herab. Einer der beiden roten Lichtpunkte über seinem Herzen war verschwunden.

Braun fiel es im gleichen Moment auf wie ihm. Er runzelte die Stirn, griff in die Tasche und zog ein Handy heraus. Noch während er es ans Ohr hob, drückte er eine einzelne Taste.

»Einheit drei!« schnappte er. »Was ist bei euch los?«

Offensichtlich bekam er keine Antwort, denn er wiederholte seine Frage noch einmal und rammte das Handy dann regelrecht in seine Jackentasche zurück.

»Schwierigkeiten?« fragte Bremer.

Braun zog eine Grimasse, kam näher und griff ein zweites Mal in die Tasche. Als er Bremer erreicht hatte, erlosch auch der zweite rote Laserpunkt auf seiner Brust. Braun fluchte, drückte seine Waffe auf Bremers Stirn und zog mit der anderen Hand eine verchromte Injektionspistole aus der Tasche. Ohne viel Federlesens stieß er Bremer die Nadel durch die Jacke in den Bizeps und drückte den Kolben herunter.

Bremer keuchte vor Schmerz. Er wußte nicht, was Braun ihm gespritzt hatte, aber es brannte wie konzentrierte Säure in seinem Arm, und es wirkte sofort. Ihm wurde schwindelig. Etwas wie ein grauer, dämpfender Schleier legte sich über Bremers Sinne.

Als Braun die Nadel aus seinem Arm zog und sich aufrichtete, implodierte die Fensterscheibe, und die Wirklichkeit wurde endgültig zum Alptraum.

20

Hinter ihm hatte etwas geklappert. Nicht sehr laut, und nur für einen kurzen Moment, aber doch lange genug, um ihn für einen Moment abzulenken. Das Präzisionsgewehr in Ostners Händen schwankte zwei, drei Millimeter. Kaum sichtbar, und doch heftig genug, daß der rote Punkt im Zentrum des Zielfernrohres für drei oder vier Sekunden nicht mehr auf Bremers Brust verharrte, sondern hektisch über Mobiliar, Fensterscheiben und die sorgsam gestutzten Grünpflanzen des Dachgartens irrte, ehe es ihm gelang, die Waffe wieder fester zu ergreifen und den Laserpunkt auf sein ursprüngliches Ziel auszurichten.

Ostner fluchte lautlos in sich hinein. Es waren nur ein paar Sekunden gewesen, und er hoffte, daß Braun es nicht bemerkt hatte, war aber in diesem Punkt nicht allzu optimistisch. Braun gehörte zu jenen Menschen, die prinzipiell *alles* merkten, was sie nicht mitbekommen sollten. Außerdem war er vollkommen unberechenbar. Ostner hatte schon erlebt, daß er manchmal wirklich schlimme Fehler vergab und mit einem Achselzucken darüber hinwegging. Aber auch, daß er bei einer lächerlichen Kleinigkeit einen regelrechten Wutanfall bekam.

Seine Hände begannen allmählich steif zu werden. Er hatte die Waffe nicht auf das Stativ gestellt, sondern zielte freihändig; bei einer Entfernung von weniger als fünfzig Metern kein Problem. Der Laserpunkt im Zentrum des Fadenkreuzes zitterte nur ganz sacht. Die Waffe war so perfekt ausbalanciert, daß er ihr Gewicht normalerweise kaum spürte. Und er war ein wirklich ausgezeichneter Schütze.

Aber es war viel kälter, als er erwartet hatte. Der Regen hatte zwar aufgehört, aber es war noch immer so feucht, daß seine Kleider bereits an seiner Haut klebten. Er würde diese Position nicht mehr allzu lange aushalten. Und er hatte keine Ahnung, wie lange es noch dauerte.

Er wußte nicht einmal so ganz genau, was er eigentlich *tun* sollte. Brauns Anweisungen waren ungewohnt vage gewesen. Strohm und er sollten Bremer auf der Stelle erschießen, wenn dort drüben irgend etwas nicht mit rechten Dingen zuging. Was zum Teufel hatte er damit gemeint? Sollten sie ihn abknallen, wenn er sich am Hintern kratzte, oder doch besser abwarten, bis dort drüben eine Horde säbelschwingender Türken auftauchte? Ostner verfluchte sich dafür, nicht um präzisere Anweisungen gebeten zu haben, sagte sich gleichzeitig aber auch selbst, daß er wahrscheinlich keine bekommen hätte. Er hatte Braun selten so reizbar und nervös erlebt wie an diesem Abend. Auf jeden Fall schien die Situation dort drüben allmählich zu eskalieren. Vor zwei oder drei Minuten hatte Braun den Professor erschossen, so wie Ostner das erkennen konnte, ohne besonderen Anlaß. War das *nicht in Ordnung genug*, um seinem Befehl nachzukommen und Bremer ins Jenseits zu befördern?

Einer der beiden roten Punkte in seinem Zielfernrohr erlosch. Ostner runzelte die Stirn, bewegte ganz sacht seine Waffe, um sich davon zu überzeugen, daß es nicht etwa sein eigener Ziellaser war, der im unpassendsten aller Momente den Geist aufgegeben hatte, und stellte fest, daß es nicht so war. Halblaut rief er Strohms Namen.

Er bekam keine Antwort, aber das Klappern hinter ihm wiederholte sich, dann hörte er einen sonderbaren, seufzenden Laut, gefolgt von einem Geräusch wie zerreißendes, nasses Papier.

»Strohm?« rief er noch einmal. »Verdammt noch mal, was ist los?« Er bekam immer noch keine Antwort.

Ohne die Waffe von ihrem Ziel zu nehmen, drehte Ostner den Kopf, um nach seinem Kollegen zu sehen, der nur ein paar Meter entfernt Stellung bezogen hatte.

Und erstarrte.

Im Gegensatz zu ihm hatte Strohm sein Gewehr auf ein Stativ gesetzt, um einen präzisen Schuß anbringen zu können. Die Waffe lag auf der Seite; eines der beiden dünnen Metallbeine des Stativs war verbogen, und ihr Besitzer lag ein Stück daneben auf dem Rücken und versuchte röchelnd, Luft zu holen. Es gelang ihm nicht, denn seine Kehle war von einem Ende zum anderen aufgeschlitzt.

Das *Ding*, das das getan hatte, stand breitbeinig über

ihm und schien gerade damit beschäftigt zu sein, ihn auszuweiden. Ostner konnte nicht genau erkennen, was es tat, aber dieses schreckliche Reißen und Fetzen hielt an, ein widerwärtiges, feuchtes Geräusch, das allein ihm schier das Blut in den Adern gerinnen ließ.

Er konnte auch nicht genau erkennen, um *was* für ein Geschöpf es sich handelte. Gewiß kein Mensch. Dazu war es zu groß, und sein Umriß stimmte nicht. Es schien *Flügel* zu haben. Für einen Moment hatte Ostner das absurde Gefühl, eine Art riesigen, grotesk verzerrten Engel zu sehen.

In seinem Kopfhörer knackte es, dann ertönte Brauns aufgeregte, verzerrte Stimme: »Einheit drei! Was ist bei euch los?«

Ostner war nicht fähig, irgendwie darauf zu reagieren. Aber die Kreatur schien die Worte gehört zu haben, denn sie hörte abrupt auf, Strohms Gedärme neu anzuordnen. Ihr Kopf flog in die Höhe, und der Blick ihrer grausamen Augen bohrte sich in den Ostners.

Es war kein Engel.

»Einheit drei!« blaffte Braun. »Was zum Teufel ist bei euch los? Antwortet!«

Das Wesen richtete sich auf. Es war größer, als Ostner geglaubt hatte. Viel, viel größer. Mit einem grotesk wirkenden, staksenden Schritt trat es über Strohm hinweg und streckte seine dürren Klauen aus.

Ostner erwachte endlich aus seiner Erstarrung, wälzte sich blitzschnell auf den Rücken und versuchte seine Waffe hochzureißen.

Es war zu spät. Die Kreatur riß ihm das Gewehr aus den Händen, brach es in zwei Teile und stürzte sich auf ihn. Ihre Klauen blitzten auf wie Messer. Das gräßliche, reißende Geräusch erklang erneut, und Ostner spürte eine seltsam distanzierte Art von brennendem Schmerz, der überall zugleich in seinem Körper aufzuflammen schien.

Das letzte, was er sah, bevor sein Sturz in den endlosen lichterfüllten Tunnel begann, war der Anblick der grotesken Kreatur, die sich neben ihm von der Dachrinne abstieß und ihre gewaltigen Schwingen ausbreitete.

21

Kriminalrat Nördlinger legte die Hand auf den Telefonhörer, strich ein paar Sekunden lang mit den Fingerspitzen über das kühle, glatte Plastik und zog den Arm dann wieder zurück, ohne gewählt zu haben. Ihm gingen langsam die Argumente aus. Seine Augen brannten, und er fühlte eine ganz leichte Übelkeit; wahrscheinlich eine Folge der zahllosen Tassen Kaffee, die er im Laufe dieser Nacht in sich hineingeschüttet hatte.

Müde sah er auf die mit Bleistift geschriebene, hastig niedergekritzelte Liste vor sich herab. Die meisten Namen waren durchgestrichen oder mit einem Haken versehen. Es nutzte nichts, die Augen davor zu verschließen: Ihm gingen langsam die Nummern aus, die er noch anrufen konnte. Und die Wahrscheinlichkeit, auf ein offenes Ohr zu stoßen, sank mit jeder Minute, die verstrich. Nördlinger kannte nicht allzu viele Menschen, die besonders amüsiert darauf reagierten, nachts um vier aus dem Bett geklingelt zu werden.

Er tröstete sich damit, daß die statistische Wahrscheinlichkeit, Erfolg zu haben, beim letzten Anruf kein bißchen kleiner war als beim ersten, nahm den Hörer ab und begann die Nummer zu wählen, hängte dann aber wieder ein, bevor er die letzte Ziffer eingetippt hatte. *Diese* Nummer würde er in frühestens zwei Stunden anrufen. Ministerialrat Ewald war dafür bekannt, alles andere als ein Frühaufsteher zu sein; und er war darüber hinaus vielleicht derjenige auf Nördlingers Liste, der ihm noch am ehesten Glauben schenken würde. Er würde den Teufel tun und diese vielleicht letzte Chance verschenken, indem er Ewald mit einem nächtlichen Anruf verärgerte. Ein paar von den Leuten, die er bis jetzt angerufen hatte, hatten wütend wieder eingehängt, ohne daß er auch nur wirklich zu Wort gekommen war.

Somit blieben ihm noch drei Namen, aber Nördlinger bezweifelte, daß einer davon ihm wirklich weiterhelfen konnte. Oder wollte. Es war zum Verrücktwerden! Er hatte nicht erwartet, daß es leicht sein würde, etwas über diesen Braun herauszufinden – aber es war nicht nur *nicht leicht*, es schien vollkommen unmöglich zu sein! Braun war wie ein Gespenst, von dem noch nie jemand gehört hatte, das aber trotzdem jeden, den er darauf ansprach, mit Angst erfüllte. Nördlinger selbst machte da keine Ausnahme. Der Dienstausweis, den Braun ihm präsentiert hatte, als er am Abend so großkotzig in sein Büro marschiert kam, war geradezu ehrfurchtgebietend; einer von der Art, bei der man es sich dreimal überlegte, ehe man jemanden anrief, um sich von der Identität seines Besitzers zu überzeugen. Nördlinger hatte es trotzdem getan und genau die Antwort erhalten, die er erwartet hatte: Braun *war* jemand, mit dem man sich besser nicht anlegte.

Für Nördlinger war das eher ein Grund, es trotzdem zu tun. Gerade weil Nördlinger ein Mann war, der fest an den Sinn und Nutzen von Autorität und Rangordnungen glaubte, ging ihm ein Benehmen wie das Brauns gehörig gegen den Strich. Braun *durfte* sich so benehmen, wenn er es wollte; aber er sollte es nicht. Wenn zu viele Menschen ihre Macht bis an die Grenze ausnutzten, dann war das ganze System in Gefahr, zusammenzuklappen wie ein Kartenhaus.

Außerdem hatte ihn Braun belogen.

Nördlinger nahm das Telefon wieder auf, wählte aber keine Nummer von seiner Liste, sondern tippte Mellers Durchwahl – hatte Meller Nachtschicht? – ein. An seiner Stelle meldete sich Vürfels. Er klang, wie jeder zwei Stunden vor Ende der Nachtschicht geklungen hätte: ziemlich knurrig. »Ja?«

»Schon etwas Neues von Bremer?« fragte Nördlinger, ohne sich mit einer Begrüßung aufzuhalten.

»Nein«, antwortete Vürfels. »Die ganze Stadt sucht ihn. Meller war gerade noch einmal in seiner Wohnung. Offensichtlich ist eingebrochen worden – oder Bremer lebt in dem größten Saustall, den ich jemals gesehen habe.«

»Fehlt etwas?«

»Das könnte höchstens Bremer selbst beantworten«,

sagte Vürfels. »Aber dafür müssen wir ihn erst einmal haben.«

»Sucht weiter«, sagte Nördlinger. »Und haltet mich auf dem laufenden.« Vürfels wollte noch etwas sagen, aber Nördlinger hängte ein, ehe er dazu kam. Er wußte ohnehin, was er hatte fragen wollen – das, was alle wissen wollten: Warum die gesamte Berliner Polizei in dieser Nacht einen ihrer eigenen Kollegen suchte.

Nördlinger konnte diese Frage nicht beantworten. Er hatte die Fahndung nach Bremer herausgegeben, ohne einen Grund zu nennen – womit er sich strenggenommen nicht anders verhielt als Braun. Er nutzte seine Machtposition aus, um etwas zu tun, was er zwar durfte, aber eigentlich nicht sollte.

Aber sie *mußten* Bremer finden, bevor Braun ihn fand. Es war wichtig. Für Bremer vielleicht lebenswichtig. Und er würde herausfinden, wer dieser Kerl überhaupt *war*!

Als er zum Telefon griff und die nächste Nummer auf seiner Liste wählen wollte, schwang die Tür zurück und ein dunkelhaariger Mann in einem schwarzen Anzug mit weißem Priesterkragen trat ein.

»Wer …?« begann Nördlinger.

»Kriminalrat Nördlinger?« unterbrach ihn der andere.

»Der bin ich«, antwortete Nördlinger automatisch. »Aber wer zum Teufel sind *Sie*? Und wie kommen Sie überhaupt hier herein?«

»Das spielt jetzt keine Rolle«, sagte der Mann im Priesterkragen. »Mein Name ist Thomas. Ich muß mit Ihnen reden. Es ist wichtig!«

Nördlinger stand mit einer energischen Bewegung auf. »Zuallererst einmal werden Sie mir sagen, wie Sie hier hereinkommen!« verlangte er.

»Es geht um Bremer«, sagte Thomas. »Bitte hören Sie mir zu! Wir haben nicht mehr viel Zeit!«

22

Das Fenster explodierte in einem Scherbenregen in den Raum hinein, und etwas Riesiges, Flatterndes raste über Bremer und Braun hinweg und riß sie beide von den Füßen.

Bremer spürte nur einen Schlag, keinen Schmerz, aber er war heftig genug, ihn von den Füßen zu heben und ihn mehr als zwei Meter weit durch das Zimmer zu schleudern. Von dem Medikament benommen, das ihm Braun verabreicht hatte, konnte er seinen Sturz nicht auffangen und krachte mit benommen machender Wucht auf den Boden. Trotzdem registrierte er, wie der Schatten weiter durch den Raum fegte, auch noch Angela und die beiden anderen Männer von den Füßen riß und im letzten Moment versuchte, seinen Flug abzubremsen. Viel zu spät. Mit fast ungebremster Wucht und wie es schien wild schlagenden Flügeln krachte es in Mecklenburgs Bar und zertrümmerte sie. Ein schrilles, unheimliches Kreischen mischte sich in das Geräusch von zerbrechendem Glas und Holz; ein Laut wie das Schreien eines verletzten Vogels, aber lauter, zorniger.

Auch Braun brüllte vor Schmerz. Als Bremer sich benommen aufrichtete, sah er, wie Braun in die Höhe sprang und mit hektischen Bewegungen nach seinem Gesicht griff. Ein gut zwei Zentimeter langer, gezackter Glassplitter steckte in seiner Wange. Sein Gesicht war blutüberströmt.

Trotzdem hob er die andere Hand und gab gleichzeitig zwei Schüsse auf die Kreatur ab. Die beiden Schüsse fielen so schnell hintereinander, daß die Geräusche zu einem einzigen, peitschenden Knall verschmolzen. Wieder erscholl dieses wütende Vogelkreischen, und das Klirren von Glas wurde lauter.

Bremer wandte mühsam den Kopf und sah wieder zu der Kreatur hin. Als die Bestie durch das Fenster hereingebrochen war, waren die meisten Lampen im Raum erloschen, so daß er kaum mehr als einen Schatten und tobende Bewegung sah. Glas- und Holzsplitter wirbelten wie in einem Mini-Orkan davon. Der Parkettfußboden unter ihnen zitterte. Das Ungeheuer schien sich beim Aufprall verletzt zu haben und ließ seine Wut nun an dem aus, was von der Bar noch übrig war. Vielleicht hatten Brauns Schüsse auch getroffen.

Auch die beiden anderen Männer begannen jetzt zu schießen. Die peitschenden Entladungen ihrer Waffen übertönten für einen Moment sogar das Schreien des Ungeheuers, und das ununterbrochene Flackern des Mündungsfeuers tauchte das Zimmer in gespenstisches Stroboskoplicht. Die Bewegungen des Monsters wirkten plötzlich abgehackt und in einzelne Phasen zerlegt; ein Tanz in einer höllischen Disco, in der der Teufel selbst am Mischpult stand.

Die Männer feuerten, bis ihre Magazine leer waren, aber das Ungeheuer starb nicht. Über die kleine Distanz konnten sie gar nicht vorbeischießen; Bremer konnte sogar *hören*, wie die Kugeln trafen: Dumpfe, *fleischige* Laute, die von einem immer schriller werdenden Schreien und Kreischen beantwortet wurden, aber die Bestie weigerte sich einfach, zu sterben. Nicht einmal ihr Toben nahm sichtbar ab.

Bremer registrierte alles das mit einer Art heiterer Gelassenheit – zweifellos eine Folge der Droge, die Braun ihm verabreicht hatte. Der Schleier über seinen Sinneseindrücken war wieder weg. Es war nur die erste, schockartige Wirkung des Tranquilizers gewesen, die fast augenblicklich wieder abgeklungen war. Er sah, hörte, roch und fühlte jetzt im Gegenteil mit schon fast unnatürlicher Schärfe.

Nur, daß ihn nichts von alledem irgendwie interessierte.

Auf einer tieferen, zur Rolle des stummen Beobachters verdammten Ebene seines Bewußtseins begriff er sehr genau, in welcher entsetzlichen Gefahr er sich befand. Aber er war nicht in der Lage, aus diesem Begreifen irgend etwas zu machen; nicht einmal Furcht. Er kam sich vor, als betrachtete er einen Film, oder ein ganz besonders realistisches Theaterstück, in dem er zugleich Zuschauer als auch Mitwirkender war, ohne daß ihn das Ganze wirklich etwas anging.

Braun riß endlich den Glassplitter aus seiner Wange, feuerte seine letzte Kugel auf das Ungeheuer ab und ließ das Magazin aus dem Griff der Waffe fallen. »*Raus hier!*« brüllte er.

Einer seiner Männer sprang zu Angela und zerrte sie grob mit sich. Der zweite hatte seine Waffe nachgeladen und schoß wieder auf die Bestie. Auch wenn die Kugeln das Ungeheuer nicht zu töten vermochten, so schleuderten sie es doch immer wieder zurück, und der Mann schien das auch begriffen zu haben, denn er feuerte jetzt nicht mehr in einem raschen Stakkato, sondern ließ immer eine Sekunde verstreichen, bevor er wieder abdrückte.

Braun war mit einem Satz auf den Füßen, riß Bremer in die Höhe und zerrte ihn hinter sich her. »Schnell!« brüllte er. »Laufen Sie!«

Irgendwie sah Bremer den Grund dafür nicht ein. Er mußte Braun folgen, ob er nun wollte oder nicht, aber er tat nicht das Geringste, um ihm zu helfen. Er fand die Situation ziemlich spannend, und er war sich durchaus darüber im klaren, daß sie wahrscheinlich mit seinem Tod enden würde, aber das störte ihn nicht besonders. Es war eine prima Show.

Angela und der zweite Mann hatten mittlerweile die Tür erreicht und stürzten hindurch. Eine Sekunde später stolperten Bremer und Braun hinterher, und Bremer sah, daß auch hier draußen zwei von Brauns Männern standen. Beide hatten ihre Waffen gezogen und waren schreckensbleich. Neben einem von ihnen lehnte ein großkalibriges Gewehr an der Wand.

Braun warf die Tür hinter sich ins Schloß, versetzte Bremer einen Stoß, der ihn hinter Angela und den zweiten Mann auf die Treppe zustolpern ließ, und raffte das Gewehr auf. Die beiden Posten wollten ihm folgen, aber Braun riß einen von ihnen zurück und herrschte ihn an: »Aufhalten!«

Er verurteilte den Mann damit praktisch zum Tode; ganz zu schweigen von demjenigen, den sie in der Wohnung zurückgelassen hatten. Braun rechnete offensichtlich nicht damit, daß die beiden es schaffen würden, das Ungeheuer aufzuhalten. In der Wohnung hinter ihnen peitschten noch immer Schüsse.

Sie hetzten die Treppe hinunter. Bremer stolperte auf halber Strecke, kippte zur Seite und schlitterte schräg gegen die Wand gelehnt vier oder fünf Stufen weit die Treppe hinab, ehe Braun ihn wieder hochriß.

»Losmachen!« schrie Angela. »Um Gottes willen, machen Sie die Handschellen los!«

Als sie das Ende der Treppe erreicht hatten, hörte die Schießerei in der Wohnung über ihnen auf. Einen Augenblick später splitterte Holz, gefolgt von einem einzelnen Schuß und einem so gräßlichen Schrei, daß selbst Bremer erschrocken zusammenfuhr.

»Weiter!« schrie Braun. »*Schnell!*«

Sie rasten den Korridor entlang, und Bremer registrierte mit einer Art heiterem Entsetzen, daß die Lifttüren geschlossen waren. Der Aufzug war nicht da. Sie waren tot.

Auf halber Strecke vor ihnen wurde eine Wohnungstür aufgerissen, und ein verschlafenes Gesicht blickte zu ihnen heraus. Als der Mann jedoch die schwerbewaffneten Männer entdeckte, die eine gefesselte Frau und einen offensichtlich Betrunkenen vor sich herstießen, vergaß er seinen Zorn und knallte die Tür hastig wieder zu.

Sie erreichten den Aufzug. Braun hämmerte die flache Hand auf die Taste, wirbelte herum und ließ sich auf die Knie herabfallen. Sein Gewehr zielte auf die Tür am Ende des Flures. Bremer konnte hören, wie sich der Aufzug tief unter ihnen in Bewegung setzte und mit quälender Langsamkeit seinen Aufstieg begann. Er fand es ein bißchen schade, daß niemand da war, mit dem er wetten konnte, wer eher ankam: das Ungeheuer oder der Lift.

Das Ungeheuer gewann.

Die Tür am jenseitigen Ende des Ganges wurde aus den Angeln gerissen und flog wie ein Stück zerfetzter Pappe davon. Sie zerbrach, als sie gegen die Wand prallte, und durch den leeren Rahmen quetschte sich eine Kreatur, die aus dem schlimmsten aller Alpträume entsprungen zu sein schien.

Bremer sah den Todesengel jetzt zum erstenmal deutlich, und er war plötzlich sehr froh, daß er noch immer unter dem Einfluß des Tranquilizers stand und gar nicht in der Lage war, wirklichen Schrecken zu empfinden. Angela wimmerte. Die beiden Agenten neben ihm stießen ein erschrockenes Keuchen aus. Nur Braun reagierte gar nicht, sondern hob kaltblütig sein Gewehr und visierte die Kreatur an.

Was Bremer schon einmal zu sehen geglaubt hatte, bewahrheitete sich: Es war kein Engel. Wäre er es gewesen, dann müßte die Bibel neu geschrieben werden.

Die Kreatur war weit über zwei Meter groß, dabei aber so dürr, daß sie schon fast lächerlich wirkte. Ihre Flügel, die wie die einer Fledermaus von einem dünnen Knochengerüst durchzogen waren, waren halb ausgebreitet und zerfetzt wie ein alter Mantel. Sein Körper war nicht wirklich der eines Insekts, aber ganz eindeutig auch nicht der eines Menschen, sondern wirkte irgendwie ... fledermausartig; als hätte sich eine Ameise mit einer Ratte gekreuzt. Der Kopf schließlich war der schiere Alptraum, ein riesiger, dreieckiger Insektenschädel mit schimmernden Facettenaugen und grauenerregenden Mandibeln, der von drahtigem, rotbraunem Fell bedeckt war.

Das Wesen war verletzt. Die meisten Risse in seinen Flügeln schienen neu zu sein; in einigen steckten noch Glassplitter. Aus dem metallisch schimmernden Fell, das seinen dreigeteilten Körper und seine Glieder bedeckte, tropfte hellrotes Blut. Es machte einen einzelnen, eckigen Schritt, blieb wieder stehen und sah sich um, als wäre es unschlüssig. Benommen.

»Was ... was ist das?« stammelte einer der Männer. »So etwas gibt es doch gar nicht! Was ist das für ein Ding?«

»Keine Ahnung«, antwortete Braun grimmig. »Aber es blutet. Was blutet, das kann auch sterben. Sorgen wir dafür, daß es noch ein bißchen mehr blutet!«

Er hob sein Gewehr, zielte sorgfältig und schoß. In dem langen, marmorverkleideten Korridor hallte die Explosion wie ein Kanonenschuß wider, und der Rückstoß war so gewaltig, daß Braun fast von den Füßen gerissen worden wäre.

Die Wirkung war verheerend. Aus der Brust des Ungeheuers explodierte ein Schwall aus zerberstendem Chitin und Blut, faustgroße Marmorbrocken stoben aus der Wand hinter ihm, und die ganze gewaltige Kreatur wurde fast einen Meter weit zurückgeschleudert und fand nur im letzten Moment ihr Gleichgewicht wieder. Sie schrie in hohen, quälend spitzen Tönen.

Braun feuerte erneut. Diesmal fetzte die Kugel ein Stück aus der Schulter der Bestie. Der riesige Flügel, der daran befestigt war, hätte eigentlich heruntersinken müssen, tat es aber nicht. Ebensowenig, wie die Kreatur an den beiden fürchterlichen Verletzungen starb, die selbst einen Elefanten niedergeworfen hätten. Ganz im Gegenteil: Sie richtete sich auf, schüttelte sich wie ein Boxer, der einen unerwartet heftigen Schlag abbekommen hatte, und kam mit steifen Schritten wieder auf sie zu.

»Sieht so aus, als hätten Sie sich geirrt«, sagte Angela. »Man kann sie nicht töten. Man kann sie nur wütend machen.«

Braun feuerte ein drittes Mal, und als das Donnern des Schusses in Bremers Ohren verhallte, hörte er hinter sich ein leises ›Ping.‹ Der Aufzug war da. Angela und die beiden Agenten zwängten sich in die Kabine, noch bevor sich die Türen zur Gänze geöffnet hatten. Braun verpaßte dem Ungeheuer eine vierte Kugel, die es diesmal tatsächlich von den Beinen riß, stieß Bremer in den Aufzug und sprang als letzter hinterher. Jemand hatte bereits den Knopf für das Erdgeschoß gedrückt. Die Türen glitten zu, und die Kabine setzte sich summend in Bewegung.

»Ist es tot?« keuchte Angela. »Haben Sie es erwischt?«

»Ich weiß nicht«, gestand Braun. Sein Blick schien sich an der Anzeige über der Tür festzusaugen. »Wahrscheinlich nicht. Aber vielleicht habe ich es so schwer verletzt, daß wir eine Chance haben.«

Der Aufzug erreichte die dritte Etage und glitt weiter. Sie mußten den langsamsten Fahrstuhl der Welt erwischt haben, oder irgend etwas stimmte mit der Zeit nicht.

»Na wunderbar«, sagte Angela. »Dann machen Sie endlich diese verdammten Handschellen los, damit ich mich wenigstens wehren kann!«

»Wenn dieses Ding hier hereinkommt, macht das keinen Unterschied mehr«, sagte Braun. Er rührte keinen Finger, um Angela zu befreien. Der Aufzug glitt weiter, erreichte die zweite Etage ...

... und hielt an.

Die Türen glitten auf, und sie blickten in das Gesicht eines erbosten Hausbewohners, der wahrscheinlich gekommen war, um sich nach der Ursache des Lärms zu erkundigen.

Braun gab ihm allerdings keine Gelegenheit dazu, sondern stieß ihm den Gewehrlauf mit solcher Wucht in den Leib, daß er keuchend zurücktaumelte und an der gegenüberliegenden Wand zu Boden sank; gleichzeitig schlug er mit der Faust erneut auf den Schalter. Die Türen begannen sich quälend langsam zu schließen.

Als sich die Kabine in Bewegung setzte, erklang im Liftschacht über ihnen das Geräusch von reißendem Metall. Alle Köpfe flogen entsetzt in den Nacken.

Eine Sekunde lang herrschte ein fast unheimliches Schweigen, in dem selbst das Summen des Liftmotors kaum noch zu hören war. Dann traf etwas mit so fürchterlicher Wucht das Kabinendach, daß das Metall deutlich eingebeult wurde und sie alle gegeneinander stürzten. Der gesamte Lift schwankte, schien für einen gräßlichen, endlosen Moment stillzustehen und bewegte sich dann ruckelnd und ungleichmäßig weiter. Ein schrilles, in den Ohren schmerzendes Kreischen erklang, und das Kabinendach beulte sich weiter ein. Dann krachte etwas durch das Metall, das wie eine rostige, dreißig Zentimeter lange Sichel aussah, und riß es im Zurückziehen noch weiter auf. Braun tat etwas vollkommen Wahnsinniges: Er hob sein Gewehr und schoß durch das Dach.

In der Enge der Kabine war der Knall im buchstäblichen Sinne des Wortes ohrenbetäubend. Die beiden Agenten schrien auf und schlugen die Hände vor die Ohren, und Angela krümmte sich mit schmerzverzerrtem Gesicht und riß vergeblich an ihren Handschellen. Bremer sah das alles nur. Er hörte nichts. Seine Ohren waren taub. Alles, was er wahrnahm, war ein dumpfes Dröhnen, wie das ferne Echo des Gewehrschusses, das einfach nicht aufhören wollte.

Auch Braun war zurückgetaumelt und hatte das Gesicht verzerrt, hob seine Waffe aber bereits wieder zu einem zweiten Schuß. Im Dach der Liftkabine prangte jetzt ein faustgroßes Loch mit brandgeschwärzten Rändern, aber Braun schien nicht getroffen zu haben: Diesmal hackten gleich drei rostige Sicheln durch das Metall und schälten es auf wie den Deckel einer Sardinendose.

Einer von Brauns Agenten hob seine Pistole und feuerte wieder in schneller Folge das gesamte Magazin durch das Dach, gleichzeitig machte Braun selbst Anstalten, noch einmal zu schießen – womit er ihnen allen vermutlich endgültig die Trommelfelle zerrissen hätte. Bevor er es jedoch tun konnte, hielt der Aufzug an und die Türen glitten auf; Braun, der sich mit der Schulter dagegen gelehnt hatte, um festeren Stand zu haben, verlor das Gleichgewicht und stürzte rücklings aus der Kabine. Angela und die beiden Agenten flankten über ihn hinweg, wobei Angela trotz aller Eile der Versuchung nicht widerstehen konnte, ihm kräftig auf die Hand zu treten.

Bremer verließ die Kabine als letzter, schnell, aber nicht annähernd so hastig wie die anderen. Braun sprang auf und schrie ihm etwas zu, was ebenso wie alle anderen Geräusche in dem anhaltenden Rauschen in seinen Ohren unterging. Als er nicht schnell genug reagierte, packte Braun ihn an der Schulter und schleuderte ihn grob an sich vorbei. Gleichzeitig feuerte er sein Gewehr in die Liftkabine ab.

Bremer hörte den Schuß. Sehr leise und falsch: Er klang eher wie das Knallen eines Sektkorkens als ein Gewehrschuß. Aber er konnte hören. Wenigstens war er nicht taub.

Weitere Männer stürmten auf ihn zu. Braun schien eine ganze Armee mitgebracht zu haben. Bremer und Angela wurden gepackt und hastig durch den Flur geschleift, während Braun hinter ihnen offenbar ausprobieren wollte, wie viele Schrotladungen die Decke der Liftkabine aushielt. Er gab sieben oder acht Schüsse ab, wirbelte dann herum und raste hinter ihnen her. Bremer sah, wie sich seine Lippen bewegten, hörte aber nur ein heiseres, unverständliches Flüstern. Hinter ihm, im Inneren der Liftkabine, bewegte sich ein Schatten.

Angela, Braun und er erreichten den Ausgang nahezu gleichzeitig und stolperten ins Freie. Braun hatte sein Gewehr weggeworfen, aber drei oder vier seiner Leute feuerten gleichzeitig auf den Schatten, der aus dem Aufzug herausdrängen wollte.

Draußen vor dem Haus parkten drei große Limousinen. Die Motoren liefen, Scheinwerfer und Scheibenwischer waren eingeschaltet, aber Bremer konnte durch die offenstehenden Türen erkennen, daß niemand darin saß. Hinter ihnen stürmten die Agenten aus dem Haus. Der letzte Mann zog einen kleinen, dunklen Gegenstand aus der Tasche und schleuderte ihn im hohen Bogen in die Aufzugkabine. Bremer wußte genau, was es war, aber er war immer noch zu benommen, um irgendwie zu reagieren.

Drei Sekunden später verwandelten sich die offenstehenden Lifttüren in den Schlund eines feuerspeienden Vulkans.

Die Druckwelle ließ sämtliche Scheiben im Erdgeschoß des Hauses zerbersten und fegte sie alle von den Füßen. Flammen und Trümmer explodierten aus dem Lift, und rings um sie herum regneten gefährliche Glassplitter zu Boden. Die Wagen hinter ihnen schwankten wie kleine Boote in der Brandung, und Bremer bekam für einen Moment keine Luft mehr. Eine Welle intensiver Hitze strich über sein Gesicht und ließ ihn aufstöhnen. Neben ihm schrie einer der Agenten und umklammerte sein linkes Handgelenk. Aus seinem Unterarm ragte eine gebogene Glasscherbe, von der Blut tropfte.

Bremer wälzte sich stöhnend auf den Bauch, stemmte die Handflächen gegen den Boden und drückte seinen Oberkörper in die Höhe. Sein Hörvermögen kehrte immer schneller zurück, aber er registrierte trotzdem nichts außer Schreien, Lärm, dem Klirren von Glas und dem Geräusch prasselnder Flammen. Irgendwo heulte eine Sirene.

Eine Hand packte ihn an der Schulter, riß ihn grob in die Höhe und stieß ihn auf einen der wartenden Wagen zu. Bremer prallte mit der Stirn gegen die Dachkante, sank halb benommen auf den Rücksitz und bekam einen zweiten, derben Stoß in die Seite, der ihn weiter in den Wagen hineinschleuderte. Nur eine Sekunde später folgte ihm Angela auf die gleiche Weise, und die Tür wurde zugeschlagen. Einen Augenblick später warf sich Braun vor ihnen auf den Beifahrersitz.

Bremer rappelte sich hoch und sah über Angela hinweg nach draußen. Vor dem Haus herrschte ein einziges Chaos. Kaum einer der Männer war ohne Schnittwunden oder andere Verletzungen davongekommen. Einige feuerten blindlings ins Haus hinein, andere hetzten auf die Wagen zu. Im Haus waren mittlerweile sämtliche Lichter angegangen, und auch die benachbarten Häuser erwachten in rascher Folge zum Leben. Hinter den zerborstenen Scheiben des Hauseinganges brodelte schwarzer, von roten und gelben Flammen durchzogener Qualm. Dahinter schien sich noch etwas zu bewegen. Etwas Riesiges, Mißgestaltetes. Aber das war unmöglich, dachte Bremer. Das Ungeheuer *konnte* die Explosion nicht überlebt haben.

Er täuschte sich.

Ein Agent mit einer häßlichen Schnittwunde auf der Stirn raste auf den Wagen zu und warf sich hinter das Steuer, und aus dem Rauch taumelte das Ungeheuer hervor.

Es bot einen grauenerregenden Anblick. Sein Körper blutete aus buchstäblich zahllosen Wunden. Das braunrote Fell war zum Großteil versengt oder abgerissen, und eines der riesigen, schillernden Facettenaugen war erloschen; an seiner Stelle gähnte ein faustgroßer Krater in dem dreieckigen Insektenschädel. Einer seiner Flügel brannte. Es bewegte sich langsam, torkelnd, wie ein Mensch, der sich nur noch mit allerletzter Kraft auf den Beinen hielt.

Trotzdem löste sein Anblick unter den Agenten augenblicklich Panik aus.

Mit Ausnahme der beiden, die mit ihnen im Aufzug gewesen waren, hatte keiner der Männer die Bestie bisher wirklich *gesehen*. Sie hatten nur geschossen, weil sie gemerkt hatten, daß irgend etwas nicht stimmte, und Braun und die anderen in kopfloser Panik aus dem Aufzug stürzen sahen. Jetzt erblickten sie das Monster, und die Wirkung war verheerend. Zwei oder drei von ihnen warfen einfach ihre Waffen weg und stürzten davon, die anderen begannen zu schießen, aber wahrscheinlich nur aus einem blinden Reflex heraus, nicht, weil sie wirklich wußten, was sie taten.

»Worauf warten Sie?!« brüllte Braun. »*Fahren Sie los!*«

Der Mann hinter dem Steuer legte den ersten Gang ein und warf gleichzeitig die Tür hinter sich zu, war aber so nervös, daß er den Motor auf der Stelle wieder abwürgte. Der Wagen machte einen anderthalb Meter weiten Satz und blieb wieder stehen.

Im gleichen Moment ruckte der Kopf der Bestie herum, und Bremer konnte den Blick ihres einzelnen verbliebenen Auges fast wie eine körperliche Berührung spüren. Sie machte einen einzelnen Schritt, blieb wieder stehen und spreizte die Flügel.

»Idiot!« brüllte Braun. »Fahren Sie schon los!«

Der Agent drehte den Zündschlüssel. Der Anlasser wimmerte, aber der Motor sprang nicht an. Das Ungeheuer knickte seine Beine ein und spreizte die Flügel weiter. Die Agenten feuerten immer noch, und Bremer konnte genau sehen, daß sie trafen. Die Bestie wankte, zeigte sich aber nicht weiter beeindruckt. Mit einem ungeheuer kraftvollen Satz stieß sie sich ab, breitete die Schwingen noch weiter aus und raste auf den Wagen zu. Sie flog nicht wirklich, sondern segelte eher, wie ein bizarrer prähistorischer Pterodaktylus mit brennenden Flügeln, landete aber trotzdem nach einer Sekunde zielsicher auf der Motorhaube des BMW.

Braun schrie auf und riß instinktiv schützend die Hände

vors Gesicht, als die Windschutzscheibe zerbarst. Der Wagen schwankte unter dem Aufprall des geflügelten Dämons.

Endlich sprang der Motor an. Der Fahrer hatte offenbar gar nicht mehr damit gerechnet, denn das Geräusch des Anlassers wurde plötzlich zum ratternden Mahlen überlasteter Zahnräder. Es dauerte fast eine Sekunde, bis er den Zündschlüssel endlich losließ und den Gang hineinhämmerte.

Der BMW raste mit durchdrehenden Reifen los. Das Ungeheuer auf seiner Motorhaube kreischte, flatterte wild mit den Flügeln und grub die Krallen in das Metall. Im nächsten Moment warf es sich vor. Eine sichelförmige Klaue hackte durch das Wagendach und verfehlte den Fahrer um Haaresbreite. Der Mann schrie auf, trat so hart auf die Bremse, daß sich der Wagen querstellte, und die Bestie rutschte mit einem zornigen Pfeifen von der Motorhaube. Seine Klaue riß das Dach dabei auf gut vierzig Zentimeter auf wie dünnes Papier.

Der Fahrer hämmerte den Rückwärtsgang hinein, gab Gas und ließ den Wagen zurückschießen. Dann brachte er ihn mit einem harten Tritt auf die Bremse wieder zum Stehen, schaltete und beschleunigte erneut.

Der BMW rammte das Ungeheuer, noch bevor es sich ganz aufgerichtet hatte.

Metall barst. Beide Scheinwerfer zerbrachen, und die Insassen des Wagens wurden nach vorne geschleudert, als wären sie gegen eine Wand aus massivem Beton geprallt, nicht gegen ein Wesen von der Größe eines Menschen. Der Dämon wurde im hohen Bogen weg geschleudert und landete mit hilflos schlagenden Flügeln auf dem Asphalt, und der Motor erstarb. Diesmal konnte Bremer hören, daß es endgültig war.

»Raus!« befahl Braun. Gleichzeitig stieß er die Tür auf und ließ sich aus dem Wagen fallen. Bremer krabbelte ungeschickt hinterher, humpelte um den Wagen herum und wollte die Tür auf Angelas Seite öffnen, da sie mit ihren gefesselten Händen dazu wohl kaum in der Lage war. Er kam jedoch nicht dazu, denn Braun packte ihn grob an der Schulter, stieß ihn herum und winkte gleichzeitig einen der beiden anderen Wagen heran. Der BMW hielt mit quietschenden Reifen vor ihm an. Die Türen flogen auf, und drei oder vier Insassen sprangen heraus, als Braun ihnen mit hastigen Gesten den Befehl dazu gab. Bremer hörte das näherkommende Heulen einer Sirene, dann wieder Schüsse. Er kam nicht einmal dazu, sich zu dem Ungeheuer herumzudrehen, denn Braun stieß ihn grob auf den Rücksitz. Einen Augenblick später wurde Angela zu ihm hereingeschubst, und sie fuhren los.

Der Fahrer legte die ersten zwanzig oder dreißig Meter im Rückwärtsgang zurück, so daß Bremer genau erkennen konnte, daß sich das Ungeheuer bereits wieder aufrichtete. Seine Flügel brannten noch immer, und allein der Aufprall des Wagens mußte ihm alle Knochen im Leib gebrochen haben – oder was immer es auch statt dessen besitzen mochte –, aber Bremer zweifelte mittlerweile ohnehin daran, daß man dieses Ding wirklich töten konnte. Wahrscheinlich war es so, wie Angela gesagt hatte: Man konnte ihm weh tun und es wütend machen, aber man konnte es nicht umbringen. Wie sollte man etwas töten, dessen ureigenstes Element der Tod war?

Der Wagen machte eine jähe Hundertachtzig-Grad-Drehung und beschleunigte dann wieder. Bremer wurde zum wiederholten Male an diesem Abend gegen etwas Hartes geschleudert und sah für einen Moment Sterne.

Als er sich wieder hochrappelte, sah er zwei Polizeiwagen mit flackerndem Blaulicht auf sie zurasen. Hastig drehte er sich herum und sah ihnen nach. Das Haus und das apokalyptische Schlachtfeld, in das sich die Straße davor verwandelt hatte, waren schon fast außer Sicht geraten. Er erkannte die Männer nur noch als schwarze Scherenschnittgestalten, die mit hektischen abgehackten Bewegungen wie Darsteller in einem uralten Stummfilm vor einem absurden Koloß mit brennenden Flügeln flohen. Auch der zweite, noch fahrbereite Wagen raste in diesem Moment los. Bremer glaubte nicht, daß die Zurückgebliebenen eine große Chance hatten. Sie alle hatten gesehen, wozu dieses Ungeheuer fähig war. Die Bremslichter der beiden Polizeiwagen leuchteten plötzlich grell auf, und die Fahrzeuge kamen mit kreischenden Reifen zum Stehen. Bremer versuchte erst gar nicht, sich vorzustellen, was jetzt in den Männern darin vorging.

Ein weiterer Streifenwagen kam ihnen entgegen, gefolgt von einem Löschzug mit heulender Sirene, den irgendeiner der Hausbewohner oder Nachbarn alarmiert haben mußte, dann hatten sie die Kreuzzug erreicht, und der Fahrer ließ den Wagen mit quietschenden Reifen um die Kurve schlittern.

»Fahren Sie langsamer«, befahl Braun. »Sonst kriegen wir am Ende noch ein Protokoll.«

Plötzlich packte Bremer eine rasende, fast unbezwingbare Wut, die nicht einmal das Medikament in seinem Kopf dämpfen konnte. Er zog die Knie an und versetzte dem Sitz vor sich einen Tritt, der Braun nach vorne schleuderte und gegen das Armaturenbrett geschleudert hätte, hätte er sich nicht im letzten Moment mit beiden Händen abgestützt.

»He!« brüllte Braun. »Was soll das?! Sind Sie wahnsinnig geworden?«

»Sie Mistkerl!« fauchte Bremer. »Sie verdammtes, gewissenloses Schwein! Sie haben die Männer zum Tode verurteilt! Das Biest hat sie umgebracht, damit Sie Ihr kostbares Leben retten konnten!«

»Und Ihres«, fügte Braun hinzu. »Wenn ich Sie daran erinnern darf.«

Bremer machte eine Bewegung, als wollte er Brauns Antwort wie etwas Materielles beiseite fegen. »Ich habe Sie nicht darum gebeten, Sie Arschloch!«

»Ich bin zu wertvoll, um zu sterben«, sagte Braun. Seltsamerweise klang es kein bißchen überheblich oder gar arrogant, sondern einfach wie etwas, wovon er fest überzeugt war.

»Wenn das wirklich so ist, dann hätten Sie vielleicht erst gar nicht kommen sollen«, sagte Angela.

»Wie meinen Sie das?«

»Das war ganz allein Ihre Schuld!« behauptete Angela aufgebracht. »Denken Sie wirklich, dieses ... Ding wäre Ihretwegen gekommen? Wenn ja, dann leiden Sie an einer gehörigen Selbstüberschätzung! Es wollte uns.« Sie verbesserte sich und deutete mit einer Kopfbewegung auf Bremer. »Ihn.«

Braun schwieg einen Moment. Dann nickte er zu Bremers maßloser Überraschung und sagte: »Das glaube ich auch. Aber Sie täuschen sich, meine Liebe. Es war nicht umsonst. Ihr Freund Bremer ist nämlich noch viel wertvoller als ich.«

23

Die Hände des Mannes zitterten immer noch, als er Nördlinger den Becher zurückgab. Er hatte sich einen Gutteil des brühheißen Kaffees über die Finger und die Uniform geschüttet, anscheinend ohne es auch nur zu bemerken, und sein Gesicht hatte in den letzten Minuten noch mehr Farbe verloren, obwohl er schon kreidebleich gewesen war, als Nördlinger ihn getroffen hatte.

Der Anblick erschütterte Kriminalrat Nördlinger weit mehr, als irgendeiner der Anwesenden ahnen mochte. Nördlinger wußte natürlich sehr genau, was die meisten seiner Untergebenen von ihm dachten: Er galt als paragraphenreitender Pedant, der mit der Dienstvorschrift unter dem Kopfkissen schlief und so gut wie keine Gefühle kannte, und er pflegte diesen Ruf, so gut es ihm möglich war – auch wenn er nicht stimmte. So mancher seiner Leute hätte sich gewundert, hätte er gewußt, wie oft er schon alle Hände über sie gehalten hatte, um ihnen die gewissen Freiheiten zu ermöglichen, ohne die eine effiziente Polizeiarbeit nun einmal nicht möglich war, und wie oft er selbst seine Dienstvorschriften schon so weit gebeugt hatte, daß es knirschte.

Und er hatte Gefühle, verdammt noch mal. Einen fünfzigjährigen Mann, der zwei Drittel seines Lebens bei der

Berufsfeuerwehr verbracht hatte, vor Entsetzen zitternd auf dem Bürgersteig vor sich sitzen zu sehen, das berührte ihn sehr wohl. Er wußte, was diese Leute manchmal zu sehen bekamen.

»Soll ich Ihnen noch einen Kaffee holen?« fragte er.

Der Feuerwehrmann machte eine Bewegung, die Nördlinger mit einiger Fantasie zu einem Kopfschütteln rekonstruierte. »Nein«, sagte er schwach. »Es geht schon wieder. Danke.«

Das war eine glatte Lüge. Dem Mann war speiübel. Er kämpfte nur noch mit letzter Macht um seine Beherrschung. Nördlinger ließ es jedoch dabei bewenden, verabschiedete sich mit einem Kopfnicken und drehte den Plastikbecher unschlüssig in den Händen, während er sich herumdrehte. Einen Moment lang wußte er nicht, wohin damit. Dann wurde ihm bewußt, wo er war, und er ließ das Trinkgefäß achtlos fallen. Normalerweise widerstrebte es ihm zutiefst, Abfall einfach auf den Boden fallen zu lassen. Aber der Hausflur sah sowieso aus wie ein Schlachtfeld. Absurderweise hatte er trotzdem ein schlechtes Gewissen; um ein Haar hätte er sich wieder gebückt und nach einem Abfalleimer gesucht.

Als er sich wieder herumdrehte, streifte sein Blick jedoch einen der beiden mit schwarzer Plastikfolie zugedeckten Körper, die auf der anderen Seite des Korridors lagen. Er hatte das, was darunter lag, nur mit einem einzigen flüchtigen Blick gestreift, und allein die *Erinnerung* daran reichte, um auch in seinem Magen eine leichte Übelkeit wachzurufen.

Mit schnellen Schritten ging er los und steuerte den Ausgang an. Unter seinen Schuhen knirschte zerbrochenes Glas und in der Hitze spröde gewordenes Plastik. Ein verbogenes Metallstück flog klappernd davon. Plötzlich hatte er das Gefühl, keine Luft mehr zu bekommen. Der Geruch von verbranntem Kunststoff und verschmortem Fleisch vermengte sich zu einem Gestank, der ihm den Atem nahm. Er mußte hier raus. Sofort. Wäre er allein gewesen, wäre er gerannt.

Kriminalrat Nördlinger war jedoch alles andere als allein. Außer ihm und dem bedauernswerten Feuerwehrmann (der sich genau in diesem Moment würgend hinter ihm erbrach – soviel zu seiner Versicherung, daß alles in Ordnung sei) hielten sich im Moment zwar nur zwei weitere Feuerwehrmänner hier drinnen auf, die die Trümmer beiseite räumten und nach versteckten Brandherden suchten, aber der Bürgersteig und die Straße vor dem Gebäude wimmelte nur so von Menschen: Polizeibeamten, Feuerwehrmännern, Rettungssanitätern und ungefähr zwei Dutzend Hausbewohnern, die die Feuerwehr vorsorglich evakuiert hatte, bevor klar wurde, wie schnell sie den Brand unter Kontrolle bringen würden. Und natürlich jede Menge Schaulustige.

Ein blauer Lichtblitz flammte auf, und Nördlinger verlängerte seine Liste in Gedanken. Und ein paar Journalisten, wie nicht anders zu erwarten war. Man konnte einen Tatort *zumauern*, sie fanden immer einen Weg.

Als Nördlinger das Gebäude verließ, kam ihm ein uniformierter Polizeibeamter mit einem dampfenden Plastikbecher in der Hand entgegen. Ein fürsorglicher Hausbewohner hatte Kaffee gekocht, den er jetzt verteilte. Der Mann erkannte ihn, erschrak ein ganz kleines bißchen und änderte dann abrupt seine Richtung. Allerdings nicht schnell genug, daß Nördlinger nicht den Weinbrand gerochen hätte, den der gleiche fürsorgliche Hausbewohner offensichtlich in den Kaffee gemischt hatte. Normalerweise hätte Nördlinger eine solche Verfehlung nicht geduldet und wäre sofort energisch eingeschritten – aber was war an diesem Tag schon normal? Er tat so, als hätte er nichts gemerkt und ging schnell weiter.

Seine Männer waren damit beschäftigt, die Hausbewohner zu vernehmen und ihre Aussagen niederzuschreiben, aber Nördlinger glaubte nicht, daß außer einer Menge überflüssigen Papierkrams viel dabei herauskommen würde. Den einzigen Zeugen, der *wirklich* etwas gesehen hatte, hatte er selbst befragt. Und was die Besatzung der beiden Streifenwagen anging, die als erste vor Ort gewesen waren ...

Nein, daran *wollte* er im Moment nicht denken. Morgen früh würde sich ein Polizeipsychologe mit ihnen unterhalten.

Er holte sich auch einen Kaffee (mittlerweile schien sich auch unter den Hausbewohnern herumgesprochen zu haben, wer er war: *Sein* Kaffee war pur), nippte daran und schlenderte fast ziellos weiter, als ihm ein Journalist den Weg vertrat. Nördlinger hätte die Kamera und den kleinen Kassettenrecorder gar nicht sehen müssen, den er ihm unter die Nase hielt, um ihn zu erkennen.

»Sie sind doch Kriminalrat Nördlinger, nicht wahr?« fragte der Mann. »Ich erkenne Sie.«

Nördlinger nippte an seinem Kaffee und ging schweigend weiter. Natürlich folgte ihm der Reporter.

»Was ist hier passiert?«

»Es hat gebrannt«, antwortete Nördlinger einseitig.

»Kommen Sie, Herr Kriminalrat!« sagte der Journalist. »Wegen eines kleinen Feuers kommt doch ein Mann wie Sie nicht morgens um fünf hierher! Noch dazu mit der halben Berliner Polizei.«

»Also gut«, sagte Nördlinger, »ich will Ihnen die Wahrheit sagen: Jemand hat sich hier einen besonders aufdringlichen Reporter vorgeknöpft, ihm beide Beine und Arme gebrochen, ihn in zwei Stücke geschnitten und angezündet. Ich weiß allerdings nicht, in welcher Reihenfolge. *Vürfels*!«

Das letzte Wort hatte er gebrüllt. Es vergingen kaum fünf Sekunden, bis der Gerufene vor ihm auftauchte und ihn fragend ansah. Nördlinger deutete auf den Journalisten. »Nehmen Sie diesen Kerl fest!« sagte er.

»Warum?« fragte Vürfels.

»Keine Ahnung«, gestand Nördlinger. »Denken Sie sich etwas aus. Und ...« Er nahm dem vollkommen fassungslosen Reporter den Kassettenrecorder aus der Hand, nahm die Kassette heraus und zertrat sie mit dem Absatz. »... geben Sie ihm zwei Mark für eine neue Kassette.«

Er ging weiter, ohne den verwirrt dreinblickenden Journalisten und den kaum weniger hilflosen Vürfels auch nur noch eines weiteren Blickes zu würdigen. Er wußte selbst nicht, warum er das getan hatte. Vürfels würde den Mann natürlich nicht festnehmen, sondern ihn irgendwie beruhigen, aber darauf kam es nicht an. Er fühlte sich einfach besser.

Nördlinger ging langsam auf seinen Wagen zu, blieb aber zwanzig Schritte davor stehen und musterte die schattenhafte Gestalt, die auf dem Rücksitz zu erkennen war. Vater Thomas war nicht besonders begeistert gewesen, als Nördlinger ausstieg und er feststellen mußte, daß sich die Wagentür nicht von innen öffnen ließ. Er wäre wahrscheinlich noch sehr viel weniger begeistert gewesen, hätte er gewußt, daß er sich im Moment ihrer Ankunft hier als mehr oder weniger verhaftet betrachten konnte. Im Moment tendierte das Pendel zwar deutlich in Richtung *weniger*, aber Nördlinger fand, daß er ruhig noch ein bißchen schmoren konnte. Er hatte das Gefühl, daß dieser komische Heilige ihm noch lange nicht alles gesagt hatte.

Er nippte wieder an seinem Kaffee, drehte sich auf dem Absatz herum und ging auf einen der drei Krankenwagen zu, die auf der anderen Straßenseite geparkt waren. Es war der einzige Wagen, dessen Hecktüren geschlossen waren. Ein Polizeibeamter mit einer Maschinenpistole hielt davor Wache, und die Innenbeleuchtung des Wagens brannte.

Nördlinger öffnete die Tür, trat gebückt in den Wagen und zog sie sorgsam hinter sich wieder zu, ehe er sich herumdrehte. In dem Rettungswagen hielt sich im Moment kein Rettungssanitäter oder Arzt auf, sondern nur Meller und ein knapp dreißigjähriger, breitschultriger Mann, dessen linker Arm in einer Schlinge hing. Die gut vierzig Zentimeter lange, spitze Glasscherbe, die der Arzt aus seinem Unterarm gezogen hatte, lag auf einem verchromten Tablett. Der Bursche mußte ziemlich hart sein. Hätte man Nördlinger ein solches Ding aus dem Arm gezogen, dann würde er jetzt bestimmt nicht dasitzen und genervt aussehen.

»Hat er schon geredet?« fragte er.

Meller wollte antworten, aber der andere kam ihm zuvor. »Ich habe ein Loch im Arm, nicht in der Zunge«, sagte er. »Mein Name ist Jürgen Malchow. Ich arbeite für die Abteilung elf des Innenministeriums, und das ist alles, was Sie von mir erfahren werden. Wenn Sie mir nicht glauben, dann rufen Sie die Telefonnummer an, die ich Ihnen gesagt habe.«

Nördlinger wußte, daß es keine Abteilung elf des Innenministeriums gab. »Ich hasse Telefone«, sagte er. »Warum erzählen Sie mir nicht einfach, wer Sie sind und was hier wirklich passiert ist?«

»Weil Sie das nichts angeht.«

»Wissen Sie, wer ich bin?« fragte Nördlinger.

»Nein«, antwortete Malchow. »Und es interessiert mich auch nicht.«

»Das sollte es aber«, sagte Nördlinger. »Ich kann Sie nämlich durchaus einsperren lassen. Für einen Tag, eine Woche, einen Monat ...« Er zuckte mit den Schultern. »Es liegt ganz bei Ihnen.«

»Nein«, antwortete Malchow. »Das können Sie nicht.«

Er sah Nördlinger fest in die Augen. Nördlinger suchte vergeblich nach einer Spur von Überheblichkeit oder Unsicherheit in seinem Blick. Da war keines von beidem. Malchow war einfach ein Mann, der wußte, daß das, was er sagte, die Wahrheit war. Nördlinger konnte ihm nichts tun. Er würde so oder so in ein paar Stunden frei sein.

Nördlinger beschloß, seine Taktik zu ändern. »Hören Sie mir zu, Herr Malchow«, sagte er. »Ich *könnte* Ihnen Ärger machen, aber ich will es gar nicht. Ich will nur wissen, was hier passiert ist. Sie wissen es besser als ich.«

»Ich weiß gar nichts«, behauptete Malchow.

»Das glaube ich doch«, erwiderte Nördlinger. Seine Stimme wurde lauter, blieb aber freundlich. »Dort draußen liegt ein halbes Dutzend Toter! Jemand hat das halbe Haus in die Luft gesprengt, und die Zeugen erzählen mir eine vollkommen hirnrissige Geschichte von einer Fledermaus, die Menschen frißt. Auf dem Pflaster liegt genug verschossene Munition, um einen Kleinlaster zu füllen, und Sie haben eine Waffe mit leer geschossenem Magazin im Schulterhalfter! Und Sie wollen mir erzählen, daß Sie nicht wissen, was hier passiert ist?«

»Rufen Sie die Nummer an«, sagte Malchow stur.

»Ich lasse Sie einsperren«, drohte Nördlinger. »Bei dem, was hier passiert ist, kann Sie keine Macht der Welt davor bewahren.«

»Sie müssen nicht telefonieren«, sagte Malchow. »Jemand wird *Sie* anrufen.«

Nördlinger seufzte. »Ich will einfach nur wissen, wo Braun ist«, seufzte er.

»Braun? Ich kenne niemanden, der so heißt.« Malchow massierte sein linkes Handgelenk und verzog das Gesicht. »Sollte ich jemanden treffen, der so heißt, dann bitte ich ihn, Sie anzurufen.«

Nördlinger begriff, daß das äußerste Eingeständnis war, das er von Malchow erwarten konnte – eigentlich war es *mehr*, als er erwarten konnte. Er bedeutete Meller mit Blicken, ihm zu folgen, dann verließ er ohne ein weiteres Wort den Krankenwagen und entfernte sich ein paar Schritte. Meller folgte ihm.

»Lassen Sie ihn noch zehn Minuten schmoren, dann kann er gehen«, sagte Nördlinger.

»Aber ...«

»Ich weiß, was Sie sagen wollen«, unterbrach ihn Nördlinger. »Aber der Kerl hat leider recht, wissen Sie? Wir können ihm gar nichts.«

»Wir könnten ihn immerhin gegen Verstoß gegen das Waffengesetz festnehmen«, sagte Meller. »Er hatte einen Schalldämpfer in der Tasche. Die Dinger sind verboten.«

Das würde vermutlich wirklich ausreichen, um Malchow für einen oder zwei Tage schmoren zu lassen, überlegte Nördlinger. Für ein paar Sekunden fand er genug Gefallen an dem Gedanken, um Meller nachzugeben. Aber dann schüttelte er den Kopf.

»Lassen Sie ihn laufen«, sagte er. »In zehn Minuten. Oder sogar in zwanzig. Und achten Sie darauf, daß ihm der Sanitäter kein Schmerzmittel gibt.«

Er ließ Meller stehen und eilte mit jetzt sehr schnellen, ausgreifenden Schritten auf seinen Wagen zu. Thomas spießte ihn mit Blicken regelrecht auf, als er sich neben ihn auf den Rücksitz fallen ließ, sagte aber nichts.

»Bevor Sie irgend etwas sagen«, begann Nördlinger. »Ich will nichts von der Macht Gottes hören. Ich will auch nichts von der ewigen Verdammnis hören, von der Macht des Teufels oder himmlischen Fügungen, nichts von gottgesandten Plagen oder der Erbsünde. Ich will einfach nur wissen, was hier los war.«

»Ich hatte nicht vor, irgend etwas von alledem zu sagen«, sagte Thomas.

Nördlinger war ehrlich überrascht. »Nicht?«

»Das alles hier hat nichts mit Gottes Werk zu tun«, antwortete Thomas. »Und schon gar nicht mit seinem *Willen*. Für das, was hier passiert ist, sind allein Menschen verantwortlich.«

Nördlinger war verwirrt – nicht einmal so sehr über Thomas' Worte, sondern in weit größerem Maße über das, was sie in ihm auslösten. »Es ... fällt mir nicht ganz leicht, das zu akzeptieren«, sagte er. »Wir haben bisher sechs Tote gefunden, und wir sind noch nicht fertig mit suchen. Da draußen sitzen vier gestandene Polizeibeamte, die Stein und Bein schwören, sie hätten ein Ungeheuer gesehen, und einige der Leichen sehen aus, als wären sie von etwas angefallen worden, das ich mir nicht einmal *vorzustellen* wage. Und Sie wollen mir erzählen, das wäre alles ganz *normal*?«

»Ich habe nicht normal gesagt.« Thomas öffnete die Tür und stieg aus. Nördlinger kletterte ebenfalls aus dem Wagen. Thomas hatte sich mittlerweile schon ein paar Meter entfernt und ging auf den zertrümmerten BMW zu, der am Straßenrand stand.

Nördlinger hatte einen Beamten aufgestellt, um das Fahrzeugwrack zu bewachen, damit sich niemand daran zu schaffen machte. Der Mann wollte Thomas den Weg vertreten, aber Nördlinger schüttelte rasch den Kopf und schickte ihn mit einer entsprechenden Geste weg.

Thomas ging um das Fahrzeugwrack herum und blieb vor der zertrümmerten Kühlerhaube stehen. »Sehen Sie«, sagte er.

Im ersten Moment sah Nördlinger nicht, was er meinte. Die gesamte Frontpartei des BMW war zermalmt; ein einziger Wust aus geborstenem Metall, aus dem noch immer Öl und Kühlmittel tropfte. Aber dann sah er es: In dem zerbeulten Metall gähnte eine Anzahl gleichmäßiger, dreieckiger Löcher, so regelmäßig angeordnet, als hätte sie eine Maschine hineingestanzt.

»Glauben Sie, daß das ein Mensch war?« fragte Thomas, hob die Hand und deutete auf das Dach des Wagens. »Oder das?«

Das Wagendach war regelrecht aufgeschlitzt; ein vierzig Zentimeter langer, drei Finger breiter Riß mit nach außen gebogenen Rändern. Nördlinger versuchte sich vorzustellen, welche Art von Unfall eine solche Beschädigung verursachen konnte, aber es gelang ihm nicht. Dafür spürte er ein eisiges Frösteln wie eine Kolonne winziger Polarameisen sein Rückgrat hinunter laufen.

»Aber gerade haben Sie selbst gesagt ...«

»Ich habe gesagt, es war Menschen*werk*. Nicht, es war ein Mensch. Und das ist erst der Anfang, Herr Nördlinger. Das ist *nichts* gegen das, was geschehen wird, wenn wir Braun nicht finden.«

»Wie ... meinen Sie das?« fragte Nördlinger mühsam. Es war lächerlich. Thomas' Worte waren ... grotesk. Noch vor einer Stunde hätte er darüber gelacht. Jetzt erfüllten sie ihn mit einer Furcht, gegen die er einfach hilflos war. »Was soll das heißen?«

»Die Apokalypse«, antwortete Thomas. »Das jüngste Gericht – suchen Sie sich einen Begriff aus. Keiner wird ausreichen, das zu beschreiben, was geschehen wird, wenn wir ihn nicht rechtzeitig finden. Gott hat sich etwas dabei gedacht, als er den Menschen nicht die Macht gegeben hat, Schicksal zu spielen. Es heißt Auge um Auge, Herr Nördlinger – aber auch nur *ein* Auge für *ein* Auge, *ein* Leben für *ein* Leben. Nicht mehr! *Das* geschieht, wenn Menschen die

Macht haben, alles zu tun, was sie wollen. Wir müssen Bremer finden, schnell! Er ist vielleicht unsere letzte Chance, eine Katastrophe zu verhindern!«

»Aber ich weiß nicht, wo er ist, verdammt noch mal!« Nördlinger schrie fast. Dann drehte er sich langsam herum, blickte den Krankenwagen an, in dem Meller noch für gute zehn Minuten damit beschäftigt sein sollte, Malchow schmoren zu lassen – und schüttelte den Kopf. Es würde nicht funktionieren.

»Was haben Sie?« fragte Thomas. Er schien wirklich ein ausgezeichneter Beobachter zu sein.

»Nichts«, antwortete Nördlinger. »Ich überlege nur, ob ich lachen soll.«

»Lachen?«

»Über einen besonders guten Scherz, den sich das Schicksal gerade mit uns erlaubt.« Er drehte sich wieder zu Thomas herum. »Es gibt jemanden, der wahrscheinlich weiß, wo wir Bremer finden.«

»Dort drüben?« Thomas deutete mit dem Kopf auf den Krankenwagen, sah ihn einen Moment lang an, als zweifele er an seinem Verstand und setzte sich dann mit einem energischen Schritt in Bewegung.

Nördlinger hielt ihn am Arm zurück. »Das hat keinen Sinn«, sagte er.

»Aber gerade sagten Sie doch ...«

»Daß es jemanden gibt, der wahrscheinlich weiß, wie wir Bremer finden, ja«, bestätigte Nördlinger. »Aber er wird es uns nicht verraten.«

Thomas sah ihn an, und plötzlich erschien etwas Neues in seinen Augen; etwas, das Nördlinger um ein Haar dazu gebracht hätte, einen Schritt vor ihm zurückzuweichen.

»O doch«, sagte er leise. »Das wird er.«

24

Erstaunlicherweise gelang es seinem Körper relativ schnell, das Mittel abzubauen, das Braun ihm gespritzt hatte. Bremer war nie beim Drogendezernat gewesen und hatte sogar – als hätte etwas in ihm mit einer Art erstaunlicher präkognitiver Fähigkeit vorausgeahnt, was geschehen würde – stets einen Bogen um alles gemacht, was mit Drogen zu tun hatte. Trotzdem wußte er, daß diese Art von Vorschlaghammer-Betablockern, mit der Braun ihn *behandelt* hatte, manchmal viele Stunden brauchten, um seine Wirkung zu verlieren; wenn nicht Tage.

Bremer fühle sich nach kaum einer Stunde wieder topfit.

Jedenfalls nahm er an, daß es eine Stunde gewesen war. Mit Ausnahme der Waffe, die er Cremer abgenommen hatte, hatten sie ihm alles gelassen, auch seine Uhr, aber Bremer hatte während ihrer verzweifelten Flucht und auch danach natürlich nicht auf die Uhr gesehen. Als er das erstemal auf die Idee kam, war es nach fünf. Es konnte also nicht allzu viel Zeit verstrichen sein.

Das Mittel schien noch eine andere, höchst erfreuliche Nebenwirkung zu haben: Im gleichen Maße, in dem seine Benommenheit und der dumpfe Druck hinter seiner Stirn verschwanden, löste sich auch seine Müdigkeit auf. Seine Gedanken schienen ganz im Gegenteil mit einer seltenen Schärfe und Präzision zu funktionieren – was nun allerdings wieder eine andere, weniger wünschenswerte Nebenwirkung hatte: Er begann unruhig zu werden und tigerte wie ein gefangenes Raubtier in seiner Zelle auf und ab. Das Zimmer sah nicht aus wie eine Zelle, sondern gab sich ganz im Gegenteil alle Mühe, einen behaglichen Eindruck zu erwecken. Das Mobiliar war zwar spärlich, aber erlesen, wie in einem Hotelzimmer der gehobenen Mittelklasse. Es gab einen Fernseher und eine kleine, allerdings mit ausschließlich nichtalkoholischen Getränken bestückte Minibar. Das Bett war breit genug für zwei, und das Fenster war nicht vergittert.

Trotzdem *war* es eine Zelle. Das so einladend erscheinende Fenster bestand aus unzerbrechlichem Panzerglas und ließ sich nicht öffnen, und die Tür hatte keinen Griff an der Innenseite. Als er das Zimmer etwas eingehender betrachtete, entdeckte er eine Anzahl verräterischer, daumennagelgroßer Linien, die dezent in Winkeln und Dach angebracht waren: Videokameras, die das Zimmer so überblickten, daß auch nicht der kleinste tote Winkel blieb. Am Bettgestell befand sich eine dezente Vorrichtung, die anscheinend dem Zweck diente, jemanden darauf festzuschnallen. Die Wände bestanden aus Kunststoff in freundlichen Pastellfarben, waren aber so hart wie Beton.

Nachdem er eine gute Viertelstunde in seiner Zelle auf und ab gelaufen war und damit begonnen hatte, vor lauter Frust gegen das Mobiliar zu treten, ging die Tür auf und zwei von Brauns Männern kamen, um ihn abzuholen. Bremer hatte – neben etlichen anderen Ideen – auch den Plan erwogen, sich sofort und kompromißlos auf den ersten zu stürzen, der die Tür aufmachte, vergaß die Idee aber augenblicklich wieder, als er die beiden Männer sah: Breitschultrige, an die zwei Meter große Kleiderschränke, die vermutlich nicht einmal gezuckt hätten, wenn er sie mit einem Totschläger attackierte. Er *würde* fliehen, bei der ersten sich bietenden Gelegenheit. Aber das hier war keine. Wortlos folgte er den beiden Agenten.

Sie gingen einen langen, nur schwach erhellten Korridor entlang und betraten einen Aufzug, mit dem sie nach oben fuhren. Bremer versäumte es, auf die Anzeige zu sehen, um festzustellen, in welcher Etage sie sich befanden, aber es mußte wohl das Keller- oder Erdgeschoß sein, denn sie fuhren ziemlich lange. Er hatte ein ungutes Gefühl. Zwei- oder dreimal ertappte er sich dabei, einen nervösen Blick zur Decke hinauf zu werfen, als rechne er jeden Moment damit, das Metall zerreißen und ... *etwas* hindurchbrechen zu sehen. Natürlich geschah das nicht. Wenn das Ungeheuer noch lebte, dann hockte es in irgendeiner finsteren Ecke des Universums und leckte seine Wunden. Trotzdem atmete er hörbar auf, als der Lift endlich anhielt und sie die Kabine verließen.

Der Flur, in den sie hinaustraten, schien eher zu einem modernen Bürogebäude zu gehören als in ein Krankenhaus. Sie gingen wieder bis zu seinem jenseitigen Ende und gelangten in ein typisches Direktorenvorzimmer, das allerdings ein untypisches Accessoire hatte: Einen Mann in einem dunkelblauen Anzug, der vor der gegenüberliegenden Tür stand und eine Uzi in der rechten Hand hielt. Bremer fragte sich spöttisch, warum es nicht gleich ein Flammenwerfer war. Der Zwischenfall in Mecklenburgs Haus schien Braun wirklich einen gehörigen Schrecken eingejagt zu haben.

Der Gorilla trat zur Seite, als sie näher kamen, und öffnete gleichzeitig mit der linken Hand die Tür. Dahinter lag ein großzügiges, modern eingerichtetes Büro, das sich ganz um einen überdimensionalen Schreibtisch gruppierte. Auf der einen Seite des Schreibtisches saß Braun, in einem frischen Anzug und mit einem gewaltigen Pflaster im Gesicht. Auf der anderen Seite saß Angela. Braun hatte offensichtlich noch immer keine Ahnung, mit wem er es wirklich zu tun hatte, denn sie trug keine Handschellen mehr, und er war vollkommen allein mit ihr im Zimmer. Als sie hereinkamen, drehte sie den Kopf in seine Richtung und lächelte ihm zu. Bremer reagierte nur mit einem knappen Nicken darauf. Mit einem Gefühl leiser Verwirrung stellte er fest, daß Angelas Gesicht vollkommen unversehrt war. Die Schwellung ihrer Unterlippe war zurückgegangen. Selbst die Rißwunde war nicht mehr zu sehen.

»Setzen Sie sich, Herr Bremer«, sagte Braun. Gleichzeitig deutete er auf die beiden Männer, die zusammen mit ihm hereingekommen waren. »Brauchen wir die, oder habe ich Ihr Ehrenwort, daß Sie keine Dummheiten machen?«

»Ich gebe Ihnen mein Ehrenwort, daß ich Sie nicht sofort umbringe«, knurrte Bremer. »Das wäre zu leicht.«

Braun zuckte die Achseln und gab den beiden Männern einen Wink. Bremer konnte hören, daß sie hinter Angela und ihm Aufstellung nahmen, während er sich setzte. Angela blickte ein wenig verärgert. Vielleicht hatte sie vorgehabt, gleich hier einen Fluchtversuch zu unternehmen. Bremer seinerseits war trotz seiner Verwirrung vor allem erleichtert, sie unversehrt zu sehen. Ein in diesem Moment schon fast absurd erscheinendes, warmes Gefühl von Zuneigung durchströmte ihn. Er mußte sich beherrschen, um nicht die Hand auszustrecken und nach ihr zu greifen.

Offensichtlich hatte er sein Gesicht nicht so gut unter Kontrolle, wie er geglaubt hatte, denn Braun sagte spöttisch: »Keine Angst. Wir haben Ihrem kleinen Engel kein Haar gekrümmt.«

»Fragt sich nur, wie lange das so bleibt«, sagte Angela.

Braun seufzte, schüttelte abermals den Kopf und verzog das Gesicht. Danach war sein Lächeln verschwunden. »Ganz wie Sie wollen«, sagte er. »Dann fangen wir mit Ihnen an. Wer sind Sie?«

»Wie?« fragte Angela. »Aber das wissen Sie doch.«

»Nein«, sagte Braun. »Ich weiß, wer Sie nicht sind. Und vor allem, *was* Sie nicht sind. Sie kommen *nicht* frisch von der Polizeischule, und ich nehme auch an, Ihr Name lautet nicht Angela West.«

Bremer sah zuerst Braun, dann Angela verwirrt an. Angela hielt Brauns Blick gelassen stand, wirkte aber plötzlich ein kleines bißchen angespannt.

»Das ist seltsam«, sagte sie. »Als ich das letztemal in meinen Dienstausweis gesehen habe, stand dieser Name darin.«

»Der ist gefälscht«, antwortete Braun. »Perfekt, wie ich gestehen muß. Wir können die Fälschung nicht einmal jetzt nachweisen, wo wir wissen, daß er falsch ist. Aber er ist es – genauso wie die Dienstanweisung an Nördlinger, Sie Herrn Bremer zuzuteilen und Ihre Abgangspapiere von der Polizeihochschule. Ich muß Ihnen mein Kompliment aussprechen: Ihre Legende ist perfekt, bis hin zur letzten Computerdatei: Zeugnisse, Zwischenbewertungen, sogar die obligatorischen Krankmeldungen und Atteste ... besser hätte ich es auch nicht hingekriegt. Nur, daß niemand auf der Schule, auf der Sie angeblich waren, sich an Sie erinnern kann. Weder die Lehrer, noch das Sekretariat, noch einer Ihrer Mitschüler. Es scheint, das Angela West nur im Computer existiert.«

»Und das haben Sie alles in einer Stunde herausbekommen?« Angela lachte. »Sie bluffen.«

»Ich habe ein bißchen herumtelefoniert«, antwortete Braun, »und ein paar Leute aus dem Bett geworfen. Verschwenden Sie nicht unsere Zeit, Angela – oder wie immer Sie heißen. Ich weiß, daß Sie lügen. Wer sind Sie wirklich? EIA? KGB? Secret Service?«

»Sie schmeicheln mir«, sagte Angela. »Aber ich bin einfach nur jemand, der in Bremers Nähe kommen wollte. Sie würden sich wundern, was man alles anstellen kann, wenn man sich ein bißchen mit Computern auskennt.«

»Blödsinn!« Braun hob die Hand, als wolle er mit der Faust auf den Tisch schlagen, ohne es aber dann zu tun. »Ich kenne mich mit so etwas aus. Ich tue es selbst oft genug, vergessen Sie das nicht! Man muß schon mehr sein als ein talentierter Hacker, um sich eine komplett falsche Identität aufzubauen – jedenfalls, wenn sie so perfekt sein soll wie Ihre! Jemand hat Ihnen geholfen! Für wen arbeiten Sie? Die Amerikaner? Die Russen?«

»Wenn Sie so gut sind, warum finden Sie es dann nicht heraus?« fragte Angela.

»Weil ich keine Zeit dafür habe«, antwortete Braun. »Also? Und versuchen Sie erst gar nicht, mir eine neue verrückte Geschichte aufzutischen. Ich finde heraus, ob sie stimmt.«

»Und Sie würden mir auch nicht glauben, wenn ich die Wahrheit sage«, vermutete Angela. »Warum sollte ich Ihnen also überhaupt antworten? Außerdem ist es doch sowieso egal, oder? Oder wollen Sie mir etwa erzählen, daß Sie vorhaben, mich noch einmal lebend hier herauszulassen?«

»Sie glauben, ich hätte vor, Sie umzubringen?« Braun wirkte ehrlich überrascht – und ein bißchen verletzt. »Ich bitte Sie! Wofür halten Sie mich?«

»Hätten Sie mich das vor zwei Stunden gefragt, wäre die Antwort anders ausgefallen«, sagte Angela. »Vielleicht sollte man die Frage auch besser an Dr. Mecklenburg richten – auch, wenn er sie nicht mehr beantworten kann.«

»Mecklenburg.« Braun seufzte. »Ich gestehe, das war ein Fehler. Ich habe vielleicht etwas zu ... impulsiv reagiert. Aber das wird nicht noch einmal vorkommen. Ich gebe Ihnen mein Wort, daß niemand hier vorhat, Sie umzubringen.«

»Nein, natürlich nicht«, sagte Angela höhnisch. »Das ist auch gar nicht nötig. Wir sind hier in einer Nervenklinik, nicht wahr? Sie werden mich ein paar Monate hierbehalten, und wenn Sie mich entlassen, dann werde ich den Intelligenzquotienten einer Kartoffel haben und Fliegen essen!«

»Das kommt ganz auf Sie an«, sagte Braun ernst. »Wenn Sie ein wenig kooperieren, wird sich das bestimmt positiv auf Ihr weiteres Schicksal auswirken.«

»Sie können mich«, sagte Angela.

»Ein verlockendes Angebot«, grinste Braun. »Leider ist jetzt wirklich nicht der richtige Moment für so etwas.« Er winkte einem der Männer hinter Bremer zu. »Bringt sie weg.«

»Warten Sie«, sagte Bremer.

Braun hielt die Agenten mit einer entsprechenden Handbewegung zurück. »Ja?«

Bremer warf einen raschen Blick in Angelas Gesicht. Es wirkte vollkommen verschlossen, beinahe kalt, und er drehte sich rasch wieder zu Braun um. »Tun Sie ihr nichts«, sagte er. »Ich ... werde mit Ihnen zusammenarbeiten. Ich werde Ihnen alles sagen und alles tun, was Sie wollen. Aber lassen Sie sie in Ruhe.«

»Interessant«, sagte Braun. »Sie haben also doch eine schwache Stelle. Und ich dachte schon, Sie wären wirklich so knallhart. Sie lieben sie, nicht wahr?« Er lachte. »Was genau sind es? Vatergefühle? Oder sitzen sie ein wenig tiefer?«

»Sind Sie an meinem Angebot interessiert?« fragte Bremer.

»Ich weiß es nicht«, antwortete Braun. »Es klingt verlokkend. Andererseits ... so wie es aussieht, habe ich im Moment alle Trümpfe in der Hand. Erklären Sie mir, warum ich um etwas feilschen sollte, was mir bereits gehört?«

»Du traust ihm doch nicht etwa?« fragte Angela.

Bremer ignorierte sie. Über die genaue Bedeutung des Wortes Vertrauen würden sie sich später noch einmal unterhalten müssen, unter vier Augen. »Wenn Sie sich da so sicher wären, würden wir jetzt nicht hier sitzen und reden«, sagte er. »Das, was vor einer Stunde passiert ist, könnte sich wiederholen.«

»Kaum«, antwortete Braun. »Ich habe Sorge dafür getragen, daß es nicht geschieht.«

Er log. Bremer spürte genau, daß er über etwas sprach, was er hoffte, nicht von etwas, wovon er überzeugt war.

»Es ist Haymar, nicht wahr?« sagte er. »Er reagiert allmählich etwas gereizt auf das, was Sie mit ihm anstellen, habe ich recht?«

Brauns Blick verdüsterte sich. »Ich hatte recht damit, ihn zu erschießen. Der Alte hat zuviel geredet.«

»War er es?« beharrte Bremer stur.

Braun schwieg fast zehn Sekunden. Dann öffnete er eine Schublade in seinem Schreibtisch, zog einen Computerausdruck hervor und warf ihn schwungvoll vor sich auf den Tisch.

»Mecklenburg war ein gerissener alter Hund«, begann er. »Er hat mich in den letzten fünf Jahren nach allen Regeln der Kunst belogen.«

»Haben Sie ihn deshalb erschossen?« fragte Bremer.

»Sie übrigens auch«, fuhr Braun ungerührt fort. Er legte die flache Hand auf den Ausdruck vor sich. »Sie sogar ganz besonders, Herr Bremer. Was wir vorhin erlebt haben, das mußte früher oder später passieren. Seien Sie froh, daß es heute passiert ist.«

»Morgen hätte es auch schlecht in meinen Terminkalender gepaßt«, knurrte Bremer.

Braun ignorierte ihn weiter. »Heute war ich mit meinen Männern dabei«, sagte er. »Und auch, wenn Sie im Moment noch zu stur sind, um es zuzugeben: Das Ding war hinter *Ihnen* her.«

»Woher wollen Sie das so genau wissen?« fragte Bremer.

Braun blickte auf die Liste vor sich. »Kurz vor Mitternacht«, sagte er. »Das war ungefähr die Zeit, zu der es das erstemal aufgetaucht ist, nicht wahr? Ich weiß es. Es hat zwei von meinen Männern getötet.«

Bremer schwieg. Brauns Finger rutschte eine Zeile tiefer. »Cremer und Reinhold hat es gegen drei erwischt. Und der letzte Ausbruch war vor einer Stunde. Was passiert ist, wissen wir alle.«

»Ausbruch?« Bremer versuchte einen verstohlenen Blick auf Brauns Liste zu werfen, aber es gelang ihm nicht.

»Mecklenburg nannte es *zerebrale Aktivitäten*«, antwortete Braun. »Um es mit Worten auszudrücken, die auch ich verstehe: Irgend etwas geht in Haymars Gehirn vor. Und dieses *Etwas* passiert immer dann, wenn diese Bestie auftaucht und versucht, *Sie* zu erwischen, Herr Bremer. Mir scheint, mein Exkollege Haymar hat etwas gegen Sie.«

»Wie ... kommen Sie darauf?« fragte Bremer stockend. Seine Gedanken begannen zu rasen. Etwas an Brauns Argumentation stimmte nicht. Es war nicht das Azrael-Ding gewesen, das seine beiden Agenten vor der Kirche erledigt hatte. Er konnte das nicht wissen, und Bremer würde sich auch hüten, es ihm zu sagen, aber es ließ seine ganze Theorie auf tönernen Füßen stehen.

»Weil Mecklenburg mich belogen hat«, antwortete Bremer. »Uns beide. Ich war die ganze Zeit der Annahme, daß Haymar der einzige ist. Aber das stimmt nicht. Es gab einen zweiten Überlebenden.«

»Mich«, murmelte Bremer.

»Sie«, bestätigte Braun. »Sie tragen den Azrael-Wirkstoff ebenfalls in sich. Habe ich recht?«

Bremer schwieg. Natürlich hatte Braun recht. Und ebenso natürlich hatte er es die ganze Zeit über gewußt, irgendwo, tief in sich. Er hatte sich nur fünf Jahre lang mit Erfolg geweigert, dieses Wissen zu akzeptieren.

»Mecklenburg war wirklich geschickt«, fuhr Braun fort, »das muß man ihm lassen. Er hatte tausend Erklärungen dafür, warum Sie von den Toten wieder auferstanden sind

– und er hatte eine Art, etwas so zu erklären, daß man am Ende einfach nur froh war, wenn er endlich aufhörte zu reden. Aber die Wahrheit ist, daß er es die ganze Zeit über gewußt haben muß. Und ich glaube, er wußte auch, in welcher Gefahr Sie sich befinden.«

»Aber wieso ich? Ich ... ich kannte diesen Haymar doch nicht einmal!«

Braun zuckte mit den Schultern. »Woher soll ich das wissen? Fragen Sie mich nicht, was im Gehirn eines sterbenden Mannes vorgeht. Vielleicht war der Gedanke an Sie das letzte, was er mit hinübergenommen hat. Vielleicht hat es irgend etwas damit zu tun, daß Sie beiden die einzigen sind, die diese Droge in sich tragen ... ich habe keine Ahnung.«

»Das ist doch Blödsinn!« sagte Bremer.

»Ungefähr so verrückt wie die Vorstellung, daß es jemanden gibt, der in der Lage ist, nur kraft seines Willens dieses ... *Ding* zu erschaffen, das wir gesehen haben?« fragte Braun. »Wir reden über etwas, von dem *niemand* weiß, was es eigentlich ist, Bremer. Also sagen Sie mir nicht, daß es blödsinnig wäre!«

»Wenn es wirklich so wäre«, mischte sich Angela ein, »dann frage ich mich, warum wir hier so seelenruhig herumsitzen. Haben Sie keine Angst, daß die Tür aufgehen und ein ungebetener Gast hereinkommen könnte?«

»Nein«, sagte Braun. »Ich habe Sorge dafür getragen, daß Kollege Haymar tief und fest schläft. Und bevor er aufwacht, werde ich das Experiment beenden.«

»Haben Sie nicht den Mut, es auszusprechen?« fragte Bremer. »Sie wollen ihn töten.«

»Haben Sie eine bessere Idee?« fragte Braun. Plötzlich wurde seine Stimme laut. »Verdammt noch mal! Die Hälfte meiner Männer ist tot. Dieses verdammte Ding hat die halbe Stadt in Brand gesetzt, und Gott allein weiß, was es noch tun wird! Soll ich einen Mann am Leben lassen, der im Grunde schon längst tot ist, und dafür das Leben Dutzender riskieren – vielleicht Hunderter?«

Es war eine Frage, die nicht beantwortet werden konnte.

Generationen klügerer Männer, als Braun und Bremer es waren, hatten diese Frage diskutiert, ohne zu einer Antwort zu kommen, und natürlich gelang es auch Bremer nicht. Braun ging es offensichtlich aber auch nicht darum, das Gespräch zu vertiefen, denn er fuhr im entschlossenen Tonfall fort: »Wir werden das Experiment beenden. Heute noch!«

»Warum auch nicht?« fragte Angela spitz. »Jetzt, wo Sie ein neues Versuchskaninchen haben.«

Braun starrte sie auf eine Art an, als frage er sich einfach, warum er sie eigentlich nicht auch erschossen hatte. Dann wandte er sich wieder an Bremer. »Das stimmt sogar. Aber Sie haben nichts zu befürchten.«

»So wie Ihr Kollege Haymar?«

»Das war etwas anderes«, behauptete Braun. »Haymar war praktisch schon tot, als wir ihn gefunden haben.«

»War ich das nicht auch?«

»Sie hatten drei Kugeln in der Brust, Herr Bremer«, sagte Braun. »Die Verletzungen waren nicht wirklich tödlich. Sie hatten Glück. Was Sie in einen Zustand des Scheintodes versetzt hat, das war der Schock – wußten Sie übrigens, daß die meisten Opfer von Schußwunden am Schock sterben, nicht an ihren Verletzungen? Bei Haymar war das etwas anderes. Von ihm war kaum noch genug übrig, um es auf eine Bahre zu legen. Daß es Mecklenburg gelungen ist, ihn noch so lange am Leben zu erhalten, grenzt nicht nur an ein Wunder, es ist eines. Er stirbt sowieso. Der Mann stirbt seit fünf Jahren. Glauben Sie mir: Ich tue ihm einen Gefallen, wenn ich den Stecker herausziehe.«

»Und wann gedenken Sie den Stecker bei mir herauszuziehen?« fragte Bremer.

Braun verzog das Gesicht. »Sie haben nichts zu befürchten«, sagte er. »Wir brauchen nur ein paar Blutproben von Ihnen, das ist im Grunde schon alles«, sagte er. »Ich will Ihnen nichts vormachen: Sie werden hierbleiben müssen. Wenn Sie es so sehen wollen, als unser Gefangener, obwohl mir das Wort Gast sehr viel lieber wäre.«

»Wie kommt es, daß ich Ihnen nicht glaube?« fragte Bremer.

»Weil Sie ein Dummkopf sind, Bremer«, antwortete Braun. »Ein intelligenter Mann, aber trotzdem ein Dummkopf. Sie wissen offenbar immer noch nicht, wer Ihre Freunde sind, und wer Ihre Feinde.«

Das Telefon klingelte. Allein der Blick, den Braun dem Gerät zuwarf, machte Bremer klar, daß er offensichtlich Anweisungen gegeben hatte, nur im allernötigsten Fall gestört zu werden. Eine halbe Sekunde starrte er das Gerät an, dann riß er den Hörer regelrecht von der Gabel und blaffte ein ›Ja?‹ hinein.

Das Gespräch dauerte nicht lange, höchstens eine Minute, in der Bremer Braun keine Sekunde aus den Augen ließ. Braun sagte kein Wort, sondern hörte nur zu, und sein Gesicht blieb in dieser Zeit vollkommen unbewegt. Trotzdem wußte Bremer schon bevor er auflegte, daß er keine guten Neuigkeiten hatte.

»Nun?« fragte er.

Braun sah auf den Computerausdruck vor sich, ehe er antwortete. »Es gibt zwei weitere Tote«, sagte er. »Look und eine alte Frau, die in seinem Haus gewohnt hat.«

»Look?!« Hätte jemand Bremer unversehens einen Eimer mit kaltem Wasser ins Gesicht geschüttet, hätte der Schock kaum größer sein können. »Sind Sie sicher?«

Braun nickte. Sein Blick huschte immer irritierter über den Computerausdruck vor ihm. Er schien etwas zu suchen. Etwas, das nicht da war. »Offensichtlich hat er Selbstmord begangen. Eigenartig, nicht? Er ist aus dem fünften Stock im Treppenhaus gesprungen und hat sich jeden einzelnen Knochen im Leib gebrochen. Ich kann mir eine angenehmere Art vorstellen, mich umzubringen. Er hat noch eine gute Viertelstunde gelebt.«

»Und die Frau?«

»Irgendeine Hausbewohnerin«, sagte Braun achselzuckend. »Ihrem Gesichtsausdruck zufolge muß sie sich buchstäblich zu Tode erschrocken haben. Der erste Befund des Notarztes lautet auf einen Herzinfarkt. Erinnert Sie das an etwas?«

»Wer ist dieser Look?« fragte Angela.

»Irgendeine versoffene Ratte«, sagte Braun. »Er und zwei andere haben Rosen damals ein Alibi verschafft, von dem jeder wußte, daß es falsch war.«

»Leider konnten wir es nicht beweisen«, fügte Bremer hinzu. In seinem Bewußtsein wollte ein Gedanke Gestalt annehmen. Er wußte nicht genau, welcher, aber er spürte, daß er wichtig war. Vielleicht lebenswichtig. Da war etwas, was er gehört und wieder vergessen hatte. Vor ganz kurzer Zeit erst.

»Er arbeitet Ihre Liste ab, Bremer«, sagte Braun düster. »Ziemlich gründlich, wie es scheint. Sind Sie immer noch der Meinung, ich sollte das Experiment nicht beenden?«

Etwas stimmte nicht. Haymar war damals ein ganz normaler Agent gewesen, wie Braun. Selbst wenn er später irgendwie Kenntnis von *Bremers Liste* bekommen hätte und sie jetzt *abarbeitete*, wie Braun es ausgedrückt hatte, so *konnte* er gar nichts von Look wissen. Allenfalls von Strelowsky, und eigentlich nicht einmal davon. Aber keinesfalls von Look und den beiden anderen falschen Zeugen, oder …

»… oder der Arzt, der das Gutachten erstellt hat, oder der Richter, der Rosen freigesprochen hat, obwohl er wußte, daß er schuldig war«, murmelte er.

»Was sagen Sie?« fragte Braun.

Bremer sah mit einem Ruck hoch. »Großer Gott!« murmelte er. »Rufen Sie den Richter an!«

»Welchen Richter?«

»Den, der Rosen damals freigesprochen hat«, sagte Bremer hastig. »Und schicken Sie ein paar Männer zu den beiden anderen Zeugen, die damals zu Rosens Gunsten ausgesagt haben – falls es noch nicht zu spät ist!« Aufgeregt wandte er sich an Angela. »Es ist Thomas, begreifst du nicht?«

Nein, natürlich begriff sie nicht. Wie auch? Bremer fiel erst im nachhinein ein, daß sie diesem seltsamen Geistlichen, der in seiner Kirche schlief, ja niemals begegnet war.

»Schicken Sie einen Wagen zur Kirche St. Peter!« sagte er, wieder an Braun gewandt. »Das ist dort, wo Sie Ihre beiden zusammengeschlagenen Agenten hingeschickt hatten.

Sie finden dort jemanden, der sich Vater Thomas nennt. Ich weiß nicht, ob er wirklich so heißt, oder ob es ihn überhaupt gibt. Aber wenn, dann sollten Sie verdammt vorsichtig sein! Und versuchen Sie, diesen Richter zu finden und in Sicherheit zu bringen. Am besten hierher.«

»Hierher?«

»Es ist nicht Haymar, begreifen Sie das immer noch nicht?« fragte Bremer. »Oder passen Ihre *zerebralen Aktivitäten* etwa auch in Looks Selbstmord?«

Braun sah nicht einmal auf seine Liste. Das hatte er vorher schon getan. Bremer wußte, daß darauf kein weiterer Ausbruch verzeichnet war. Nachdem er zwei oder drei Sekunden gezögert hatte, stand er auf und ging um seinen Schreibtisch herum.

»Paßt auf die beiden auf«, sagte er, während er den Raum verließ.

25

Die letzte halbe Stunde der Nachtwache, fand Schwester Inge, war immer die schwerste. Sie hatte sich vor mehr als drei Jahren freiwillig dazu entschieden, nur noch nachts zu arbeiten, und sie hatte den Entschluß im Grunde nie bedauert – wenn man sich einmal daran gewöhnt hatte, hatte es eine Menge Vorteile –, aber sie *bereute* es fast jeden Morgen in der Zeit zwischen fünf Uhr dreißig und sechs.

Die Nacht war ziemlich ruhig gewesen. Die meisten Nächte auf der Intensivstation waren sehr ruhig – dafür wurde es um so hektischer, *wenn* einmal etwas los war. Aber ihre Patienten pflegten im allgemeinen nicht alle paar Minuten nach der Bettpfanne zu klingeln, sich über ein geschlossenes oder offenes Fenster zu beschweren, über das Schnarchen des Bettnachbars oder laute Schritte auf dem Flur, die es gar nicht gab, und sie klingelten sie auch nicht um halb drei heraus, um sich zu erkundigen, was es am nächsten Morgen zum Frühstück gab. Die einzige Störung in dieser Nacht hatte darin bestanden, daß ein neuer Patient eingeliefert worden war, der jetzt in Zimmer 23 im Koma lag und frühestens in zwei oder drei Tagen aufwachen würde, wenn überhaupt. Niemand hatte Schwester Inge gesagt, was dem armen Kerl zugestoßen war. Das war nicht üblich, und es war auch nicht notwendig. Nach fünfzehn Jahren Arbeit im Krankenhaus wußte sie, wenn sie das Opfer eines Verbrechers vor sich hatte. Jemand hatte dem Mann den Schädel eingeschlagen.

Sie sah auf die Uhr. Noch fünfzehn Minuten. Eigentlich hätte ihre Ablösung bereits da sein sollen. Eigentlich. Aber Schwester Bianca kam oft in der letzten Minute (und nur zu oft auch noch später), und sie hatte *immer* eine gute Ausrede parat. Inge ärgerte das mehr, als ihre Kollegin ahnen mochte. Einer der Unterschiede zwischen der normalen Arbeitszeit und permanenter Nachtschicht war, daß man lernte, mit jeder Minute zu geizen. Schwester Inge war müde und wollte nichts mehr als nach Hause und ins Bett.

Sie überlegte einen Moment, ob sie sich noch einen Kaffee kochen sollte, entschied sich aber dann dagegen. Sie hatte in dieser Nacht schon viel zuviel Kaffee getrunken und bereits einen pelzigen Geschmack auf der Zunge. Außerdem trank sie in letzter Zeit prinzipiell zuviel von dem Zeug und schlief dafür um so weniger. Sie mußte ein wenig aufpassen. Schließlich hatte sie keine besondere Lust, eines Tages als ihre eigene Patientin in einem der Zimmer zu landen, die sie von ihrer Glaskabine am Ende des langen Korridors aus überblicken konnte.

Auf einem der kleinen Monochrom-Monitore vor ihr bewegte sich etwas. Schwester Inge blickte hoch und sah rasch den Flur entlang, dann senkte sie ihren Blick wieder auf die Bildschirme, die den Gang, den Bereich vor der Sicherheitstür und in regelmäßig wechselnder Folge die acht Zimmer zeigten, die zu ihrem Reich gehörten. Für einen Moment hatte sie geglaubt, einen Schatten zu sehen, der rasch durch eines der Bilder huschte. Aber es mußte wohl eine Täuschung gewesen sein.

Es *konnte* gar nichts anderes gewesen sein. Mit Ausnahme des Aufzuges gab es nur eine einzige Tür, die in die Station führte, und die befand sich unmittelbar vor dem Bereitschaftszimmer und ließ sich zudem nur mit dem Schlüssel oder durch einen Druck auf den Türöffner aufmachen, der sich unmittelbar vor ihr befand. Und ihre Schutzbefohlenen gehörten nicht zu der Art von Patienten, die nachts (oder auch tagsüber) herumspazierten, sondern lagen zumeist in ihren Betten und waren gar nicht fähig, sich zu rühren: Opfer von Verkehrsunfällen, Herzinfarkten und Schlaganfällen, arme Schweine wie das, das sie in der vergangenen Nacht eingeliefert hatten oder Krebspatienten, die noch nicht ganz so weit waren, daß ihre liebenden Anverwandten sie in ein Sterbehospiz abschieben konnten ... Die Liste der Dinge, die einem Menschen zustoßen konnten, um ihn hierher zu bringen, war ziemlich lang. Und selbst Schwester Inge lernte fast jeden Tag noch etwas dazu.

Obwohl sie fast (aber eben nur *fast*) sicher war, sich getäuscht zu haben, huschten ihre Finger in rascher Folge über die Kontrolltafel der Videoanlage, so daß die Bilder auf den Monitoren wechselten, und unterzog jedes Zimmer einer schnellen, aber gründlichen Kontrolle. Nichts. Sie hatte sich geirrt. Müde fuhr sie sich mit beiden Händen über die Augen und gähnte so herzhaft, daß es in ihren Ohren knackte.

Im nächsten Moment wurde aus dem Knacken ein wütendes Summen, als der Computer neben ihr Alarm schlug.

Schwester Inge nahm die Hände herunter und starrte eine Sekunde lang verständnislos auf die große, gelbe 23, die plötzlich auf dem Monitor flackerte. Zimmer 23 – der neue Patient, der vergangene Nacht eingeliefert worden war. Sie hatte es vor kaum einer halben Sekunde kontrolliert.

Trotzdem sprang sie augenblicklich hoch, schaltete noch in der Bewegung das Alarmsummen ab und lief mit schnellen Schritten los.

Danach ging einfach alles so schnell, daß sie zu keinem klaren Gedanken mehr kam. Sie reagierte einfach.

Als sie in die Schleuse stürmte, sah sie, daß in dem Zimmer dahinter kein Licht mehr brannte. Trotzdem glaubte sie eine Gestalt zu erkennen, die sich über den Patienten im Bett beugte; einen Schatten, der ihr auf sonderbare Weise falsch erschien, als trüge er einen zu großen Mantel oder eine altmodische Pelerine.

»He!« schrie sie, während sie bereits die Tür aufriß und hindurchstürmte. »Was tun Sie da?!«

Schwester Inge sah die Bewegung nicht einmal, mit der der Schatten herumfuhr und nach ihr schlug. Sie wurde halbwegs von den Füßen gerissen, stolperte mit wirbelnden Armen durch das Zimmer und stolperte über ein Beistelltischchen mit einen Infusionsautomaten, den sie mit sich zu Boden riß. Ihre linke Schulter, wo sie der Schlag getroffen hatte, blutete, aber sie spürte nur Wärme und klebrige Nässe, die an ihrer Brust hinablief, keinen Schmerz. Aber der Aufprall war so heftig, daß sie im ersten Moment völlig benommen war und sogar fürchtete, das Bewußtsein zu verlieren. Wahrscheinlich war es nur die Sorge um ihren Patienten, der sie überhaupt noch wach hielt.

Als sich die tanzenden Schleier vor ihren Augen wieder lichteten, bot sich ihr ein so gräßlicher Anblick, daß sie ihn nie wieder im Leben wirklich vergessen sollte.

Der Patient lag noch in seinem Bett, aber auf der Seite. Jemand hatte den Infusionsschlauch brutal aus seinem Arm gerissen. Die Wunde in seiner Vene blutete heftig. Seine Beine zuckten unkontrolliert, und er stöhnte ganz leise, was Schwester Inge zu der fürchterlichen Vermutung Anlaß gab, daß er wahrscheinlich wach war und genau mitbekam, was mit ihm geschah.

Wenn es so war, dann mußte er Unvorstellbares erleiden.

Die linke Seite seines Rückens war eine einzige, grauenhafte Wunde. Die Gestalt, die Schwester Inge von draußen für einen Mann in einer Pelerine gehalten hatte (es war keiner) stand auf der anderen Seite des Bettes und stieß einen seltsamen, schrillen Laut aus, ein fast triumphierend klingendes Zwitschern, wie ein Geräusch, das ein unvorstellbar großer Vogel verursachen mochte. Seine Hände (Hände? *Hände*?!) waren halb erhoben und blutig.

»Nein«, wimmerte Schwester Inge. »*Nein!*«

Der Kopf des Wesens ruckte herum, und Schwester Inge erkannte endgültig, daß es kein Mensch war. Das Gesicht, das sie anstarrte, war grotesk. Es hätte einer gigantischen Spinne gehören können. Schwester Inges Keuchen verstummte. Sie wollte schreien, aber ihre Kehle war einfach zugeschnürt.

Das Geschöpf trat um das Krankenbett herum, kam mit sonderbaren, staksigen Schritten auf Schwester Inge zu und beugte sich vor. Sie sah jetzt, daß es keinen Mantel trug, sondern ein Paar gewaltiger, nachtschwarzer Flügel. Der Körper darunter schien ebenfalls der eines Insekts zu sein, aber Schwester Inge war viel zu sehr von Grauen geschüttelt, als daß sie genau hingesehen hätte. Das Monster beugte sich über sie. Die fürchterlichen Zangen vor seinem Gesicht klappten auseinander, und Schwester Inge fiel endgültig in Ohnmacht.

Sie bemerkte nicht mehr, wie sich das Ding wieder aufrichtete, ohne sie auch nur berührt zu haben, an Cremers Krankenbett zurücktrat und ihm auch noch die zweite Niere herausriß.

26

Bremer wartete gerade lange genug, damit Braun die Tür hinter sich schließen konnte, dann fuhr er so heftig in seinem Stuhl herum, daß einer der Männer hinter ihm eine erschrockene Bewegung machte, bevor ihm klar wurde, daß Bremers Reaktion *nicht* der Anfang eines Fluchtversuches war.

»Wer zum Teufel bist du?« Er schrie nicht wirklich, war aber nur noch eine Winzigkeit davon entfernt. »Und versuch erst gar nicht, mir eine neue rührselige Geschichte zu erzählen, oder mich zu belügen, wie Braun!«

»Wie kommst du darauf, daß ich dir überhaupt etwas sage?« fragte Angela. Sein Wutausbruch irritierte sie nicht im geringsten. Sie verdrehte die Augen, um auf die Männer hinter sich zu deuten, und natürlich war Bremer klar, daß die beiden jedes Wort hören mußten. Es war ihm gleich. Vermutlich war das Zimmer sowieso mit Wanzen gepflastert.

»Ich will wissen, wer du bist«, beharrte er. »Das bist du mir schuldig.«

»Wieso?« fragte Angela. »Nur weil du dich an diesen Wahnsinnigen verkauft hast, um mich zu retten? Ich habe dich nicht darum gebeten. Außerdem ist es sowieso sinnlos. Du glaubst doch nicht wirklich, daß er mich laufen läßt, oder? Oder gar dich?« Sie schüttelte heftig den Kopf. »So naiv kannst du nicht sein.«

»Sag es mir«, beharrte Bremer. »Ist es so, wie Braun vermutet? Arbeitest du für die Amerikaner oder die Russen? Oder irgendeinen anderen Geheimdienst? Hast du mich benutzt, um an das Geheimnis heranzukommen?«

Angela setzte zu einer heftigen Antwort an, überlegte es sich dann anders und stand auf. Bremer rechnete damit, daß ihre Bewacher sie daran hindern würden. Als die beiden Männer sich nicht rührten, stand er ebenfalls auf und folgte Angela, die mittlerweile zum Fenster gegangen war und in die Nacht hinausstarrte.

Bremer trat neben sie. Angelas Gesicht spiegelte sich verzerrt auf dem Glas der Fensterscheibe, nur ein heller Fleck auf dem schattendurchsetzten Schwarz, als das Klinikgelände und der Park unter ihnen lagen, und für einen Moment erschien ihm dieser Schemen so verletzlich, so schützenswert, daß er um ein Haar den Arm um sie gelegt hätte. Aber er wagte es nicht. Er wußte nicht, was geschehen würde, wenn er sie berührte.

Als hätte sie seine Gedanken gelesen, fragte Angela: »Es ist wahr, nicht?«

»Was?«

»Was Braun behauptet hat. Du hast dich in mich verliebt.«

Warum war ihm das eigentlich peinlich? »Ich könnte dein Vater sein«, sagte er.

»Bist du aber nicht. Aber es hätte keinen Zweck, glaub mir. Wir sind zu verschieden. Ich mag dich auch, aber wir ... stammen aus verschiedenen Welten. Es würde nicht gutgehen.«

Bremer antwortete nicht, und nachdem fast eine Minute verstrichen war, sagte Angela: »Mein Name ist wirklich Angela West. Aber das ist auch so ziemlich alles, was stimmt. Ich bin keine Polizistin. Und ich arbeite auch nicht für den CIA oder irgendeinen anderen Geheimdienst. Ich bin ... ich war Marcs Freundin.«

»Marc ...?!«

»Marc Sillmann, ja«, sagte Angela. »Wir waren auf dem gleichen Internat. Falls wir lebend hier herauskommen, kannst du dort anrufen und den Direktor nach mir fragen. Er wird sich an mich erinnern.« Sie lachte. Bitter. »Er hat mich mehr als einmal mitten in der Nacht aus Marcs Zimmer geworfen, und umgekehrt.«

»Marcs Freundin?« wiederholte Bremer ungläubig. »Und du hast das alles einfach so geschafft? All diese Dinge herausbekommen, dir eine falsche Identität aufgebaut ...?«

»Wer sagt, daß es einfach war?« fragte Angela. »Ich habe fünf Jahre dazu gebraucht. Aber es war auch nicht so schwer, wie du vielleicht glaubst. Ich habe Informatik studiert. Computer waren schon immer mein Hobby, schon bevor ich Marc kennengelernt habe. Es ist nicht unbedingt leicht, hineinzukommen. Aber wenn man einmal drinnen ist, kann man fast alles tun. Sich eine neue Identität aufzubauen, ist eine Kleinigkeit.«

»Aber warum?«

»Warum?« Angela starrte ihn ungläubig an. »Weil ich ihn geliebt habe. Kannst du das nicht verstehen?«

Wenn es jemand verstehen konnte, dann er. Bitterkeit machte sich in ihm breit.

»Und wieso ich?«

»Du warst meine einzige Spur. Ich wußte nicht, daß es noch andere Überlebende gab. Und ich wußte erst recht nichts von diesem ... Braun und seiner Bande.«

»Vielleicht ist es doch nicht so leicht, Polizei zu spielen«, sagte Bremer. Er war nicht sicher, ob er ihr glaubte oder nicht. Ihre Geschichte klang schlüssig – nicht unbedingt überzeugend, aber schlüssig –, doch jetzt war es so, daß er ihr eigentlich nicht glauben *wollte*. Wenn *diese* Version nun die Wahrheit war, dann war sie einfach zu ernüchternd.

»Ich bin doch ziemlich weit gekommen, oder?« fragte Angela. Leiser, in einem Flüsterton, den er kaum verstand und ohne die Lippen zu bewegen, fügte sie hinzu: »Wir müssen etwas unternehmen. Schlag mich.«

»Wie?« fragte Bremer verständnislos.

»Du hast mich schon verstanden, du Mistkerl!« Jetzt schrie sie fast. Bremer widerstand der Versuchung, sich zu ihren beiden Bewachern herumzudrehen, aber er sah in der Reflexion in der Fensterscheibe, wie sie zusammenfuhren und plötzlich aufmerksam in ihre Richtung blickten.

»Das ist doch Wahnsinn!« antwortete er, ebenfalls laut. »Du weißt, daß das sinnlos ist!«

»Das hättest du dir vielleicht etwas eher überlegen sollen!« schrie Angela. »So kommst du mir jedenfalls nicht davon!«

Sie schlug nach ihm. Die Bewegung war ungelenk und langsam, verglichen mit dem, was er in der Nacht gesehen hatte, trotzdem *objektiv* schnell. Bremer fing ihre Hand im letzten Moment ab. Er spürte, daß keine Kraft hinter dem Schlag steckte.

»He, ihr zwei!« sagte einer der Agenten. »Hört auf.« Bremer sah, wie sich einer der Männer langsam in Bewegung setzte. Leider nur der eine.

Angela riß ihre Hand los, schlug zugleich mit dem anderen Arm nach ihm und versuchte, ihm das Knie zwischen die Beine zu rammen. Bremer wehrte beide Angriffe ab, packte ihre Handgelenke und versetzte ihr einen leichten Stoß. Er hätte allenfalls ausgereicht, sie zwei oder drei Schritte von sich zurücktaumeln zu lassen, nicht mehr, aber Angela verlor auf der Stelle das Gleichgewicht, torkelte nach hinten und stürzte schwer zu Boden.

»Schluß jetzt!« schrie der Agent. Er rannte auf Bremer zu.

Obwohl er nur drei Schritte von ihm entfernt war und Angela in diesem Moment noch am Boden lag, war sie schneller als er. Als der Agent Bremer erreichte und den Arm ausstreckte, um ihn zu packen, federte Angela mit einem einzigen Satz in die Höhe und sprang ihn an.

Bremers Reaktion kam zu spät. Trotz des Gewichtsunterschieds riß sie den Mann nach vorne und von den Füßen. Bremer wurde einfach mitgerissen, schaffte es irgendwie, *nicht* mit dem Kopf auf die Schreibtischkante zu knallen und sah, wie Angela und der Agent aneinandergeklammert über den Teppich rollten. Noch bevor er sich ganz hochgerappelt hatte, lösten sie sich wieder voneinander. Angela sprang hoch und zurück ... und hielt plötzlich die Waffe des Agenten in den Händen. Bremer hatte nicht einmal *gesehen*, wie sie sie ihm aus dem Schulterhalfter gerissen hatte.

Der Agent offenbar auch nicht, denn er machte eine Bewegung, um sich auf ein Knie und dann in die Höhe zu stemmen und erstarrte dann mitten in der Bewegung, als Angela ihm seine eigene Waffe an die Stirn setzte.

»Versucht es nicht«, sagte sie. »Alle beide! Ich weiß, wie schnell ihr seid. Aber ich bin schneller.«

Bremer wußte, daß das der Wahrheit entsprach, und die beiden Agenten schienen zumindest nicht ganz sicher zu sein, daß es nicht so war. Der, den Angela mit der Waffe bedrohte, wagte es nicht einmal zu atmen, und auch der andere zögerte. Er hatte die Hand unter die Jacke geschoben, um seine Waffe zu ziehen, führte die Bewegung aber nicht zu Ende.

»Hört mit dem Unsinn auf«, sagte er. »Ihr kommt sowieso nicht hier heraus.«

Das war wohl auch der Grund, aus dem er und sein Kollege nicht allzu ernsthaft versuchten, sich ihnen zu widersetzen. Warum sollten sie auch riskieren, sich eine Kugel einzufangen, wenn das, was Bremer und Angela taten, ohnehin zum Scheitern verurteilt war?

»Nimm seine Waffe«, sagte Angela.

Bremer ging um den Schreibtisch herum, aber er beging

nicht den Fehler, in die Reichweite des Mannes zu kommen, sondern machte nur eine auffordernde Geste. Der Mann sah ihn eine Sekunde lang trotzig an, dann zog er seine Waffe aus dem Schulterhalfter und warf sie Bremer vor die Füße. In seinen Augen blitzte es dabei triumphierend auf, und Bremer begriff, daß ihr Fluchtversuch wahrscheinlich jetzt schon entdeckt worden war.

Während er die Waffe aufhob, wich Angela rasch zwei Schritte von dem anderen zurück und bedeutete ihm mit einer Geste, aufzustehen. »Und jetzt nehmt eure Handschellen und kettet euch an die Heizung.«

Die beiden Männer gehorchten, wenn auch nicht annähernd so schnell, wie es Bremer lieb gewesen wäre. Nachdem sie sich nebeneinander in die Hocke herabgelassen und an den Heizkörper angekettet hatten, verlangte Angela ihre Schlüssel. Sie warfen sie ihr hin, und Angela kickte sie mit einem Fußtritt davon.

»Und wenn ich jetzt noch eure Handys bekomme, dann bin ich schon wunschlos glücklich«, sagte sie.

Die beiden Telefone folgten den Schlüsseln in die entgegengesetzte Ecke des Raumes, und Angela ließ mit einem Ausdruck sichtbarer Erleichterung ihre Waffe sinken.

»Und jetzt?« fragte Bremer.

»Geh zur Tür«, befahl Angela. »Schnell.«

Bremer gehorchte. Als er den halben Weg zurückgelegt hatte, rief Angela: »Nach links!« und er machte einen raschen Schwenk in die angegebene Richtung. Kaum hatte er es getan, erscholl hinter ihm ein scharfer Knall. In der Tür erschien ein winziges, rundes Loch mit ausgefransten schwarzen Rändern, und auf der anderen Seite erklang ein gedämpftes Stöhnen, gefolgt von einem dumpfen, sonderbar weichen Aufprall.

Angela stürmte an ihm vorbei, sprengte die Tür mit einem Fußtritt auf und quetschte sich durch den Spalt. Die Tür ließ sich nicht richtig öffnen, denn der Mann, der auf der anderen Seite gestanden hatte, lag jetzt verkrümmt davor und preßte die Hand gegen die Schulter. Die Uzi war zu Boden gefallen und ein Stück weit davongeschlittert. Ange-

la hob sie auf, schob sie unter den Gürtel und runzelte die Stirn, als sie herausrutschte und abermals zu Boden fiel. Nachdem sie sie wieder aufgehoben hatte, behielt sie sie in der Hand und steckte statt dessen die Pistole ein. Das ging.
»Hilf mir!«
Gemeinsam schleiften sie den Verletzten in Brauns Büro. Bremer sah jetzt, daß die Kugel seine rechte Schulter glatt durchschlagen hatte. Die Wunde blutete heftig, und der Mann war kaum noch bei Bewußtsein.
»Du hättest ihn umbringen können«, sagte er.
»Ich habe mir gemerkt, wo er stand«, antwortete Angela.
»Und wenn er sich bewegt hätte?«
»Hat er aber nicht, oder?« Angela grub das Handy des Mannes aus, zertrat es unter dem Absatz und fesselte anschließend seine Hände mit den Handschellen auf den Rücken. Dann zog sie das Hemd des Mannes unter dem Gürtel hervor, riß ohne die geringste Mühe mehrere Streifen davon ab und legte ihm einen hastigen, aber äußerst professionell aussehenden Druckverband an.
»Hast du zufällig auch Medizin studiert?« fragte Bremer.
»Nein«, antwortete Angela. »Aber fernöstliche Kampfkunst. Man lernt dabei nicht nur, Leute zusammenzuschlagen, weißt du?« Sie zog den letzten Knoten fest, begutachtete ihr Werk und schlug dem Mann leicht mit der flachen Hand ins Gesicht. »Verstehen Sie mich?«
Der Mann stöhnte. Vielleicht war es wirklich eine Antwort, vielleicht nur eine automatische Reaktion auf die Berührung. Angela schien es jedenfalls zu genügen.
»Halten Sie durch«, sagte Angela. »Versuchen Sie, nicht das Bewußtsein zu verlieren. Ich schicke Ihnen einen Arzt.« Sie nickte und fügte an Bremer gewandt hinzu: »Schließlich ist das hier ein Krankenhaus.«
»Informatikstudentin, wie?« fragte Bremer. »Und was jetzt, du *Studentin*?«
»Jetzt«, antwortete Angela und deutete nach draußen, »kommt der richtig schwere Teil.«

27

Das erste, was ihm auffiel, als er das Labor betrat, war Grinners Nervosität. Irgend etwas war passiert.

Der junge Forschungsassistent war allein, was so ziemlich gegen alles verstieß, was Braun jemals angeordnet hatte. Im Moment war ihm dieser Umstand aber nur recht. Bis er einen wirklich guten Nachfolger für Mecklenburg gefunden hatte, mußte er eben mit diesem Möchtegern-Intriganten vorliebnehmen. Danach ... nun, er würde sehen.

»Was ist passiert?« fragte er übergangslos.

»Passiert?« Grinner zündete sich nervös eine Zigarette an, sah dann erschrocken zu Braun auf und blickte sich hektisch um. Neben ihm stand ein halbvoller Kaffeebecher, in dem mindestens schon ein Dutzend Kippen schwamm. Braun winkte ab, und Grinner behielt die Zigarette im Mundwinkel und zog nervös daran. »Wie ... kommen Sie darauf, daß etwas passiert ist?«

»Ich kann Gedanken lesen«, sagte Braun ungeduldig. »Also?«

»Ich weiß es nicht«, gestand Grinner. »Irgendwas ... stimmt nicht.«

»Er ist wieder aktiv«, vermutete Braun.

»Ja«, sagte Grinner. »Nein ... wie man's nimmt.«

»Na, das nenne ich doch mal eine wissenschaftlich fundierte Auskunft«, sagte Braun.

Grinner wurde noch nervöser. »Ich weiß nicht, was es bedeutet«, sagte er. »Er ist aktiv, das ist alles, was ich sagen kann.«

»Jetzt im Moment?« Um ein Haar hätte Braun sich erschrocken umgesehen.

»So einfach ist das nicht«, antwortete Grinner. »Was ich Ihnen vorhin gesagt habe, das war vielleicht ... nicht ganz präzise.« Er wußte plötzlich nicht mehr, wohin mit seinem Blick, aber Braun wurde der Grund für seine Nervosität plötzlich um einiges klarer. »Ich habe mir die Aufzeichnungen der letzten Tage noch einmal genauer angesehen. Er ist ... strenggenommen die ganze Zeit aktiv. Ich meine, es ... es schwankt. Mal mehr, mal weniger. Aber diese erhöhten Aktivitäten halten im Grunde nahezu zwanzig Stunden an.«

»Seit wann genau?« wollte Braun wissen.

»Seit gestern nachmittag. Es gibt immer wieder Spitzen, aber ...«

Braun hörte gar nicht mehr richtig hin. Wenn Grinner diesmal die Wahrheit sagte, dann würde das bedeuten, daß das *Ding* seit gestern nachmittag ununterbrochen aktiv war. Möglicherweise mordete es ja nicht im Akkord, sondern brauchte Ruhepausen, um sich von der anstrengenden Arbeit des Tötens zu erholen. Vielleicht hatte es aber auch bereits eine blutige Spur durch ganz Berlin gezogen, die sie noch gar nicht richtig entdeckt hatten. Es wurde Zeit, die Sache zu Ende zu bringen.

»Erhöhen Sie die Dosis des Beruhigungsmittels«, sagte er.

Grinner erschrak. »Das ... das geht nicht!« sagte er.

»Was ist so schwer daran, ein paar Knöpfe zu drücken?« fragte er. »Oder eine Spritze aufzuziehen?«

»Das meine ich nicht«, antwortete Grinner. »Aber wenn ich die Dosis weiter erhöhe, dann töte ich ihn vielleicht. Er bekommt jetzt schon viel mehr, als eigentlich zu verantworten ist.«

»Das Risiko müssen wir eingehen«, sagte Braun.

»Das kann ich nicht«, beharrte Grinner. Braun sah ihm an, wie schwer es ihm fiel, ihm so offen zu widersprechen. »Nicht ohne Professor Mecklenburg.«

»Professor Mecklenburg«, antwortete Braun ruhig, »ist nicht länger Leiter des Projekts.«

»Professor Mecklenburg ist ...«

»... aus dem Projekt ausgestiegen«, bestätigte Braun. »Ich bin eigentlich nur heruntergekommen, um Ihnen mitzuteilen, daß ich Sie zum kommissarischen Leiter des Projektes bestimmen wollte – wenigstens, bis die Frage von Mecklenburgs Nachfolge endgültig geklärt ist.«

Grinner starrte ihn geschlagene zehn Sekunden lang einfach nur an. Dann sagte er: »Ich weiß nicht, ob ich dazu qualifiziert genug bin.«

So viel Ehrlichkeit überraschte Braun. »Ich bin sicher, daß Sie es sind«, antwortete er. »Wie lange arbeiten Sie jetzt hier?«

»Seit fünf Jahren. Von Anfang an.«

»Dann sollten Sie doch mittlerweile wissen, daß mich vor allem interessiert, was ein Mann leistet, nicht, wie viele akademische Grade er hat.«

»Aber ich habe nicht einmal ...«

»Von mir aus«, unterbrach ihn Braun, »können Sie gelernter Klempner sein, oder Dachdecker. Solange Sie Ihre Arbeit gut machen, interessiert mich das nicht. Also, was ist jetzt? Wollen Sie den Job oder nicht?«

Er meinte das in diesem Moment sogar ernst. Grinner war Mecklenburgs engster Mitarbeiter gewesen. Er verstand von allem hier wahrscheinlich genau so viel wie der selige Professor. Und vor allem: Er gehörte dazu. Das Projekt war in eine Phase getreten, in der es Braun noch unangenehmer als sonst gewesen wäre, fremde Gesichter in seiner Truppe zu sehen. Jeder Neue bedeutete zugleich auch ein unkalkulierbares Risiko, und das konnte er sich im Moment einfach nicht leisten!

»Kann ich ... darüber nachdenken?« fragte Grinner.

»Sicher«, antwortete Braun.

»Wie lange?«

»Zehn Sekunden«, sagte Braun. »Neun ... acht ...«

In Grinners Gesicht arbeitete es. Braun hätte in diesem Moment nicht mit ihm tauschen mögen. Er konnte sich lebhaft vorstellen, was jetzt in Grinner vorging. Besser vielleicht, als der junge Forschungsassistent ahnen mochte. Vielleicht rührte seine Antipathie Grinner gegenüber einfach daher, daß sie sich im Grunde sehr ähnlich waren. Braun hatte vor fünf Jahren vor nahezu der gleichen Entscheidung gestanden wie Grinner jetzt, als Haymar praktisch die ganze Truppe ausgelöscht hatte und plötzlich niemand mehr da war, der ihm Befehle erteilen konnte. Er hatte die Chance ergriffen, ohne zu zögern, aber er erinnerte sich auch noch sehr genau daran, wie lange es gedauert hatte, bis er sicher war, nicht an dem Brocken zu ersticken, den er sich geschnappt hatte.

Als er in seinem gedanklichen Countdown bei drei angekommen war, nickt Grinner.

»Hervorragend«, sagte Braun. »Ich wußte, daß ich Sie richtig eingeschätzt habe. Herzlichen Glückwunsch zur Beförderung. Sie bekommen natürlich auch das gleiche Gehalt wie Mecklenburg.«

»Danke«, murmelte Grinner. *Darum* war es ihm offensichtlich zuallererst gegangen. »Ich hoffe nur, der Professor ...«

»Professor Mecklenburg kommt nicht wieder«, unterbrach ihn Braun. »Es gab eine ... häßliche Szene zwischen uns, aber das hat nichts mit Ihnen zu tun. Machen Sie sich keine Sorgen. Und jetzt tun Sie, was ich Ihnen gesagt habe: Wir beenden das Experiment. Geben Sie dem armen Kerl da drinnen seine wohlverdiente Ruhe.«

Braun ließ bewußt ein paar Sekunden verstreichen, in denen er sich über das verstörte Flackern in Grinners Blick amüsierte. Nachdem er ihn vor dreißig Sekunden zum Leiter des Forschungsprojekts gemacht hatte, erklärte er ihm jetzt praktisch, daß seine erste Aufgabe darin bestand, sich selbst arbeitslos zu machen.

»Keine Angst«, sagte er, nachdem er Grinner lange genug hatte schmoren lassen. »Es geht weiter. Nur auf eine etwas ... andere Weise.« Er straffte die Schultern. »Wie lange wird es dauern?«

»Eine Stunde«, antwortete Grinner. »Vielleicht etwas weniger.«

»Dann fangen Sie an.« Braun wandte sich zur Tür. »Ich komme später noch einmal herunter. Alles andere besprechen wir dann morgen in meinem Büro – nachdem Sie sich gründlich ausgeschlafen haben.«

Er verließ das Labor, trat in den Aufzug und drückte den Knopf für die oberste Etage. Es wurde Zeit, daß er sich um Bremer und die Kleine kümmerte. Es war nicht gut, wenn sie zuviel Gelegenheit zum Reden bekamen. Er schätzte, daß er Bremer bald so weit hatte, wie er wollte, aber die Kleine war ein Problem. Das Luder war mißtrauisch, und wahrscheinlich nicht halb so harmlos, wie sie sich gab. Natürlich hatte er nicht vor, sie laufen zu lassen, aber solange er Bremer noch nicht ganz eingewickelt hatte, mußte er vorsichtig sein.

Der Lift erreichte die erste Etage und hielt an. Die Türen glitten auf, und Braun blickte in Malchows Gesicht.

Der Agent sah reichlich mitgenommen aus. Er war blaß. Unter seinen Augen lagen dunkle Ringe, und sein linker Arm hing in einer Schlinge vor seiner Brust. Sein ehemals weißes Hemd war schmutzig und dunkel von eingetrocknetem Blut.

»Malchow!« Braun trat mit einem raschen Schritt aus dem Lift. »Sie haben es geschafft! Was ist mit Ihrem Arm?«

»Nichts«, antwortete Malchow. Seine Stimme verriet mehr über seinen Zustand, als ihm vermutlich klar war. Sie war flach und zitterte. Wahrscheinlich stand er unter dem Einfluß irgendeines Schmerzmittels. Braun unterzog ihn einer zweiten, raschen Musterung und stellte beiläufig fest, daß sein Arm sehr professionell verbunden war. Die Schlinge, in der er hing, gehörte zur Standardausrüstung eines Rettungswagens.

»Was ist mit den anderen?«

Malchow schüttelte den Kopf. »Das Biest hat sie alle erwischt«, sagte er. »Mich hat es anscheinend für tot gehalten.«

»Dann hatten Sie Glück.« Braun sah auf die Uhr. »In einer Stunde geht der offizielle Betrieb hier los. Spätestens dann wird hier ja wohl ein Arzt aufkreuzen, der sich um Ihren Arm kümmern kann. Halten Sie noch so lange durch?«

Malchow nickte, und Braun wollte sich umdrehen und wieder in den Lift treten.

»Da ist noch etwas«, sagte Malchow.

»Ja?«

Malchow griff mit der unverletzten rechten Hand ungeschickt in die linke Jackentasche und zog etwas heraus, das Braun in der schwachen Nachtbeleuchtung der Empfangshalle im ersten Moment nicht richtig erkennen konnte.

»Dieser Nördlinger war da«, sagte er. »Zusammen mit einem Priester. Er hat gesagt, ich soll Ihnen das hier geben.«

Braun erkannte verblüfft, daß es sich um eine in abgewetztes schwarzes Kunstleder gebundene Bibel handelte. Ein gelber Merkzettel war zwischen die Seiten geklebt, und als Braun die entsprechende Stelle aufschlug, sah er, daß jemand eine bestimmte Stelle mit rotem Filzstift unterstrichen hatte.

»... Denn sie wissen nicht, was sie tun ...«, las er vor. Verwirrt blickte er Malchow an. »Und das hat Nördlinger Ihnen gegeben? Was wollte er?«

»Sich aufspielen«, antwortete Malchow. »Hat versucht, mich einzuschüchtern, aber ich habe nichts gesagt. Am Schluß hat er aufgegeben und mir das da gegeben. Er meinte, Sie wüßten schon, was es zu bedeuten hat.«

»Nein zum Teufel!« sagte Braun. »Das weiß ich ...«

Braun stockte. Irgend etwas stimmte mit dieser Bibel nicht. Da war etwas unter ihrem Einband. Eine ganz sachte, harte Erhebung. Er drehte das Buch in den Händen, schlug es auf und fuhr mit den Fingerspitzen über das hintere Schmutzblatt. Die Erhebung war hier deutlicher zu spüren. Das Blatt fühlte sich ein ganz kleines bißchen feucht an, und es war zerknittert.

So als hätte jemand erst vor kurzem und in großer Hast etwas hineingeklebt ...

Braun löste mit den Fingernägeln seinen oberen Rand. Es ging viel zu leicht ab. Darunter kam etwas von der Größe eines Zehnpfennigstücks zum Vorschein, das einen zehn Zentimeter langen, geringelten Schwanz aus Kupferdraht hatte. Braun mußte keinen Sekundenbruchteil lang darüber nachdenken, was es war. Und auch der Smiley und die beiden Worte, die jemand hastig mit dem gleichen roten Filzstift in Blockbuchstaben darunter gekritzelt hatte, wären nicht mehr nötig gewesen: BIS GLEICH!

Braun schloß für eine Sekunde die Augen. Dann riß er

den Minisender aus dem Buch, ließ ihn zu Boden fallen und zertrat ihn unter dem Absatz.

»Malchow, Sie sind ein Arschloch«, sagte er.

28

Der grüne Leuchtpunkt auf dem Display erlosch. Auf dem Bildschirm war jetzt nur noch ein digitalisierter Stadtplan der ungefähren Gegend zu sehen, in der sie das Signal zum letztenmal gesehen hatten. Vürfels ergriff den Deckel des Notebooks, das er auf den Knien hielt, rüttelte einen Moment lang daran und begann dann für drei oder vier Sekunden – Nördlinger war sicher, vollkommen sinnlos und aus keinem andern Grund als dem, eine Show zu liefern – auf der Tastatur des Geräts herumzuhämmern. Schließlich klappte er das Gerät seufzend zu und drehte sich zu Nördlinger um.

»Das war's«, seufzte er. »Sie haben den Sender gefunden – oder die Batterie ist hinüber ... Tut mir leid. Fünf Minuten länger, und wir hätten sie gehabt.«

Nördlinger beugte sich auf dem Rücksitz des Wagens vor und bedeutete Vürfels mit einer Geste, den Computer noch einmal aufzuklappen. Vürfels gehorchte, und Nördlinger blickte ein paar Sekunden konzentriert auf den winzigen, stark vereinfachten Stadtplan, der ihm von dem LCD-Display entgegenleuchtete.

»Es ist okay«, sagte er. »Ich weiß, wo sie sind.« Er wandte sich an den Fahrer. »Biegen Sie an der übernächsten Ampel links ab. Und dann gehen Sie auf die Autobahn Richtung Pankow. Ich sage Ihnen, wann Sie abbiegen müssen.«

Er ließ sich wieder zurücksinken, griff in die Manteltasche und zog sein Handy heraus. Bevor er die Nummer wählte, wandte er sich an Vater Thomas, der neben ihm saß. »Ich hoffe, Sie haben mir wirklich die Wahrheit gesagt, Vater«, sagte er. »Ich möchte nicht meine Karriere aufs

Spiel setzen, weil ich einem religiösen Spinner aufgesessen bin.«

»Wenn Sie das wirklich glauben würden, dann wären wir jetzt nicht hier, Herr Nördlinger«, antwortete Vater Thomas ruhig. »Habe ich recht?«

Nördlinger antwortete nicht. Wozu auch? Vater Thomas wußte so gut wie er, daß er diese Frage im Grunde nur gestellt hatte, um seine Nervosität irgendwie zu kompensieren. Was ihn letztlich überzeugt hatte, das waren nicht Thomas' Worte gewesen. Und auch nicht das, was er gesehen hatte. Für alles das hätte er eine ganz natürliche, rationale Erklärung gefunden, wenn er sich nur die Mühe machte, lange genug danach zu suchen. Aber er *spürte*, daß da noch mehr war. Irgend etwas ... *Unvorstellbares* ging hier vor. Und ihnen blieb nicht mehr viel Zeit, es aufzuhalten.

Er drückte eine Taste auf seinem Telefon, und Meller meldete sich.

»Nördlinger hier«, begann er. »Hören Sie mir zu. Stellen Sie keine Fragen, sondern hören Sie mir einfach zu. Sie werden jetzt folgendes tun ...«

Er sprach eine ganze Weile. Vürfels, der auf dem Beifahrersitz saß und natürlich ebenso wie Meller am anderen Ende der Leitung hörte, welche Anweisungen Nördlinger gab, sagte nichts, aber er wurde kreidebleich.

29

Bremers Nieren hatten sich den unpassendsten aller Augenblicke ausgesucht, um sich wieder daran zu erinnern, wie übel sie behandelt worden waren. Als sie in den Korridor hinaustraten, schoß ein so grausamer Schmerz durch seinen Rücken, daß er für einen Moment die Augen schloß und sich stöhnend gegen die Wand lehnte. Ihm wurde übel. Angela sagte etwas zu ihm, aber er verstand es erst beim zweiten Mal, nachdem er die Augen wieder geöffnet hatte und sie ansah.

»Alles in Ordnung?«

»Nein«, preßte Bremer zwischen zusammengebissenen Zähnen hervor. »Natürlich ist *nicht* alles in Ordnung.«

Angela runzelte die Stirn, dann nickte sie. »Okay. Dreh dich um.«

Bremer fühlte sich viel zu mies, um zu widersprechen. Gehorsam drehte er sich herum, lehnte die Stirn gegen die kühle Kunststoffverkleidung der Wand und spürte, wie Angela seine Jacke hochschlug und anschließend sein Hemd aus der Jacke zerrte. Ihre Finger tasteten über seinen Rücken und machten sich an seiner Nierengegend zu schaffen. Er hatte keine Ahnung, was sie tat, aber er erwartete instinktiv, daß es weh tun würde, doch ganz das Gegenteil war der Fall: Von der Stelle ausgehend, an der ihre Finger seine Haut berührten, breitete sich ein prickelndes, wohltuendes Gefühl von Betäubung in seinem Rücken aus. Als es seine Nieren erreichte, verschwand der Schmerz zwar nicht ganz, sank aber auf ein halbwegs erträgliches Maß herab.

»So«, sagte sie. »Das muß für den Moment reichen.«

Ihre Hände verschwanden von seinem Körper, und Bremer drehte sich verblüfft zu ihr herum. »Wie hast du das gemacht?«

»Ich habe doch gesagt, ich habe heilende Hände«, lächelte Angela. Sie wurde fast sofort wieder ernst und sagte: »Es wird nicht allzu lange vorhalten. Wir sollten uns beeilen.«

Sie gingen nebeneinander den Flur entlang. Wie Brauns Büro, erinnerte auch er viel mehr an die Verwaltungsanlage eines modernen Industrieunternehmens als an ein Krankenhaus, aber Bremer vergaß trotzdem keine Sekunde, wo er war. Nur ein paar Etagen unter ihm lag eine von vermutlich sehr vielen modernen Versionen der berühmten Gummizellen. Er hatte sie kennengelernt. Nur für eine knappe Stunde, aber das war schon eine Stunde mehr, als er sich gewünscht hätte. Und vermutlich *sehr viele* Stunden weniger, als er noch darin zubringen würde, wenn er wirklich so dumm gewesen wäre, auf Brauns Beteuerungen hereinzufallen.

Es schien ihm selbst jetzt fast unglaublich, daß er auch

nur eine Sekunde lang auf diesen Kerl hereingefallen sein sollte. Braun gehörte zu jener Art von Männern, denen er normalerweise nicht einmal mit gutem Gewissen geglaubt hätte, hätte er ihn nach der Uhrzeit gefragt.

Sie erreichten den Aufzug. Angela ging daran vorbei, ohne auch nur im Schritt zu stocken, und öffnete die Tür am Ende des langen Flurs. Zu Bremers Enttäuschung führte sie jedoch nicht ins Treppenhaus. Dahinter verbarg sich nur eine kleine Kammer, die mit Besen, Eimern und anderen Putzutensilien vollgestopft war. Trotzdem verharrte Angela einige Sekunden lang mit der Hand auf der Klinke und machte ein nachdenkliches Gesicht.

»Willst du einen davon nehmen und davonfliegen?« Bremer deutete auf die Besen, die säuberlich an der Wand aufgereiht waren.

»Und wie kommst du dann hier weg?« fragte Angela ernsthaft. Dann schüttelte sie den Kopf. »Vielleicht sollten wir uns einfach hier drinnen verstecken. Manchmal sind die simpelsten Pläne immer noch die besten.«

»Sie werden hier jeden Teppich hochheben und darunter sehen, wenn sie merken, daß wir weg sind«, sagte Bremer.

Angela seufzte. »Wahrscheinlich hast du recht. Komm. Irgendwo muß dieses verdammte Treppenhaus ja sein.«

Hinter der dritten oder vierten Tür wurden sie fündig. Die Illusion, sich in einem supermodernen Gebäude zu befinden, zerplatzte wie eine Seifenblase, als sie in das Treppenhaus hinaustraten. Die Renovierungsarbeiten hatten sich nicht auf diesen Teil der Klinik erstreckt. Das Treppenhaus war groß, wie man es nur bei wirklich *alten* Gebäuden fand, und man sah ihm sein Alter an. Wände und Decke waren weiß verputzt, und hier und da sah man sogar noch die Reste von Stuckarbeiten, die vor einem Menschenalter abzubröckeln begonnen hatten. Die Treppe selbst und das Geländer waren in einem häßlichen Rot gestrichen. Als Bremer seinen Fuß auf die oberste Stufe setzte, knarrte sie so erbärmlich, daß er erschrocken zurückprallte.

»Los!« sagte Angela. Vollkommen überflüssig fügte sie

hinzu: »Mach möglichst wenig Lärm!« Sie selbst stürmte los, das Bremer meinte, man müsse das Knarren und Dröhnen der Stufen im gesamten Gebäude hören.

Sie hatten die zweite Etage fast erreicht, als über und unter ihnen gleichzeitig Türen aufflogen. Aufgeregte Stimmen gellten durch das Treppenhaus. Ihre Flucht war entdeckt worden. Spätestens jetzt begann das, was Angela als den *richtig spannenden* Teil bezeichnet hatte.

Bremer hätte allerdings gerne auf *diese* Art von Spannung verzichtet.

Während er noch wie angewurzelt dastand und sich seine Gedanken zu überschlagen begannen, änderte Angela plötzlich den Rhythmus ihrer Schritte. Sie schlich nicht etwa weiter, oder versuchte wenigstens, möglichst leise aufzutreten, wie es vermutlich jeder andere an ihrer Stelle getan hätte – der Takt ihrer Schritte änderte sich und paßte sich dem der Schritte an, die von unten auf sie zukamen. Das Geräusch verschmolz damit und wurde praktisch unhörbar.

Sie erreichte die Tür zur zweiten Etage, öffnete sie einen Spalt breit und drehte sich halb zu ihm herum. Ihre freie Hand gestikulierte hektisch, und ihre Lippen formten lautlose Worte, die er zwar nicht verstand, von denen er aber kaum glaubte, daß sie besonders freundlich waren.

Bremer wich lautlos bis zur Wand zurück, wodurch er Angela zwar für den Moment aus den Augen verlor, gleichzeitig aber auch nicht in Gefahr lief, entdeckt zu werden, sollte einer der Männer, die über ihnen herangestürmt kamen, einen Blick in die Tiefe werfen. Erst dann bewegte er sich weiter, so schnell er es eben konnte, ohne dabei allzu viel Lärm zu machen – was nicht eben schnell war. Die Schritte unter ihnen waren bereits unangenehm nahe herangekommen, als er Angela endlich erreichte.

Sie streckte ungeduldig den Arm aus, packte seine Handgelenke und stieß ihn so derb durch die Tür, daß er fast gestürzt wäre. Hastig huschte sie hinter ihm auf den Flur, drückte die Tür hinter sich zu und sah sich rasch nach beiden Seiten hin um.

Der Flur, in dem sie sich befanden, erinnerte schon eher an das, was man mit dem Begriff Klinik assoziieren mochte: ein langer, sehr breiter Gang, von dem in regelmäßigen Abständen Türen abzweigten. Ein gutes Stück entfernt schien es auch so etwas wie ein Schwesternzimmer zu geben, das aber offensichtlich nicht besetzt war, denn hinter der mannshohen Glasscheibe in der Tür brannte kein Licht. Auch die meisten Zimmer auf diesem Flur waren dunkel, nur unter zweien oder dreien der Türen drang ein blasser, gelber Lichtschimmer hervor. Es war fast vollkommen still. Einer der Unterschiede zwischen teuren Privatkliniken und solchen fürs gemeine Volk schien offensichtlich darin zu bestehen, daß man die Patienten hier nicht mitten in der Nacht aus dem Bett schmiß, um das Frühstück zu bringen oder die Laken auszutauschen.

»Was sollte das gerade?« fauchte Angela. »Willst du mit Gewalt erwischt werden, oder wolltest du die Sache einfach nur ein bißchen spannender gestalten?«

»Es ist nun mal nicht jeder ein Freizeit-Ninja«, antwortete Bremer patzig.

»Ja, leider«, maulte Angela. Sie deutete nach links, in die längere Hälfte des Korridors. »Los!«

Sie stürmte voraus. Bremer nahm an, daß sie einen anderen Ausgang aus der Etage suchte, aber sie öffnete praktisch die erstbeste Tür, an der sie vorbeikamen, warf einen Blick hindurch und gestikulierte ihm dann hektisch zu, ihr zu folgen. Fast zu Bremers Entsetzen schaltete sie das Licht ein, als er hinter ihr ins Zimmer trat, und schloß die Tür. Bremer wollte sich herumdrehen und die Kette vorlegen, aber Angela schüttelte rasch den Kopf, und Bremer mußte – wieder einmal – zugeben, daß sie recht hatte: Wenn jemand von außen an der Tür rüttelte, würde es nur auffallen, wenn sie verschlossen war.

Er drehte sich herum und ließ seinen Blick durch das Zimmer schweifen. Er hatte kein normales Krankenzimmer erwartet, aber was er sah, übertraf seine Erwartungen bei weitem: Der Raum war mindestens dreißig Quadratmeter groß und so behaglich wie ein Wohnzimmer eingerichtet.

Auf dem Boden lag ein dicker, teurer Teppich, und in einer Ecke stand ein Fernseher, dessen Mattscheibe ihm größer vorkam als die Leinwand so mancher Kinos, in dem er gewesen war. Goldgerahmte Bilder und teure Seidentapeten an den Wänden vervollständigten den Eindruck von unverblümt zur Schau gestelltem Luxus.

Unglücklicherweise war das Zimmer nicht leer.

Sein Bewohner lag in einem überdimensionalen Bett mit gedrechselten Beinen, hob genau in diesem Moment den Kopf aus dem Kissen und blinzelte verschlafen ins Licht.

»Was ... was ist ... denn?« nuschelte er.

Bremer schätzte sein Alter auf zwanzig, vielleicht fünfundzwanzig Jahre. Soweit das bei einem Menschen zu beurteilen war, der zugedeckt im Bett lag und sich halb auf die Ellbogen hochgestemmt hatte, schien er ungewöhnlich kräftig gebaut zu sein, aber das war bei Leuten mit seiner Krankheit normal, soviel Bremer wußte: Sein Gesicht war sehr breit, und alles darin wirkte seltsam unfertig, als wären seine Züge eigentlich nur angedeutet. Er hatte eine breite Nase und geschlitzte Augen, die jetzt noch dazu vom Schlaf verquollen waren. Der Junge litt am Down-Syndrom. Ein bösartiges Schicksal hatte seine Eltern zwar offensichtlich mit mehr Geld gesegnet, als sie ausgeben konnten, aber auch mit einem mongoloiden Sohn.

Bremer wollte sich wieder herumdrehen und das Zimmer verlassen, aber Angela hielt ihn abermals zurück. »Warte.«

Sie wandte sich an den mongoloiden Jungen im Bett: »Wie heißt du?«

»Albert«, antwortete der Junge. »Und wer seid ihr? Ist schon Frühstückszeit? Ich will noch nichts essen.«

»Mein Name ist Angela«, antwortete Angela. Sie warf Bremer einen raschen, mahnenden Blick zu, dann drehte sie sich wieder zu Albert herum. »Du brauchst keine Angst zu haben, Albert.«

»Das habe ich auch nicht. Ich habe vor nichts Angst, hörst du? Vor gar nichts!« Albert setzte sich weiter im Bett auf. Die Decke rutschte herunter, und Bremer sah, daß der

Mongoloide Schultern wie ein Preisboxer hatte. Er war mit einemmal nicht mehr vollkommen davon überzeugt, daß sie hier drinnen wirklich sicher waren. Neigten Mongoloide eigentlich zu Gewalttaten? Er wußte es nicht.

»Das ist gut«, sagte Angela. »Dann haben wir ja den richtigen ausgesucht.«

»Den richtigen ausgesucht? Wozu?« Alberts Augen wurden noch schmaler, als sie ohnehin schon waren.

»Wir spielen ein Spiel«, antwortete Angela. »Und dazu brauchen wir deine Hilfe.« Sie deutete auf die Tür hinter sich. »Hör zu, Albert. Da draußen sind Männer, die uns suchen. Wir haben nichts getan oder so, wir haben nur gewettet, daß sie uns nicht finden können, und die Männer haben gewettet, daß sie es doch können. Wenn sie jetzt hier reinkommen und uns sehen, dann haben wir verloren, und das wäre ziemlich schade. Wirst du uns helfen?«

Einen Moment lang sah es ganz und gar nicht so aus, als wäre es ihr gelungen, Alberts Mißtrauen zu besänftigen. Aber dann hellte sich sein Gesicht auf, und er kicherte. »Das ist lustig«, sagte er. »Ich helfe euch. Das ist ein lustiges Spiel.«

»Gut«, sagte Angela. »Weißt du ein gutes Versteck für uns?«

»Unter dem Bett.« Albert nickte hektisch und begann vor Aufregung auf und ab zu hüpfen, so daß das ganze Bett wackelte. »Ich verstecke mich immer unterm Bett! Niemand wird euch da finden!«

Das war geradezu idiotisch, fand Bremer. Angela schien wohl zu dem gleichen Ergebnis zu kommen, denn sie ging rasch durchs Zimmer und öffnete die beiden anderen Türen, die es noch gab. Eine führte ins Bad, die andere in einen weitläufigen, begehbaren Schrank.

»Das sind keine guten Verstecke«, meinte Albert. Er hatte einen tiefen, sonoren Baß, sprach aber wie ein Fünfjähriger. Es machte Bremer ganz kribbelig, ihm zuzuhören.

»Ich weiß«, seufzte Angela. Sie sah sich weitere zwei oder drei Sekunden lang um, dann ging sie zum Fenster und öffnete es. Bremer trat rasch an ihre Seite und blickte nach draußen.

Sofort wurde ihm schwindelig. Sie befanden sich in der zweiten Etage, also keine zehn Meter über dem Erdboden, aber große Höhen waren noch nie seine Sache gewesen. Und es war draußen immer noch so dunkel, daß er den Erdboden nicht einmal *sehen* konnte.

»Perfekt!« sagte Angela. Sie deutete auf einen kaum zehn Zentimeter breiten Sims, der unter dem Fenster an der Wand entlang verlief. »Los!«

Ohne seine Antwort auch nur abzuwarten, schwang sie sich auf den Fenstersims hinaus, richtete sich auf und schob sich an der Wand entlang ein Stück zur Seite. Sie bewegte sich so sicher, als stünde sie auf einer zwei Meter breiten Brücke, nicht auf einem Sims, der Bremer mittlerweile schmaler vorkam als sein Daumen.

»Worauf wartest du?« fragte sie.

»Da hinaus?« Bremer schüttelte entschieden den Kopf. »Lieber lasse ich mich erschießen!«

»Tja, dann bleibt dir wohl wirklich nur das Bett«, sagte Angela spöttisch. »Aber beeil dich lieber. Sie müssen gleich hier sein.«

Bremer drehte sich unsicher herum. Er hörte absolut nichts Verdächtiges, aber wenn er im Laufe der letzten vierundzwanzig Stunden etwas gelernt hatte, dann war es, auf Angelas Warnungen zu hören. Ihre Sinne schienen weitaus schärfer zu sein als seine. Kunststück. Sie war ja auch höchstens halb so alt wie er.

Er sah sich noch zwei oder drei weitere Sekunden lang unschlüssig um, spielte einen Moment lang mit den Gedanken, sich zwischen den Kleidern im Schrank zu verstecken und entschied sich dann doch für das Bett. Es war ein idiotisches Versteck. Vielleicht idiotisch genug, daß sie nicht dort nachsehen würden.

Unter Alberts feixenden Blicken legte er sich auf den Rücken und schob sich unter das Bett. Es war zwar sehr groß, aber so niedrig, daß er kaum darunter paßte. Als er es endlich geschafft hatte, befand sich die Stahlmatratze nur wenige Zentimeter über seinem Gesicht. Wenn Albert seinen mondgroßen Hintern bewegte, würden die Sprungfedern einen Abdruck in Bremers Gesicht hinterlassen.

Bremer lag eine gute Minute unter dem Bett und kam sich einfach nur dämlich vor, dann flog die Tür auf, und schwere Schritte polterten herein. Mühsam drehte Bremer den Kopf und sah ein Paar teure, auf Hochglanz polierte Schuhe, die in den Beinen maßgeschneiderter Anzugshosen endeten.

»Hallo!« sagte Albert über ihm. »Seid ihr gekommen, um zu spielen?«

»Bestimmt nicht«, antwortete eine Stimme. »War jemand hier? Ein Mann und eine Frau?«

Das Paar Schuhe bewegte sich weiter, und Bremer konnte hören, wie die Schranktür aufgerissen wurde und Stoff raschelte. Der andere blieb, wo er war.

»Klar«, antwortete Albert. »Sie sind immer noch hier. Ihr seid die, die sie suchen, nicht wahr? Ihr spielt Verstecken.«

Bremers Herz machte einen entsetzten Sprung. Wie hatte er auch nur eine Sekunde lang diesem Verrückten trauen können?

»Die Frau ist aus dem Fenster gesprungen, und der andere liegt unter dem Bett«, fuhr Albert fort. Bremer verspürte plötzlich den intensiven Wunsch, aus seinem Versteck herauszustürzen und die Hände um Alberts Kehle zu legen. Vielleicht blieb ihm ja noch Zeit genug, den Kerl zu erwürgen, bevor sie ihn erschossen. Er konnte sich allerdings nicht von der Stelle rühren, denn Albert begann nun zu allem Überfluß tatsächlich im Bett auf und ab zu hüpfen, wodurch er regelrecht festgenagelt wurde und alle Mühe hatte, überhaupt noch Luft zu bekommen.

Er hörte, wie sich schnelle Schritte dem Fenster näherten und es aufgerissen wurde. In der nächsten Sekunde würde der Mann überrascht aufschreien, wenn er nicht gleich seine Waffe zog und Angela vom Sims herunterschoß wie einen Vogel auf der Stange. Er versuchte, an die Pistole heranzukommen, die er in seine Jackentasche gesteckt hatte, aber es gelang ihm nicht. Alberts Gewicht schien ihn regelrecht in den Boden hineinzupressen.

Der Mann auf der anderen Seite des Bettes schrie nicht auf. Er schoß auch nicht. Statt dessen schloß er das Fenster wieder, verriegelte es sorgfältig und sagte: »Hier ist niemand.«

»Natürlich ist hier niemand«, sagte sein Kollege. »Der Bekloppte verarscht uns doch, merkst du das nicht?«

»Albert verarscht keinen!« protestierte Albert. »Der andere liegt unter dem Bett! Seht doch nach!«

»Halt die Fresse, Idiot!« murmelte der Agent.

»Seht doch nach!« höhnte Albert. »Seht doch nach! Seht doch nach!« Er begann im Takt seiner Worte im Bett auf und ab zu hüpfen, und Bremer wurde erneut und noch gründlicher die Luft aus den Lungen gepreßt. Er begann Sterne zu sehen.

»Sieh unter dem Bett nach«, sagte der erste Agent.

Bremer drehte mit aller Kraft, die er noch aufbringen konnte, den Kopf auf die Seite. Der Agent näherte sich dem Bett und ließ sich in die Hocke herab, und Albert krähte noch lauter: »Seht doch nach!« und furzte so laut, wie Bremer es noch nie zuvor im Leben gehört hatte.

Der Agent stieß einen angewiderte Laut aus und richtete sich abrupt wieder auf, ohne unter das Bett gesehen zu haben. »Das ist ja widerlich!« keuchte er. »Ich hätte Lust, diesem verrückten Idioten den Schädel runterzuschießen!«

»Du hast recht«, seufzte sein Kollege. »Er nimmt uns auf den Arm. Komm weiter. Wir haben noch eine Menge Zimmer zu untersuchen!«

Die beiden Männer verließen den Raum. Bremer wartete, bis sie die Tür hinter sich zugeworfen hatten, dann kroch er wieder unter dem Bett hervor – eine Aufgabe, die nicht gerade leicht war, weil Albert immer noch vor Vergnügen krähte und im Bett auf und ab hüpfte wie auf einem Trampolin. Vollkommen außer Atem stemmte er sich hoch, warf dem mongoloiden Jungen einen zornigen Blick zu und hetzte dann zum Fenster. Seine Finger zitterten, als er es aufriß. Hastig beugte er sich nach draußen.

Der Sims war leer.
Es war so, wie der Agent gesagt hatte.
Angela war nicht mehr da.

30

Zehn Minuten der Stunde, von der Grinner Braun gegenüber gesprochen hatte, waren bereits verstrichen, aber er zögerte noch immer, die entsprechende Sequenz einzuleiten. Es gab keinen wirklichen Grund dafür. Alles war vorbereitet, die Computer entsprechend programmiert – er mußte jetzt nur noch die ENTER-Taste vor sich drücken, und die Automatik würde den Rest erledigen; wobei es im Grunde sehr viel mehr darum ging, Dinge *nicht* mehr zu tun, als Dinge zu tun. Das, was einmal ein Mensch gewesen war und was sie auf der anderen Seite der Panzerglasscheibe eingesperrt hatten, wurde ohnehin nur noch durch einen unvorstellbaren technischen Aufwand in einem Zustand gehalten, den man nur noch mit sehr viel gutem Willen als Leben bezeichnen konnte. Wenn er die Maschinen abschaltete, tat er ihm einen Gefallen.

Warum also hatte er trotzdem das Gefühl, einen Mord zu begehen? Wenn er einen Grund hatte, Schuldgefühle zu haben, dann wegen dem, was er in den letzten fünf Jahren getan hatte, nicht wegen dem, was er *jetzt* tun würde. Haymar endlich sterben zu lassen, war eine Art der Barmherzigkeit.

Trotzdem drückte er die ENTER-Taste nicht, sondern brach das Programm im Gegenteil ab, um es noch einmal zu modifizieren. Er brauchte kaum fünf Minuten dazu, und als er fertig war, war der Computer bereit, fünfundzwanzig Einheiten Morphium in Haymars Kreislauf zu pumpen. Genug, um einen Elefanten umzubringen, und mehr als genug, um Haymar auf die schmerzloseste und angenehmste Art einschlafen zu lassen. Grinner glaubte nicht, daß in dem von Drogen zerfressenen Gehirn noch so etwas wie ein

Bewußtsein war. Aber für den sehr, sehr unwahrscheinlichen Fall, daß es doch so sein sollte, wollte er ihm in seinen letzten Augenblicken auf keinen Fall Schmerzen zufügen.

Als er die Hand nach der Taste ausstreckte, hörte er ein Geräusch hinter sich.

Grinner sah erschrocken hoch. Er war allein im Labor. Wäre jemand hereingekommen, hätte er es gehört. Die zentnerschwere Stahltür ließ sich nicht lautlos öffnen, ganz egal, wie vorsichtig man auch war. Für den Bruchteil einer Sekunde glaubte er, einen Lichtreflex vor sich auf dem Monitor zu erkennen, als hätte sich irgend etwas hinter ihm bewegt, doch als Grinner erschrocken im Stuhl hochfuhr, stellte er fest, daß er allein war.

Was blieb, war das Gefühl, es nicht zu sein.

Unsinn, dachte Grinner. Natürlich war er allein. Niemand war hier, außer ihm und dem Toten auf der anderen Seite der Glasscheibe. Was er spürte, war lediglich seine eigene Nervosität. Und eine Mischung aus Müdigkeit und schlechtem Gewissen – beides in weit größerem Maße, als ihm lieb war. Er hatte den Grund dazu, müde zu sein, und was sein schlechtes Gewissen anging ... Er *redete sich ein*, daß es nur mit Haymar zu tun hatte, aber natürlich wußte er, daß es nicht so war. Es war Mecklenburg. Unbeschadet von allem, was Braun gesagt hatte, hatte Grinner das Gefühl, den Professor verärgert zu haben. Sicher, er hatte nicht wirklich etwas *getan*, um seinen Job zu bekommen, aber wie oft hatte er sich gewünscht, es zu tun, und vor allem: Er war *bereit* dazu gewesen. Auch wenn es keinen wirklich rationellen Grund dafür gab – Grinner kam sich wie ein Leichenfledderer vor.

Er verscheuchte den Gedanken, streckte die Hand erneut nach der Taste aus, und etwas in seinen Gedanken sagte laut und vernehmlich: *Nein*.

Es war nicht wirklich dieses Wort. Grinner hörte keine Stimme, und er empfing auch keine telepathische Botschaft oder so etwas. Aber das Gefühl, daß er das, was er vorhatte, auf keinen Fall tun durfte, war so stark, daß er gar nicht anders konnte, als die Hand wieder zurückzuziehen. Zugleich hatte er wieder das Empfinden, nicht mehr allein zu sein, und als er sich diesmal herumdrehte, sah er, daß es auch so war.

Das Wesen stand zwei Meter hinter ihm. Es war riesig, viel größer, als ein Mensch, und es ähnelte nichts, was Grinner je zuvor im Leben gesehen hatte – nicht *wirklich*. Trotzdem wußte er sofort, wem er gegenüberstand.

Grinner wartete auf den Tod, denn nichts anderes konnte es bedeuten, einem Geschöpf wie diesem zu begegnen, aber er kam nicht.

Statt dessen ruhte der Blick der riesigen, von einem uralten, allumfassenden Wissen erfüllten Augen des Geschöpfs für einige endlose Sekunden auf ihm, und als es sich schließlich herumdrehte und seine gewaltigen Flügel ausbreitete, um an den geheimnisvollen Ort zurückzukehren, von dem es gekommen war, da wußte auch Grinner, was er zu tun hatte.

31

Der Sims ragte an beiden Seiten ungefähr fünfzehn Zentimeter über die Fensterbreite hinaus und endete dann abrupt. Das jeweils nächste Fenster war mehr als zwei Meter entfernt, was selbst unter normalen Umständen und auf ebenem Boden wahrscheinlich mehr war, als irgend jemand – selbst jemand mit Angelas erstaunlicher Körperbeherrschung – ansatzlos springen konnte. Von einem Fenstersims in zehn Metern Höhe und vor allem mit einem *Landeplatz*, der nicht breiter war als eine Hand, war es ganz und gar ausgeschlossen. Wenn sie diesen Sprung gewagt hatte, dann mußte sie abgestürzt sein und jetzt mit gebrochenem Genick zehn Meter tiefer auf dem Asphalt liegen.

Bremers Herz klopfte bis zum Hals, als er sich vorbeugte und versuchte, die Dunkelheit unter sich mit Blicken zu durchdringen.

Er sah nichts. Unter ihm war nur Schwärze.

Wenn Angela dort unten lag, dann hätte er sie in ihrer hellen Kleidung zumindest schemenhaft erkennen müssen, versuchte er sich einzureden. Vielleicht hatte sie es ja geschafft. Er nahm an, daß unter dem Fenster Asphalt oder Stein war, aber vielleicht waren es ja Gras und weicher Erdboden, die ihren Sturz einigermaßen gedämpft hatten. Zehn Meter waren eine gewaltige Höhe, aber zu schaffen. Er hatte gesehen, wozu Angela fähig war.

Er hörte ein Geräusch, drehte sich herum und riß ungläubig Mund und Augen auf, als er Angela hinter sich aus dem Badezimmer kommen sah. »Aber ...«

»Sind sie weg?« fragte Angela mit dem unschuldigsten Gesicht der Welt.

Bremer nickte automatisch, drehte noch einmal den Kopf, sah aus dem Fenster und blickte dann wieder Angela an. »Aber ... aber wo ... wo bist du gewesen?«

»Was für eine Frage!« Angela machte eine Kopfbewegung auf die Tür hinter sich. »Gehört sich so etwas für einen Kavalier alter Schule?«

»Wo warst du?!« krächzte Bremer. Was er sah, war ... vollkommen unmöglich!

»Großer Gott – wenn du es genau wissen willst, ich war für kleine Mädchen.« Angela rümpfte die Nase. »Obwohl es dort drinnen eher riecht wie für große Jungen. Unser Albert ist ein kleines Ferkel.«

»Ja, das scheint mir auch so.« Bremer warf Albert einen raschen Blick zu und sah dann wieder Angela an. Er begriff immer noch nicht, wie sie es geschafft hatte, vom Fenstersims herunter und ins Bad zu kommen, ohne daß er es auch nur gemerkt hatte. Und hatten die beiden Agenten das Badezimmer nicht kontrolliert? Er wußte es nicht genau.

Angela drehte sich zum Bett herum. »Das hast du gut gemacht, Albert«, sagte sie. »Die Männer haben uns nicht gefunden. Jetzt werden wir das Spiel vielleicht gewinnen. Vielen Dank.«

»Albert hat euch geholfen!« krähte der Mongoloide. Er hüpfte in seinem Bett auf und ab, daß Bremer sich zu fragen begann, wie lange das Möbelstück die grobe Behandlung noch aushalten würde. »Fast hätten sie ihn erwischt. Aber dann habe ich gepupst, und sie sind wieder gegangen.«

Angela sah ihn irritiert an.

»Das ... ist eine lange Geschichte«, sagte Bremer ausweichend. »Ich erzähle sie dir später.«

Angela grinste. »Darauf wette ich. Los jetzt. Verschwinden wir von hier!«

Sie traten auf den Flur hinaus, nachdem Angela einen sichernden Blick nach rechts und links geworfen hatte. Geduckt huschten sie den Weg zurück, den sie gekommen waren. Angela wollte die Tür zum Treppenhaus öffnen, aber die Klinke rührte sich nicht. Offensichtlich hatten die Agenten die Tür hinter sich abgeschlossen, nachdem sie hereingekommen waren.

Sie verschwendete keine Zeit mit einem zweiten Versuch, sondern lief weiter und steuerte das Schwesternzimmer an. Nachdem Bremer hinter ihr hereingekommen war, schloß sie die Tür, und kaum hatte sie es getan, da konnten sie hören, wie draußen auf dem Gang eine Tür geöffnet wurde und schwere Schritte über den Boden polterten. Sekunden später hörten sie das Geräusch einer weiteren Tür. Offensichtlich kontrollierten die Agenten ein Zimmer nach dem anderen.

»Für den Moment sind wir hier in Sicherheit«, sagte Angela. »Aber ich weiß nicht, wie wir hier rauskommen sollen. Sie überwachen garantiert jeden Ausgang!«

»Warum verstecken wir uns nicht einfach?« fragte Bremer. »Es gibt kaum ein besseres Versteck als einen Ort, den sie schon durchsucht haben.«

»Und wie lange? Bis Braun in Rente geht?«

»Das hier ist ein Krankenhaus«, sagte Bremer. »Vielleicht auch Brauns Hauptquartier, aber trotzdem noch immer ein Krankenhaus. Sie haben Hunderte von Patienten, und in spätestens einer Stunde geht hier der normale Betrieb los. Wenn wir uns so lange verstecken, haben wir vielleicht eine größere Chance.«

Angela schnaubte. »Du hast es immer noch nicht begriffen, wie?« fragte sie. »Glaubst du wirklich, Braun hätte auch nur die geringsten Hemmungen, mit einer Maschinenpistole in eine Menschenmenge zu schießen?« Sie schwenkte die erbeutete Uzi. »Außerdem ist da noch jemand, der wahrscheinlich schon darauf brennt, uns in die Finger zu bekommen – oder was immer er hat.«

Sie sprach von dem Ungeheuer. Aber Bremer schüttelte nur den Kopf. »Ich glaube nicht, daß es uns hier aufspüren kann«, sagte er.

»Ach? Glaubst du nicht? Und wieso, wenn ich fragen darf?«

»Weil Thomas nicht weiß, daß wir hier sind.«

»Thomas? Du meinst diesen Priester, von dem du andauernd sprichst?«

»Ich spreche nicht *andauernd* von ihm«, verbesserte sie Bremer betont. »Aber ich bin fast sicher, daß er der Schlüssel ist. Frag mich nicht, wieso. Ich habe keine Ahnung. Aber er war immer in der Nähe, wenn etwas passiert ist. Er ist aufgetaucht, nachdem Rosen ermordet wurde, und Strelowsky hat es genau vor seiner Kirche erwischt. Und nachdem ich bei ihm war, hat die Bestie in genau der Reihenfolge zugeschlagen, die *er* prophezeit hat. Glaubst du wirklich, daß das Zufall ist? Ich nicht!«

»Dann sollten wir ihm vielleicht einen Besuch abstatten«, meinte Angela.

»Um was zu tun?« fragte Bremer.

Sie schwiegen einen Moment. Dann sagte Angela: »Ich verstehe. Deshalb hast du seinen Namen Braun gegenüber erwähnt. Es ist bequemer, wenn er die Drecksarbeit für dich erledigt, wie?« Sie sah ihn auf eine sonderbare, nicht sehr angenehme Weise an. »Allmählich beginne ich mich zu fragen, vor wem ich mich eigentlich fürchten soll.«

»Das ist nicht fair«, sagte Bremer.

»Und wer hat je behauptet, daß ich das bin?« fragte Angela. Sie hob die Hand. »Still!«

Bremer lauschte. Im ersten Moment hörte er nichts, dann aber identifizierte er ein gedämpftes Summen, dem ein leises, metallisches Schleifen folgte: Der Aufzug. In das abermalige Geräusch der Türen, die sich wieder schlossen, mischten sich leichte, rasch näher kommende Schritte.

Angela warf einen raschen Blick auf den Flur hinaus und fluchte dann wenig damenhaft. »Jemand kommt.«

»Wer?«

»Woher soll ich das wissen?« fragte Angela verärgert. »Irgendeine überflüssige Krankenschwester, nehme ich an, die es gar nicht erwarten kann, die Frühschicht anzutreten. Versteck dich!«

Das war leichter gesagt als getan. Soweit Bremer das bei der praktisch nicht vorhandenen Beleuchtung sagen konnte, war das Schwesternzimmer zwar recht geräumig, bot aber so gut wie kein Versteck – es sei denn, sie würden sich zu zweit in die Toilette quetschen, die die Schwester möglicherweise als erstes aufsuchen würde. Er duckte sich hinter den Tisch – ein Versteck, das geradezu lächerlich war –, während Angela hinter der Tür Aufstellung nahm, was Bremer kaum weniger lächerlich vorkam: Die Tür bestand aus Glas.

Die Schritte kamen jetzt rasch näher. Eine schlanke Gestalt betrat das Schwesternzimmer und tastete im Eintreten zielsicher nach dem Lichtschalter an der Wand, und Angela sprang lautlos aus ihrem Versteck hervor und stürzte sich auf sie. Noch ehe die Krankenschwester auch nur richtig begriff, wie ihr geschah, schlang Angela den Arm um ihren Hals, riß ihren Oberkörper zurück und hielt ihr mit der Hand den Mund zu.

Trotzdem war ihr Angriff einen Sekundenbruchteil zu spät gekommen. Über Bremers Kopf erwachte eine große Zwillingsneonröhre flackernd zum Leben. Die Schwester hatte den Lichtschalter gedrückt, bevor Angela sie daran hindern konnte.

Bremer war mit einem Schritt an ihr vorbei und hob die Hand, um das Licht wieder auszuschalten, und genau in diesem Moment ging draußen auf dem Gang eine Tür auf, und sie hörten Schritte. Angela schüttelte hastig den Kopf, drehte sich halb herum und rief mit lauter Stimme: »Es ist schon in Ordnung, Albert! Ich komme gleich zu dir! Ich will mich nur eben umziehen!«

Die Schritte verstummten für einen Moment, erklangen dann erneut, und eine Sekunde später klappte eine Tür. Angela atmete hörbar auf.

»Albert?« fragte Bremer.

Angela hob die Schultern. »Es hat doch funktioniert, oder?« Sie wich schnell zwei, drei weitere Schritte in den Raum zurück, dann wandte sie sich an die Krankenschwester, die sie noch immer in einem eisigen Klammergriff hielt. Wahrscheinlich wäre es nicht einmal nötig gewesen. Die junge Frau starrte aus weit aufgerissenen Augen um sich, machte aber nicht einmal den *Versuch*, sich zu wehren. Sie schien buchstäblich starr vor Schreck.

»Hören Sie mir zu!« begann Angela. Sie stockte noch einmal, beugte sich vor und öffnete mit der linken Hand den Mantel der jungen Frau, bis sie das Namensschildchen auf der weißen Schwesterntracht entziffern konnte, die sie darunter trug.

»Hören Sie mir zu, Schwester Marion«, begann sie von neuem. »Sie verstehen mich doch, oder?«

Marion nickte. Die Bewegung war kaum zu sehen.

»Gut«, fuhr Angela fort. »Wir wollen Ihnen nicht weh tun. Sie haben nichts zu befürchten. Ich habe Ihnen nur den Mund zugehalten, damit Sie nicht schreien. Versprechen Sie mir, vernünftig zu sein, wenn ich die Hand herunternehme?«

Marion nickte, wenn auch erst nach zwei endlosen Sekunden und fast noch weniger deutlich als beim ersten Mal. Angela zögerte noch einen Moment, aber dann nahm sie die Hand herunter. Schwester Marion nahm einen hörbaren, tiefen Atemzug.

»Sie haben nichts zu befürchten«, sagte Angela leise. »Wir wollen nichts von Ihnen oder Ihren Patienten. Aber wir brauchen Ihre Hilfe.«

»Wer ... sind Sie?« stammelte Marion. Ihr Blick flackerte unsicher von einem zum andern. »Was wollt ihr?«

»Wir wollen nur hier raus«, sagte Bremer. »Gibt es noch einen anderen Weg – außer der Treppe und dem Aufzug?«

Marion schüttelte den Kopf und nickte im nächsten Se-

kundenbruchteil. Sie begann am ganzen Leib zu zittern.
»Nur den ... Personalaufzug. Er führt in den Keller hinunter. In die Küche.«

»Na, das klingt ja prima«, sagte Bremer. »Zeigen Sie uns, wo er ist.«

Marions Blick flackerte immer heftiger. Ihr Atem beschleunigte sich zusehends, und Bremer begriff plötzlich, daß sie kurz davor stand, in Hysterie auszubrechen. Um sie zu beruhigen, griff er in die Tasche und zog seinen Dienstausweis hervor.

»Es ist nicht so, wie Sie vielleicht glauben«, sagte er. »Ich habe jetzt keine Zeit für Erklärungen, aber wir beide sind Polizisten. Hier, sehen Sie?«

Sie blickte den grünen Dienstausweis unsicher an. Draußen auf dem Flur öffnete sich wieder eine Tür, und Marion stieß einen gellenden Hilferuf aus.

Angela fluchte und riß die Hand wieder hoch; wie Bremer glaubte, um Marion erneut den Mund zuzuhalten. Statt dessen berührte sie einen bestimmten Punkt am Hals der Krankenschwester, und Marion seufzte noch einmal und erschlaffte in ihren Armen. Draußen polterten Schritte heran. Angela bewegte sich plötzlich unglaublich schnell. Sie ließ Marion einfach fallen, so daß Bremer instinktiv zugreifen mußte, um sie aufzufangen, wirbelte herum und riß den erstbesten Spind auf. Noch während sie erneut herumfuhr, zerrte sie einen weißen Kittel heraus und schlüpfte hinein. Der billige Kunststoffkleiderbügel polterte erst zu Boden, als sie bereits die Tür öffnete und hindurchtrat. Und plötzlich waren ihre Bewegungen wieder sehr ruhig. Auf ihrem Gesicht erschien das überzeugendste Lächeln, daß Bremer sich nur vorstellen konnte.

»Es ist alles in Ordnung«, rief sie. »Da war eine eklige Spinne. Ich habe mich nur erschrocken, und ...«

Etwas knallte. In dem Teppichboden fünf Zentimeter vor Angelas linkem Fuß erschien ein ausgefranstes qualmendes Loch, und praktisch gleichzeitig spritzten Putz und Farbe aus der Wand hinter ihr, und eine Stimme schrie: »Das ist sie!«

Angela verwandelte sich von einer von Spinnenphobie geplagten Krankenschwester wieder in das, was sie wirklich war (auch wenn Bremer noch keine Ahnung hatte, was): Sie sprang in eine geduckte Haltung. Ihre rechte Hand, die sie bisher hinter dem Rücken verborgen gehalten hatte, kam nach vorne, und Bremer sah erst jetzt, daß sie darin wieder die erbeutete Uzi hielt.

Die Maschinenpistole stieß einen kurzen, unerwartet leisen Feuerstoß aus. Glas klirrte, und Bremer konnte hören, wie sich die Geschosse in Putz und Holz bohrten, und ein erschrockener Schrei erklang. Aber die Männer feuerten auch gleichzeitig zurück. In der Wand hinter Angela erschien ein asymmetrisches Muster faustgroßer Löcher, und die Glasscheibe des Schwesternzimmers zerbarst mit einem gewaltigen Knall und fiel in einem Scherbenregen in sich zusammen.

Bremer kam endlich auf die Idee, die bewußtlose Krankenschwester in seinen Armen vorsichtig zu Boden sinken zu lassen und seine eigene Waffe zu ziehen. Draußen fielen noch immer Schüsse. Angelas Maschinenpistole ratterte erneut, und das Pistolenfeuer hörte für einen Moment auf. Dann konnte er hören, wie mindestens zwei oder drei Türen geöffnet wurden, wenn nicht mehr.

Bremer spurtete los, sprang mit eingezogenem Kopf durch die zerborstene Glasscheibe des Schwesternzimmers und spürte, wie etwas durch seine Jacke und tief in seine rechte Schulter biß. Er kam ungeschickt auf, kippte nach vorne und schaffte es zumindest, seinen Sturz in eine etwas verunglückte Rolle umzuwandeln. Während der Flur einen ruckenden Purzelbaum vor seinen Augen aufführte, sah er, daß Angela sich vor der gegenüberliegenden Wand zusammengekauert hatte und die Waffe nunmehr in beiden Händen hatte. Sie schoß aber nicht.

Als Bremer herumrollte und sich auf die Knie hinaufstemmte, erkannte er auch den Grund dafür. Nahezu jede Tür auf dem Gang war aufgeflogen, und die Bewohner der Zimmer dahinter waren herausgekommen, um nach der Ursache des Lärms zu sehen, der sie so unsanft aus dem

Schlaf gerissen hatte: Männer und Frauen unterschiedlichen Alters, die größtenteils gar nicht zu begreifen schienen, was los war. Zwei oder drei zogen sich hastig wieder in ihre Zimmer zurück, aber die meisten standen einfach nur da und glotzten. Einige klatschten Beifall. Einer davon war Albert.

»Haut ab!« schrie Bremer. Er hob seine Waffe und feuerte eine Kugel in die Decke, um seinen Worten Nachdruck zu verleihen, erreichte aber praktisch nichts. Dafür hob einer der Agenten, die nebeneinander am anderen Ende des Korridors knieten, seine Waffe und legte auf ihn an. Als er abdrückte, schlug der andere seinen Arm beiseite. Die Kugel stanzte ein Loch in eine Tür, nur eine Handbreit neben dem Gesicht eines alten Mannes, und der Patient zog eine beleidigte Schnute, warf den Kopf in den Nacken und ging stolz erhobenen Hauptes in sein Zimmer zurück.

Der Agent schoß erneut. Diesmal hinderte ihn der andere nicht daran, und die Kugel riß eine meterlange Furche in die Wand zwei Zentimeter über Angelas Kopf. Sie duckte sich, hob ihre eigene Waffe, wagte es aber immer noch nicht, zu schießen. In dem Flur, in dem sich plötzlich mehr als ein Dutzend Menschen aufhielten, hätte eine einzige Salve aus ihrer MP ein Blutbad angerichtet. Dafür schoß der Agent zurück. Angela entging dem Tod nur, indem sie sich blitzschnell zur Seite warf und über den Teppich rollte, und die Kugel bohrte sich genau dort in die Wand, wo gerade noch ihr Gesicht gewesen war. Die nächste, spätestens übernächste Kugel würde treffen, begriff Bremer. Die Männer schossen sich allmählich ein.

Er sprang auf die Füße, spurtete los und riß Angela in die Höhe und so herum, daß er sich zwischen ihr und den Agenten befand. Wenn er sich täuschte, dann waren sie beide tot, aber das spielte jetzt wahrscheinlich auch keine Rolle mehr.

Bremer versetzte Angela einen Stoß, der sie haltlos lostaumeln ließ, und warf im Rennen einen Blick zurück. Auch die beiden Agenten waren aufgesprungen. Ihre Waffen wiesen in seine Richtung, aber sie wagten es nicht, abzudrücken.

Dafür rannten sie praktisch im gleichen Moment los, in dem Angela und er den Lift erreichten und Angelas Hand auf den Knopf hämmerte. Die Kabine war nicht da, aber Bremer konnte hören, wie sie sich nur eine Etage unter ihnen in Bewegung setzte. Nur ein paar Sekunden.

Die sie nicht hatten. Ihre Verfolger stürmten mit Riesenschritten heran und hatten sie praktisch schon erreicht. Bremer zielte mit seiner Waffe auf sie, aber plötzlich erging es ihm wie den Agenten gerade: Er wagte es nicht, abzudrücken. Indem die beiden Männer darauf verzichtet hatten, ihre Waffen zu benutzen, wäre er sich wie ein Mörder vorgekommen, auf sie zu schießen. Er mußte die Kerle ein paar Sekunden aufhalten, egal wie.

Sein Blick irrte hilflos durch den Flur. Die Schüsse hatten einige weitere Patienten in ihre Zimmer zurückgetrieben, aber längst nicht alle. Albert zum Beispiel stand vor seiner Tür, hüpfte vor Aufregung auf und ab und klatschte begeistert in die Hände. Offenbar genoß er die Show in vollen Zügen.

»Albert!« Bremer deutete auf die beiden Agenten, die in diesem Moment an Albert vorbeistürmten. »Das sind sie!«

Der Mongoloide quietschte vor Vergnügen, streckte blitzschnell das Bein aus, so daß einer der Agenten darüber stolperte und der Länge nach hinschlug, und klatschte noch einmal in die Hände – nur, daß sich diesmal das Gesicht des zweiten Agenten dazwischen befand.

Der Mann keuchte vor Schmerz, fuhr wütend herum und schlug Albert die flache Hand ins Gesicht, und das war ein Fehler.

Offenbar glaubte er, daß die Sache damit erledigt sei, denn er wollte unverzüglich weiterstürmen, aber Albert packte ihn mit erstaunlicher Schnelligkeit an der Schulter, riß ihn herum und schlug ihm die geballte Faust mit solcher Kraft auf den Mund, daß der Mann mit hilflos rudernden Armen bis an die gegenüberliegende Wand taumelte und benommen daran zu Boden sank.

Der Aufzug kam. Die Türen glitten auf, und Bremer blieb keine Zeit mehr, zuzusehen, was weiter geschah, als sich Albert schnaubend in Bewegung setzte und sich auf den Mann warf, der auf so gemeine Weise aus dem Spiel Ernst gemacht hatte. Außerdem hatte sich der zweite Agent inzwischen wieder erhoben und war nur noch zwei oder drei Meter entfernt.

Bremer versetzte Angela einen Stoß, der sie in den Aufzug hineinstolpern ließ, drehte sich gleichzeitig zu dem Agenten herum und schoß ihm in den Fuß.

Er wollte es gar nicht. Die Kugel war als Warnschuß *vor* seine Füße gemeint, aber der Mann bewegte sich einfach zu schnell, und Bremer war noch nie ein sonderlich guter Schütze gewesen, und außerdem im Moment ziemlich aufgeregt. Die Kugel stanzte ein sauberes rundes Loch in den Schuh des Agenten und bohrte sich in den Holzfußboden darunter, und der Mann stürzte auf die Seite, umklammerte sein Bein und wälzte sich brüllend über den Teppich. Bremer wich mit einem Satz in den Aufzug zurück. Die Türen schlossen sich, und Angela schlug mit der Faust auf den Knopf für das Kellergeschoß.

»Was war das gerade?« keuchte sie. »Wolltest du dich umbringen, oder hältst du dich für kugelfest?«

»Sie schießen nicht auf mich«, behauptete Bremer. »Ich bin viel zu wertvoll. Braun braucht mich lebend.«

»Mich anscheinend nicht.« Angela kontrollierte das Magazin ihrer Waffe und verzog das Gesicht. Ihr Blick irrte über die Kontrolleuchten des Aufzugs. Sie hatten den ersten Stock passiert und glitten tiefer.

»Kaum noch Munition«, murmelte sie. »Wenn sie unten auf uns warten, haben wir ein Problem.«

»Glaubst du, daß sie das tun?«

»Du kannst dich darauf verlassen, daß sie es tun«, sagte Angela. »Ich würde es, und ich erwarte von meinem Gegner nie, daß er dümmer ist als ich.«

Sie warteten praktisch mit angehaltenem Atem, daß die Kabine am Erdgeschoß vorbeiglitt. Und Bremer war für einen Moment felsenfest davon überzeugt, daß der Aufzug anhalten und die Türen aufgehen mußten, um einem Dutzend von Brauns Agenten Einlaß zu gewähren. Die Kabine sank jedoch weiter in die Tiefe. Als das leuchtende ER über der Tür erlosch, stemmte Angela den Fuß gegen die Wand, preßte sich mit dem Rücken gegen die gegenüberliegende Wand und begann wie ein Bergsteiger in einem Kamin in die Höhe zu steigen.

»Was tust du?« fragte Bremer. »Da oben geht es nicht weiter.«

»Runter!« befahl Angela knapp.

Bremer ließ sich gehorsam auf die Knie herabsinken, und eine Sekunde später hatte der Lift sein Ziel erreicht und ging auf, und Bremer begriff plötzlich zweierlei: Angelas Befürchtungen waren nur *zu* berechtigt gewesen, und er hatte den Mann oben nur durch schieres Glück erledigt.

Er hatte die Waffe auf die Tür gerichtet und den Finger am Abzug. Bremer hatte nicht vor, wirklich zu schießen, aber es wäre ihm vermutlich nicht einmal gelungen, wenn er es gewollt hätte. Der Mann, der draußen vor dem Aufzug gewartet hatte, war so blitzartig über ihm, daß Bremer die Bewegung nicht einmal *sah*, mit der er seine Waffe zur Seite schleuderte. Zugleich riß der Agent den anderen Arm in die Höhe, um ihm einen fürchterlichen Schlag ins Gesicht zu versetzen.

Angelas Fuß sauste wie ein Fallbeil auf ihn herab, streifte seine Schläfe und ließ ihn halb bewußtlos zurück – und gegen die beiden anderen Agenten stolpern, die hinter ihm standen. Bremer sah, daß er einen davon mit sich zu Boden riß. Der andere steppte blitzschnell zur Seite, und Bremer katapultierte sich aus dem Lift und sprang ihn an.

Der Agent empfing ihn mit einem Fausthieb, der ihm die Luft aus den Lungen trieb und ihn hilflos zur Seite torkeln ließ, aber die wenige Ablenkung hatte Angela gereicht. Sie sprang wie eine Furie aus dem Lift heraus, deckte den Mann mit einem Hagel von Schlägen und Tritten ein, die ihn zu einem hastigen Rückzug zwangen, und fällte ihn schließlich, indem sie ihm wuchtig die Uzi gegen das Kinn schlug.

Noch bevor er zu Boden stürzte, packte sie Bremer am Arm und wirbelte ihn herum. »*Los!!*«

Bremer fand erst jetzt Gelegenheit, sich in ihrer neuen Umgebung umzusehen. Sie befanden sich in einer Großküche, die diesen Namen wirklich verdiente. Der Raum mußte mindestens fünfzig, wenn nicht mehr Meter lang sein und war vollgestopft mit Öfen, Arbeitsplatten, riesigen Kesseln und Regalen voller Geschirr. Wie Bremer erwartet hatte, hatte das normale Tagesgeschäft hier schon begonnen: Überall brutzelte und brodelte es, aus den meisten Kesseln quoll Dampf, und die Küchenbelegschaft war bereits in voller Stärke angetreten. Die Männer und Frauen in ihrer unmittelbaren Umgebung ließen erschrocken ihre Werkzeuge fallen oder starrten sie einfach nur verständnislos an, aber die Panik, mit der Bremer eigentlich gerechnet hatte, war noch nicht ausgebrochen. Die meisten hier unten hatten noch nicht einmal gemerkt, was vorging. Obwohl es Bremer vielleicht länger vorkam, waren erst zwei oder drei Sekunden verstrichen, seit sie aus dem Lift gekommen waren.

Hinter ihnen krachte ein Schuß. Angela keuchte vor Schmerz, und Bremer drehte erschrocken im Laufen den Kopf und sah, daß sich der rechte Ärmel ihres weißen Schwesternkittels rot färbte. Der Schußwinkel ließ einen Streifschuß vermuten, aber er wußte aus eigener leidvoller Erfahrung, wie sehr eine solche Wunde schmerzen konnte. Ohne im Rennen innezuhalten, packte er Angelas unverletzten Arm, zerrte sie an sich vorbei und lief nun hinter ihr her, um einen lebenden Schutzschild zu bilden.

Wieder krachte ein Schuß. Die Kugel zertrümmerte eine komplette, drei Meter lange Regalreihe voller Teller rechts neben ihm und überschüttete Bremer und Angela mit einem Hagel scharfkantiger weißer Splitter, und *jetzt* brach in der Krankenhausküche Panik aus.

Vielleicht verschaffte ihnen gerade das die Frist, die sie brauchten. Bremer hatte den Ausgang entdeckt, aber er lag unglücklicherweise nahezu am anderen Ende des Raumes. Ihre Verfolger kamen jedoch kaum voran, wie ihm ein neuerlicher rascher Blick über die Schulter zurück bewies. Nach den beiden Schüssen hatte sich die Küche in ein einziges Chaos verwandelt. Dutzende von Männern und Frauen in weißen Kitteln versuchten den Ausgang zu erreichen, liefen einfach kopflos durcheinander, und sie behinderten dabei nicht nur sich gegenseitig, sondern vor allem die drei Agenten, die hinter Angela und Bremer her waren. Selbst wenn sie rücksichtslos genug gewesen wären, ihre Waffen trotzdem abzufeuern, hätten sie es in diesem Moment wahrscheinlich gar nicht gekonnt.

Die große Schwingtür flog auf, und zwei weitere Agenten stürmten herein. Einen davon erkannte Bremer wieder: Es war einer der beiden Männer, die Angela und er vorhin an die Heizung in Brauns Büro gekettet hatten. Ihre Flucht schien wirklich nicht sehr lange unbemerkt geblieben zu sein.

Der Mann blieb breitbeinig stehen, richtete seine Waffe mit beiden Händen auf sie, und sein Kollege schlug einen Haken, um ihm nicht in die Schußbahn zu rennen, und jagte weiter auf sie zu. Angela fluchte und sprang so plötzlich nach rechts, daß Bremer beinahe einfach weitergestürmt wäre und erst im allerletzten Moment in die gleiche Richtung schwenkte. Hinter ihnen fiel ein einzelner Schuß. Glas zerbarst, und ein gellender Schrei antwortete.

Sie rannten geduckt durch den schmalen Zwischenraum zwischen einem gewaltigen Herd, auf dessen Platten Dutzende von Spiegeleiern verbrannten, und einer fünf Meter langen Anrichte aus spiegelndem Metall hindurch. Die Hitze war fast unerträglich. Angela rannte trotz ihrer Verletzung schneller vor ihm her, als er es jemals gekonnt hätte, und plötzlich hörte er trappelnde, harte Schritte hinter sich. Bremer warf einen gehetzten Blick über die Schulter zurück, sah eine Gestalt in einem dunkelblauen Anzug keine zwei Meter hinter sich und schoß, ohne zu zielen. Die Kugel tötete nicht mehr als ein Spiegelei, aber der Rückstoß brachte Bremer aus der Balance. Er stolperte, drehte sich ungeschickt halb um seine Achse und prallte (natürlich! Wie auch sonst!) mit den Nieren gegen die Metallkante der Anrichte.

Der Schmerz war so gräßlich, daß er ihm fast das Bewußtsein geraubt hätte. Seine Beine gaben unter ihm nach. Hilflos brach er in die Knie, sah wie durch einen dichten Nebelvorhang eine Faust auf sich zukommen und hatte nicht mehr die Kraft, dem Schlag auszuweichen. Der Hieb schleuderte ihn zurück, knallte seinen Kopf gegen die gleiche Metallkante, mit der gerade schon seine Nieren Bekanntschaft gemacht hatten, und prügelte ihn endgültig an den Rand der Bewußtlosigkeit.

Offensichtlich nur für wenige Sekunden, denn das nächste, was er wieder wahrnahm, waren eine Folge dumpfer, klatschender Laute und ein gepreßtes Stöhnen. Mühsam öffnete er die Augen, versuchte dem tanzenden Durcheinander von Schatten vor sich irgendeinen Sinn abzugewinnen und erkannte schließlich, daß es Angela war, die sich einen verzweifelten Kampf mit dem Agenten lieferte.

Eigentlich war es eher umgekehrt, denn der breitschultrige Koloß hatte kaum eine Chance gegen die Frau in der weißen Schwesterntracht. Angela deckte ihn mit einem Hagel von Schlägen ein, die fast alle ihr Ziel trafen. Sie hatte nicht genug Bewegungsfreiheit, um ihre Beine einzusetzen, was wahrscheinlich der einzige Grund war, aus dem ihr Gegner überhaupt noch stand, aber auch so dauerte es nur noch Sekunden. Angela deutete einen Schlag gegen seinen Magen an, riß im allerletzten Moment die linke Hand hoch und traf den Adamsapfel ihres Gegners mit den versteiften Fingerspitzen. Der Mann keuchte, schlug beide Hände gegen den Hals und brach verzweifelt nach Luft ringend zusammen. Angela fing ihn auf, als er mit dem Oberkörper auf eine glühende Herdplatte zu stürzen drohte, ließ ihn dann aber achtlos zu Boden fallen. Hastig ließ sie sich vor Bremer in die Hocke sinken.

»Alles in Ordnung?« fragte sie. Als Bremer nicht sofort antwortete, schlug sie ihm leicht ein paarmal mit der flachen Hand ins Gesicht und fragte noch einmal: »Alles okay?«

»Nein.« Bremer versuchte schwächlich, ihre Hand zur

Seite zu schieben. »Nichts ist in Ordnung. Ich ... kann nicht weiter. Hau ab. Bring dich in Sicherheit. Sie ... wollen nur mich.«

»Du spinnst«, antwortete Angela. »*Dich* wollen sie lebend, mich tot. Du bist meine Lebensversicherung. Also komm hoch, alter Mann.« Sie zerrte ihn auf die Füße, wie sie meinte, wahrscheinlich behutsam, nach Bremers Empfinden aber mehr als grob. Trotzdem konnte er sich besser bewegen, als er erwartet hatte. In seinem Körper mußten sich doch noch mehr Kraftreserven befinden, als er glaubte. Aber irgendwann würden sie aufgebraucht sein. Und er spürte, daß es nicht mehr sehr lange dauern konnte.

Vor ihnen tauchten plötzlich zwei Agenten auf. Angela ließ ihre Uzi Kugeln spucken, und die Männer brachten sich mit hastigen Sätzen in Sicherheit. Bremer glaubte nicht, daß sie einen von ihnen getroffen hatte.

Sie hetzten weiter. Rings um sie herum herrschte noch immer ein unvorstellbares Chaos, und Bremer führte sich vor Augen, daß sie trotz allem noch nicht sehr viel länger als eine Minute hier unten sein konnten. Wie weit war es noch bis zu diesem verdammten Ausgang? Hundert Millionen Lichtjahre?

Wieder fielen Schüsse. Aus dem Metall neben ihm stoben Funken, und Angela stieß ihn hastig in Deckung und feuerte zurück. Ihre MP stieß einen ratternden, viel zu kurzen Feuerstoß aus, und Bremer sah, daß sich der Mann, auf den sie geschossen hatte, hastig hinter einem überdimensionalen Herd mit zwei dampfenden Suppentöpfen in Deckung brachte. Dann schlug der Hammer der Miniaturmaschinenpistole klickend ins Leere. Das Geräusch hallte wie metallenes Hohngelächter in Bremers Ohren wider.

Der Agent mußte es wohl auch gehört haben, denn er richtete sich vorsichtig hinter seiner Deckung auf und spähte über den Rand des Suppentopfes. Als niemand auf ihn schoß, rief er: »Geben Sie auf, Bremer. Noch haben Sie eine Chance, lebend hier herauszukommen. Und Ihre Freundin auch!«

»Bleib unten«, flüsterte Angela. Sie hob die Hände, wobei sie die MP am ausgestreckten Zeigefinger der Rechten baumeln ließ, und richtete sich ganz langsam auf.

Der Agent zielte mit seiner Pistole auf sie. »Ganz ruhig«, sagte er. »Wirf die Waffe herüber!«

»Gern«, antwortete Angela und schleuderte die Uzi. Sie beschrieb eine perfekte Parabel und landete zielsicher im Suppentopf vor dem Agenten. Der Mann brüllte vor Schmerz, als ihm kochendheiße Hühnerbrühe ins Gesicht spritzte, taumelte zurück und ließ seine Waffe fallen, und Angela riß ihre Pistole unter dem Gürtel hervor und schoß ihm in den linken Oberarm.

»Puh«, murmelte Bremer. »Dich möchte ich auch nicht zum Feind haben.«

»Wer will das schon?« grinste Angela. »Komm! Wir müssen …«

»Paß auf!!«

Bremers Schrei kam zu spät. Der Agent sprang warnungslos hinter einem Regal hervor, rammte Angela das Knie in den Leib und schlug ihr den Lauf seiner Waffe in den Nacken, als sie sich krümmte. Angela brach in die Knie, ließ ihre Pistole fallen und versuchte ihren Sturz mit ausgestreckten Armen aufzufangen, schaffte es aber nicht ganz. Während sie schwer auf das Gesicht schlug, schwenkte der Agent seine Pistole herum und richtete sie auf Bremer, der seine Waffe halb erhoben hatte, nun aber mitten in der Bewegung zögerte.

»Tu mir den Gefallen und versuch es«, sagte der Agent. Bremer erkannte ihn. Es war einer der beiden Männer aus Brauns Büro.

»Sie schießen nicht auf mich«, sagte er. »Braun braucht mich lebend.«

»Er nimmt dich auch mit einem zerschossenen Knie«, sagte der Agent.

Bremer zögerte noch eine einzelne Sekunde, aber dann ließ er seine Pistole fallen. Der Mann meinte seine Worte bitter ernst – und wahrscheinlich hatte er sogar recht. Ein Bremer mit einem steifen Bein war Braun möglicherweise lieber, weil er nicht mehr so gut davonlaufen konnte. Es war vorbei. Sie hatten es versucht und verloren. Eine zweite Chance würden sie nicht bekommen. Jetzt konnte sie nur noch ein Wunder retten. Aber er fürchtete, daß der Vorrat an Wundern, die das Schicksal für sie bereithielt, allmählich aufgebraucht war.

Er deutete auf Angela. »Laß sie laufen«, sagte er. »Sie hat nichts damit zu tun.«

»Keine Chance«, antwortete der Agent.

Hinter ihm krachten wieder Schüsse. Ein Chor gellender, entsetzter Schreie klang auf, und irgend etwas zerbarst mit einem ungeheuren Knall. Wieder Schüsse. Bremer fragte sich betäubt, wer da schoß, und auf wen. Es war doch vorbei.

Auch der Agent wandte irritiert den Blick und wich rasch zwei, drei Schritte vor ihnen zurück. »Rührt euch nicht!« drohte er.

Im nächsten Moment verschwanden seine Beine nach oben aus Bremers Gesichtsfeld. Ein gellender Schrei erklang, gefolgt von einem einzelnen, ungeheuer *lauten* Schuß, dann polterte seine Waffe unmittelbar vor Bremers Füßen zu Boden, gefolgt von einem plätschernden, roten Strom, der Bremers Beine bis über die Knie hinauf besudelte. Aus dem Schrei wurde ein Gurgeln, dann ein Wimmern.

Ganz langsam hob Bremer den Kopf. Er wußte, was er sehen würde, und er wollte es um nichts auf der Welt sehen. Er wäre lieber gestorben, als das *Ding* auch nur noch ein einziges Mal anzublicken. Aber er konnte nicht anders. Etwas zwang ihn mit unwiderstehlicher Macht dazu.

Der Dämon stand mit weit gespreizten Flügeln über ihm. Er war unversehrt. Von den schrecklichen Wunden, die er bei dem Kampf vor dem Haus davongetragen hatte, war nichts mehr geblieben, und das Blut, das von seinen Klauen und den grauenhaften Kieferzangen troff, war nicht seines. Der Blick seiner riesigen, schillernden Insektenaugen bohrte sich in den Bremers, und es war etwas darin, etwas Fremdes und Uraltes und trotzdem auf unerträgliche Weise *Vertrautes*, das Bremer innerlich in Agonie aufstöhnen ließ.

Ein einzelner Schuß fiel. Der Dämon fuhr mit einem wütenden Vogelkreischen herum, schleuderte den Körper des toten Agenten davon wie ein Kind eine Stoffpuppe, an der es urplötzlich das Interesse verloren hatte, und stürzte sich mit einem zweiten kreischenden Schrei auf den unsichtbaren Schützen.

Und Bremer fuhr herum, riß Angela mit verzweifelter Kraft auf die Füße und stürzte davon.

32

Nachdem die beiden Sanitäter Markus herausgeschafft hatten, war es in dem großen Büro im fünften Stock der St.-Elisabeth-Klinik sehr still geworden. Braun hatte die Tür hinter ihnen abgeschlossen, und jetzt stand er seit gut einer Minute da und starrte den Blutfleck an, der auf dem teuren Teppich zurückgeblieben war. Bei genauerem Hinsehen hätte er entdeckt, daß der Fleck die ungefähre Form eines Engels hatte (allerdings nur mit sehr viel Fantasie), aber Braun sah nicht genau hin.

Er empfand eine tiefe, mit Wut gepaarte Verzweiflung.

Vielleicht war Verzweiflung nicht das richtige Wort. Möglicherweise war es auch nur Hilflosigkeit, das allmähliche Begreifen, daß alles, wofür er die letzten fünf Jahre seines Lebens geopfert hatte, wofür er getötet, gelogen und betrogen hatte, scheitern würde.

Es war vorbei.

Braun wußte es. Noch war er nicht soweit, es wirklich zuzugeben, aber tief in sich wußte er bereits, daß er verloren hatte. Er hatte alles genau geplant. Er war überpenibel gewesen, hatte jede noch so unwahrscheinliche Eventualität berücksichtigt und drei- (ach was! *zehn-*)fache Sicherheitsvorkehrungen getroffen, und in weniger als vierundzwanzig Stunden hatte sich sein Lebenswerk in einen Scherbenhaufen verwandelt.

Und alles nur wegen eines kleinen, schwachsinnigen Polizeibeamten, der seine Grenzen nicht kannte, und eines größenwahnsinnigen Teenies, die sich für die weibliche Reinkarnation von James Bond hielt! Nicht zu vergessen dieser sabbernde Tattergreis Mecklenburg, der ihn fünf Jahre lang belogen hatte und ihm noch aus dem Grab heraus den Mittelfinger zeigte.

Wäre Braun ein bißchen weniger erregt gewesen, dann hätte er sich vielleicht gesagt, daß er selbst nicht ganz unschuldig an seiner momentanen Situation war. Aber Braun gehörte nicht zu jener Art von Männern, die einen Fehler zugaben; nicht, wenn sie keinen Nutzen daraus zogen.

Und seine Situation *war* verzweifelt.

In seinem Büro herrschte vollkommene Stille, aber das galt wahrscheinlich mittlerweile *nur noch* für sein Büro. Im Rest des Gebäudes war im wahrsten Sinne des Wortes der Teufel los, und es würde schlimmer werden, mit jeder Minute, die verging. Es war nach sechs. Unten im Gebäude trafen jetzt in immer schnellerer Folge Verwaltungsangestellte, Köche, Krankenschwestern, Ärzte, Pfleger und Putzfrauen ein, die ganze Mannschaft eben, die nötig war, um eine teure Privatklinik mit fünfhundert stationären Patienten aufrechtzuerhalten. Keiner von ihnen hatte hier etwas zu suchen – nicht *heute*, verdammt! –, aber er hatte einfach nicht genug *Leute*, um diese Armee aufzuhalten. Vielleicht war es doch keine so gute Idee gewesen, ein wirklich funktionierendes Krankenhaus für seine eigentlichen Aktivitäten zu benutzen.

Nun, *wenn* es ein Fehler gewesen war, dann nur einer in einer sehr langen Reihe von Fehlern, die sich nun allmählich als aufeinanderfolgende Kette verhängnisvoller Entscheidungen offenbarten. Es hatte wenig Sinn, über gemachte Fehler zu lamentieren. Er konnte nur noch versuchen, das Beste aus der Situation zu machen.

Was wahrscheinlich nicht viel war.

Braun verfügte nach der verlorenen Schlacht vor Mecklenburgs Haus noch über zwölf Agenten – abzüglich der, die Bremer und dieses verdammte Miststück in seiner Begleitung einen nach dem anderen ausschalteten. Braun verstand einfach nicht, wieso diese beiden noch am Leben waren, geschweige denn auf freiem Fuß. Er hatte die beste Truppe des Landes, zwei Dutzend hochtrainierter, skrupelloser Killermaschinen, die auf Knopfdruck so präzise funktionierten wie Roboter und noch nie versagt hatten, und dieser ... *Hilfspolizist* drehte ihnen seit Stunden eine lange Nase!

Sein Handy meldete sich, Braun zog das Gerät aus der Tasche, klappte es auf und fragte übergangslos: »Habt ihr sie?«

»Nein«, antwortete eine kleinlaute Stimme. Braun identifizierte sie als die Malchows. Offensichtlich hatte dieser Vollidiot sich vorgenommen, heute alle schlechten Nachrichten zu überbringen. »Aber die Lage hier unten wird allmählich kritisch. Die Leute lassen sich nicht wegschicken, und ...«

»Ja?« fragte Braun, als Malchow nicht weitersprach.

Selbst durch das Telefon konnte Braun spüren, wie schwer es seinem künftigen Exagenten fiel, fortzufahren. »Nördlinger und dieser Pastor sind hier. Sie verlangen Sie zu sprechen.«

»In Ordnung«, seufzte Braun. »Halten Sie sie auf. Ich brauche fünf Minuten.«

»Aber ...«

Braun klappte das Telefon zu und steckte es wieder ein. Also gut. Was vorbei war, war vorbei. Es brachte nichts, mit dem Schicksal zu hadern. Er mußte Schadensbegrenzung betreiben.

Er trat an seinen Schreibtisch, drückte einen verborgenen Knopf unter der Platte, zählte lautlos bis drei und drückte ihn noch einmal. Zwei Meter neben ihm begann sich ein Stück des Fußbodens zu heben. Darunter kam ein kleiner, aber äußerst massiv aussehender Tresor zum Vorschein. Braun ließ sich auf die Knie sinken, stellte rasch die Kombination ein und öffnete die Tür. Dahinter kam nicht das Innere des Tresors zum Vorschein, sondern eine in mattem Lindgrün schimmernde Glasplatte. Braun legte die gespreizten Finger der linken Hand darauf und wartete, daß der Scanner seine Fingerabdrücke und seine Handlinien abtastete. Es war kein normaler Fingerabdruckscanner, wie er schon in manchen Banken oder besonders sensiblen Militäreinrichtungen üblich war. Das Gerät wäre weder auf einen Kautschukabdruck seiner Hand hereingefallen noch auf irgendeinen anderen Versuch, es zu überlisten. Selbst wenn jemand seine Hand abgeschnitten und gegen das Glas gepreßt hätte, hätte der Computer festgestellt, daß diese Hand nicht mehr zu einem lebenden Körper gehörte, und den Zugriff verweigert.

Die Kehrseite der Medaille war, daß er fast zwei Minuten warten mußte, bis das grüne Leuchten der Glasscheibe erlosch und der Safe endgültig aufsprang. Eine Ewigkeit.

Das Fach, das dahinter zum Vorschein kam, war nur gut doppelt so groß wie eine Zigarrenkiste und enthielt nichts anderes als einen flachen, schwarzen Kunststoffkasten. Braun nahm ihn heraus und öffnete ihn. Auf dem schwarzen Samt, mit dem er ausgekleidet war, lagen drei zigarettengroße, durchsichtige Phiolen mit einer wasserklaren Flüssigkeit. Die Ausbeute von fünf Jahren Arbeit und eines Projektes, das mittlerweile eine dreistellige Millionensumme verschlungen hatte.

Und das Schöne daran war: Niemand außer ihm wußte, daß es diese drei Phiolen gab. Niemand außer ihm und Mecklenburg – was wiederum bedeutete: Niemand außer ihm.

Braun hätte sich vorgestellt, daß seine Hände zitterten, während er das kleine Kunststoffkästchen wieder zuklappte und einsteckte, aber er war vollkommen ruhig. Was er in den Händen hielt, das bedeutete die absolute Macht – viel, *viel* mehr, als sie sich alle hätten träumen lassen, selbst noch in der Endphase des Projekts. Azrael war nicht einfach nur eine Droge, die dem stärksten aus einer Gruppe, die sie gemeinsam nahm, Macht über alle anderen verlieh, wie sie geglaubt hatten. Das allein wäre schon ein Werkzeug unvorstellbarer Macht gewesen. Aber was es wirklich bedeutete, das war mehr.

Mehr.

Unendlich. Viel. *Mehr*.

Braun dachte an das ... *Ding* zurück, das sie durch das Appartementhaus gehetzt und die Hälfte seiner Männer getötet hatte, und ein Gefühl unvorstellbarer Stärke durchströmte ihn. Es war grauenhaft gewesen, eine Kreatur, die aus dem tiefsten nur denkbaren Abgrund der Hölle entsprungen war, dem Unterbewußtsein eines Menschen, der seit fünf Jahren sterben wollte und es nicht konnte, aber zugleich auch ein Geschöpf von unendlicher Schönheit und Größe, denn Braun hatte in ihm nicht nur gesehen, wonach es aussah und was es tat, sondern auch das, was es *war*: Leben, das von der bloßen Macht menschlichen Willens erschaffen worden war.

Und er hielt nun die gleiche Macht in den Händen.

Er hatte verloren, und zugleich gewonnen. Alles, was er in den letzten Jahren geschaffen hatte, zerbrach, aber ganz plötzlich wurde ihm klar, wie unwichtig das war. Die drei Phiolen in der Innenseite seines Jacketts änderten alles. Ganz plötzlich wurde ihm klar, daß es das war, was er die ganze Zeit über gewollt hatte. Er hätte es nicht im Traum zugegeben, aber das war es: Leben erschaffen.

Gott sein.

Wenn ein krankes, zerfressenes Gehirn wie das Haymars schon in der Lage war, *so etwas* zu erschaffen, wozu mußte dann ein so hochtrainierter, scharfer Intellekt wie der seine erst in der Lage sein?

Brauns Machtfantasien gingen nicht so weit, daß er davon träumte, die Welt zu beherrschen. Das wollte er nicht. Es gab nichts zu gewinnen, wenn er die ganze Welt unter seine Herrschaft zwang, aber alles zu verlieren – klügere und skrupellosere Männer als er waren schon an dieser Aufgabe gescheitert, und Braun maßte sich nicht an, die Brillanz oder das Format eines Napoleon Bonaparte zu haben, oder Adolf Hitlers. Nein. Braun wollte nicht die Welt. Nur ein kleines Stück davon. Für den Anfang.

Er schloß den Safe, richtete sich wieder auf, ohne die Hände zu Hilfe zu nehmen, und verließ das Büro. Die beiden Agenten, die draußen auf dem Korridor Wache hielten, traten respektvoll zur Seite, als er die Tür öffnete – fast als spürten sie die Veränderung, die mit ihm vorgegangen war, seit er die Tür das letztemal in umgekehrter Richtung durchschritten hatte.

Brauns Euphorie legte sich jedoch mit jedem Schritt, den er sich dem Aufzug näherte, und als er in die Kabine trat, da kam er sich nicht mehr wie ein Gott vor. Es war nur ein kurzer Anflug von Größenwahn gewesen; nicht mehr als ein vergänglicher Rausch, dem allerdings kein Kater folgte, sondern nur eine logische Ernüchterung, ohne jegliches Gefühl. Und warum auch nicht? Machtfantasien an sich waren nichts Verwerfliches. Die Welt wäre nicht das, was sie war, hätte es keine Männer und Frauen mit Machtfantasien gegeben. Wichtig war, was man daraus machte.

Natürlich würde er das Mittel nicht nehmen. Es war noch nicht getestet, und Gott allein mochte wissen, was es im Körper eines Menschen anrichtete. Vielleicht platzte ihm der Schädel weg wie eine überreife Tomate in der Sonne. Vielleicht bekam er auch nur den schlimmsten Durchfall seines Lebens. Vielleicht geschah auch gar nichts – Braun verspürte jedenfalls wenig Lust, als sein eigenes Versuchskaninchen zu fungieren. Wichtig war nur, daß er die drei Phiolen hatte. Genug für einen neuen Anfang. Selbst wenn er Bremer töten mußte – was ihm mittlerweile unausweichlich erschien.

Er drückte den Knopf für die Empfangshalle. Während der Aufzug lautlos nach unten summte, zog er sein Handy aus der Tasche und rief im Labor an. Die Stunde, von der Grinner gesprochen hatte, war noch lange nicht vorbei, aber es war vielleicht besser, ihm noch einmal auf die Zehen zu treten.

Das Telefon klingelte zweimal, dreimal, fünfmal. Grinner meldete sich nicht. Braun klappte das Gerät wieder zusammen und steckte es ein. Er war nicht sonderlich beunruhigt. Vermutlich hatte Grinner getan, was er ihm befohlen hatte, und danach in voller Panik das Weite gesucht. Und wenn nicht ... Vielleicht war es nicht die schlechteste aller denkbaren Lösungen, wenn er einfach abwartete, bis das

Biest, das Haymar erschaffen hatte, Bremer erledigte. Danach konnte er immer noch eines der unzähligen Computerterminals der Klinik benutzen und einen ganz bestimmten Befehl eingeben, der das unterirdische Labor samt allem, was sich darin befand, mit einer Aerosolbombe zerstörte. Die Waffe war besonders wirkungsvoll: So leistungsstark wie eine vergleichbare kleine Nuklearbombe verursachte sie so gut wie keine harte Strahlung, und ihr Zerstörungsradius war auf einen Bereich von weniger als zwanzig Metern begrenzt. *Innerhalb* dieser zwanzig Meter jedoch war die Vernichtung total. Braun hatte keinen praktischen Test dieses neusten Streichs aus den amerikanischen Friedensforschungswerkstätten miterlebt, aber man hatte ihm versichert, daß in ihrem Detonationsbereich Temperaturen herrschten, die denen im Inneren der Sonne um nichts nachstanden. Der Sprengkopf war unter Haymars Sarkophag im Boden der Isolierkammer angebracht. Niemand außer Braun und den zwei Bundeswehringenieuren, die ihn eingebaut hatten, wußte davon. Er *konnte* nichts verlieren.

Mit diesem beruhigenden Gedanken trat Braun aus dem Lift und in die Eingangshalle hinaus.

Das vollkommene Chaos empfing ihn.

Die Halle war voller Menschen, Dutzenden von Männern und Frauen, die heftig gestikulierend und vor allem *lautstark* miteinander und besonders mit dem halben Dutzend Agenten stritt, das mit vorgehaltenen Maschinenpistolen die Treppe und die Aufzugtüren blockierte und die Belegschaft so daran hinderte, an ihre Arbeitsplätze zu gelangen. Wenigstens *versuchten* sie es, wenn auch nur mit mäßigem Erfolg.

Braun ließ seinen Blick durch die Halle schweifen. Er brauchte ein paar Sekunden, bis er Malchow entdeckte. Der Agent stand unweit des Eingangs und war offensichtlich in einen heftigen Streit mit zwei Männern verwickelt, wie sie unterschiedlicher kaum noch sein konnten: Der eine war ein wahrer Riese, noch einen Kopf größer als Braun und breitschultrig. Seltsam: Als er Nördlinger das letztemal gesehen hatte, war er ihm nicht annähernd so groß vorgekommen; aber da hatte er auch hinter seinem Schreibtisch im Polizeipräsidium gesessen, und es war immer schwer, die Größe eines sitzenden Menschen zu schätzen. Der andere war ein gutes Stück kleiner als er, von unmöglich zu schätzendem Alter und trug die schwarze Kleidung eines Priesters. Das mußte dieser Vater Thomas sein, von dem Bremer gesprochen hatte. Braun hatte einen Mann zu seiner Kirche geschickt, bisher aber noch nichts von ihm gehört. Kein Wunder.

Nördlinger unterbrach seine wütende Debatte mit Malchow, als er Braun erblickte, und wollte ihm entgegeneilen. Braun hob nur kurz die Hand, und Malchow und ein zweiter Agent vertraten dem Kriminalrat den Weg. Nördlingers Gesicht verfinsterte sich vor Zorn, aber er war zumindest klug genug, die beiden Agenten nicht gewaltsam aus dem Weg schieben zu wollen. Braun erkannte jedoch an der Reaktion der beiden Männer hinter Nördlinger, daß er mindestens diese beiden als Verstärkung mitgebracht hatte. Er hoffte nur, daß es nicht wesentlich mehr waren. Das letzte, was er jetzt gebrauchen konnte, war eine Kraftprobe mit einem dahergelaufenen Polizeitrottel.

Vor allem, weil er nicht mehr hundertprozentig davon überzeugt war, sie auch zu bestehen.

Seinem Gesicht war jedoch nichts von seinen wahren Gefühlen anzumerken, als er Nördlinger und dem Geistlichen entgegentrat. »Herr Nördlinger«, sagte er freundlich. »Was führt Sie hierher, noch dazu so früh? Sie sind doch nicht etwa krank?«

»Der einzige kranke Mistkerl hier sind Sie, Braun!« antwortete Nördlinger. »Aber das wird sich ändern. Ich bin hier, um Ihnen das Handwerk zu legen!«

Brauns Lächeln erlosch wie abgeschnitten. »Anscheinend habe ich mich gestern abend nicht deutlich genug ausgedrückt, Herr Nördlinger«, sagte er kalt.

»Gestern abend«, antwortete Nördlinger, »wußte ich noch nicht, was hier wirklich gespielt wird.«

»Was wird denn hier *gespielt*?« fragte Braun betont.

»Sie wissen es selbst nicht, nicht wahr?« mischte sich der Mann in der Priesterkleidung ein. »Nicht wirklich.«

»Wer sind Sie?« schnappte Braun. »Was haben Sie überhaupt hier zu suchen? Verschwinden Sie! Und Sie auch!« Er funkelte Nördlinger an. »Auf der Stelle! Schieben Sie Ihren pensionsberechtigten Beamtenarsch hier raus, bevor ich endgültig die Geduld verliere! Sie wissen ja nicht, mit wem Sie sich hier einlassen!«

»O doch«, antwortete Nördlinger. Plötzlich wurde er wieder ganz ruhig, und aus irgendeinem Grunde verunsicherte Braun das mehr als die brodelnde Wut, die noch vor ein paar Sekunden in seiner Stimme gewesen war. »Mit einem Mann, der zu weit gegangen ist. Und mit einem Verbrecher. Haben Sie Professor Mecklenburg erschossen, oder war das einer Ihrer Männer?«

»Und wenn?« fragte Braun. »Das können Sie nie beweisen!«

»Ich denke doch«, erwiderte Nördlinger. »Ich habe eine ziemlich gute Beschreibung von einem Mann, der mit einem Gewehr in der Hand aus der Wohnung des Professors gekommen ist. Und einen Zeugen, der ziemlich sicher ist, diesen Mann wiederzuerkennen – wissen Sie, daß Sie dem armen Kerl zwei Rippen gebrochen haben?«

Braun glaubte einen Schrei zu hören, dann ein Geräusch, das fast wie ein Schuß klang. Es war sehr leise. Weit entfernt.

Auch Nördlinger schien etwas gehört zu haben, denn er legte für einen Moment den Kopf schräg und lauschte, schien sich seiner Sache aber ebenso wenig sicher zu sein.

»Schieben Sie sich Ihren Zeugen sonstwohin, Nördlinger«, sagte Braun. »Selbst wenn Sie eine Videoaufnahme von mir hätten, wie ich Mecklenburg eine Kugel in den Kopf schieße, würde Ihnen das nicht nutzen. Begreifen Sie endlich, daß mich Ihre kleinkarierten Gesetze nicht interessieren!«

Wieder hörte er etwas wie einen Schuß, Schreie. Diesmal hörte es nicht auf. Der Lärm wurde nicht lauter, nahm aber zu und hielt an.

»Sie sind wahnsinnig«, sagte Nördlinger. »Vürfels, nehmen Sie ihn fest.« Er deutete in die Richtung, aus der der Lärm kam. »Was geht da vor?«

Einer der beiden Männer war tatsächlich verrückt genug, einen Schritt in Brauns Richtung zu machen, blieb aber dann sofort wieder stehen, als der Agent neben Malchow seine MP hob.

»Verschwinden Sie, Nördlinger«, sagte Braun. Seine Stimme zitterte. Er stand ganz kurz davor, die Beherrschung zu verlieren, zumal der Lärm und das Geräusch von Schüssen immer lauter wurden. Seine Leute hatten Bremer offenbar endlich gestellt – aber natürlich im unpassendsten aller Momente. Außerdem bemerkte er aus den Augenwinkeln noch etwas, was ihm nicht nur *ein wenig* seltsam vorkam: Vater Thomas hatte seine Jacke abgestreift und war gerade dabei, sich eine violette Schärpe mit einem verschlungenen goldenen Kreuzsymbol umzuhängen. Was hatte dieser Narr vor? Wollte er hier etwa einen Exorzismus abhalten?

»Nein, ich werde nicht verschwinden«, sagte Nördlinger. »Ich nehme Sie fest, ob Ihnen das paßt oder nicht.«

»Sind Sie verrückt?« fragte Braun. »Wie wollen Sie das bewerkstelligen, wenn ich fragen darf?«

»Sehen Sie nach draußen«, sagte Nördlinger ruhig.

Braun starrte ihn an, trat mit zwei raschen Schritten an ihm vorbei, warf einen Blick durch die großen Glastüren nach draußen – und keuchte vor Überraschung.

Vor dem Eingang war ein halbes Dutzend Kleinbusse aufgefahren, aus denen zahlreiche Männer in schwarzen Panzerwesten sprangen. Sie trugen klobige Helme mit Nackenschützern und große Brillen, deren Glas nicht splittern konnte, und waren mit Präzisionsgewehren bewaffnet.

»Sie ... Sie wahnsinniger Spinner!« keuchte er. »Sie haben ein SEK gerufen?«

»Zwei«, korrigierte ihn Nördlinger. »Das andere steht auf der Rückseite und wartet darauf, daß ich den Angriffsbefehl gebe. Ich räuchere den Laden aus, Braun! Ich nehme Sie und Ihre ganze verdammte Bande hoch!«

»Das kostet Sie den Kopf«, sagte Braun. »Sie haben gerade Ihre Karriere das Klo runtergespült, Sie Arschloch!«

»Das glaube ich nicht«, antwortete Nördlinger. »Sie sind zu weit gegangen. Niemand kommt in diesem Land mit dem durch, was Sie getan haben. Sie gehen für den Rest Ihres Lebens in den Bau, ganz egal, was für einflußreiche Freunde Sie auch haben!«

»Das werden wir sehen«, sagte Braun.

Nördlinger wollte antworten, aber in diesem Moment flog eine Tür im hinteren Teil der Halle auf, und ein halbes Dutzend Männer und Frauen in weißen Kitteln und Kochmützen stürmte schreiend herein.

Eine Sekunde später folgten ihnen Bremer und die Kleine.

Und sie kamen nicht allein.

33

Die Küche war zwar riesig, trotzdem aber ein geschlossener Raum, in dem die Schreie des Ungeheuers noch lauter und unerträglicher widerzuhallen schienen, als sie ohnehin schon waren. Die Bestie tobte. Während Bremer halb wahnsinnig vor Angst und Angela einfach hinter sich herzerrend, mit gewaltigen Sätzen auf die Tür zuraste, schien sich das Ungeheuer in einen regelrechten Tobsuchtsanfall hineinzusteigern. Seine dürren Gliedmaßen zerrissen und zerfetzten alles, was in seine Reichweite kam, und was den rasiermesserscharfen Klauen und den schnappenden Kiefern entging, das zertrümmerten seine wild schlagenden Flügel. Der Agent, der auf das Ungeheuer geschossen hatte, war längst tot, aber selbst dieses zweite Opfer schien den Blutdurst der Bestie nicht gestillt zu haben. Ihre gewaltigen Flügel schlugen, schleuderten ein zwei Meter hohes und dreimal so langes Regal voller Teller beiseite wie Papier und fegten einen Topf mit kochendem Wasser vom Herd. Einer der flüchtenden Küchenhelfer wurde von der gewaltigen

Schwinge gestreift und unmittelbar vor die Füße der Kreatur geschleudert, wo er stöhnend liegenblieb. Die Bestie beachtete ihn nicht einmal. Ihr Kopf ruckte mit rasend schnellen, vogelartigen Bewegungen hin und her. Der Blick ihrer schrecklichen Augen tastete durch den Raum. Sie suchte etwas.

Bremer prallte gegen ein Hindernis, wäre um ein Haar gestürzt und fand im letzten Augenblick sein Gleichgewicht wieder. Hinter ihm erklang ein triumphierendes Brüllen, und er mußte sich nicht noch einmal herumdrehen, um zu wissen, daß das Ungeheuer sein Opfer entdeckt hatte. Er versuchte noch schneller zu laufen, aber er konnte es nicht. Angela taumelte noch immer halb benommen hinter ihm her, und immer mehr Mitglieder des Küchenpersonals stürzten in kopfloser Flucht an ihnen vorbei, so daß vor dem Ausgang ein regelrechtes Gedränge entstand. Bremer hörte das Schlagen riesiger Flügel und glaubte einen Schatten zu erkennen, der sich über Angela und ihn legte, dann begann hinter ihm eine Maschinenpistole zu hämmern, und das Schreien des Ungeheuers änderte sich erneut. Es klang jetzt nicht mehr triumphierend, sondern wütend und gequält zugleich.

Sie hatten den Ausgang erreicht, kamen aber nicht weiter, weil er noch immer von zahlreichen Flüchtenden blockiert wurde, die sich in ihrer Panik nur gegenseitig behinderten. Bremer sah sich verzweifelt um. Der nächste Ausgang war gut zwanzig Schritte entfernt, und um ihn zu erreichen, hätten sie praktisch zwischen den Beinen des Ungeheuers hindurchlaufen müssen. Sie hatten keine andere Wahl, als abzuwarten, bis die Tür frei war.

Möglicherweise blieb ihnen sogar noch genug Zeit dazu, denn das Monster war im Moment anderweitig beschäftigt: Die drei überlebenden Agenten feuerten aus drei verschiedenen Richtungen und ununterbrochen auf das Ungeheuer. Die Bestie taumelte, aber Bremer zweifelte nicht daran, daß es nur die schiere Wucht der Geschosse war, die sie wanken ließ. Ihre gewaltigen Schwingen bewegten sich, und eine der Waffen verstummte.

Bremer richtete Angela mit einiger Mühe vollends auf und schüttelte sie, bis sie wenigstens die Augen aufschlug. »Bist du in Ordnung?«

Es war eine ziemlich dumme Frage, und Angelas Antwort war die schlechteste Lüge, die er je gehört hatte. Sie deutete ein Kopfschütteln an und murmelte: »Es geht mir prächtig«, aber ihr Blick blieb verschleiert, und sie hatte kaum die Kraft, sich auf den Beinen zu halten. Allmählich begann Bremer zu befürchten, daß der Agent sie ernsthaft verletzt hatte. Darüber hinaus hatte sie in den letzten Stunden schier Unvorstellbares geleistet. Auch ihre Kraftreserven mußten irgendwann einmal zu Ende gehen.

Die Flügel des Ungeheuers rauschten erneut, und eine zweite Waffe verstummte. Bremer sah nicht einmal hin, sondern zog Angela hinter sich her zur Tür. Es vergingen noch einmal Sekunden, bis sie endlich hindurchstürmen konnten. Die Panik hatte gottlob keine Opfer gefordert, wie es sonst so oft der Fall war; die Menschen vergaßen nur zu oft die dünne Tünche von fünftausend Jahren Zivilisation, wenn ihr Leben in Gefahr war. Sie mußten jedoch Gott sei Dank weder über Verletzte hinwegsteigen, noch sahen sie Menschen, die um den Ausgang kämpften. Hinter der Tür begann eine zwei Meter breite, steil in die Höhe führende Treppe, auf der noch immer ein ziemliches Gedränge herrschte, aber niemand versuchte, sich mit Gewalt oder gar über die Körper von Gestürzten hinweg nach oben durchzukämpfen. Bremer schoß der Gedanke durch den Kopf, daß sie sich nunmehr genau in die entgegengesetzte Richtung zu der bewegten, die sie eigentlich angestrebt hatten – statt die Klinik durch irgendeinen Lieferanteneingang, eine Laderampe oder eine Kellertür zu verlassen, stürmten sie wieder nach oben, und damit mit ziemlicher Wahrscheinlichkeit den Männern entgegen, vor denen sie eigentlich geflohen waren.

Plötzlich bemerkte er, daß hinter ihnen keine Schüsse mehr fielen. Hastig sah er im Laufen zurück und wurde mit einem Anblick belohnt, der sein Herz abrupt schneller schlagen ließ: Der Dämon richtete sich genau in dieser Sekunde über seinem letzten Opfer auf, fuhr mit einer rasend schnellen Bewegung herum und stieß sich ab. Seine Flügel spreizten sich. Für einen Moment sah er fast aus wie ein grotesker, ins Absurde vergrößerter Kinderdrachen, der von unsichtbaren Fäden gezogen direkt auf die Tür zufegte, schnell, entsetzlich *schnell*.

Was Bremer schon einmal beobachtet hatte, wiederholte sich: Die Kreatur war unvorstellbar stark und fast ebenso schnell, aber alles andere als klug: Sie steuerte, getrieben von einer unstillbaren Blutgier, auf die offenstehende Tür zu und kam anscheinend nicht einmal auf die *Idee*, daß die Öffnung möglicherweise breit genug für ihren Körper war, aber ganz bestimmt nicht für ihre Schwingen. Die weit gespreizten Flügel prallten mit so ungeheurer Wucht gegen die Wand, daß das gesamte Gebäude zu erbeben schien. Putz und Staub rieselten von der Decke, und in der Wand neben der Tür erschien ein meterlanger, gezackter Riß. Die Erschütterung riß nicht nur Angela und Bremer von den Füßen, sondern schleuderte den Koloß auch meterweit zurück, ehe er zu Boden fiel. Für einen Moment verwandelte er sich scheinbar in ein einziges tobendes Chaos aus Schwärze und flatternder Wut, dann richtete er sich wieder auf und stürmte kreischend vor Zorn hinter ihnen her.

Angela und Bremer waren vor ihm wieder auf den Füßen und hetzten die Treppe hinauf. Zu Fuß war das Ungeheuer nicht annähernd so schnell wie in der Luft – aber trotzdem immer noch schneller als ein rennender Mensch! Seine grotesk dürren Beine katapultierten es regelrecht die Stufen empor. Ihr Vorsprung schmolz rasend schnell dahin. Als Bremer und Angela die Tür am oberen Ende der Treppe erreichten, hatte das Ungeheuer sie fast eingeholt.

Bremer warf sich mit verzweifelter Kraft nach vorne, hechtete regelrecht durch die Tür und zerrte Angela einfach mit sich. Wie durch ein Wunder stürzten sie nicht, sondern blieben irgendwie auf den Beinen.

Wenigstens so lange, bis der Dämon ihnen folgte.

Das Ungeheuer machte sich nicht die Mühe, die Tür zu öffnen. Es stürzte einfach hindurch, zerschmetterte sie dabei und breitete mit einem befreienden Kreischen die Schwingen aus, kaum daß es aus der Enge des Treppenschachtes heraus war. Bremer versuchte sich noch zu dukken, aber es war zu spät. Eine gigantische Schwinge traf seine Schulter und schleuderte ihn gute zwei Meter weit durch die Luft, ehe er auf dem gefliesten Boden aufschlug und noch einmal um gut die doppelte Distanz weiterschlitterte. Angela wurde in die entgegengesetzte Richtung geschleudert und blieb benommen liegen, gute fünf, sechs Meter entfernt. Vielleicht weit genug, daß das Ungeheuer sie nicht bemerkte, wenn es sich auf ihn stürzte, was ohne Zweifel im nächsten Augenblick der Fall sein würde. Bremer hatte nicht mehr die Kraft, noch einmal aufzustehen und davonzulaufen. Es war sinnlos. Es gab keinen Platz auf dieser Welt, an dem er sich vor diesem Dämon verstecken konnte. Das Ungeheuer würde ihn weiter jagen und seinen Weg durch die Welt der Menschen mit einer Spur von Blut markieren, ganz gleich, wie weit er vor ihm davonlief, und ganz gleich, wo auch immer er sich vor ihm zu verstecken versuchte. Vielleicht starben ein paar Unschuldige weniger, wenn er endlich aufgab und sein sinnloses Davonrennen beendete.

Seltsamerweise griff das Ungeheuer jedoch nicht an. Es stand nur wenige Schritte von ihm entfernt, mit halb ausgebreiteten Flügeln, die mörderischen Klauen erhoben. Eine einzige, ungelenke Bewegung seiner dürren Beine hätte gereicht, um Bremer zu erreichen und endlich zu Ende zu bringen, was es vor so langer Zeit begonnen hatte. Aber der Blick seiner riesigen irisierenden Insektenaugen suchte nicht Bremer. Er tastete durch die große Halle hinter ihm und fixierte schließlich einen bestimmten Punkt.

Mühsam stemmte sich Bremer in die Höhe und drehte den Kopf.

Die Halle war voller Menschen, und natürlich hatte das Auftauchen des geflügelten Dämons auch hier augenblicklich für Panik gesorgt. Männer und Frauen rannten schreiend und kopflos davon – ganz gleich in welche Richtung, nur *weg* von diesem lebendig gewordenem Alptraum, der so plötzlich unter ihnen aufgetaucht war! – und natürlich entstand auch hier vor dem Ausgang ein regelrechter Tumult. Die Glastüren waren breit genug, um ein Dutzend Menschen zugleich durchzulassen, aber Bremer hatte den Eindruck, als ob draußen andere Männer standen, die sie daran hinderten, das Gebäude zu verlassen, obwohl er sich einfach nicht vorstellen konnte, warum.

Dann sah er, worauf sich der Blick des Ungeheuers gerichtet hatte.

Unweit des Ausganges befand sich eine kleine Gruppe von Männern, die *nicht* in Panik geraten waren. Bremer erkannte Braun als einen von ihnen, Vater Thomas und zu seiner maßlosen Überraschung auch Nördlingers Sumoringer-Gestalt, Vürfels und zwei oder drei weitere Männer, die ihrem Aufzug nach zu Brauns Schlägertrupp gehören mußten. Nördlinger hatte fassungslos die Augen aufgerissen und sah so aus, als würde er in der nächsten Sekunde in Ohnmacht fallen, während auf Brauns Gesicht plötzlich ein triumphierendes, böses Lächeln erschien. Vater Thomas schließlich bot einen fast grotesken Anblick: Er hatte sich eine violette Schärpe umgehängt und trug ein wuchtiges, dreißig Zentimeter hohes Silberkreuz in der linken Hand. In der Rechten hielt er eine jener absurden Metallkugeln an einem Stiel, mit denen man Weihwasser verspritzen konnte und die Bremer stets an altmodische Babyrasseln erinnerten, und um das absurde Bild komplett zu machen, hatte er sich noch eine gewaltige, in geprägtes Leder gebundene Bibel unter den Arm geklemmt, die aussah, als wöge sie mindestens einen halben Zentner. Seine Augen waren weit aufgerissen und starr vor Entsetzen, und seine Lippen bewegten sich ununterbrochen. Wahrscheinlich murmelte er ein Gebet.

Dann schrie das Ungeheuer erneut, und in die scheinbar mitten in der Bewegung erstarrte Gruppe kam wieder Leben.

Nördlinger riß eine Pistole aus der Manteltasche und legte auf den Dämon an, zwei von Brauns Agenten schwenkten ihre Maschinenpistolen herum und zielten ebenfalls in seine Richtung, aber Braun hielt sie mit einer hastigen Geste zurück, Vater Thomas hob das Kreuz und die Babyrassel und streckte sie der Bestie entgegen, und Vürfels zog seine Pistole aus dem Schulterhalfter und fiel in Ohnmacht.

Bremer hörte, wie das Ungeheuer hinter ihm erneut diesen krächzenden Vogelschrei ausstieß und sich dann in Bewegung setzte. Blitzschnell warf er sich auf die Seite, und Nördlinger schoß. Er hatte zu hastig gezielt: Die Kugel hätte um ein Haar *Bremer* getroffen statt des Ungeheuers, und die Bestie stürzte unbeeindruckt weiter. Bremer sprang hastig auf die Füße, duckte sich im buchstäblich allerletzten Moment unter einem gewaltigen schwarzen Flügel hindurch und lief zu Angela hinüber, und Nördlinger feuerte erneut.

Er war wirklich ein miserabler Schütze. Seine nächste Kugel verfehlte Bremer buchstäblich nur um Haaresbreite. Bremer duckte sich erschrocken, zerrte Angela auf die Füße und drehte sich erst dann herum, um Nördlinger zuzuschreien, daß er auf das falsche Ziel schoß.

Mittlerweile hatte die Kreatur die Gruppe um Braun fast erreicht. Braun und seine Agenten brachten sich mit verzweifelten Sprüngen in Sicherheit, während Vater Thomas offenbar närrisch genug war, sich auf den Schutz seines Silberkreuzes und der wassergefüllten Kinderrasseln zu verlassen. Der Tumult vor der Tür explodierte regelrecht, als zuerst eine und dann eine zweite der großen Scheiben unter dem Druck der Menge zerbarst und sich gellende Schmerzensschreie in den ohnehin schon ohrenbetäubenden Chor der Menschenmenge mischten. Trotzdem drängte der Mob sofort nach draußen, und nun *sah* Bremer genau die Szenen, die er vorhin befürchtet hatte: Männer und Frauen kämpften rücksichtslos darum, die Tür zu erreichen, nahmen Arme, Beine, Ellbogen und Knie zu Hilfe, um die vor ihnen Stehenden beiseite zu stoßen oder trampelten rücksichtslos über Gestürzte hinweg. Die verzweifelte Schlacht um die Tür forderte vermutlich mehr Opfer, als es ein Angriff der Bestie getan hätte.

Dann sah Bremer etwas, das ihm schier das Blut in den Adern gefrieren ließ.

Der Dämon hatte Nördlinger und Vater Thomas fast erreicht und breitete die Flügel aus, um die restliche Distanz mit einem einzigen Satz zurückzulegen. Vater Thomas riß sein Kreuz in die Höhe und begann das Vaterunser oder irgendeinen anderen Unsinn zu schreien, und Nördlinger ergriff die Pistole mit beiden Händen, spreizte die Beine, um festen Stand zu haben, und zielte sorgfältig.

Aber nicht auf das Ungeheuer.

Er zielte auf *ihn*.

Für den Bruchteil einer Sekunde kreuzten sich Nördlingers und Bremers Blicke, und was Bremer in diesem unendlich kurzen Moment in den Augen seines Vorgesetzten erkannte, das beseitigte jeden Zweifel. Es war ein Ausdruck unendlicher Qual und gewaltiger Verzweiflung, aber auch wilder Entschlossenheit: Nördlinger würde ihn töten.

Eine halbe Sekunde, bevor er abdrücken konnte, war der Dämon heran. Seine Kiefer schnappten mit einem gräßlichen Laut zu, und die Waffe polterte zu Boden.

Nördlinger erstarrte. Für die Dauer eines schweren Herzschlages stand er einfach da, blickte aus aufgerissenen Augen die Stümpfe seiner Arme und den sprudelnden, roten Strom an, in dem das Leben aus ihm herauslief, dann stieß er einen seltsamen, fast überrascht klingenden Laut aus und brach in die Knie.

Das Ungeheuer fegte ihn mit einem einzigen Flügelschlag zu Boden und wandte sich Vater Thomas zu.

Der Geistliche hatte seine Bibel fallen lassen und bedrohte den Koloß jetzt mit seinen verbliebenen, lächerlichen Waffen. Seine Züge waren vor Angst verzerrt, Schweiß lief ihm in Strömen über das Gesicht, und seine Lippen formten die Worte, die im Geschrei der Menschenmenge untergingen, so schnell, daß wahrscheinlich nur noch ein unverständliches Gestammel herauskam.

Der Dämon näherte sich dem Geistlichen mit einem staksenden Schritt, richtete sich zu seiner ganzen Größe von weit über zwei Metern auf und blickte mit schräg gehaltenem Kopf auf ihn herab. Vater Thomas zitterte am ganzen Leib. Bremer konnte *sehen*, wie alles in ihm danach schrie, herumzufahren und davonzurennen, aber er wich nicht, sondern blieb stehen, jeden Muskel in seinem Körper zum Zerreißen angespannt, und schleuderte der Bestie seine heiligen Bannsprüche entgegen. Selbst in diesem Moment, in dem er es *sah*, kam es Bremer einfach unglaublich vor – aber es schien tatsächlich zu funktionieren. Das Ungeheuer stand auf weniger als Armeslänge vor Thomas. Er hätte ihn mit einer einzigen, flüchtigen Bewegung packen und töten können, aber irgend etwas ... hinderte es daran. Vielleicht war ja alles, woran er zeit seines Lebens geglaubt – beziehungsweise gerade *nicht* geglaubt – hatte, falsch. Vielleicht war das alberne Spielzeug in Thomas' Händen doch mehr als eine Kinderrassel, und vielleicht waren seine Worte doch mehr als abergläubisches Gestammel, sondern enthielten einen uralten Zauber, der das Ungeheuer bannte und es in die Welt zurückschicken würde, aus der es gekommen war.

Der Dämon starrte den Geistlichen sekundenlang aus seinen faustgroßen Augen an, dann drehte er sich mit einer auf beunruhigende Weise an ein menschliches Achselzukken erinnernden Bewegung herum und schlug Vater Thomas fast beiläufig den Kopf von den Schultern. Der enthauptete Torso des Geistlichen blieb noch eine geschlagene Sekunde lang stehen, ließ erst den Weihwasserspender und dann das schwere Silberkreuz fallen und brach erst dann zusammen.

Bremer war vollkommen schockiert. Was ihn für Sekunden regelrecht lähmte, das war nicht einmal der Tod des Geistlichen – er hatte gesehen, wie die Bestie mehr Menschen umgebracht hatte, und auf ungleich schrecklichere Weise.

Es war die Beiläufigkeit, mit der es geschehen war; fast, als hätte sich das Ungeheuer ganz genau überlegt, auf welche Weise es Vater Thomas töten würde, um Bremer ein möglichst beeindruckendes Schauspiel zu bieten. Als sich die Kreatur wieder zu ihm herumdrehte, war ihr Gesicht vollkommen starr, und anders konnte es ja auch nicht sein, aber Bremer glaubte ein böses, höhnisches Glühen in seinen Augen zu sehen.

»Er hat auf dich gezielt«, stammelte Angela. »Nördlinger! Er ... mein Gott, er ... er wollte dich erschießen!«

»Ich weiß«, murmelte Bremer. Seine Gedanken hatten sich in einen klebrigen Sumpf verwandelt, in dem jeder Versuch, eine logische Erklärung zu finden, hoffnungslos versank. Er starrte die Bestie an, und das Ungeheuer starrte ihn an, und etwas außerhalb von Bremers Begreifen schien in diesem Moment miteinander zu kommunizieren.

Ein Schuß fiel. Chitinsplitter und Blut eruptierten aus dem Schädel des Dämonen. Der Koloß wankte, drehte sich mit einer blitzartigen Bewegung herum und stieß ein zorniges Kreischen aus, auf das zwei oder drei weitere Schüsse antworteten. In den weit gespreizten Schwingen des Titanen prangten plötzlich zwei gewaltige Löcher.

Die flüchtenden Menschen hatten mittlerweile die Halle verlassen, aber in der zerborstenen Glastür waren andere Männer aufgetaucht, Männer in Kleidung und mit Waffen, die Bremer sofort erkannte: Nördlinger war nicht allein gekommen, sondern hatte eine komplette Abteilung des SEK mitgebracht. Für ihn selbst kam diese Hilfe zu spät, aber Angela und ihm rettete es vielleicht noch einmal das Leben.

Nur zwei oder drei der Männer schossen auf das Ungeheuer. Einige weitere waren damit beschäftigt, Verwundete aus dem Haus zu zerren, aber die meisten waren einfach wie vom Donner gerührt stehengeblieben und starrten die Alptraumkreatur an. Selbst für die hartgesottenen Burschen war der Anblick des Dämonen offensichtlich zu viel, um ihn so einfach wegzustecken.

Angela riß sich los – und tat etwas, was Bremer vor Entsetzen aufstöhnen ließ. Sie rannte nicht davon und nutzte die Chance, die ihnen das Schicksal noch einmal geschenkt hatte, sondern *lief auf den Dämon zu*, schlug im letzten Moment einen Haken und näherte sich Nördlinger! In vollem Lauf fiel sie auf die Knie, schlitterte die letzten zwei Meter wie eine Eiskunstläuferin am Ende eines Kunstsprunges auf den Knien über den Boden und prallte gegen den Kriminalrat. Sie nutzte den Schwung ihrer eigenen Bewegung, um Nördlinger auf den Rücken zu drehen, und begann sich mit fliegenden Fingern an seinen Armstümpfen zu schaffen zu machen. Bremer konnte nicht genau erkennen, was sie tat, aber es dauerte nur wenige Sekunden, dann sprang sie wieder in die Höhe und rannte zu ihm zurück. Ihre ehemals weiße Schwesterntracht glänzte jetzt in einem dunklen, nassen Rot. Sie war quer durch die gewaltige Blutlache geschlittert, die sich dort gebildet hatte, wo Nördlinger und Vater Thomas lagen.

»Braun!« schrie sie. »Er entkommt!«

Bremer sah in die Richtung, in die ihr ausgestreckter Arm wies. Braun und die Handvoll Männer, die ihm geblieben waren, verschwanden in diesem Moment in einer Tür am anderen Ende der Halle.

Aber auch der Dämon hatte auf Angelas Worte reagiert. Die Männer des SEK schossen noch immer auf ihn. Er wankte unter den Kugeln, die ihn in immer rascherer Folge trafen, aber Bremer wußte, daß sie ihn nicht wirklich verletzen konnten. Sein Kopf drehte sich unablässig, und sein Blick irrte zwischen Angela und den Männern an der Tür hin und her, als überlege er, ob sie es überhaupt wert waren, sie anzugreifen. Dann drehte er sich behäbig herum und machte einen schwerfälligen Schritt in Angelas Richtung.

Zwei Geschosse gleichzeitig trafen seinen Schädel und rissen die Hälfte davon weg. Diesmal konnte Bremer sehen, wie sich die grauenhafte Wunde schloß. Die Bestie wankte, drehte sich erneut zu den Männern unter der Tür herum – und stieß sich mit einem wütenden Kreischen ab. Mit weit gespannten Flügeln landete sie inmitten der Männer. Ihre Krallen und Kiefer schnappten zu. Die riesigen Schwingen schleuderten die Männer gleich Spielzeugen durch die Luft und zertrümmerten auch noch das, was von der Glastür bisher übriggeblieben war. Trotzdem hatte Bremer den Eindruck, daß die Kreatur längst nicht mit der gnadenlosen Wildheit kämpfte, die er bisher beobachtet hatte. Es war, als wolle sie die Männer nicht töten, sondern begnüge sich damit, sie zurückzutreiben.

Er verschwendete allerdings keine Sekunde darauf, sich von dieser aberwitzigen Theorie zu überzeugen, sondern wirbelte herum und rannte los, als Angela ihn erreicht hatte.

»Was sollte das gerade?« schrie er. »Wolltest du dich umbringen?!«

»Ich konnte ihn nicht einfach so sterben lassen!« schrie Angela zurück. Ihr Atem ging schnell und pfeifend. Bremer hatte Mühe, die Worte überhaupt zu verstehen. Er sah ihr an, daß sie ihre unwiderruflich letzten Kraftreserven brauchte, um überhaupt noch mit ihm Schritt zu halten.

»Lauf!« keuchte sie. »Wir müssen ... Braun ... einholen.«

»Wozu denn, um Gottes willen?«

»Weil er der einzige ist, der uns zu Haymar führen kann!« keuchte Angela.

Sie hatten die Halle fast durchquert. Die Männer an der Tür hatten aufgehört zu schießen und krochen in verzweifelter Hast vor dem Ungeheuer davon, das seine Flügel wie Dreschflegel einsetzte und alles von den Füßen riß, was in seine Reichweite kam. Bremer sah, daß seine erste Beobachtung richtig gewesen war, so unglaublich es ihm auch immer noch erschien. Es würde reichlich Knochenbrüche und Prellungen geben, aber keine Toten. Warum auch immer: Die Kreatur schonte die Männer.

Sie hatten das Ende der Halle erreicht. Angela riß im vollen Lauf die Tür auf, stürzte hindurch, und Bremer begriff zu spät, daß sie einem verhängnisvollen Irrtum erlegen waren.

Braun stand auf der anderen Seite der Tür, hielt seine Pistole in der Hand und schoß Angela aus allernächster Nähe ins Gesicht.

Der Knall war ohrenbetäubend. Angela wurde wie von einem Faustschlag zurückgerissen, drehte sich halb um ihre Achse und prallte wuchtig gegen Bremer, und die zweite Kugel, die Braun auf Bremers Kopf abfeuerte, verfehlte ihr Ziel und durchbohrte statt dessen seine Schulter.

Die schiere Wucht des Treffers schleuderte ihn gegen die

Wand. Sein Hinterkopf prallte mit solcher Gewalt gegen Stein oder Metall, daß seine Beine unter ihm nachgaben und er benommen zu Boden glitt. Seine Schulter war taub. Er spürte nicht den geringsten Schmerz, aber er konnte fühlen, daß die Wunde heftig blutete.

Als sich das dumpfe Hämmern in seinem Schädel so weit gelegt hatte, daß er wieder sehen konnte, lag Angela ausgestreckt auf dem Boden vor ihm. Sie lag auf dem Bauch, so daß er ihr Gesicht nicht sehen konnte, aber das kurzgeschnittene Haar auf ihrem Hinterkopf begann sich rasch dunkel zu färben, und unter ihrem Gesicht bildete sich eine große, dunkelrote Lache.

Bremer stemmte sich halb in die Höhe, ließ sich dann wieder nach vorne und auf die Knie sinken und streckte die Hände nach ihr aus. Aber er führte die Bewegung nicht zu Ende. Er wagte es nicht, sie herumzudrehen. Er wußte, was die Kugel ihrem Gesicht angetan hatte, und er wollte sie so in Erinnerung behalten, wie sie gewesen war.

Angela war tot.

Braun hatte sie umgebracht.

Bremer fühlte keinen Schmerz, keine Verzweiflung, nicht einmal Trauer. Wahrscheinlich war der Schmerz zu gewaltig, um ihn ertragen zu können. Er fühlte sich einfach nur leer.

Angela war tot. Braun hatte sie kaltblütig erschossen.

Und dafür würde er ihn töten.

Bremer stand auf, drehte sich langsam in die Richtung, in der Braun und seine Agenten verschwunden waren, und ging los.

Hinter ihm begann die Bestie zu toben.

34

Nördlinger hatte noch niemals zuvor wirkliches *Entsetzen* in der Stimme eines Arztes gehört, aber für alles gibt es ein erstes Mal, und was er jetzt hörte, das *war* Entsetzen. Absoluter, vollkommener Terror. Er war allerdings ziemlich sicher, daß es nicht der Anblick der Wunde war, die den Arzt so schockierte. Der Mann mußte Schlimmeres gewohnt sein. Aber der Mann hatte zu denen gehört, die die Mitglieder des SEK aus dem Haus geschafft hatten. Er hatte *gesehen*, wie es passiert war.

Nördlinger selbst fühlte sich ... seltsam. Ihm fiel kein besseres Wort ein, um seinen Zustand zu beschreiben.

Er sollte Schmerzen haben.

Er hatte keine.

Er sollte Angst haben.

Er hatte keine.

Er sollte verdammt noch mal wenigstens schockiert sein, während er abwechselnd seine Arme und seine Hände betrachtete, denn seine Hände lagen einen guten halben Meter neben ihm auf einer goldschimmernden Isolierfolie, und Vürfels war gerade damit beschäftigt, Eiswürfel darauf zu häufen, die er weiß Gott wo aufgetrieben hatte.

Aber alles, was er fühlte, war eine seltsame Gelassenheit, als stünde er unter dem Einfluß irgendeines Betäubungsmittels, was jedoch nicht der Fall war. Der Arzt, dessen Hände so zitterten, daß Nördlinger es sich unter normalen Umständen dreimal überlegt hätte, sich in seine Behandlung zu begeben, zog zwar in genau diesem Moment eine Injektionsnadel aus seiner Vene, aber *so* schnell wirkte das Schmerzmittel nun auch wieder nicht. Es war vielmehr, als wäre irgend etwas tief in ihm hundertprozentig davon überzeugt, daß er nicht in Gefahr war.

Es hatte begonnen, als West ihn berührt hatte.

Das hieß – er war nicht ganz sicher, daß es West gewesen war. Nördlinger war zu *diesem* Zeitpunkt tatsächlich halb wahnsinnig vor Schmerzen gewesen, und hoffnungslos von Panik geschüttelt. Er hatte sie kaum erkannt. Trotzdem war sie ihm auf sonderbare Weise ... verändert vorgekommen. Und kaum hatte sie ihn berührt, da waren sowohl die Schmerzen als auch die Todesangst verschwunden.

»Wie fühlen Sie sich?« fragte der Arzt. »Haben Sie große Schmerzen?«

»Überhaupt keine«, antwortete Nördlinger. »Hätte ich welche, würde ich die Frage danach auch nicht besonders erfreulich finden.«

Diese Antwort trug nicht gerade dazu bei, die Irritation des Arztes zu mildern. »Das muß der Schock sein«, sagte er. »So etwas kommt vor. Seien Sie froh.«

Nördlinger fand, daß es sich wie eine Entschuldigung anhörte. Als täte dem Mann leid, daß er keine Schmerzen hatte.

»Machen Sie sich keine Sorgen«, fuhr der Arzt fort. »Das wird wieder. Wenn Sie schnell genug ins Krankenhaus kommen, kann man die Hände wieder annähen – ich weiß, daß Sie das im Moment wahrscheinlich kaum glauben werden, aber mit ein bißchen Glück können Sie Ihre Hände nach einer Weile wieder ganz normal bewegen.«

»Nach einem Jahr, nehme ich an«, murmelte Nördlinger.

Darauf antwortete der Arzt vorsichtshalber nicht.

»Der Hubschrauber ist schon unterwegs«, sagte Vürfels hastig. »Keine Angst, Chef. Das kommt schon wieder in Ordnung.«

Nördlinger würdigte ihn nicht einmal einer Antwort.

»Wer hat die Blutung gestoppt?« fragte der Arzt.

Nördlinger sah ihn nur verständnislos an, und der Mann fuhr fort. »Das war absolut professionelle Arbeit. Besser hätte ich es auch nicht machen können. Sie hatten verdammtes Glück. Eigentlich hätten Sie daran verbluten müssen. Vor allem unter diesen ... Umständen.«

Nördlinger begann schläfrig zu werden. Das Mittel, das ihm der Arzt gespritzt hatte, wirkte offensichtlich sehr schnell. Aber er durfte nicht schlafen. Noch nicht. Er hatte noch etwas Bestimmtes zu erledigen, und es war einfach zu wichtig.

»Vürfels!« murmelte er.

»Chef?« Vürfels beeilte sich, sich über ihn zu beugen, wobei er sich große Mühe gab, überallhin zu sehen, nur nicht zu Nördlingers Armstümpfen hinab.

»Holen Sie mir den Chef des SEK«, befahl Nördlinger. »Schnell.«

Vürfels verschwand wie der Blitz, und der Arzt sagte: »Lassen Sie sich einfach fallen. Es wird alles gut.«

Eine Ewigkeit schien zu vergehen, bis Vürfels in Begleitung eines vielleicht dreißigjährigen Mannes im Kampfanzug des Sondereinsatzkommandos zurückkam: olivgrüne Hosen und Jacke, darüber eine wuchtige Panzerweste und einen klobigen Helm, der durch die nach oben gehobene Schutzbrille noch klobiger wirkte, und ein Gesicht, das so weiß wie die sprichwörtliche Wand war.

Nördlinger hatte mittlerweile Mühe, die Augen offenzuhalten. »Hören Sie mir zu«, begann er. »Es ist wichtig.«

Der Mann nickte. Er wirkte sehr nervös. »Das Ding ist ... weg, Herr Kriminalrat«, sagte er stockend. »Sollen wir es verfolgen?«

Die Frage war so überflüssig wie ein Kropf, fand Nördlinger. Unter normalen Umständen hätte der Mann, der immerhin eine Spezialeinheit der Polizei kommandierte, was zumindest bewies, daß er keine vollkommene Pfeife war, nicht eigens einen Befehl abgewartet, um einen Angreifer zu verfolgen, der die Hälfte seiner Mannschaft zu Klump geschlagen hatte.

»Verluste?« fragte Nördlinger.

Der Mann nickte und schüttelte gleichzeitig den Kopf. »Ein paar gebrochene Rippen, und vielleicht ein Arm oder ein Bein. Nichts Ernstes ... aber es wird den Steuerzahler ein paar Mark kosten. Was ... was um Gottes willen war das für ein Ding?«

»Das spielt jetzt keine Rolle«, sagte Nördlinger. Er mußte mit immer größerer Willenskraft gegen die grauen Schleier ankämpfen, die seine Gedanken einzuwickeln versuchten, und er spürte, daß es ein Kampf war, den er verlieren würde. Die gebietende Kraft, die ihn bisher bei Bewußtsein gehalten hatte, versiegte immer rascher. »Hören Sie mir zu! Fragen Sie nicht, sondern tun Sie einfach, was ich Ihnen sage.«

Der Mann nickte, aber Nördlinger entging keineswegs der rasche, nervöse Blick, den er Vürfels zuwarf. Ebenso wenig wie das hilflose Achselzucken, mit dem dieser darauf reagierte.

»Nein, ich bin *nicht* verrückt«, sagte er betont, und so laut, wie er es gerade noch fertigbrachte. »Und ich liege auch nicht im Koma oder fantasiere, wenn Sie das meinen! Aber ich habe nicht mehr ... viel Zeit. Also hören Sie mir zu, verdammt noch mal, und tun Sie gefälligst, was ich Ihnen sage! Und wenn nicht, dann beten Sie darum, daß ich nicht mehr aus dem Koma aufwache, in das ich vermutlich gleich fallen werde, weil ich Ihnen nämlich sonst den Arsch aufreiße, daß Ihnen Hören und Sehen vergeht! Habe ich mich jetzt klar genug ausgedrückt?«

Der Mann nickte. Er war noch blasser geworden, aber er hatte begriffen.

Wahrscheinlich wäre er ziemlich erstaunt gewesen, hätte er in diesem Moment Nördlingers Gedanken lesen können.

Kriminalrat Nördlinger hatte nämlich nicht die geringste Ahnung, warum er das sagte.

Da war noch etwas, das er diesem Mann mitteilen mußte, etwas von ungeheurer Wichtigkeit, aber er wußte nicht einmal, was. Die Worte nahmen erst in dem Moment in seinem Kopf Gestalt an, in dem er sie aussprach, ohne daß es eines vorherigen Wissens bedurft hätte. Nördlinger war fast selbst neugierig auf das, was er als nächstes sagen würde. Er lauschte auf seine Worte, aber sie klangen in seinen eigenen Ohren wie die eines Fremden. Trotzdem war es ihm unmöglich, *nicht* weiterzusprechen.

»Evakuieren Sie das Gebäude«, sagte er. »Sofort. Vergessen Sie dieses verdammte Biest und schaffen Sie die Leute hier heraus. Es ist mir egal, wie Sie es machen, aber tun Sie es. Jeder, der in fünfzehn Minuten noch in diesem Gebäude ist, stirbt.«

35

Er war irgendwo vor ihm. Bremer konnte Brauns Nähe regelrecht spüren, wie ein Raubtier, das die Witterung seiner Beute aufgenommen hatte und ihr unerbittlich folgte, ganz egal, welche Tricks sich sein Opfer einfallen ließ, um es abzuschütteln. Brauns Vorsprung konnte noch nicht besonders groß sein, zwei, vielleicht vier Minuten, keinesfalls mehr.

Und Bremer glaubte nicht, daß er sich schneller bewegte als er.

Bremer bewegte sich so schnell und selbstverständlich durch den Flur, als wäre seine linke Schulter nicht taub, und als hinge der linke Arm nicht so starr und nutzlos wie ein Stück Holz an seiner Seite herab. Er spürte keinen Schmerz, keine Schwäche, ja, nicht einmal Zorn, sondern allenfalls eine kalte, durch nichts aufzuhaltende Entschlossenheit, den Mann zu töten, der ihm das einzige genommen hatte, was ihm jemals in seinem Leben *wirklich* etwas bedeutet hatte. Braun hatte Angela getötet, und dafür würde er Braun töten, so einfach war das. Er empfand und dachte eine Menge in diesem Augenblick, aber er fühlte – nichts. Nur Kälte.

Trotzdem wäre er vermutlich zutiefst erschrocken, hätte er sich in diesem Augenblick selbst sehen können.

Bremer bewegte sich tatsächlich wie ein Raubtier den Korridor entlang. Sein linker Arm hing steif und nutzlos an seinem Körper herab, aber die andere Hand war halb erhoben und wie zu einer Kralle verkrümmt. Sein Gesicht war zu einer Grimasse verzerrt, und seine Nasenflügel blähten sich im Rhythmus seiner schweren Atemzüge, als nähme er wirklich Witterung auf. Er zog eine dünner werdende Blutspur hinter sich her – dünner werdend nicht, weil die Schußwunde in seiner Schulter aufgehört hätte zu bluten, sondern weil seine Schritte mit jedem Meter, den er zurücklegte, ein wenig schneller wurden, bis er schließlich rannte.

Er sah Braun wieder, als dieser am Ende des schmalen Korridors in einen Aufzug trat und die Hand nach dem Tastenfeld ausstreckte.

Braun war nicht allein. Nicht weniger als fünf seiner Männer waren bei ihm. Einer davon war verletzt und trug einen Arm in einer Schlinge, sein Gesicht kam Bremer vage bekannt vor, aber er war nicht mehr in einem Zustand, in dem sein Gedächtnis noch allzu gut funktioniert hätte. Es spielte auch keine Rolle. Wenn sie ihm aus dem Weg gingen, gut. Wenn er diese fünf Männer mit bloßen Händen umbringen mußte, um an Braun heranzukommen, auch gut. Es war ihre Entscheidung. Bremer fühlte sich von der vielleicht stärksten aller Empfindungen besucht, die es gab: Rache. Man hatte ihm ein Leben genommen, und er wollte ein Leben dafür haben.

Braun entdeckte ihn fast im gleichen Moment wie Bremer umgekehrt ihn. Für eine Sekunde breitete sich ein Ausdruck maßloser Überraschung auf seinen Zügen aus, der aber fast sofort von Zorn und einer kalten Entschlossenheit verdrängt wurde. Er hob den Arm, und der Mann mit der Schlinge und ein zweiter Agent traten wieder aus dem Aufzug heraus und gingen Bremer entgegen. Fast im gleichen Moment begannen sich die Aufzugtüren zu schließen.

Bremer stieß ein gequältes Heulen aus und versuchte schneller zu laufen, aber es ging nicht. Sein geschundener Körper war einfach nicht mehr in der Lage, weitere Kraftreserven zu mobilisieren.

Es hätte ihm auch nichts genutzt. Der Aufzug hatte sich bereits geschlossen, und die beiden Agenten traten ihm entgegen. Bremer attackierte den Mann mit dem verletzten Arm mit wütender Entschlossenheit und begriff spätestens in diesem Moment, daß Körper und Geist nicht immer dasselbe waren. Er war entschlossen, es mit der gesamten Welt aufzunehmen, wenn es sein mußte, um Braun zu bekommen, aber sein Faustschlag war so kraftlos wie der eines Kindes. Der Agent machte sich nicht einmal die Mühe, ihm auszuweichen, sondern schlug seine Hand fast beiläufig zur Seite und schickte Bremer mit einer Bewegung zu Boden, die mehr ein Schubsen als ein Hieb war. Sofort versuchte Bremer wieder auf die Füße zu kommen. Der Mann versetzte ihm mit der flachen Hand einen Stoß vor die Brust, der ihn erneut nach hinten schleuderte, und diesmal blieb Bremer liegen. Er wollte sich abermals hochstemmen, aber er konnte es nicht mehr.

Der Agent stand breitbeinig über ihm. Seine unverletzte Hand war abwehrbereit erhoben, nur für den Fall, daß Bremer noch irgend etwas Unerwartetes versuchen sollte, aber Bremer las in seinen Augen, daß er nicht ernsthaft damit rechnete. Der Mann hatte genug Erfahrung, um zu wissen, wann sein Gegner besiegt war.

»Worauf wartest du?« fragte sein Kollege. »Bring es zu Ende.«

»Das arme Schwein ist doch schon so gut wie tot«, sagte der Mann mit dem verbundenen Arm. »Sieh ihn dir doch an!«

»Braun hat gesagt, daß wir ihn erledigen sollen«, sagte der andere. »Willst du ihm vielleicht erklären, warum ...«

Er brach mitten im Satz ab. Seine Hand glitt unter die Jacke, vermutlich um die Waffe hervorzuziehen, die er in seinem Schulterhalfter darunter trug, und sein Blick bohrte sich in das Halbdunkel des Korridors hinter Bremer. Er schien jedoch nichts zu entdecken, worauf zu schießen sich gelohnt hätte, denn nach zwei oder drei Sekunden zog er die Hand wieder heraus, ohne daß sie eine Waffe hielt.

»Was hast du?« fragte sein Kollege.

»Nichts«, antwortete der Agent. »Ich dachte, ich hätte etwas ...«

Er kam nicht mehr dazu, das ›gehört‹ auszusprechen. Ein dumpfer, sonderbar weicher Laut erklang. Die Augen des Agenten wurden groß, und er gab einen erstickten Seufzer von sich. Aus seiner Brust ragten plötzlich drei fingerlange, gebogene Klauen.

Der zweite Mann prallte entsetzt zurück. Seine unversehrte Hand glitt unter die Jacke und zerrte die Waffe hervor, aber er kam nicht einmal mehr dazu, sie zu ziehen. Der Dämon trat mit einem ungelenk wirkenden Schritt vollends aus dem düsteren Schattenreich hervor, das seine Heimat war, packte ihn mit beiden Händen und warf ihn mit unvorstellbarer Gewalt gegen die Aufzugtüren. Noch bevor der Mann vollends zu Boden sacken konnte, war das Ungeheuer über ihm. Seine schwarzen Schwingen schlossen sich über seinem Opfer wie die Hälften eines unheimlichen, flatternden Mantels, und Bremer hörte eine Reihe gräßlicher, reißender Laute.

Stöhnend wälzte er sich herum, kroch auf Händen und Knien ein Stück weit von der Kreatur davon und richtete sich auf. Er sah nicht zurück, aber das Reißen und Fressen hinter ihm hielt an. Solange der Dämon mit seinem letzten Opfer beschäftigt war, hatte er vielleicht noch einmal eine Chance, zu entkommen. Plötzlich erschien ihm das wieder sehr wichtig. Noch vor wenigen Minuten war er bereit gewesen, einfach aufzugeben, aber mit einemmal gab es nichts Wichtigeres, als am Leben zu bleiben. Er *mußte* es schaffen, weil er Braun sonst nicht erwischen würde.

Bremer taumelte bis zur nächsten Abzweigung, ließ sich blindlings nach rechts und gegen die Wand sinken und schloß für einen Moment die Augen. Alles drehte sich um ihn. Sein Körper begann mittlerweile massiv gegen ihn zu arbeiten. Die Wunde in seiner Schulter blutete noch immer, und auch wenn er immer noch kaum Schmerzen verspürte, so konnte er doch fühlen, wie das Leben mit jedem Herzschlag ein kleines bißchen mehr aus ihm herausströmte.

Er wußte, daß er es nicht schaffen würde.

Braun hatte letzten Endes doch gewonnen. Die Kugel, die er ihm verpaßt hatte, hatte ihn umgebracht. Nicht so schnell und dramatisch wie Angela, aber am Ende doch. Er würde verbluten, innerhalb der nächsten Minuten.

Bremer hob mühsam die Hand und preßte sie gegen das daumennagelgroße Einschußloch in seiner Schulter. Es gelang ihm tatsächlich, den Blutstrom ein wenig zu stoppen, aber die ungleich größere Austrittswunde über seinem linken Schulterblatt blutete weiter. Wie viele Liter Blut hatte ein Mensch? Fünf? Acht? Er wußte es nicht, aber er mußte die Hälfte davon bereits verloren haben. Es kam ihm selbst fast wie ein Wunder vor, daß er noch bei Bewußtsein war, aber dieser Zustand würde nicht mehr allzu lange anhalten. Seine Gedanken begannen sich mehr und mehr zu verwirren.

Bitterkeit überkam ihn. Es war ... nicht fair! Er hatte den größten Kampf seines Lebens gekämpft, war vielleicht der furchtbarsten Kreatur entronnen, mit der es jemals ein Mensch zu tun gehabt hatte, und nun sollte er ganz banal verbluten, an einer lächerlichen Schußwunde! Und als wäre dies noch nicht ironisch genug, starb er inmitten eines Krankenhauses, umgeben von der modernsten und aufwendigsten Technik, die Menschen jemals geschaffen hatten, um Leben zu retten.

Es tat ihm leid, daß Angela tot war. Es tat ihm leid, daß Braun am Ende doch davonkommen sollte, und es tat ihm vor allem leid, daß es *so* endete. Bremer hatte Geschichten ohne Happy-End immer gemocht, aber nun, als er selbst die Hauptperson einer solchen Geschichte sein sollte, fand er sie nicht mehr so gut.

Sein Blick begann sich zu verschleiern. Der Korridor vor seinen Augen verzerrte sich, schien jetzt länger und schmaler zu werden und wurde zu einem wabernden Tunnel, an dessen Ende ein strahlendes Licht lockte, unendlich weit entfernt, aber gleißend hell. Nun hatte er das Tunnelerlebnis, von dem alle gesprochen hatten. Er bedauerte es, daß er Angela nicht mehr davon erzählen konnte, empfand aber gleichzeitig eine sachte Neugier, was ihn wohl in dem Licht dort hinten erwarten mochte. Er starb, aber der Tod war angenehm, süß, ohne Schmerzen und nicht mit der mindesten Spur von Angst.

Das Licht am Ende des Tunnels wurde heller und kam gleichzeitig näher. Im ersten Moment dachte Bremer, daß sich etwas darin bewegte, dann erkannte er, daß es das Licht selbst war. Es wogte, ballte sich zusammen und nahm Form an, und dann sah Bremer, wie eine riesige, strahlende Lichtgestalt auf ihn zutrat. Er halluzinierte, aber es war eine wunderbare Halluzination. Wenn die Agnostiker recht hatten, die behaupteten, daß nach dem Sterben nichts mehr kam, so hatte die Natur zumindest dafür gesorgt, daß der Weg hinüber in dieses Nichts unbeschreiblich schön war.

Die Lichtgestalt kam näher, streckte einen Arm aus, der aus nichts anderem als milder, weißer Helligkeit bestand, und berührte seine Schulter. Der Blutstrom versiegte, und eine neue Form von milder Schwere und Taubheit breitete sich in seinem Körper aus.

Dann hörte die Gestalt auf zu leuchten, nahm wieder ein menschliches Aussehen und Angelas Gesicht an und sagte: »Laß dir bloß nicht einfallen, jetzt zu sterben, alter Mann. Die Show ist noch nicht vorbei.«

Bremer starrte sie an. Seine Umgebung schnappte mit einem furchtbaren Ruck wieder in die normalen Formen der Wirklichkeit zurück. Aus dem Tunnel wurde wieder der kaum beleuchtete Krankenhausflur, und er selbst war kein spirituelles Wesen auf dem Weg zu Wolke sieben, sondern saß ganz körperlich auf dem Boden, beide Beine in stumpfem Winkel von sich gestreckt und mit dem Rücken gegen eine Wand gelehnt, die naß und klebrig von seinem eigenen Blut war.

»Du bist tot«, murmelte er.

Angela schüttelte heftig den Kopf und verzog gleich darauf das Gesicht. »Bin ich nicht«, antwortete sie. »Aber ich wünschte mir fast, ich wäre es, so wie mein Schädel dröhnt. Falls wir Braun zu fassen kriegen, dann untersteh dich, ihn anzurühren. Ich will den Kerl selbst umbringen.«

»Aber ... aber du ... du mußt tot sein«, beharrte Bremer stur. »Braun hat dir in den Kopf geschossen.«

»Entschuldige bitte, daß ich noch lebe«, sagte Angela spitz. »Es tut mir ja leid, dich enttäuschen zu müssen, aber Braun ist ein noch miserablerer Schütze als Nördlinger.« Sie hob die Hand und deutete auf eine fingerbreite, gut zehn Zentimeter lange Wunde über ihrer linken Augenbraue.

»Kannst du aufstehen?« fragte sie.

Bremer versuchte es, und fast zu seiner eigenen Überraschung kam er sogar auf die Füße, wenn auch mit Angelas Hilfe. Er fühlte sich sehr matt, aber er war eindeutig *nicht* tot.

Und seine Schulter blutete nicht mehr.

»Wie hast du das gemacht?« fragte er.

Angela grinste. »Du weißt doch, ich habe ...«

»... heilende Hände, ja ich weiß«, unterbrach sie Bremer. »Ich meine es ernst, verdammt noch mal!«

Was sie getan hatte, war unmöglich. Er war im Begriff gewesen zu sterben, und jetzt fühlte er sich, als bräuchte er nicht mehr als zwölf Stunden Schlaf, um wieder völlig der Alte zu sein. Und er hatte *gesehen*, wie Braun ihr in den Kopf geschossen hatte! Bremer wußte zwar, wie heftig selbst relativ harmlose Wunden im Kopfbereich bluteten, aber aus einem Meter Entfernung hätte nicht einmal ein Blinder danebengeschossen! Was ging hier vor?

Angela verdrehte die Augen. »Und du glaubst, jetzt wäre der richtige Moment, um darüber zu diskutieren, ja?« fragte sie. »Wenn wir das hier überleben sollten, dann gebe ich dir vielleicht einen Crash-Kurs in fernöstlicher Heilkunst, aber im Moment haben wir Wichtigeres zu tun. Soll ich Braun ganz allein erledigen, oder möchtest du mir vielleicht dabei helfen? Natürlich nur, wenn es dir nicht allzu viel ausmacht.«

»Ich weiß nicht, wo er ist«, gestand Bremer. »Er ist im Aufzug verschwunden. Ich konnte ihn nicht aufhalten.«

»In welchem Aufzug?«

»Das hat doch gar keinen Sinn«, sagte Bremer niedergeschlagen. »Ich weiß nicht einmal, in welche Etage er gefahren ist.«

»Zeig ihn mir«, beharrte Angela.

Bremer schüttelte noch einmal den Kopf, drehte sich dann aber gehorsam um und schlurfte voraus. Es war nicht besonders schwer, den Aufzug wiederzufinden, aber nicht einfach, ihn zu erreichen. Was von den beiden Agenten übrig war, war über die Hälfte des Korridors verteilt. Das Ungeheuer hatte sich nicht damit zufriedengegeben, die beiden Männer einfach zu töten.

Angela verzog entsetzt das Gesicht, während Bremer sich rasch und eindeutig erschrocken umsah.

»Keine Angst«, sagte Angela. »Unser Freund ist im Moment anderweitig beschäftigt. Als ich ihn das letztemal gesehen habe, war er gerade dabei, Haschmich mit Brauns Prügelknaben zu spielen.«

Bremer gefiel ihre Wortwahl nicht, aber er nahm an, daß sie diesen flapsigen Ton ganz bewußt anschlug, um mit dem Grauen fertig zu werden, mit dem sie der Anblick erfüllen mußte. Tod war nicht gleich Tod.

Bremer drückte den Knopf neben dem Aufzug, und Angela und er traten in die Kabine, nachdem die Türen aufgeglitten waren. Angela bedeutete ihm mit Gesten, wieder einen halben Schritt zurückzutreten, um die Lichtschranke zu unterbrechen und begann sich sehr aufmerksam in der kleinen Kabine umzusehen. Sie untersuchte sehr aufmerksam das Tastenfeld neben der Tür und runzelte schließlich fragend die Stirn.

»Seltsam«, sagte sie. »Kein Schloß.«

»Was für ein Schloß?«

»Brauns kleine Frankenstein-Kammer ist bestimmt nicht so einfach mit dem Aufzug zu erreichen«, antwortete Angela. »Oder glaubst du, er wäre scharf darauf, daß Albert plötzlich vor ihm steht? Ich hätte damit gerechnet, daß er einen Schlüssel hat oder ...«

Sie sprach nicht weiter, sondern drehte sich ein zweites Mal im Kreis und unterzog die Kabine dabei einer neuerlichen, noch aufmerksameren Musterung. Schließlich blieb ihr Blick auf einem kleinen Spiegel an der Rückwand haften. Wortlos zog sie die Pistole unter dem Gürtel hervor, drehte sich herum und schmetterte den Kolben wuchtig gegen das Glas.

Der Spiegel zerbrach, aber dahinter kam nicht die Kabinenwand zum Vorschein, sondern ein kleiner Hohlraum, aus dem sie die Linse einer winzigen Kamera anstarrte.

»Das habe ich mir gedacht«, sagte Angela stirnrunzelnd.

»Was? Eine Videoüberwachung?«

Angela schüttelte hastig den Kopf. »So leicht ist es nicht. Das da dürfte ein Retina-Scanner sein.«

»Aha«, sagte Bremer. »Und was bedeutet das?«

»Das kleine Miststück da läßt niemanden passieren, der nicht über Brauns Netzhautabdrücke verfügt«, antwortete Angela. »Falls du also nicht zufällig eines seiner Augen in der Tasche hast, haben wir ein Problem.«

»Kannst du das Ding überlisten?«

»Nicht von hier aus«, sagte Angela. Sie drehte sich herum, sah ihn eine Sekunde lang nachdenklich an und trat dann mit einem plötzlich sehr schnellen Schritt an ihm vorbei. »Komm mit.«

Bremer wäre ihr sowieso gefolgt. Er hätte den Teufel getan, allein mit den beiden Toten hier zurückzubleiben, oder gar im Lift. Angela eilte mit schnellen Schritten den Flur hinab, öffnete jede einzelne Tür, an der sie vorbeikamen, und schaltete die Beleuchtung in dem dahinter liegenden Raum ein. Sie machte sich nicht die Mühe, Bremer zu erklären, was sie suchte, und Bremer machte sich nicht die Mühe, sie danach zu fragen.

Sie hatte auf diese Weise fast ein halbes Dutzend Türen geöffnet, als Angela endlich fündig wurde. *Diesen* Raum verließ sie nicht mehr, sondern trat mit einem zufriedenen Laut vollends hinein. Als Bremer ihr folgte, sah er, daß sie einen unordentlichen Schreibtisch ansteuerte, auf dem ein Computerterminal stand. Sie nahm rasch davor Platz, schaltete den Rechner ein und machte eine flatternde Geste in seine Richtung.

»Fünf Minuten«, sagte sie. »Such dir was zu lesen, oder nimm ein Bad.«

Bremer ersparte sich jede Antwort. Er hoffte, daß Angela auch wirklich fünf Minuten meinte, und nicht das, was Computerfreaks manchmal darunter verstanden, wenn sie sich an ihr Lieblingsspielzeug setzten und sagten, es dauere nur einen Augenblick.

Ziellos begann er im Raum auf und ab zu gehen und trat schließlich ans Fenster. Es führte auf die Rückseite des Gebäudes hinaus, und der Anblick unterschied sich radikal von dem, der sich ihm geboten hatte, als er das letztemal aus Alberts Fenster zwei Stockwerke höher auf den Garten hinausgeblickt hatte.

Es war nicht mehr völlig dunkel, sondern hatte zu dämmern begonnen. In dem grauen Licht, das sich wie eine träge Flüssigkeit über das Klinikgelände ergoß und alle Konturen aufzuweichen begann, konnte er erkennen, daß der Park von Menschen nur so wimmelte. Männer in den Kampfanzügen des SEK, uniformierte Polizisten, aber auch zahlreiche Männer und Frauen in weißer Krankenhauskluft oder Schlafanzügen und Morgenmänteln. Im ersten Blick begriff er nicht, was er da sah, aber dann sagte er: »Sie evakuieren die Klinik!«

»Die erste vernünftige Idee, die deine Kollegen heute hatten«, sagte Angela vom Computer aus. »Ich hoffe, sie schaffen es noch rechtzeitig.«

Bevor was *geschieht*? dachte Bremer. Er sah Angela einen Moment lang nachdenklich an, dann drehte er sich wortlos wieder zum Fenster und blickte hinaus. Soweit er das beurteilen konnte, ging die Evakuierung zügig vonstatten. Eine Anzahl Krankenwagen und Mannschaftstransporter der Polizei war auf dem Gelände aufgefahren und nahm die Patienten auf, die noch immer in rascher Folge aus dem Gebäude gebracht wurden. Wenn die Räumung auf der anderen Seite ebenso rasch und reibungslos vonstatten ging, hatten sie eine gute Chance, die gesamte Klinik in wenigen Minuten zu leeren. Gottlob waren die wenigsten Patienten hier weder Liegendkranke noch transportunfähig.

Bremer hoffte nur, daß das, was er sah, nicht die Vorbereitungen für einen Sturmangriff waren. Nördlinger hätte so etwas Irrsinniges niemals getan, aber Nördlinger war tot oder zumindest nachhaltig außer Gefecht gesetzt, und er hatte keine Ahnung, wer an seiner Stelle die Leitung des Einsatzes übernommen hatte. Hoffentlich nicht Meller, oder gar Vürfels. Diesem Idioten war jede Hirnrissigkeit zuzutrauen, wenn er die Chance sah, sich zu profilieren.

Die fünf Minuten, von denen Angela gesprochen hatte, waren noch nicht einmal vorbei, als sie aufstand und in triumphierendem Tonfall sagte: »Das war's. Braun, zieh dich warm an. Wir kommen!«

»Du hast das System überlistet?« fragte Bremer.

»Kein Problem«, antwortete Angela großspurig. »Programmierer sind Trottel. Sie lassen sich *immer* eine Hintertür offen, sogar wenn sie selbst nicht genau wissen warum. Wenn man weiß, wonach man zu suchen hat, ist es meistens nicht besonders schwer, sie zu finden.«

Bremer bedachte den Computer mit einem zweifelnden Blick. Er hatte ja schon erlebt, wozu Angela an einer Tastatur fähig war, aber es fiel ihm trotzdem schwer zu glauben, daß ein so hochsensibles Projekt wie das Brauns so schlecht geschützt sein sollte.

Er kam nicht dazu, eine entsprechende Frage zu stellen, denn Angela verließ das Zimmer bereits wieder und eilte zum Aufzug zurück. Als er sie einholte, hatte sie den Knopf bereits gedrückt, und die Türen glitten auf. Angela trat in die Kabine, wartete ungeduldig, bis Bremer ihr gefolgt war, und drückte den Knopf für das Kellergeschoß. Die Türen schlossen sich, und die Kabine setzte sich summend in Bewegung.

Bremers Blick saugte sich an der Leuchtanzeige über der Tür fest.

Der Lift erreichte das Kellergeschoß, und die entsprechende Anzeige leuchtete für einen kurzen Moment auf und erlosch dann wieder.

Sie sanken weiter in die Tiefe.

36

Braun war verletzt. Er hatte keine allzu starken Schmerzen, aber sein rechtes Bein blutete stark; das Biest mußte seinen Wadenmuskel erwischt haben, denn sein Bein hatte immer größere Mühe, das Gewicht seines Körpers zu tragen.

Schwer atmend ließ er sich gegen die Labortür sinken und schloß für einen Moment die Augen. In seinen Ohren gellten noch immer die Schreie der Männer, und sein Herz jagte so schnell, daß er fast Mühe hatte, zu atmen.

Es war nur Einbildung. Die drei Agenten waren längst tot. Die Bestie war wie aus dem Nichts aufgetaucht und mit Klauen und Kieferzangen über sie hergefallen, mörderisch und so unvorstellbar *schnell*, daß nicht einer von ihnen auch nur Zeit gefunden hätte, seine Waffe zu ziehen. Und selbst wenn einer von ihnen noch am Leben sein sollte, so hätte die halbe Tonne Stahl, an der er lehnte, zuverlässig jeden Laut verschluckt.

Braun war hier drinnen in Sicherheit. Der Angriff des Dämons hatte nicht ihm gegolten, sondern ihn wahrscheinlich nur ganz aus Versehen getroffen. Braun nahm mit ziemlicher Sicherheit an, daß er der letzte auf seiner Liste war. Es *würde* ihn umbringen, o ja, ganz gewiß, und der Tod, den es ihm zugedacht hatte, war mit Sicherheit qualvoll und langsam, aber er war erst dann an der Reihe, wenn auch der letzte seiner Agenten tot war; und vermutlich auch Grinner und sämtliche Forschungsassistenten und Techniker, die an diesem Projekt beteiligt gewesen waren. Braun hatte mittlerweile eine ziemlich konkrete Vorstellung davon, was die kranke Ausgeburt von Haymars Hirn tat.

Sie nahm Rache. Der Dämon tötete gnadenlos jeden, der irgendwie mit dem fünfjährigen Martyrium seines Schöpfers zu tun hatte. Es waren eine Menge Leute. Die Bestie würde im Akkord morden müssen, und er, Braun, war zweifellos der letzte auf ihrer Liste.

Aber so weit würde es nicht kommen. Er brauchte zwei Minuten, plus noch einmal zehn, um einen gewissen Sicherheitsabstand zwischen sich und diesen Keller zu bringen.

Braun biß die Zähne zusammen, zwang sein schmerzendes Bein, sich zu bewegen und humpelte auf eines der computerbestückten Pulte zu, die dem Labor das Aussehen einer futuristischen Filmkulisse verliehen.

Als er es fast erreicht hatte, hörte er ein Stöhnen und blieb wieder stehen.

Aufmerksam sah er sich um. Sein Herz klopfte. Der Laut wiederholte sich nicht, und soweit er das erkennen konnte, war er auch allein im Labor. Seine Nerven spielten ihm einen Streich. Das war ja auch kein Wunder.

Braun humpelte weiter, erreichte das Pult und stützte sich schwer mit beiden Händen darauf. Sein Puls jagte. Von seinem verletzten Bein tropfte Blut zu Boden, und er brauchte all seine Willenskraft, um überhaupt die Hand zu heben und den Computer einzuschalten.

Während er darauf wartete, daß das Programm das Sicherheitsprotokoll durchlief, glitt sein Blick über die Glasscheibe im hinteren Teil des Büros. Grinner hatte das Licht in der Isolierkammer brennen lassen, so daß er den schwarzen Stahlsarkophag darin deutlich erkennen konnte. Schatten schienen sich an der Wand dahinter zu bewegen, wie körperlose Wesen aus einer anderen Dimension, die gegen die Mauern der Wirklichkeit anrannten, ohne sie vollends überwinden zu können. Er fragte sich, ob Haymar wußte, was gleich geschehen würde. Wahrscheinlich nicht. Nein: *Ganz bestimmt nicht.* Allein die Tatsache, daß Braun jetzt hier stehen konnte und sich diese Frage stellte, war ein unwiderruflicher Beweis dafür.

Der Computer meldete sich mit einem melodischen Laut betriebsbereit, und Braun tippte mit sorgfältigen Bewegungen eine achtstellige Ziffer in die Tastatur, bestätigte sie und gab sie dann noch einmal und in umgekehrter Reihenfolge ein.

Der Bildschirm wurde grün. Braun wandte seinen Blick der kleinen Kamera links neben dem Monitor zu, legte die flache Hand auf die Metallscheibe und sagte langsam und sehr deutlich: »Autorisation Braun 7947. Selbstzerstörungsprogramm aktivieren.«

Einige Sekunden lang geschah gar nichts. Dieser Computer hier war noch kleinlicher als der elektronische Zerberus, der den Safe in seinem Büro überwachte. Er kontrollierte und verglich nicht nur seine Fingerabdrücke, sondern auch seinen Netzhautscan und sein elektronisches Stimmprofil, und außerdem die vierstellige Codenummer. Hätte auch nur einer dieser drei Faktoren nicht gestimmt, so hätte Braun keinen zweiten Versuch gehabt. Der Computer hätte nicht nur das Programm abgebrochen, sondern auch den Sprengkörper unter dem Metallsarg auf eine Weise entschärft, daß selbst ein Spezialist Stunden brauchen würde, um ihn wieder einsatzbereit zu machen.

Der Computer akzeptierte seinen Code. Der Bildschirm wurde wieder schwarz, und als Braun die Hand zurückzog, sagte eine elektronische Frauenstimme: »Das Selbstzerstörungsprogramm wurde aktiviert. Bitte Zeitverzögerung eingeben.«

»Zehn Minuten«, antwortete Braun, dann verbesserte er sich: »Fünfzehn.«

»Der Countdown startet jetzt«, bestätigte die Stimme. »Sie können ihn jederzeit durch einen Druck auf eine beliebige Taste abbrechen.« Auf dem Bildschirm erschien eine sechsstellige Anzeige, die Minuten, Sekunden und Zehntelsekunden darstellte. Das letzte Zahlenpaar wurde rasend schnell kleiner.

Braun drehte sich herum, und ein Schemen in einem weißen Kittel sprang ihn an und riß ihn von den Füßen. Braun fiel, prallte mit der Schläfe gegen das Metallbein eines Schreibtisches und keuchte vor Schmerz, als sich ein Knie in seinen Leib bohrte. Gleichzeitig trafen zwei, drei harte Schläge sein Gesicht mit solcher Kraft, daß er fast Angst hatte, das Bewußtsein zu verlieren. Trotzdem schlug er instinktiv zurück, traf etwas Weiches und fühlte, wie sich die erstickende Last von ihm löste. Ein schmerzhaftes Keuchen erklang, aber es war nicht seine Stimme.

Hastig wälzte er sich herum und erkannte zu seiner maßlosen Verblüffung, daß niemand anders als Grinner ihn attackiert hatte. Der junge Forschungsassistent richtete sich umständlich neben ihm auf, drehte sich herum und streckte die Hand nach der Tastatur des Computers aus, zweifellos aus keinem anderen Grund, als den, den Countdown zu unterbrechen, und Braun trat ihm vor den Knöchel.

Grinner brüllte vor Schmerz und kippte zur Seite. Seine ausgestreckten Hände verfehlten die Tastatur um Millimeter und schlugen mit solcher Kraft auf die Schreibtischkante, daß er sich vermutlich ein paar Finger brach.

Noch bevor er ganz zu Boden stürzen konnte, war Braun über ihm, riß ihn an den Haaren wieder in die Höhe und schmetterte ihm die Faust ins Gesicht. Dann packte er seinen linken Arm, wirbelte Grinner herum und ließ ihn mit solcher Wucht wieder los, daß Grinner hilflos durch das Labor stolperte und rücklings gegen die Glasfront der Isolierkammer prallte.

Braun zog seine Waffe und schoß ihm zwei Kugeln in die Brust.

Mindestens eines der Geschosse mußte Grinners Körper durchschlagen haben, denn die Glasscheibe hinter ihm zerbarst wie unter einem Hammerschlag. Eingehüllt in einen Hagel explodierender Scherben brach Grinner zusammen und kippte halb in die Isolierkammer hinein.

Braun überzeugte sich mit einem hastigen Blick davon, daß der Countdown noch weiterlief. Die Zahlen rasten unbeeindruckt der Null entgegen. Es war Grinner nicht gelungen, das Programm zu unterbrechen. Die Digitalanzeige verriet Braun sogar, daß der heimtückische Angriff nicht einmal eine halbe Minute gedauert hatte.

Er trat um das Pult herum, humpelte auf Grinner zu und schoß ihm eine weitere Kugel in den Leib.

»Du verdammter, undankbarer Hurensohn!« brüllte er. »Was hast du dir dabei gedacht?! Ist das der Dank für das, was ich für dich getan habe?!«

Während er auf Grinner zuhumpelte, feuerte er wieder, und wieder, und noch einmal. Schließlich hatte er ihn erreicht, beugte sich über ihn und setzte die Waffe direkt über seinem Nasenbein auf. Er wollte *sehen*, wie Grinners Geist aus seinem blöden verräterischen Hirn spritzte.

»Dämliches Arschloch!« sagte er und drückte ab.

Der Hammer schlug klickend ins Leere, und synchron zu diesem Geräusch hob Grinner die Lider und starrte ihn an.

Eine Mischung aus Unglauben und eisigem Entsetzen durchfuhr Braun. Für eine halbe Sekunde konnte er einfach nicht glauben, was er sah, und für die zweite Hälfte derselben Sekunde war er einfach unfähig vor Schrecken, sich zu rühren. Dann spürte er den Schmerz.

Ganz langsam senkte Braun den Blick und sah an sich herab. Grinner hatte eine blutige Hand gehoben und eine zwanzig Zentimeter lange, gekrümmte Glasscherbe ergriffen, die er ihm langsam, aber mit unwiderstehlicher Kraft in den Leib bohrte.

37

Das erste, was sie sahen, als sie aus dem Aufzug traten, war die Leiche eines von Brauns Agenten. Ein zweiter, regloser Körper lag nur ein kleines Stück entfernt. Der Boden und die Wände waren voller Blut, und der Zustand der beiden Leichen ließ keinen großen Zweifel daran aufkommen, wem sie zum Opfer gefallen waren.

Bremer machte einen schnellen Schritt aus dem Aufzug heraus, gab Angela mit einer Geste zu verstehen, daß sie zurückbleiben sollte (Er kam sich selbst dabei lächerlich vor, aber fünfzig Jahre alte Reflexe ließen sich nun einmal nicht so schnell abschütteln) und sah sich mit klopfendem Herzen um. Wenn ihn seine Erinnerung nicht täuschte, dann hatte Braun *fünf* Agenten bei sich gehabt, als er ihn das letztemal gesehen hatte. Zwei davon hatte der Dämon oben im Flur erledigt, und zwei weitere lagen hier. Wo war der fünfte Mann?

Als hätte sie seine Gedanken gelesen, berührte ihn Angela in diesem Moment an der Schulter und deutete gleichzeitig mit der anderen Hand den Gang hinab. In dem kalten Neonlicht, das hier unten herrschte, konnte Bremer erkennen, daß er nach einem knappen Dutzend Schritten vor einer massiven Stahltür endete. Brauns letzter Agent hockte auf den Knien vor dieser Tür und hatte die zu Krallen verkrümmten Hände gegen das Metall geschlagen. Sein Kopf fehlte.

Wortlos gingen sie weiter. Die Tür hatte keinen Griff oder irgendeinen anderen sichtbaren Öffnungsmechanismus, aber es gab eine kleine Zifferntastatur an der Wand daneben. Während Bremer vorsichtig den toten Agenten zur Seite schleifte, machte sich Angela mit geschickten Bewegungen daran zu schaffen. Nach ein paar Sekunden sagte sie: »Sesam, öffne dich!« und die Tür sprang mit einem Summen zwei Fingerbreit auf.

Bremer hielt den Atem an. Nichts geschah. Braun schoß nicht durch den Türspalt auf sie, und es lauerte auch kein Dämon in der Dunkelheit. Er atmete hörbar aus, stemmte sich mit der unverletzten Schulter gegen die Tür und drückte sie mit einiger Anstrengung auf. Hinter ihm zog Angela ihre Waffe, wartete, bis der entstandene Spalt breit genug war, und schlüpfte dann mit einer Drehbewegung hindurch. Bremer selbst wartete noch zwei, drei Sekunden. Als weder Schüsse fielen, noch sonst etwas geschah, folgte er ihr auf die gleiche Art.

Angela hatte sich bereits hinter einem massiven Pult in der Nähe der Tür verschanzt. Er huschte geduckt zu ihr, kauerte sich hinter die gleiche Deckung und warf ihr einen fragenden Blick zu, aber Angela deutete nur ein Achselzucken an. Sie lauschten, hörten aber nichts anderes als das leise Summen der Klimaanlage und ihre eigenen Atemzüge.

Angela atmete tief ein, wieder aus und dann noch einmal ein und sprang dann mit einem Ruck in die Höhe. Die Waffe in ihren weit nach vorne gestreckten Händen beschrieb einen rasenden Dreiviertelkreis durch den Raum und bewegte sich dann etwas langsamer noch einmal zurück. Dann ließ sie mit unüberhörbarer Erleichterung die Arme sinken und sagte: »Es ist alles in Ordnung. Du kannst aufstehen. Es ist vorbei.«

Bremer erhob sich langsam und sah sich um. Der Raum, in dem sie sich befanden, überraschte ihn. Er hatte so etwas wie ein Labor erwartet, vielleicht wirklich die moderne Ausgabe von Frankensteins Turmkammer, aber hier sah es eher aus wie in der Kommandozentrale eines supermodernen Unterseebootes. Die Wände waren mit Instrumenten und Monitoren in allen nur vorstellbaren Größen und Formen gepflastert, und der Raum dazwischen wurde fast vollkommen von einem halben Dutzend großer Pulte beansprucht, auf denen sich ebenfalls Instrumente und Computer türmten und zwischen denen nur schmale Laufgänge blieben. Auf der linken Seite schien es einen zweiten Raum zu geben, der im Gegensatz zu diesem nahezu leer war. In seiner Mitte stand etwas Großes, Dunkles, das Bremer nicht genau erkennen konnte. Die Kammer war offensichtlich einmal mit einer Glasscheibe abgetrennt gewesen, die jetzt aber zerbrochen und in Milliarden Scherben zersprungen auf dem Boden lag. Braun und ein zweiter Mann in einem blutdurchtränkten weißen Kittel lagen inmitten der Scherben. Bremer konnte nicht sagen, was mit dem anderen Mann war, aber Braun war mit ziemlicher Sicherheit tot. Eine handbreite Glasscherbe ragte aus seinem Bauch. Die Spitze war dicht neben seinem Rückgrat wieder herausgetreten.

Angela bewegte sich vorsichtig auf die beiden Männer zu. Sie schien nicht ganz so überzeugt von Brauns Tod zu sein, denn sie bewegte sich sehr langsam, und ihre Waffe deutete ununterbrochen auf Braun.

Bremer sah sich unterdessen erneut in dem vollgestopften Raum um. Etwas wie eine huschende Bewegung zog seine Aufmerksamkeit auf sich. Er sah genauer hin und identifizierte es als das Flackern einer roten Ziffernkolonne auf einem Bildschirm. Langsam trat er näher.

Was er sah, war eine Zeitanzeige. Die beiden ersten Ziffern lauteten 09. Danach folgte eine 17 und als drittes eine Zahlengruppe, die so schnell kleiner wurde, daß er ihr kaum folgen konnte. Noch während er an den Bildschirm herantrat, wurde aus der 17 eine 16. Eine eisige Hand schien nach seinem Herz zu greifen und es ganz langsam zusammenzudrücken, als ihm klar wurde, was er da sah.

Einen Countdown.

Und es war nicht besonders schwer zu erraten, was an seinem Ende geschehen würde.

»Angela«, sagte er.

Angela war mittlerweile zwischen Braun und dem zweiten Mann niedergekniet und untersuchte sie flüchtig. »Er ist tot«, sagte sie. Bremer wußte nicht, ob sie Braun oder den Mann in dem weißen Kittel damit meinte, vermutete aber, daß es beiden galt. Angela hatte auf jeden Fall ihre Waffe eingesteckt.

»Vielleicht solltest du dir ... das hier einmal ansehen«, sagte er stockend.

Angela sah auf, runzelte die Stirn und kam dann mit schnellen Schritten zu ihm herüber. Ihre linke Augenbraue rutschte ein Stück weit ihre Stirn hinauf, als ihr Blick auf den Bildschirm fiel.

»O«, sagte sie.

»Könntest du dich ... darum kümmern?« fragte Bremer nervös.

»Kein Problem«, antwortete Angela. Aber auch sie klang eine Spur zu nervös, als daß Bremer ihr hundertprozentig glaubte. Vor allem nicht, als sie nach einer Sekunde hinzufügte: »Aber faß bloß nichts an, kapiert.«

Bremer hütete sich, irgend etwas anzurühren. Er hob erschrocken die Hände und machte Angela sehr hastig Platz.

»Okay«, sagte sie und fuhr sich nervös mit dem Handrücken übers Kinn. »Geh spielen oder tu sonstwas. Ich ... mache das hier schon.«

Bremer hoffte es. Er hoffte sogar *sehr*, daß Angela wußte, was sie tat. Sie hatten jetzt noch acht Minuten und siebenundfünfzig Sekunden, bevor sie herausfinden würden, wozu dieser Computer eigentlich da war.

»Also, wenn ich diesen Computer programmiert hätte, dann hätte ich dafür gesorgt, daß es *Bumm* macht, sobald jemand die falsche Taste berührt«, murmelte Angela.

»Und welches ist die falsche Taste?« fragte Bremer.

Angela zuckte mit den Schultern und sah stirnrunzelnd auf den Computer herab. »Die Frage ist glaube ich eher, welches ist die *richtige*.«

Warum hatte er auch fragen müssen. Bremer drehte sich mit einer nervösen Bewegung wieder herum und entfernte sich ein paar Schritte.

Fast ohne sein Zutun fiel sein Blick wieder auf den dunklen Umriß hinter dem leeren Fensterrahmen. Er hatte eine ziemlich konkrete Vorstellung davon, worum es sich dabei handelte, und er wollte im Grunde nichts auf der Welt *weniger*, als jetzt dort hinüberzuziehen und dieses ... Ding aus der Nähe zu sehen.

Aber schließlich waren sie aus keinem anderen Grund hier heruntergekommen. Und nicht nur, um es *anzusehen*.

»Ups!« sagte Angela hinter ihm.

Bremer fuhr wie von der Tarantel gestochen herum und starrte den Monitor an. »Was ist passiert?«

»Nichts.« Angela deutete grinsend auf den Schirm. Die Zahlen hatten aufgehört, sich zu bewegen. »Ich habe die richtige Taste gefunden, glaube ich.«

Bremer stieß hörbar die Luft zwischen den Zähnen aus. »Manchmal habe ich Mühe, mich an deine Art von Humor zu gewöhnen, weißt du das?«

»Das kommt schon noch.« Angela drückte die ENTER-Taste, und der Countdown auf dem Schirm lief weiter; und wie es Bremer vorkam, deutlich *schneller*. Bevor er auch nur wirklich Zeit fand, zu erschrecken, berührte sie irgendeine andere Taste, und der Countdown hielt wieder an.

»Ach, so funktioniert das«, sagte sie.

»Was ... was machst du da eigentlich?« fragte Bremer nervös.

»Ich versuche, dieses Ding zu *entschärfen*«, antwortete Angela. »Es bringt nicht viel, den Countdown nur anzuhalten und darauf zu warten, daß irgendein Dummkopf hereinkommt und auf den falschen Knopf drückt. Ich fühle mich erst sicher, wenn er ausgeschaltet ist.«

Das sah Bremer ein. Aber der Anblick der rotleuchtenden Ziffern machte ihn nervös. Der Countdown war bei 06:43:12 stehengeblieben. »Also gut. Aber ... versuch es nicht zu oft, ja?«

»Ich werde mein Bestes tun«, versicherte Angela. »Du bist der erste, der merkt, wenn ich einen Fehler mache.«

Bremer ging endgültig.

Mit fast schleppenden Schritten näherte er sich dem Raum hinter der zerborstenen Glasscheibe.

38

Wie jeder Mensch hatte sich auch Braun schon die Frage gestellt, wie es sein mußte, zu sterben. Und wie jeder Mensch hatte er versucht, es sich auf die eine oder andere Art vorzustellen, auch wenn er tief in seinem Inneren davon überzeugt war, daß es schließlich doch vollkommen anders sein würde.

Wenigstens in diesem Punkt hatte er recht gehabt. Es *war* anders.

Es war durch und durch entsetzlich. Braun war noch zu einem winzigen Teil bei Bewußtsein. Er hatte unbeschreibliche Angst, und noch unbeschreiblichere Schmerzen. Sein ganzer Körper schien in Flammen zu stehen, wobei die Wunde, die Grinner ihm zugefügt hatte, noch fast am wenigsten schmerzte. Er starb, aber er wollte nicht sterben, denn noch mehr Angst als vor dem Vorgang des Sterbens an sich und dem, was danach kommen mochte oder auch nicht, hatte er vor dem Gedanken, versagt zu haben. Es durfte nicht umsonst gewesen sein. Sie waren dem größten aller nur denkbaren Geheimnisse auf der Spur gewesen, und sie hatten es *gelöst*, verdammt noch mal. Es konnte nicht scheitern. Nicht so kurz vor dem Ziel!

Seine linke Hand bewegte sich. Die Finger auch nur den Bruchteil eines Zentimeters zu heben, kostete ihn schon unvorstellbare Anstrengung, aber er zwang seine Hand, sich weiter zu bewegen, Millimeter für Millimeter, so langsam, daß selbst jemand, der ihn in diesem Moment beobachtet hätte, die Bewegung nur mit großer Mühe überhaupt registriert hätte. Aber er zwang sie weiter, Zentimeter um Zentimeter, Stück für Stück, bis sie schließlich in seine Tasche kroch und das schmale Kunststoffkästchen erreichte, in dem die drei Glasphiolen waren. Dreimal Leben. Dreimal Unsterblichkeit.

Er wollte so gerne ausruhen. Sich ein wenig Pause gönnen, für den letzten, schwersten Teil der Aufgabe. Aber er durfte es nicht. Das Leben wich jetzt immer schneller aus ihm. Wenn er aufhörte, sich zu bewegen, dann für immer.

Irgendwie gelang es ihm, das Kästchen zu öffnen und die drei winzigen Glasröhrchen herauszuschütteln. Seine Finger tasteten blind über den schwarzen Samt, der darunter lag, krallte sich mit den Nägeln hinein und zogen ihn heraus. Darunter befand sich eine schmale Vertiefung, in der eine verchromte Spritze mit einer nur drei Zentimeter langen Nadel lag. In ihrem Inneren befand sich eine vierte Phiole mit dem Azrael-Serum.

Brauns Gedanken verschleierten sich. Alles wurde wattig, unwirklich, grau. Er konnte spüren, wie seine Kraft versiegte. Wie er *starb*.

Mit einer unvorstellbaren Willensanstrengung zog Braun die Spritze aus dem Kästchen heraus und drückte den Kolben um wenige Millimeter herunter. Ein ganz leises Knacken drang aus seiner Tasche. Seine Handfläche wurde feucht, als die gläserne Schutzmembran im Inneren der Phiole zerbrach und zwei oder drei Tropfen der kostbaren Flüssigkeit aus der Nadel quollen.

Noch einmal. Eine allerletzte, verzweifelte Anstrengung, in die er alle Kraft legte, die er noch hatte, die Energie seines unwiderruflich letzten Atemzuges. Braun trieb die Nadel in seinen Handballen und drückte den Kolben herunter, und sein Herz tat noch einen einzigen, schweren Schlag und verstummte dann.

39

Der Sarkophag war zweieinhalb Meter lang, einen Meter breit und bestand aus einem Material, das wie Chromstahl ausgesehen hätte, wäre es nicht vollkommen schwarz gewesen. Trotz seiner eigentlich schlanken Form wirkte er äußerst massiv; man sah ihm irgendwie an, daß es nicht viel gab, was dieses Gebilde ernsthaft beschädigen konnte, und vielleicht *nichts*, was in der Lage wäre, es wirklich zu zerstören.

Bremer trat mit klopfendem Herzen näher. Es war ein Sarkophag, das wußte er. Das Gebilde ähnelte tatsächlich jenen Särgen, die man in den Gräbern altägyptischer Könige gefunden hatte, war aber sehr viel schlichter. Das Material, aus dem es bestand, schien das darauf fallende Licht zu schlucken, und als Bremer vorsichtig die Hand ausstreckte und es berührte, spürte er, wie kühl und glatt es sich anfühlte, nicht wie Metall oder Glas, sondern wie eine geheimnisvolle, temperatur- und reibungsfreie Legierung, die vielleicht von einem anderen Planeten stammen mochte. Im oberen Drittel des Sarkophags war eine fünf mal fünf Zentimeter große Taste angebracht, die in einem dunklen, bräunlichen Glanz schimmerte; wenn auch nur so blaß, daß man sehr genau hinsehen mußte, um sie zu erkennen.

Bremer streckte die Hand nach dieser Taste aus, zögerte dann aber und sah noch einmal zu Angela hinaus. Sie stand mit konzentriertem Gesichtsausdruck vor dem Computer. Ihre Lippen bewegten sich, fast als würde sie mit dem Gerät *reden*. Es war besser, wenn er sie nicht störte. Außerdem war er nicht einmal sicher, ob er wollte, daß sie herkam. Dies hier war ganz allein seine Sache.

Wieder streckte er die Hand aus, und wieder zögerte er. Er glaubte ein Wispern zu hören, als unterhielten sich lautlose Stimmen in den Schatten, und als er den Blick hob, da meinte er für einen ganz kurzen Moment tatsächlich eine huschende Bewegung zu erkennen, gerade außerhalb des Bereiches, in dem er wirklich scharf sehen konnte.

War es die Kreatur, die gekommen war, um ihren Herrn zu beschützen?

Nein.

Wäre sie es, dann wäre er jetzt schon nicht mehr am Leben. Was immer die Aufgabe des Dämons war, den Haymar erschaffen hatte, sie bestand nicht darin, ihn zu töten. Dazu hätte sie ein dutzendmal Gelegenheit gehabt. Vielleicht war es genau umgekehrt. Vielleicht hatte ihre Aufgabe nur darin bestanden, ihn hier herunter zu bringen, damit er die arme, leidende Seele in dem schwarzen Sarkophag endlich erlösen konnte.

Bremer streckte mit einem Ruck den Arm aus und drückte die Taste.

Ein leises Klicken erscholl. Einige Sekunden herrschte Stille, dann hörte Bremer ein dunkles, allmählich lauter werdendes Summen, und im gerade noch so fugenlos erscheinenden Metall erschien ein haarfeiner Riß, der das obere Drittel des Sarkophags in zwei symmetrische Hälften teilte, die langsam auseinanderglitten. Zischend entwich eiskalter, nach einem scharfen Desinfektionsmittel riechender Dampf aus dem Behälter, und unter der Decke des Raumes begann eine rote Warnleuchte zu blinken.

Bremer wich einen Schritt zurück und sah automatisch wieder zu Angela hoch, konnte sie aber durch die immer dichter werdenden Dampfschwaden nicht erkennen. Zu dem flackernden roten Licht gesellte sich jetzt noch ein mißtönendes Hupen. Offensichtlich war in den Computerprogrammen, die den lebenden Leichnam in dem Sarkophag bewachten, nicht vorgesehen, daß jemand die Glaswand der Isolierkammer einschlug und dann den Sarg öffnete.

Bremer wartete, bis der Strom aus eisigem Dampf allmählich schwächer wurde, und trat dann mit klopfendem Herzen an den offenstehenden Sarkophag heran. Über dem Behälter lag noch immer eine Schicht aus faserigem grauem Dunst, so daß er im ersten Moment noch immer nicht genau erkennen konnte, was darin lag.

Vielleicht war es auch gut so.

Vielleicht hätte er den Anblick sonst nicht ertragen.

Und vielleicht ertrug er ihn noch nicht einmal jetzt, obwohl ihn die ganz allmählich auseinandertreibenden grauen Schwaden noch einige wertvolle Sekunden ließen, um sich daran zu gewöhnen.

Das erbarmungswürdige ... *Etwas*, das einmal ein Mensch gewesen war, lag auf der golden schimmernden Isolierfolie, mit der das gesamte Innere des Sarkophags ausgekleidet war. Sein Körper war auf die Masse eines Skeletts abgemagert, über das sich graue, an zahllosen Stellen aufgerissene Totenhaut spannte. Bremer schätzte, daß der Mann zu Lebzeiten an die zwei Meter groß und außergewöhnlich kräftig gewesen sein mußte. Jetzt konnte er kaum noch mehr als fünfzig Kilo wiegen. *Wenn* es ein Mann gewesen war. Sein Geschlecht war praktisch nicht mehr zu erkennen, obwohl seine gesamte Körperbehaarung verschwunden war. Jemand hatte seine linke Hand entfernt. Wo sie gewesen war, mündete jetzt ein Bündel von Schläuchen, dünnen Rohrleitungen und verschiedenfarbigen Kabeln in seinen Armstumpf, ein komplettes Ver- und Entsorgungssystem, mit dem sein Körper überwacht und gegen seinen Willen dazu gezwungen wurde, am Leben zu bleiben.

Den schrecklichsten Anblick aber bot sein Gesicht. Seine Lippen waren zu einem fürchterlichen Totenkopfgrinsen zurückgewichen, das noch grauenhafter wirkte, weil er so gut wie keine Zähne mehr hatte; Bremer konnte bis weit hinter seinen ausgetrockneten, riesigen Kehlkopf sehen. Die Haut, die sich pergamenttrocken über den Schädelknochen spannte, war über Wangen, Schläfen und Nasenbein gerissen, so daß der kranke Knochen zum Vorschein kam. Seine Augen waren entfernt worden. Unter den eingesunkenen Lidern schlängelten sich zwei durchsichtige Plastikschläuche hervor, in denen eine wasserklare Flüssigkeit zirkulierte.

Und das Allerschlimmste war, daß sich die Brust der ausgemergelten Gestalt in einem ganz flachen, langsamen Rhythmus senkte und hob.

Der Mann *lebte*!

Bremer stand mehrere Minuten lang einfach nur da und starrte in den schwarzen Chromsarg hinab. Er wußte nicht, was er in diesem endlosen Augenblick empfand: Schmerz, Wut, und eine so große, vollkommene Erschütterung, daß Worte nicht mehr ausreichen, um sie zu beschreiben.

Er hatte diesen Mann gekannt. Sie waren keine Freunde gewesen, oh nein, ganz gewiß nicht. Bei ihrem ersten Aufeinandertreffen vor gut fünf Jahren hatten sie mehrmals versucht, einander umzubringen, und keiner von beiden hätte auch nur einen Sekundenbruchteil gezögert, es auch zu tun. Aber kein Mensch, ganz egal, was er getan hatte, *kein Mensch* hatte ein solches Schicksal verdient.

Und es war das gleiche Schicksal, das Braun ihm zugedacht hatte.

Bremer stöhnte. Seine Hände öffneten und schlossen sich ununterbrochen, ohne daß er es auch nur merkte, und die Wunde in seiner Schulter brach wieder auf und begann zu bluten. Einige einzelne rote Tropfen liefen an seinem Arm hinab und fielen auf Haymars Gesicht herab. Es sah aus, als hätte er blutige Tränen geweint.

Er mußte diese arme, geschundene Kreatur erlösen.

Bremer hatte nicht den Mut, die Hände um den Hals des Mannes zu legen und zuzudrücken, was wahrscheinlich die barmherzigste Lösung gewesen wäre, und er wußte auch noch viel weniger, wie man die Maschinen abschaltete, die diesen lebenden Leichnam zwangen, zu atmen und Pein zu ertragen, aber er konnte etwas anderes tun.

Er beugte sich vor, griff nach dem Bündel von Schläuchen und Leitungen, das sich aus Haymars Armstumpf ringelte, und begann einen nach dem anderen zu lösen. Blut und andere, hellere Körperflüssigkeiten tropften auf die goldene Isolierfolie herab, und vielleicht fügte er Haymar auf diese Weise noch größere Schmerzen zu, aber wenn, dann waren sie nur von kurzer Dauer. Sobald er die Verbindung zwischen Mensch und Maschine getrennt hatte, würde der geschundene Körper endgültig aufhören zu funktionieren.

Als er die Hälfte der Kabel- und Schlauchverbindungen gelöst hatte, erschien der Schatten hinter ihm.

Bremer wußte, was er sehen würde, noch bevor er sich herumdrehte und dem Blick der faustgroßen Insektenaugen begegnete, die aus mehr als zwei Metern Höhe auf ihn herabstarrten.

Er las keine Feindseligkeit darin.

Da war kein Haß. Keine Wut. Kein Versprechen auf Tod. Sie waren niemals darin gewesen.

Während er dastand und den zwei Meter hohen, geflügelten Koloß anstarrte, begriff er endgültig, wie sehr er sich getäuscht hatte.

Dieses Geschöpf war niemals sein Feind gewesen. Es hatte niemals seinen Tod gewollt. Ganz im Gegenteil: Es hatte ihn *beschützt*, vom ersten Moment an.

Selbst dieser Gedanke erschreckte ihn. Die Vorstellung, einen solchen Verbündeten zu haben, war fast mehr, als er ertragen konnte.

Hinter ihm erklang ein gedämpftes Seufzen, gefolgt von einem halblauten, sonderbar weichen Aufprall.

Bremer fuhr herum. Sein erster Blick galt Angela, aber sie war nicht mehr da. Der Platz hinter dem Computer war leer. Dann sah er zu Braun hin.

Und auch er war nicht mehr da. Eine breite, glitzernde Blutspur führte von der Stelle aus, an der er gelegen hatte, zurück ins Labor und verschwand zwischen den Computerpulten, und noch bevor Bremer wirklich begriff, was er da sah, geschahen zwei Dinge praktisch gleichzeitig:

Braun richtete sich hinter dem Computerpult auf, hinter dem Angela vor wenigen Minuten gestanden hatte, und der Dämon stieß einen gellenden Schrei aus und stürzte an Bremer vorbei. Nur den Bruchteil einer Sekunde darauf, prallte er gegen Braun, riß ihn mit sich und schmetterte ihn mit unvorstellbarer Wucht gegen die Tür.

Bremer rannte los, flankte mit einem einzigen Schritt über die Reste der zerbrochenen Scheibe und den blutüberströmten Leichnam dahinter und war mit zwei, drei Schritten hinter dem Pult, hinter dem er Angela das letztemal gesehen hatte. Dabei streifte sein Blick die rote Digitalanzeige auf dem Monitor. Der Countdown war bei 01:07:01 stehengeblieben.

Er erwartete, Angela tot oder schwer verletzt am Boden zu finden, aber sie war nicht da. Bremer fuhr herum, hetzte auf die andere Seite des Tisches, fand sie aber auch dort nicht. Hinter ihm schrie der Dämon, und auch Braun brüllte. Er hörte Schläge, ein fürchterliches Reißen und Splittern, das Geräusch zerbrechender Knochen und splitternden Chitins, sah sich aber nicht einmal nach den Kämpfenden um. Er gönnte Braun jede einzelne Sekunde, die er noch lebte.

Statt dessen flankte er über das Pult und suchte verzweifelt nach Angela. Er fand sie nicht, fuhr abermals herum und blickte hinter jedes Pult, jeden Schreibtisch, aber sie war nicht mehr da.

Hinter ihm erklang ein gellendes, schmerzerfülltes Kreischen, und als Bremer herumfuhr, bot sich ihm ein ganz und gar unglaubliches Bild: Braun und das Ungeheuer rangen mit verzweifelter Kraft miteinander. Die Bestie hatte Braun eine ganze Anzahl grauenhafter Verletzungen zugefügt, von denen jede einzelne hätte tödlich sein müssen, aber der Mann stand seinem höllischen Gegner in Nichts nach. Auch das Ungeheuer wankte. Einer seiner riesigen Flügel war gebrochen und hing nutzlos herab, und sein stahlharter Chitinpanzer war an zahlreichen Stellen unter Brauns Fausthieben gesplittert und geborsten. Die beiden Gegner waren sich nicht wirklich ebenbürtig: Der Mensch würde den Kampf verlieren, das sah Bremer. Aber nur knapp.

Und das war ganz und gar unmöglich.

Bremer taumelte fassungslos zurück, prallte gegen ein Instrumentenpult und spürte, wie sein Fuß gegen etwas stieß, das klirrend davonrollte. Er senkte den Blick, sah etwas kleines, Schimmerndes und hob es auf.

Es war eine Spritze.

Die Injektionsnadel war nur drei oder vier Zentimeter lang und verbogen, als wäre sie mit großer Kraft in etwas hineingestoßen worden, und in der kleinen Glasphiole in ihrem Inneren glitzerten noch einige Tropfen einer hellen Flüssigkeit.

Bremer wurde klar, was Braun getan hatte.

Langsam hob er den Blick und sah zu Braun und dem Dämon hinüber. Braun lag am Boden, der Kampf war so gut wie vorbei, aber auch der geflügelte Koloß taumelte. Braun hatte ihn furchtbar verletzt. Hätte er sterben können, hätte auch er den Kampf nicht überlebt.

Er spürte, wie etwas hinter ihm materialisierte, drehte sich herum, und Angela stand hinter ihm. Braun erkannte sie sofort und ohne den geringsten Zweifel wieder, obwohl das Geschöpf, dem er gegenüberstand, ihr nicht einmal ähnelte.

Es war über zwei Meter groß, strahlendweiß und schien unter einem sanften, inneren Licht zu erglühen. Seine Züge waren die eines Menschen, zugleich aber auch mehr, unendlich viel mehr. Bremer konnte nicht sagen, ob es Mann oder Frau war, Kind oder alt; es wirkte alterslos, nein, mehr: Zeitlos, unbefangenes Kind und uraltes abgeklärtes Wesen zugleich. Sein langes, weißes Haar fiel bis weit über den Rücken herab, und seine gewaltigen Schwingen standen denen des Dämons um nichts nach, waren aber vom gleichen, von innen heraus leuchtenden Weiß wie sein Körper.

»Angela, wie?« fragte Bremer leise. »Ich wußte, daß es ein Witz war.«

»Aber ein guter, das mußt du zugeben«, antwortete er/sie/es. »Immerhin bist du darauf hereingefallen.«

»Warum ... hast du es mir nicht gesagt?« fragte Bremer.

»Ich war gespannt darauf, wie lange du brauchst, bis du von selbst darauf kommst«, antwortete der Engel. »Eigentlich warst du ganz gut – für einen Menschen.«

Bremer war ein wenig irritiert. Schließlich stand er einem *Engel* gegenüber. Er hätte erwartet, daß ein solches Wesen vollkommen anders war, friedfertiger, durchgeistigter ... und vor allem und auf keinen Fall *so* kriegerisch. Andererseits – was hatte er erwarten können? Schließlich hatte er dieses Wesen erschaffen. In einem gewissen Sinne.

»Kein Wunder, daß ich mich in dich verliebt habe«, murmelte er. »Ich wußte gar nicht, daß ich so narzißtisch veranlagt bin.«

Der Engel legte den Kopf auf die Seite und sah ihn an. Er schwieg, aber in seinen uralten, weisen Augen glomm ein sanftes Lächeln auf. Bremer hatte plötzlich das intensive Bedürfnis, ihn zu berühren, aber zugleich wagte er es auch nicht. Er wußte, daß er sterben würde, wenn er es täte.

»Haben wir euch erschaffen?« fragte er zögernd. »Haymar und ich?«

»Erschaffen?« Der Engel schwieg einen Moment, als müsse er erst über den Sinn dieser Frage nachdenken, bevor er imstande war, sie zu beantworten. Dann schüttelte er den Kopf.

»Nein«, sagte er. »Nur einer ist imstande, Leben zu erschaffen. Ihr seid nur dazu fähig, es zu zerstören. Obwohl ich zugeben muß, daß ihr gut darin seid.«

»Aber wie ...?«

»Manche von euch sind in der Lage, uns zu rufen«, unterbrach ihn der Engel, bevor er seine Frage zu Ende formulieren konnte. »Manche kraft der Reinheit ihres Geistes – wenn du diesen hochtrabenden Ausdruck entschuldigst, aber mir fällt im Moment kein passender ein – manche auf ... anderem Wege.«

Einige Sekunden vergingen, bis Bremer begriff, was das Geschöpf gerade gesagt hatte. »Dann ... dann bist du ein *wirklicher* Engel?« keuchte er.

»In dem Sinne, in dem ihr das Wort benutzt ... ja«, antwortete die Lichtgestalt. »Aber es ist viel komplizierter, als du denkst. Und zugleich einfacher.«

»Wer bist du?« fragte Bremer. Er fühlte sich wie erschlagen.

»Mein Name ist Azrael«, antwortete der Engel. »Aber das weißt du doch.«

»Azrael?« krächzte Bremer. Ein noch schwacher, aber durch und durch grauenhafter Verdacht begann in ihm aufzukeimen, aber der Gedanke war so furchterregend, daß er ihn hastig erstickte, bevor er vollends Gestalt annehmen konnte. »Der ... der Todesengel?«

»Das ist meine Aufgabe«, bestätigte die Lichtgestalt. »Wir sind Gottes Krieger. Das waren wir immer. Nur habt ihr irgendwann beschlossen, das zu vergessen.«

»Aber ... aber ich dachte ...«, stammelte Bremer. Er drehte sich hilflos herum und deutete auf den spinnenköpfigen Dämon. Der geflügelte Todesbringer war neben seinem Opfer auf die Knie gesunken und wimmerte leise. »Ich dachte, daß *er* es ist!«

»Auch er ist Azrael«, sagte der Engel. »Ich bin immer das, was ihr in mir sehen wollt.«

Er deutete auf den Dämon. »Für dich bin ich er. Für einen anderen bin ich das, was du siehst.«

»Er ist mein Abbild?«

Bremer starrte den Dämon an. *Seinen höllischen Schutzengel.* »*Er?!*«

Azrael nickte. Er/sie/es schwieg. Ein Ausdruck sanfter

Trauer erschien in den unergründlichen Augen des Wesens.

Und Bremer stieß einen lautlosen, gedanklichen Schrei aus.

Es war zu viel, um es zu ertragen. Zu viel. *Zu viel*!

»Er war immer dein Geschöpf«, fuhr Azrael erbarmungslos fort. »Du hast dich entschieden, ihn zu rufen, und es hat getan, was du von ihm verlangt hast. Dein Wille geschehe – *Mensch*.«

»Dann habe ich sie getötet«, murmelte Bremer. »Rosen. Strelowsky. Halbach. Lachmann.«

»Und all die anderen«, bestätigte Azrael. Das Lächeln in den Augen des Lichtgeschöpfes war erloschen und hatte einer Härte Platz gemacht, die ebenso gewaltig und grenzenlos war wie die Güte, die er noch vor Sekunden darin gelesen hatte. »Es ist so, wie Vater Thomas gesagt hat: Das ist es, was geschieht, wenn Menschen die Macht bekommen, alles zu tun, was sie wollen. Und am Ende hast du auch ihn getötet.«

»Aber ich wollte das nicht!« wimmerte Bremer. »Ich wollte nicht, daß all diese Menschen sterben!«

»Doch«, antwortete Azrael. »Tief in dir drinnen wolltest du es. Es war dein Wille. Wir waren nur die Vollstrecker.«

»Aber ... aber wenn ich dieses *Ding* erschaffen habe«, stöhnte Bremer; er starrte den Dämon an, und das Wesen erwiderte seinen Blick aus seinen kalten, grundlosen Augen, »wer hat dann dich gerufen?«

Azrael lächelte wieder. »Für den einen ist der Tod ein Werkzeug«, sagte er/sie/es. »Für den anderen eine lang ersehnte Erlösung. Ich bin nicht nur eine Waffe, weißt du?«

Bremer starrte die Isolierkammer und den jetzt offenstehenden Sarkophag darin an. Er wußte, daß der Engel die Wahrheit sprach, ganz einfach, weil das Wesen ja gar nicht imstande war, zu lügen, und doch kamen ihm seine Worte wie der Gipfel der Ironie vor. Er, ein völlig normaler, allenfalls ein wenig selbstgefälliger, aber im Grunde seines Herzens trotzdem *gerechter* Mann, hatte dieses Ungeheuer geschaffen, ein ... *Ding*, von dessen Klauen noch immer das

Blut seines letzten Opfers tropfte, und das zum Töten und nur zum Töten und zu nichts anderem gut war, während diese strahlende Lichtgestalt hinter ihm dem Geist eines Menschen entsprungen war, der endlose Ewigkeiten des Martyriums hinter sich hatte. Der nichts anderes mehr wollte, als endlich, endlich zu sterben.

»Dann ist es vorbei«, sagte er leise.

Azrael schüttelte den Kopf. »Es ist nie vorbei.«

Bremer verstand im ersten Moment nicht einmal wirklich, was der Engel meinte. Oder doch. Vielleicht *wollte* er es nur nicht verstehen. Dann aber blickte er wieder seinen eigenen, teuflischen Cherubim an. Das Geschöpf richtete sich langsam, zitternd und noch unsicher auf. Seine furchtbaren Wunden waren verheilt, aber seine Kraft war noch nicht zur Gänze zurückgekehrt. Der Anblick machte Bremer auf subtile Weise klar, daß auch diese Geschöpfe sterblich waren, auf eine bestimmte Weise. Ihre Kraft war unvorstellbar, aber endlich.

Auch Braun – oder in was auch immer er sich zu verwandeln begonnen hatte – begann sich zu erheben. Sein Fleisch begann dort, wo es von den Klauen und Kiefern des Dämons aufgerissen worden war, zu brodeln und zu zerfließen, wie kunstvoll geformtes Wachs, das zu lange in der Sonne gelegen hatte. Doch nachdem die Wunden sich geschlossen hatten, sah er nicht mehr aus wie vorher. Als er sich wieder aufrichtete, schien er größer geworden zu sein, und zugleich muskulöser, wirkte aber zugleich auch mißgestaltet und verzerrt, als hätte jemand alle Teile seines Körpers genommen und nicht richtig wieder zusammengesetzt und zusätzlich noch etwas hinzugefügt. Der Azrael-Wirkstoff tat auch bei ihm seinen Dienst, genau wie bei Bremer und Haymar. Es waren niemals *nur* Angelas heilende Hände gewesen, die ihm geholfen hatten, all das zu überleben, was man seinem Körper in den letzten vierundzwanzig Stunden angetan hatte, so wenig, wie es niemals *nur* die Maschinen gewesen waren, die den Mann in dem offenstehenden schwarzen Sarkophag zwangen, weiter am Leben zu bleiben.

Bremer blickte die Kreatur an, in die Braun sich immer schneller zu verwandeln begann, und fragte sich, ob es überhaupt noch möglich war, sie zu vernichten. Haymar hatte ihm ein furchtbares Geschenk hinterlassen. Braun hatte die Unsterblichkeit bekommen, nach der er sich gesehnt hatte, aber um den Preis seiner Menschlichkeit. Er wagte nicht einmal, sich vorzustellen, welche Art von Ungeheuer er rufen würde, sollten sich seine Fähigkeiten im gleichen Maße entwickeln wie die Haymars und seine eigenen.

»Könnt ihr ... es besiegen?« fragte er. »Was immer *er* rufen wird?«

»Das weiß ich nicht«, antwortete der Engel. Seine gewaltigen Flügel raschelten leise. »Es gibt Feinde, die auch wir fürchten.« Er sah Bremer an. »Und du? Kannst du *ihn* besiegen?«

Er deutete auf den Dämon. Das geflügelte Ungeheuer und das, was einmal Braun gewesen war, begannen sich zu umkreisen. Diesmal war der Ausgang des Kampfes vollkommen ungewiß, denn nun waren sich beide Gegner ebenbürtig.

»Wenn du mir hilfst«, murmelte er.

»Das steht nicht in meiner Macht«, antwortete Azrael. Er seufzte. Ein flüchtiges Lächeln huschte über seine unerträglich edlen Züge und gaben ihm für einen Moment wieder etwas mehr von einem Menschen. Nicht viel. Braun und der geflügelte Dämon prallten brüllend aufeinander und tauschten die ersten Hiebe aus.

»Es ist wohl so, wie ihr Menschen sagt«, seufzte Azrael. »Wenn du willst, daß etwas getan werden soll, dann tu es selbst. Entschuldige mich bitte – ich muß meinem Kollegen unter die Arme greifen.«

Lautlos und mit schlagenden Flügeln stürzte sich der Todesengel in die Schlacht.

Und während Gottes Krieger und der Diener des Höllenfürsten Seite an Seite antraten, um gegen einen Feind zu kämpfen, den menschlicher Größenwahn und Ignoranz erschaffen hatten, drehte sich Bremer herum, trat an den Computer und lächelte traurig, als sein Blick auf die rotleuchtende Digitalanzeige auf dem Bildschirm fiel. Azrael hatte gesagt, daß er ihm nicht helfen konnte, aber das stimmte nicht.

Er hatte es bereits getan. Der Countdown war bei 00:00:01 stehengeblieben. Engel konnten offensichtlich doch lügen.

Bremers Finger senkten sich auf die Taste.

40

»Wenn wir jetzt nicht starten, dann übernehme ich keine Garantie mehr!« Nördlinger hatte Mühe, die Worte des jungen Arztes über dem Geräusch der Turbine zu verstehen. Der Hubschrauber vibrierte leicht, und der Pilot in der nach hinten offenen Kanzel drehte den Kopf und nickte, um die Worte des Arztes zu unterstreichen.

»Das ist unverantwortlich!« fuhr der Arzt fort, brüllend, um den Lärm der Rotoren zu übertönen. »Sie spielen nicht nur mit Ihrer Gesundheit, Herr Nördlinger, sondern auch mit Ihrem Leben!« Er wandte sich an den Piloten. »Starten Sie! Jetzt!«

»Das verbiete ich!« sagte Nördlinger. »Es ist *meine* Gesundheit, oder?«

»Und Sie sind mein Patient«, antwortete der Arzt. »Ich werde Ihren Protest in meinem Bericht vermerken. Los!«

Das letzte Wort galt wieder dem Piloten, der zwar noch einmal eine Sekunde zögerte, dann aber nach den Kontrollen der Maschine griff. Der Rettungshelikopter hob ab und stieg fünfzig oder sechzig Meter weit senkrecht in die Höhe, ehe er sich auf der Stelle zu drehen begann, wobei er immer noch weiter an Höhe gewann.

Nördlinger sparte es sich, zu protestieren. Es hätte keinen Zweck gehabt, und es war auch nicht nötig. Die Evakuierung war abgeschlossen. Hundert oder mittlerweile auch schon mehr Meter unter ihnen fuhr in diesem Moment der letzte Krankenwagen ab, mit dem die Patienten der St.-Elisabeth-Klink in andere Krankenhäuser der Stadt verlegt wurden, und die Männer des SEK und ihre freiwilligen Helfer hatten das Gebäude schon vor fünf Minuten verlassen. Was getan werden mußte, war getan.

Nördlinger fühlte es, als es geschah.

Zum Entsetzen des Arztes stemmte er sich auf der schmalen Pritsche in die Höhe, um einen Blick aus dem Fenster werfen zu können.

Die Klinik lag tief unter ihnen, wie ein kunstvoll gestaltetes, bis ins letzte Detail ausgearbeitetes Spielzeuggebäude. Plötzlich leuchtete es hinter den Fenstern in den untersten Stockwerken grell auf. Das ganze Gebäude schien sich für einen Moment aufzublähen, auf das Anderthalbfache seiner Größe anzuwachsen und dann wieder zusammenzuschrumpfen. Aus sämtlichen Fenstern im Gebäude explodierte das Glas wie feiner, glitzernder Staub, gefolgt von einer Lohe unerträglicher, weißer Helligkeit, die für den Bruchteil eines Augenblicks anhielt und dann von normalen, brodelnden Flammen abgelöst wurde.

Der Helikopter bebte, als ihn die Druckwelle traf, aber sie waren bereits hoch genug, um nicht wirklich in Gefahr zu sein. Der Pilot fluchte wie ein Rohrspatz, fing die Maschine aber ohne besondere Mühe ab und drehte die Nase gleichzeitig nach Norden.

Als sie zu beschleunigen begannen, ließ sich Nördlinger wieder zurücksinken. Er spürte eine große, unendlich tiefe Erleichterung. Er schloß die Augen, öffnete sie dann wieder und hob die Arme, um die fachgerecht daran angelegten Verbände zu betrachten. In einer halben Stunde oder weniger würde er auf einem Operationstisch liegen, und dann würde sich erweisen, ob die moderne Chirurgie tatsächlich imstande war, all die Wunder zu vollbringen, die man ihr zusprach.

Nördlinger war in diesem Punkt ziemlich optimistisch. Er empfand ein etwas mulmiges Gefühl dabei, wieder ins Krankenhaus zu müssen, auch wenn es eines war, in dem mit Sicherheit niemand ein Tor zur Hölle aufgestoßen hatte, und er war auch ziemlich sicher, daß sich das nicht mehr ändern würde, ganz gleich, wie lange er noch lebte.

Aber wenn das der ganze Preis war, den er bezahlen mußte, dann war er nicht sehr hoch.

Er schloß die Augen und öffnete sie dann noch einmal, als er einen ganz sachten Luftzug im Gesicht spürte.

Eine einzelne, weiße Feder tanzte vor ihm durch die Luft und senkte sich dann langsam auf seine Brust herab.

Nördlinger lächelte. Alles war gut.

Marion Zimmer Bradley

Die großen Romane der Autorin, die mit »Die Nebel von Avalon« weltberühmt wurde.

01/10389

Trommeln in der Dämmerung
01/9786

Die Teufelsanbeter
01/9962

Das graue Schloß am Meer
01/10086

**Das graue Schloß am Meer
Die geheimnisvollen Frauen**
*Zwei romantische
Thriller – ungekürzt!*
23/98

Marion Zimmer Bradley
Mercedes Lackey/Andre Norton
Der Tigerclan von Merina
01/10321

Marion Zimmer Bradley
Julian May
Das Amulett von Ruwenda
01/10554

Marion Zimmer Bradley
Julian May/Andre Norton
Die Zauberin von Ruwenda
01/9698

Marion Zimmer Bradley
Andre Norton
Hüter der Träume
01/10340

Marion Zimmer Bradley und
»The Friends von Darkover«
Die Tänzerin von Darkover
Geschichten
01/10389

Heyne-Taschenbücher

Dan Simmons

Der Meister des Phantastischen.

»Dan Simmons schreibt brillant.«
Dean Koontz

Sommer der Nacht
01/9798

Kinder der Nacht
01/9935

Kraft des Bösen
01/10074

01/9935

H e y n e - T a s c h e n b ü c h e r

Wolfgang Hohlbein

»Er schreibt phantastisch. Und erfolgreich. Wolfgang Hohlbein ist einer der meistgelesenen Autoren Deutschlands.«

HAMBURGER MORGENPOST

Das Druidentor
01/9536

Das Netz
01/9684

Azrael
01/9882

Hagen von Tronje
01/10037

Das Siegel
01/10262

Im Netz der Spinnen
-Videokill-
01/10507

01/9536

Heyne-Taschenbücher